KB013512

금석이야기집 일본부【六】

今昔物語集 六

금석이야기집 일본부【六】

1판 1쇄 인쇄 2016년 4월 15일
1판 1쇄 발행 2016년 4월 20일
—
교주 · 역자 | 馬淵和夫 · 国東文麿 · 稲垣泰一
한역자 | 이시준 · 김태광
발행인 | 이방원
—
발행처 | 세창출판사
신고번호 · 제300−1990−63호 | 주소 · 서울 서대문구 경기대로 88 냉천빌딩 4층 | 전화 · (02)723−8660
팩스 · (02)720−4579 | http://www.sechangpub.co.kr | e−mail: sc1992@empal.com
—
ISBN 978−89−8411−602−3 94830
ISBN 978−89−8411−596−5 (세트)
—
· 이 책은 한국연구재단의 지원으로 세창출판사가 출판, 유통합니다.
· 잘못된 책은 구입하신 서점에서 바꾸어 드립니다.
· 책값은 뒤표지에 있습니다.
—
이 도서의 국립중앙도서관 출판시도서목록(CIP)은 e−CIP홈페이지(http://www.nl.go.kr/ecip)와 국가자료공동목록 시스템(http://www.nl.go.kr/kolisnet)에서 이용하실 수 있습니다.(CIP제어번호: CIP2016008601)

금석이야기집 일본부

今昔物語集 (권24·권25)

A Translation of **"Konjaku Monogatarishu"**

【六】

馬淵和夫·国東文麿·稲垣泰一 교주·역

이시준·김태광 한역

세창출판사

머리말

『금석이야기집今昔物語集』은 방대한 고대 일본의 설화를 총망라하여 12세기 전반에 편찬된 일본 최대의 설화집이며, 문학사에서는 '설화의 최고봉', '설화의 정수'라 일컬어지는 작품이다. 작품의 내용은 크게 천축天竺(인도), 진단震旦(중국), 본조本朝(일본)의 이야기로서 본 번역서는 작품의 약 3분의 2의 권수를 차지하고 있는 본조本朝(일본)의 이야기를 번역한 것이다.

우선 서명을 순수하게 우리말로 직역하면 '옛날이야기모음집' 정도가 될 성싶다. 『今昔物語集』의 '今昔'은 작품 내의 모든 수록설화의 모두부冒頭部가 거의 '今昔' 즉 '이제는 옛이야기이지만'으로 시작되기 때문에 붙여진 서명이다. 한편 '物語'는 일화, 이야기, 산문작품 등 폭넓은 의미를 포괄하는 단어이며, 그런 이야기를 집대성했다는 의미에서 '集'인 것이다. 『금석이야기집』은 고대말기 천화千話 이상의 설화를 집성한 작품으로서 양적으로나 문학사적 의의로나 일본문학에서 손꼽히는 작품의 하나이다.

하지만 작품성립을 둘러싼 의문은 여전히 남아 있어, 특히 편자, 성립연대, 편찬의도를 전하는 서序, 발拔이 없는 관계로 이 분야에 대한 연구는 많은 이설異說들을 낳고 있다. 편자 혹은 작가에 대해서는 귀족인 미나모토노 다카쿠니源隆國, 고승高僧인 가쿠주覺樹, 조슌藏俊, 대사원의 서기승書記僧 등이 거론되는가 하면, 한 개인의 취미적인 차원을 뛰어넘는 방대한 양과 치밀한 구성으로 미루어 당시의 천황가天皇家가 편찬의 중심이 되어 신하와 승려들이 공동 작업을 했다는 설도 제시되는 등, 다양한 편자상이 모색되고 있다. 한편, 공동 작업이라는 설에 대해서 같은 유의 발상이나 정형화된 표현이 도처에 보여 개인 혹은 소수의 집단에 의한 것이라고 보는 반론도 설득력을 가지고 공존하고 있다. 성립의 장소는 서사書寫가 가장 오래되고 후대사본의 유일한 공통共通 조본인 스즈카본鈴鹿本이 나라奈良의 사원(도다이지東大寺나 고후쿠지興福寺)에서 서사된 점으로 미루어 봤을 때, 원본도 같은 장소에서 만들어졌으리라 추정되고 있다.

그리고 성립연대가 12세기 전반이라는 점에서 대부분의 연구자가 일치된 견해를 보이고 있다. 출전(전거, 자료)으로 추정되는 『도시요리 수뇌俊賴髓腦』의 성립이 1113년 이전이며 어휘나 어법, 편자의 사상, 또는 설화집 내에서 보원保元의 난(1156년)이나 평치平治의 난(1159)의 에피소드가 다루어지고 있지 않다는 점이 이를 뒷받침한다.

전체의 구성(논자에 따라서는 '구조' 혹은 '조직'이라는 용어를 사용)은 천축天竺(인도), 진단震旦(중국), 본조本朝(일본)의 삼부三部로 나뉘고, 각부는 각각 불법부佛法部와 세속부世俗部(왕법부)로 대별된다. 또한 각부는 특정주제에 의한 권卷(chapter)으로 구성되고, 각 권은 개개의 주제나 어떠한 공통항으로 2화 내지 3화로 묶여서 분류되어 있다. 인도, 중국, 본조의 삼국은 고대 일본인에게 있어서 전 세계를 의미하며, 그 세계관은 불법(불교)에 의거한다. 이렇게 『금석』은 불교적 세계와 세속의 경계를 넘나들면서 신앙의 문제, 생의 문제 등 인간의 모든 문제를 망라하여 끊임 없이 그 의미를 추구해 마지않는 것이다. 동시에 『금석』은 저 멀리 인도의 석가모니의 일생(천축부)에서 시작하여 중국과 일본의 이야기, 즉 그 당시 인식된 전 세계인 삼국의 이야기를 망라하여 배열하고 있다. 석가의 일생(불전佛傳)이나 각부의 왕조사와 불법 전래사, 왕법부의 대부분의 구성과 주제가 그 이전의 문학에서 볼 수 없었던 형태였음을 상기할 때, 『금석이야기집』 편찬에 쏟은 막대한 에너지는 설혹 그것이 천황가가 주도한 국가적 사업이었다손 치더라도 가히 상상도 못 하리라는 사실을 인정하지 않을 수 없다. 과연 그 에너지는 어디서 기인하는 것일까? 그것은 편자의 현실에 대한 인식에서부터라 할 수 있으며, 그 현실은 천황가, 귀족(특히 후지와라藤原 가문), 사원세력, 무가세력이 각축을 벌이며 고대에서 중세로 향하는 혼란이 극도에 달한 이행기移行期였던 것이다. 편자는 세속설화와 불교설화를 병치併置 배열함으로써 당시의 왕법불법상의 이념을 지향하려 한 것이며, 비록 그것이 달성되지 못하고 작품의 미완성으로 끝을 맺었다 하더라도 설화를 통한 세계질서의 재해석·재구성에의 에너지는 희대의 작품을 탄생시킨 것이다.

『금석이야기집』의 번역의 의의는 매우 크나 간단히 그 필요성을 기술하면 다음의 세 가지를 들 수 있다.

첫째, 『금석이야기집』은 전대의 여러 문헌자료를 전사轉寫해 망라한 일본의 최대의 설화집으로서 연구 가치가 높다.

일반적으로 설화를 신화, 전설, 민담, 세간이야기(世間話), 일화 등의 구승口承 및 서승書承(의거자료에 의거하여 다시 기술함)에 의해 전승된 이야기로 정의 내릴 수 있다면, 『금석이야기집』의 경우도 구승에 의한 설화와 서승에 의한 설화를 구별하려는 문제가 대두됨은 당연하다 하겠다. 실제로 에도江戶시대(1603~1867년)부터의 초기연구는 출전(의거자료) 연구에서 시작되었고 출전을 모르거나 출전과 동떨어진 내용인 경우 구승이나 편자의 대폭적인 윤색으로 해석하는 경향이 있었다. 하지만 새로운 의거자료가 확인되는 가운데 근년의 연구 성과에 의하면, 『금석이야기집』에는 구두의 전승을 그대로 기록한 것은 없고 모두 문헌을 기초로 독자적으로 번역된 것으로 확인되고 있다. 이하 확정되었거나 거의 확실시되는 의거자료는 『삼보감응요략록三寶感應要略錄』(요遼, 비탁非濁 찬撰), 『명보기冥報記』(당唐, 당림唐臨 찬撰), 『홍찬법화전弘贊法華傳』(당唐, 혜상惠祥 찬撰), 『후나바시가본계船橋家本系 효자전孝子傳』, 『도시요리 수뇌俊賴髓腦』(일본, 12세기초, 源俊賴), 『일본영이기日本靈異記』(일본, 9세기 초, 교카이景戒), 『삼보회三寶繪』(일본, 984년, 미나모토노 다메노리源爲憲), 『일본왕생극락기日本往生極樂記』(일본, 10세기 말, 요시시게노 야스타네慶滋保胤), 『대일본국법화험기大日本國法華驗記』(일본, 1040~1044년, 진겐鎭源), 『후습유 와카집後拾遺和歌集』(일본, 1088년, 후지와라노 미치토시藤原通俊), 『강담초江談抄』(일본, 1104~1111년, 오에노 마사후사大江匡房의 언담言談) 등이 있다. 종래 유력한 의거자료로 여겨졌던 『경률이상經律異相』, 『법원주림法苑珠林』, 『대당서역기大唐西域記』, 『현우경賢愚經』, 『찬집백연경撰集百緣經』, 『석가보釋迦譜』 등의 경전이나 유서類書는 직접적인 자료라고 할 수 없고, 『주호선注好選』, 나고야대학장名古屋大學藏 『백인연경百因緣經』과 같은 일본화日本化한 중간매개의 존재를 생각할 수 있으며, 『우지대납언이야기宇治大納言物語』, 『지장보살영험기地藏菩薩靈驗記』, 『대경大鏡』의 공통모태자료共通母胎資料 등의 산일散逸된 문헌을 상정할 수 있다.

둘째, 『금석이야기집』은 중세 이전 일본 고대의 문학, 문화, 종교, 사상, 생활양식 등을 살펴보는 데에 있어 필수적인 자료이다.

전술한 바와 같이 인도, 중국, 일본의 삼국은 고대 일본인에게 있어서 전세계를 의미하며, 삼국이란 불교가 석가에 의해 형성되어 점차 퍼져나가는 이른바 '동점東漸'의 무대이며, 불법부에선 당연히 석가의 생애(불전佛傳)로부터 시작되어 불멸후佛滅後 불법의 유포, 중국과 일본으로의 전래가 테마가 된다. 삼국의 불법부는 거의 각국의 불법의 역사, 삼보영험담三寶靈驗譚, 인과응보담이라고 하는 테마로 구성되어 불법의 생성과 전파, 신앙의 제 형태를 내용으로 한다. 한편 각부各部의 세속부는 왕조의 역사가 구상되어 있다. 특히 본조本朝(일본)부는 천황, 후지와라藤原(정치, 행정 등 국정전반에 강력한 영향력을 가진 세습귀족가문, 특히 고대에는 천황가의 외척으로 실력행사) 열전列傳, 예능藝能, 숙보宿報, 영귀靈鬼, 골계滑稽, 악행惡行, 연예戀愛, 잡사雜事 등의 분류가 되어 있어 인간의 제상諸相을 그리고 있다.

셋째, 한일 설화문학의 비교 연구뿐만이 아니라 동아시아 설화, 민속분야의 비교연구에 획기적인 계기가 될 것으로 기대된다.

먼저 동아시아에서 공통적으로 신앙하고 고대부터 현대에 이르기까지 막대한 영향력을 끼치고 있는 불교 및 이와 관련된 종교적 설화의 측면에서 보면, 『금석이야기집』 본조부에는 일본의 지옥(명계)설화, 지장설화, 법화경설화, 관음설화, 아미타(정토)설화 등이 다수 수록되어 있다. 이와 같이 불교의 세계관에 의해 형성된 설화, 불보살의 영험담 등은 일본뿐만 아니라 한국, 중국에서 또한 공통적으로 보이는 설화라 할 수 있다. 불교가 인도에서 중국, 그리고 한국, 일본으로 전파·토착화되는 과정에서, 각국의 독특한 사회·문화적인 토양에서 어떻게 수용·발전되었는가를 설화를 통해 비교 고찰함으로써, 각국의 고유한 종교적·문화적 특징들이 보다 객관적이고 명확하게 이해될 수 있을 것으로 판단된다.

한편, 『금석이야기집』 본조부에는 동물이나 요괴 등에 관한 설화가 다수 수록되어 있다. 용과 덴구天狗, 오니鬼, 영靈, 정령精靈, 여우, 너구리, 멧돼지 등이 등장하며, 생령生靈, 사령死靈 또한 빼놓을 수 없다. 용과 덴구는 불교에서 비롯된 이류異類이지만, 그 외의 것은 일본 고유의 문화적·사상적 풍토 속에서 성격이 규정되고 생성된 동물들이다. 근년의 연구동향을 보면, 일본의 '오니'와 한국의 '도깨비'에 대한 비교고찰은 일반화되고 있다고 판단된다. 이제는 더 나아가 그 외의 대상에 대해서도 관심을 가지고 문화적인 비교연구가 활성화되어야만 할 것이며, 『금석이야기집』의 설화는 이러한 연구에 대단히 유효한 소재원이 될 것으로 기대하는 바이다.

전술한 바와 같이 본 번역서는 『금석이야기집』의 약 3분의 2를 차지하는 본조本朝(일본)부를 번역한 것으로 그 나머지 천축天竺(인도)부, 진단震旦(중국)부의 번역은 금후의 과제로 삼고자 한다.

권두 해설을 집필해 주신 고미네 가즈아키小峯和明 교수님께 감사를 드린다. 교수님은 일본설화문학을 중심으로 동아시아 설화문학, 기리시탄 문학, 불전 등을 연구하시며 문학뿐만이 아니라 역사, 종교, 사상 등 다방면의 학문에 큰 업적을 남기신 분이다. 개인적으로는 일본 유학시절부터 지금까지 설화연구의 길잡이가 되어 주셨고, 교수님의 저서를 한국에서 『일본 설화문학의 세계』란 제목으로 번역·출판하기도 하였다. 다시 한 번 흔쾌히 해설을 써 주신 데에 대해 심심한 감사를 드린다.

마지막으로 방대한 분량의 원고를 꼼꼼히 읽어 교정·편집을 해주신 세창출판사 임길남 상무님께 감사를 드리는 바이다.

2016년 2월

이시준, 김태광

차례

권 25

부록

일러두기

1. 본 번역서는 新編 日本古典文學全集『今昔物語集 ①~④』(小學館, 1999년)을 저본으로 한 것으로 모든 자료(도판, 해설, 각주 등)의 이용을 허가받았다.

2. 번역서는 총 9권으로 구성되어 있고 각 권의 수록 내용은 다음과 같다.
①권–권11 · 권12
②권–권13 · 권14
③권–권15 · 권16
④권–권17 · 권18 · 권19
⑤권–권20 · 권21 · 권22 · 권23
⑥권–권24 · 권25
⑦권–권26 · 권27
⑧권–권28 · 권29
⑨권–권30 · 권31

3. 각 권의 제목은 번역자가 임의로 권의 내용을 고려하여 붙인 것임을 밝혀 둔다.

4. 본문의 주석은 저본의 것을 기본으로 하였으며, 독자층을 연구자 대상으로 하는 연구재단 명저번역 사업의 취지에 맞추어 가급적 상세한 주석 작업을 하였다. 필요시에 번역자의 주석을 첨가하였고, 번역자 주석은 '*'로 표시하였다.

5. 번역은 본서『금석 이야기집』의 특징, 즉 기존의 설화집의 설화(출전)를 번역한 것으로 출전과의 비교 연구가 중요하다는 점을 고려하여 가능한 한 직역을 위주로 하였다. 단, 가독성을 위하여 주어를 삽입하거나, 긴 문장의 경우 적당하게 끊어서 번역하거나 하는 방법을 취했다.

6. 절, 신사의 명칭은 다음과 같이 표기하였다.
예 東大寺 ⇒ 도다이지 예 賀茂神社 ⇒ 가모 신사

7. 궁전의 전각이나 문루의 이름, 관직, 연호 등은 우리 한자음으로 표기하였다.
예 一條 ⇒ 일조 예 淸凉殿 ⇒ 청량전 예 土御門 ⇒ 토어문 예 中納言 ⇒ 중납언
예 天永 ⇒ 천영

단, 전각의 명칭이 사람의 호칭으로 사용될 때는 일본어 원음으로 표기하였다.
예 三條院 ⇒ 산조인

8. 산 이름이나 강 이름은 전반부는 일본어 원음으로 표기하되, '山'과 '川'은 '산', '강'으로 표기하였다.
예 立山 ⇒ 다테 산 예 鴨川 ⇒ 가모 강

9. 서적명은 우리 한자음과 일본어 원음을 적절하게 혼용하였다.
예『古事記』⇒ 고사기 예『宇治拾遺物語』⇒ 우지습유 이야기

10. 한자표기의 경우 가급적 일본식 한자를 한국에서 일반적으로 통용하는 글자로 변환시켜 표기하였다.

금석이야기집今昔物語集

권 24

【知的 技藝】

주지主旨 본권은 이른바 기능技能 · 예능藝能을 칭송하는 권으로, 일예일능一藝一能에 뛰어났던 명인, 달인에 관한 에피소드를 중심으로 수록하고 있다. 이는 공예工藝 · 회화繪畵 · 바둑 · 의술醫術 · 음양陰陽 · 복점卜占 · 산도算道 · 관현管絃 · 시문詩文 · 와카和歌 등 다방면에 걸쳐, 왕조문화王朝文化의 정수만을 모아 기록하고 있다. 본조本朝 세속부의 구성상, 권23과의 연관성은 주목해야 한다.

권24 제1화

기타노베北邊 대신大臣과 하세오長谷雄 중납언中納言의 이야기

기타노베 대신 미나모토노 마코토源信는 쟁箏의 명인으로 어느 밤 비곡秘曲을 연주하자 그 곡에 감동하여 천인天人이 강림하는 것을 보았다는 이야기와 시문詩文의 명인 기노 하세오紀長谷雄가 달 밝은 밤에 주작문朱雀門 누각에서 한시를 음영吟詠하는 신인神人을 보았다고 하는 이야기. 본래 개별적으로 전승된 두 이야기를 한 이야기로 묶은 것. 한 가지 예도에 정통한 달인은 신령神靈이나 천인과 마음이 통하여 만난다고 하는 모티브가 공통된다.

이제는 옛이야기이지만, 기타노베北邊 좌대신左大臣[1]이라고 하는 분이 계셨다. 이름은 마코토信라고 하며 사가嵯峨[2] 천황의 황자皇子였다. 일조一條의 북쪽에 거주하셨기 때문에 기타노베 대신이라고 하는 것이다. 만사[3]에 뛰어나셨는데, 그중에서도 관현管絃 방면에 매우 능숙하시어 특히 필적할 자가 없을 정도로 쟁을 훌륭히 연주하셨다.

그런데 대신이 어느 날 밤 쟁箏을 켜는데 흥이 나서 밤새도록 연주하셨다. 새벽이 되어 뛰어난 솜씨를 발휘하여 비곡秘曲을 연주하던 중, 자신도 모르게 어느새 그 음색을 넋을 잃고 듣고 계셨다. 그때 눈앞의 하나치이데노마

1 → 인명. 미나모토노 마코토源信를 가리킴. 기타노베는 그 주택을 칭하는 말.
2 → 인명. 제52대.
3 서화·음악에 능숙하였음(『삼대실록三代實錄』).

放出ノ間[4]의 격자덧문[5]을 올린 그 위로 무엇인가가 빛난 것처럼 보였기에, '무엇이 빛나는 것일까'라고 생각하시어 살그머니 보시니, 키가 한 척尺 정도 되는 천인天人 두세 명이 춤을 추고 있는 빛이었다. 대신은 이것을 보고,

'내가 솜씨를 발휘하여 쟁을 연주하는 것을 듣고 천인이 감동하여 하늘에서 내려와 춤을 추는 것이다.'

라고 생각하시어 더할 나위 없이 존귀하게 생각하셨다. 이것은 실로 놀라울 정도로 훌륭한 일이다.

또 중납언中納言 하세오長谷雄[6]라고 하는 박사[7]가 있었다. 세상에 견줄 이가 없을 정도로 훌륭한 학자였다. 이 사람이 달 밝은 밤에 대학료大學寮의 서쪽 문으로 나와 예禮□□[8]의 앞의 다리 위에 서서 북쪽을 보니 주작문朱雀門[9] 2층에 관을 쓰고 아오襖[10]를 입은 키가 서까래 높이 가까이 되는 사람이 《시를》[11] 읊조리며 걸어 다니고 있었다. 하세오는 이것을 보고, '놀랍게도 영인靈人[12]을 보았다. 내가 생각해도 대단한 일이다.'라고 감탄하였다. 이것도 또한 불가사의한 일이다.

옛날에는 이러한 불가사의한 것을 확실히 본 사람들이 있었다[13]고 이렇게 이야기로 전하여 내려오고 있다 한다.

4 모옥母屋에 연결되어 밖으로 튀어나온 건물. 접객의 용도로 씀.
5 원문에는 "隔子"(=格子)로 되어 있음.
6 → 인명(기노 하세오紀長谷雄).
7 여기에서는 문장文章 박사.
8 원문의 원래 모습은 '禮□門ノ橋'로 '나성문羅城門의 계단'에 해당하는 것으로 추측됨. 단, 나성문과 주작문은 거리가 많이 떨어져 있음. 『요쓰기 이야기世繼物語』에는 "나성문의 다리위에 서서 북쪽의 모습을 보면"으로 되어 있음.
9 헤이안 경平安京 대내리大內裏의 남측 중앙에 있는 정문. 이곳에서부터 주작대로가 시작되어 남하함.
10 무관武官이 착용했던 양쪽 겨드랑이의 밑을 봉하지 않고 터놓은 정장의 웃옷.
11 원문의 원래 모습은 "□□吹ヲ"로, 빈 공간은 'うそ'의 한자표기를 위한 의도적 결자.
12 신령이 변한 사람. 화신.
13 상고사상尙古思想의 표현. 『요쓰기 이야기』에는 "옛 사람은 이러한 것을 보셨다."라고 되어 있음.

⊙제1화⊙
기타노베北邊 대신大臣과 하세오長谷雄 중납언中納言의 이야기

北辺大臣長谷雄中納言語第一

今昔、北辺ノ左大臣ト申ス人御座ケリ。名ヲ信トゾ云ケル。嵯峨天皇ノ御子也。一条ノ北辺ニ住給ケルニ依テ、北辺ノ大臣トハ申ス也。万ノ事止事無ク御座ケル中ニ、管絃之道ヲナム艶ズ知給ヒタリケル。其中ニモ箏ヲナム並無ク弾給ケル。

而ルニ、大臣或時ニ、夜ル箏ヲ弾給ヒケル、終夜心ニ興有テ弾給フ間、暁方ニ成テ、難キ手ノ止事無ヲ取出テ弾給ヒケル時ニ、我ガ心ニモ、「極ジク微妙シ」ト思給ケルニ、前ノ放出ノ隔子ノ被上タル上ニ、物ノ光ル様ニ見ケレバ、「何ノ光ルニカ有ラム」ト思給テ、和ラ見給ケルニ、長ケ一尺許ナル天人共ノ二三人許有テ、舞フ光リ也ケリ。大臣此ヲ見テ、「我ガ微妙キ手ヲ取出テ箏ヲ弾クヲ、天人ノ感テ下来テ舞フ也ケリ」ト思給フ。哀ニ貴ク思給ケリ。実ニ此レ、奇異ク微妙キ事也。

亦、中納言長谷雄ト云ケル博士有ケリ。世ニ並無カリケル学生也。其人、月ノ明リケル夜、大学寮ノ西ノ門ヨリ出テ、朱雀門ノ上ノ層ニ、礼□ノ桁ノ上ニ立テ北様ヲ見ケレバ、冠ニテ襖着スル人ノ、長ハ上ノ垂木近ク有ルガ、□吹ヲシ、文ヲ頌シテ廻ルナム有ケル。長谷雄此ヲ見テ、「我レ此レ霊人ヲ見ル。身乍ラモ止事無ク」ナム思ケル。此レ亦希有ノ事也。

昔ノ人ハ此ル奇異ノ事共ヲ見顕ス人共ナム有ケル、ト語リ伝ヘタルトヤ。

권24 제2화

가야高陽 친왕親王이 인형을 만들어 논에 세운 이야기

천하에 가뭄이 들었던 해, 공예세공工藝細工의 명인이었던 가야高陽 친왕親王은 꼭두각시 인형을 제작하여 논 한가운데 세워, 그것을 가지고 노는 사람들의 손으로 힘들이지 않고 논에 물을 부어 넣었다는 이야기.

이제는 옛이야기이지만, 가야高陽 친왕親王[1]이라고 하는 분이 계셨다. 이 분은《간무恒武》[2] 천황의 황자로 공예가로서 뛰어난 명인이었다. 그런데 교고쿠지京極寺[3]라고 하는 절이 있는데 이것은 이 친왕이 세우신 절이다. 이 절 앞의 강가[4]에 있는 논은 이 절의 영지領地였다.

어느 해, 온 나라에 가뭄이 계속되어 논이란 논은 모두 말라 버릴 것이라고 큰 소동이 일어났다. 그런데 더욱이 이 논은 가모 강賀茂川의 물을 끌어 와서 경작하는 논이었기 때문에 그 하천의 물이 말라 버리게 되면, 온 땅이 말라버려 모종도 모두 붉게 말라 죽어 버릴 듯 했다.

그래서 가야 친왕은 이 대책을 생각하시어 신장 네 척 정도의, 동자童子가

1 → 인명. '高陽'는 '賀陽'라고도 하였음.
2 천황명의 명기를 위한 의도적 결자. 문맥을 고려하여 보충.
3 → 사찰명.
4 가모賀茂의 강가.

양손으로 나무통을 받쳐 들고 서 있는 인형을 만들어서 이 논 안에 세웠다. 사람들이 그 동자가 가지고 있는 통에 물을 넣으면 물이 들어갈 때마다 얼굴에 쏟아지도록 궁리하여 만들었기 때문에 이것을 본 사람은 물을 퍼 담아 인형이 들고 있는 통에 넣는다. 그러면 통에 넣은 물이 얼굴로 계속 흘러 쏟아지기 때문에 사람들은 재미있어 하며 이것을 입소문을 통해 널리 알렸다. 그러자 도읍 전체의 사람들이 문전성시를 이루어 물을 통에 붓고는 그것을 보면서 크게 떠들며 즐거워했다. 이렇게 하는 중에 그 물이 자연스레 《모여》[5]서 논에 가득 찼다. 논에 물이 가득차면 친왕은 동자를 감추었다가 또 물이 마르면 동자를 꺼내어 논 가운데 세웠다. 그러자 또 전과 같이 사람이 몰려들어 물을 부었기 때문에 논에 물이 가득 찼다. 이렇게 하여 그 논은 조금도 마르지 않았다.

이것은 뛰어난 장치이다. 이것도 모두 친왕이 뛰어난 공예의 명인名人이셨던 덕분이라고 이렇게 이야기로 전하여 내려오고 있다 한다.

5 한자 표기를 위한 의도적 결자. 문맥을 고려하여 보충.

◉ 제2화 ◉
가야高陽 친왕親王이 인형을 만들어 논에 세운 이야기

高陽親王造人形立田中語第二

今昔、高陽親王ト申ス人御ケリ。此ハ□天皇ノ御子也。極タル物ノ上手ノ細工ニナム有ケル。京極寺ト云フ寺有リ。其寺ハ此親王ノ起給ヘル寺也。其寺ノ前ノ河原ニ有ル田ハ此寺ノ領也。

而ルニ、天下旱魃シケル年、万ノ所ノ田皆焼失ヌト喤シルニ、増テ此ノ田ハ賀茂川ノ水ヲ入レテ作ル田ナレバ、其河ノ水絶ニケレバ、庭ノ様ニ成テ、苗モ皆赤ミヌベシ。

而ルニ、高陽親王此ヲ構給ケル様、長ケ四尺計ナル童ノ左右ノ手ニ器ヲ捧テ立テル形ヲ造テ、此田ノ中ニ立テ、人其童ノ持タル器ニ水ヲ入ルレバ、盛受テハ即チ顔ニ流懸ル構ヲ造タリケレバ、此ヲ見ル人、水ヲ汲テ、此持タル器ニ入ルレバ、盛受テ顔ニ流懸々々スレバ、此ヲ興ジテ聞継ツヽ、京中ノ人市ヲ成シテ集テ、水ヲ器ニ入レテ、見興ジ喤ル事無限シ。如此為ル間ニ、其水自然ラ□テ、田ニ水多ク満ヌ。其時ニ童ヲ取隠シツ。亦、水乾キヌレバ、童ヲ取出シテ田ノ中ニ立テツ。然レバ亦前ノ如ク人集テ、水ヲ入ルル程ニ、田ニ水満ヌ。如此シテ其田露不焼シテナム止ニケル。

此極キ構ヘ也。此モ御子ノ極タル物ノ上手、風流ノ至ル所也トゾ人讃ケル、トナム語リ伝ヘタルトヤ。

권24 **제3화**

오노노미야小野宮가 대연회大饗에서 구조대신九條大臣이 다듬이질을 한 옷을 얻은 이야기

오노노미야小野宮 사네요리實賴 주최主催의 대연회大饗에서, 주빈主賓인 구조九條 모로스케師輔가 증정품으로 받은 홍색紅色 호소나가細長는 지극히 정교精巧하여 전구前驅를 맡은 사람이 잘못하여 물에 떨어뜨렸는데도 물을 튕겨내어 문양文様도 바뀌지 않았다는 이야기. 지금은 쇠퇴한 옛 기술의 탁월함을 기리는 것.

이제는 옛이야기이지만, 오노노미야小野宮 대신大臣[1]이 성대한 연회大饗[2]를 베푸셨을 때 구조九條 대신[3]은 주빈主賓으로서 참석하셨다.

그때 답례품으로 받으신 여자의 의복에 들어 있었던 다듬이질을 한 홍색紅色의 호소나가細長[4]를 앞에서 행렬을 인도하는 조심성 없는 사람이 받아 들고 나가려고 했다. 그런데 그것을 잡다《놓쳐》[5]서 도랑에 떨어뜨렸기에 당황하며 바로 들어 올려 물을 흔들어 털어내었다. 그러자 물은 순식간에 흩어져 말라버렸다. 그런데 그 젖은 쪽의 소매는 조금도 물에 젖은 듯하지

1 후지와라노 사네요리藤原實賴를 가리킴. → 인명(사네요리實賴).

2 대신 주최의 대연회. 항례恒例는 1월 4일(좌대신), 5일(우대신). 임대신任大臣의 대연회라고 하면 천경天慶 7년(944) 4월 9일의 후지와라노 사네요리 임우대신任右大臣의 대연회에 대납언大納言 후지와라노 모로스케藤原師輔가 손님으로 참가하고 있음.

3 → 인명. 후지와라노 모로스케藤原師輔를 가리킴.

4 홍색으로, 다듬이질을 해서 광택을 냈음. 우치기袿와 비슷하며 앞 깃이 없는 부인婦人 의복.

5 한자표기를 위한 의도적 결자. 『우지 습유宇治拾遺』를 참조하여 보충.

않았고, 젖지 않은 쪽 소매와 비교해 보아도 매우 똑같은 광택이었다. 이것을 본 사람은 이 다듬이질을 한 옷의 훌륭함을 칭찬했다.

옛날에는 다듬이질을 한 옷도 이처럼 훌륭했다. 이 시대에는 도저히 있을 수 없는 일[6]이라고 이렇게 이야기로 전하여 내려오고 있다 한다.

6 상고사상尙古思想의 표현으로 본권 제 1·4·7·14화 등의 끝부분에도 같은 취지의 평어評語가 보임.

⊙제3화⊙ 오노노미야小野宮가 대연회大饗에서 구조대신九條大臣이 다듬이질을 한 옷을 얻은 이야기

小野宮大饗九条大臣得打衣語第三

(をののみやのだいきやうにくでうのおとどうちぎぬをうることだいさむ)

今昔(いまはむかし)、小野宮(をののみや)[3]ノ大臣(おとど)ノ大饗(だいきやう)[4]行(おこな)ヒ給(たまひ)ケルニ、九条大臣(くでうのおとど)[5]ハ尊者(そんじや)ニテナム参給(まゐりたま)ヘリケル。

其御送物(そのおほむおくりもの)[6]ニ得給(えたまひ)タリケル女(をむな)ノ装束(しやうぞく)ニ被副(そへられ)タリケル紅(くれなゐ)[7]ノ打(うち)タル細長(ほそなが)[8]ヲ、心無(こころな)カリケル前駈(ぜんくう)[9]ノ取(とり)テ出(いで)ケルニ、取(とり)□[10]シテ遣(やり)[11]水(みづ)ニ落(おと)シ入(いれ)タリケレバ、即(すなは)チ迷(まどひ)テ取上(とりあげ)テ打振(うちふる)ヒケレバ、水(みづ)ハ走(はしり)[12]テ乾(かわ)キニケリ。而(しか)ルニ、其湿(そのぬれ)タリケル方(かた)ノ袖(そで)ノ、露水(つゆみづ)ニ湿(ぬれ)タリトモ不見(みえず)シテ、不湿方(ぬれざるかた)ノ袖(そで)ニ見競(みくらべ)ケルニ、只同様(ただおなじさま)ニナム打目(うちめ)[13]有(あり)ケル。此(これ)[14]ヲ見(み)ル人(ひと)、打物(うちもの)[15]ヲゾ誉(ほ)メ感(かむ)ジケル。

昔(むかし)[16]ハ打(うち)タル物(もの)[17]モ此様(かやう)ニゾ有(あり)ケル。今(いま)[18]ノ世(よ)ニハ極(きはめ)テ難有(ありがた)キ事(こと)也(なり)、トナム語(かた)リ伝(つた)ヘタルトヤ。

권24 **제4화**

손톱 위에서 고가이笄를 뒤집은 남자와 바늘을 뒤집은 여자의 이야기

축국蹴鞠의 명수名手였던 사인舍人인 하루치카春近가 젊은 여인들 앞에서 우물 위에 손을 내놓고 손톱 위에서 고가이笄를 공중회전시키는 묘기를 부리며 우쭐대고 있을 때, 노파가 실이 달린 바늘을 이용하여 보다 어려운 묘기를 보였기 때문에 교만한 하루치카의 코가 납작해졌다는 이야기. 세상에는 숨겨진 명인, 달인이 있다고 하는 유형적인 내용으로 앞 이야기와 마찬가지로 탁월한 기능이 존재했던 옛날을 그리워하는 심정이 나타나고 있다.

이제는 옛이야기이지만, □ 천황[1]의 치세에 우근위부右近衛府 대기소[2]에 □□□□[3] 하루치카春近라고 하는 사인舍人이 있었다. 대단한 축국蹴鞠[4]의 달인이었다.

이 하루치카가 뒷마을에 있는 우물가에 기대서서, '저기 있는 많은 젊은 여인들에게 자랑해야지.' 하며 칼집에서 고가이笄[5]를 꺼내어 손톱 위에 세운

1 천황명의 명기를 위한 의도적 결자.
2 우근위부右近衛府의 진. 우근위부의 위병 대기소. 내리중內裏中, 교서전校書殿·안복전安福殿 사이의 월화문月華門 내에 있었음.
3 하루치카春近의 성姓의 명기를 위한 의도적 결자.
4 * 고대로부터 귀족 간에 행해진 야외놀이이다. 수 명이 사슴가죽으로 된 공을 떨어뜨리지 않도록 발등으로 차서 전달함.
5 머리를 쓸어 올리는 도구. 대나무·뿔 또는 금속제로 요도腰刀의 칼집 바깥쪽 주머니 속에 수납해 둔다.

채로 우물 위로 팔을 뻗어 사오십 번 정도 공중회전을 시켰기 때문에 사람들이 모여 들어서 이것을 보고, 매우 재미있어 하며 감탄했다.

그러자, 한 노파가 다가와 이것을 보고,

"재미있는 기술을 가진 분이로다. 옛날부터 지금까지 이런 기술을 부리는 사람은 없었다. 자, 나도 한번 해 보겠소."

라고 말한 뒤 소매에 꽂혀 있던 바늘을 빼내어 실을 단 채로 손톱 위에서 사오십 번 정도 공중회전을 시켰는데 이것을 본 사람은 모두 몹시 경탄하였다. 이것을 본 하루치카는 《얼굴이 빨개져서》[6] 고가이를 칼집에 집어넣어 버렸다. 이것은 흔하지 않은 드문 일이다.[7]

옛날에는 아주 하찮은 일에 있어서도 이러한 재주를 부리는 자들이 있었다고 이렇게 이야기로 전하여 내려오고 있다 한다.

6 한자표기를 위한 의도적 결자. 문맥을 고려하여 보충.

7 원문에는 "희유稀有"로 표기되어 있다.

トナム語リ伝ヘタルトヤ。

⊙ 제4화 ⊙ 손톱 위에서 고가이笄를 뒤집은 남자와 바늘을 뒤집은 여자의 이야기

於爪上勁㕞返男針返女語第四

今昔、□天皇ノ御代ニ右近ノ陣ニ□ノ春近ト云舎人有ケリ。鞠ヲナム極ク微妙ク蹴ケル。

其春近ガ、後ノ町ノ井ノ筩ニ押懸リ立テ、「若キ女共ナドノ数有ケルニ見セム」ト思テ、鞘ヨリ勁㕞ヲ取出テ、手ノ爪ニ立テ、、井ノ上ニ差出デ、、四五十度計リ返シ立テケルヲ、人集テ此ヲ見テ興ジ感ジケル事無限リ。

而ル間、年老タル女寄来テ、此ヲ見テ云ク、「興有ル態シ給フ主ナ。古ヘモ此ル態為ル人無カリキ。イデ己レ習ヒ申サム」トテ、袖ニ差タル針ヲ抜出テ、緒ヲ付乍ラ爪ノ上ニシテ、四五十度計返シケレバ、此ヲ見ル人皆奇異ク思ケリ。其時ニ春近此ヲ見テ、□テ勁㕞差テケリ。此希有ノ事共也。

昔ハ墓無キ事共ニ付テモ、此様ノ態為ル者共モ有ケル也、

권24 **제5화**

구다라노 가와나리百濟川成와 히다노 다쿠미飛彈工가 겨룬 이야기

회화繪畫의 명인 구다라노 가와나리百濟川成에 관한 두 가지 에피소드가 연결되어 있다. 가와나리가 도망가 버린 어린 종자從者와 꼭 닮은 초상화를 그려, 그것을 단서로 하인에게 수색搜索을 시켜 데리고 돌아온 이야기와, 가와나리와 세공細工의 명인 히다노 다쿠미飛彈の工가 재주를 겨루는 이야기. 후자는 히다노 다쿠미의 정교精巧한 세공에 깜짝 놀라게 된 가와나리가 훗날 죽은 사람을 실감나게 그린 그림으로 히다노 다쿠미의 간을 서늘케 하여 보복을 했다는 이야기. 기예技藝에 출중한 명인들이 재주를 겨룬다는 점에서 앞 이야기와 이어진다.

이제는 옛이야기이지만, 구다라노 가와나리百濟川成[1]라고 하는 화공이 있었는데 세상에 견줄 이가 없는 명인이었다. 농전瀧殿[2]의 정원석도 가와나리가 설치한 것이며 건물의 벽화도 그가 그린 것이다.

언젠가 가와나리의 어린 종자從者가 도망을 쳤다. 사방팔방 찾았지만 발견할 수가 없어서 어느 귀족의 하인에게,

"내 집에서 여러 해 부리던 동자童子가 어느 틈에 도망쳐 버렸다. 이 아이

1 인명.

2 연못과 돌을 배치한 침전寢殿 구조의 정원의 폭포 근처에 세운 전사殿舍. 이 건물에 대해서 사가嵯峨의 다이카쿠지大覺寺의 농전으로 보는 설이 있지만 확증은 없음.

를 잡아와 주게."
라고 부탁하였다. 그러자 하인은 "그야 어렵지 않은 일입니다만, 그 아이의 얼굴도 몰라서는 도저히 잡을 수가 없습니다."라고 하였다. 가와나리는 "음, 지당한 말일세."라고 하고는 품에 지니고 다니는 종이를 꺼내고서는 동자의 얼굴만을 그려 하인에게 건네주었다. 그리고

"이 그림과 닮은 아이를 잡아와 주게. 동東·서西의 시장[3]은 사람이 모이는 장소[4]이니 그 근처에 가서 찾으면 될 것이오."
라고 말하기에 하인은 그 초상화를 손에 들고 곧장 시장으로 갔다. 사람은 많이 나와 있었지만 그림과 닮은 동자는 없었다. 잠시 그곳에서 '혹시라도 찾을 수 있을지 모른다.'라며 기다리고 있던 중, 그림과 닮은 동자가 나타났다. 그래서 초상화를 꺼내어 비교해 보니, 실로 꼭 닮았다. '이 아이다.'라고 생각하여 잡아 가와나리에게 데리고 갔다. 가와나리가 이 아이를 보니 찾고 있던 동자였기에 매우 기뻐했다. 당시 이것을 들은 사람들은 대단한 일이라고 서로 이야기했다.

그런데, 그 무렵 히다노 다쿠미飛彈工[5]라고 하는 장인이 있었다. 이 헤이안 경平安京으로 도읍을 옮겼을 때 솜씨를 발휘한 장인이며, 세상에 견줄 이 없는 명인이었다. 무락원武樂院[6]은 이 다쿠미가 직접 작업을 한 건물이기 때문에 이처럼 훌륭한 것이리라.

한편 다쿠미는 가와나리와 서로 기술을 겨루고 있었다. 어느 날, 히다노

3 동서東西(좌우左右) 양경兩京의 시장. 동쪽 시장은 칠조대궁七條大宮에, 서쪽 시장은 칠조서대궁七條西大宮에 위치하며 주작대로朱雀大路를 사이에 두고 좌우 대칭으로 설치되어 있음.

4 시장은 도망자 등의 일종의 피난소이기도 하였음.

5 히다 지방의 장인을 뜻하는 보통명사이지만 여기서는 고유명사화되어 있다. 고대로부터 히다 지방에는 훌륭한 장인이 많았다. 율령시대에 용조庸調를 면제받는 대신에 각 리里마다 열 사람씩 장인이 징발되어 '히다노 다쿠미'라고 불렸음.

6 풍락원豊樂院과 같음. 헤이안 경平安京 대내리大內裏의 조당원朝堂院의 서쪽에 있었던 전사로 절회節會를 행하였음.

다쿠미가 가와나리에게

"저희 집에 벽이 사면四面으로 된 한 칸짜리 당堂을 지었습니다. 오셔서 보십시오. 또, 당신이 벽에 그림이라도 그려 주셨으면 좋겠습니다."

라고 말했다. 서로 경쟁하면서도 사이좋게 농담을 하는 사이이기에 가와나리는 '그림 때문에 초대한 게로군.'라고 생각하며 히다노 다쿠미의 집을 방문하였다. 가서 보니 매우 공을 들여 만든 작은 당이 있고, 사방四方의 문이 모두 열려 있었다. 히다노 다쿠미가, "저 당에 들어가 안을 보십시오."라고 하기에 가와나리는 툇마루에 올라 남쪽 문으로 들어가려고 하자, 그 문이 쾅하고 닫혔다. 놀라서 툇마루를 돌아 서쪽 문으로 들어가려 하니 또 그 문이 쾅하고 닫힌다. 동시에 남쪽 문이 열린다. 그래서 북쪽 문으로 들어가려 하면 그 문이 닫히고 서쪽 문이 열린다. 또 동쪽 문으로 들어가려 하면 그 문이 닫히고 북쪽 문이 열렸다. 이렇게 빙글빙글 돌며 몇 번을 들어가려고 하여도 닫히고 열리고 하여 들어가지도 못하고, 어쩔 수 없이 툇마루에서 내려오고 말았다. 그때 히다노 다쿠미가 배를 잡고 웃었다. 가와나리는 분해하며 돌아갔다.

그 후, 며칠이 지나 가와나리가 히다노 다쿠미의 집에 하인을 보냈다. "저희 집에 오십시오. 보여드리고 싶은 것이 있습니다." 히다노 다쿠미는 '분명 나에게 한방 먹일 셈이로구나.'라고 생각하여 가지 않고 있자니, 몇 번이고 정중히 초대하기에 다쿠미는 가와나리의 집을 방문하였다. 히다노 다쿠미가 안내를 청하니 하인이, "이쪽으로 들어가십시오."라고 하였다. 안내를 받은 대로 복도에 있는 미닫이문을 연 순간, 안에 몸집이 큰 사람이 거무스름하게 썩어 부푼 채 누워 있었다. 그 역한 냄새가 코를 찌르는 듯하였다. 히다노 다쿠미는 생각지도 못한 이러한 광경을 보았기에 "으악" 하고 비명을 지르며 뛰쳐나왔다. 안에는 가와나리가 있어 이 목소리를 듣고 배를 잡고 웃었다. 히다노 다쿠미가 공포에 떨며 정원에 선 채 꼼짝 못하고 있으니, 가와나리가 미닫이문에서 얼굴을 내밀고 "어라 왜 그러십니까. 저는 여기에 있습니다. 개의치 말고 들어오십시오."라고 말하기에, 벌벌 떨며 다가가 보니 웬걸, 그곳 칸막이[7]에 죽은 사람의 그림이 그려져 있는 것이었다. 당堂으로 속은 것이 분하여 이런 일을 한 것이었다.

두 사람의 재주는 이러하였다. 당시는 어디에 가도 이 이야기가 화제였으며 모든 사람이 이 두 사람을 칭송하였다고 이렇게 이야기로 전하여 내려오고 있다 한다.

7 원문에는 "障紙"로 되어 있음. '障子'와 같음. 방을 나누는 후스마, 당지唐紙, 쓰이타테衝立등의 총칭. 여기에서는 '衝立障子(=衝立)', 즉 이동식 칸막이를 가리키는 것으로 추정.

⊙제5화⊙ 구다라노 가와나리百済川成와 히다노 다쿠미飛弾工가 겨룬 이야기

百済川成飛弾工挑語第五

今昔、百済ノ川成ト云フ絵師有ケリ。世ニ並無キ者ニテ有ケル。滝殿ノ石モ此川成ガ立タル也ケリ。同キ御堂ノ壁ノ絵モ此ノ川成ガ書タル也。

而ル間、川成従者ノ童ヲ逃シケリ。東西ヲ求ケルニ不求得リケレバ、或高家ノ下部ヲ雇テ語ヒテ云ク、「己ガ年来仕ツル従者ノ童、既ニ逃タリ。此尋テ捕ヘテ得サセヨ」ト。下部ノ云ク、「安事ニハ有レドモ、童ノ顔ヲ知タラバコソ搦メム」ト、「顔ヲ不知シテハ何デカ搦メム」ト。川成、「現ニ然ル事也」ト云テ、畳紙ヲ取出テ、童ノ顔ノ限ヲ書テ下部ニ渡シテ、「此ニ似タラム童ヲ可捕キ也。東西ノ市ハ人集ル所也。其辺ニ行テ可伺キ也」ト云ヘバ、下部其顔ノ形ヲ取テ、即チ市ニ行ヌ。人極テ多カリト云ヘドモ、此ニ似タル童無シ。暫ク居テ、「若ヤ」ト思フ程ニ、此似タル童出来ヌ。其形ヲ取出テ競ブルニ、露違タル所無シ。「此也ケリ」ト搦テ、川成ガ許ニ将テ行ヌ。川成此ヲ得テ見ルニ、其童、極ク喜ビケリ。其比、此ヲ聞ク人極キ事ニナム云ケル。

而ルニ、其比、飛弾ノ工ト云フ工有ケリ。都遷ノ時ノ工也。世ニ並無キ者也。武楽院ハ其工ノ起タレバ微妙ナルベシ。

而ル間、此工彼ノ川成トナム各ノ態ヲ挑ニケル。飛弾ノ工川成ニ云ク、「我ガ家ニ一間四面ノ堂ヲナム起タル。御シテ見給ヘ。亦、『壁ニ絵ナド書テ得サセ給ヘ』トナム思フ」ト。互ニ挑乍ラ、中吉クテナム戯レケレバ、「此ク云事也」トテ、川成飛弾ノ工ガ家ニ行ヌ。行テ見レバ、実ニ可咲気ナル小サキ堂有リ。四面ニ戸皆開タリ。飛弾ノ工、「彼ノ堂ニ入テ、其内見給ヘ」ト云ヘバ、川成延ニ上テ南ノ戸ヨリ入ラムト為ルニ、其戸ハタト閉ヅ。驚テ廻テ西ノ戸ヨリ入ル。亦其ノ戸ハタト閉ヌ。亦南ノ戸ハ開ヌ。然レバ北ノ戸ヨリ入ルニハ其戸ハ閉テ、西ノ戸ハ開ヌ。亦東ノ戸ヨリ入ルニ、其戸ハ閉テ、北ノ戸ハ開ヌ。如此廻々ル数度入ラムト為ルニ、閉開ツ入ル事ヲ不得。侘テ延ヨリ下ヌ。其時ニ飛弾ノ工咲フ事無限リ。川成、「妬」ト思テ返ヌ。

其後、日来ヲ経テ、川成飛弾ノ工ガ許ニ云遣ル様、「我ガ家ニ御座セ。見セ可奉物ナム有ル」ト。飛弾ノ工、「定メテ我ヲ謀ラムズルナメリ」ト思テ不行カヌ、度々懃ニ呼ベバ、工川成ガ家ニ行キ、此来レル由ヲ云入レタル、「此方ニ入給へ」ト令云ム。云ニ随テ、廊ノ有ル遣戸ヲ引開タレバ、門ニ大キナル人ノ黒ミ脹臭タル臥セリ。臭キ事鼻ニ入様也。不思懸ニ此ル物ヲ見タレバ、音ヲ放テ愕テ去返ル。川成内ニ居テ、此ノ音ヲ聞テ咲フ事無限リ。飛弾ノ工、「怖シ」ト思テ土ニ立テルニ、川成其遣戸ヨリ顔ヲ差出テ、「耶、己レ此ク有ケルハ。只来レ」ト云ケレバ、恐々ヅ寄テ見レバ、障紙ノ有ルニ、早ウ、其死人ノ形ヲ書タル也ケリ。堂ニ被謀タルガ妬キニ依テ此クシタル也ケリ。

二人ノ者態、此ナム有ケル。其比ノ物語ニハ万人所ニ此ヲ語テナム皆人誉ケル、トナム語リ伝ヘタルトヤ。

권24 **제6화**

바둑 두는 간렌寬蓮이 바둑 두는 여자를 만난 이야기

바둑의 명인 간렌寬蓮에 관한 두 가지 에피소드가 연결되어 있다. 첫 번째는 내기에 건 금 베개를 매번 다시 빼앗아오는 다이고 천황醍醐天皇의 비겁한 수법에 대항하여 간렌 역시 감쪽같이 가짜 베개를 만들어 마침내 금 베개를 손에 넣는다는 이야기이다. 두 번째는 간렌이 궁에서 나오던 중 고귀하지만 낯선 여인에게 초대받고 대국에서 완패를 당하여 허둥지둥 도망쳐 돌아왔다는 이야기로, 여인의 정체는 알 수 없지만 헨게變化라는 소문이 돌았다고 전해진다. 후자는 숨겨진 명인이 있다는 점에서 제4화와 공통되는 요소를 담고 있으며, 기예技藝의 달인이 귀신鬼神 또는 헨게와 승부를 겨룬다는 유형類型에 속한다. 또한 앞 이야기와는 세상에 명성이 자자한 훌륭한 재주를 가진 명인의 승부에 관한 이야기라는 점에서 연결된다.

이제는 옛이야기이지만, 제60대 연희延喜[1]의 치세에, 고세이碁勢[2]와 간렌寬蓮[3]이라고 하는 두 분의 스님은 바둑의 명인이었다. 간렌은 집안도 천하지 않았고 우다인宇多院[4]의 전상법사殿上法師[5]였기 때문에 천황께서도 항상 부르시어 바둑 상대로 삼으셨다. 천황께서도 매우 잘 두셨지만, 간렌에게는

1 다이고醍醐 천황天皇. 재위는 관평寬平 9년(897)～연장延長 8년(930).

2 바르게는 '碁聖'. '碁聖'은 보통명사로 바둑의 달인이라는 뜻. 본집의 편자가 고유명사로 착각하여 '두 분의 스님'이라고 한 것으로 추정.

3 → 인명.

4 → 인명.

5 승전昇殿을 허락받은 법사의 의미.

선수先手 두 점을 놓으셨다.

늘 이렇게 하셨는데 언젠가 천황은 금으로 만든 베개를 걸고 간렌과 바둑을 두셨다. 이 때 간렌이 이겨서 금 베개를 받고 물러나자, 천황은 젊고 혈기왕성한 전상인殿上人에게 명하여 베개를 다시 빼앗아 오게 하셨다. 이런 식으로 간렌이 베개를 받아서 물러나면 천황께서 다시 빼앗아 오게 하시는 일이 거듭되었다.

그 후 또 다시 천황이 지셔서 간렌이 베개를 받고 물러났는데, 늘 그렇듯 여러 젊은 전상인들이 뒤쫓아 가서 빼앗으려고 했다. 그러자 간렌은 품속에서 베개를 꺼내 기사키 정后町[6]의 우물 속으로 던져 버렸다. 그 때문에 전상인들은 모두 되돌아갔고, 간렌은 재빨리 몸을 날려 달아났다. 그 후 우물 아래로 사람을 내려 보내 그것을 끌어올려 보니, 나무를 베개모양으로 만들어 금박金箔을 입힌 것이었다. 놀랍게도 진짜 금 베개는 간렌이 어전에서 물러나며 가지고 갔던 것이고, 대신 비슷한 나무 베개를 미리 준비하여 가지고 있다가 우물에 던져 넣은 것이었다. 이리하여 간렌은 금 베개를 조금씩 잘게 으깨서 닌나지仁和寺[7] 동쪽 부근에 있는 미로쿠지彌勒寺[8]라는 절을 건립했다. 천황께서도 "감쪽같이 속였구나." 하며 웃으셨다.

간렌은 항상 이처럼 궁에 드나들고 있었는데, 어느 날 내리內裏에서 물러난 뒤 수레를 타고 일조대로一條大路를 지나서 닌나지로 가려던 도중이었다. 서쪽 대궁대로大宮大路 부근에서 아코메衵[9]와 하카마袴를 입은 정갈한 차림의 여동女童이 간렌 일행의 동자 한명을 불러 세워 말을 걸었다. '무슨 이야

6 기사키 정后町은 내리內裏 안의 상녕전常寧殿을 가리킴. 상년전 앞뜰에 있던 우물. 상녕전의 남쪽에 있으며 승향전承香殿에서는 북쪽에 위치함.

7 → 사찰명.

8 미상. 『고사담古事談』에는 "닌나지 북쪽에 미로쿠지라는 당"이라고 보임.

9 겉옷과 속옷 중간에 겹쳐 입는 옷.

기를 하는 것일까.' 간렌이 이렇게 생각하며 뒤돌아보자 동자가 수레 뒤편으로 가까이 다가와 말했다.

"저기서 기다리고 있는 여동이 '이 근처에 있는 집에 잠시만 들러주십시오. 그곳에 사시는 분이 수레를 타고 오시는 분께 드릴 말씀이 있다고 하십니다.'라고 전하였사옵니다."

간렌은 이 말을 듣고, '누가 그런 말을 전하게 한 것일까?'라고 이상하게 생각하였지만 여동이 말하는 대로 수레를 타고 그쪽으로 향하였다. 토어문대로土御門大路와 도조대로道祖大路[10]가 교차하는 부근에 이르자 노송나무로 둘러싸인, 지붕이 없는 대문[11]이 서 있는 집이 있었다. 여동이 "여기이옵니다."라고 말했다. 간렌은 수레에서 내려와 집 안으로 들어갔다. 집 안을 둘러보니 앞쪽에 행랑방[12]이 있는 판자지붕의 단층 하나치이데노마放出ノ間[13]가 있었다. 앞뜰에는 섶나무로 엮은 울타리가 있고, 정원수들도 운치 있게 심어져 있었으며 모래가 뿌려져 있었다. 초라하고 작은 집이기는 했으나 제법 풍류가 느껴졌다. 간렌이 하나치이데노마放出ノ間에 오르자 이요 지방伊予國의 발[14]이 새하얗게 걸려 있었다. 가을 무렵이라 여름용 휘장대가 깔끔하게 발과 함께 겹쳐 세워져 있고, 그 발 옆에 윤이 나도록 닦은 바둑판이 있다. 바둑판 위에는 매우 훌륭해 보이는 바둑돌을 담는 통이 보이고, 그 옆에는 둥근 방석이 하나 놓여 있었다.

간렌은 그곳에서 떨어져 앉아 있었다. 그때 발 안쪽에서 "이쪽으로 가까

10 '도조대로道祖ノ大路'는 서동원西洞院대로의 이칭異稱. 五條서동원에 도소신道祖神이 진좌鎮座하고 있었던 일로 유래된 칭. 권20 제3화 참조.

11 원문은 "오시타테몬押立門".

12 원문은 "히로비사시廣庇"로 되어 있는데 '히사시庇'와 같음.

13 모옥母屋에 연결되어 밖으로 튀어나온 건물. 접객의 용도로 씀.

14 이요 지방伊予國(에히메 현愛媛縣)에서 산출되는 볕을 가리는 발. 고대로부터 이요 지방의 물건으로 유명하며, 조릿대를 엮어서 만든 질이 좋은 발.

이 오십시오."라고 고상하고 귀여운 여인의 목소리가 들려서, 간렌은 바둑판 옆으로 다가가 앉았다. 그러자 여자가

"저는 당신이 당대에 필적할 자가 없는 바둑의 명인이시라 들었습니다만 그래도 어느 정도 두시는지 꼭 보고 싶었습니다. 실은 제 아비가 저의 조그만 소질을 인정하여 잠시 바둑을 가르쳐 주었습니다.[15] 하지만 아비가 세상을 떠난 후론 이러한 놀이도 좀처럼 하지 못했는데, 간렌님이 오늘 이곳을 지나가시는 것을 우연찮게 듣게 되어 주저하다가 이렇게 청하게 되었습니다."

라고 말했다. 간렌은 그 말을 듣고 미소를 지으며,

"그거 참 흥미로운 이야기군요. 그건 그렇고 어느 정도 두십니까? 몇 점정도 놓으시겠습니까?"

라고 말하며 바둑판 옆으로 다가갔다. 그 사이에도 향기로운 향내가 발 안쪽에서 풍겨왔다. 시녀들은 모두 발 안쪽에서 간렌이 있는 쪽을 들여다보고 있었다.

간렌이 바둑돌을 담는 통을 집고, 다른 또 하나의 통을 발안 쪽으로 집어넣자 시녀가 "□□□□[16] 그대로 거기에 두십시오."라고 말《하였고, 여인은 "얼굴을 마주보면》[17] 창피하여 바둑을 둘 수 없습니다."라고 하였다. 간렌은 마음속으로 '꽤나 고상한 말을 하는구나.'라고 생각하며 두 개의 바둑돌 통을 자신의 앞에 되돌려 놓았다. 그리고 여자가 말을 꺼내기를 기다리며 바둑돌 통의 뚜껑을 열고 돌을 고르고 있었다. 간렌은 본디 풍류를 이해하고 그 방면에 대한 소양도 있었다. 때문에 우다인도 대단한 인물이라고 늘 생각하고 계실 정도로 간렌은 풍류인이었다. 그런 까닭에 간렌은 여인의 행동

15 바둑은 귀족 여성들도 즐기던 유희遊戲로 여러 서적에 보임.

16 저본의 파손에 의한 결자. 해당 구절 불명.

17 저본의 파손에 의한 결자. 문맥을 고려하여 보충.

거지에 매우 흥미를 느끼고 풍류가 있다고 생각했을 것이다.

이윽고 휘장대의 휘장 틈 사이[18]로 권수목卷數木[19]처럼 깎은, 하얗고 훌륭한 두 척尺 정도의 나무가 불쑥 나와, "저의 돌은 먼저 여기에 놓아주십시오."라고 하며 바둑판 중앙의 흑점을 가리켰다. 그리고

"원래대로라면 몇 점정도 놓아야 합니다만, 아직 서로의 실력을 알지 못하니 어쩔 수 없이 우선 이번 대국은 제가 선을 잡고, 실력을 알게 되면 열 점이든 스무 점이든 놓겠습니다."

라고 말하기에, 간렌은 여인의 돌을 중앙의 흑점에 놓았다. 이어서 간렌이 두었다. 여자가 두는 곳은 나무로 알려주었기에 알려주는 대로 두어 가던 사이에 간렌의 돌은 모두 잡혀버리고 말았다. 여인이 아주 진지하게 두지 않았음에도 불구하고, 겨우 살아남은 돌도 공배를 메워가는[20] 사이에 대부분이 여인의 돌에 둘러싸여 버려서 도저히 대항할 수가 없었다. 그때, 간렌은

'이것은 정말로 불가사의한 일이다. 이 여인은 인간이 아닌 헨게變化[21]일 것이다. 나와 대국하여 어떻게 이 정도로 둘 수 있는 자가 있단 말인가. 설령 훌륭한 명인이라 해도 이렇게 완패할 리가 없다.'

라며 공포를 느끼고 바둑판 위의 돌들을 흩트려 버렸다.

그리고 간렌이 아무 말도 못하고 있자 여인은 옅은 미소를 머금은 목소리로, "한 번 더 대국하시겠습니까?"라고 말했다. 그러나 간렌은, '이런 무시무시한 자와는 두 번 다시 말을 하지 않는 게 상책이다'라고 생각하고 뒤축이 없는 짧은 짚신도 신는 둥 마는 둥 도망쳐 나와서는 수레에 올라타 쏜살같

18 휘장대에 걸친 천을 봉하지 않고 열어놓은 부분.

19 권수축卷數軸이라고도 함. 수법이나 기도祈禱를 할 때, 독송한 경권經券이나 다라니陀羅尼의 명칭·횟수 등을 기록한 종이를 달아 놓는 봉.

20 바둑을 다 두고 아직 소유가 정해지지 않은 눈에 돌을 채워가는 것.

21 신불神佛이나 영혼, 요괴 등의 화신化身.

이 닌나지로 돌아갔다. 간렌이 우다인을 알현하고, "이러이러한 일이 있었사옵니다."라고 아뢰자, 우다인도 '대체 누구일까?'라고 이상하게 여기시고 이튿날 그곳에 사람을 보내 찾아보게 하셨지만 그 집에는 아무도 없었다. 단지 금방이라도 숨이 끊어질 듯한 모습으로 빈집을 지키고 있던 여법사女法師 한 명이 있었다. "어제 계셨던 분은 어디 계십니까?"라고 사자가 묻자,

"가타타가에方違え[22]때문에 좌경左京에서 이 집에 오셔서 대엿새 계셨던 분이 있었습니다만 어젯밤 돌아가셨습니다."

라고 여법사가 답하였다. 우다인이 보낸 사자가 "다녀가신 분은 어떤 분이고 어디 사시는가?"라고 말하자 여법사는,

"저는 누구신지 모르옵니다. 이 집 주인은 쓰쿠시筑紫[23]에 내려가 있사옵니다만, 주인이 아는 분이시지 않을까요? □□□□□[24] 모릅니다."

라고 말했다. 사자는 그 □□□□□□□[25]없이 끝났다. 천황[26]께서도 이 이야기를 들으시고 매우 불가사의하게 생각하셨다.

그 당시 사람들은

'여인이 사람이었다면 어떻게 간렌과의 대국에서 그의 돌을 다 잡을 수 있었겠는가. 이것은 헨게變化가 나타난 것이리라.'

라고 의심하였다. 그 무렵 이 이야기는 줄곧 세간의 화제에 올랐다고 이렇게 이야기로 전하여 내려오고 있다 한다.

22 헤이안平安 시대에 행해졌던 음양도陰陽道의 속신俗信의 하나. 출타할 때 목적지의 방위가 불길하면, 전날 딴 곳에서 1박하여 방위를 바꿔 목적지로 가던 일. 원문에는 "이데이미出忌". 외출하는 방향 때문에 가타타가에方違え를 한 것이라면 하룻밤을 보내는 것이 일반적임. 그러나 원문의 '出'이 '土'를 잘못 표기한 것으로 원래 '土忌'라고 한다면, 공사를 위해서 도쿠 신土公神의 지벌을 피해 다른 집으로 옮겨 지낸 것이 됨. 이 경우 대엿새를 묵다가는 것은 당연한 일임.

23 지쿠젠築前과 지쿠고築後 두 지방을 가리킴. → 옛 지방명. 규슈九州 북부의 옛 칭.

24 저본의 파손에 의한 결자.

25 저본의 파손에 의한 결자.

26 이때의 천황은 다이고 천황.

⊙제6화⊙ 바둑 두는 간렌寛蓮이 바둑 두는 여자를 만난 이야기

碁擲寛蓮値碁擲女語第六

今昔、六十代延喜ノ御時ニ、碁勢寛蓮ト云フ二人ノ僧、碁ノ上手ニテ有ケリ。寛蓮ハ品モ不賤シテ、宇多院ノ殿上法師ニテ有ケレバ、内ニモ常ニ召テ、御碁ヲ遊バシケリ。天皇モ極ク上手ニ遊シケレドモ、寛蓮ニハ先ニツナム受サセ給ヒケリ。

常ニ遊バシケル程ニ、金ノ御枕ヲ懸物ニテ遊バシケルニ、天皇負サセ給ニケレバ、寛蓮其御枕ヲ給リテ罷出ルヲ、若キ殿上人ノ勇ヌルヲ以テ奪ヒ取セ給ヒニケレバ、此様ニ給ハリテ罷出ルヲ奪ハセ給フ事度々ニ成ニケリ。

而ル間、猶天皇負サセ給テ、寛蓮其御枕ヲ給ハリテ罷出ケルヲ、前ノ如ク若キ殿上人数追テ、奪ヒ取ラムト為ル時ニ、寛蓮懐ヨリ其枕ヲ引出テ、后町ノ井ニ投入レツレバ、殿上人ハ皆去ヌ。寛蓮ハ踊テ罷出ヌ。其後、井ニ人ヲ下シテ枕ヲ取上テ見レバ、木ヲ以テ枕ニ造テ、金ノ薄ヲ押タル也ケリ。早ク、実ノ枕ヲバ取テ罷出ニケリ。然ル枕ヲ構ヘ持タリケルヲ投入レケル也ケリ。然テ其枕ヲ打破ツ仁和寺ノ東ノ辺ニ有ル弥勒寺ト云寺ヲバ造タル也ケリ。天皇モ、「極ク構タリ」トテ咲ハセ給ニケリ。

此テ常ニ参リ行程ニ、内ヨリ罷出テ、一条ヨリ仁和寺ヘ行トテ、西ノ大宮ヲ行ク程ニ、衵袴着タル女ノ童ノ穢気無キ、寛蓮ガ童子ヲ一人呼ビ取テ物ヲ云フ。「何事ヲ云ニカ有ラム」ト思テ、見返リ見レバ、童子車ノ後ニ寄来テ云ク、「彼ノ候フ女ノ童ノ申シ候也、『白地ニ此ノ辺近キ所ニ立寄ラセ給ヘ。『可申キ事ノ有ル也、ト申セ』ト候フ人ノ御ヌル也』トナム申ス」ト。

寛蓮此ヲ聞テ、「誰ガ云ハスルニカ有ラム」ト怪ク思ヘドモ、此ノ女ノ童ノ云フニ随テ、車ヲ遣セテ行ク。土御門ト道祖ノ大路トノ辺ニ、檜墻シテ押立門ナル家有リ。女ノ童、「此也」ト云ヘバ、其ニ下テ入ヌ。見レバ、前ニ放出ノ広庇有ル板屋ノ平ミタルガ、前ノ庭ニ籬結テ、前栽ヲナム可有カシク殖テ、砂ナド蒔タリ。賤小家ナレドモ故有テ住成シタリ。寛蓮放出ニ上テ見レバ、伊与簾白クテ懸タリ。秋ノ比ノ事ナレバ、夏ノ几帳清気ニテ簾ニ重ネテ立タリ。簾ノ許ニ巾鑭カシタル碁枰有リ。碁石ノ笥可咲気テ、枰ノ上ニ置タリ。其傍ニ円座一ツヲ置タリ。

寛蓮去テ居タレバ、簾ノ内ニ故々シク愛敬付タル女ノ音シテ、「此寄ラセ給ヘ」ト云ヘバ、碁盤ノ許ニ寄テ居ヌ。女ノ

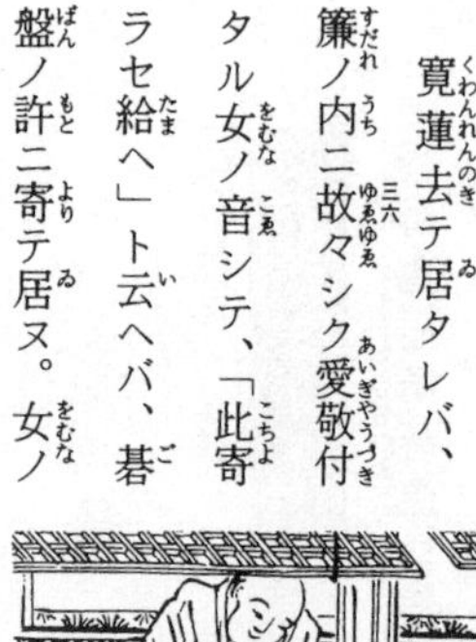

碁盤と碁笥（西行物語絵巻）

云ク、「只今世ニ並無ク碁ヲ擲給フト聞ケバ、然テモ何許ニ擲給フニカ有ラムト、極テ見マ欲ク思ヘテ。早ウ父ニテ侍リシ人ノ、『少シ擲』ト思テ侍リシカバ、『少シ擲習ヘ』トテ教ヘ置テ失侍テ後、絶テ然ル遊モ重ク不為ニ、此通リ給フト自然聞侍ツレ。憚乍ラ」。咲テ云ク、「糸可咲ク候フ事カナ。然テモ、何許遊バスニカ。手何ツ許カ受サセ可給キ」トテ、碁盤ノ許ニ近ク寄ヌ。其間簾ノ内ヨリ空薫ノ香馥ク匂出ヌ。女房共簾ヨリ臨合タリ。

其時ニ、寛蓮碁石笥ヲ一ハ取テ、今一ツヲ簾ノ内ニ差入タレバ、女房ノ云ク、「□給ヒヌレ。然テ其ニ置給ヘ」ト申□、「□何デカ恥カシク擲ム」。寛蓮、「糸可咲クモ云フカナ」ト心ニ思ヘテ、碁石ノ笥ヲ二ツ乍ラ前ニ取置テ、「女ノ云ハム事ヲ聞カム」ト思テ、碁石笥ノ蓋ヲ開テ、石ヲ鳴シテ居タリ。此寛蓮ハ故立テ心バセナド有ケレバ、宇多院ニモ然ル方ノ者ニ思食シタル心バセナレバ、此ヲ極ク興有テ、可咲ク思フナルベシ。

然テ、几帳ノ綻ヨリ巻数木ノ様ニ削タル木ノ白ク可咲気ナルガ二尺許ナルヲ差出デテ、「丸ガ石ハ先ヅ此ニ置給ヘ」ト云テ、中ノ聖目ヲ差ス。「手ヲ可受申ケレドモ、未ダ程不知(ら)ラバ、『何ドカハ』ト思ヘバ、先ヅ此度ハ先ヲシテ其程ヲ知テコソハ、十二十モ受ケ聞ヘメ」ト云ヘバ、寛蓮中ノ聖目ニ置ツ。亦寛蓮擲ツ。女ノ可擲ツ手ヲバ木ヲ以テ教フル、随テ擲持行ク程ニ、寛蓮皆殺シニ被擲ヌ。纔生タル石ハ結ニ差マヽニ、手重ク不擲ネドモ、大方ヲ衛テ手向ヘ可為クモ非ズ。其時ニ寛蓮思ハク、「此ハ希有ニ奇異ノ事カナ。人ニハ非デ変化ノ者ナルベシ。何デカ我レニ会テ只今此様ニ擲ツ人ハ有ラム。極テ上手也ト云フトモ、此ク皆殺シニハ被擲ナムカ」ト怖シク思テ、押シ壊ツ。

物可云方モ思ハヌニ、女少シ咲タル音ニテ、「亦ヤ」ト云ヘバ、寛蓮、「此者ニハ亦物不云ゾ吉キ」ト思テ、尻切モ履不敢ヘ、逃テ車ニ乗テ散ジテ、仁和寺ニ返テ、院ニ参テ、「然々ノ事ナム候ツル」ト申ケレバ、院モ、「誰ニカ有ラム」ト不審ガラセ給テ、次ノ日、彼ノ所ニ人ヲ遣シテ被尋ケルニ、其家ニ人一人モ無シ。只留守ニ可死気ナル女法師一人居タリ。其ニ、「昨日此ニ御座ケル人ハ」ト問ヘバ、女法師ノ云ク、「此ノ家ニハ五六日東ノ京ヨリ出忌給フ人トテ渡リ給ヒタリシカド、夜前返リ給ヒニキ」ト。院ノ御使ノ云ク、「其渡リ給ヒタリケン人ヲバ誰トカ云フ。何ニカ住給」ト。女法師ノ云ク、「己ハ誰トカ知侍ラム。此家主ハ筑紫ニ罷ニキ。其ヲ知リ給ヘル人ニヤ有ケム。□不知侍」ト。

御使其□無クテナム止ニケル。内ニモ此由ヲ聞食テ、極ク奇異ガラセ給ニケリ。

其時ノ人ノ云ハ、「何デカ人ニテハ寛蓮ニ会テ皆殺シニハ擲タム。此ハ変化ノ者ナドノ来リケルナメリ」トゾ疑ヒケル。

其比ハ此事ヲナム世ニ云合ヘリケル、トナム語リ伝ヘタルトヤ。

권24 제7화

전약료典藥寮에 가서 병을 고친 여자 이야기

세간에 이름을 떨친 명의名醫인 전약두典藥頭가 일가일문一家一門의 의사를 모아서 칠석의 연회를 주최하였을 때 기생충으로 인한 병으로 인해 괴로워하던 늙은 여자가 들어와 전문의의 치료를 받고 난치병을 치유했다는 이야기. 절호絶好의 기회를 노렸던 늙은 여자의 현명함을 이야기함과 동시에 옛 기술의 탁월卓越함을 기리고 있다. 더욱이 이 이야기 이하, 제12화까지 지적기예담知的技藝譚의 한 영역으로서 의사와 의술醫術에 얽힌 설화가 이어진다.

이제는 옛이야기이지만, 전약두典藥頭[1] □□□[2]라고 하는 사람이 있었다. 의술醫術이 뛰어난 의사였기에 공사公私에 걸쳐 중용되고 있었다.[3]

어느 해의 7월 7일,[4] 전약두의 일족의 의사들을 비롯하여 하급 의사들, 그리고 말단 하인에 이르기까지 모두가 전약료典藥寮에 모여 연회를 열었다. 이날은 청사廳舍의 넓은 방에 긴 멍석을 빈틈없이 깔아놓고 그곳에 줄지어 앉아 제각기 한 종류씩 술과 안주를 가지고 와서 홍겹게 즐기는 날이었다.

그때 나이는 쉰 정도로 그다지 신분이 낮은 사람으로 보이지 않는 여자

1 전약료典藥寮의 수장. 의약醫藥에 관한 것을 담당.
2 전약두典藥頭의 성명姓名 명기를 위한 의도적 결자.
3 조정朝廷에서도 귀족으로부터도 중용된 자.
4 칠석 명절.

가 엷은 노란색 하리히토에張單衣[5]에 소박한 하카마袴를 입고, 남색의 비단에 물을 머금고 있는 듯한 얼굴을 하고서 온몸이 퉁퉁 부은 모습으로 하녀에 손에 이끌려 청사 앞에 나타났다. 전약두를 필두로 모두가 이 여인을 보고, "너는 대체 어디서 온 누구냐."라고 가까이 다가가 물으니 이 몸이 부은 여자가 말했다.

"제가 이렇게 몸이 부은 지 오륙 년이 되었습니다. 여러분에게 어떻게든 진찰을 받고 싶었습니다만, 벽촌에서 살고 있기 때문에 왕진往診을 부탁드려도 와주실 리도 없습니다. 그래서 어떻게든 여러분이 한곳에 모이시는 때에 찾아뵙고 여러분에게 진단診斷을 받고 싶었습니다. 한 분씩 제각기 진찰해 주시게 되면 각각 다른 진단을 내리실테니, 그중 어느 것을 따라야 할지 알지 못해 적절하게 치료할 수 없게 됩니다. 그러나 오늘 이와 같이 여러분이 모이신다는 것을 듣고 이렇게 찾아뵌 것입니다. 하오니 부디 진찰하고 치료법을 알려주십시오."

라고 말하고 넙죽 엎드렸다.

전약두를 비롯하여 모두가 이 말을 듣고, '참으로 현명한 여인이로다. 실로 그 말이 맞도다.'라고 수긍하였다. 그래서 전약두가

"어떻소, 모두들. 이 여자를 치료해 보지 않겠소이까. 나는 분명 조충條蟲[6]이 아닐까 하는데."

라고 말하고는, 그중에서도 실력자라고 생각되는 의사를 불러 "저 사람을 진찰해 주어라."라고 명하였다. 그러자 그 의사가 여자의 곁으로 다가가 진찰하고 "실로 조충입니다."라고 한다. "그럼, 그 치료는 어떻게 하면 좋은가."라고 물으니 그 의사는 《"이러 이렇게 하면 좋으리라 생각합니다."라고

5 천에 풀을 먹여 판에 붙여 햇빛에 말려 빳빳하게 편 홑겹 의복.

6 원문은 "寸白". 촌충. 중고·중세 문헌을 보면 붓는 증상은 촌충에 의한 것이라 하고 있다. 권28 제39화 참조.

말했다. 그래서 그의 지시대로 행하니 여자의 항문에서 무언가가 나오기 시작했다. 그것을 천천히 뽑아》[7]내자 하얀 국수 가락[8] 같은 것이 나왔다. 그것을 잡아당기자 죽죽 늘어나서 하염없이 나왔다. 빠져나오는 대로 관청 기둥에 휘감았다. 계속 휘감아 가자 이 여자 얼굴의 붓기가 《빠져》[9] 안색도 점점 나아갔다. 기둥에 일고여덟 발[10] 정도 휘감자, 다 나와서 더 이상 나오지 않았다. 그때가 되어서 여자의 목과 눈은 완전히 나아 보통 사람의 얼굴색이 되었다. 전약두를 필두로 하여 많은 의사들은 모두 이것을 보고 이 여자가 이러한 곳에 와서 병을 고친 것을 감탄하며 매우 칭찬하였다. 그 후 여자가 "이후로는 어떻게 치료를 계속하면 좋을까요."라고 묻자, 의사는

"그저, 율무탕[11]으로 환부를 따뜻하게 해주면 좋다. 이제는 그 이외의 치료는 불필요하다."

라고 하고 돌려보냈다.

옛날에는 이처럼 하급의사들 중에서도 뛰어난 솜씨로 병을 고친 자가 있었다고 이렇게 이야기로 전하여 내려오고 있다 한다.

7 결문缺文이 상정됨. 문맥을 고려하여 보충.

8 칠석 명절에 병에 걸리지 않기 위해 무기나와麦縄를 먹는 풍습과 관련이 있는 것으로 추정. * 무기나와란 쌀가루와 밀가루를 반죽해서 밧줄과 같은 모양으로 꼬아서 기름에 튀긴 과자.

9 한자표기를 위한 의도적 결자. 문맥을 고려하여 보충.

10 * 원문에는 "히로尋"로 되어 있다. '히로'는 성인이 양팔을 좌우로 벌린 길이. 이에 해당하는 한국어는 '발'임.

11 율무의 열매나 뿌리를 달인 즙은 구충驅蟲의 효과가 있다고 여겨졌음.

⊙제7화⊙ 전약료典薬寮에 가서 병을 고친 여자 이야기

行典薬寮治病女語第七

今昔、典薬頭□ト云人有ケリ。道ニ付テ止事無キ医師也ケレバ、公私ニ被用タル者ニテナム有ケル。

而ル間、七月七日、典薬頭ノ一家ノ医師共幷ニ次々ノ医師共下部ニ至マデ一人不残寮ニ参リ集テ逍遥シケリ。庁屋ノ大ナル内ニ長筵ヲ敷満テ、其ニ着並テ、各一種ノ物酒ナドヲ出シテ遊ブ日也ケリ。

其時ニ、年五十計ノ女ノ無下ノ下衆ニモ非ヌガ、浅黄ナル張単賤ノ袴着テ、顔ハ青鈍ナル練衣ニ水ヲ裹タル様ニテ、一身ユフ〳〵ト腫タル者、下衆ニ手ヲ被引テ、庁ノ前ニ出来タル。頭ヨリ始メテ此ヲ見テ、「彼レハ何ニゾ、何ゾ」ト集テ問フニ、此腫女ノ云ク、「己レ此腫テ五六年ニ罷成ヌ。其ヲ、『殿原ニ何カデ問申サム』ト思ヘドモ、片田舎ニ侍ル身ナレバ、『其御セ』ト申サムニ可御キニモ非ネバ、何デ殿原ノ一所ニ御座集タラム時ニ見ヘ奉テ、各宣ム事ヲ承ラムト思フ也。独々ニ見セ奉レバ、各心々ニ宣ヘバ、何ニ可付ニテカ有ラムト思ヘテ、墓々シクモ被治不侍ヲ、其ニ、今日此集給フト聞テ、参タル也。然レバ、此御覧ジテ、可治カラム様被仰ヨ」ト云テ、平ガリ臥ス。

医師(七十一番歌合)

典薬頭ヨリ始テ皆此ヲ聞クニ、「賢キ女也。現ニ然ル事也」ト思フ。頭ノ云ク、「イデ、主達。彼レ治シ給ヘ。此ハ寸白ニコソ有ヌレ」ト云テ、中ニ美ト思フ医師ヲ呼テ、「彼レ見ヨ」ト云ヘバ、其医師寄テ、此ヲ見テ云ク、「定テ寸白ニ候フメリ」ト云フ。「其ヲバ何ガ可治」ト。医師ノ云ク「□抜クニ随テ、白キ麦ノ様ナル物差出タリ。其ヲ取テ引ケバ、綿々ト延レバ長ク出来ヌ。出ルニ随テ庁ノ柱ニ巻ク。漸ク巻クニ随テ、此ノ女顔ノ腫□テ、色モ直リ持行ク。柱ニ七尋八尋許巻ク程ニ、出来畢テ残リ出来ズ成ヌ。時ニ、女ノ目鼻直リ畢テ、例ノ人ノ色付ニ成ヌ。頭ヨリ始メテ若干ノ医師共、皆此ヲ見テ、此女ノ此来テ病ヲ治シツルヲ感ジ讃メ喤ル事無限。其後女ノ云ク、「然テ次ニハ何ガ可治」。医師、「只薏苡湯ヲ以テ可茹キ也。今ハ其ヨリ外ノ治不可有」ト云テ、返シ遣テケリ。

昔ハ此様ニ下薦医師共ノ中ニモ、新タニ此病ヲ治シ愈ス者共ナム有ケル、トナム語リ伝ヘタルトヤ。

권24 **제8화**

여자가 의사의 집에 가서 종기를 고치고 도망친 이야기

호색好色한 늙은 전약두典藥頭가 음부陰部에 생긴 종기 치료를 위해 몰래 찾아온 미녀에게 욕정이 생겨 치료 후의 동침을 기대하며 열심히 치료를 하였다. 마침내 염원念願을 이룰 찰나에 여자가 도망을 쳐서 울상을 지었다는 염소담艶笑譚. 이야기 끝에서 발을 동동 구르며 아쉬워하는 노의사의 모습이 웃음을 자아내며 애처롭다. 한편, 노의사의 마음을 희롱한 여자의 계산적인 행동은 얄밉기도 하고 장하기도 하다. 노의사와 여자와의 대화나 간결한 상황묘사는 절묘하여 본집本集에서도 손꼽히는 걸작 중의 하나이다. 앞 이야기와는 전약두에게 부탁하여 난병을 치유한 현명한 여자라는 점에서 연관성이 있다.

이제는 옛이야기이지만, 전약두典藥頭[1]로 □□□[2]라고 하는 사람이 있었다. 당대에 견줄 만한 사람이 없을 정도로 뛰어났기 때문에 모든 사람들이 그를 중용했다.[3]

어느 날 이 전약두의 집으로 매우 아름답게 장식한, 여인이 타는 수레가 밖으로 옷을 걸어 내보이며 화려하게 들어왔다. 두가 이것을 보고 "어디서 오시는 수레입니까?"라고 물었지만 그쪽에선 대답도 하지 않고 계속 두의

1 전약료典藥寮의 수장. 의약醫藥에 관한 것을 담당.
2 전약두典藥頭의 성명姓名 명기를 위한 의도적 결자.
3 조정朝廷에서도 귀족으로부터도 중용된 자.

집으로 들어왔다. 수레의 소를 풀고 멍에는 덧문[4] 나무 위에 걸치고 잡색雜色[5]들은 문 옆에서 대기했다.

두는 수레 옆으로 다가가, "이는 어느 분께서 어떤 일로 행차하신 겁니까?"라고 묻자 수레 안에선 자기가 누구라는 대답도 없이 "적당한 곳에 방을 마련하여 내리게 해 주십시오."라고 매력적이고 귀여운 목소리가 들려왔다. 본디 전약두는 여자를 좋아하고 정이 많은 노인이었다. 그는 집 한쪽 구석에 사람들 눈에 띄지 않는 방을 급히 청소하여 병풍을 세우고 다다미疊를 깔았다. 그리고 수레로 다가가 《준비가 된》[6] 것을 이야기하자 "그럼 잠시 수레에서 떨어져 주십시오."라고 여인이 말했다. 그래서 두가 수레에서 잠시 떨어져 서 있으니 여인이 부채로 얼굴을 가리고 무릎을 꿇고 끌면서 내려왔다. '수레엔 다른 여인들도 잔뜩 타고 있겠지.'라고 두가 생각했으나 달리 탄 사람은 없었다. 여인이 수레에서 내리자마자 열대여섯 살 정도의《시중을 드는》[7] 여동女童이 수레로 가까이 와 안에 있던 마키에蒔繪[8] 화장함을 가지고 갔다. 그와 동시에 하인들이 다가와 수레에 소를 묶고 날아갈듯이 □□[9] 가 버렸다.

여인은 《준비된》[10] 방에 들어가 앉았다. 여동은 병풍 뒤에서 화장함을 감싸고 몸을 웅크린 듯 앉아 있었다. 전약두가 그곳에 다가가 "누구시고 □[11]

4 원문에는 "시토미蔀". 격자로 짜인 한 면에 판자를 덧댄 문. 상하 두 장의 횡호橫戶로 되어 있으며 밑을 고정시키고 위를 들어 올려 채광採光함. 윗부분만을 하지토미半蔀라고 함.

5 잡역에 종사하는 하인.

6 한자표기를 위한 의도적 결자. 문맥을 고려하여 보충.

7 한자표기를 위한 의도적 결자. '히스마시ヒスマシ'가 적당하며, 히스마시는 변기 청소 등 허드렛일에 종사했던 여종.

8 여러 겹의 초벌 옻칠과 마무리 옻칠을 한 나무에 옻으로 바탕을 그려서, 금·은가루나 호분胡粉 등의 안료를 뿌리고 잘 닦아내어 완성한 옻 공예품.

9 해당 단어 불명.

10 한자표기를 위한 의도적 결자. 문맥을 고려하여 보충.

11 한자표기를 위한 의도적 결자.

무슨 일이십니까? 어서 말씀해 주십시오."라고 말했다. "이쪽으로 들어오십시오. 부끄러워하지 않겠사옵니다."라고 여인이 말하기에 두는 발 안으로 들어갔다. 두가 여인과 마주해 보니 나이는 서른쯤으로 보였고 머리카락을 늘어뜨린 모습을 비롯해 한 점 흠잡을 곳 없을 정도로 이목구비가 아름다웠다.[12] 머리카락도 대단히 길었는데, 향기로운 향내가 배인 이루 말할 수 없이 근사한 옷을 몸에 걸치고 있었다. 딱히 부끄러워하는 기색도 없어서 마치 오랜 세월 부부로 같이 살아온 처인 것처럼 편하게 마주했다.

이런 여인의 모습을 본 두는 '참으로 기이하구나.'라고 생각함과 동시에, '이 여인은 무슨 수를 써서라도 내 뜻대로 해보고 싶다.'라고 생각했다. 그리고 이도 없는 주름투성이 얼굴에 한가득 미소를 띠며 여인의 곁으로 다가가 물었다. 어찌됐든 두로서는 오랜 세월 같이 살아온 할멈이 죽은 지 서너 해 흘러 지금은 처도 없기 때문에 기뻐서 어쩔 줄 몰랐다. 그러자 여인은

"사람의 마음은 어찌할 수 없어서 목숨이 달린 일에는 그 어떤 수치도 개의치 않는 법입니다. 무슨 수를 써서라도 목숨만은 살리고자 이곳에 오게 되었사옵니다. 절 살리는 것도 죽이는 것도 이젠 모두 당신 마음에 달렸습니다. 제 몸은 전부 당신에게 맡겼으니."
라며 쓰러져 울었다.

두가 몹시 가엾이 여기며 "대체 어찌된 일입니까?"라고 묻자, 여인은 하카마袴의 옆 자락을 열어서 보여줬다. 눈처럼 새하얀 허벅지가 조금 부어 있었는데, 두는 그 부기가 뭔지 통 알 수 없었다. 여인에게 하카마 허리끈을 풀게 하여 앞쪽을 보았는데 털이 있어서 환부가 보이지 않았다. 그래서 두가 손으로 그곳을 더듬어 찾으니 음부 바로 가까이에 붉은 종기가 있었다.

12 * 원문은 "端正"으로 되어 있음.

양손으로 털을 헤집어 자세히 보니 생명에 지장이 있을 법한 종기였다. □□[13]라고 하는 병이기에 몹시 불쌍하게 여겨

'오랜 세월 자타가 공인하는 의사인 내가 온갖 수단을 써서 어떻게든 이 난치병을 고쳐야겠다.'

고 생각하여 바로 그날부터 다른 사람은 전혀 가까이 오지 못하게 하고 직접 소매를 걷어붙이고는 밤낮없이 치료에 임했다.

이레 정도 치료하자 아주 좋아졌다. 두는 무척 기뻐져 '한동안 여기에 붙잡아 두어야겠다. 이 사람이 누구인지 알고 난 다음에 돌아가게 하자.'라고 궁리하여 더 이상 붓기를 가라앉히는 것은 멈추고, 무슨 약인지 다완茶碗[14]에 갈아 넣은 것을 깃털로 하루에 대여섯 번 바르게만 했다. '이걸로 됐다.'고 두는 싱글벙글 웃었다.

그러자, 이 여자가

"저는 이미 완전히 수치스러운 꼴을 보여 드리고 말았사옵니다. 이렇게 된 이상 진심으로 당신을 부모로 섬기고자 합니다. 그러니 제가 집에 돌아갈 때는 수레로 배웅해 주십시오. 그때에 저의 이름을 밝히겠습니다. 또 이곳에도 종종 찾아뵐 생각입니다."

라고 말했다. 그래서 두는 '앞으로 네댓새 정도는 이대로 여기 있을 테지.'라고 방심했는데 그 사이에 여자는 그날 저녁 무렵, 얇은 솜옷 한 장만을 입고 여동을 데리고 도망쳐 버렸다. 그런 줄도 모르고, "저녁 식사를 드리겠습니다."라고 말하며 쟁반에 식사를 마련하여 두가 직접 가지고 여자의 방에 들어갔더니 아무도 없었다. '때마침 볼일을 보고 있는 것이겠거니.' 생각하며 일단 도로 가지고 돌아갔다.

13 병명病名의 명기를 위한 의도적 결자.

14 도자기陶磁器로 된 용기의 총칭. * 차를 마실 때 사용하는 사발.

그사이 날도 저물었기에 '우선 불이라도 밝혀야겠다.'며 촉대燭臺에 불을 붙여 가지고 가서 주변을 보니 옷이 아무렇게나 벗겨져 있고 화장함도 있었다. '병풍 뒤에 한동안 숨어서 뭘 하고 있는 걸까.' 하고 생각하고, "그렇게 오래도록 뭘 하고 계십니까."라고 말하며 병풍 뒤를 보니 어찌 있을 턱이 있겠는가. 여동도 보이지 않았다. 겹쳐 입고 있던 옷도 하카마도 그냥 벗어둔 채로 있었고, 다만 잠옷으로 입던 얇은 솜옷 한 장이 보이지 않았다. '여자가 없어졌다. 그렇다면 여자는 그것을 입고 도망친 게로구나.'라고 깨닫고는 두는 억장이 무너지는 심정으로 망연자실茫然自失했다.

바로 문을 닫고 많은 사람들이 각자 불을 밝히고 집안을 찾았지만 발견할 리가 없었다. 없다고 생각하자 두는 여인의 평소 얼굴 생김새나 자태가 눈앞에 떠올라 견딜 수 없이 안타깝고 슬펐다.

'병에 걸렸다고 피하지 말고 일찍이 뜻을 이루었으면 좋았을 것을. 어찌하여 치료하고 나서라고 생각하며 피했단 말인가.'
라고 생각하니 분하고 화가 날 뿐이었다. 결국 일이 이렇게 되고 보니 바로 방금 전까지

'내게는 배우자도 없고 누구에게도 삼가야 할 필요가 없으니, 만약에 그 여인이 유부녀라서 내 처가 될 수 없다고 해도 종종 찾아가서 만나는 사이가 된다면 실로 굉장한 여자를 손에 넣는 것이야.'
라고 생각하던 차에, 여자에게 완전히 속아 버림을 받았기 때문에 손발을 동동 구르며 추한 얼굴을 일그러뜨리며 울었다. 그러자 제자 의사들은 뒤에서 크게 웃었다. 세간 사람들도 이것을 듣고 웃으면서 어찌된 영문인지 본인에게 묻자 그는 굉장히 화를 내며 필사적으로 변명했다.

아무튼 실로 현명한 여인이다. 그러나 결국 누구였는지는 모른 채로 끝났다고 이렇게 이야기로 전하여 내려오고 있다 한다.

⊙제8화⊙ 여자가 의사의 집에 가서 종기를 고치고 도망친 이야기

女行医師家治瘡逃語第八

今昔、典薬頭[二五]ニテ□[二六]ト云止事無キ医師[二七]有ケリ。世ニ並無キ者也ケレバ、人皆此人ヲ用[二八]タリケリ。

而ル間、此典薬頭ニ極ク[一]装束仕タル女車ノ乗泛レ[二]タル、入ル。頭此ヲ見テ、「何クノ車ゾ」ト問ヘドモ、答ヘモ不為シテ、只遣リニ遣[三]入レテ、車[四]ヲ掻下シテ、車ノ頸木[五]ヲ蔀[六]ノ木ニ打懸テ、雑色[七]共ハ門ノ許ニ寄テ居ヌ。

女車(石山寺縁起)

其時ニ、頭車ノ許ニ寄テ、「此ハ誰ガ御シマシタルニカ。何事ヲ被仰ニ御座タルゾ」ト問バ、車ノ内ニ其ノ人トハ不答シテ、「可然ラム所ニ局[八]シテ下シ給ヘ」ト愛敬[九]付キ可咲キ気ハヒニテ云ヘバ、此ノ典薬頭ハ本ヨリ[一〇]ス遣シク、物目出[一一]シケル翁ニテ、内[一二]ニ角[一三]ノ門ノ人離レタル所ヲ、俄ニ掃浄メテ、屏風立テ畳敷ナドシテ、車ノ許ニ寄テ、□[一四]タル由[一五]ヲ云ヘバ、女、「然ラバ去給ヘ」ト云ヘバ、頭去テ立ルニ、女扇ヲ差隠シテ居[一六]リ下ヌ。「車[一七]ニ共ノ人乗タラム」ト思フニ、亦人不乗ラ。女下ル、マ、ニ、十五六歳許ナル□ノ女ノ童ゾ車ノ許ニ寄来テ、車ノ内ナル蒔絵櫛ノ筥取テ持来ヌレバ、車ハ雑色共寄テ牛懸テ、飛ブガ如クニ□ノ去ヌ。

女房ノ□所ニ居ヌ。女童ハ櫛ノ筥ヲ裹テ隠シテ、屏風ノ後ニ屈居ヌ。其時頭寄テ、「此ハ何ナル人ノ□何事被仰ムズルゾ。疾ク被仰ヨ」ト云ヘバ、女房、「此入給ヘ。恥不聞マジ」ト云ヘバ、頭簾ノ内ニ入ヌ。女房差向タルヲ見レバ、年三十許ナル女ノ、頭付ヨリ始テ、目、鼻、口、此ハ弊シト見ユル所無ク端正ナルガ、髪極ク長シ、香馥シクテ艶ヌ衣共ヲ着タリ。恥カシク思タル気色モ無クテ、年来ノ妹ナドノ様ニ安ラカニ向ヒタリ。

頭此ヲ見ルニ、「希有ニ怪」ト思フ。「何様ニテモ此ハ我ガ進退ニ懸テムズル者ナメリ」ト思フニ、歯モ無ク極テ萎ル顔ヲ極ク咲テ、近ク寄テ問フ。況ヤ、頭年来ノ嫗共失セテ、三四年ニ成ニケレバ、妻モ無クテ有ケル程ニテ、「喜」ト思フニ、女ノ云ク、「人ノ心ノ踈カリケル事ハ、命ノ惜サニハ、万ノ身ノ恥モ不思リケレバ、只何ナラム態ヲシテモ、命ヲダニ生ナバト思ヘテ参リ来ツル也。今ハ生ケムモ殺サムモ其ノ御心也。身ヲ任セ聞ヘツレバ」トテ、泣事無限リ。

頭極ク此ヲ哀ト思テ、「何ナル事ノ候フゾ」ト問ヘバ、女袴ノ股立ヲ引開テ見スレバ、股ノ雪ノ様ニ白キニ、少シ面腫タリ。其ノ腫頗ル心不得見ユレバ、袴ノ腰ヲ令解テ前ノ方ヲ見テ、毛ノ中ニテ不見ズ。然レバ、頭手ヲ以テ其ヲ捜レバ、辺ニ糸近ク癋タル物有リ。左右ノ手ヲ以テ毛ヲ掻別テ見レバ、専ニ可慎キ物也。□ニコソ有ケレバ、極ク糸惜ク思テ、「年来ノ医師、只此ノ功ニ、無キ手ヲ可取出キ也」ト思テ、其日ヨリ始メテ、只人モ不寄、自ラ襷上ヲシテ、夜ル昼疏フ。七日許疏テ見ルニ、吉ク愈ヌ。頭極ク喜ク思テ、「今暫クハ此テ置タラム。其ノ人ト聞テコソ返サメ」ナド思テ、今ハ氷ス事ヲバ止メテ、茶垸ノ器ニ何薬ニテカ有ラム、摺入ヌル物ヲ、鳥ノ羽ヲ以テ日ニ五六度付ク許也。「今ハ事ニモ非ズ」ト、頭ノ気ハヒモ喜シ気ニ思タリ。

女房ノ云ク、「今奇異キ有様ヲモ見セ奉リツ。偏ニ祖ト可奉憑也。然レバ返ラムニモ御車ニテ送リ給ヘ。其ノ時ニ其トハ聞ヘム。亦此ニモ常ニ詣来ム」ナド云ヘバ、頭、「今四五日許ハ此テ居ラム」ト思テ、緩テ有ル程ニ、夕暮方ニ女房、寝直物ノ薄綿衣一ツ許ヲ着テ、此ノ女ノ童ヲ具シテ逃ニケルヲ、頭此トモ不知デ、「夕ノ食物参ラセム」ト云テ、盤ニ調ヘ居テ、頭自ラ持テ入ヌルニ、人モ無シ。「只今可然キ事構ツル時ニコソハ有ラメ」ト思テ、食物ヲ持返ヌ。

而ル程ニ、暮ヌレバ、「先ヅ火灯」ト思テ、火ヲ灯台ニ居テ持行テ見ルニ、衣共ヲ脱ギ散シタリ、櫛ノ筥モ有リ。「久ク隠レテ屏風ノ後ニ何態為ルニカ有ラム」ト思テ、「此久クハ何態セサセ給フ」ト云テ、屏風ノ後ヲ見ニ、何シニカハ有ラム、女ノ童モ不見ヘ。衣共着重タリシモ、袴モ然乍ラ有リ。只宿直物ニテ着タリシ薄綿ノ衣一ツ許ナム無キ。「々ニヤ有ラム。此人ハ其ヲ着テ逃ニケルナメリ」ト思フニ、頭胸塞リテ、為ム方モ無ク思ユ。

門ヲ差テ人々数手毎ニ火ヲ灯シテ、家ノ内ヲ□ニ、何ニシカハ有ラム、無ケレバ、頭女ノ有ツル顔有様、面影ニ思ヘテ、恋テ悲キ事無限リ。「不忌シテ本意ヲコソ可遂カリケレ。何ニシニ疏ヒテ忌ツラム」ト、悔シク妬クテ、然レバ、「無クテ、可憚キ人モ無キニ、人ノ妻ナドニテ有ラバ、妻ニ不為ト云フトモ、時々モ物云ハムニ、極キ者儲ツト思ツル者ヲ」ト、ツク〳〵ト思ヒ居タルニ、此被謀テ逃シツレバ、手ヲ打テ妬ガリ、足摺ヲシテ極気ナル顔ニ貝ヲ作テ泣ケレバ、弟子ノ医師共ハ、蜜ニ極クナム咲ヒケル。世ノ人々モ此ヲ聞テ咲テ問ケレバ、極ク嗔ケリ、諍ケル。思フニ、極ク賢カリケル女カナ。遂ニ誰トモ不被知ラ止ニケリ、トナム語リ伝ヘタルトヤ。

권24 제9화

의사가 뱀과 교합한 여인을 치료한 이야기

가와치 지방河內國 사라라 군讃良郡의 젊은 여인이 뽕잎을 따고 있던 중에 큰 뱀이 나타나 그녀를 휘감고 겁탈하였다. 그 후 여인은 의사의 치료로 목숨을 구했으나, 삼년 뒤 다시 뱀에게 같은 일을 당하여 죽었다는 이야기. 이야기의 종반은 의사의 역량과 약의 신통한 효력을 칭찬하며 끝이 난다. 뱀과 여성의 혼인婚姻 모티브는 미와 산三輪山 전설을 비롯하여 많이 보이는 일화이다. 또한 뱀이 여성의 음부陰部에 들어간다는 모티브는 권29 제39화에서도 볼 수 있다.

이제는 옛이야기이지만, 가와치 지방河內國[1] 사라라 군讃良郡[2] 우마카이 향馬甘鄕[3]에 살고 있는 사람이 있었는데 신분은 낮았으나 집은 상당히 유복하였다. 그 사람에게는 젊은 딸이 한 명 있었다.

4월 무렵에 그 여인이 누에에게 주기 위해 큰 뽕나무에 올라 잎을 따고 있었다. 그 뽕나무는 길옆에 있었는데 행인이 지나가다 보니 큰 뱀이 어디서 기어 나왔는지 여인이 올라간 나무 밑동을 휘감고 있었다. 행인이 이것을 보고, 나무에 올라가 있는 여인에게 뱀이 나무를 휘감고 있다고 알렸다. 여

1 → 옛 지방명.
2 현재의 오사카 부大阪府 다이토 시大東市, 네야가와 시寢屋川市, 시조나와테 시四條畷市 일대.
3 소재미상所在未詳.

인이 듣고 놀라서 밑을 보니 정말로 큰 뱀이 나무 밑동을 휘감고 있었다.

여인은 그것을 보고 기겁을 하며 나무에서 뛰어내렸다. 그와 동시에 뱀이 여인의 몸을 휘감아 눈 깜짝할 사이에 교합交合을 마쳤다. 그러자 여인은 온몸이 불에 타듯이 달아올라 제정신을 잃고 나무 밑동에 쓰러졌다. 이를 본 부모가 슬피 울며 진찰을 받고자 의사를 바로 불렀다. 때마침 이 나라에 명의名醫가 있었기에 그를 맞이하여 진찰을 받는데 그사이에도 뱀과 여인은 붙어 있는 채로 떨어지지 않았다. 의사는 "우선 따님과 뱀을 함께 들것[4]에 실어 바로 집으로 데리고 가서 정원에 놓으시오."라고 했다. 그래서 집으로 데려가 정원에 놓았다.

그 후, 의사의 말대로 볏짚 세 묶음을 태웠다. 세 척尺 길이의 볏짚을 한 묶음으로 하여 세 묶음을 만들었다. 태운 재를 뜨거운 물에 섞어서 서 말 분량의 잿물을 만들고 이것을 졸여 두 말 분량으로 만들었다. 멧돼지의 털 열 줌을 잘게 썰어 가루로 만든 것을 그 잿물에 섞었다. 여인의 머리와 다리 부근에 말뚝을 박고 그 말뚝에 여인을 옆으로 매달았다. 그리고 그 잿물을 여인의 음부에 부어 넣었다. 한 말을 넣고 보니 뱀은 바로 여인에게 떨어져 나왔다. 그것을 때려죽인 뒤 버렸다. 그때 음부에서 멧돼지의 털이 박힌 뱀의 새끼가 올챙이 같은 모습으로 굳어서 다섯 되 정도 나왔다. 뱀의 새끼가 전부 나오자 여인은 정신을 차렸고 말도 했다. 부모가 울며불며 딸에게 무슨 일인지 물으니 여인은 "어찌된 일인지 전혀 기억이 나지 않습니다. 꿈이라도 꾼 듯합니다."라고 대답했다.

이러한 연유로 여인이 약의 처방으로 목숨을 구했고 근신하며 두려워하고 있었으나 삼 년 뒤 그 여인은 또 뱀과 교접하여 결국 죽고 말았다. 이번

4 * 원문에는 "床"라 되어 있다. 여기서는 비를 피하기 위해 덧대는 덧문, 빈지문을 가리킴. 물건을 옮길 때 틀에서 떼어 내어 사용하기도 함.

에는 "이렇게 되는 것도 전부 전생의 숙인宿因[5]이다."라며 포기하고는 치료도 하지 않은 채로 내버려 두었다.

어찌 되었든 의사의 실력이나 약의 효력 모두 불가사의한 일이라고 이렇게 이야기로 전하여 내려오고 있다 한다.

5 → 불교.

⊙제9화⊙ 의사가 뱀과 교합한 여인을 치료한 이야기

嫁蛇女医師治語第九

今昔、河内[二一]ノ国、讃良[二二]ノ郡、馬甘[二三]ノ郷ニ住ム者有ケリ。[二四]下姓ノ人也ト云ヘドモ、大キニ富テ家豊カ也。一人ノ若キ女子有リ。

[二五]四月ノ比、其女子蚕養[二六]ノ為ニ大キナル桑ノ木ニ登テ桑ノ葉ヲ摘ケルニ、其[二七]ノ桑ノ路[二八]ノ辺ニ有ケレバ、大路ヲ行ク人ノ道ヲ過グトテ見ケレバ、大キナル蛇出来テ、其女ノ登レル桑ノ木ノ本ヲ纏[二九]テ有リ。路ヲ行ク人此レヲ見テ、登レル木蛇ノ纏ヘル由ヲ告グ。女[三〇]ヲ此ヲ聞テ驚テ見下シタレバ、実ニ大キナル蛇木ノ本ヲ纏ヘリ。

其時ニ女恐ヂ迷テ、木ヨリ踊リ[三一]下ル、蛇女ニ纏付テ即チ婚グ。然レバ、女焦迷[三二]テ死タルガ如クシテ、木ノ本ニ臥ス。[三三]父母此ヲ見テ泣キ悲ムデ、忽ニ医師ヲ請テ、此ヲ問ムトスルニ、其ノ国ニ止事無キ医師有リ、此ヲ呼テ、此事ヲ問フ。其[三四]間、蛇女ト婚テ不離レ。医師ノ云ク、「先ヅ女ト蛇トヲ同ジ床ニ乗セテ、速ニ家ニ将返テハ、庭ニ可置シ」ト。然レバ、家ニ将行キテ庭ニ置ツ。

其後、医師ノ云フ[一]ニ随テ、稷[二]ノ藁三束ヲ焼ク。三尺[三]ヲ一束ニ成シテ三束トス。湯ニ合セテ[四]汁三斗ヲ取テ、此ヲ煎ジテ[五]、二斗ニ成シテ、猪ノ毛十把[六]ヲ尅シ末シテ、其汁ニ合セテ[七]、女ノ頭ニ宛テ、足ヲ釣リ懸テ、其汁ヲ開[八]ノ口ニ入ル。一斗ヲ入ルニ即チ離レヌ。這テ行クヲ打殺シテ棄ツ。其時ニ蛇ノ子[九]凝テ蝦蟆ノ子[一〇]ノ如ニシテ、其猪ノ毛蛇ノ子ニ立テ、開[一一]ヨリ五升許出ヅ。蛇ノ子[一二]皆出畢ヌレバ、女悟驚テ物ヲ云フ。父母泣々此事共ヲ問フニ、女ノ云ク、「我ガ心更ニ物不思シテ、夢ヲ見ルガ如クナム有ツル」ト。

然レバ、女薬ノ方ニ依テ命ヲ存スル事ヲ得テ、慎ミ恐レテ有ケルニ、其後三年有テ、亦此ノ女蛇ニ婚テ、遂ニ死ニケリ。此度ハ、「此レ前生ノ宿因也ケリ」ト知テ、治スル事無クテ止ニケリ。

但シ、医師ノ力、薬ノ験不思議也、トナム語リ伝ヘタルトヤ。

권24 제10화

중국에서 온 승려 장수長秀가 일본에 와서 의사로서 일한 이야기

당唐에서 일본으로 온 승려 장수長秀는 의약醫藥에 정통했는데, 가쓰라노미야桂宮의 저택 앞에 있는 큰 계수나무에 동자童子를 올려 보내 가지를 꺾게 하여 계심桂心을 따서 의약으로 사용하였다는 이야기. 이 계심은 당의 것보다도 질이 좋고, 일본에서 발견한 최초의 계심이었다고 한다. 앞 이야기와는 의약의 효능效能이라는 점에서 이어지는데 특히 젊은 여자가 나무에 오른 것과 동자가 나무에 오르는 장면이 연결고리를 갖는다.

이제는 옛이야기이지만, 천력天曆의 치세[1]에 중국에서 건너온 승려가 있었다. 이름은 장수長秀[2]라고 한다. 원래는 의사醫師였는데 규슈九州에 살기 시작하여 귀국할 생각도 없는 듯했기에 도읍京으로 불러들여 의사로서 일하게 하였다. 그러나 원래가 훌륭한 승려였기 때문에 본샤쿠지梵釋寺[3]의 공봉승供奉僧[4]으로 임명받아 조정朝廷에서 일하게 되었다.

이리하여 몇 년이 흘렀다. 그런데 오조대로五條大路와 서동원대로西洞院大

1 제62대 무라카미 천황村上天皇의 치세. 천력天歷 원년(947)~11년.
2 → 인명.
3 → 사찰명.
4 본존불本尊佛에게 봉사奉仕하고 공양供養·독경讀經 등에 종사하는 승려.

路가 교차하는 부근[5]에 □□□[6] 미야宮라고 하는 분이 계셨다. 그의 저택 앞에 큰 계수나무가 있었기에 사람들은 그를 가쓰라노미야桂宮[7]라고 불렀다. 그런데 어느 날, 장수가 그 가쓰라노미야를 찾아뵙고 이야기를 하던 중 계수나무의 가지 끝을 올려다보며

"계심桂心[8]이라는 약은 이 나라에도 있었는데, 그저 사람이 계심이라고 알지 못했을 뿐이군요. 저것을 따지요."

라고 말하며, 동자를 나무에 오르게 하여 "이러저러한 가지를 꺾어 오너라." 라고 명하였다. 그래서 동자가 올라가 장수가 명한 대로 가지를 꺾어 떨어뜨리자, 장수는 그곳에 다가가 칼로 계심이 있는 부분을 잘라내어 가쓰라노미야에게 가지고 왔다. 장수가 열매의 일부를 받아 약으로 사용해 보니 당唐의 계심 이상으로 효력이 있었기 때문에

"계심은 분명 이 나라에도 있었는데 그것을 알고 있는 의사가 없었도다. 정말로 안타까운 일이로다."

라고 하였다.

그러니까 계심은 우리나라에도 있었는데 아는 사람이 없었기에 따지 않았던 것이리라. 그러나 장수는 끝내 사람들에게 계심을 구별하는 법을 알려주지 않았다. 장수는 정말 뛰어난 의사였다.

그리하여 장수는 약을 만들어 조정에 헌상獻上하였는데 그 처방은 지금도 전해지고 있다고 이렇게 이야기로 전하여 내려오고 있다 한다.

5 계궁桂宮은 '육조북 서동원서六條北 西洞院西'(『습개초拾芥草』)에 위치함.

6 미야宮의 이름 또는 통칭通稱의 명기를 위한 의도적 결자.

7 → 인명.

8 육계肉桂의 진피眞皮(표피 밑의 수피조직樹皮組織). 계피桂皮, 계지桂枝라고도 함. 발한發汗·해열解熱·진통鎭痛 등의 효과가 있다. 육계는 녹나무과 상연교목常緣喬木.

⊙제10화⊙ 중국에서 온 승려 장수長秀가 일본에 와서 의사로서 일한 이야기

震旦僧長秀来此朝被仕医師語第十

今昔、天暦ノ御時ニ、震旦ヨリ渡タル僧有ケリ。名ヲバ長秀トナム云ケル。本医師ニテナム有ケレバ、鎮西ニ来ケルガ居付テ不返マジカリケレバ、京ニ召上テ、医師ニナム被仕ケル。本止事無キ僧ニテ有ケレバ、梵釈寺ノ供僧ニ被成テ、公家ニ被召仕ケリ。

然テ年来ヲ経ル間ニ、五条ト西ノ洞院トニ□ノ宮ト申ス人御ス。其宮ノ前ニ大キナル桂ノ木ノ有ケレバ、桂ノ宮トゾ人云ケル。長秀其宮ニ参テ物申シ居ル程ニ、此ノ桂ノ木ノ末ヲ見上テ云ク、「桂心ト云フ薬ハ此国ニモ候ケレバ、人ノ否不見知ヌコソ候ケレ。彼レ取リ候ハム」トテ、童子ヲ木ニ登セテ、「然々ノ枝ヲ切下セ」ト云ヘバ、童子登テ、長秀ガ云フニ随テ切下シタルヲ、長秀寄テ、刀ヲ以テ桂心有ル所ヲ切取テ、宮ニ来ケリ。少シヲバ申シ給ハリテ薬ニ仕ケルニ、唐ノ桂心ニハ増テ賢カリケレバ、長秀ガ云ケルハ、「桂心ハ此国ニモ有ケル物ヲ、見知ル医師ノ無カリケレバ事極テ口惜キ事也」トナム。

然レバ桂心ハ此国ニモ有ケルヲ、見知レル人ノ無クテ不取ナルベシ。長秀遂ニ人ニ教フル事無クテ止ニケリ。長秀止事無キ医師ニテナム有ケル。

然レバ、長秀薬ヲ造テ公ニ奉タリケリ。其方于今有、トナム語リ伝ヘタルトヤ。

권24 **제11화**

다다아키忠明가 용을 만난 사람을 고친 이야기

어느 해 여름, 농구瀧口의 종자從者가 주인의 명에 의해 술과 안주를 가지러 팔성원八省院에서 미복美福(임생任生)대로를 따라 남쪽으로 내려가던 중, 신천원神泉苑의 서쪽에서 갑작스러운 폭풍우와 만나게 된다. 그때 어둠 속에서 금색의 손(용龍의 손)을 보고는 의식을 잃고 쓰러지게 되지만, 명의名醫 단바노 다다아키丹波忠明의 진단에 따라 그를 치료를 위해 준비한 재 안에 묻자 완전히 나았다고 하는 이야기. 의술에 통달한 다다아키를 칭송하며 이야기를 끝맺는다. 사건의 핵심은 후반부에 완전히 나은 종자從者의 입을 통해 드러나게 된다. 또한 사실담事實譚이었는지, 동일 사건의 간략한 기사가 『기우일기祈雨日記』 고스자쿠인後朱雀院의 조條에 보인다.

이제는 옛이야기이지만 □□[1] 천황天皇의 치세의 일이다. 천황이 내리內裏에 오셨을 때, 때마침 여름철이어서 농구소瀧口所[2]의 시侍들이 팔성원八省院[3]의 복도로 바람을 쐬러 나와 있었는데, 무료했던 농구의 한 시侍가 "너무 따분하여 견딜 수가 없으니, 어디 한 번 술과 안주를 가져오도록 할까요?"라고 하였다. 그러자 다른 시侍들이 이것을 듣고 "아주 좋은 생각이다.

1 천황명天皇名의 명기를 위한 의도적 결자. 『기우일기祈雨日記』에 의하면 고스자쿠後朱雀가 해당함.

2 농구瀧口 시侍들의 대기소. 농구의 진陣이라고도 함. 청량전淸凉殿의 북쪽 복도의 흑호黑戶의 동쪽에 인접隣接해 있었음.

3 조당원朝堂院이라고도 함. 대내리大內裏의 남쪽 중앙에 소재所在하여 대정관大政官 소속의 팔성八省의 행정 사무를 집행한 종합청사綜合廳舍.

어서 가져오게 하라."라고 입을 모아 재촉하기에, 말을 꺼낸 시侍는 종자從者인 남자를 불러 횃불을 들게 하고는 심부름을 보냈다.

남자는 남쪽으로 달려 나갔다. 이제 십정十町[4] 정도는 갔을 거라고 생각될 즈음, 하늘이 흐려지면서 소나기가 내리기 시작했다. 그러나 병사들이 그대로 복도에서 이야기를 하던 사이에 비도 그치고 날도 개었다. "이제 슬슬 술을 가지고 돌아오겠지."라고 기다렸지만, 날이 저물도록 심부름을 보낸 남자가 돌아오지를 않았다. 그래서 "어이, 이제 돌아가세."라고 말하고는 모두 내리內裏로 돌아가 버렸다. 술심부름을 보냈던 그 시侍는 기분이 상하고 화가 나서 어찌할 바를 몰랐으나 별 수 없이 모두와 함께 농구소瀧口所로 돌아갔는데, 심부름을 보낸 남자는 밤이 되어도 나타나지 않았다.

그래서 '아무래도 이상하군. 예삿일이 아닌 듯하다. 그 남자는 도중에 죽어버린 것인가, 아니면 중병重病에라도 걸린 것인가.'
라고 밤새 걱정하며 밤을 꼬박 새우고는 날이 밝는 것을 기다리지 못하고 이른 아침에 급히 서둘러 날아가듯 집으로 돌아갔다. 그리고 가장 먼저 어제 그 남자를 심부름 보냈던 일을 이야기하였다. 그러자 집에 있던 자가

"분명히 그 남자는 어제 돌아왔습니다만 죽은 듯이 저기에서 자고 있습니다. 말 한마디 하지 않고, 《녹초가 되어》[5]서 자고 있더군요."
라고 말하기에 시侍가 곁으로 다가가서 보니, 정말로 죽은 듯이 자고 있었다. 무엇을 물어도 대답하려 하지 않았지만, 《그런데도》[6] 흠칫흠칫 몸을 떨고 있었다.

시侍는 아무래도 너무 불가사의한 일이어서, 다다아키忠明[7]라고 하는 의

4 1정町은 약 110m.
5 한자표기를 위한 의도적 결자. 문맥을 고려하여 보충.
6 한자표기를 위한 의도적 결자. 문맥을 고려하여 보충.
7 → 인명.

사가 마침 근처에 살고 있었기에, 그 의사의 집으로 가서 "이러이러한 사정입니다만, 대체 어떻게 된 일일까요."라고 물었다. 다다아키는

"글쎄요, 어떻게 된 일인지 모르겠군요. 하지만 그러한 일이라면 □[8]재를 많이 모아서, 그 남자를 그 재 속에 묻어 놓고 당분간 상태를 지켜보십시오."

라고 일러주었다. 그래서 집으로 돌아온 시侍는 다다아키가 가르쳐준 대로 재를 많이 모아 그 안에 남자를 묻어 두었다. 서너 시간 정도 후에 살펴보니 재가 움직이기 시작하였고, 재를 걷어내자 남자의 의식이 이미 돌아와 있었다. 좀 더 시간이 흘러, 물을 먹이고 하는 사이에 정신을 차린 것 같아서 "도대체 어떻게 된 일이냐."라고 물으니 남자는

"실은 어제, 팔성원八省院의 복도에서 분부를 받고 서둘러 미복문美福門 길을 따라 남쪽으로 달려가고 있었을 때, 신천원神泉苑[9]의 서쪽 부근에서 갑자기 천둥이 치고 소나기가 내리기 시작했습니다. 그리고는 곧 신천원 안이 어두워져서, 서쪽을 향해 어두워져 가는 것을 줄곧 바라보았더니 어둠 속에서 금색의 손이 반짝 빛나는 것이 보였습니다. 얼핏 그것을 본 이후로는 주변이 다 어두컴컴해져서 아무것도 보이지 않고 머리가 멍해지고 말았지만, 그렇다고 길에서 잘 수도 없는 노릇이어서 있는 힘을 다해 이 집으로 돌아온 것입니다. 거기까지는 어렴풋이 기억하고 있습니다만, 그 이후의 일은 전혀 기억나지 않습니다."

라고 대답했다.

8 재의 종류의 명기를 위한 의도적 결자.

9 헤이안 경平安京 조궁造宮시 이조二條 남쪽, 대궁서팔정大宮西八町 『습개초拾芥抄』에 조성된 황실皇室의 대정원大庭園으로 원래 천황의 유람지遊覽地. 천장天長 원년(824) 구카이空海의 수법修法 이래로 때때로 기우의 수법이 행해졌으며, 독사의 출현·승천 등의 영이靈異가 많이 전승되고 있다. 또한 『기우일기』에 의하면 이 사건은 오노小野 승정(닌카이仁海)이 청우경淸雨經 수법 때에 일어난 것임.

시侍는 이 말을 듣고 불가사의하게 여겨 다시 다다아키의 집에 가서는

"일러주신 대로 그 남자를 재 속에 묻었더니 잠시 후에 정신을 차려 이러이러하다고 말했습니다."

라고 알렸다. 그러자 다다아키가 회심會心의 미소를 지으며

"짐작했던 대로, 사람이 용의 모습을 보고 병이 들 때에는 그것 말고는 치료법이 없는 것입니다."

라고 말하였기에, 시侍는 그대로 집에 돌아갔다. 이후에 농구瀧口의 대기소에 가서 다른 시侍들에게 이 이야기를 했더니, 시侍들도 감탄하며 다다아키를 칭송했다. 세간世間에도 이 이야기가 전해져, 모두들 다다아키를 칭찬했다.

비단 이 일뿐만이 아니라, 이 다다아키라고 하는 사람은 명의였다고 이렇게 이야기로 전하여 내려오고 있다 한다.

⊙제11화⊙
다다아키忠明가 용을 만난 사람을 고친 이야기

忠明治値竜者語第十一

今昔、[七]□天皇ノ御代ニ、内裏ニ御マシケル[八]間、夏比[九]冷セムトテ、[一〇]滝口共数[一一]八省ノ廊ニ居タリケル程ニ、[一二]徒然也ケレバ、一人ノ滝口有テ、「此徒然ニ、酒肴ヲ取リニ遣シ侍ラバヤ」ト云ケレバ、他ノ滝口共此ヲ聞テ、「糸吉キ事也。早ク取リニ可遣」ト口々ニ[一三]責ケレバ、此滝口、従者ノ男ヲ呼テ、[一四]打松ヲ[一五]遣ウ。

男南様ニ走テ行ヌ。「今ハ[一六]十町許モ行ヌラム」ト思フ程ニ、空陰テ夕立シケレバ、滝口共物語ナドシテ廊ニ居タル程ニ、雨モ止ミ空モ晴ヌレバ、「今ヤ酒持来ル」ト待ケルニ、日ノ暮ルマデ、行ツル男モ不見リケレバ、「[一七]去来返リナム」トテ、皆内裏ニ返ヌ。此酒取リニ遣ツル滝口ハ、[一八]奇異ク腹立シテ思ヘドモ、云甲斐無クテ、共ニ返テ本所ニ有ルニ、[一九]此遣ツル男其夜モ[二〇]不見リケレバ、「[二一]希有ノ事カナ。此レハ[二二]只ノ事ニハ非ジ。此男ハ、道ニテ死タルカ。若ハ、重キ病ヲ受タルカ」ト終夜思ヒ明ヌ。[二三]明ル遅キト、朝疾ク家ニ忩ギ行テ、先ヅ昨日此男遣シ事ヲ語ルニ、家ノ人ノ云ク、「其男ハ、昨日来タリシニ、死タル様ニテ彼[二四]コニ臥[二五]タル。何[二六]ニモ物モ不云デ、[二七]□トシテ臥タルゾ」ト云ヘバ、滝口寄テ見ルニ、実ニ死タル様ニテ臥タリ。物問ヘドモ答ヘモ不為ニ、[二八]□ニ動ク。

極ク怪クテ、近キ程ニテ有ケレバ、滝口忠明朝臣ト云フ医師ノ許ニ行テ、「然々ノ事ナム候フハ、何ナル事ゾ」ト問ケレバ、忠明ノ云ク、「不知ヤ。其事難知シ。然ラバ□灰ヲ多ク取リ集メテ、其男ヲ其灰ノ中ニ埋テ置テ暫ク見ヨ」ト教ヘケレバ、滝口返テ、忠明ノ教ヘニ随テ、灰ヲ多ク集テ、其中ニ男ヲ埋ミ置テ、一二時計ヲ経テ見ルニ、灰動ケレバ、搔開テ見ルニ、此男例ノ様ニ成テ数シテ有ケルニ、水飲セナドシテ後、人心地ニ成畢ニケレバ、「此ハ何ナリツル事ゾ」ト問ケレバ、男ノ云ク、「昨日、八省ノ廊ニテ仰ヲ承リテ、急ギ美福下リニ走リ候シニ、神泉ノ西面ニテ、俄ニ雷電シテ、夕立ノ仕リシ程ニ、神泉ノ内ノ、暗ニ成テ西様ニ暗ガリ罷リシニ、見遣タリシニ、其暗ガリタル中ニ金色ナル手ノ鑭ト見ヘシヲ急ト見テ候シヨリ、四方ニ暗塞ガリテ、物モ不思シテ侍シヲ、然リトテ路ニ可臥キ事ニモ非リシガ、念ジテ此殿ニ参リ着シマデハ、髴ニ思ヘ侍リ。其後ノ事ハ更ニ思ヘ不侍」ト。

滝口此ヲ聞テ、怪ミ思テ、亦忠明ノ許ニ行テ、「彼ノ男、仰セノマヽニ灰ニ埋タリシカバ、暫ク有テ、人ノ心ニ直テ、然々ナム申ス」ト云ケレバ、忠明嘲咲テ、「然レバコソ。人ノ竜ノ体ヲ見テ病付ヌルニハ、其治ヨリ外ノ事無シ」ト云ケレバ、滝口返テ後ニ、陣ニ参テ、他ノ滝口共ニ此事ヲ語ケレバ、滝口共モ忠明ヲゾ讃メ感ジケリ。世ニモ此事聞ヘテ、皆忠明ヲゾ讃メケル。

凡ソ此レニ非ズ、此ノ忠明止事無キ医師ニテゾ有ケル、トナム語リ伝ヘタルトヤ。

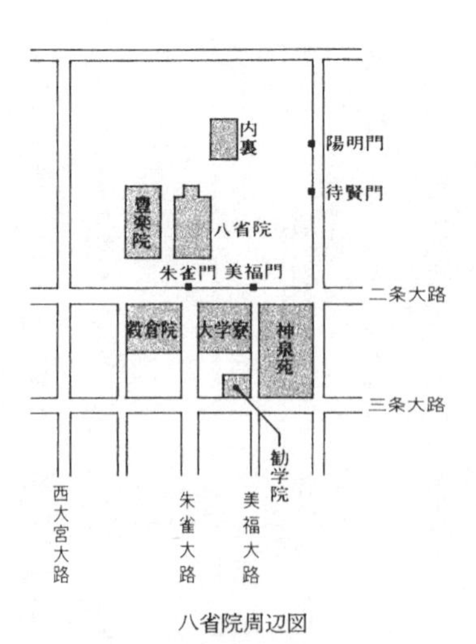

八省院周辺図

권24 제12화

마사타다雅忠가 다른 사람의 집을 보고 피부병을 앓고 있는 자가 있음을 맞힌 이야기

이 이야기는 제목만이 있고 본문이 없다. 앞 이야기에 이어서 다다아키忠明의 아들 마사타다雅忠가 의술醫術에 통달한 점을 칭송하는 이야기. 마사타다가 밖에서 단지 집의 겉모습을 보고, 집안에 피부병을 앓고 있는 사람이 있음을 맞혔다는 내용으로 보인다.

본문 결缺

⊙제12화⊙ 마사타다雅忠가 다른 사람의 집을 보고 피부병을 앓고 있는 자가 있음을 맞힌 이야기

雅忠見人家指有瘡病語第十二

（本文欠）

권24 제13화

시게오카노 가와히토慈岳川人가 땅의 신神에게 쫓기는 이야기

대납언大納言 아베노 야스히토安倍安人가 음양사陰陽師 시게오카노 가와히토慈岳川人와 함께 몬토쿠文德 천황天皇의 왕릉을 세울 땅을 조사하여 정할 때 지신地神의 노여움을 사서 공격을 받았는데 가와히토의 둔갑술遁甲術로 아슬아슬하게 액난厄難을 면하고, 지신이 예고한 그해의 그믐날도 똑같이 위기에 벗어나 무사했다는 이야기. 이 이야기 이후로 제20화까지 음양도陰陽道에 관한 이야기가 거의 연대순年代順으로 나열된다.

이제는 옛이야기이지만, 몬토쿠 천황文德天皇[1]이 붕어崩御하시어 왕릉을 세울 땅을 조사하여 정해야만 했다. 이에 대납언大納言 아베노 야스히토安倍安人[2]라고 하는 사람이 칙명을 받아 그 역할을 수행하게 되어 □[3]를 데리고 왕릉이 세워질 지역으로 떠났다.

당시 시게오카노 가와히토慈岳川人라고 하는 음양사陰陽師가 있었다. 음양도陰陽道에 있어서는 옛사람에게도 뒤지지 않는, 세상에 견줄 이 없는 인물이었다. 대납언이 이 사람을 수행하여 왕릉을 세울 땅을 조사하여 정하고

1 → 인명. 제55대. 천안天安 2년(838) 8월 27일 승하. 나이 32세.
2 → 인명.
3 수행자의 이름의 명기를 위한 의도적 결자.

임무를 끝내고 돌아오던 중, 후카구사深草[4]의 북쪽 부근에 들어섰을 때, 가와히토가 대납언의 곁으로 말을 타고 다가와 무언가 말하고 싶은 듯한 태도를 보였다. 그래서 대납언이 귀를 기울여 들으니,

"저는 오랜 세월동안 부족하나마 이 길에 종사하여 조정에서 일을 하며 생활을 지탱해 왔습니다만, 지금까지 실수를 범한 적은 없사옵니다. 그런데 이번에는 큰 실책을 범해 버렸습니다. 지금 여기에 지신地神[5]이 쫓아온 것입니다. 이것은 대납언님과 저 가와히토가 죄를 범했기 때문이겠지요. 대체 어찌 하면 좋겠사옵니까. 도저히 도망칠 수는 없을 것 같습니다."

라고 몹시 겁먹은 모습으로 말한다. 이것을 듣고 대납언은 어찌 해야 좋을지 몰라 그저 "나는 어찌 해야 좋을지 모르겠도다. 제발 도와주시게."라고 말했다. 가와히토는

"그렇다고는 하지만 이대로 그냥 있을 수만은 없습니다. 일단 어떻게든 몸을 숨기실 방법을 강구하겠나이다."

라고 말하고는 "뒤처져 따라오는 자는 모두 먼저 가라."라고 말하여 앞쪽으로 보냈다.

이윽고 날도 저물었기에 어둠을 틈타 대납언과 가와히토가 말에서 내려 말만을 먼저 보내고 두 사람은 전답 안에 머물렀다. 그곳에 대납언을 앉히고, 수확하여 쌓아 둔 벼를 가지고 와 그의 몸 위에 덮고 가와히토는 그 주위를 작은 목소리로 주문을 반복해서 외우며 돌았다. 그리고 자신도 벼를 헤치고 안으로 들어와 숨고 대납언과 은밀하게 서로 이야기를 나누었다. 대납언은 가와히토가 몹시 겁에 질려 떨고 있는 것을 보고 반은 죽은 듯한 기

4 교토 시京都市 후시미 구伏見區의 동북부에 소재. 장송葬送을 하는 지역으로 알려져 있다. 달구경이나 메추라기의 명소로도 유명.

5 → 불교佛敎. 여기에서는 산릉山陵의 땅의 지주신地主神으로 추정. 음양가陰陽家에서 말하는 토공신土公神이라고도 함.

분이 들었다.

이렇게 숨을 죽이고 있었는데, 잠시 후 천만千萬 명이나 될 듯한 큰 발소리가 지나쳐 갔다. 모두 지나갔다고 생각했는데, 곧 바로 몇 명인가가 바로 되돌아와서 왁자지껄 이야기를 했다. 들어보니 사람 목소리와 비슷하나 《역시》[6] 사람이라고는 생각할 수 없는 목소리로

"말발굽 소리가 가벼워진 건 그 남자가 이 근처에서 말에서 내렸기 때문이야. 그러니 이 근처의 지면을 한두 척尺 정도의 깊이로 숨을 곳도 없을 정도로 파내어 《찾아》[7]봐야 해. 제아무리 숨으려고 해도 도망칠 수 없을 테지. 가와히토는 옛 음양사에도 뒤지지 않는 솜씨가 좋은 녀석이니 《쉽게는》[8] 발견되지 않을 술법을 사용하고 있을 것이다. 그렇기는 하나 이 녀석을 놓칠 수가 있겠느냐. 알겠나? 잘 《찾아봐라》."[9]

라고 큰소리로 떠들었다. 그러나 아무리해도 찾을 수가 없다고 제각기 떠들자, 그 중에서도 주인主人[10]이라고 생각되는 자가,

"아무리해도 완전히 몸을 감출 수는 없을 것이다. 오늘은 잘 숨었어도 언젠가는 반드시 그 녀석들을 발견할 수 있을 것이다. 이번 12월 그믐날[11] 밤에는 온 세상을 땅 밑이든 하늘 위든 눈이 닿는 곳은 어디든지 끝까지 수색해라. 그 녀석들은 완전히 숨을 수는 없다. 그러니 그날 밤은 모두 모여, 오늘처럼 《찾아보도록》 하자."

라고 말하고 떠나갔다.

6 한자표기를 위한 의도적 결자. 문맥을 고려하여 보충.
7 한자표기를 위한 의도적 결자. 문맥을 고려하여 보충.
8 한자표기를 위한 의도적 결자. 문맥을 고려하여 보충.
9 한자표기를 위한 의도적 결자. 문맥을 고려하여 보충.
10 지신地神을 가리킴.
11 한 해의 마지막 날 밤에 조령祖靈, 귀신鬼神이 찾아온다는 믿음이 있었다. 풍속으로는 혼제魂祭나 악귀추방惡鬼追放의 쓰이나追儺가 있다. 권16 제32화, 권19 제31화 참조. 지신地神의 습격에 어울리는 시기로 설정되어 있음.

그 뒤 두 사람은 볏짚 속에서 뛰어 나왔다. 대납언은 매우 불안한 듯이

"이제 어떻게 하면 좋은가. 저리 말한 것처럼 찾으려 들면 우리는 도저히 도망칠 수 없을 게야."

라고 말했다. 가와히토는

"그런 말을 들은 이상, 그날 밤은 절대로 남이 알지 못하게 둘이서 잘 숨는 것밖에는 방법이 없습니다. 그때가 가까워지면 소상히 말씀드리겠습니다."

라고 말하고 강가에 있던 말 근처로 걸어가 그 뒤로 각자 집으로 돌아갔다.

그 뒤, 어느새 섣달 그믐날이 되었다. 가와히토는 대납언의 집으로 찾아와서

"절대로 남이 모르도록 혼자서 이조대로二條大路와 서대궁대로西大宮大路의 사거리로 해질 녘에 와 주십시오."

라고 말했다. 이것을 듣고 대납언은 해가 질 무렵 바쁘게 오가는 마을 사람들과 섞여 혼자서 이조대로와 서대궁대로의 사거리로 나섰다. 가와히토는 먼저 그곳에 서서 기다리고 있었기에 두 사람은 함께 사가데라嵯峨寺[12]로 갔다. 그리고 법당의 천장 위로 기어 올라가 가와히토는 주문을 외우고 대납언은 삼밀三密[13]을 읊조리고 있었다.

그러자 한밤중이 됐다고 생각했을 무렵, 기분 나쁘고 이상한 냄새가 나는, 약간 따뜻한 바람이 휙 하고 불어왔다. 그때 지진地震이라도 난 듯 잠시 땅이 울리며 무엇인가가 지나갔다. 무서움을 꾹 참고 있는 동안에 이윽고 새[14] 우는 소리가 들렸기에 천장에서 슬슬 내려와 아직 아침이 밝기도 전에 각자 집으로 돌아갔다. 헤어질 때 가와히토는 대납언에게

12 → 사찰명. 사가데라嵯峨寺는 통칭. 사가의 세이료지淸凉寺를 가리킴.

13 → 불교.

14 새는 닭으로 추정. 정령精靈, 영귀靈鬼의 활동은 한밤중이기 때문에, 아침이 왔음을 고하는 새의 울음소리를 듣고 위기가 사라진 것을 알았던 것임.

"이제 두려워하시지 않아도 됩니다. 그건 그렇고 저였기에 이렇게 어떻게든 피할 수 있었던 것입니다."

라고 말하고 떠나갔다. 대납언은 그 가와히토의 뒷모습에 절을 하고 집으로 돌아갔다.

이것을 생각하면 어떻든지 간에 가와히토는 대단한 음양사였다고 이렇게 이야기로 전하여 내려오고 있다 한다.

⊙제13화⊙ 시게오카노 가와히토慈岳川人가 땅의 신神에게 쫓기는 이야기

慈岳川人被追地神語第十三

今昔、文徳天皇ノ失セ給ヘリケルニ、諸陵ヲ点ゼムガ為ニ、大納言安陪安仁ト云ケル人承ハリテ、其事ヲ行ヒケリ。□ヲ引具シテ諸陵ノ所ニ行ク。

其時ニ慈岳ノ川人ト云フ陰陽師有ケリ。道ニ付テ古ニモ不恥、世ニ並無キ者也。其ヲ以テ諸陵ノ所ヲ点ジテ、事畢ヌレバ皆返ケルニ、深草ノ北ノ程ヲ行クニ、川人大納言ノ許ニ近ク馬ヲ打寄セテ、「物云ハム」ト思タル気ヲ見ヌ。大納言耳ニ聞ケバ、川人ガ云ク、「年来墓々シクハ非ドモ、此道ニ携テ仕リ、私ヲ顧ツルニ、未ダ誤ツ事無カリツ。而ルニ、此ノ度大キニ誤候ニケリ。此ニ地神追テ来ニタル也。其ハ、貴殿ト川人トコソ此罪ヲバ負ツラメ。此ハ何ガ為サセ給ハムト為ル。難遁キ事ニコソ侍ヌレ」ト極ク騒タル気色ニテ云ヲ聞クニ、大納言惣テ物不思ヘ成ヌ。只、「我レハ此モ彼モ不思ヘ。助ケヨ」ト云フ。川人ガ云ク、「然リトテ可有キ事ニモ非ズ。試ニ隠レ可給キ事ヲ構ヘム」ト云テ、「後ニ送レヌル人皆前ニ行ケ」ト勧メテ遣リツ。

而ル間、日暮ヌレバ、暗キ交ニ大納言モ川人モ馬ヨリ下テ、馬ヲバ前へ遣テ、只二人田ノ中ニ留テ、大納言ヲ居ヘテ、其上ニ田ニ苅置タル稲ヲ取積テ、川人其ノ廻ヲ蜜ニ物ヲ読給ツヽ、返シ後、川人モ稲ノ中ヲ引開テ這入テ、大納言ト語テ居ヌ。大納言川人ガ気色極テ騒テワナヽキ篩フヲ見ルニ、半ハ死ヌル心地ス。

此テ音モ不為シテ居タル程ニ、暫許有テ、千万ノ人ノ足音シテ過グ。「既ニ過テ行ヌ」ト聞ツル者共、即チ返来テ物云ヒ騒グナルヲ聞ケバ、人ノ音ニ似タリト云ヘドモ、□ニ人ニハ非ヌ音ヲ以テ云ク、「此者ハ此程ニコソ馬ノ足音ハ軽ク成ツレ。然レバ、此ノ辺ヲ集フ隙無ク土一二尺ガ程ヲ堀テ□可求キ也。然リトモ否遁レ不畢ジ。川人ハ古ノ陰陽師ニ劣ヌ奴ナレバ、□ニテ否不見マヽニテ様構ヘタル。然リトモ、奴ヲバ失テムヤ。吉ク□」ト喤ル也。然レドモ敢テ不候ヌ由ヲ口々ニ云騒ゲバ、主人ト思シキ人、「然リトモ否隠レ不畢ジ。今日コソ隠ルトモ遂ニハ其ノ奴原ニ不会様ハ有ナムヤ。今来ラム十二月晦ノ夜半ニ、一天下ノ下、土ノ下、上ハ空、目ノ懸ラムヲ際トシテ求メヨ。其奴原何ニカ隠レム。然レバ、其夜可集キ也。然テ□出サム」ト云テ去ヌ。

其後、大納言川人走上テ出ヌ。我ニモ非ズシテ、大納言ノ云ク、「此レヲ何ガセムト為」ト、「云ツル様ニ求メバ、我等ハ可遁キ様無シ」。川人ガ云ク、「此聞ツレバ、其夜、露人ニ不被知シテ、只二人極ク隠レ可給キ也。其時近ク成テ委クハ申シ侍ラム」ト云テ、川原ニ有ケル馬ノ許ニ歩ヨリ行テ、各家ニ返ヌ。

其後、既ニ晦日ニ成ヌレバ、川人大納言ノ許ニ来テ云ク、「露人知ル事無クテ、只一人、二条ト西ノ大宮トノ辻ニ、暗ク成ラム程ニ御座会ヘ」ト。大納言此ヲ聞テ、暮方ニ成ル程ニ、世中ノ人モ騒ク行キ違フ交ニ、只独リ二条ト西大寺トノ辻ニ行ヌ。川人兼テ其ニ待立ケレバ、二人打具シテ嵯峨寺ヘ行ヌ。堂ノ天井ノ上ニ掻上テ、川人ハ呪ヲ誦シ、大納言ハ三満ヲ唱ヘテ居タリ。

而ル間、夜半許ニ成ル程ニ、気色悪クテ異ル香有ル風ノ温カナル吹テ渡ル。其程地震ノ振ル様ニ少許動テ過ヌレバ、「怖シ」ト思テ過ヌレバ、鳥鳴ヌレバ、掻下テ、未ダ不明程ニ各家ニ返ヌ。別ル時ニ、川人大納言ニ云ク、「今ハ恐レ不可給。然ハ有レドモ、川人ナレバ此ハ構テ遁レヌルゾカシ」ト云テ去ニケリ。大納言川人ヲ拝シテゾ家ニ返ニケル。

此レヲ思フニ、尚川人止事無キ陰陽師也、トナム語リ伝ヘタルトヤ。

권24 제14화

천문박사天文博士 유게노 고레오弓削是雄가 꿈을 해몽한 이야기

곡장원穀藏院의 사자使者가 동국東國에서 돌아오던 중, 세타勢多 역에서 동숙同宿한 음양사陰陽師 유게노 고레오弓削是雄을 만나 그가 꿈 풀이를 해주어 자신에게 화가 닥칠 것을 사전에 알게 되었다. 사자가 집에 돌아가, 몰래 간통을 하던 부인이 사주한 살인 청부업자를 붙잡아서 마침내 목숨을 건졌다는 이야기이다. 앞 이야기와는 음양도陰陽道의 뛰어난 술법術法에 의해 액난厄難을 면하여 구사일생九死一生했다는 모티브로 이어진다. 이야기 끝부분은 옛날 음양도의 탁월함을 기리는 내용으로 되어 있다.

이제는 옛이야기이지만,[1] 《도모노 요쓰기伴世繼》[2]라는 사람이 있었다. 곡장원穀藏院[3]의 사자使者로서 그 봉호封戶[4]의 세를 징수하기 위해 동국東國에 나갔다가, 며칠이 지나 귀경하던 도중, 오미 지방近江國 세타勢多 역에 숙소를 잡았다.

때마침 그때, 그 지방의 국사國司인 《후지와라노 아리카게藤原有蔭》[5]라고

1 『선가이설善家異說』은 정관貞觀 6년(864)의 일로 함.
2 성명 표기를 위한 의도적 결자. 『선가이설』을 참조하여 보충.
3 정확히는 곡창원穀倉院. 민부성民部省 소관의 창고. 이조二條 남쪽, 주작朱雀 서쪽에 위치. 기내畿內의 여러 지방으로부터 세금으로서 징수한 전화錢貨, 전조田租를 보관함.
4 나라奈良, 헤이안平安 시대의 녹제祿制의 하나. 관위官位, 훈공勳功 등에 따라 지급한 민호民戶. 조세租稅는 봉주封主의 소득이 됨.
5 국사國司의 성명 명기를 위한 의도적 결자. 『선가이설』을 참조하여 보충.

하는 사람이 국청國廳에 와 있었다. 그는 음양사陰陽師이자 천문박사天文博士[6]인 유게노 고레오弓削是雄[7]라고 하는 사람을 도읍으로부터 초대하여 대속성제大屬星祭[8]를 치르게 하였는데, 고레오가 이 《요쓰기》와 같은 방에 묵게 되었다. 고레오가 《요쓰기》에게 "당신은 어디에서 오셨습니까."라고 묻자, 《요쓰기》는

"저는 곡장원의 봉호의 세를 징수하기 위해 동국에 내려갔었습니다만, 지금 상경하는 참입니다."

라고 답하였다. 이처럼 서로 대화를 나누는 동안 밤도 깊어졌기에 모두 잠들어 버렸다.

그런데 《요쓰기》는 우연히도 나쁜 꿈을 꾸고 잠에서 깼다. 그리고 고레오에게

"저는 오늘 밤 안 좋은 꿈을 꾸었습니다. 그런데 마침 당신과 함께 동숙을 하고 있으니, 이 꿈의 길흉吉凶을 점쳐 주시지 않으시겠습니까."

라고 말했다. 이에 고레오는 꿈을 점쳐 보고,

"당신은 내일 집에 돌아가서는 안 됩니다. 당신에게 해를 가하려고 하는 자가 당신의 집에 있습니다."

라고 말한다. 그러나 《요쓰기》는

"저는 오랫동안 동국에 머물렀기 때문에 빨리 집에 돌아가고 싶습니다. 지금 여기까지 왔는데 여기서 계속 멍하니 며칠이고 보낼 수는 없습니다. 게다가 징수한 많은 금품과 개인 짐을 가지고 있습니다. 어찌 여기서 머무

6 음양료陰陽寮에 속하며 천체 관측, 점치는 일, 천문생天文生의 교육의 역할을 맡은 관직.

7 → 인명.

8 음양도陰陽道에서 별의 운행이 그해에 해당하는 별을 속성屬星이라고 하며 당년성當年星(구요九曜 중의 별)과 본명성本命星(북두칠성 중의 별)이 있음. 여기서는 후자에 해당하는 것으로 추정. 이것을 제사지내는 것을 대속성제大屬星祭라고 함.

를 수 있겠습니까. 그건 그렇고 대체 어찌하면 그 난을 면할 수 있습니까."
라고 말했다. 그러자 고레오는
"당신이 반드시 내일 집에 돌아가고자 한다면, 알겠습니까? 당신을 죽이려고 하는 자는 집의 동북쪽 구석에 숨어 있을 것입니다. 그러니 당신은 먼저 집에 가면, 가지고 온 물건들을 전부 정리하시오. 그리고 당신 혼자 활에 화살을 메기어 동북쪽 구석에 당신을 해칠 자가 숨어 있을 법한 장소를 향해 활시위를 당겨 겨냥한 뒤 이렇게 이야기 하십시오. '이 녀석 잘 들어라. 내가 동국에서 상경하여 돌아오는 것을 기다려 오늘 나를 죽이려 하고 있음을 이미 알고 있다. 당장 나오너라. 나오지 않으면 당장 쏴 죽여 버리겠다.' 이렇게 말하면 저의 음양술에 의해 설령 모습은 보이지 않더라도 자연히 사건의 전모가 밝혀질 것입니다."
라고 가르쳐주었다.
《요쓰기》는 이런 지시를 받고 다음날 서둘러 도읍으로 향했다. 집에 도착하니 집에 있던 자가 '돌아오셨다.'라며 야단을 떨며 맞이한다. 《요쓰기》만은 집에 들어가지 않고 가지고 간 물건을 각각 정리하게 한 뒤 활에 화살을 메기고 동북쪽 구석 쪽을 살펴보니 한쪽 구석에 거적을 덮은 곳이 있었다. '이거로군.' 하고 생각하여 활시위를 당겨 겨냥하며
"너는 내가 상경하는 것을 기다리고 있다가 오늘 죽이려 하는구나. 나는 이미 알고 있다. 당장 나오너라. 나오지 않으면 쏴 죽이겠다."
라고 외치자 거적 속에서 법사法師 한 명이 뛰쳐나왔다.
즉시 종자從를 불러 법사를 포박시켜 추궁하였으나 법사는 한동안은 말을 이리저리 돌리고 《자백》[9]을 하지 않았다. 그래서 고문拷問을 가하자 법

9 저본의 파손에 의한 결자. 문맥을 고려하여 보충함.

사는 결국 자백을 했다.

"더 이상 숨기거나 하지 않겠습니다. 나의 주인에 해당하는 스님이 오랜 시간 이곳 안주인과 남몰래 정을 통하고 계셨는데 안주인께서 오늘 당신이 상경하신다고 들으시고 '집에 돌아오시는 것을 기다려 반드시 죽여 주십시오.'라고 저에게 명하셨기에 이곳에 숨어 있었습니다. 하지만 당신은 이미 알고 계셨군요."

하고 말했다. 이것을 들은 《요쓰기》는 자신의 숙보宿報[10] 덕에 고레오와 동숙하여 목숨을 건진 것을 기뻐했다. 또, 고레오의 점괘가 적중했음에 감격하여 먼저 고레오가 살고 있는 방향을 향해 절을 하였다. 그 후 법사를 검비위사檢非違使에게 넘겼다. 처는 그 이후 완전이 연을 끊어 버리고 말았다.

생각건대 오랜 세월 부부로서 함께 지낸 처일지라도 마음을 놓아서는 안 된다. 여자들 가운데에는 이러한 마음을 가지고 있는 자도 있는 법이다. 또한 고레오의 점괘는 불가사의하다. 옛날에는 이렇듯 영험靈驗이 신통한 음양사가 있었다고 이렇게 이야기로 전하여 내려오고 있다 한다.

10 → 불교.

⊙제14화⊙
천문박사天文博士 유게노 고레오弓削是雄가 꿈을 해몽한 이야기

天文博士弓削是雄占夢語第十四

[一]今昔、□[二]ト云フ者有ケリ。[三]穀蔵院ノ使トシテ其封戸[四]ヲ徴ラムガ故ニ、東国ノ方ニ行テ、日来ヲ経テ返上ル間、近江国ノ勢多[五]ノ駅ニ宿ヌ。

其時ニ、其国ノ司□[六]ト云フ人館[七]ニ有テ、陰陽師天文博士[八]弓削是雄[九]ト云フ者ヲ請ジ下シテ、大属星[一〇]ヲ令敬ム[一一]ト為ル間、是雄彼ノ□[一二]ト同宿シヌ。是雄□[一三]ニ問テ云ク、「汝何レノ所ヨリ来ルゾ」ト。□[一四]答テ云ク、「我レ、穀蔵院ノ封戸ヲ徴テムガ為ニ、東国ニ下テ今返上レル也」ト。[一五]如此互ニ談ズル間、夜ニ臨デ皆寝入ヌ。

而ルニ、[一六]忽ニ悪相ヲ見テ、覚テ後[一七]□、是雄ニ云ク、「我レ、今夜[一八]悪相ヲ見ツ。而ルニ、我レ幸ニ君ト同宿セリ。此夢ノ吉凶[一九]ヲ占ヒ可給シ」ト。是雄占[二〇]テ云ク、「汝ヂ明日家ニ返ル事無カレ。汝ヲ害セムト為ル者[二一]汝ガ家ニ有リ」ト。□[二二]ガ云ク、「我レ、日来東国ニ有テ、[二三]疾ク家ニ返ラム事ヲ願フニ、今此ニ来テ又此ニテ徒ニ亦数日ヲ可過キニ非。亦、数ノ公物[二四]私物[二五]其員有リ。何カ此ニ留ラムヤ。但シ、何ニシテカ彼ノ難ヲバ可遁」ト。是雄ガ云ク、「汝ヂ尚強[二六]ニ明日家ニ返ラムト思ハヾ、汝ヲ殺害セムト為ル者ハ家ノ丑寅[二七]ノ角ナル所ニ隠レ居タル也。然レバ、汝ヂ先ヅ家ニ行着テ、物共ヲバ皆取置[二八]セテ後、汝ヂ一人弓ニ箭ヲ番テ、丑寅ノ角ニ然様ノ者ノ隠居ヌベカラム所ニ向テ、弓ヲ引テ押宛テ云ハム様ハ、『己[二九]レ、我ガ東国ヨリ返上ルヲ待テ、今日我ヲ殺害セムト為ル事ヲ兼テ知[三〇]レリ。早ク罷リ出ヨ。不出ハ速ニ射殺シテム』ト云ヘ。然ラバ、法術[三一]ヲ以テ、不顕[三二]ト云フトモ、自然ラ事顕レナム」ト教ヘツ。

□[三三]、其教ヘヲ得テ、明ル日京ニ急返ヌ。家ニ行着タレバ、家ノ人、「御座タリ」ト云テ、騒ギ喤ル事無限リ。□[三四]

一人ハ不入シテ物共ヲバ皆取置セテ、□ハ弓ニ箭ヲ番テ、丑寅ノ角ノ方ヲ廻テ見ルニ、一間ナル所ニ薦ヲ懸タリ。「此ナメリ」ト思テ、弓ヲ引テ箭ヲ差宛テ云ク、「己レ、我ガ上ルヲ待テ、今日我ヲ殺害セムトス。我レ其由ヲ兼テ知タリ。早ク罷出ヨ。不出ハ射殺シテム」ト云フ。其時ニ薦ノ中ヨリ法師一人出タリ。

即、従者ヲ呼テ此ヲ搦テ問ニ、法師暫クハ、此彼云テ不□。強ニ問ケレバ、遂ニ落テ云ク、「隠シ可申キ事ニモ非ズ。己ガ主ノ御房ノ年来此殿ノ上ニ棲奉リ給ツルニ、今日上給フ由ヲ聞キ給テ、『其ヲ待テ必ズ殺シ奉レ』ト、此殿ノ上ノ被仰ツレバ、罷隠レテ候ツルニ、兼テ知ラセ給ヒニケレバ」ト。□此ヲ聞テ、我宿報賢クシテ彼是雄ト同宿シテ命ヲ存スル事ヲ喜ブ。亦、是雄ガ此ク占ヘバ実ナル事感ジテ、先ヅ是雄ガ方ニ向テ拝シケリ。其後、法師ヲバ検非違使ニ取セテケリ。妻ヲバ永ク不棲成ニケリ。

此ヲ思フニ、年来ノ妻也ト云トモ、心ハ不可緩。女ノ心ハ此ル者モ有ル也。亦、是雄ガ占不可思議也。昔ハ此新タナル陰陽師ノ有ケル也、トナム語リ伝ヘタルトヤ。

권24 제15화

가모노 다다유키賀茂忠行가 아들 야스노리保憲에게 음양도陰陽道를 전수한 이야기

음양도陰陽道의 대가 가모노 야스노리賀茂保憲의 유년기의 타고난 재능을 칭송한 이야기. 가모노 야스노리가 열 살 정도 되었을 때, 아버지 다다유키忠行와 함께 하라에祓 장소에 갔는데, 그곳에 군집해 있던 귀신鬼神과 악령惡靈의 존재를 간파하여 아버지를 놀라게 하였다는 내용으로 되어 있다.

이제는 옛이야기이지만, 가모노 다다유키賀茂忠行[1]라는 음양사陰陽師가 있었다. 그는 음양도陰陽道에 있어서는 옛날의 이름난 음양사들에게도 뒤지지 않을 정도의 실력자로, 당시에도 그와 실력을 견줄 자가 없었다. 이런 까닭에 다다유키는 공사公私에 두루 중용되고 있었다.

어느 날 어떤 사람이 다다유키에게 하라이祓[2]를 부탁하여 하라이를 행할 장소로 다다유키가 출타했다. 그런데 당시 열 살 정도의 소년이었던 다다유키의 아들 야스노리保憲[3]가 아버지의 출타에 어떻게든 따라가겠다고 조르며 말을 듣지 않아서, 아들을 수레에 태워 함께 데리고 가게 되었다. 다다유키는 하라이를 할 장소에 도착하여 제사를 시작했는데, 아들 야스노리

1 → 인명.
2 제단을 세우고 축시祝詩나 주문을 외워서 재액, 죄, 부정 등을 털어내는 제사.
3 → 인명.

는 곁에 앉아 있었다. 이윽고 하라이가 끝나고 이것을 부탁했던 사람도 돌아갔다.

다다유키도 야스노리를 데리고 집으로 돌아가던 길이었다. 수레 안에서 야스노리가, "아버님." 하고 불렀다. 다다유키가 "왜 그러느냐."라고 답하자,

"좀 전에 하라이를 하고 있었을 때 이런 자들을 보았습니다. 무시무시한 모습을 하고 있었고 인간은 아니었습니다. 하지만 《그래도 역시》[4] 마치 인간과 같은 모습을 한 자들이었는데, 이삼십 명 정도가 나와서 앞에 늘어놓은 공물供物 여러 개를 손으로 집어 먹고, 만들어 놓은 배와 수레, 말[5]에 타서는 제각기 돌아가 버렸습니다. 아버님, 그것들은 대체 무엇입니까?"

하고 물었다. 다다유키는 이것을 듣고

'나는 음양도의 일인자가 아닌가. 그럼에도 어릴 적에는 야스노리처럼 귀신鬼神[6]을 볼 수 없었다. 여러모로 배워서 겨우 볼 수 있게 된 것이다. 한데 이 아이는 아직 이렇게나 어리지 않는가. 그런데도 귀신을 볼 줄이야, 장래에 진정 뛰어난 음양사가 되겠구나. 신대神代의 명인에게도 그 실력이 결코 뒤지지 않을 것이다.'

라고 생각하였다. 다다유키는 집에 돌아가자마자 음양도에 관해 알고 있는 모든 것을 조금도 아낌없이 야스노리에게 열심히 가르쳤다.

그리하여 야스노리는 부모의 기대를 저버리지 않고 뛰어난 음양사가 되어 공사公私에 걸쳐 일하였고, 작은 실수도 저지르지 않았다. 그러한 연유로 야스노리의 자손은 지금도 번영하여 음양도에 있어 견줄 자가 없게 되

4 한자 표기를 위한 의도적 결자. 문맥을 고려하여 보충.

5 이러한 탈 것들은 하라이祓 제단에 올리는 모조품. 주술의 힘으로 내쫓기는 악령惡靈, 귀신鬼神이 달아날 때 타는 것.

6 → 불교.

었다. 또한 역曆을 만드는 일도 가모賀茂 일가[7] 외에는 할 줄 아는 이가 단 한 명도 없었다. 이리하여 그들은 훌륭한 집안의 인물로서 지금도 존경받고 있다고 이렇게 이야기로 전하여 내려오고 있다 한다.

7 가모賀茂 일가가 역대 음양陰陽, 역수曆數 두 방면으로 조정에서 일하였으며, 특히 조력造曆을 가업으로 삼은 것으로 유명.

⊙ 제15화 ⊙
가모노 다다유키賀茂忠行가 아들 야스노리保憲에게 음양도陰陽道를 전수한 이야기

賀茂忠行道伝子保憲語第十五

今昔、賀茂忠行ト云陰陽師有ケリ。道ニ付テ古ニモ不恥ヂ、当時モ肩ヲ並ブ者無シ。然レバ、公私ニ此ヲ止事無キ者ニ被用ケル。

而ルニ人有テ此忠行ニ秡ヲ為サセケレバ、忠行秡ノ所ニ行カムトテ出立ケルニ、其忠行ガ子保憲、其時ニ十歳許ノ童ニテ有ケルニ、父忠行ガ出ケル、強ニ恋ケレバ、其児ヲ車ニ乗セテ具シテ将行ニケル。秡殿ニ行テ忠行ハ秡ヲ為ルニ、児ハ其傍ニ居タリ。秡畢ヌレバ秡ヲ為スル人モ返ヌ。

忠行モ此児ヲ具シテ返ルニ、車ニテ児ノ祖ニ云様、「父古曾」ト呼ベバ、忠行、「何ゾ」ト云ヘバ、児ノ云ク、「秡ノ所ニテ我ガ見ツル、気色怖気ナル体シタル者共ノ、人ニモ非ヌガ、□ニ亦人ノ形ノ様ニシテ、二三十人許出来テ並居テ、居ヘタル物共ヲ取食テ、其造置タル船、車、馬ナドニ乗テコソ散々ニ返ツレ。其レハ何ゾ、父ヨ」ト問ヘバ、忠行此ヲ聞テ思フ様、「我レコソ此道ニ取ニ世ニ勝タル者ナレ。然レドモ幼童ノ時ニハ此鬼神ヲ見ル事ハ無カリキ。物習テコソ漸ク目ニハ見シカ。其レニ、此レハ此幼キ目ニ此鬼神ヲ見ルハ極テ止事無キ者ニ可成キ者ニコソ有ヌレ。世モ神ノ御代ノ者ニモ不劣」ト思テ、返ケルマヽニ、我ガ道ニ知ト知タリケル事ノ限ヲバ露残ス事無、心ヲ至シテ教ヘケリ。

然レバ、祖ノ思ケルニ不違ハ、保憲ハ止事無キ者ニテ、公私ニ仕ヘテ聊モ弊キ事無クテゾ有ケル。然レバ、其子孫于今栄ヘテ陰陽ノ道ニ並無シ。亦暦ヲ作ル事モ此流ヲ離テハ敢テ知ル人無シ。然レバ、今止事無シ、トナム語リ伝ヘタルトヤ。

권24 제16화

아베노 세이메이安倍晴明가 다다유키忠行를 따르며 음양도陰陽道를 배운 이야기

가모노 야스노리賀茂保憲의 타고난 재능을 기록한 앞 이야기에 이어서 같은 문파인 거장巨匠 아베노 세이메이安倍晴明가 음양도陰陽道에 있어 탁월한 재능과 신통력을 가진 것을 칭송하는 이야기. 스승인 다다유키忠行를 수행하다 백귀야행百鬼夜行을 간파하여 스승을 위기에서 구한 일, 하리마 지방播磨國의 음양사의 도전을 받아 그가 부리는 식신式神을 붙잡아 항복시킨 일, 간초寬朝 승정僧正의 승방僧坊에서 개구리를 주술로 죽여 사람들은 떨게 만든 일 등, 세 가지의 에피소드가 이어진다.

이제는 옛이야기이지만, 천문박사天文博士[1] 아베노 세이메이安倍晴明[2]라는 음양사陰陽師가 있었다. 그는 옛날 음양도의 대가들에게도 뒤지지 않을 정도로 실력이 뛰어난 음양사였다. 세이메이는 어린 시절부터 가모노 다다유키賀茂忠行[3]라는 음양사 밑에서 밤낮으로 이 도道를 수행하였기에 조금도 미덥지 않은 점이 없었다.

그런데 이 세이메이가 아직 어렸을 적의 일이었다. 어느 날 밤 스승인 다다유키가 이조대로二條大路 남쪽 방향으로 외출하였는데, 세이메이가 스승

1 음양료陰陽寮에 속하며 정正·권權이 있으며 천문天文의 관측과 천문생天文生의 교수敎授를 담당한 관직官職.
2 → 인명.
3 → 인명.

을 따라 수레 뒤에서 걸어가는 동안 다다유키는 수레 안에서 완전히 잠들어 버렸다. 세이메이가 문득 보니 뭐라 형용할 수 없을 정도로 무시무시한 귀신들[4]이 수레 앞쪽에서 이쪽을 향해 다가오고 있었다. 세이메이는 놀라서 수레 뒤로 달려가 다다유키를 깨워 이 사실을 알렸다. 그러자 다다유키는 번쩍 눈을 뜨고 귀신이 오는 것을 보자마자 술법을 부려 순식간에 자신과 따르던 자들의 모습을 안전하게 감추어 무사히 통과하였다. 그 후 다다유키는 세이메이를 가까이 두고 예뻐하여, 이 도道를 아낌없이 전수하였다. 그래서 결국 세이메이는 이 도에 있어서 공사公私에 걸쳐 중용되게 되었다.

그런데 다다유키의 사후死後 세이메이의 집은 토어문대로土御門大路[5]에서 북쪽, 서동원대로西洞院大路에서 동쪽에 있었는데 그 집에 세이메이가 있었을 때 한 노승老僧이 찾아왔다. 열 살 정도 되는 두 명의 동자가 노승을 따르고 있었다. 세이메이는 이들을 보고 "당신은 누구십니까. 어디에서 오셨습니까."라고 물으니 승려는

"저는 하리마 지방播磨國[6]사람입니다. 실은 음양도를 배우고 싶습니다만, 당신이 현재 이 방면에서 가장 뛰어난 분이라 들었기에 아주 조금이라도 배우고자 찾아온 것입니다."

라고 말했다. 그때 세이메이는 마음속으로

'이 법사法師는 상당한 음양도의 실력을 가지고 있는 자인 듯하다. 분명 나를 시험하려고 온 것이리라. 이 녀석에게 선불리 말려들었다가 결점이라도 보였다간 곤란하지. 어디 한번 이 법사를 놀려줘 볼까.'

라고 생각하여

4 백귀 야행의 종류로 추정. 권14 제42화 · 권16 제32화 참조.
5 이 주택의 소재지所在地을 따서 아베노 세이메이安倍晴明의 가계家系를 토어문가土御門家라고 칭함.
6 → 옛 지방명.

'이 법사를 따르는 두 아이는 법사가 부리는 식신式神[7]일 것이다. 혹시 식신이라면 당장 모습을 감추어 버려라.'

라고 마음속으로 빌며 소매 속으로 양손을 넣고 인계印契를 맺어[8] 몰래 주문을 외웠다. 그렇게 해 놓고 세이메이는 법사에게 대답했다.

"이야기는 잘 알겠습니다. 그러나 오늘은 일이 있어 그럴 여유가 없습니다. 일단 돌아가신 뒤 나중에 길일吉日을 골라 와 주십시오. 배우시고 싶은 것은 무엇이든 가르쳐 드리지요."

라고 이렇게 이야기하자 법사는 "정말 감사합니다."라고 두 손을 모아 이마에 대고 말하고는 일어나 달려 나갔다.

'지금쯤이면 일이 정町[9]은 갔으려나.'라고 생각될 무렵 이 법사가 되돌아왔다. 세이메이가 보고 있자니, 법사는 사람이 숨어 있을 듯한 장소, 수레를 세워 두는 곳 등을 기웃기웃거리며 다가왔다. 이리하여 세이메이가 있는 곳까지 다가오더니,

"실은 저를 수행하고 있던 아이 두 명이 갑자기 없어져 버렸습니다. 그들을 돌려주시기 바랍니다."

라고 말했다. 이것을 들은 세이메이는

"스님께서는 이상한 말을 하시는군요. 이 세이메이가 어찌하여 스님을 수행하는 동자를 빼앗을 리가 있겠습니까."

라고 말하자, 법사는 "정말 죄송합니다. 실로 지당한 말씀입니다. 부디 용서해 주십시오."라고 말하며 잘못을 빌었다. 이 말을 들은 세이메이는

7 → 불교佛教. 식신式神 · 직신職神이라고도 함. 음양사陰陽師에게 사역使役되어 뜻대로 행동하는 하급 정령精靈. 불교에서는 지경자持經者에게 봉사奉仕하는 호법동자護法童子에 해당.

8 '인印'(→ 불교). 수인手印을 맺음. 주문呪文을 외울 때 양손의 손가락을 여러 가지로 짜 맞추는 것으로 짜는 방법은 기원대상祈願對象이 되는 신불神佛에 따라 다름.

9 1정町은 약 110m.

"그렇지. 당신이 나를 시험하려고 식신을 사용하여 찾아온 것이 좋지 않았던 것이다. 다른 자에게는 그런 식으로 시험하면 되지만, 이 세이메이에게는 하지 않는 편이 좋다."
라고 말하고는 소매 속에 손을 넣어 잠시 뭐라 외우자, 바깥에서 두 명의 동자가 달려와 법사 앞에 모습을 드러냈다. 이것을 보고 법사는
"당신이 정말 뛰어나신 분이라고 듣고 '한번 시험해 볼까.' 하고 찾아왔던 것입니다. 그건 그렇고 예전부터 식신을 부리는 것은 쉬운 일이었습니다만 남이 부리고 있던 식신을 감춘다고 하는 것은 정말 불가능한 일입니다. 정말 대단하십니다. 이제부터는 부디 제자로 삼아 주십시오."
라고 말하며 즉시 자신의 명패를 적어 내밀었다.[10]

또 어느 날인가, 세이메이가 히로사와廣澤의 간초寬朝[11] 승정이라고 하는 분의 거처를 방문하여 이야기를 듣고 있을 때, 옆에 있던 젊은 귀공자나 승려들이 세이메이에게 여러 가지로 말을 걸며 "당신은 식신을 부린다고 들었습니다. 사람을 즉시 죽이는 것도 가능하십니까."라고 물었다. 세이메이는 "음양도의 비사秘事에 대해 아주 노골적으로 물으시는군요."라고 말하며
"아니 그리 간단히는 죽일 수 없습니다. 그러나 조금 힘을 들이기만 하면 확실히 죽일 수 있습니다. 벌레 따위는 아주 적은 힘으로 확실히 죽일 수 있습니다. 하지만 벌레를 되살리는 방법은 알지 못하니 죄罪[12]를 짓는 것이기에 이것은 무익한 살생殺生입니다."
라고 말했다. 그때 마침 뜰에서 대여섯 마리의 개구리가 연못으로 뛰어들고 있었다. 이것을 본 귀공자들이 "그럼 시험 삼아 저 개구리 한 마리를 죽

10 제자로서의 예를 갖추기 위하여 제자가 스승에게 바친 명찰.
11 → 인명.
12 살생殺生은 불교에서 오계五戒·십계十戒의 하나로 가장 무거운 죄이기 때문에 이와 같이 이야기 한 것임.

여 보시지요."라고 말했다. 세이메이는 "죄를 자처하는 분이시군요. 그러나 확인해 보고 싶다고 하시니."라고 말하며 풀잎을 따서 주문을 외우면서 개구리 쪽으로 던지니 그것이 개구리 위에 떨어지자마자 개구리가 납작하게 《찌부러져》[13] 죽어 버렸다. 승려들은 이것을 보고 얼굴이 새파랗게 질려서 부들부들 떨었다.

세이메이는 집안에 사람이 없을 때는 식신을 부리는 것일까, 아무도 없는데 덧문이 저절로 오르락내리락하였다. 또 닫는 사람이 없는데도 문이 닫혀져 있곤 하였다. 이처럼 불가사의한 일이 많이 있었다고 전해지고 있다.

그 자손은 지금도 조정에 출사하며 중용되고 있다. 그 토어문의 저택도 대대로 그 자손들이 살고 있으며, 그곳에서는 아주 최근까지 그 자손이 식신의 목소리를 들었다고 한다.

이처럼 세이메이는 진정으로 보통 사람이 아니었다고 이렇게 이야기로 전하여 내려오고 있다 한다.

13 한자표기를 위한 의도적 결자. 문맥을 고려하여 보충.

⊙제16화⊙ 아베노 세이메이安倍晴明가 다다유키忠行를 따르며 음양도陰陽道를 배운 이야기

安倍晴明随忠行習道語第十六

今昔、天文博士安倍晴明ト云陰陽師有ケリ。古ニモ不恥ヂ止事無リケル者也。幼ノ時、賀茂忠行ト云ケル陰陽師ニ随テ昼夜ニ此道ヲ習ケルニ、聊モ心モト無キ事無カリケル。

而ルニ、晴明若カリケル時、師ノ忠行ガ下渡ニ夜行ニ行ケル共ニ、歩ニシテ車ノ後ニ行ケル。忠行車ノ内ニシテ吉ク寝入ニケルニ、晴明見ケルニ、艶ズ怖キ鬼共車ノ前ニ向テ来ケリ。晴明此ヲ見テ驚テ、車ノ後ニ走リ寄テ、忠行ヲ起シテ告ケレバ、其時ニゾ忠行驚テ覚テ、鬼ノ来ルヲ見テ、術法ヲ以テ忽ニ我ガ身ヲモ恐レ無ク、共ノ者共ヲモ隠シ、平カニ過ニケル。其後、忠行晴明ヲ難去ク思テ、此道ヲ教フル事瓶ノ水ヲ写スガ如シ。然レバ、終ニ晴明此道ニ付テ、公私ニ被仕テ糸止事無カリケリ。

安倍晴明(不動利益縁起)

而ル間、忠行失テ後、此晴明ガ家ハ土御門ヨリハ北、西ノ洞院ヨリハ東也、其家ニ晴明ガ居タリケル時、老タル僧来ヌ。共ニ十余歳許ナル童二人ヲ具シタリ。晴明此ヲ見テ、「何ゾノ僧ノ何ヨリ来レルゾ」ト問ヘバ、僧、「己ハ播磨国ノ人ニ侍リ。其ニ、陰陽ノ方ヲナム習ハム志侍ル。而ルニ、只今此道ニ取テ止事無御座ス由ヲ承ハリテ、小々ノ事習ヒ奉ラムト思給ヘテ参リ候ツル也」ト云ヘバ、晴明ガ思ハク、「此法師ハ此道ニ賢キ奴ニコソ有ヌレ。其レガ我ヲ試ムト来タル也。此奴ニ弊ク被試テハ口惜カリナムカシ。試ニ此法師少シ引キ掕ゼム」ト思フ。「此法師ノ共ナル二人ノ童ハ識神ニ仕テ来タルナリ。若シ識神ナラバ忽ニ召シ隠セ」ト心ノ内ニ念ジテ、袖ノ内ニ二ノ手ヲ引入テ、印ヲ結ビ、蜜ニ呪ヲ読ム。其後、晴明法師ニ答ヘテ云ク、「然カ承ハリヌ。但シ、今日ハ自ラ暇無キ事有リ。速ニ返リ給テ、後ニ吉日ヲ以テ坐セ。『習ハム』ト有ラム事共ハ教ヘ進ラム」ト。法師、「穴貴」ト云テ、手ヲ押摺テ額ニ宛テ、立走テ去ヌ。

「今ハ一二町ハ行ヌラム」ト思フ程ニ、此法師亦来タリ。晴明見レバ、可然キ所ニ車宿ナドヲコソ臨行ヌレ。臨行テ後ニ、前ニ寄来テ云ク、「此共ニ侍ツル童部二人乍ラ忽ニ失セテ候フ。其給ハリ候ハム」ト。晴明ガ云ク、「御房ハ希有事云フ者カナ。晴明ハ何ノ故ニカ人ノ御共ナラム童部ヲバ取ラムズルゾ」ト。法師ノ云ク、「我ガ君、大ナル理ニ候フ。尚免シ給ハラム」ト侘ケレバ、其時ニ晴明ガ云ク、「吉々。御房ノ、人試トテ識神ヲ仕テ来タルガ不安思ツル也。然様ニハ異人ヲコソ試メ。晴明ヲバ此不為デコソ有ラメ」ト云テ、袖ニ手ヲ引入テ、物ヲ読ム様ニシテ暫ク有ケレバ、外ノ方ヨリ此童部二人乍ラ走入テ、法師ノ前ニ出来タリケリ。其ノ時ニ法師ノ云ク、「誠ニ止事無ク御座ス由ヲ承ハリテ、『試ミ奉ラム』ト思給ヘテ、参リ候ツル也。其ニ、識神ハ古ヨリ仕フ事ハ安ク候フナリ。人ノ仕タルヲ隠ス事ハ更ニ可有クモ不候ハ。穴忝。今ヨリ偏ニ御弟子ニテ候ハム」ト云テ、忽ニ名符ヲ書テナム取セタリケル。

亦、此晴明広沢ノ寛朝僧正ト申ケル人ノ御房ニ参テ、物申シ承ハリケル間、若キ君達僧共有テ、晴明ニ物語ナドシテ云ク、「其ノ識神ヲ仕ヒ給フナルハ。忽ニ人ヲバ殺シ給フラムヤ」ト。晴明、「道ノ大事ヲ此現ニモ問ヒ給フカナ」ト云テ、「安クハ否不殺。少シ力ダニ入テ掕ヘバ必ズ殺シテム。虫ナドヲバ塵許ノ事セムニ、必ズ殺シツベキニ、生ク様ヲ不知バ、罪ヲ得ヌベケレバ、由無キ也」ナド云フ程ニ、庭ヨリ蝦蟆ノ五ツ六ツ許踊ツヽ、池ノ辺様ニ行ケルヲ、君達、「然ハ彼レ一ツ殺シ給ヘ。試ム」ト云ケレバ、晴明、「罪造リ給君カナ。然ルニテモ、『試ミ給ハム』ト有レバ」トテ、草ノ葉ヲ摘切テ、物ヲ読様ニシテ蝦蟆ノ方ヘ投遣タリケレバ、其ノ草ノ葉蝦蟆ノ上ニ懸ルト見ケル程ニ、蝦蟆ハ真平ニ□テ死タリケル。僧共此ヲ見テ、[二三]色ヲ失テナム恐ヂ怖レケル。

此晴明ハ、家ノ内ニ人無キ時ハ識神ヲ仕ケルニヤ有ケム、人モ無キニ、[二四]蔀上ゲ下ス事ナム有ケル。亦、門モ[二五]差ス人モ無カリケルニ、被差ナムドナム有ケル。此[二六]様ニ[二七]希有ノ事共多カリ、トナム語リ伝フル。

[二八]其ノ[二九][三〇]孫于今公ニ仕テ、止事無クテ有リ。其土御門ノ家モ[三一]伝ハリノ所ニテ有リ。其孫近ク成マデ識神ノ音ナドハ聞ケリ。

[三二]然レバ、晴明尚只物ニハ非リケリ、トナム語リ伝ヘタルトヤ。

권24 제17화

야스노리保憲와 세이메이晴明가 가려진 물건을 점친 이야기

이 이야기는 제목標題만 있고 본문이 없다. 제15화, 제16화에 이어서 음양도의 쌍벽이라고도 할 수 있는 가모노 야스노리賀茂保憲와 아베노 세이메이安倍晴明의 신통한 주술력을 칭송하는 이야기. 두 사람이 점술占術을 사용하여 덮개 안의 물건을 알아맞히는 대결을 내용으로 하는 이야기로 추정. 또한 가모 가家와 아베 가는 헤이안平安 중기 이후 중세에 걸쳐 일본 음양도의 두 기둥으로 전자가 가게유노코지勘解由小路류流, 후자는 쓰치미카도土御門류라고 불린다. 두 사람은 두 파의 시조격인 존재.

본문 결缺

⊙제17화⊙

야스노리保憲와 세이메이晴明가 가려진 물건을 점친 이야기

保憲[三三]晴明[三四]共占覆物語第十七

（本文欠）

권24 제18화

음양술로 사람을 죽인 이야기

산도算道의 재주가 뛰어나 촉망받던 오쓰키노 이토히라小槻糸平가 젊었을 때, 동년배의 시샘을 받아 그 동년배가 고용한 음양사陰陽師에게 속아 모노이미物忌가 한창임에도 불구하고 방심하여 미닫이문에서 얼굴을 내밀어 지벌을 받아 살해당했다는 이야기. 모노이미 중에 금기禁忌를 지키지 않아 죽음을 초래했다는 내용은 권27 제13화에도 보인다.

이제는 옛이야기이지만, 주계두主計頭[1]로 오쓰키노 이토히라小槻糸平[2]라고 하는 사람이 있었다. 그의 아들로 산算 선생先生[3]을 하는 자가 있었는데, 이름은 《모치스케茂助》[4]라 하였다. 이 사람은 주계두 다다오미忠臣[5]의 아버지, 아와지 수淡路守 대부사大夫史 야스치카泰親[6]의 조부祖父이다.

《모치스케》가 아직 젊었을 때, 유난히 총명聰明하여 견줄 이가 없을 정도였기 때문에 이대로 두면 남을 능가하여 대단한 출세를 할 것이라는 평판을

1 주계료主計寮의 장관長官. 주계료는 민부성民部省 소관所管으로 세수稅收의 계산計算과 국비의 회계會計를 담당.
2 → 인명. 『우지 습유宇治拾遺』에는 "마사히라當平". 마사히라는 이토히라糸平의 형. 마사히라 쪽이 바름.
3 대학료大學寮의 산도算道 교관敎官. 이 직업은 오쓰키小槻 가문의 세습직世襲職.
4 다다오미忠臣의 아버지라고 되어 있기 때문에 '모치스케茂助'가 해당한다. 단 모치스케는 마사히라當平의 아들로 이토히라의 조카. 『우지 습유宇治拾遺』에 "모치스케"라고 되어 있음. 모치스케는 수리속修理屬, 좌소사左少史, 산박사算博士, 정육위상正六位上. 천덕天德 2년(958) 7월 사망.
5 → 인명.
6 → 인명. '도모치가奉親'가 바름.

들었다. 동년배들 사이에서는

'모치스케 녀석, 좀 죽어 버렸으면 좋겠군. 이 자가 순조롭게 출세한다면 주계료主計寮나 주세료主稅寮[7]의 두頭나 조助, 혹은 대부사大夫史[8] 등이 되어 다른 자들은 경쟁상대도 되지 않을 것이다. 그는 이 직업에 있어 선조先祖 대대로 내려오는 가문의 자손子孫일 뿐만 아니라 이처럼 총명하고 올곧은 자이니, 지금은 그저 육위六位에 머물러 있지만 세간에도 알려져 평판도 점점 높아질 것이 틀림없다. 이런 자는 없는 편이 낫다.'

라고 생각하는 사람도 동년배 사이에도 있었던 것 같다.

언젠가 이 《모치스케》의 집에 불가사의한 계시가 있어, 그 당시 고명한 음양사陰陽師에게 물으니, 음양사는 특별히 유의하여 근신하지 않으면 안 된다고 점쳤다. 그리고 조심하지 않으면 안 되는 날짜를 써 주었기에 그날은 문을 엄중히 걸어 닫고 모노이미物忌[9]를 하며 틀어박혀 있었는데 그를 적대시하던 남자가 이 사실을 알고, 매우 실력이 좋지만 관官에 속하지 않는 음양사[10]를 잘 포섭하여 그로 하여금 모치스케가 반드시 죽을 수 있는 술법을 부리게 했다. 이것을 행하게 된 음양사는

"그 사람이 모노이미를 하며 틀어박혀 있다는 것은 분명 근신해야만 하는 날인 것이겠지요. 그러니 이날 이쪽에서도 지벌을 걸면 필시 효험이 있을 것입니다. 그러니 저를 데리고 그 집에 가셔서 그의 이름을 불러 주십시오. 모노이미 중이라 혹시라도 문은 열지 않을 것입니다. 그러나 상대의 목소리만 들을 수 있다면 반드시 지벌의 효험이 있을 것입니다."

7 주세료主稅寮의 장관長官과 차관次官. 주세료는 민부성 소관. 전조田租의 수세收稅와 정부소관政府所管의 창고倉庫 출납出納을 담당.
8 오위五位의 대사大史의 칭. 대사는 태정관太政官의 사등관四等官.
9 * 어느 기간 동안 음식이나 행위를 조심하며 몸을 정결하게 하고 부정을 피하는 일.
10 관에 관리로서 근무하는 공인公認된 음양사와는 반대로 민간民間의 음양사나 주술사呪術師를 가리킴.

라고 말했다.

그래서 이 남자가 그 음양사를 데리고 모치스케의 집으로 가 문을 무턱대고 쾅쾅 두드리자 하인이 나와서, "문을 두드리는 것은 누구십니까."라고 묻는다.

"저는 꼭 말씀 드려야 할 것이 있어 찾아온 것입니다. 비록 평소보다 엄중한 모노이미라고 해도 문을 살짝 열어 들여보내 주십시오. 정말 중요한 용건입니다."

라고 말하며 이 뜻을 그에게 전하게 하자 이 하인은 집안에 들어가 "이러 이러한 사정입니다."라고 모치스케에게 전하였다. 이것을 듣고 모치스케는

"이 얼마나 당치 않은 일인가. 세상에 자신의 몸을 소중히 생각하지 않는 자가 있겠는가. 문을 열고 안으로 들일 수는 없습니다. 아무리 해도 소용이 없습니다. 어서 돌아가 주십시오."

라고 하인에게 말을 전하게 하니 남자는 다시금

"그렇다면 문은 열어주지 않으시더라도 그 미닫이문에서 얼굴을 내밀어 주십시오. 직접 제가 이야기 하겠습니다."

라고 말하며 하인에게 전하게 하였다.

이때 하늘이 인정한, 모치스케가 죽어야만 하는 전생의 인연因緣[11]이 있었던 것인지, 모치스케가 "무슨 일이십니까."라며 미닫이문에서 얼굴을 내밀었다. 음양사는 그 목소리를 듣고 얼굴을 보고 상대를 죽이는 지벌의 술법을 있는 대로 모두 행하였다. 음양사를 데리고 면회를 청한 남자는 '매우 중요한 용건을 이야기 하고 싶다.'고는 말하였지만 할 말도 찾지 못한 채

"지금부터 시골에 갑니다. 이것을 말씀드리고자 일부러 찾아뵌 것입니

11 원문에는 "숙세宿世"(→ 불교).

다. 그럼 안으로 들어가십시오."
라고 하였다. 《모치스케》는
"별로 중요한 일도 아닌데 이 모노이미 중에 이리도 사람을 불러내다니. 이 얼마나 분별없는 남자인가."
라고 말하며 안으로 들어갔다. 모치스케는 그날 밤부터 머리가 아프기 시작하여 괴로워하다가 3일째 되는 날에 죽어 버렸다.

생각건대 모노이미 중에는 큰소리를 내어 사람이 듣게 해서는 안 되고 또 밖에서 온 사람과는 절대 만나서도 안 된다. 이와 같은 술법을 쓰는 사람은 그것을 이용하여 지벌을 내리게 하는 경우가 있으니 정말 무서운 일이다. 이렇게 되는 것도 전생으로부터의 숙보宿報[12]이기는 하지만 참으로 근신하지 않으면 안 된다고 이렇게 전해져 내려오고 있다 한다.

12 → 불교.

⊙ 제18화 ⊙
음양술로 사람을 죽인 이야기

以陰陽術殺人語第十八

今昔、主計頭ニテ小槻ノ糸平ト云者有ケリ。其子ニ算ノ先生ナル者有ケリ。名ヲバ□トナム云ケル。主計頭忠臣ガ父、淡路守大夫ノ史泰親祖父也。

其□ガ未ダ若カリケル程ニ、身ノ才極テ賢クシテ、世ニ並無カリケレバ、命有ラバ人ニ勝レテ止事無ク成ヌベキ者也ケレバ、同ジ程ナル者共、「何デ此無クテモ有レカシ。此レガ出立ナバ、主計、主税ノ頭、助ニモ、大夫ノ史ニモ、異人ハ更ニ可競キ様無ナメリ。成リ伝へ来ル孫ナルニ合セテ、此才賢ク心バへ直シケレバ、只六位乍ラ、世ニ聞へ有テ思へ高ク成リ持行ケバ、無クテモ有カシ」ト思フ人ニハ有ニヤ有ラム。

而ル間、彼ノ□ガ家ニ怪ヲ為シタリケレバ、其時ノ止事無キ陰陽師ニ物ヲ問ニ、極テ重ク可慎キ由ヲ占ヒタリ。其ノ可慎キ日共ヲ書出シテ取セタリケレバ、其日ハ門ヲ強ク差シテ、物忌シテ居タリケルニ、彼ノ敵ニ思ヒケル者ハ験シ有ケル隠レ陰陽師ヲ吉ク語ヒテ、彼ガ必ズ可死キ態共ヲ為サセケル。此事為ル陰陽師ノ云ク、「彼ノ人ノ物忌ヲシテ居タルハ、可慎キ日ニコソ有ナレ。然レバ、其日呪ヒ合セバゾ験ハ可有キ也。其レニ、己ヲ具シテ其ノ家ニ御シテ呼ビ給へ。門ハ物忌ナレバ、ヨモ不開。只音ヲダニ聞テバ必ズ呪フ験ハ有ナム」ト。

然レバ、其人其陰陽師ヲ具シテ、カレガ家ニ行テ門ヲ愕タヽシク叩ケレバ、下衆出来テ、「誰ガ此御門ヲバ叩ゾ」ト問ヘバ、「某ガ大切ニ可申キ事有テ参タル也。極ク固キ物忌也ト云フトモ、門ヲ細目ニ開テ入レ給へ。極タル大切也」ト令云レバ、此下衆返入テ、「此ナム」ト云ヘバ、「糸破無キ事カナ。世ニ有ル人ノ身不思ヌヤハ有ル。然レバ否開テ入レ不奉マジ。更ニ不用也。疾ク返リ給ヒネ」ト令云タレバ、亦云ヒ令入ル様、「然ラバ門ヲバ不開給ハト云トモ、其遣戸ヨリ顔ヲ差出給へ。自ラ聞ヘム」ト。
其時ニ天道ノ許シ有テ、可死キ宿世ヤ有ケム、「何事ゾ」ト云テ、遣戸ヨリ顔ヲ差出タレバ、陰陽師其音ヲ聞キ、顔ヲ見テ、可死キ態ヲ可為キ限リ咀ヒツ。此具シテ会ハムト云人ハ、「極キ大事云ハム」ト云ツレドモ、可云キ事モ不思ヘリケレバ、「只今田舎へ。態其由申サムト思テ申シツル也。然バ入給ヒネ」ト云ケレバ、□、「大事ニモ非リケル事ニ依テ、物忌ニ此人ヲ呼ビ出テ。物モ不思ヘ主カナ」ト云テ、入ニケリ。其夜ヨリ頭痛ク成テ悩ミテ、三日ト云ニ死ニケリ。

遣り戸(源氏物語絵巻)

此ヲ思フニ、物忌ニハ、音ヲ高クシテ人ニ不可令聞カ、亦外ヨリ来ラム人ニハ努々不可会。此ノ様ノ態為ル人ノ為ニハ、其ニ付テ咀フ事ナレバ、極テ怖キ也。宿報トハ云乍ラ吉ク可慎シ、トナム語リ伝ヘタルトヤ。

권24 제19화

하리마 지방播磨國의 음양사陰陽師 지토쿠智德 법사法師 이야기

하리마 지방播磨國의 음양사陰陽師인 지토쿠智德 법사法師가 해적海賊에게 물품을 약탈略奪당한 선주船主를 동정同情하여 주술呪術을 써서 해적선을 가까이 오게 하여 물품을 되찾아 주었다는 이야기. 도읍의 음양사였던 가모賀茂·아베安倍 양가에 대해 지방地方의 유력한 음양사의 일화逸話를 기록한 것. 배를 기도를 통해서 되돌린다는 모티브는 유형적類型的으로, 『우지 습유宇治拾遺』 제36화 『태평기太平記』 권2 등에도 보인다.

이제는 옛이야기이지만, 하리마 지방播磨國[1] □□[2]군郡에 음양사陰陽師 일을 하는 법사法師가 있어 이름을 지토쿠智德라고 하였다. 오랜 세월 그 지방에 살며 음양도 일을 하고 있었는데, 이 법사는 참으로 보통내기가 아니었다.

언젠가 □□□[3] 지방에서 많은 짐을 싣고 도읍으로 향하는 배가 있었다. 그때 아카시明石 해안[4] 앞바다에서 해적이 습격해와 짐을 모조리 빼앗고 몇몇 사람을 죽이고 달아났다. 가까스로 선주船主와 하인 한두 명만이 바다에

1 → 옛 지방명.
2 군명郡名의 명기를 위한 의도적 결자.
3 지방명의 명기를 위한 의도적 결자.
4 지금의 효고 현兵庫縣 아카시明石 항.

뛰어들어 목숨을 부지하여 육지로 헤엄쳐 나와 울고 있는데, 지토쿠가 지팡이를 짚으며 나타나 "거기에서 울고 있는 분은 누구신지요."라고 물었다. 선주는,

"지방에서 도읍으로 상경하던 중, 이곳 앞바다에서 어제 해적을 만나 배에 있던 짐도 모두 빼앗기고 사람도 죽어 겨우 목숨만을 부지했습니다."
라고 말하자 지토쿠는 "그거 참 딱하게 됐군요. 그 녀석들을 잡아 이곳으로 끌어와 주겠소."라고 말했다. 선주는 '그저 말 뿐이겠지.'라고 생각하였지만 "그렇게 해주신다면 얼마나 기쁘겠습니까."라고 울먹이며 말했다. 지토쿠가 "그 일은 어제 언제쯤 일어난 것이오?"라고 묻자 "이러이러한 시각이었습니다."라고 선주는 답하였다.

이것을 들은 지토쿠는 선주와 함께 작은 배를 타고 그 앞바다로 배를 저어나가 그 근처에 배를 띄우고 바다 위에 무엇인가를 써서 그것을 향해 주문呪文을 외우고 나서 되돌아 육지로 올라왔다. 그리고 마치 바로 옆에 있는 자를 포박하는 듯한 몸짓을 하더니 경비를 서는 자를 고용하여 네댓새 지켜보게 했다. 그리고 뱃짐을 빼앗긴 날로부터 이레째 되던 날의 □[5]시 무렵, 어디선가 한 척의 표류선漂流船이 나타났다. 그곳으로 배를 저어 다가가 보니 배안에는 무기武器를 가진 다수의 사람이 타고 있어 완전히 술에 취한 듯하여 도망도 못가고 쓰러져 있었다. 그들은 놀랍게도[6] 그때의 해적이 아닌가. 빼앗긴 짐은 잃어버린 것 없이 그대로였기 때문에 선주의 지시대로 모두 이쪽 배로 옮겨 싣고 그것을 선주에게 돌려주었다. 해적들은 그 근방 사람들이 결박하려고 하였으나 지토쿠가 신병身柄을 건네받아 해적들에게

"이후 이와 같은 죄를 범해서는 안 된다. 원래대로라면 때려 죽여야 하지

5 시각時刻의 명기를 위한 의도적 결자.

6 화자語り手의 삽입구.

만 그것도 죄[7]를 짓는 것이니. 이 지방에는 나와 같은 노법사老法師도 있다는 것을 명심하여라."

라고 말하며 쫓아 버렸다. 선주는 고마워하며 출항 준비를 하고 떠났다.

이것은 오로지 지토쿠가 음양의 술법을 부려 해적을 보기 좋게 끌어온 덕분이다.

이런 연유로 지토쿠는 실로 두려워할 만한 작자였지만 한때 세이메이晴明[8]는 지토쿠의 식신式神[9]을 숨긴 일이 있었다. 그렇다고는 해도 그것은 지토쿠가 식신을 감추는 법을 습득하지 않았기 때문으로 딱히 술법이 뒤진다고는 할 수 없다.

이러한 자가 하리마 지방에 있었다고 이렇게 이야기로 전하여 내려오고 있다 한다.

7 원문에는 "죄장罪障"(→ 불교).

8 아베노 세이메이安倍晴明(→ 인명). 본권 제16화 에피소드.

9 → 불교.

⊙제19화⊙ 하리마 지방播磨國의 음양사陰陽師 지토쿠智德 법사法師 이야기

幡磨国陰陽師智徳法師語第十九

今昔、幡磨国□ノ郡ニ陰陽師ヲ為ル法師有ケリ。名ヲバ智徳ト云ケリ。年来其国ニ住テ此道ヲシテ有ケルニ、其法師ハ糸只者ニモ非ヌ奴也ケリ。

而ル間、□ノ国ヨリ上ル船ノ、多ノ物共ヲ積テ有ケルヲ、明石ノ前ノ沖ニシテ、海賊来テ船ノ物ヲ皆移シ取リ、数人ヲ殺シテ去ニケリ。只、船ノ主計下人一両人トシテ海ニ入ナムドシテ生タリケルガ、陸ニ上テ泣居タリケルヲ、彼ノ智徳杖ヲ突テ出来テ、「此ハ何ノ人ノ泣居タルゾ」ト問ケレバ、船主ノ、「国ヨリ上ツルニ、此沖ニシテ、昨日海賊ニ罷会テ、船ノ物モ皆被取レ、人モ被殺テ、希有ノ命許ヲ生テ侍ル也」ト云ヘバ、智徳、「極テ糸惜キ事カナ。彼ヲ搦メ寄セバヤ」ト云バ、船主、「只打云フ事ナメリ」トハ思ヘドモ、「何ニ喜ク侍ラム」ト泣々云フ。智徳、「昨日ノ何時ノ事ゾ」ト問ヘバ、船主、「然々ノ時也」ト答フ。

其時ニ、智徳小船ニ乗テ船主ヲ具シテ、其沖ニ差出テ、其所ニ船ヲ浮ベテ、海ノ上ニ物ヲ書テ、物ヲ読懸テ、陸ニ返上テ後、事シモ只今有ル者ヲ搦メムズル様ニ、其道ノ人ヲ雇テ、四五日護セケルニ、船被移テ後七日ト云フ□時許ニ、何チトモ無クテ被漂タル船出来タリ。多ノ人兵杖ヲ帯シテ船ニ乗テ、漕ギ寄セテ見レドモ、物ニ吉ク酔タル者ノ様ニテ、逃ナムトモ不為シテ有ケリ。早ウ、彼ノ海賊也ケリ。取レル所ノ物共不失シテ有ケレバ、船主ノ云フニ随テ皆運ビ取テ、主ニ取セテケリ。

海賊共ヲバ其辺ノ者共有テ搦メムトシケレドモ、智徳乞請テ、海賊共ニ令云聞ケル様、「今ヨリ此犯ヲ成ス事無カレ。命ヲ可断シト云ヘドモ、罪障ナレバ。此国ニハ此老法師有ルゾ」ト云テ、追逃[18]シテケリ。船主ハ喜キ船儲[19]ケトシテ去ニケリ。

此、偏ニ智徳ガ陰陽[20]ノ術ヲ以テ、海賊ヲ謀リ寄セタル也。

然レバ、智徳極テ怖シキ奴ニテ有ケルニ、晴明[21]ニ会テゾ識[22]神ヲ被隠タリケル。然レドモ、其[23]ハ其ノ法ヲ不知バ不弊。

此ル者、幡磨国[24]ニ有ケリ、トナム語リ伝ヘタルトヤ。

권24 제20화

유부녀가 악령惡靈이 되어 그 해害를 없앤 음양사陰陽師 이야기

남편이 더 이상 찾아오지 않아 부부의 연이 끊어진 것을 아내가 원망하다 죽고 마는데, 아내의 유해遺骸는 머리카락도 빠지지 않은데다 뼈마디마저 생전 그대로 성한 상태였다. 결국 아내는 망령이 되어 남편을 죽이려고 하고, 이에 남편이 음양사陰陽師에게 도움을 청하여 그의 지시에 따라 목숨을 부지했다는 이야기. 백골白骨이 흩어지지 않고 붙어 있는 사실은 죽은 자가 보통사람이 아니었다는 증거이며, 이것은 『찬집초撰集抄』 권5 제15화의 반혼술反魂術과 관련된 모티브라고 할 수 있다.

이제는 옛이야기이지만, □□[1]라고 하는 사람이 있었는데, 오랜 세월 함께한 아내와 이별離別하였다.[2] 아내는 이것을 깊이 원망하며 슬퍼하였는데 그 생각으로 인해 병을 얻어 몇 달을 앓은 끝에 원망하며 죽고 말았다.

이 여자는 부모도 없고 친척도 없었기에, 그녀의 유해遺骸는 장례도 치르지 않은 채 그대로 집안에 방치되어 있었는데 머리카락도 빠지지 않고 생전의 모습과 같이 붙어 있었고, 또 그 뼈마디도 성한 채로 이어져 있었다. 옆집 사람은 문틈 사이로 이것을 들여다보고 이루 말할 수 없이 두려워하며 부들

1 성명姓名의 명기를 위한 의도적 결자.
2 여자 처소를 방문하지 않게 된 것. 부부의 연을 끊은 것.

부들 떨었다. 또 그 집안에 항상 새《파랗게》[3] 빛나는 것이 있고 언제나 집이 진동하며 울렸기 때문에 이웃사람들은 무서워하며 허둥지둥 도망쳤다.

한편 그녀의 남편이 이 이야기를 듣고, 아이고 이제 죽었구나 절망하며

'어떻게 하면 이 사령死靈의 지벌을 피할 수 있을 것인가. 나를 원망하다 죽은 여자이니 나는 분명 이 여자의 손에 죽게 될 것이다.'

라고 부들부들 떨며 두려워했다. 그리고 □□[4]라는 음양사陰陽師에게 찾아가 이 이야기를 하고, 지벌을 면할 방법을 물으니 음양사는

"이것은 실로 피하기 어려운 일입니다. 하지만 이렇게까지 부탁하시니 어떻게든 방법을 강구해 봅시다. 하지만 이를 위해서는 매우 무서운 일을 겪으셔야 하며, 각오를 하시고 견뎌내셔야 합니다."

라고 말했다. 해가 질 무렵[5] 음양사는 죽은 자가 있는 집에 이 남자를 데리고 갔다. 소문만으로도 머리털이 곤두설 정도로 두려워했던 남자였기에 실제로 그 집을 찾아간다는 것은 그에게 있어 참을 수 없는 두려움이었다. 하지만 그는 오로지 음양사를 신뢰하여 그 집을 찾아가게 되었다.

집에 가서 보니 정말로 시체는 머리카락도 빠지지 않았고 뼈마디가 성한 채로 뉘어져 있었다. 음양사는 시체 등 쪽에 남자를 말에 태우듯 앉혔다. 그리고 죽은 자의 머리카락을 꽉 쥐게 하여, "절대 놓아서는 안 됩니다."라고 주의를 주고는 주문呪文을 외우고 기도하며

"제가 여기 올 때까지 이대로 계십시오. 반드시 무서운 일이 벌어질 것입니다. 그것을 꾹 참으십시오."

라고 말하고는 음양사는 집에서 나갔다. 남자는 어쩔 수 없이 거의 죽을 지

3 한자표기를 위한 의도적 결자. 문맥을 고려하여 보충.
4 음양사陰陽師의 성명 명기를 위한 의도적 결자.
5 정령精靈 · 영혼靈魂이 활동을 시작하는 시간.

경이 되어 시체 등에 올라탄 채로 머리카락을 잡고 있었다.

이윽고 밤이 되었다. '한밤중이 되었구나.'라고 생각할 즈음 시체가 "아아 무거워."라고 말하며 일어나 "좋아, 그 녀석을 찾으러 가자."라고 하며 집밖으로 달려 나갔다. 어디로 가는지도 모르는 채 아득히 먼 곳으로 갔다. 그러나 음양사가 가르쳐준 대로 머리카락을 잡고 있었는데 죽은 자는 되돌아 원래 있던 집으로 들어가 전처럼 누웠다. 남자는 이미 두려운 정도를 떠나 제정신이 아니었다. 그렇지만 꾹 참고 머리카락을 놓지 않고 죽은 자의 등에 올라탄 채로 있자 이윽고 닭이 울었다. 그러자 죽은 자는 소리도 내지 않고 잠잠해졌다.

그러던 중 날이 밝고 음양사가 찾아와

"어젯밤엔 틀림없이 무서운 일을 겪으셨을 터입니다만, 머리카락은 놓치지 않고 잘 잡고 있었습니까?"

라고 물었기에 남자는 잘 잡고 있었다고 대답했다. 그러자 음양사는 죽은 자를 향해 주문을 외고 기도를 하고나서 "자 됐습니다. 이제 집으로 돌아가지요."라고 하며 남자를 데리고 집으로 돌아갔다. 그리고 음양사는

"이제 조금도 두려워할 필요 없습니다. 당신이 말씀하신 것을 들으니 너무나 딱하다고 생각되어 이렇게 했던 것입니다."

라고 말했다. 남자는 감사의 눈물을 흘리며 음양사에게 절을 하였다. 그 후 남자는 별 탈 없이 장수를 누렸다.

이것은 근래의 이야기일 것이다. 이 남자의 자손은 지금도 살아 있고, 그 음양사의 자손 또한 대숙직大宿直[6]이라는 곳에 지금도 있다고 이렇게 이야기로 전하여 내려오고 있다 한다.

6 대내리大內裏 내의 주전료主殿寮 남쪽, 내교방內敎坊의 서쪽, 율분장率分藏의 동쪽, 나시모토梨本의 북쪽. 대내리 경호의 대기소가 있었던 구역.

⊙ 제20화 ⊙
유부녀가 악령惡靈이 되어 그 해害를 없앤 음양사陰陽師 이야기

人妻成悪霊除其害陰陽師語第二十

今昔、□ト云者有ケリ。年来棲ケル妻ヲ去離レニケリ。妻深ク怨ヲ成シテ歎キ悲ケル程ニ、其思ヒニ病付テ、月来悩テ思ヒ死ニケリ。

其女父母モ無ク親シキ者モ無カリケレバ、死タリケルヲ取リ隠シ棄ツル事モ無クテ、屋ノ内ニ有ケルガ、髪モ不落シテ本ノ如ク付タリケリ。亦其骨皆次カヘリテ不離リケリ。隣ノ人物ノ迫ヨリ此ヲ臨テ見ケルニ、恐怖ル、事無限リ。亦其家ノ内常ニ真□ニ光ル事有ケリ。亦常ニ物鳴リナムド有ケレバ、隣人モ恐テ逃ゲ迷ヒケリ。

而ルニ、其夫此ノ事ヲ聞テ、半ハ死スル心地シテ、「何ニシテカ此霊ノ難ヲバ可遁カラム。我ヲ怨テ思ヒ死ニ死タル者ナレバ、我ハ彼レニ被取ナムトス」ト恐ヂ怖テ、□ト云フ陰陽師ノ許ニ行テ、此事ヲ語テ、難ヲ可遁キ事ヲ云ケレバ、陰陽師ノ云ク、「此事極テ難遁キ事ニコソ侍ナレ。然ハ有レドモ、此宣フ事也、構ヘ試ム。但シ、其為ニ極テハ怖シキ事ナムド為ル。其ヲ構テ念ジ給ヘ」ト云テ、日ノ入ル程ニ、陰陽師彼ノ死人ノ有ル家ニ此ノ夫ノ男ヲ掻具シテ将行ヌ。男外ニテ聞ツルダニ、頭毛太リテ怖シキニ、増シテ其家ヘ行カム、極テ怖シク難堪ケレドモ、陰陽師ニ偏ニ身ヲ任セテ行ヌ。見レバ、実ニ死人ノ髪不落シテ、骨次カヘリテ臥タリ。背ニ馬ニ乗ル様ニ乗セツ。然テ、其死人ノ髪ヲ強ク引カヘサセ、「努々放ツ事ナカレ」ト教ヘテ、物ヲ読懸ケ慎ビテ、「自ガ此ニ来ムマデハ此テ有レ。定メテ怖シキ事有ラムトス。其ヲ念ジテ有レ」ト云置テ、陰陽師ハ出テ去ヌ。男為ム方無ク、生タルニモ非デ、死人ニ乗テ髪ヲ捕テ有リ。

而ル間、夜ニ入ヌ。「夜半ニ成ヌラム」ト思フ程ニ、此死人、「穴重シヤ」ト云マヽニ、立走テ云ク、「イ。其奴求メテ来ラム」ト云テ、走リ出ヌ。何トモ不思ヘ遥ニ行ク。然レドモ、陰陽師ノ教マヽニ、髪ヲ捕テ有ル程ニ、死人返ヌ。本ノ家ニ来テ同ジ様ニ臥ス。男怖シナド云ヘバ愚也。物モ不思ヘドモ、念ジテ髪ヲ不放シテ、背ニ乗テ有ルニ、鶏鳴ヌレバ、死人音モ不為成ヌ。

然ル程ニ夜明ヌレバ、陰陽師来テ云ク、「今夜定メテ怖シキ事侍ツラム。髪不放ナリヌヤ」ト問ヘバ、男不放リツル由ヲ答フ。其時ニ、陰陽師亦死人ニ物ヲ読懸ケ慎ミテ後、「今ハ去来給ヘ」ト云テ、男ヲ搔具シテ家ニ返ヌ。陰陽師ノ云ク、「今ハ更ニ怖レ不可給。宣フ事ノ難去ケレバ也」トナム云ケル。男泣々陰陽師ヲ拝シケリ。其後、男敢テ事無クシテ、久ク有ケリ。

此、近キ事ナルベシ。其人ノ孫、于今世ニ有リ。亦、其陰陽師ノ孫モ大宿直ト云所ニ于今有ナリ、トナム語リ伝ヘタルトヤ。

권24 제21화

승려 도조登照가 주작문朱雀門이 쓰러지는 것을 점친 이야기

승려 도조登照가 관상 보는 데 훌륭한 인물이었음을 전하는 에피소드 두 가지가 이어진다. 첫 번째는 주작문朱雀門 아래서 쉬고 있던 사람들에게 죽을 상相이 있는 것을 보고, 문이 무너질 것을 예지豫知하여 인명을 구했다는 이야기. 두 번째는 승방 앞을 지나가던 피리 소리로, 피리를 부는 이의 목숨이 하루밖에 남지 않았음을 예지하였으나 다음날 저녁 다시 피리 소리를 듣고 수명이 늘어났음을 알고 당사자에게 물어보아 보현강普賢講의 가타伽陀에 맞춰 피리를 불었던 공덕功德 때문임을 알게 되었다는 이야기이다.

이제는 옛이야기이지만, 도조登照[1]라고 하는 승려가 있었다. 많은 사람들의 관상을 보고 목소리를 듣고 동작을 관찰하는 것으로 이후 목숨의 길고 짧음을 점치고,[2] 그 사람의 빈부貧富를 알려 주며 오르게 될 관위官位의 높고 낮음을 알려 주었다. 이처럼 관상을 보아 결코 틀리는 법이 없었기에 도읍 안의 모든 승속僧俗, 남녀는 앞다투어 도조의 승방僧坊으로 모여 들었다.

어느 날 도조가 볼일을 보러 외출하여 주작문朱雀門[3] 앞을 지나는데 문

1 → 인명.

2 인상人相·수상手相·가상家相·지상地相 등, 널리 사물의 형상形相을 보고 점치는 것.

3 헤이안 경平安京 대내리大內裏의 남쪽 방면 중앙에 있는 정문正門. 이곳으로부터 주작대로朱雀大路가 시작되어 남하南下함.

아래에 많은 남녀노소男女老少가 앉아서 쉬고 있었다. 도조가 보니 이 문 아래 있는 사람은 하나같이 금방이라도 죽을상을 띠고 있었다. '대체 어찌된 일인가.'라고 생각하여 멈춰 서서 자세히 보니 점점 그 상이 뚜렷해졌다.

그래서 도조는

'당장 이 사람들이 죽는다는 것은 무슨 까닭일까. 만약 나쁜 녀석이 찾아와서 죽인다 해도, 이 중 몇 사람만을 죽이는 것에 지나지 않을 것이다. 모두가 한 번에 죽는 일은 있을 수 없다. 이상한 일이다.'

라며 이리저리 곰곰이 생각했다. 그러다가

'어쩌면 이 문이 당장이라도 무너질지도 모른다. 그렇게 된다면 짓눌려서 순식간에 모두 죽어 버릴 것임에 틀림없다.'

라고 깨닫고 문 아래에 나란히 앉아 있던 사람들을 향해,

"어이! 여기 좀 보게. 그 문은 금방 무너져 버릴 텐데, 그렇게 되면 짓눌려서 모두 죽게 될 것이야. 빨리 나오게."

라고 큰소리로 외쳤다. 그러자 그 곳에 있던 사람은 이를 듣고는 당황해서 허둥지둥하며 쏜살같이 우르르 달려 나왔다.

도조도 멀리 떨어져 서 있었는데 바람도 불지 않고 지진도 없었으며 문에는 아주 작은 뒤틀림도 없었건만 갑자기 문이 기울어지더니 땅을 울리며 쓰러져 버렸다. 그리하여 다급히 달려 나온 사람은 목숨을 구하였으나, 그중에 모른 체하며 좀처럼 나오지 않았던 몇몇 사람들은 깔려 죽고 말았다. 그 후 도조가 이 일에 대해 사람들에게 이야기하면 들은 사람들은 "과연 도조의 관상 보는 능력은 불가사의한 것이다."라며 감탄하였다.

한편, 도조의 승방은 일조대로一條大路 부근에 있었는데, 봄비가 조용히 내리던 어느 날 밤의 일로, 방 앞 대로를 피리笛를 불며 지나가던 사람이 있

었다. 도조는 이 피리소리를 듣고 제자인 승려를 불러

“저 피리를 불며 지나가는 사람이 누구인지는 모르나 저 음색音色을 듣자 하니 이제 남은 수명이 얼마 되지 않은 듯하다. 그것을 알려 주고 싶다만.”
이라고 말했다. 그러나 빗줄기는 잦아들 기미를 보이지 않고 피리 부는 사람도 점점 멀어져 가버렸기에 결국 알려 주지 못했다.

다음날 비가 그쳤다. 그날 저녁 어젯밤 피리를 불던 남자가 또 피리를 불면서 다시 지나갔는데 도조가 그것을 듣고

“지금 피리를 불며 지나가는 자는 어젯밤 그 남자일 것이다. 그건 그렇고 불가사의한 일도 있구나.”
라고 말했다. 그러자 제자가 “그 남자임에 틀림없습니다. 그런데 무슨 일이신지요?”라고 물었다. 그랬더니 도조는 “저 피리를 불고 있는 남자를 불러오너라.”라고 말하였기에 제자는 달려가 불러 세워 데리고 왔다.

가만 보니 시侍[4] 정도로 보이는 젊은 남자였다. 도조는 그를 불러 앞에 앉히고

“실은 당신을 부른 까닭은 어젯밤 피리를 불며 지나가셨을 때에는 그 피리 음색이 목숨이 오늘내일하고 있는 것으로 들렸기에 ‘이를 알려야겠다.’라고 생각하고 있던 참에 비가 심하게 내렸고 게다가 당신께서 빠르게 가버리셨기 때문에 말씀드리지 못했습니다. 그래서 참으로 딱하게 되었다고 생각하고 있었습니다만 오늘밤 피리 소리를 들으니 수명이 굉장히 늘었습니다. 대체 어젯밤 어떤 일을 하셨는지요? 그것을 묻고 싶었습니다.”
라고 말했다.

시侍는

4 궁궐이나 귀족의 저택에서 고용살이하는 신분이 낮은 남성의 총칭.

“아니, 저는 어젯밤 특별한 일은 하지 않았습니다. 그저 이곳 동쪽 가와사키川崎[5]라고 하는 곳에서 보현강普賢講[6]이 있었는데 그때의 가타伽陀[7]에 맞춰 피리를 밤새 불었습니다.”

라고 답하였다. 도조는 이것을 듣고

‘그렇다면 분명 보현강에서 피리를 불어 부처와의 인연을 맺은 공덕功德에 의해 그 자리에서 죄가 사라져 명이 늘어난 것이다.’

라고 생각하고 말할 수 없이 크게 감동하여 울면서 남자에게 절하였다. 시侍도 기뻐하며 존귀하게 여기며 돌아갔다.

이것은 근래의 이야기이다. 이렇게 신통하고도 훌륭한 관상 보는 이가 있었다고 이렇게 이야기로 전하여 내려오고 있다 한다.

5 교토시京都市 일조一條 가모가와賀茂川의 서안지구西岸地區.

6 → 불교. 보현보살普賢菩薩에게는 연명延命의 공덕功德이 있어 보현연명법도 행해졌다. 이 시侍도 보현강에서 인연을 맺은 공덕으로 식재息災 연명을 얻은 것으로 추정.

7 → 불교.

제21화 · 승려 도조登照가 주작문朱雀門이 쓰러지는 것을 점친 이야기

僧登照相倒朱雀門語第二十一

今昔、登照ト云僧有ケリ。諸ノ人ノ形ヲ見、音ヲ聞キ、翔ヲ知テ、命ノ長短ヲ相ジ、身ノ貧富ヲ教ヘ、官位ノ高下ヲ令知ム。如此相ズルニ、敢テ違フ事無カリケレバ、京中ノ道俗男女、此登照ガ房ニ集ル事無限リ。

而ルニ、登照物ヘ行ケルニ、朱雀門ノ前ヲ渡ケリ。其門ノ下ニ男女ノ老少ノ人多ク居テ休ケルヲ、登照見ルニ、此門ノ下ニ有ル者共皆只今可死キ相有リ。「此ハ何ナル事ゾ」ト思テ、立留テ吉ク見ルニ、尚其相現也。

登照此ヲ思ヒ廻スニ、「只今此者共ノ死ナム事ハ何ニ依テゾ。若シ悪人ノ来テ殺サムニテモ、少々ヲコソ殺サメ、皆忽ニ可死キ様無シ。怪キ態カナ」ト思ヒ廻スニ、「若シ、此門ノ只今倒レナムズルカ。然ラバゾ、被打厭テ忽皆可死キ」ト思ヒ得テ、門ノ下ニ居並タル者共ニ向テ、「其レ見ヨ。其門倒レヌルニ被打厭テ、皆死ナムトス。疾出ヨ」ト音ヲ高ク挙テ云ケレバ、居タル者共此ヲ聞テ、迷テハラ〳〵ト出タリ。

登照モ遠ク去テ立リケルニ、風モ不吹、地震モ不振ハ、塵許門喎タル事モ無キニ、俄ニ門只傾キニ傾キ倒レヌ。然レバ、急ギ走リ出タル者共ハ命ヲ存シヌ。其中ニ強顔クテ遅ク出ケル者共ハ少々被

朱雀門(北野天神縁起)

打厭テ死ニケリ。其後、登照人ニ会テ此事ヲ語ケレバ、此ヲ聞ク人、「尚登照ガ相奇異也」トゾ讃メ感ジケル。

亦、登照ガ房ハ一条ノ辺ニ有ケレバ、春比雨静ニ降ケル夜、其房ノ大路ヲ笛ヲ吹テ渡ル者有ケリ。登照此ヲ聞テ、弟子ノ僧ヲ呼テ云ク、「此笛吹テ通ル者ハ誰トハ不知ドモ、命極テ残リ無キ音コソ聞ユル。彼レニ告ゲバヤ」ト云ケレドモ、雨ハ痛ク降ルニ、笛吹ク者只過ギニ過タレバ、不云シテ止ヌ。明ル日ハ雨止ヌ。其夕暮ニ夜前ノ笛吹キ、亦、笛ヲ吹テ返ケルヲ、登照聞テ、「此笛ヲ吹テ通ル者ハ、夜前ノ者ニコソ有ヌレ。其ガ奇異ナル事ノ有也」ト云ケレバ、弟子、「然ニコソ侍ヌレ。何事ノ侍ルゾ」ト問。登照、「彼ノ笛吹ク者呼テ来」ト云ケレバ、弟子走行テ呼テ将来タリ。

見レバ、若キ男也。侍ナメリト見ユ。登照前ニ呼ビ居ヘテ云ク、「其ヲ呼ビ聞ヘツル事ハ、夜前笛ヲ吹テ過ギ給ヒシニ、命今明ニ終ナムズル相、其笛ノ音ニ聞ヘシカバ、『其事告申サム』ト思ヒシニ、雨ノ痛ク降シニ、只過ギニ過ギ給ヒニシカバ、否不告申デ、極テ糸惜ト思ヒ聞ヘシニ、今夜其笛ノ音ヲ聞ケバ、遥ニ命延給ヒニケリ。今夜何ナル勤カ有ツル」ト。

侍ノ云ク、「己今夜指ル勤メ不候ハ。只此東ニ川崎ト申ス所ニ、人ノ普賢講行ヒ候ツル伽陀ニ付テ、笛ヲゾ終夜吹キ候ツル」ト。登照此ヲ聞クニ、「定メテ普賢講ノ笛ヲ吹テ、其ノ結縁ノ功徳ニ依テ、忽ニ罪ヲ滅シテ、命延ニケリ」ト思フニ、哀レニ悲クテ、泣々ナム男ヲ礼ケル。侍モ喜ビ貴デ返ニケリ。

此近キ事也。此ル新タニ微妙キ相人ナム有ケル、トナム語リ伝ヘタルトヤ。

권24 제22화

도시히라俊平 입도入道의 동생이 산술算術을 배운 이야기

산도算道에 의한 주술呪術·복점卜占에 얽힌 이야기. 단고丹後의 전사前司 다카시나노 도시히라高階俊平의 남동생은 일찍이 규슈九州로 하향하여 송宋으로 건너갈 것을 약속하고 당인唐人에게 산도의 비술秘術을 배웠는데 약속을 깨고 상경上京했기에 지벌을 받아 멍청해져 출가입도出家入道한다. 그러나 경신庚申 밤에 즉흥적인 장난으로 이 주술을 사용하여 여자들을 웃음보에 빠지게 하여 괴롭게 하고 산도의 두려움을 사람들에게 알렸다고 하는 이야기.

이제는 옛이야기이지만, 단고丹後의 전사前司 다카시나노 도시히라高階俊平[1]라고 하는 사람이 있었다. 후에는 법사法師가 되어 단고丹後 입도入道라고 칭하고 있었다. 이 사람의 남동생으로 관직官職에 오르지 못하고 태평하게 살고 있던 남자가 있었다. 이름은 □□라고 했다.

이 남자가 대재부大宰府의 수帥[2]였던 간인노 사네나리閑院實成[3]와 함께 진제이鎭西에 내려가 있었을 때, 얼마 전 건너온 당인唐人으로 산도算道의 명인名人이 있었다. □□[4]가 이 당인에게, "산算을 놓는 법[5]을 배우고 싶다."라고

1 → 인명.
2 대재부大宰府의 장관長官.
3 → 인명.
4 도시히라俊平의 남동생의 이름 명기를 위한 의도적 결자.

청했더니 당인은 처음에는 상대조차 하지 않고 전혀 가르치려고도 하지 않았는데, 시험 삼아 산을 놓게 해보고

"너는 산의 달인達人이 될 소질素質을 충분히 가지고 있다. 그러나 일본에 있으면 두각을 나타내지 못할 것이다. 일본은 산도로는 안 되는 곳인 것 같다. 그러니 나와 송宋[6]으로 간다고 약속하면 그 즉시 가르쳐 주겠네."

라고 말했다. 그래서 □□는

"당신이 잘 지도해주셔서 산도算道에 정통하게 된다면, 당신이 말씀하신 대로 따르겠습니다. 송나라에 가서 입신출세立身出世 할 수 있다면, 일본에 있어 봐야 무슨 도리가 있겠습니까. 말씀대로 함께 송나라로 가겠습니다."

라고 맞장구를 치며 대답했다. 당인은 이 말을 진심으로 믿고, 마치 피를 나눈 가족처럼 정성껏 그에게 산도를 가르쳤다. 그런데 □□는 하나를 들으면 열을 깨달을 정도로 명석했고,[7] 당인도

"우리나라[8]에는 산도를 하는 자는 많으나, 자네만큼 통달한 자는 없네. 그러니 나와 꼭 송나라로 가세나."

라고 권하였다. □□는 "물론입니다. 그야 말씀하신 대로 따르겠습니다." 라고 하였다.

또 당인은

"이 산술算術에는 아픈 사람을 치료하는 술수도 있지만, 딱히 아픈 사람이 아니더라도 부아가 치미거나 미워하는 상대를 당장에 죽이는 술수도 있다

5 산목算木을 사용하여 길흉吉凶 등을 점치는 술법術法.

6 『우지 습유宇治拾遺』에는 "당唐"이라고 표기함. 이것이 이 이야기에서 '송宋'으로 바뀐 것은, 당시 중국이 당에서 송으로 바뀌는 시대라는 점과 일송日宋 무역이 급속하게 확대되어 갔다는 사실에 대한 현실적인 시대 인식이 이루어졌기 때문. 출전의 당나라를 송나라로 바꾼 경우는 권11 제9~12화에서도 보임.

7 『논어論語』에 공자孔子가 안회顔回의 총명함에 대해 "하나를 듣고 열을 알다."라고 평한 고사故事가 근거가 되었음.

8 송나라를 가리킴.

네. 이렇듯 무엇이든지 산술과 관련이 없는 것이 없으니,[9] 이런 모든 술수를 자네에게 아낌없이 가르쳐 주겠네. 그러니까 다시 한 번 나와 함께 송나라에 가겠다고 맹세의 말을 해주게."

라고 하였다. □□는 정말로 송나라에 갈 생각은 없었지만, 산술을 배우고 싶은 마음에 겉으로만 맹세를 하였다. 그러나 당인은 역시나 "사람을 죽이는 술수는 송나라로 가는 배에서 가르쳐 주겠네."라고 하며 가르쳐 주려 하지 않았고, 대신 그 이외의 술수를 성심껏 가르쳐 주었다.

이러던 중 수帥가 안라쿠지安樂寺[10]와의 소송사건[11]으로 갑작스레 수帥에서 해임당하는 일이 일어나서 다시 도읍으로 가게 되었고, □□는 수帥를 수행하여 함께 가려고 하였다. 이에 당인은 강하게 저지하며 나섰다. 그러나 □□는

"오랜 세월 모신 주인님께 그런 일이 생겨 갑작스레 상경하시게 되었는데, 어찌 주인님을 따르지 않고 남을 수 있겠습니까? 당신과의 약속을 지키겠다는 제 말과 큰 소동이 일어나 상경하시게 된 주인님을 수행하겠다는 제 마음은, 모두 제 진심에 비추어 절대 거짓 없는 것이라는 사실을 헤아려 주시리라 믿습니다."

라고 말하며 《달랬》[12]다. 그러자 당인도 '과연 듣고 보니 맞는 말이다.'라고 생각하고,

"그럼 반드시 돌아오도록 하게. 원래는 오늘이나 내일 중으로라도 송나라

9 산도算道에는 미래 예지적인 것도 있음. 『속고사담續古事談』 권1에는 미요시노 기요쓰라三善淸行가 스가와라노 미치자네菅原道眞의 좌천에 대해 산도를 써서 예지하는 이야기가 보임.

10 → 사찰명. 후지와라노 사네나리藤原實成가 장원長元 9년(1036) 3월의 곡수曲水의 연회에서 안라쿠지安樂寺 측과 난투를 벌였던 탓에 안라쿠지가 탄원한 사건.

11 안라쿠지의 탄원으로 인해 장력長曆 2년(1038) 2월 19일, 대재大宰의 수帥 겸 중납언中納言이었던 사네나리가 파면당한 사건을 가리킴(『부상약기扶桑略記』의 내용).

12 한자표기를 위한 의도적 결자. 문맥을 고려하여 추정.

에 가려고 했지만, 자네가 돌아오는 것을 기다렸다가 함께 가도록 하겠네."
라고 말했다. 이에 □□는 당인과 굳게 약속하고 주인을 수행하여 도읍으로 올라갔다.

□□는 세상일이 뜻대로 되지 않을 때에는 '아무도 몰래 송나라에나 가버릴까.'라고 생각했지만, 막상 도읍에 돌아오니 지인들이 붙잡고, 형인 도시히라 입도도 그가 떠나는 것을 강하게 말리는 바람에 진제이鎭西조차도 못 가게 되고 말았다.

그 당인은 얼마간을 기다렸지만, □□로부터 아무런 기별도 오지 않아 결국 일부러 사람을 보내 편지로 원망하는 내용의 글을 전하게 했다. 그러나 □□는

"연로하신 부모님이 오늘내일하고 있는 상태인지라, 상황을 끝까지 지켜본 뒤에 가겠습니다."
라고 답을 한 채 진제이에 가지 않았다. 당인은 한동안 기다리고 있었지만, 결국 돌아오지 않았기에 '끝끝내 나를 속였구나.'라고 생각하고, □□에게 철저하게 지벌[13]을 걸고 송나라로 돌아갔다.

처음에는 □□는 참으로 똑똑한 사내였으나 당인에게 지벌을 받은 뒤론 완전히 머릿속이 텅 빈 것처럼 바보가 되어 버렸고, 그 탓에 세상살이도 원만치 못했다. 그는 법사法師가 되어 입도 나리[14]라고 불리는, 아무짝에도 쓸모없는 멍청이가 되었는데, 형 도시히라 입도의 집과 산사山寺 사이를 오고 가는 나날을 보내고 있었다.

그러던 중[15] 도시히라 입도의 집에 많은 여방女房들이 모여 밤을 지새우며

13 지벌의 술법. 산도에는 지벌의 술법도 있었음.
14 * 원문에는 "入道君"라고 되어 있는데, '君'은 '님'이라고 해석되어 결국 '입도 나리'라고 해석하였음.
15 이하의 내용과 같은 이야기가 『북조구대기北條九代記』 권2에서 보이는데, 아베노 세이메이安部晴明가 궁중에서 전상인殿上人을 상대로 행하고 있음.

경신회庚申會[16]를 하고 있었다. 이 입도 나리는 멍하니 한쪽 구석에 앉아 있었는데, 밤이 깊어감에 따라 여방들은 졸음이 쏟아지게 되었다. 그러자 그 중에서 분위기를 고조시키던 여방이,

"입도 나리, 당신은 재미난 이야기를 잘하시는 분이시죠?[17] 모두가 웃음을 터뜨릴 만한 이야기 하나만 해 주시어요. 웃음으로 졸음을 쫓고 싶사와요."
라고 하였다. 입도는

"아닙니다, 전 말솜씨가 없어서 다른 분이 웃으실 만한 이야기는 알지 못합니다. 하지만 단지 웃고 싶은 것이라면 웃게 해 드리지요."
라고 말하였기에 여방은

"재미있는 이야기는 할 수 없지만 저희를 웃게 만들겠다는 건, 우스꽝스러운 곡예라도 하시겠다는 말씀이신가요? 그것 참 이야기보다 더 재미난 일이겠군요."
라며 웃었다. 입도는 "그런 행동을 하겠다는 것이 아니고, 단지 웃게만 해드릴 방법이 있어서 그런 겁니다."라고 말했다. 그래서 여방은 "그건 또 무슨 말이신가요? 그럼 어서 웃게 해 주시어요. 자, 어서어서 해 주시어요."라며 재촉했기 때문에 입도는 달려 나가 무엇인가를 손에 들고 돌아왔다.

입도는 바스락 거리는 산목算木을 보였다. 산목을 본 여방들은 "이게 우스운 건가요? 그렇담 한 번 웃어 드리지요."라며 놀렸는데, 입도는 대답도 하지 않고 산목을 땅에 내려놓았다. 모든 산목을 내려놓고 그중 폭이 일고여

16 → 불교. 원문은 "庚申"으로 되어 있음. 경신 신앙은 대륙에서 전래된 음양가陰陽家·도가道家 신앙으로, 헤이안平安 시대에는 주로 궁정과 귀족 사이에서 행해졌음. 인간의 몸에는 태어날 때부터 삼시三尸 벌레가 기생하고, 그것이 경신날 밤에 몸 밖으로 나와서 사람이 저지른 죄악들을 천제天帝에게 고한다고 함. 그 삼시의 난難을 면하기 위해 경신날 밤을 새면서 경신야송庚申夜誦이라는 주문을 외우는 관습이 있었음. 또한 경신날 밤에는 밤샘의 무료함을 달래기 위해 노래를 읊거나 이야기를 나누는 자리가 마련되어 왕조문예 성립의 무대가 되었는데, 이것은 경신날 밤 철야하는 자리가 귀족사회의 중요한 설화전승의 한 장소이기도 했음을 나타냄.

17 당시에는 승려이면서 세속적이기도 한 인물 중에는 화술이 뛰어난 사람이 많았던 것으로 보임.

덟 분分[18] 정도 되는 산목을 받쳐 들고 말했다. “자, 여러분의 웃음보가 터지지 않았군요. 이제 웃게 해 드리겠습니다.” 그러나 여방들은 “당신이 산목을 드는 동작이 훨씬 우습답니다.”라는 말 등을 했다. 그때 입도가 산목을 다시 내려놓자마자 모든 여방들이 크게 웃기 시작했다. 웃고 또 웃어도 도저히 멈출 수가 없었는데, 정말로 배가 찢어질 것만 같고 죽는 것마냥 고통스러워 웃으면서 눈물을 흘리는 사람도 있었다.

어쩔 도리도 없이 여방들은 웃음보를 터트리며 떼굴떼굴 구르다 아무 말도 못하고, 입도를 향해 두 손 모아 싹싹 빌었다. 그것을 본 입도는 “그러게 제가 말씀드리지 않았습니까. 이제 실컷 웃으셨겠지요?”라고 말하자 여방들은 《고개를 끄덕였고》,[19] 다시 몸을 뒤로 젖혀 웃어대면서 두 손을 모아 빌었기 때문에, 입도는 여방들에게 충분히 고통을 준 뒤 내려놓았던 산목을 바스락 바스락 흩뜨려서 술수를 멈추었다. 이와 동시에 마침내 모두의 웃음이 멈추었다.

“아주 조금만이라도 계속 웃었다면 아마 모두들 죽고 말았을 거예요. 태어나서 이렇게 고통스러웠던 적은 없었답니다.”
라고 여방들은 이야기했다. 여방들은 웃다 지쳐서 그 후 얼마 동안은 엎드려 쓰러진 채, 마치 병든 사람 같은 모양새로 있었다.

이러한 연유로 이 이야기를 들은 사람들은

“산도에는 사람을 죽이거나 살리는 술수도 있다고 하는데, 이것을 터득했다면 엄청난 일이 일어났을 것이다.”
라고 서로 이야기했다.

이처럼 사람들은 산도가 몹시 무시무시한 것이라고 이야기했다고 이렇게 이야기로 전하여 내려오고 있다 한다.

18 1분分은 약 0.3cm 정도.

19 한자표기를 위한 의도적 결자. 문맥을 고려하여 보충.

⊙제22화⊙
도시히라俊平 입도入道의 동생이 산술算術을 배운 이야기

俊平入道弟習算術語第二十二

今昔、丹後前司高階俊平朝臣ト云者有リキ。後ニハ法師ニ成テ丹後入道トテ有シ。其弟ニ官モ無クテ、只有ル者有ケリ。名ヲバ□。

其ガ閑院ノ実成ノ帥ノ共ニ鎮西ニ下テ有ケル程ニ、近ク渡タリケル唐人ノ身ノ才賢キ有ケリ。其唐人ニ会テ、□、「算置ク事ヲ習ハム」ト云ケレバ、初ハ心ニモ不入デ、更ニ不教リケルヲ、片端少シ算ヲ置セテ、唐人此ヲ見テ、「汝ハ極ク算置ツベキ者也ケリ。日本ニ有テハ何ニカハセムト為ル。日本ハ算ノ道不賢ル所ナメリ。然レバ、我レニ具シテ宋ニ渡ラムト云バ、速ニ教ヘム」ト云ケレバ、□、「吉ク教ヘテ其道ニ賢クダニ可成クハ、云ニコソハ随ハメ。宋ニ渡テモ被用テ可有クハ、日本ニ有テモ何ニカハセム。云ハムニ随テ具シ渡ナム」ト、事吉ク云ケレバ、唐人其言ニ靡テ、算ヲ心ニ入レテ教ヘケルニ、一事ヲ聞テ十事ヲ悟ル様也ケレバ、唐人モ、「我国ニ算置者多カリト云ヘドモ、汝許此道ニ心得タル者無シ。然レバ必ズ我ニ具シテ宋ニ渡レ」ト云ケレバ、□モ、「然也。云ハムニ随ハム」トゾ云ケル。

「此算ノ術ニハ、病人ヲ置テ[29]噉ル術モ有リ。亦病ヲ不為人也ト云ヘドモ、『妬シ』、『憾シ』ト思フ者ヲバ、忽ニ[30]置キ失ナウ術モ有リ。[31]事トシテ此算ノ術ニ離レタル事無シ。然レバ更ニ如此キノ事共ヲ惜ミ不隠シテ、皆汝ニ伝ヘテム」ト、「其レニ、尚、我レニ具シテ宋ニ渡ラムト[32]誓言ヲ立ヨ」ト云ケレバ、[33]□実ニハ不思ドモ、「此ヲ習ヒ取ラム」ト思フ心ニテ、少許ハ立テケリ。然レドモ、尚、「人ヲ置テ殺ス術ヲバ、宋ニ渡ラム時ニ船ニシテ伝ヘム」ト云テ、[34]異事共ヲバ吉ク教テケリ。

而ル間、[35]帥安楽寺ノ愁ニ依テ、俄ニ[36]事有テ、京ニ上ケルニ、其ノ共ニ上ケルヲ、唐人強ク留メケレドモ、「[37]何デカ年来ノ君ノ此事有テ俄ニ上リ給ハムニ、不送シテ留ラム。『[38]其事ヲ受テ不違』ト思フモ、『主ノ此騒テ上リ給フ送セム』[39]ト云ニテコソ我ガ事否違マジキ也ケリ、トハ思ヒ知ラメ」ト[40]□ケレバ、唐人、「現ニ」ト思テ、「然、必ズ返リ来レ。[41]今明ニテモ宋ニ渡ナムト思フニ、汝ガ来ラムヲ待テ、具シテ渡ラム」ト云ケレバ、深ク其契ヲ成シテ、[1]□帥ノ共ニ京ニ上ニケリ。

世ノ中[2]冷キ時ニハ、「[3]和ラ宋ニ渡ナマシ」ト思ケレドモ、京ニ上ニケレバ、知タル人々ナドニ云ヒ被止、兄ノ俊平入道モ聞テ強ニ制シケレバ、鎮西ヘダニモ不行カ成ケリ。

彼ノ唐人ハ暫クハ待ケル程ニ、音モ無レバ、態ト使ヲ以テ文ヲ遣テ、恨ミ云ケレドモ、「年老タル祖ノ有ルガ、今明トモ不知ネバ、[4]其レガ成ラム様見畢テ行ム」ト云ヒ返シテ、不行デ止ニケリ。唐人暫コソ待ケレドモ、不来リケレバ、「謀ツル也ケリ」ト思テ、吉ク[5]咀テナム宋ニ返リ渡ニケル。

初ハ極ク賢カリケル者ノ、彼ノ唐人ニ被咀テ後ニハ、極テ[6]施キ物モ不思ヌ様ニテゾ有ケル。然レバ、侘テ法師ニ成ニケリ。入道君ト云テ、[7]旄ラヒタル者ノ指ル事無キニテ、兄ノ俊平入道ガ許ト山寺トニ行キ通テゾ有ケル。

[8]而ル間、俊平入道許ニシテ、女房共数有テ[9]庚申シケル夜、此入道ハ[10]旄ラヒテ、片角ニ居タリケルヲ、夜深更マヽニ女房共寝ブタガリテ、中ニ[11]誇タル女房ノ云ク、「入道君。[12]此

ル人ハ可咲キ物語ナド為ル者ゾカシ。人々咲ヌベカラム物語シ給へ。咲テ目覚サム」ト云ケレバ、入道、「己ハ口ヅヽニ侍レバ、人ノ咲ヒ給フ許ノ物語モ知リ不侍ラ。然ハ有ドモ、咲ハムトダニ有ラバ、咲シ奉ラムカシ」ト云ケレバ、女房ハ、「否不為。『只咲ハカサム』ト有ルハ、猿楽ヲシ給フカ。其レハ物語ニモ増ル事ニテコソ有ラメ」ト云テ咲ケレバ、入道、「然モ不侍ラ。只咲カシ奉ラムト思フ事ノ侍ル也」ト云ケレバ、女房、「此ハ何事。然ラバ疾ク咲カシ給。何々ラム」ト責ケレバ、入道立走テ、物ヲ引提テ持来タリ。

見レバ、算ヲハラ〳〵ト出セバ、女房共此ヲ見テ、「此ガ可咲キ事ニテ有ルカ。去来、然ハ咲ハム」ト嘲ケルニ、入道答モ不為シテ、算ヲサラ〳〵ト置キ居タリ。置畢テ、広サ七八分許ノ算ヲ有ケルヲ、手ニ捧テ、入道、「御前達、然ハ咲ヒ不給ジヤ。咲カシ奉ラム」ト云ケレバ、女房、「其算提ゲ給ヘルコソ咲カラメ」ナド云合タリケルニ、其算ヲ置テ、ト見ケレバ、女房共皆ヱツボニ入ニケリ。痛ク咲テ、止ラムト為レドモ不止マ、腹ノ切ルヽ様ニテ、可死ク思ケレバ、咲ヒ乍ラ涙ヲ流ス者モ有ケリ。

可為キ方無クテ、入道ニ向テ、ヱツボニ入タル者共ノ、物ヲバ不云シテ手ヲ摺ケレバ、入道、「然レバコソ申ツレ。今ハ咲ヒ飽キ給ヒヌラム」ト云ケレバ、女房共□テ臥シ返リ咲ヒ乍ラ手ヲ摺ケレバ、吉ク令侘テ後ニ、置タル算ヲサラ〳〵ト押壊タリケレバ、皆咲ヒ醒ニケリ。「今暫ダニ有マシカバ、皆死マシ。未ダ此許難堪キ事コソ無カリツレ」トゾ女房共云ケル。咲ヒ極ジテ、集リ臥シテゾ病ム様ニ有ケル。

然レバ、「『人ヲ置殺シ置生ル術モ有』ト云ケルヲ、伝へ習タラマシカバ、極カラマシ」トゾ、聞ク人皆云ケル。

此ク算ノ道ハ極テ怖シキ事ニテ有ル也トゾ、人語リシ、トナム語リ伝ヘタルトヤ。

권24 제23화

미나모토노 히로마사源博雅 아손朝臣이 오사카會坂의 맹인을 찾아간 이야기

비파의 달인 미나모토노 히로마사源博雅가 오사카會坂 관문의 초막에 사는 맹인 세미마로蟬丸의 거처에 3년 동안 계속 다녀 유천流泉·탁목啄木이라는 비곡秘曲을 전수받은 이야기. 사람들에게 널리 회자된 이야기로 같은 형태의 전승傳承을 여러 책에서 두루 볼 수 있다. 또한 정열에 이끌려 비곡을 전수한다는 모티브는 유형적類型的인 형태로 『저문집著聞集』 권6(255)의 도요하라노 도키아키豊原時秋가 미나모토노 요시미쓰源義光로부터 생笙의 비곡을 전수받은 이야기 등이 있다. 더욱이 이 이야기 이후로 권 말까지 귀족의 교양인 관현管弦·시문詩文·와카和歌 등의 도道에 관한 설화들이 이어진다.

이제는 옛이야기이지만 미나모토노 히로마사源博雅[1]라는 사람이 있었다. 다이고醍醐 천황天皇[2]의 황자皇子인 병부경兵部卿 친왕親王[3]이라는 분의 아들로 모든 방면에 뛰어나신 분이었는데 특히 관현管弦의 도道에 통달하셨다. 비파琵琶를 타는 것도 훌륭하셨고 피리도 매우 능숙히 부셨으며 무라카미村上 천황의 치세[4]에는 □□[5]의 전상인殿上人이셨다.

1 → 인명人名.
2 第60대 다이고醍醐 천황天皇(→ 인명).
3 → 인명. 요시아키라克明 친왕.
4 第62대 무라카미村上 천황(→ 인명)의 치세. 천경天慶 9년(946)~강보康保 4년(967).
5 위계位階의 명기를 위한 의도적 결자.

그 무렵 오사카會坂[6]의 관문에 한 맹인盲人이 초막을 짓고 살고 있었는데 이름은 세미마로蟬丸[7]라고 하였다. 이 사람은 아쓰미敦實 친왕[8]이라고 하시는 식부경궁式部卿宮의 잡색雜色이었다. 식부경궁은 우다宇多 법왕法王[9]의 황자로 관현의 도를 깊이 연구하신 분이셨다. 세미마로는 이 궁이 비파를 타시는 것을 오랜 세월 들었기에 훌륭히 탈 수 있게 되었다.

히로마사는 비파의 도에 매우 집착하고 있었다. 오사카의 관문에 사는 맹인이 비파의 명수名手라는 것을 듣고 어떻게 해서든 그 비파를 듣고 싶다고 생각했지만, 맹인의 집이 너무나 초라했기 때문에 스스로 찾아가지는 못했다. 단지 심부름꾼을 시켜 세미마로에게 내밀히 "어찌하여 그런 생각지도 못한 곳에 살고 있는가, 도읍에 와서 살면 어떠한가?"라고 전하게 하였다. 맹인은 이것을 듣고 그 답은 하지 않고,

이 세상은 어떻게든 살아갈 수 있는 것입니다. 아름다운 궁전이든 허술한 초가집이든 결국 언젠가는 잃어버리게 되는 것이니까요.[10]

라고 읊었다. 심부름꾼이 돌아와 보고하니, 이것을 들은 히로마사는 무척 고상하게 여겼다. 히로마사는 마음속으로

'내가 이 도에 집착하고 있으니 그 맹인을 꼭 만나고 싶지만 그가 언제까지고 살아 있지는 않을 것이며, 나 또한 언제 죽을지 알 수 없다. 비파에는 『유천流泉』[11]『탁목啄木』이라고 하는 비곡秘曲이 있는데 이 곡은 결국 이 세상

6　→ 지명地名.
7　→ 인명.
8　→ 인명.
9　→ 인명(우다인宇多院).
10　원문은 "世中ハ トテモカクテモ スゴシテム ミヤモワラヤモ ハテシナケレバ".
11　석상유천石上流泉의 줄임말. 탁목啄木·양진조楊眞操와 함께 비파琵琶 삼비곡三秘曲.

에서 사라지고 말 것이다. 지금은 단지 그 맹인만이 알고 있다. 어떻게 해서라도 이 맹인이 타는 것을 듣고 싶구나.'
라고 생각하여 어느 날 밤, 그 오사카의 관문으로 갔다. 그러나 세미마로는 그 곡을 타지 않았다. 그래서 그 후 삼 년간 밤마다 오사카 맹인의 초막 근처로 가서는 그 곡을 '지금 타려나, 지금 타려나.'라며 몰래 서서 엿들었지만 전혀 타질 않았다. 그리하여 삼 년째 팔월 십오일 밤이 되었다. 달에 어렴풋이 안개가 끼고 바람은 산들산들 불고 있었다. 히로마사는

'아아, 오늘밤은 정취가 있는 밤이로구나. 오사카의 맹인은 오늘밤이야말로 『유천』, 『탁목』을 타겠지.'
라고 생각하고는 오사카로 가서 엿들으니, 맹인은 비파를 타며 곰곰이 생각에 잠겨 있는 듯한 모습이었다.

히로마사는 고동치는 가슴으로 기쁘게 이것을 듣고 있었는데 맹인이 혼자 홍에 취해,

> 오사카의 관문을 지나가는 거센 바람에 잠도 들지 못하고 밤을 지새우고자 맹인인 나는 가만히 앉아만 있네.[12]

라고 읊으며 비파를 탔다. 히로마사는 이것을 듣고 눈물을 흘리며 이루 말할 수 없는 감격에 휩싸였다.

맹인은 이윽고 혼잣말처럼

"아아, 정취 깊은 밤이로다. 이 세상에는 어쩌면 나 말고도 《풍류를 아는 사람》[13]이 있을지도 모른다. 오늘밤에 관현의 도를 잘 알고 있는 사람이 찾

12 원문은 "アフサカノ セキノアラシノ ハゲシキニ シヰテゾヰタル ヨヲスゴストテ".

13 한자표기를 위한 의도적 결자. 문맥을 고려하여 보충.

아와 준다면 좋을 텐데. 함께 이야기를 나누고 싶구나."

라고 말했다. 히로마사가 이것을 듣고 "도읍에 살고 있는 히로마사라는 자가 이곳에 와 있소." 하고 말을 걸었다. 맹인이 "그리 말씀하시는 분은 누구십니까?"라고 묻자, 히로마사는

"나는 이러저러한 자요. 이 도에 심취하여, 요 삼 년간 이 초막 근처에 왔었는데 오늘밤 운 좋게 그대와 만날 수 있었소."

라고 말했다. 맹인은 이것을 듣고 기뻐하였다. 히로마사도 기뻐하며 초막 안으로 들어가 서로 이야기를 나누었다. 이윽고 히로마사가 "유천, 탁목을 들려주었으면 하오."라고 말하자 맹인은 "돌아가신 식부경궁은 이와 같이 비파를 타셨습니다."라고 말하고서 히로마사에게 그 곡을 들려주었다. 히로마사는 비파를 가져가지 않았기 때문에 단지 구전口傳으로 이것을 배웠고 거듭 기뻐하며 새벽이 되어서 돌아갔다.

모든 예도藝道는 이처럼 집착하여야 한다. 그러나 최근에는 전혀 다르다. 그렇기에 말세末世에는 예도의 달인이 적은 것이다. 이것은 실로 한심한 일이다.

세미마로는 신분이 낮은 자였지만 오랜 세월 궁이 타셨던 비파를 듣고 이같이 최고의 명인이 되었다. 하지만 맹인이 되었기 때문에 오사카에 살고 있었다.[14] 그 이후 세간에 맹인 비파가 시작되었다고 이렇게 이야기로 전하여 내려오고 있다 한다.

14 오사카 관문 부근에 맹인이 모여 살게 된 유래. 경계지역에는 범죄자·도망자·장애인 등이 모여들었음.

⊙제23화⊙ 미나모토노 히로마사源博雅 아손朝臣이 오사카會坂의 맹인을 찾아간 이야기

源博雅朝臣行会坂盲許語第二十三

今昔、源博雅朝臣ト云人有ケリ。延喜ノ御子ノ兵部卿ノ親王ト中人ノ子也。万ノ事止事無カリケル中ニモ、管絃ノ道ニナム極タリケル。琵琶ヲモ微妙ニ弾ケリ。笛ヲモ艶ズ吹ケリ。此人、村上ノ御時ニ、□ノ殿上人ニテ有ケル。

其時ニ、会坂ノ関ニ一人ノ盲庵ヲ造テ住ケリ。名ヲバ蟬丸トゾ云ケル。此レハ敦実ト申ケル式部卿ノ宮ノ雑色ニテナム有ケル。其ノ宮ハ宇多法皇ノ御子ニテ、管絃ノ道ニ極リケル人也。年来琵琶ヲ弾給ケルヲ常ニ聞テ、蟬丸琵琶ヲナム微妙ニ弾ク。

而ル間、此博雅此道ヲ強ニ好テ求ケルニ、彼ノ会坂ノ関ノ盲琵琶ノ上手ナル由ヲ聞テ、彼ノ琵琶ヲ極テ聞マ欲ク思ケレドモ、盲ノ家異様ナレバ不行シテ、人ヲ以テ内々ニ蟬丸ニ云セケル様、「何ド不思懸所ニハ住ゾ。京ニ来テモ住カシ」ト。盲此ヲ聞テ、其答ヘヲバ不為シテ云ク、

　世中ハトテモカクテモスゴシテムミヤモワラヤモハテシナケレバ

ト。使返テ此由ヲ語ケレバ、博雅此ヲ聞テ、極ク心憾ク思ヘテ、心ニ思フ様、「我レ強ニ此ノ道ヲ好ムニ依テ、必ズ此盲ニ会ハムト思フ心深ク、其ニ盲命有ラム事モ難シ。亦我モ命ヲ不知ラ(ら)ず。琵琶ニ流泉、啄木ト云曲有リ。此ハ世ニ絶ヌベキ事也。只此盲ノミコソ此ヲ知タルナレ。構テ此ガ弾ヲ聞カム」ト思テ、夜、彼ノ会坂ノ関ニ行ニケリ。然レドモ、蟬丸其ノ曲ヲ弾ク事無カリケレバ、其後三年ノ間、夜々会坂ノ盲ガ庵ノ辺ニ行テ、其曲ヲ、「今ヤ弾ク、今ヤ弾」ト窃ニ立聞ケレドモ、更ニ不弾リケルニ、三年ト云八月ノ十五日ノ夜、月少上陰テ、風少シ打吹タリケルニ、博雅、「哀レ、今夜ハ興有カ。会坂盲、今夜コソ流泉、啄木ハ弾ラメ」ト思テ、会坂ニ行テ立聞ケルニ、盲琵琶ヲ掻鳴シテ、物哀ニ思ヘル気

色也。

博雅此ヲ極テ喜ク思テ聞ク程ニ、盲独リ[14]心ヲ遣テ詠ジテ云ク、

[15]アフサカノセキノアラシノハゲシキニシヰテゾヰタルヨヲスゴストテ

琵琶ヲ鳴スニ、博雅コレヲ聞テ、涙ヲ流シテ哀レト思フ事限無シ。

盲独言ニ云ク、「哀レ、興有ル夜カナ。若シ我レニ非ズ[16]□者ヤ世ニ有ラム。[17]今夜心得タラム人ノ[18]来カシ。物語セム」ト云ヲ、博雅聞テ、音ヲ出シテ、「[19]王城ニ有ル博雅ト云者コソ此ニ来タレ」ト云ケレバ、盲ノ云ク、「[20]此申スハ誰ニカ御座ス」ト。博雅ノ云ク、「我ハ然々ノ人也。強ニ此道ヲ好ムニ依テ、此ノ三年此庵ノ辺ニ来ツルニ、幸ニ今夜汝ニ会ヌ」。盲此ヲ聞テ喜ブ。其時ニ、博雅モ喜ビ乍、庵ノ内ニ入テ、互ニ物語ナドシテ、博雅、「流泉、[21]啄木ノ手ヲ聞カム」ト云フ。盲、「[22]故宮ハ此ナム弾給ヒシ」トテ、[23]件ノ手ヲ博雅ニ[1]令伝テケル。博雅琵琶ヲ不具リケレバ、只[2]口伝ヲ以テ此ヲ習テ、返々喜ケリ。暁ニ返ニケリ。

[3]此ヲ思フニ、諸ノ道ハ只如此可好キ也。其レニ、近代ハ実ニ不然。然レバ、末代ニハ諸道ニ[4]達者ハ少キ也。実ニ此哀ナル事也カシ。

[5]蝉丸賤キ者也ト云ヘドモ、年来宮ノ弾給ヒケル琵琶ヲ聞キ、[6]此極タル上手ニテ有ケル也。其ガ盲ニ成ニケレバ、[7]会坂ニハ居タル也ケリ。其ヨリ後、[8]盲琵琶ハ世ニ始ル也、トナム語リ伝ヘタルトヤ。

겐조玄象라고 하는 비파琵琶를 오니鬼에게 도둑맞은 이야기

무라카미村上 천황天皇의 치세에 비파琵琶의 명기名器인 겐조玄象를 도둑맞았는데, 한밤중에 관현管玄의 명수 미나모토노 히로마사源博雅가 비파를 타는 소리를 따라 가서 나성문羅城門까지 이르게 되었고, 누상樓上에서 겐조를 타고 있던 오니鬼로부터 겐조를 되돌려 받았다는 이야기. 관현의 명기에 얽힌 영이담靈異譚의 하나로, 앞 이야기와 같이 사람들의 입에 널리 회자膾炙되었으며 이전異傳도 많다.

이제는 옛이야기이지만, 무라카미村上 천황天皇의 치세[1]에 겐조玄象[2]라고 하는 비파琵琶가 돌연 보이지 않게 되었다. 옛날부터 황실에 전해져 내려오는 유서由緖 깊은 보물이었는데, 이와 같이 사라졌기 때문에 천황이 심히 탄식하시며 "이처럼 귀중한 황실의 보물을 짐의 대代에 잃어버릴 줄이야." 라고 비탄悲嘆하시는 것도 당연했다.

"누군가가 훔쳐간 것일까. 그러나 훔쳤다고 한들 스스로 가지고 있을 수 있는 물건도 아니니, 분명 짐에게 반감을 품은 자가 훔쳐서 부숴버렸을 것

1 제62대 무라카미村上 천황天皇(→ 인명人名)의 치세. 천경天慶 9년(946)~강보康保 4년(967).

2 『이중력二中歷』 명물력名物歷·비파琵琶의 항項에 "겐조玄上", 『강담초江談抄』 3권에 "겐조玄象"라고 보이며 예로부터의 비파 명기의 필두筆頭로 여겨졌다. 당에서 전래된 물건인 듯하며 다이고醍醐 천황의 비장품秘藏品이었다. 그 전래, 명명유래命名由來, 형상形狀 등에 대해서는 『호금교록胡琴敎錄』 하, 『강담초』 권3, 『십훈초十訓抄』 권10, 『고사담古事談』 권6 등에 기록되어 있으나 여러 설이 있어 정확하지 않다. 겐조라고 칭해진 비파는 남북조시대까지는 존재하였음.

이다."라고 의심하셨다.

그런데 그 무렵, 미나모토노 히로마사源博雅[3]라고 하는 전상인殿上人이 있었는데 이 사람은 관현管玄의 도道의 달인達人으로, 겐조가 없어진 것을 한탄하고 있었다. 그러던 어느 날 밤, 사람들이 모두 조용히 잠든 후에 청량전淸凉殿[4]에서 숙직宿直을 하고 있었는데, 남쪽 방향에서 겐조를 타는 소리가 들려왔다. 매우 의심스럽게 여겨졌기에, '어쩌면 환청일지도 모르지.'라고 생각하여 더욱 귀를 기울여 들어보니 틀림없는 겐조의 음색이었다. 히로마사가 이것을 잘못 들을 리가 없기에 크게 놀라며 이상하게 여기고는 남에게도 말하지 않고 그저 혼자서 노시襴[5] 차림에 신발만을 신은 채, 소사인小舍人 동자[6] 한 명을 데리고 위문부衛門部의 병사 대기소에서 밖으로 나갔다. 남쪽을 향해 걸어갔더니 비파음은 더 먼 남쪽에서 들려왔다. '분명 이 근처일 것이다.'라고 생각하며 걷다 보니 주작문朱雀門에 이르렀지만, 역시 마찬가지로 남쪽에서 들려왔다. 그래서 남쪽을 향해 주작대로朱雀大路[7]를 걸었다. 마음속으로 '생각하건대 이는 누군가가 겐조를 훔쳐서 □[8]루樓에 올라 몰래 타고 있는 것일 것이다.'라고 생각하면서 걸음을 재촉하여 누각이 있는 곳까지 와서 들으니 한층 더 남쪽 방면, 바로 가까이에서 들려왔다. 더욱 남쪽으로 향하던 중에 어느새 나성문羅城門까지 오게 되었다.

문 밑에 서서 들으니, 문의 이층에서 겐조를 타고 있었다. 히로마사가 불가사의하게 여기면서

'이것은 사람이 타고 있는 것이 아닐 것이다. 분명 오니鬼나 다른 무언가

3 → 인명.
4 자신전紫宸殿 서쪽, 교서전校書殿 북쪽에 위치한 전사殿舍로 천황의 일상생활의 장소.
5 노시直衣. 중고 이후의 남성귀족의 평복. 속대차림에 비해 귀인의 평상복 차림.
6 여기서는 전상간殿上間에서 일하는 소동小童.
7 헤이안 경平安京의 중앙을 남북으로 가로지르는 메인 스트리트. 주작문朱雀門에서 나성문羅城門에 이름.
8 원초原初부터의 의도적 결자라고 한다면 누각명의 명기를 위한 것.

가 타고 있는 것이다.'
라고 생각한 순간 비파를 타던 소리가 그쳤고, 얼마간의 시간이 흐르자 다시 들려 왔다. 그때 히로마사는
"이것은 대체 누가 타고 계신 것입니까. 며칠 전에 겐조가 사라져서 천황이 애타게 찾고 계시는데, 오늘밤 청량전에서 들으니 남쪽 방면에서 이 음색이 들려오기에 찾아온 것입니다."
라고 말을 걸었다.

그러자 바로 소리가 그치더니 천장에서 내려오는 것이 있었다. 흠칫 놀라 뛸듯이 뒤로 물러나서 가만히 보고 있자, 밧줄에 매달린 겐조가 내려왔다. 그래서 히로마사는 조심조심 이것을 가지고 내리內裏로 돌아와 자초지종을 천황께 아뢰고 겐조를 바쳤다. 천황은 매우 감격하시며 "그렇다면 오니鬼가 가져갔던 것이로구나."라고 말씀하셨다. 이 일을 들은 이들은 모두 히로마사를 칭송하였다.

겐조는 지금까지도 황실의 보물로서 전해져, 내리에 보관되어 있다. 이 겐조는 마치 살아 있는 것처럼, 서투르게 제대로 타지 못하면 화를 내며 소리를 내지 않는다. 또한 먼지가 묻었을 때 그것을 닦아서 깨끗이 하지 않으면, 화를 내며 소리를 내지 않는다. 기분의 좋고 나쁨이 분명하게 드러나 보이는 것이다. 언젠가 내리에 불이 났을 때에도, 아무도 꺼낸 적이 없었지만 겐조는 어느새 정원에 나와 있었다.

이것은 모두 불가사의한 일이라고 이렇게 이야기로 전하여 내려오고 있다 한다.

⊙ 제14화 ⊙
겐조玄象라고 하는 비파琵琶를 오니鬼에게 도둑맞은 이야기

玄象琵琶為鬼被取語第二十四

今昔、村上天皇ノ御代ニ、玄象ト云フ琵琶俄ニ失ニケリ。
此ハ世ノ伝ハリ物ニテ、極キ公財ニテ有ルヲ、此失ヌレバ、
天皇極テ歎カセ給テ、「此ル□事無キ伝ハリ物ノ、我ガ代ニシテ失ヌル事」ト思シ歎カセ給モ理也。「此レハ人ノ盗タルニヤ有ラム。但シ、人盗取ラバ、可持キ様無事ナレバ、天皇ヲ不吉ラ思奉ル者世ニ有テ、取テ損ジ失タルナメリ」トゾ被疑ケル。

而ル間、源博雅ト云人殿上人ニテ有リ。此人、管絃ノ道極タル人ニテ、此玄象ノ失タル事ヲ思ヒ歎ケル程ニ、人皆静ナル後ニ、博雅清涼殿ニシテ聞ケルニ、南ノ方ニ当テ、彼ノ玄象ヲ弾ク音有リ。極テ怪ク思ヘバ、「若シ、僻耳カ」ト思テ、吉ク聞クニ、正シク玄象ノ音也。博雅此ヲ可聞誤キ事ニ非バ、返々驚キ怪ムデ、人ニモ不告シテ、襴姿ニテ、只一人沓許ヲ履テ、小舎人童一人ヲ具シテ、衛門ノ陣ヲ出テ、南様ニ行クニ、尚南ニ此音有リ。「近キニコソ有ケレ」ト思テ行クニ、朱雀門ニ至ヌ。尚同ジ様ニ南ニ聞ユ。然レバ、朱雀ノ大路ヲ南ニ向テ行ク。心ニ思ハク、「此ハ玄象ヲ人ノ盗テ□楼観ニシテ、蜜ニ弾ニコソ有ヌレ」ト思テ、急ギ行テ楼観ニ至リ着テ聞クニ、尚南ニ糸近ク聞ユ。然レバ、尚南ニ行

ニ、既ニ羅城門ニ至ヌ。

門ノ下ニ立テ聞クニ、門ノ上ノ層ニ、玄象ヲ弾也ケリ。博雅此ヲ聞クニ、奇異ク思テ、「此ハ人ノ弾ニハ非ジ。定メテ鬼ナドノ弾クコソハ有ラメ」ト思程ニ、弾止ヌ。暫ク有テ亦弾ク。其ノ時ニ博雅ノ云ク、「此誰ガ弾給フゾ。玄象日来失セテ、天皇求メ尋サセ給フ間、今夜清涼殿ニシテ聞クニ、南ノ方ニ此音有リ。仍テ尋ネ来レル也」ト。

其時ニ弾止テ、天井ヨリ下ル、物有リ。怖シクテ立去テ見レバ、玄象ニ縄ヲ付テ下シタリ。然レバ、博雅恐レ乍ラ此ヲ取テ内ニ返リ参テ、此由ヲ奏シテ、玄象ヲ奉タリケレバ、天皇極ク感ゼサセ給テ、「鬼ノ取リタリケル也」トナム被仰ケル。此ヲ聞ク人、皆博雅ヲナム讃ケル。

其玄象于今公財トシテ、世ノ伝ハリ物ニテ内ニ有リ。此玄象ハ生タル者ノ様ニゾ有ル。弊ク弾テ不弾負セレバ、腹立テ不鳴ナリ。亦塵居テ不巾ル時ニモ、腹立テ不鳴ナリ。其気色現ニゾ見ユナリ。或ル時ニハ内裏ニ焼亡有ルニモ、人不取出ト云ヘドモ、玄象自然ラ出テ庭ニ有リ。

此奇異ノ事共也、トナム語リ伝ヘタルトヤ。

권24 제25화

재상宰相 미요시노 기요쓰라三善清行와 기노 하세오紀長谷雄가 언쟁을 벌인 이야기

문장도文章道의 대가 미요시노 기요쓰라三善淸行와 기노 하세오紀長谷雄를 둘러싼 이야기. 두 사람이 언쟁을 벌일 때, 기요쓰라가 하세오를 고금 최초의 무재無才의 박사博士라고 매도하였는데 고레무네노 다카토키惟宗孝言가 용龍(인재)끼리의 경쟁은 져도 부끄럽지 않다고 평한 이야기와, 중납언中納言 하세오가 대납언大納言이 되기를 바라여 하세데라長谷寺 관음觀音에게 기원하였는데 다른 지방에 파견될 것이라는 뜻의 꿈의 계시를 받고 이윽고 죽었다는 이야기 두 편이 연결되어 있다. 본래 별개로 전승된 두 편의 이야기가 연결된 결과, 제목은 전자의 내용만 반영하고 있다.

이제는 옛이야기이지만, 연희延喜[1]의 치세에 참의參議[2] 미요시노 기요쓰라三善清行[3]라는 사람이 있었다. 그 당시[4] 중납언中納言 기노 하세오紀長谷雄[5]가 수재秀才[6]로 있었는데 기요쓰라 재상宰相과 사소한 일로 언쟁을 벌였다. 기요쓰라 재상은 하세오에 대해

1 다이고醍醐 천황天皇. 재위는 관평寬平 9년(897)~연장延長8년(930).

2 재상宰相.

3 → 인명人名.

4 미요시노 기요쓰라三善淸行가 참의가 된 시기는 연희 17년(917), 기노 하세오紀長谷雄가 사망한 시기는 연희 12년이기 때문에 기요쓰라가 참의, 하세오가 수제였던 시기는 없었음.

5 → 인명.

6 문장득업생文章得業生을 말함. 문장박사文章博士 다음가는 지위로, 기노 하세오는 원경元慶 3년(879)에 문장득업생이었음.

"무학無學[7]인 자가 박사가 된 경우는 고금을 통틀어 들어본 적도 없다네. 생각건대 아마도 귀공貴公이 처음일 것이야."

라고 말했다. 하세오는 이 소리를 듣고 한마디 대꾸도 하지 않았다.

이 이야기를 들은 사람들은

"그렇게나 뛰어난 학자인 하세오에 대해 그런 식으로 말하다니, 기요쓰라 재상은 말로 표현할 수 없을 만큼 뛰어난 인물이구나."

라며 칭송하였다. 더구나 하세오가 대꾸도 못했기 때문에 사람들은 이것을 당연한 일로만 생각했던 것일지도 모른다.

또 그 당시 《고레무네惟宗》[8]노 다카토키孝言라는 대외기大外記[9]가 있었는데, 그는 뛰어난 학자였다. 다카토키가 그 언쟁에 대해 듣고

"용끼리 서로 물어뜯으며 싸울 때, 어느 한쪽이 물려 쓰러지게 되더라도 약하다고 할 수 없는 법이다. 왜냐하면 다른 짐승은 용 근처에도 다가갈 수 없기 때문이다."

라고 말했다. 이것은

"하세오가 기요쓰라 재상에게 그와 같은 말을 들었다 하더라도, 다른 학자들은 하세오의 발끝에도 못 미친다."

는 의미인 것이다. 이것을 들은 사람들은 "실로 그러하다."라고 말했다. 그러기 때문에 하세오는 정말로 뛰어난 박사였으나 역시 기요쓰라 재상에게는 못 미쳤던 것이리라.

그 후, 하세오는 중납언까지 출세하였으나 때마침 대납언大納言에 결원缺

7 학재學才가 없는 박사를 말함. 엄밀히 따지면 문장득업생이었던 하세오를 박사라고 불렀던 것은 다소 이상한 일임.

8 다카토키孝言의 성姓의 명기를 위한 의도적 결자. 문맥을 고려하여 보충.

9 태정관太政官 소납언국少納言局의 직원.

員이 생겼기 때문에 대납원이 되기를 바라는 심정에서 하세데라長谷寺[10]에 참배하여 관음觀音[11]에게 기원하였다. 하세오가 기원한 그날 밤 꿈에 관음이 나타나 "그대는 시문詩文의 도道에 통달한 인물이기에 다른 지방[12]으로 파견하려고 생각한다."라는 계시를 내리셨다. 꿈에서 깬 하세오는 '이것은 어떤 의미의 계시인 것일까.' 하고 이상하게 여기며 도읍으로 돌아갔다. 그 후, 하세오 중납언은 얼마 지나지 않아 죽었다.[13] 그래서 사람들은 "꿈의 계시처럼 다른 지방에서 태어났을 것이다."라고 추측하였다. 바로 이 자가 세간에서 기노 중납언이라고 하는 사람인 것이다.

그 기요쓰라 재상은 다이고 천황 치세 때의 사람이었기에 하세오보다 먼저 죽었다.[14] 미요시 재상이라고 하는 사람이 바로 이 사람이라고 이렇게 이야기로 전하여 내려오고 있다 한다.

10 → 사찰명.

11 → 불교. 하세데라長谷寺의 본존本尊은 십일면관음十一面觀音.

12 여기서는 명계冥界를 가리킴.

13 기노 하세오紀長谷雄는 연희延喜 12년 68세 나이로 사망.

14 실제로는 반대로, 미요시노 기요쓰라三善淸行는 연희 18년 73세 나이로 사망.

⊙제25화⊙
재상宰相 미요시노 기요쓰라三善清行와 기노 하세오紀長谷雄가 언쟁을 벌인 이야기

三善清行宰相与紀長谷雄口論語第二十五

今昔、延喜[13]ノ御時ニ参議三善清行[14]ト云人有リ。其時[15]ニ紀[16]長谷雄ノ中納言、秀才[17]ニテ有ケルニ、清行ノ宰相[18]ト聊ニ口論有ケリ。清行ノ宰相長谷雄ヲ[19]云ク、「無才[20]ノ博士ハ古ヨリ今ニ至マデ世ニ無シ。但シ[21]、和主[22]ノ時ニ始マル也」ト。長谷雄[23]此ヲ聞クト云ヘドモ、更ニ答フル事無カリケリ。

此ヲ聞ク人思ハク、「然許止事無キ学生[24]ナル長谷雄ヲ、然カ云ケムハ、清行ノ宰相事[25]ノ外ノ者ニコソ有ケレ」トゾ讃メ感ジケル。況ヤ、長谷雄答フル事無カリケレバ理ト思ケルニヤ。

其時ニ亦[26]□ノ孝言[27]ト云フ大外記[28]有ケリ。止事無カリケル学生也。彼ノ口論ノ事ヲ聞テ云ケルハ、「竜[1]ノ咋合ハ被咋臥タリト云ヘドモ不弊。他ノ獣ハ不寄付事也」トゾ云ケル。此[2]ハ、「長谷雄、清行ノ宰相ニコソ此被云ズ[3]、他ノ学生ハ思ヒ懸ラムヤ」ト云心ナルベシ。此ヲ聞ク人、「現ニ然ル事也」トナム云ケル。然レバ、長谷雄実ニ止事無キ博士ナレドモ、尚清行宰相ニハ劣タルニコソ。

其後、長谷雄、中納言マデ成上[4]テ有ケルニ、大納言ノ闕[5]有ルニ依テ、此ヲ望ムトテ、長谷[6]ニ詣テ観音[7]ニ祈リ申シケル夜ノ夢ニ示シテ宣ハク、「汝ヂ文章[8]ノ人タルニ依テ、他国[9]ヘ可遣キ也」ト見テ、夢覚ヌ。「何[10]ナル示現[11]ニカ有ラム」ト怪ミ思テ、京ニ返ケリ。其後、長谷雄ノ中納言、幾程ヲ不経シテ死[12]ニケリ。然レバ、「示現ノ如ク他国ニ生レニケリ」トゾ人疑ヒケル。世ニ紀中納言ト云、此レ也。

彼[13]ノ清行宰相ハ延喜[14]ノ代ノ人ナレバ前[15]ニ失ニケリ。三善宰相ト云、此也、トナム語リ伝ヘタルトヤ。

권24 제26화

무라카미村上 천황天皇과 스가와라노 후미토키菅原文時가 시를 지어 올린 이야기

무라카미村上 천황과 스가와라노 후미토키菅原文時가 "궁의 휘파람새가 새벽에 지저귄다."라는 주제로 한시를 지어, 천황이 후미토키에게 두 시의 우열을 평하게 하니, 처음에는 천황을 배려하여 어제御製가 뛰어나다고 했지만 점차 본심을 말하게 되고, 마지막에는 자신의 시가 한 수 위라고 말하고는 도망갔다는 이야기. 천황의 한재漢才를 칭송하며 이야기를 맺는다.

이제는 옛이야기이지만, 무라카미村上 천황天皇[1]은 한시문을 좋아하셨는데 언젠가 "궁의 휘파람새, 새벽에 지저귄다."[2]라는 주제로 시를 지으셨다.

노농완어원화저露濃緩語園花底 월락고가어류음月落高歌御柳陰[3]

천황은 스가와라노 후미토키菅原文時[4]라는 문장박사를 부르시어 이 시를 읽게 하셨는데, 후미토키도 또 같은 주제로 시를 지었다.

1 → 인명. 제62대.
2 『강담초江談抄』에는 "宮鶯囀曉光"으로 되어 있음.
3 새벽녘 정원 앞에 흠뻑 이슬이 내린 꽃에 파묻혀 휘파람새가 낙낙히 울고, 달이 기울자 버드나무 그늘에서 소리 높여 노래하고 있다. 『신찬낭영집新撰朗詠集』 상上·춘春·휘파람새鶯에서는 윗구가 "露濃漫語園花底"로 되어 있음.
4 → 인명.

서루월락화간곡西樓[5]月落花間曲 중전등잔죽리성中殿[6]燈殘竹[7]裏聲[8]

천황은 이 시를 들으시고

"짐의 시는 이 주제로는 어느 것보다도 잘 지었다고 생각하는데, 후미토키가 지은 시도 또한 훌륭한 것이로다."

라고 말씀하시고 후미토키를 가까이 부르시어 마주하시고는 "짐이 지은 시에 대해 어떤 편견도 없이 공평하게 평가해 보거라."라고 말씀하셨다. 그러자 후미토키는

"어제御製[9]는 훌륭하신 시입니다. 아랫 구의 일곱 자[10] 등은 후미토키의 시보다 뛰어난 완성도입니다."

라고 대답했다.

천황은 이것을 들으시고

"설마 그러할 일이 있겠느냐. 그것은 아첨이 아니고 무엇인가. 어찌 되었든 명확히 말하거라."

라고 말씀하시고 장인 두藏人頭인 □[11]를 부르시어

"후미토키가 혹시 이 시의 우열을 명확히 하지 않으면, 이후에 후미토키가 말하는 것을 짐에게 주상奏上해서는 안 된다.[12]"

라고 명하셨다. 후미토키는 이것을 듣고 매우 곤혹스러워 "사실을 말하자

5 『화한낭영집和漢朗詠集』 상上 · 춘春 · 휘파람새鶯에도 수록됨. '서루'는 풍락전豊樂殿의 서북에 있던 '제경누霽景樓'의 별칭.

6 청량전淸凉殿의 별칭. "어전御殿 청량전 또는 중전中殿"(『名目鈔』).

7 『강담초』는 "竹裏看"으로 되어 있음.

8 새벽녘 달이 서쪽 누각으로 기울자 휘파람새가 꽃 사이에서 울고, 등잔불이 중전中殿에만 남아 있자 정원 앞의 대나무 사이에서 운다.

9 * 임금이 몸소 짓거나 만듦. 또는 그런 글이나 물건.

10 어제의 아랫구. "月落高歌御柳陰"을 가리킴.

11 장인두藏人頭의 성명의 명기를 기한 의식적인 결자.

12 장인藏人은 상주上奏를 전하는 역할.

면, 어제는 후미토키의 시와 동등하시옵니다."라고 말씀드렸다.

천황이 "그것이 사실이라면 신불의 이름을 걸고 맹세하거라."라고 말씀하셨을 때에 후미토키는 맹세를 하지 못하고, "실은 후미토키의 시가 더 뛰어납니다."라고 아뢰고 도망쳐 버렸다. 천황은 이 일을 매우 감탄하셨다.

옛날의 천황은 이와 같이 시문을 좋아하셨다고 이렇게 이야기로 전하여 내려오고 있다 한다.

⊙제26화⊙ 무라카미村上 천황天皇과 스가와라노 후미토키菅原文時가 시를 지어 올린 이야기

村上天皇与菅原文時作詩給語第二十六

今昔、村上[16]天皇文章[17]ヲ好セ給ケル間、「宮[18]ノ鶯暁ニ囀ル」ト云題ヲ以テ詩ヲ作ラセ給ケリ。

露[19]濃緩語園花底　月落高歌御柳陰[20]

ト。天皇、菅原[21]ノ文時[22]ト博士[23]ヲ召テ、此ヲ被講[24]ケルニ、文時亦詩ヲ作ケリ。

西楼[25]月落花間曲[26]　中殿[27]灯残竹裏声[28]

ト。天皇此ヲ聞食テ、「『我コソ此題ハ作抜[29]タリ』ト思フニ、文時ガ作レル詩亦微妙シ」ト被仰テ、文時ヲ近ク召テ、御前ニテ、「我ガ作ル詩ヲ偏頗[30]無ク難無[31]シテ、不憚可申シ」ト被仰ケル。文時申テ云ク、「御製微妙ニ候フ。下ノ七字[32]ハ文時ガ詩ニモ増テ候フ」ト。天皇此ヲ聞食シテ、「世[33]モ不然。此ハ饗応[34]ノ言也。尚慥ニ可申」ト被仰テ、蔵人頭[1]□ヲ召テ仰セ給フ様、「文時、若シ此詩ノ勝劣[2]ヲ慥ニ不申ハ、今ヨリ以後[3]、文時ガ申サム事、我[4]ニ不可奏」ト被仰ケルヲ、文時聞テ、極テ半無[5]ク思ヘケレバ、申サク、「実ニハ御製ト文時ガ詩ト対[6]ニ御座」ト。

天皇、「実ニ然ラバ誓言[7]ヲ可立シ」ト被仰ケルニ、文時誓言ノ否不立デ申サク、「実ニハ文時ガ詩ハ今一膝居上[9]候フ」ト申テ、逃去ニケリ。天皇此ヲ讃メ感ゼサセ給フ事無限[10]。

古[11]ハ天皇ハ文章ヲ好テ此ナム御ケル、トナム語リ伝ヘタルトヤ。

권24 제27화

오에노 아사쓰나大江朝綱의 집의 비구니가 시를 읊은 것을 바로잡은 이야기

고故 오에노 아사쓰나大江朝綱를 추모하여 중추中秋 달 밝은 밤, 문인 십여 명이 고 아사쓰나의 집을 방문하여 "모래를 밟고 명주를 걸치고(踏沙被練)…"의 시를 읊자, 하녀였던 비구니가 나타나 그 시의 읽는 법을 고쳐 주었으므로, 일동 경탄驚嘆하여 이 집안의 시문의 고상한 성향과 아사쓰나의 화려한 문필력을 실감했다는 이야기.

이제는 옛이야기이지만, 무라카미村上 천황天皇의 치세[1]에, 오에노 아사쓰나大江朝綱[2]라고 하는 문장박사文章博士가 있었다. 매우 뛰어난 학자였다. 오랜 세월 문장도文章道로 조정에 출사하여 모든 일을 완벽히 수행하였고, 마침내 재상宰相[3]까지 올라 나이 칠십 정도로 세상을 떠났다.[4]

아사쓰나의 집[5]은 이조二條[6] 경극京極에 있어, 멀리 동쪽의 강기슭[7]이 훤히 보이고 달을 아름답게 바라볼 수 있었다. 그런데 아사쓰나가 작고한 뒤 꽤 세월이 흐른 어느 해의 팔월 십오야十五夜, 달은 형형히 빛나고 있었는데, 한

1 제62대, 무라카미 천황村上天皇(→ 인명)의 치세治世.
2 → 인명.
3 참의參議의 당명唐名. 아사쓰나朝綱가 참의에 오른 시기는 천력天歷 7년(953) 9월. 68세.
4 아사쓰나는 천덕天德 원년元年(957) 12월 사망. 72세.
5 『이중력二中歷』 명가력名家歷에 "우메조노梅園 이조二條의 남쪽, 경극京極의 동쪽, 아사쓰나 경의 집"이라고 되어 있음.
6 이조대로二條大路와 동경극대로東京極大路가 교차하는 부근.
7 동쪽의 가모 강賀茂川 기슭.

시문漢詩文을 좋아하는 자들이 십여 명 남짓 동행하여 "어떤가, 달구경하러 고故 아사쓰나의 이조 집에 가 보지 않겠는가." 하며 나섰다.

그 집을 보니, 이미 낡고 아주 황폐해져서 인기척도 없었다. 건물은 하나같이 모두 쓰러져 기울었고 단지 부뚜막만이 옛날 그대로 남아 있었는데, 이 사람들은 그 무너진 마루에 나란히 앉아 달에 심취해 시구를 읊고 있었다.

답사피련립청추踏沙被練立清秋 월상장안백척루月上長安百尺樓[8]

이 시는, 옛날 당나라의 《백낙천白樂天》[9]이라고 하는 사람이 팔월 십오야의 달을 감상하며 지은 시이다. 이것을 이 사람들이 낭영朗詠하고 또 죽은 아사쓰나가 시문에 뛰어났음을 서로 이야기하고 있자, 동북쪽[10]에서 비구니가 한 사람 나타나, "여기에 와서 시를 읊고 계신 분은 누구시옵니까."라고 물었다. "달을 감상하러 왔노라. 그런데, 그대 비구니는 누구인가"라고 묻자, 비구니는,

"작고하신 재상님[11]을 모시고 있던 사람으로, 이제까지 남아 있는 것은 이 비구니 한 사람뿐이옵니다. 이 저택에서 일하고 있던 사람은 남녀를 합쳐 꽤 많이 있었습니다만, 지금은 모두 세상을 떠나 저 한 사람이 오늘내일하며 목숨을 부지하고 있사옵니다."

라고 말했다. 시문을 좋아하는 사람들은 이 말을 듣고 가엾이 여겼고, 개중에는 비구니의 마음씨에 감동하여 눈물을 흘리는 자도 있었다.

8 강기슭의 하얀 모래를 밟고 명주를 어깨에 걸치고서 청명한 가을 분위기에 서서 보니, 밝은 달은 중천中天 높이 장안성長安城의 높은 누각 위에 걸려 있네.

9 『강담초』에 의하면 백거이白居易(낙천樂天)가 해당함.

10 귀문鬼門에 해당함. 비구니가 정체불명의 기괴한 인물의 양상을 띰.

11 오에노 아사쓰나大江朝綱를 뜻함. 후강상공後江相公.

이윽고 비구니가 말했다.

"그런데 지금 여러분들께서는 '달은 장안의 백척百尺의 누각 위에 오른다.'고 읊으셨습니다. 옛날, 작고하신 재상님은 '달에 의해 백척의 누각 위에 오른다.'고 읊으셨습니다. 당신들의 이 시를 읊는 방법은 작고하신 재상님이 읊는 방법과 다른 듯합니다. 달이 어찌 누각에 오르는 일이 있겠습니까. 사람이 달을 보기 위해 누각에 오르는 것입지요."

사람들은 이것을 듣고 눈물을 흘리며 비구니의 말에 매우 감동했다.

"도대체 당신은 이전에 어떠한 자였는가." 하고 묻자, 비구니는

"저는 작고하신 재상님의 집에서 옷을 빨거나 풀을 먹이고, 바느질을 하였습니다. 그래서 언제나 주인님이 읊으시는 소리를 듣고 있었으므로 여러분들이 읊으셨을 때에 불현듯 생각이 난 것입니다."

라고 대답했다. 그래서 사람들은 밤새도록 이 비구니와 이야기를 나누고, 각자 비구니에게 답례품을 주고 새벽녘에 돌아갔다.

이것을 생각하면, 아사쓰나의 가풍家風이 한층 훌륭하게 생각된다. 천한 허드렛일을 하는 여자조차 이와 같다. 하물며 아사쓰나의 문재文才는 짐작하고도 남음이 있다고 이렇게 이야기로 전하여 내려오고 있다 한다.

⊙제27화⊙ 오에노 아사쓰나大江朝綱의 집의 비구니가 시를 읊은 것을 바로잡은 이야기

大江朝綱家尼直詩読語第二十七

今昔、村上天皇ノ御代ニ、大江朝綱ト云博士有ケリ。止事無カリケル学生也。年来道ニ付テ公ニ仕ケルニ、聊ニ心モト無キ事無クシテ、遂ニ宰相マデ成テ、年七十余ニシテ失ニケル。

其朝綱ガ家ハ二条ト京極トニナム有ケレバ、東ノ川原遥ニ見エ渡テ、月謐ク見ヘケリ。而ルニ朝綱失テ後、数ノ年ヲ経テ、八月十五日夜ノ月極ク明カリケルニ、文章ヲ好ム輩十余人伴ヒテ、月ヲ翫バムガ為ニ、「去来、故朝綱ノ二条ノ家ニ行カム」ト云テ、其家ニ行ニケリ。

其家ヲ見レバ、旧ク荒テ人気無シ。屋共ニ皆倒傾テ、只煙屋許残タルニ、此人々壊タル縁ニ居並テ、月ヲ興ジテ詩句ヲ詠ジケルニ、

踏沙被練立清秋　月上長安百尺楼

ト云詩ハ昔シ唐ニ□云ケル人、八月十五夜ニ月ヲ翫テ作レル詩也、其ヲ此人々詠ジケルニ、亦故朝綱ノ文花ノ微妙ナリシ事共ヲ云ヒ語ケル間、丑寅方ヨリ、尼一人出来テ、問テ云ク、「此ハ誰人ノ来テ遊ビ給フゾ」ト。答テ云ク、「月ヲ見ム為ニ来レル也。亦汝ハ何ナル尼ゾ」ト。尼ノ云ク、「故宰相殿ニ仕ヘ人ハ尼一人ナム于今残テ侍ル。此殿ニ男女ノ仕ヘ人

其員侍シカドモ、皆死畢テ、己一人今明トモ不知デ侍ル也」ト。道ヲ好ム人々ハ此ヲ聞テモ、哀ニ思テ、尼感ジテ、或ハ泣人モ有ケリ。

而ル間、尼ノ云ク、「抑モ、殿原ノ、『月ハ長安ノ百尺ノ楼ニ上レリ』ト詠ジ給ツル、古ヘ故宰相殿ハ『月ニ依テ百尺ノ楼ニ上ル』トコソ詠ジ給シカ。此ハ不似侍。月ハ何シニ楼ニハ可上キゾ」ト、「人コソ月ヲ見ムガ為ニ楼ニハ上レ」ト云ヲ、此人々聞テ、涙ヲ流シテ尼ヲ感ズル事無限リ。

「抑モ尼ハ何者ニテ有シゾ」ト問バ、尼、「己ハ故宰相殿ノ物張ニテナム侍リシ。其レガ常ニ聞シ事ナレバ、殿原ノ詠ジ給フ時ニ、髴ニ思ヘ侍ル也」ト云ヘバ、人々終夜此尼ニ談ジテ、皆尼ニ纏頭シテナム暁ニ返ケル。

此ヲ思フニ、朝綱ノ家風弥ヨ重ク思ヘ、云フ甲斐無ク女ソラ、如此シ。況ヤ、朝綱文花思ヒ可遣シ、トナム語リ伝ヘタルトヤ。

권24 **제28화**

덴진天神이 어제御製의 시를 읽는 법을 다른 사람의 꿈에 나타나 계시하신 이야기

덴진天神(스가와라노 미치자네菅原道眞)이 지은 "동행서행東行西行…"의 시는 많은 사람들이 즐겨 감상하는 시였지만, 정확히 읊는 방법은 불명확했다. 그런데 어떤 사람이 기타노텐만 궁北野天滿宮 신사 앞에서 이 시를 읊고 있을 때, 밤중에 꿈의 계시를 받고 읊는 법을 배웠다고 하는 이야기. 전 이야기와는 한시漢詩를 읽는 법이 테마라는 점에서 연결된다. 신불神佛의 계시啓示에 의해 불명확했던 자구字句 등을 알게 된다는 모티브는 유형적類型的으로, 미나모토노 시타고源順가 이시야마데라石山寺의 관음으로부터 『만엽집萬葉集』의 '左右'의 읽는 법을 배우는 이야기(『이시야마데라 연기石山寺緣起』에 수록)는 이 이야기와 유사하다.

이제는 옛이야기지만, 덴진天神[1]이 지으신 시가 있었다.

동행서행운묘묘東行西行雲渺渺 이월삼월일지지二月三月日遲遲

이 시를 후세 사람은 칭송하며 읊었는데, 그 읽는 법을 알고 있는 자는 없었다. 그런데 □□[2]라고 하는 사람이 기타노텐진北野天神[3]의 신사를 참배하

1 텐만텐진天滿天神의 줄인 말.

2 인명의 명기를 위한 의도적 결자. 『강담초江談抄』 유취본계類聚本系에는 "管家人室家"라 되어 있고, 『애낭초壒囊鈔』에는 "惑人"라 되어 있음.

3 → 사찰명. 기타노텐만 궁北野天滿宮.

여 이 시를 읽자, 그날 밤 꿈 속에 기품있고 존엄한 분[4]이 나타나, "그대는 이 시를 어떻게 읽는지 알고 있는가."라고 말씀하셨다. 황송하여, 모른다고 대답하니, 이와 같이 읽어야 한다고 알려 주셨다.

동쪽으로 가고 서쪽으로 가는 구름은 멀고, 이월 삼월 해는 화창하도다[5]

꿈에서 깨어난 그 자는 덴진에게 절을 올리고 물러났다.

덴진은 예로부터 꿈 속에서 이와 같이 시를 가르치시는 일이 많았다고 이렇게 이야기로 전하여 내려오고 있다 한다.

4 덴진, 즉 스가와라노 미치자네菅原道眞. 『강담초』 유취본계에는 "天神令教テ曰"로 되어 있음.

5 원문에는 "トサマニ行キカウサマニ(行キ)雲ハルバル、キサラギヤヨヒヒウラウラ"라 되어 있다. 이것은 '東行西行'을 의미로 풀어 읽은 것임. 『서기書紀』 유라쿠雄略 천황 3년 4월의 조條의 "東西求覓"도 고훈古訓으로 'とさまかう(く)さまにもとめ'라고 읽음. 『애낭초』에서는 이 시의 윗구를 "東行南行雲眇眇"라고 하고 여기에 "東南ト書テ、トサマカウサマ"라고 주석을 붙이고 있음.

⊙제28화⊙ 덴진天神이 어제御製의 시를 읽는 법을 다른 사람의 꿈에 나타나 계시하신 이야기

天神御製詩読示人夢給語第二十八

今昔、天神[15]ノ作ラセ給ケル詩有ケリ、

東行[16]西行雲[17]眇々　二月三月日遅々[18]

ト。此詩ヲ後代ノ人翫[19]テ詠ズト云ヘドモ、其読ヲ心得ル人無カリケルニ、□[20]ト云人北野[21]ノ宝前[22]ニ詣テ、此詩ヲ詠ケルニ、其夜ノ夢ニ、気高ク止事無キ人来[23]テ、教ヘテ宣ハク、「汝ヂ、此詩ヲバ何ニ可読トカ心得タル」ト。畏テ、不知ル由ヲ答ヘ申ケルニ、教ヘテ宣ハク、

トサマニ[24]行キカウサマニ□[25]雲[26]ハル〴〵、キサラギヤヨヒ

ヒウラ〴〵[27]

ト可読キ也ト。夢覚テ後、礼拝シテゾ罷出ニケル。

天神[28]ハ昔ヨリ夢ノ中ニ如此ク詩ヲ示シ給フ事多カリ、トナム語リ伝ヘタルトヤ。

권24 제29화

후지와라노 스케나리藤原資業가 지은 시를 노리타다義忠가 비난한 이야기

응사전鷹司殿의 병풍시屏風詩에 후지와라노 스케나리藤原資業의 시가 많이 선정되었던 것을 시기한 후지와라노 노리타다藤原義忠는 시를 뽑는 선자選者인 민부경民部卿 후지와라노 다다노부藤原齊信가 스케나리로부터 뇌물을 받았다고 후지와라노 요리미치藤原賴通에게 직소直訴했지만, 역으로 다다노부의 항변에 의해 견책譴責 처분을 받는다. 다음 해 3월, 근신謹愼이 풀린 노리타다는 자신의 심정을 한 수의 와카和歌에 담아 요리미치에게 바쳤다고 하는 이야기.

이제는 옛이야기이지만, 후지와라노 스케나리藤原資業[1]라고 하는 문장박사文章博士[2]가 있었다. 응사전鷹司殿[3]의 병풍의 색지형色紙形[4]에 쓸 시를 시문의 달인이었던 박사들에게 명하시어 시를 짓게 하셨는데, 스케나리의 시가 많이 채용되었다.

그 무렵에, 다다노부齊信[5] 민부경民部卿 대납언大納言이라는 사람이 있었다. 학재學才가 풍부하고 시문에 정통한 자였기에 칙명에 의해 시를 선정하

1 → 인명.
2 관인寬仁 원년(1017) 8월, 문장박사에 임명됨.
3 → 지명.
4 병풍면에 사각형의 공백을 만들어 이곳에 한시나 와카를 한 수 써 놓도록 한 곳. 장원長元 6년(1033) 11월, 린시倫子 고희 축하연 때에 지은 시로 추정.
5 → 인명.

였다. 그런데 스케나리의 시가 많이 채용된 것[6]을 당시, 후지와라노 노리타다藤原義忠[7]라는 박사가 질투하였는지 □[8]이셨던 우지도노宇治殿[9]에게 불만을 호소했다.[10]

"이 스케나리가 지은 시는 모두 매우 이상한[11] 시입니다. 평성平聲[12]이어야 할 부분은 평성이 아니고, 타성他聲[13]의 글자가 많이 있습니다. 매우 결점이 많은 시입니다. 그러나 생각해보니 스케나리가 현직의 수령受領이므로, 대납언은 그에게 뇌물을 받고 채용하신 것입니다."

당시 스케나리는 □[14] 수守였다.

민부경[15]은 이 일을 듣고 격노하여 스케나리의 시는 모두 더할 나위 없이 훌륭한 구句로, 선정에 있어 개인적인 감정으로 처리하지 않았다고 변명하셨다. 이에 우지도노는 노리타다의 말이 매우 납득이 가지 않는다고 생각하시어 노리타다를 불러들여 "무슨 연유로 그러한 거짓을 고하여, 분규를 일으키느냐."라 견책하셨다. 노리타다는 황송해하며 칩거에 들어갔고 이듬해 3월 용서받았다.[16] 이 당시, 노리타다는 어느 궁녀에게 부탁하여 우지도노에게 와카和歌를 바쳤다.

6 이 내용 이후, 『강담초江談抄』에서는 "花(華)塘宴詩, 色糸句"를 선택해 넣었다고 되어 있어, 이 이야기보다 구체적임.

7 → 인명. 관인 3년 12월, 문장박사에 임명됨.

8 우지도노宇治殿의 관직官職 명기를 위한 의도적 결자.

9 → 인명. 후지와라노 요리미치藤原頼通를 가리킴.

10 『강담초』에서는 다다노부齊信가 선택해 넣은 스케나리資業의 "花塘宴詩の色糸の句"를 노리타다가 비난하여, "糸字他聲(也), 非平聲, 可謂僻事"라고 말했다고 함.

11 규칙을 벗어난 시. 스케나리의 시가 평측平仄이 맞지 않는 것을 가리킴.

12 사성四聲의 하나. 상평上平 · 하평下平을 합쳐 삼십 운三十韻이 있음. 평운平韻.

13 평성 이외의 삼성三聲, 상성上聲 · 거성去聲 · 입성入聲의 총칭. 즉 측운仄韻을 가리킴.

14 지방명의 명기를 위한 의도적 결자. 스케나리는 단바丹波 · 하리마播磨의 국수國守를 역임.

15 다다노부를 가리킴. 『강담초』 '호부납언戸部納言' '호부戸部'는 민부경民部卿의 당명唐名.

16 『강담초』에서는 "及明年三月 不被免之"라고 되어 있고, 노리타다가 사면赦免을 청하며 "アヲヤギノ"의 노래를 우지도노에게 바치고, "依此和歌被免云々"이라고 맺고 있음. 이 이야기에서는 노리타다가 우지도노에게 와카를 진상한 의미가 없어져, 노래의 의미도 사실과 모순되어 기능을 하지 못함.

스케나리의 아름다운 시구를 비난하여 문책을 받은 한이 풀리지 않은 채, 어느 새 3월이 되어 봄도 다 지나 버렸구나.[17]

그 뒤 노리타다의 시에 우지도노는 이렇다 할 답변도 하지 않으셨다.

생각해 보건데, 노리타다는 무엇인가 비난할 이유가 있어 비난한 것이리라. 단 민부경이 당시, 인망人望이 두터운 사람이었으므로 '개인적인 감정을 개입시킨다는 평판이 나지 않도록' 우지도노가 배려하여 노리타다를 견책하신 걸일까. 또 스케나리도 다른 사람의 비난을 받을 만한 시는 아마 짓지 않았을 것이다.

이러한 분쟁도 오로지 재능을 겨루는 데에서 비롯된 일이다. 그러나 노리타다가 민부경에 대하여 무책임한 말을 한 것은 좋지 않다고 사람들은 말하고 노리타다를 비난했다고 이렇게 이야기로 전하여 내려오고 있다 한다.

17 원문은 "アオヤギノ イロノイトニテ ムスビテシ ウラミヲトカデ 春ノクレヌル."라 되어 있음. 『강담초』의 내용을 알아야만 비로소 이해할 수 있는 와카. 윗구는 스케나리의 '이로노이토色糸'의 시구를 비난하여 견책을 받은 노리타다의 원한. 이 이야기에서는 '이로노이토色糸' 시구에 대한 비난의 기술이 없어, 제1, 2구는 서사序詞에 지나지 않음. 편자가 전거가 되는 이야기의 와카를 이해하지 못했기 때문에 설화의 전개에 파탄이 생겼음.

⊙제29화⊙ 후지와라노 스케나리藤原資業가 지은 시를 노리타다義忠가 비난한 이야기

藤原資業作詩義忠難語第二十九

今昔、藤原資業ト云博士有ケリ。鷹司殿ノ御屏風ノ色紙形ニ可被書キ詩ヲ、其道ニ達セル博士共ニ仰セ給テ、詩ヲ作ケルニ、彼ノ資業朝臣ノ詩数入ニケリ。

其比、斉信ノ民部卿大納言ト云人有リ。身ノ才有テ、文章ニ達ルニ依テ、仰ヲ承テ、此詩共ヲ撰ビ被定ケルニ、資業ガ詩数入タリケルヲ、其時ニ藤原義忠ト云博士有テ、此レヲ嫌シク思ケルニヤ、宇治殿ノ□ニテ御座ケルニ、義忠申ケル様、「此ノ資業朝臣ノ作レル詩ハ極テ異様ノ詩共也。他声ニシテ平声ニ非ザル字共有リ。難専ラ多シ。然ドモ、此レ資業ガ当職ノ受領ナルニ依テ、大納言其ノ饗応有テ被入タル也」ト。其時ニ資業ハ□守ニテ有ケル也。

民部卿此ノ事ヲ伝ヘ聞テ、攀縁ヲ発シテ、此ノ詩共ヲ、皆麗句微妙ニシテ、撰ブ所ニ私無キ由ヲ被申ケレバ、宇治殿、頗ル義忠ガ言ヲ不心得思食テ、義忠ヲ召テ、「何ノ故有テ、此ル僻言ヲ申テ事ヲ壊ラムト為ルゾ」ト、勘発シ被仰ケル。義忠恐レヲ成シテ蟄リ居ニケリ。明ル年之三月ニナム被免ケル。而ルニ義忠或ル女房ニ付、和歌ヲゾ奉ケル、

アヲヤギノイロノイトニテムスビテシウラミヲトカデ春ノクレヌル

ト。其後、指ル仰セ無テ止ニケリ。

此ヲ思フニ、義忠モ可謗キ所有テコソ謗ケメ。只民部卿ノ当時止事無キ人ナルニ、「私有ル思ヘヲ不取レ」トテ、有ケル事ニヤ。亦資業モ人ノ謗リ有ル計ハ世モ不作リケムカシ。此レモ只才ヲ挑ムヨリ出来ル事也。但義忠ガ民部卿ヲ放言スルガ由無キ也、トゾ人云テ、義忠ヲ謗ケル、トナム語リ伝ヘタルトヤ。

권24 第30화

후지와라노 다메토키藤原爲時가 시를 지어 에치젠 수越前守로 임명된 이야기

수령受領의 선정에서 떨어진 후지와라노 다메토키藤原爲時는 그 비탄의 심정을 '고학한야苦學寒夜…'라는 한시漢詩에 담아 천황에게 올렸지만, 천황은 취침에 드신 뒤여서 이 시를 보시질 못하셨다. 그러나 후지와라노 미치나가藤原道長가 이 시를 읽고 시구에 감동한 나머지 이미 결정되어 있었던 미나모토노 구니모리源國盛 대신 다메토키를 에치젠 수越前守로 임명한 이야기. 저명한 시덕설화詩德說話의 하나로 같은 이야기가 많은 책에 보인다.

이제는 옛이야기이지만, 후지와라노 다메토키藤原爲時[1]라고 하는 사람이 있었다. 이치조 一條 천황天皇[2] 치세에 식부승式部丞[3]의 임기를 마친 공로로 국사國司가 되고 싶다고 청원하였지만, 제목除目[4] 시기에 국사의 결원이 있던 지방이 없어 임명되지 못했다.

1 → 인명. 무라사키 식부紫式部의 아버지. 권31 제28화 참조.

2 → 이치조인一條院(인명).

3 식부성式部省의 삼등관三等官. 대소승大小丞 각 한명이 있어, 대승은 정육위하正六位下, 소승은 종육위하從六位下에 상당함. 다메토키爲時는 식부대승으로, 연공年功에 의해 오위에 승진하여 수령전출受領轉出을 원한 것이었을 것이다. 『소우기小右記』 영관永觀 2년(984) 11월 14일에 "式部丞爲時"라고 보임.

4 * 제목除目은 신하의 관직을 임명하는 의식. 여기서는 지방관을 임명하는 봄의 제목除目, 소위 현소縣召의 제목. 장덕長德 2년(996) 대문서大間書에 의하면, 이 제목은 동년 정월 25일에 행해져, 국수國守의 결원缺員이 없었던 것이 아니라, 다메토키가 임명된 아와지 수淡路守(소국小國)를 불복해서 사양했다고 하는 것이 사건의 진상임. 『속본조왕생전續本朝往生傳』에는 "源國盛朝臣任越前守 藤原爲時任淡路守"로 되어 있음.

그리하여, 이것을 슬퍼하며 다음 해의 수정修正이 이루어진 날, 다메토키는 박사博士는 아니지만 대단히 글재주가 있는 인물이었으므로 내시內侍[5]를 통해 천황에게 청원문을 올렸다. 그 안에 다음과 같은 시가 있었다.

고학한야홍루점금苦學寒夜紅淚霑襟 제목후조창천재안除目後朝蒼天在眼[6]

내시는 이것을 천황에게 보이려고 했으나, 천황은 마침 침소에 들으셨기에 보지 못하셨다.

그런데 후지와라노 미치나가藤原道長는 당시, 관백關白이셨으므로, 제목의 수정을 행하기 위해 입궐하시어 다메토키의 일을 천황에게 아뢰었지만, 천황은 다메토키의 청원문을 못 보셨기에 어떠한 답변도 하지 않으셨다. 그래서 관백님은 내시에게 물으시니 내시가

"실은 다메토키의 청원문을 보여드리려고 했으나, 천황은 이미 주무시고 계셔 보지 않으셨습니다."

라고 대답하였다. 그래서 그 청원문을 찾아내어 관백님이 천황에게 보여 드리자, 이 구句가 쓰여 있었다. 관백님은 이 구의 훌륭함에 감동하시어 자신의 유모의 자식이었던 후지와라 구니모리藤原國盛라 하는 사람이 되기로 한 에치젠 수越前守를 그만두게 하고, 별안간 다메토키를 그 자리에 임명하셨다.

이것은 오로지 청원문 안의 시구에 감탄하셨기 때문으로, 세간에서도 다메토키를 매우 칭송했다고 이렇게 이야기로 전하여 내려오고 있다 한다.

5 내시사內侍司의 여관女官. 주로 상주上奏를 관장하는 삼등관의 장시掌侍를 가리킴.

6 한 겨울의 추운 밤, 피눈물을 짜내며 학문에 정진한 보람도 없이, 봄의 제목의 국사선임에 탈락하여, 그 다음 날 아침, 슬픔에 망연한 눈동자에는 푸르게 맑기만 한 봄의 너른 하늘이 공허하게 비칠 뿐이네.

⊙제30화⊙ 후지와라노 다메토키藤原爲時가 시를 지어 에치젠 수越前守로 임명된 이야기

藤原為時作詩任越前守語第三十

今昔、藤原為時ト云人有キ。一条院ノ御時ニ、式部丞ノ労ニ依テ、受領ニ成ラムト申ケルニ、除目ノ時闕国無キニ依テ、不被成リケリ。

其後、此ノ事ヲ歎テ、年ヲ隔テ直物被行ケル日、為時博士ニハ非ドモ、極テ文花有ル者ニテ、中文ヲ内侍ニ付テ奉リ上テケリ。其ノ中文ニ此ノ句有リ、

苦学寒夜紅涙霑襟　除目後朝蒼天在眼

ト。内侍此レヲ奉リ上ゲムト為ルニ、天皇ノ其ノ時ニ御寝ナリテ不御覧成ニケリ。

而ル間、御堂、関白ニテ御座ケレバ、直シ物行ハセ給ハムトテ、内ニ参ラセ給タリケルニ、此ノ為時ガ事ヲ奏セサセ給ケルニ、天皇中文ヲ不御覧ルニ依テ、其御返答無カリケリ。

然レバ、関白殿女房ニ令問給ケルニ、女房申ス様、「為時ガ中文ヲ令御覧ムトセシ時、御前御寝ナリテ、不御覧成ニキ」。然レバ、其中文ヲ尋ネ出テ、関白殿天皇ニ令御覧メ給ケルニ、此ノ句有リ。然レバ、関白殿此ノ句微妙ニ感ゼサセ給テ、殿ノ御乳母子ニテ有ケル藤原国盛ト云人ノ可成カリケル越前守ヲ止テ、俄ニ此ノ為時ヲナム被成ニケル。此レ偏ニ中文句ヲ被感ル故也トナム、世ニ為時ヲ讃メケル、トナム語リ伝ヘタルトヤ。

권24 제31화

엔기延喜의 병풍에 이세 어식소伊勢御息所[1]가 와카和歌를 지은 이야기

다이고醍醐 천황이 아들의 하카마袴를 입는 의식용의 병풍와카屛風和歌를 가인歌人들에게 시를 지어 바치도록 시켜 오노노 미치카제小野道風에게도 쓰게 하였는데. 한 수가 빠진 것을 깨닫고, 서둘러 후지와라노 고레히라藤原伊衡를 사자使者로 보내 이세 어식소伊勢御息所에게 의뢰하자 어식소는 당혹해 하면서도 재치를 발휘한 뛰어난 와카를 지어서 바치니, 천황을 비롯한 많은 사람들이 감탄했다는 이야기. 이세 어식소의 가재歌才를 칭찬하며 끝을 맺는다. 이 이야기 이하, 와카和歌설화가 권말까지 이어진다.

이제는 옛이야기이지만, 엔기延喜 천황天皇[2]이 아들[3]의 하카마袴를 입는 의식[4]에 사용할 병풍을 만들도록 하시고, 색지형色紙形[5]에 와카和歌를 쓰게 하기 위해 가인歌人들에게 "각자, 와카를 지어 제출하도록 하라."라고 말씀하셨다. 이에 가인들 모두가 와카를 지어서 바쳤고. 이 와카를 오노노 미치카제小野道風[6]라는 서가書家[7]에게 명하여 쓰도록 하셨다. 그런데 이 병풍의 봄

1 * 어식소는 일본어 발음으로 '미야스도코로'로 황후의 총칭으로 직함을 의미. 직함인 경우 한자의 음으로 표기한다는 번역방침에 의해 '어식소'로 표기.
2 제60대, 다이고醍醐 천황(→ 인명).
3 어느 황자를 가리키는지는 불명.
4 남자가 세 살(후세後世는 다섯 살에서 일곱 살) 때에 하카마袴를 입히는 의식. 이 이후, 소년의 처우處遇를 받음. 여자의 경우는 모裳를 입음.
5 * 권24 제29화 주 참조.
6 → 인명.

의 한 첩帖[8]에 벚꽃이 핀 산길을 가는 여인들이 타는 수레가 그려져 있는 부분에 색지형이 있는데, 그것을 천황이 못보고 넘기시어 이것에 맞는 노래를 가인들에게 요구하지 않으셨다. 미치카제는 노래를 써 가는 중에, 그 부분의 노래가 없는 것을 알아차렸다. 천황은 이것을 보시고

"어찌하면 좋단 말인가. 이 시점에서 어느 가인이 급하게 시를 지을 수 있단 말인가. 풍정風情 있는 그림에 노래가 없다는 것은 유감스러운 일이로다."

라고 말씀하시고, 잠시 이리저리 생각해보신 뒤에, 소장小將이었던 후지와라노 고레히라藤原伊衡[9]라는 전상인殿上人을 불러들이셨다. 고레히라는 즉시 입궐하였다. 천황은

"지금 바로 이세 어식소伊勢御息所에게 가서 '이러저러한 사정이다. 이 노래를 지어 보도록 해라'라고 전해라."

라고 명하시고 그를 사자로 보내셨다. 고레히라를 보내신 것은 이 사람이 용모뿐만이 아니라 인격도 뛰어났기 때문으로, '어식소가 만나서 마음에 끌려 쑥스럽게 여길 만한 자는 이자밖에 없다'고 생각하시어 택하여 사자로 보내신 것이리라.

그런데, 이 어식소[10]는 다양한 예능에 정통한 야마토大和 수령 후지와라노 다다후사藤原忠房[11]라는 사람의 딸이다. 이분은 데이지인亭子院 천황[12] 치세 때 궁중에서 일하셨는데, 천황이 매우 총애를 하시어 어식소가 되신 것이었다. 용모나 인격뿐만이 아니라 모든 것에 품위가 있고 훌륭하셔서, 와카는

7 능서가能書家. 미치카제道風는 삼적三蹟의 하나.
8 사계의 그림병풍 중의 봄 경치를 그린 면面.
9 → 인명.
10 황후의 총칭. 후에 갱의更衣의 경칭敬稱. 이하, 이세 어식소伊勢御息所에 대한 기술記述로 이행.
11 → 인명. 이세의 아버지라고 하는 것은 잘못.
12 → 인명(우다인宇多院).

당시의 미쓰네躬恒[13]나 쓰라유키貫之[14]에게도 뒤지지 않을 정도였다. 그런데 데이지인亭子院이 법사法師가 되시어[15] 오우치 산大內山[16]이라는 곳에 깊이 들어가 불도수행에 열중하셨으므로, 어식소도 이 세상을 무미건조하다고 여겨 집에 칩거하여 조용히 생각에 잠겨 지내시는 것이었다.

예전 궁중에서의 나날을 자주 회상하시고는[17] 서글픈 상념에 잠겨 있을 때, 문 쪽에서 방문객이 왔음을 알리는 소리가 나더니 이윽고 노시直衣[18] 차림의 사람이 들어왔다. '누굴까' 하고 보니 고레히라 소장이 찾아온 것이었다. '갑자기 무슨 일로 온 것일까' 하여 종자를 보내 물어보게 하였다.

고레히라는[19] 칙명을 받들어 어식소의 집에 가 보니, 집은 오조五條 부근에 있고 정원의 나무는 빽빽이 우거져 있고 초목은 매우 풍류가 있게 심어져 있다. 정원은 푸릇푸릇하게 이끼에 덮여 있고 모래가 깔려 있었다. 때마침 삼월 즈음의 일이므로 정원 앞의 벚꽃은 아름답게 활짝 피었고, 침전의 남면南面에 걸린 모액帽額[20]의 발은 여기저기 해져 소박한 정취가 느껴졌다. 고레히라는 중문 옆의 회랑에 서서, 종자從者에게 "천황의 사자로 고레히라라고 하는 자가 찾아왔습니다."라고 말하게 하니, 젊은 남자 시侍가 나와서 "이쪽으로 들어오십시오."라고 말했다. 그래서 침전의 남면으로 가서 자리를 하자, 안쪽에서 "안으로 드시지요."라고 고상한 여방女房의 목소리가 들렸다. 발을 걷어 올려서 안을 보니, 주실主室의 발은 내려져 있었다. 썩은 나

13 → 인명. 오시코치노 미쓰네凡河內躬恒.

14 → 인명(기노 쓰라유키紀貫之).

15 창태昌泰 2년(899) 10월, 닌나지仁和寺에서 출가出家.

16 닌나지仁和寺(→ 사찰명)의 북령北嶺의 호칭. 우다 천황의 이궁離宮이 있어, 천황 출가후의 칩거 수행지.

17 이하, 고레히라伊衡 방문 장면으로 바뀜. 어식소의 시점에서 기술됨.

18 일본의 중고시대 이후의 남성귀족의 평상복. 속대束帶 차림에 대해 귀인의 평상복을 가리킴.

19 이하, 전단前段을 받아, 고레히라 측에서의 시점으로 어식소 방문을 기술함. 동시이도법同時異圖法과 같은 모습의 장면구성.

20 표면을 천으로 가장자리를 두른 발. '모액帽額'은 여기서는 가장자리의 천.

무 표피 문양을 염색한 천을 드리운 정갈한 휘장대가 삼 간間 정도 기둥을 따라 서 있고, 동서로 삼 간 정도 떨어진 곳에 적당하게 오래된 사 척의 병풍이 세워져 있었다. 주실主室의 발에 맞추어 고려단高麗端[21]의 다다미를 깔고, 그 위에 당금唐錦[22]의 깔개가 깔려 있었다. 마루는 거울과 같이 잘 닦여 있어, 사람의 모습이 온전히 비쳐 보인다. 전체적인 저택의 모습은 고풍스럽고 아취가 있었다.

고레히라가 다가가서 깔개 옆에 앉자, 발 안쪽에서 어디서 피우는지 모를 향 냄새가 서늘하게 은근히 풍겨 왔다. 아름다운 여방의 소매 등과 머리모양이 아름다운 두세 명의 여방이 발 너머로 들여다보였다. 그 발의 분위기도 매우 차분하고 정취가 깊었다. 고레히라는 조금 주저되었지만[23] 발쪽으로 다가가

"천황의 명이십니다. 오늘 저녁, 황자의 하카마 의식의 축하로 병풍을 만들어 드리게 되어, 색지형에 쓰기 위해 가인들에게 노래를 짓게 하고, 그것을 쓰도록 하셨습니다. 그런데 이러이러한 부분의 색지형을 간과하여, 가인들에게 노래를 짓도록 명하지 않으셔서 그곳의 색지형에는 써 넣을 노래가 없습니다. 그래서 그 노래를 짓게 할 미쓰네와 쓰라유키를 불러들이셨지만, 두 사람 모두 출타중이었습니다.[24] 지금에 와서 다른 자에게 명하는 일도 불가능하니, 이 노래를 지금 당장 지어 주지 않겠는가,라는 말씀이셨습니다."

라고 말했다. 어식소는 놀라서

"아무리 어명이라 하시지만 너무 하시옵니다. 어찌 그런 말씀을. 사전에

21 고려단(일본어 발음은 고라이베리)은 고려로부터 들여온 데에서 유래된 말로, 다다미를 두른 가장자리의 일종. 흰색 바탕에 구름모양이나 국화꽃 모양을 연쇄적으로 짠 것.

22 중국에서 수입된 두꺼운 천의 견직물絹織物.

23 고레히라가 쑥스러워질 정도로 기품이 있고 고상함.

24 이세 어식소에게 와카和歌 작성을 의뢰하기 위한 구실일 것임.

말씀해 주셨더라도 미쓰네나 쓰라유키가 짓는 것처럼은 도무지 지을 수 없습니다. 하물며 이렇게 갑작스럽게 말씀을 주시니 정말로 곤혹스럽지 않을 수 없습니다. 상상할 수도 없는 일입니다."

라고 작은 목소리로 대답했다. 어식소의 태도는 품위 있고 매력적이어서 그윽했다. 고레히라는 이것을 듣고 '세상에는 이런 근사한 사람도 있는가.'라고 생각했다.

잠시 뒤 가자미汗衫[25]를 입은 귀여운 여동女童이 술병을 들고 발 안쪽에서부터 무릎을 꿇은 채로 나왔다. '뭘 하는 거지?'라고 생각하고 있으니, 놀랍게도 지금 앉아 있던 발의 아래로부터, 정취가 있는 그림이 그려진 부채에 술잔을 올려서 내미는 것이었다. 발 너머로 들여다보이는 귀여운 여동이 무릎을 꿇은 채로 나온 것에 정신을 빼앗겨 겨우 이것을 알아차린 것이었다. 뒤이어 한 명의 여방이 가까이 다가와서, 만회蛮繪[26]가 그려진 칠공예로 만든 벼룻집의 뚜껑에 아름다운 얇은 종이를 깔고, 그 위에 과일을 얹어 내밀었다. 술을 권하므로 술잔을 드니, 여동이 술병을 들어 술을 따른다. "이제 충분합니다."라고 말해도, 그 말에 따르지 않고 서슴없이 따른다. '내가 술을 좋아하는 걸 알고 있는 것이다.'[27]라고 생각하니 재미있다. 그래서 일단 마시고 술잔을 놓으려고 하니 놓게 하지 않고 몇 번이나 무리하게 마시게 한다. 네다섯 잔 정도 마시고 겨우 잔을 놓자, 바로 이어서 발 아래로부터 술잔을 내밀었다. 고레히라는 거절했지만 "드시지 못하실 것은 없지 않습니까."라고 말하므로 술잔을 거듭하고 있는 동안에 완전히 취기가 돌았다. 여방들이 소장을 보니, 발그스름한 볼과 눈가가 벚꽃 색과 어우러져 뭐

25 어린 여자아이가 정장正裝 시에 착용하는 상의上衣. 초여름 용.
26 둥근 문양의 그림 모양을 칭하는 것으로, 조수鳥獸나 풀, 꽃 등을 원형으로 도안화한 도안 무늬. 여기에서는 칠공예로 그와 같은 그림 모양을 그린 것임.
27 고레히라가 술을 잘 마셨다는 내용이 『부상약기扶桑略記』 연희延喜 11년(911) 6월 조의 기사에서 보임.

라 할 수 없이 멋지게 보인다.

꽤 시간이 지났을 무렵, 보라색의 얇은 종이에 노래를 적어서 묶고, 이것을 같은 색의 얇은 종이에 싼 것과 여자의 의복이 함께 발 안쪽에서 이쪽으로 들이밀어졌다. 적색의 위아래 한 벌로, 가라기누唐衣[28]와 문양이 들어간 모裳와 짙은 보라색의 하카마袴이다. 색상은 매우 아름답고 훌륭했다. 고레히라는 "이것은 생각지도 못한 선물입니다"라고 말하고, 그것을 들고 일어났다. 여방들은 소장이 돌아가는 것을 배웅하고 입을 모아 칭찬했다. 문을 나와 그가 보이지 않게 될 때까지 배웅했는데, 그의 뒷모습은 매우 우아했다. 수레소리와 수레를 인도하는 소리 등이 들리지 않게 되니 여방들은 매우 쓸쓸해졌다. 고레히라가 지금까지 앉아 있던 깔개에 그의 옷 향기가 스며 있어 그것을 치워 놓기가 서운한 심정이었다.

한편, 천황은 "아직 돌아오지 않는가, 아직인가." 하고 사람을 시켜 살펴보게 하였는데, 전상殿上 입구 쪽에서, 수레를 인도하는 소리가 났다. 이윽고 소장이 입궐하여 "다녀왔습니다."라고 말씀드리니 천황은 "어서, 어서." 하고 말씀하셨다. 미치카제는 붓을 적셔 준비를 갖추고서 어전御前에 대기하고 있었고,[29] 쟁쟁한 많은 상달부上達部와 전상인이 어전에 대기하고 있었다.

한편 고레히라 소장은 선물로 받은 여자의복을 머리위로 받쳐 올리고서 그것을 전상의 문의 옆에 놓고, 어식소의 문장을 천황에게 다가가 바쳤다. 천황은 이것을 펼치고 보신바, 우선 그 필적이 미치카제가 쓴 것과 비교하여 조금도 뒤떨어지지 않을 정도로 훌륭했다. 어식소는 이와 같이 썼다.

요시노 산吉野山의 벚꽃은 이미 져 버렸는가, 아직 피어 있는가, 그것을 묻고 싶

28 부인의 정장 시의 상의. 여관女官 · 궁녀 등이 착용.

29 붓에 먹을 묻히고 있는 모습으로, 이제나 저제나 절실하게 고레히라를 기다리고 있는 모습을 나타냄.

은데 꽃구경에서 돌아오는 사람을 길에서 만나면 좋으련만[30]

천황은 이것을 보시고 감탄하시고 어전에 대기하고 있던 사람들에게 "어떠한가, 이것을 보아라."라고 말씀하시고 노래를 보여 주셨다. 일동이 정취 있는 목소리로 시를 읊자, 그 덕분에 노래가 한층 더 빛나 더할 나위 없이 멋지게 들렸다. 몇 번이나 읊은 뒤에 미치카제가 이것을 옮겨 적었다.

그러므로 어식소는 역시 훌륭한 가인이라고 이렇게 이야기로 전하여 내려오고 있다 한다.

30 원문은 "チリチラズキカマホシキヲフルサトノハナミテカヘルヒトモアハナム"로 되어 있음(『습유초拾遺抄』). 권1에 "齋院の屛風に春山道をゆく人のかた有る所に"라고 하여 이 노래를 수록. 『습유집拾遺集』, 『이세집伊勢集』, 『금옥집金玉集』, 『고금육첩古今六帖』 권2에도 수록.

⊙ 제31화 ⊙
엔기延喜의 병풍에 이세 어식소伊勢御息所가 와카和歌를 지은 이야기

延喜御屏風伊勢御息所読和歌語第三十一

今昔、延喜天皇御子ノ宮ノ御着袴ノ料ニ御屏風ヲ為サセ給テ、其ノ色紙形ニ可書キ故ニ、歌読共ニ、「各和歌読テ奉レ」ト仰セ給ヒケレバ、皆読テ奉タリケルヲ、小野道風ト云手書ヲ以テ令書給ケレバ、春ノ帖ニ桜ノ花ノ栄タル所ニ、女車ノ山路行タル絵ヲ書タル所ニ当テ色紙形有リ、其ヲ思シ食シ落シテ、歌読共ニモ不給リケレバ、道風書キ持行クニ、其ノ歌無ケレバ、天皇此レヲ御覧ジテ、「此ハ何ガセムト為ル。今日ニ成テハ、俄ニ誰カ此ヲ可読キ。可咲所ノ、歌シモ無カラムコソ口惜ケレ」ト被仰テ、暫ク思食シ廻シテ、藤原伊衡ト云殿上人ノ少将ニテ有ケルヲ召ヌ。即チ参ヌ。被仰テ云ク、「只今、伊勢御息所ノ許ニ行テ、『此ル事ナム有ル。此歌読テ』」トテ遣ス。此御使ニ伊衡ヲ遣ス事ハ、此人形チ有様ヨリ始テ、人柄ナム有ケル。然レバ、「御息所恥カシト思ヒヌベキ者ハ、此ナム有ル」ト思食シテ、撰テ遣スナルベシ。

然テ、此御息所ハ、極テ物ノ上手ニテ有ケル大和守藤原忠房ト云人ノ娘也。亭子院ノ天皇ノ御時ニ参テ有ケレバ、天皇極ク時メキ思食シテ、御息所ニモ被成タル也。形チ心バセヨリ始メ、故有テ可咲ク微妙カリケリ。和歌ヲ読ム事ハ其時ノ躬恒貫之ニモ不劣リケリ。其レニ、亭子院ノ法師ニ成ラセ給テ、大内山ト云所ニ深ク入テ行ハセ給ケレバ、此御息所モ世中冷ク思ヘテ家ニツク〳〵ト長メ居タル也ケリ。

内渡ノ事共モ事ニ触レテ思ヒ被出テ、物哀ニ思ヒ居タル間ニ、門ノ方ニ前追フ音ス。欄姿ナル人入来ル。「誰ニカ有ラム」ト思テ見レバ、伊衡ノ少将ノ来レル也ケリ。「思ヒ不懸シテ、何事ニカ有ラム」ト思テ、人ヲ以テ令問ム。

伊衡ハ仰ヲ奉テ、御息所ノ家ニ行テ見レバ、五条渡ナル所也。庭ノ木立チ極テ木暗クテ、前栽極ク可咲ク殖タリ。庭ハ苔砂青ミ渡タリ。三月許ノ事ナレバ、前桜謐ク栄ヘ、寝殿ノ南面ニ帽額ノ簾所々破テ神サビタリ。伊衡中門ノ脇ノ廊ニ立テ、人ヲ以テ、「内ノ御使ニテ、伊衡ト申ス人ナム参タル」ト云セタレバ、若キ侍ノ男出来テ、「此方ニ入ラセ給

寝殿の南面(年中行事絵巻)

へ」ト云ヘバ、寝殿ノ南面ニ歩ミ寄テ居タル。内ニ故ビタル女房ノ音ニテ、「内ニ入ラセ給ヘ」ト云。簾ヲ掻上テ見レバ、母屋ノ簾ハ下シタリ。朽木形ノ几帳ノ清気ナル、三間許ニ副テ立タリ。西東三間許去テ、四尺ノ屏風ノ中馴タル立タリ。母屋ノ簾ニ副ヘテ、高麗端ノ畳ヲ敷テ、其ノ上ニ唐錦ノ茵敷タリ。板敷ノ被瑩タル事鏡ノ如シ、影残リ無ク移テ見ユ。屋ノ体旧クシテ神サビタリ。

寄テ茵ノ喬ノ方ニ居タレバ、内ヨリ空薫ノ香氷ヤヽカニ馥シク、ホノ〳〵匂ヒ出ヅ。清気ナル女房ノ袖口共透タリ。額ツキ吉キ二三人計簾ヨリ透テ見ユ。簾ノ気色極ク故有リテ可咲シ。恥カシト思ヘドモ、簾ノ許ニ近ク寄テ、「内ノ仰セ事ニ候フ。『夕サリ若宮ノ御着袴ニ屏風シテ奉ルニ、色紙形ニ書カム料ニ、和歌読共ニ歌読セテ書セツルヲ、然々ノ所ヲ思落シテ、歌読ニモ不給リケレバ、其ノ所ノ色紙形ニハ可書キ歌モ無シ。然レバ、其歌可読キ躬恒貫之召サスレバ、各物ニ行ニケリ。今日ニハ成ニタリ。亦異人ニハ可云キ

様無ケレバ、此ノ歌只今読テ被遣ナムヤ』トナン仰セ事候ヒツル」ト云ヘバ、御息所極ク驚テ、「此ハ可被仰事ニカ有ラム。兼テ仰セ有ラムニテソラ、躬恒貫之ガ読タラム様ニハ何デカ有ラム。増シテ俄ニ糸破無キ仰セ事也。思ヒ可懸事モ非リケリ」ト云音鬢ニ聞ユ。気ハヒ気高ク愛敬付テ故有リ。伊衡此レヲ聞ニ、「世ニハ此ル人モ有ケリ」ト聞ク。

暫許有レバ、厳キ童ノ汗衫着タル、銚子ヲ取テ、簾ノ内ヨリ居ザリ出ヅ。「怪」ト思フ程ニ、早ウ、居タル簾ノ下ヨリ、絵可咲ク書タル扇ニ、盞ヲ居ヘテ、差出タル也ケリ。童ノ可咲気ニテ、簾ヨリ透テ、居ザリ出ルヲ見ル程ニ、遅ク見付タル也ケリ。亦女房ヨセ来テ、蛮絵ニ蒔タル硯ノ筥ノ蓋ニ、清気ナル薄様ヲ敷テ、交菓子ヲ入レテ差出タリ。酒ヲ勧ムレバ、盞ヲ取テ有ルニ、童銚子ヲ持テ酒ヲ入ル。「多シ」ト云ヘドモ、抑ヘテ只入ニ入ル。「我レ酒飲ムト知タル也ケリ」ト思フニ可咲シ。然テ飲ツ。盞ヲ置カムト為ルニ、不置シテ度々誣フ。四五度許飲テ、辛クシテ盞ヲ置ツ。亦打次キ簾ノ下ヨリ盞ヲ差出ヅ。辞ベドモ、「情無カハ」トテ、度々飲ム程ニ酔ヌ。女房達少将ヲ見レバ、赤ミタル顔付眼見桜ノ花ニ匂合テ、微妙ク見ユル事無限リ。

程モ久ク成ヌレバ、紫ノ薄様ニ歌ヲ書テ結ヒテ、同ジ色ノ薄様ニ裹テ、女ノ装束ヲ具シテ押出タリ。赤色ノ重ノ唐衣、地摺ノ裳、濃キ袴也。物ノ色極テ清ラニ微妙シ。「思ヒ不懸ヌ事カナ」ト云テ、取テ立ヌ。女房共少将ノ出ルヲ見送テ、目出入ル事無限リ。門ヲ出テ隠マデ見ルニ、後手ノ歩タル姿窈窕ニ微妙シ。車ノ音、前ナド不聞ヘ成ヌレバ、極ク哀ニ思ヘテ、居タリツル茵ニ移リ香媚ナバ、取去ケ疎シ。

此テ内ニハ、「参ヌヤ々々」ト人ヲ以テ見セサセ給フ。殿上ロノ方ニ前追音シテ参レバ、「此ニ参タリ」ト申セバ、「疾々」ト被仰ル。道風ハ筆ヲ湿シ儲テ御前ニ候フ、亦可然キ上達部殿上人数御前ニ候フ。

而ル間、伊衡少将物ヲ被ギテ、殿上ノ戸許ニ被物ヲバ落シ置テ、文ヲ御前ニ持来テ奉ル。天皇此レヲ披テ御覧ズルニ、先ヅ書様[二二]ニ微妙[二三]ジクテ、道風ガ書タル露不劣ラ、御息所此ク書タリ。

[二四]チリチラズキカマホシキヲフルサトノハナミテカヘルヒ
トモアハナム

天皇此ヲ御覧ジテ、目出タガラセ給フ。御前ニ候フ人々ニ、「此レ見ヨ」トテ給ハセタレバ、可咲キ音共ヲ以テ詠[二五]ズルニ、イトヾ歌[二六]見テ微妙ク聞ユル事無限リ。度々詠ジテ後ニナム道風書ケル。

然[二七]レバ、御息所尚微妙キ歌読也、トナム語リ伝ヘタルトヤ。

권24 제32화

아쓰타다敦忠[1] 중납언中納言이 남전南殿의 벚꽃을 와카和歌로 읊은 이야기

권중납언權中納言 후지와라노 아쓰타다藤原敦忠가 오노노미야小野宮 좌대신左大臣 사네요리實頼의 부탁을 받고 남전南殿 앞의 좌근左近의 벚꽃이 지는 모양을 노래로 읊었더니, 너무나도 뛰어나 사네요리는 답가返歌를 쓸 수 없어 옛 노래를 가져와 그것에 맞추어 부른 이야기. 앞 이야기와는 벚꽃을 주제로 지은 노래에 관련된 에피소드라는 점에서 이어진다. 또한 칠권본七卷本『보물집寶物集』 권1에, "이 노래, 요쓰기世繼 및 우지대납언 다카쿠니 이야기宇治大納言陸國物語에는"이라고 하여 이 이야기를 인용하고 있는 것이 주목된다.

이제는 옛이야기이지만, 오노노미야小野宮[2] 태정대신太政大臣이 아직 좌대신左大臣[3]이셨을 때 마침 3월 중순경이었는데, 정무政務 때문에 입궐하시어 진좌陣座[4]에 앉아 계시니, 두세 명의 상달부上達部가 곁에 와서 앉았다. 밖을 쳐다보니 자신전紫宸殿 앞의 큰 벚나무[5]가 형용할 수 없을 정도로 운치가 있고, 그 가지 또한 정원을 덮을 정도로 아름답게 활짝 피어 있었다. 또한 꽃

1 → 인명. 후지와라노 아쓰타다藤原敦忠.

2 → 인명(사네요리實頼). 태정대신太政大臣 후지와라노 사네요리藤原實頼.

3 사네요리는 천력天曆 원년(947) 4월 26일에 좌대신左大臣으로 임명되고, 강보康保 4년(967) 12월 13일 태정대신太政大臣으로 승진. 아쓰타다는 천경天慶 6년(943) 사망. 기사記事는 사실史實과 부합되지 않음.

4 궁중宮中에서 공경公卿이 정무政務를 의논하는 장소. 여기에서는 좌근左近의 진陣.

5 좌근左近의 벚꽃을 가리킴.

잎이 온 정원에 빈틈이 없을 정도로 떨어져 쌓여 있어, 그것이 바람에 흩날리게 되면 마치 수면의 파도같이 보였다. 대신은

"참으로 운치가 있는 경치로구나. 매년 아름답게 피지만, 이와 같이 핀 해는 정말 없었다. 쓰치미카도土御門 중납언中納言[6]이 입궐하면 좋으련만. 이것을 보여주고 싶구나."

라고 말씀하셨다. 마침 그때, 아득히 멀리서 상달부의 입궐을 알리는 소리가 들려왔다. 대신이 관리를 부르시어 "저 소리는 누구의 입궐을 고하는가."라고 물으시니, "쓰치미카도 권중납언權中納言이 참내하셨습니다."라고 아뢰었다. 대신은 "그거 실로 잘됐구나."라고 기뻐하고 계시니 중납언이 들어오셨다. 좌석에 앉을 새도 없이 대신이 "벚꽃이 져서 꽃잎이 정원에 흩날리는 모습을 어떻게 보시는가."라고 말씀하셨다. 중납언이 "매우 운치가 있습니다."라고 말씀드리니, "그렇다면 노래가 빠질 수 없지"라고 대신이 말씀하시자, 중납언은 마음 속으로

'이 대신은 당대의 와카和歌의 달인이시다. 거기에 내가 시시한 노래를 염치도 없이 읊으면 그것은 읊지 않는 것보다 못하리라. 그렇다고 해서 고귀한 분이 이와 같이 요청하시는 것을 무리하게 거절하는 것도 무례하겠지.'

라고 생각하여 소매를 걷고 이와 같이 읊었다.

주전료主殿寮의 청소에 종사하는 자여, 혹시 너에게 풍류의 마음이 있다면 이와 같이 꽃이 아름답게 져서 쌓여 있는 올해 봄만큼은 아침 정원 청소는 하지 마시게.[7]

6 아쓰타다敦忠(→ 인명)를 가리킴.

7 원문은 "トノモリノトモノミヤツコ心アラバコノ春バカリアサギヨメスナ"로 되어 있음. 『습유집拾遺集』 권16, 『긴타타 집公忠集』, 『보물집寶物集』에도 수록. 낙화의 풍정風情을 아쉬워하여 청소를 말린 시가.

대신은 이것을 들으시고, 매우 감탄하시어

'이 노래의 답가는 도저히 불가능하다. 이 노래보다 못한 노래를 읊게 되면, 오래도록 오명을 남기게 될 것이다. 그렇다고 하여 이것보다 좋은 노래는 만들 수도 없다. 어쩔 수 없으니 옛 노래라도 읊어서 어떻게든 체면을 유지하자.'

라고 생각하시어 다다후사忠房[8]가 당唐에 갈 때 읊은 노래[9]를 읊으셨다.

이 권중납언은 혼인本院 대신大臣[10]이 아리와라노 무네야나在原棟梁의 딸[11]이신 부인과 낳으신 분이다. 나이는 사십 정도[12]로, 외모와 자태가 아름다운 분이셨다. 성격도 좋아 세간의 평판도 높았으며, 아쓰타다라고 하였다. □□[13]에 살고 있었으므로, 또한 □□의 중납언이라고도 불렸다.

와카를 읊는 것이 남보다 뛰어났는데, 이와 같이 노래를 읊었으므로 세간에서 매우 칭송받았다고 이렇게 이야기로 전하여 내려오고 있다 한다.

8 → 인명(후지와라노 다다후사藤原忠房).

9 『고금집古今集』 권18에 수록된 다다후사의 와카和歌를 가리킴. "寛平御時に、唐土の判官に召されて侍りける時に、春宮の侍ひにて男ども酒飲べけるついでに、よみ侍りける、なよ竹のよ長きうへに初霜のおきゐてものを思ふころかな"로 되어 있음. 관평 8년(896), 스가와라노 미치자네菅原道眞를 대사大使로 하는 견당사遣唐使 파견派遣 때에 견당사의 판관으로 임명된 다다후사의 노래.

10 → 인명(도키히라時平). 후지와라노 도키히라藤原時平.

11 '아리와라在原 부인'(→ 인명). 최초 후지와라노 구니쓰네藤原國經의 부인, 후에 도키히라의 부인. 경위經緯는 권22 제8화에 상세함.

12 아쓰타다는 천경 6년(943), 38세에 몰. 아쓰타다 최만년最晩年의 에피소드.

13 의식적 결자. 뒤에 나오는 □□와 같은 내용임. 아쓰타다가 '혼인本院 중납언中納言'이라고 칭해진 것에서, 일단 '本院'이 해당되는데 문제가 남음.

⊙ 제32화 ⊙
아쓰타다敦忠 중납언中納言이 남전南殿의 벚꽃을 와카和歌로 읊은 이야기

敦忠中納言南殿桜読和歌語第三十二

今昔、小野宮ノ大キ大臣左大臣ニテ御座ケル時、三月ノ中旬ノ比、公事ニ依テ内ニ参リ給テ、陣ノ座ニ御座ケルニ、上達部二三人許参リ会テ候ハレケルニ、南殿ノ御前ノ桜ノ器ノ大キニ神サビテ艶ヌガ、枝モ庭マデ差覆テ、謐ク栄テ、庭ニ隙無ク散リ積テ、風ニ吹キ被立ツヽ、水ノ浪ナドノ様ニ見ヘケルヲ、大臣、「艶ズ謐キ物カナ。例ハ極ク栄ケド、糸此ル年ハ無キ者ヲ。土御門ノ中納言ノ被参ヨカシ。此レヲ見セバヤ」ト宣フ程ニ、遥ニ上達部ノ前ヲ追フ音有リ。官人ヲ召テ、「此ノ前ハ誰ガ被参ルゾ」ト問ヒ給ケレバ、「土御門ノ権中納言ノ参ラセ給フ也」ト申ケレバ、大臣、「極ク興有ル事カナ」ト喜ビ給フ程ニ、中納言参テ、座ニ居ルヤ遅キト、大臣、「此ノ花ノ庭ニ散タル様ハ、何ガ見給フ」ト有ケレバ、中納言、「現ニ謐フ候フ」ト申シ給フニ、大臣、「然テハ遅クコソ侍レ」ト有ケレバ、中納言心ニ思給ヒケル様、「此ノ大臣ハ只今ノ和歌ニ極タル人ニ御座ス。其レハ墓々シクモ無カラム事ヲ、面無ク打出デタラムハ、有ラムヨリハ極ク弊カルベシ。然リトテ、止事無キ人ノ、此ク責メ給フ事ヲ、冷クテ止ムモ便無カルベシ」ト思テ、袖ヲ掻疏ヒテ、此ナ

ム申シ上ケル、

[二四]トノモリノトモノミヤツコ心アラバコノ春バカリアサギヨメスナ

ト。大臣此レヲ聞給テ、極ク讃メ給テ、「此ノ返シ、更ニ否不為ジ。劣タラムニ、[二五]長キ名ナルベシ。然リトテ、増サラム事ハ可有キ事ニモ非ズ」トテ、「只旧歌ヲ[二六]思ヘ益サム」ト思給ヒテ、[二七]忠房ガ唐ヘ行クトテ読タリケル歌[二八]ヲナム語リ給ケル。

此ノ権中納言ハ、[二九]本院ノ大臣ノ[三〇]在原ノ北方ノ腹ニ生セ給ヘル子也。年ハ[三一]四十許ニテ形チ有様美麗ニナム有ケル。[三二]人柄モ吉カリケレバ、世ノ思ヘモ花ヤカニテナム、名ヲバ[三三]敦忠トゾ云ケル。[三四]□ニ通ケレバ、亦[三五]□ノ中納言トモ云ケリ。

[三六]和歌ヲ読ム事、人ニ勝タリケルニ、此ル歌ヲ読出タレバ、極ク世ニ被讃ケリ、トナム語リ伝ヘタルトヤ。

권24 **제33화**

긴토公任 대납언大納言이 병풍에 와카和歌를 지은 이야기

후지와라노 긴토藤原公任가 조토몬인上東門院(쇼시彰子)의 입궐로 병풍용 와카和歌를 짓게 되었을 때 늦게 입궐하여 후지와라노 미치나가藤原道長를 비롯하여 와카를 병풍에 옮겨 쓸 후지와라노 유키나리藤原行成 등의 높은 분들이 애를 태우게 했다. 주저하면서 바친 노래는 기대한 대로 뛰어났기에 진상 효과를 높이기 위해서 일부러 지각을 했을 것으로 추정된다.

이제는 옛이야기이지만, 이치조인一條院 천황天皇[1]의 치세에 조토몬인上東門院[2]이 처음으로 입궐하시게 되었을 때, 이치조 천황은 병풍을 새로 만들어[3] 그 색지형色紙形에 와카和歌를 쓰게 하기 위해[4] 가인歌人들에게 "노래를 지어서 바치도록 하라"라고 명하셨다. 사월, 긴토公任[5] 대납언大納言에게 등藤꽃[6]이 정취 있게 피어 있는 집을 그린 병풍의 한 첩帖이 할당되어, 긴토

1 → 이치조인一條院(인명).

2 → 인명. 후지와라노 쇼시藤原彰子.

3 『권기權記』 장보長保 원년(999) 10월 30일 조에 야마토에倭繪 4척 병풍의 색지형色紙形을 유키나리行成가 쓰고, 고故 쓰네노리常則(아스카베노 쓰네노리飛鳥部常則)가 그림. 노래는 당시의 좌승상左丞相 이하가 지었다고 기록함.

4 『미도관백기御堂關白記』에 의하면 장보 원년 10월 21일 병풍 노래의 영작詠作을 사람들에게 의뢰. 후지와라노 스케나리藤原實資에게는 장보 원년 10월 23일 영가詠歌의 의뢰가 있었음(『소우기小右記』).

5 → 인명. 당시는 우위문독右衛門督. 『고본설화古本說話』에는 "四條大納言".

6 후지와라藤原 가문을 상징하는 꽃.

가 노래를 지으시게 되었다. 이미 당일[7]이 되어, 다른 사람들[8]은 모두 노래를 지어 가지고 왔는데, 이 대납언은 그때까지도 입궐하지 않으므로,[9] 관백關白[10]이 사자를 보내 왜 늦는 것이냐고 몇 번이나 재촉하게 하였다. 이들 와카를 옮겨 쓰게 되어 있는 유키나리行成 대납언[11]은 벌써 궁중에 입궐하여 병풍을 하사받고 언제라도 쓸 태세로 있었기 때문에, 관백은 더욱더 안절부절못하고 긴토를 초조하게 기다리고 계셨다. 그때, 대납언이 입궐하셨다. 모두 다 "다른 가인들은 썩 좋은 노래를 짓지 못했지만 이 대납언은 설마 서투른 노래를 지으실 리 없을 것이야."라고 기대를 걸고 있었다. 긴토가 어전御前에 들자마자 관백이 "어찌된 일인가, 참으로 노래가 늦었구먼." 하고 말씀하시니 대납언은

"도무지 만족할 만한 노래를 지을 수가 없었습니다. 시시한 노래를 바칠 바에야, 바치지 않는 편이 낫다고 생각했습니다. 다른 가인들도 각별히 뛰어난 노래를 지은 것 같지 않습니다만, 그러한 노래들을 누르고 그중에서도 뽑히기에 부족한 저의 노래가 쓰인다면[12] 저는 오래도록 오명을 남길 것입니다."

라고 말하고 열심히 거절하셨지만 관백은

"아니, 다른 자의 노래는 없어도 무관하네. 그대의 노래가 없으면 병풍의

7 장보 원년 10월 27일, 미치나가道長 저택에서 병풍 와카和歌의 선정이 행해짐(『소우기』).

8 『소우기』 장보 원년 10월 28일의 기사記事에 의하면 하나야마 법황花山法皇, 후지와라노 긴토藤原公任, 후지와라노 다카토藤原高遠, 후지와라노 다다노부藤原齊信, 미나모토노 도시카타源俊賢가 시를 지어 바치므로 미치나가도 노래를 짓고 있음.

9 긴토가 지각한 사건은 『소우기』 관인寬仁 2년(1018) 정월 21일의 섭정攝政 요리미치賴通 대신大臣 대향大饗의 병풍 시가詩歌를 지어 바칠 때에도 보임. 이 이야기는 이때의 사건과 혼동하고 있는 것으로 보임. 또한, 지각한 일화는 『십훈초十訓抄』 권10 제4화에도 보임.

10 후지와라노 미치나가藤原道長(→ 인명)를 가리킴. 그러나 당시에는 좌대신左大臣.

11 → 인명. 능서能書로 삼적三蹟의 한명. 당시는 우대변右大辨. 이 병풍의 색지형을 쓴 일은 『권기』, 『소우기』에도 보임.

12 『소우기』에 의하면, 이 병풍의 색지형에는 가잔花山 법황을 제외하고, 노래의 작자명이 명기되었음.

색지형에 노래를 쓸 수가 없느니라."

라고 진지하게 나무라셨다. 대납언은

"정말로 곤란합니다. 이번에는 대체로 그 누구도 노래를 잘 짓지 못하신 거로군요. 그렇다고는 해도 특히 나가토永任[13]는 제가 은근히 기대하고 있었는데, 이와 같이 『물가에 핀 버드나무 새순이여』[14]라고 지어서는 손 쓸 도리가 없습니다. 그렇다면 이 사람들조차 이처럼 시를 짓는 데 실패해 버린 이상, 이 긴토가 시를 짓지 않고 있는 것도 당연한 일이니 부디 용서해주십시오."

라고 여러 가지로 핑계를 대셨다. 하지만, 관백은 막무가내로 집요하게 재촉하시니, 대납언은 매우 곤란하시어 한숨을 크게 내쉬고 "정말로 말대末代까지 오명을 남기는 일입니다."라고 말하고는 품 속에서 미치노쿠니陸奧 종이[15]에 적은 노래를 꺼내어 관백에게 바쳤다. 관백은 이것을 받아 들고 펼쳐서 어전에 놓으셨다. 자제인 좌대신左大臣 우지도노宇治殿[16]와 니조二條 대신大臣을 비롯하여 많은 상달부上達部와 전상인殿上人들은 "그렇게 말은 해도 대납언이 그렇게 졸작을 지으실 리 없을 것이야."라며 큰 기대를 가지고, 마치 제목除目의 대간서大間書를 전상에 펼쳐둔 것처럼 모두 다가와 모여서 소란을 피우며 보았다. 관백[17]이 소리를 높여 읊으시는 것을 들으니,

13 미상. 혹은 '長能(나가토)'일 가능성도 있음. 후지와라노 나가토藤原長能는 가인歌人으로 긴토와 교류도 있었지만, 그가 병풍에 쓰일 와카를 바쳤다는 사실은 미상. 혹은 후지와라노 다카토藤原高遠가 해당할까. 그러나 다카토高遠는 병풍에 쓰일 와카를 바쳤지만 선택되지 못함.

14 원문은 "キシノメヤナヘ"로 되어 있는데 의미가 통하지 않음. 'ヘ'는 'キ'의 오사誤寫로 '岸ノ芽柳'일 가능성이 있음. 여기서는 이 추정을 바탕으로 번역하였음.

15 참빗살나무 껍질의 섬유로 만든 보라색 종이. 무쓰 지방에서 생산된 것에서 유래한 명칭.

16 '좌대신左大臣 우지도노宇治殿'는 후지와라노 요리미치藤原賴通, '니조二條 대신님大臣殿' 은 후지와라노 노리미치藤原敎通. 그러나 당시 요리미치는 여덟 살, 노리미치는 네 살로, 두 사람 참석했다고 하는 것은 아마도 허구. → 인명(우지도노宇治殿)(니조도노二條殿). 『고본설화』에는 "소치도노帥殿를 비롯하여 상달부上達部, 전상인殿上."이라 되어 있는데 여기서의 소치도노는 후지와라노 고레치카伊周를 가리킴.

17 『고본설화』에는 "소치도노帥殿"라고 되어 있음.

이 등꽃이 자운慈雲으로 보일 정도로 아름답게 활짝 피어 있는 것은 이 집의 어
떤 길조인 것일까.[18]

그 장소에 모여 있던 많은 사람들은 모두 이것을 듣고, 가슴을 치며 "훌륭하다."라며 큰 소리로 칭송하였다. 대납언도 사람들이 모두 훌륭하다고 생각해 주는 모습을 보고 "이것으로 겨우 안심했습니다."라고 관백에게 아뢰었다.

이 대납언은 만사에 뛰어나셨지만, 그중에서도 와카를 짓는 것을 스스로도 언제나 자찬하셨다고 이렇게 이야기로 전하여 내려오고 있다 한다.

18 원문은 "ムラサキノクモトゾミユルフヂノ花イカナルヤドノシルシナルラム"로 되어 있음. 『습유집』 권16, 『긴토집公任集』, 『영화榮花』 "빛나는 후지쓰보輝く藤壺", 『현현집玄玄集』에 같은 노래가 수록되어 있음. 자운紫雲은 길조, 등꽃은 후지와라 가문의 상징. 여기서는 특히 조토몬인上東門院 쇼시彰子를 가리킴. 등꽃을 자운에 비유하여, 후지와라 가문의 번영을 예축豫祝한 노래.

⊙ 제33화 ⊙ 긴토公任 대납언大納言이 병풍에 와카和歌를 지은 이야기

公任大納言読屏風和歌語第三十三

今昔、一条院ノ天皇ノ御時ニ、上東門院始メテ内ニ参ラセ給ヒケルニ、御屏風ヲ新ク為サセ給テ、色紙ニ書カム料ニ、歌読共ニ仰セ給テ、「歌読テ奉レ」ト有ケルニ、四月ニ藤ノ花ノ譏ク栄タル家ヲ絵ニ書タリケル帖ヲ、公任ノ大納言当テ読ミ給ケルガ、既ニ其ノ日ニ成テ、人々ノ歌ハ皆持参タリケルニ、此大納言ノ遅ク参リ給ケレバ、使ヲ以テ遅キ由ヲ関白殿ヨリ度々遣シケルニ、行成大納言ハ此ノ和歌ヲ可書キ人ニテ、疾ク参テ、御屏風ヲ給ハリテ、可書キ由申シ給ケレバ、弥ヨ立居待タセ給ケル程ニ、大納言参リ給ヘレバ、「歌読共ノ墓々シク歌モ不読出ニ、然リトモ此大納言ノ歌ハヨモ弊キ様ハ非ジ」ト、皆人モ心懐ガリ思タリケルニ、御前ニ参ルヤ遅キト、殿、「何ニ歌ハ遅キゾ」ト被仰ケレバ、大納言、「墓々シクモ更ニ否仕リ不得。弊クテ奉タラムニ、不奉ニハ劣タル事也。其中ニモ、歌読共ノ糸勝レタル歌共モ不候メリ。其ノ歌共被引テ、墓々シクモ非ヌガ被書テ候ハム、公任ガ永クノ名ニ可候シ」ト、極ク遁レ申シ給ケレドモ、殿、「異人ノ歌ハ無クテモ有ナム。其御歌無クハ、惣テ色紙形ヲ不被書マジ也」ト、□ヤカニ責メ申シ給ヒケレバ、大納言、「極ク候フ態カナ。此ノ度ハ凡ソ誰モ々々歌否不読出度ニコソ候メレ。中ニモ永任ヲコソ、然リトモ、其歌ノ心懐ク思給ヘ候ツルニ、此ク『キシノメヤナヘ』ト読テ候ヘバ、糸異様ニ候フ。然レバ、此等ダニ、此ク読損ヒ候ヘバ、増テ公任ハ否不読得候モ理ハリナレバ、尚免シ可給キ也」ト、様々ニ遁レ申シ給ヘドモ、殿強ニ切リニ切テ責サセ給ヘ

屛風(石山寺縁起)

バ、大納言極ク思ヒ煩テ、大歎打シテ、「此ハ長キ名カナ」ト、打云テ、懐ヨリ陸奥紙ニ書タル歌ヲ取出テ、殿ニ奉リ給ヘバ、殿此レヲ取テ、御前ニ披テ置キ給フニ、御子ノ左大臣宇治殿、同二条大臣殿ヨリ始メテ、若干ノ上達部殿上人、「然レドモ、此ノ大納言ハ無下ニ故無クハ不読給」ト心憾ク思テ、除目ノ大間、殿上ニ披タル様ニ皆人押ヒラヒテ見騒グニ、殿音ヲ高クシテ読上給ヲ聞ケバ、

ムラサキノクモトゾミユルフヂノ花イカナルヤドノシルシナルラム

ト。若干ノ人皆此レヲ聞テ、胸ヲ扣テ、「極ジ」ト讃メ喤ケリ。大納言モ人々ノ皆、「極」ト思タル気色ヲ見テナム、「今ゾ胸ハ落居ヌル」トゾ、殿ニ申シ給ヘル。

此ノ大納言ハ、万ノ事皆止事無カリケル中ニモ、和歌読ム事ヲ自モ常ニ自歎シ給ケリ、トナム語リ伝ヘタルトヤ。

권24 제34화

긴토公任 대납언大納言이 시라카와白川 집에서 와카和歌를 지은 이야기

가인歌人으로서의 뛰어난 재능, 후지와라노 긴토藤原公任의 명예를 기록한 앞 이야기를 받아서 긴토의 노래 8수를, 간결한 시를 짓게 된 사정과 함께 열거하여 하나의 이야기로 정리한 것이다. 긴토가 와카에 능했다고 칭송하며 이야기를 맺는다. '또한'으로 에피소드를 잇는 수법은 본 권에 나타나는 현저한 특징으로 제38화 참조. 또한 제목의 내용은 제1단락에만 대응한다.

이제는 옛이야기이지만, 긴토公任[1] 대납언大納言이 봄날에 시라카와白川[2] 집에 계셨는데 전상인殿上人 네다섯 명이 "꽃이 매우 예뻐서 보러 왔습니다."라고 찾아와 그들과 함께 술 등을 마시며 꽃놀이를 즐겼다. 그때 대납언은 이렇게 노래를 지으셨다.

봄이 와서 사람이 찾아와 주었네. 이 산촌에서는 꽃이야말로 집 주인이로세[3]

전상인도 이것을 듣고 매우 감탄하며 스스로도 노래를 지었지만 긴토를

1 → 인명.

2 → 지명. '白河'라고도 함. 긴토公任의 산장이 있었음.

3 원문은 "春キテゾ人モトヒケルヤマザトハ花コソヤドノアルジナリケレ"로 되어 있음. 『습유집拾遺集』 권16, 『긴토집公任集』, 『금옥집金玉集』, 『현현집玄玄集』, 『신찬낭영집新撰朗詠集』 등에도 수록되어 있음.

능가하는 노래는 아무도 지어내지 못했다.

또한, 이 대납언의 아버지인 산조三條 태정대신太政大臣[4]이 돌아가신 해의 구월 중순의 어느 날 밤이었다. 대납언은 밤이 깊어 갈 즈음, 달이 휘영청 밝아 하늘을 바라보고 계셨다. 마침 시소侍所[5] 쪽에서 어떤 자가 "참으로 달이 휘영청 밝구나."라고 말하는 것을 듣고, 대납언은 이렇게 노래를 지으셨다.

아버님이 살아 계셨던 그 시절을 그리워하여 슬퍼하는 눈물에 가려, 이 가을밤의 교교한 달이 으스름달로 보이는도다.[6]

또한, 이 대납언은 구월 즈음에 달이 구름에 가려진 것을 보고 이렇게 노래를 지었다.

아무리 구름 한 점 없는 맑은 밤도 몇 날 밤이나 맑을 수 있겠소이까. 이처럼 아름다운 가을밤 달이 이내 구름에 가려지듯, 이 세상에 사는 우리들도 언제까지고 살 수는 없는 것이로세.[7]

또한, 이 대납언이 재상중장宰相中將[8]이었을 때, 많은 상달부上達部와 전상

4 → 인명. 후지와라노 요리타다藤原賴忠를 가리킴. 영연永延 3년(989) 6월 26일 몰.

5 * 헤이안 시대에, 황족·3품 이상의 집에서 그 집의 사무를 보던 곳.

6 원문은 "イニシヘヲコフルナミダニクラサレテオボロニミユルアキノ夜ノ月"로 되어 있음. 『사화집詞花集』 권10, 『긴토집』에 수록되어 있음. 『사화집』의 사서詞書는 간략하지만 이 이야기와 같은 취지임.

7 원문은 "スムトテモイクヨモスグジ世中ニクモリガチナルアキノ夜ノ月"로 되어 있음. 『후습유집後拾遺集』 권4, 『긴토집』에 수록되어 있음. 『후습유집』의 사서詞書는 "8월경 달이 구름에 가려진 것을 보고 읊는다."라고 되어 있음.

8 참의겸중장參議兼中將. 단 긴토는 정력正曆 3년(992) 8월 28일 참의에 임명되고, 같은 날 좌근위左近衛 권중장權中將을 그만두었다(『공경보임公卿補任』). 따라서 이 관명은 역사적 사실과 맞지 않음.

인을 이끌고 오이 강大井川[9]에 놀러 나갔는데, 흘러가던 단풍이 강안에 설치된 둑에 막혀 있는 것을 보고 이렇게 노래를 지었다.

> 떨어져서는 쌓인 저 단풍을 보니, 저물어 가는 가을이 오이 강의 둑에게 붙들려 있는 듯하네.[10]

또한, 이 대납언의 따님[11]은 니조도노二條殿[12]의 부인이셨는데, 눈이 내린 아침 대납언이 따님에게 노래를 지어 보내셨다.

> 내리는 눈은 점차 높게 쌓여 가고, 나의 백발 또한 해마다 늘어만 가누나. 어느 쪽이 높이 쌓일 것인고.[13]

또한, 이 대납언이 세상사를 한탄하며 칩거[14]하고 있을 때, 여러 겹으로 핀 국화를 바라보고 이렇게 노래를 지었다.

> 모두 한결 같이 하얗게 활짝 피어 있는 흰 국화는 여러 겹으로 핀 꽃에 서리가 온통 내려 있는 것처럼 보이는구나.[15]

9 → 지명.

10 원문은 "オチツモルモミヂヲミレバ大井河ヰセキニ秋ハトマルナリケリ"로 되어 있음. 『후습유집』 권6 『긴토집』에 수록되어 있음.

11 긴토의 장녀. 후지와라노 노리미치藤原敎通 부인. 노부나가信長·노부이에信家의 어머니. 치안治安 4년(1024) 정월 5일 몰.

12 → 인명. 후지와라노 노리미치藤原敎通를 가리킴.

13 원문은 "フルユキハトシト、モニゾツモリケルイヅレカタカクナリマサルラム"로 되어 있음. 『후습유집』 권6, 『긴토집』에 수록.

14 긴토의 나가타니長谷 칩거를 가리킴. 장녀와 차녀가 연속해서 죽은 것을 슬퍼하였다. 『영화榮花』 衣の珠 및 권19 제15화 참조.

15 원문은 "ヲシナベテサクシラギクハヤヘヤヘノ花ノシモトゾミヱワタリケル"로 되어 있음. 『후습유집』 권17, 『긴토집』에 수록.

또한, 많은 사람이 출가出家했을 때,[16] 대납언은 이와 같이 노래를 지었다.

이 세상의 무상無常을 깊게 깨닫고 출가하는 사람도 많은데, 나는 어째서 언제까지고 출가하지 않고 이 세상에 얽매어 있는 것인가.[17]

또한, 관백關白이 향연[18]을 여셨을 때, 병풍[19] 그림에 산촌으로 단풍구경을 온 사람이 그려져 있는 것을 보고 이렇게 노래로 표현하셨다.

단풍이 한창때에 찾아오면 산촌의 단풍구경을 온 것인가라고 생각할 것이로다. 실로 단풍이 전부 다 져 버리고 나서 찾아와야 했느니.[20]

이와 같이 이 대납언은 훌륭한 와카의 명인이셨다고 이렇게 이야기로 전하여 내려오고 있다 한다.

16 우권중장右權中將 미나모토노 나리노부源成信와 좌소장左少將 후지와라노 시게이에藤原重家의 출가를 가리킴. 두 사람은 장보長保 3년(1001) 2월 3일 밤, 미이데라三井寺에 동행하여 출가. 『권기權記』 장보長保 3년 2월 3~5일 조에 상세함.

17 원문은 "オモヒシル人モアリケル世中ニイツヲイツトテスゴスナルラム"로 되어 있음. 『습유집』 권10, 『긴토집』에 수록.

18 후지와라노 요리미치藤原賴通 주최의 대향大饗으로, 관인寬仁 2년(1018) 정월 23일(『미도관백기御堂關白記』, 『좌경기左經記』).

19 병풍은 새로 만든 사 척尺 야마토에倭繪 병풍 십이 첩으로, 병풍 시가詩歌를 바치는 일과 시의 선정은 정월 21일에 행해졌음. 색지형의 필자는 시종 중납언 후지와라노 유키나리藤原行成.

20 원문은 "山里ノモミヂミニトカオモフラムチリハテ、コソトフベカリケレ"로 되어 있음. 『후습유집』 권5, 『긴토집』, 『영화』 木棉四手에 수록.

⊙제34화⊙ 긴토公任 대납언大納言이 시라카와白川 집에서 와카和歌를 지은 이야기

公任大納言於白川家読和歌語第三十四

今昔、公任大納言[16]、春比、白川[17]ノ家ニ居給ヒケル時、可然キ殿上人四五人許行テ、「花ノ譪[18]ク候ヘバ、見ニ参ツル也」ト云ケレバ、酒ナド勧メテ遊ビケルニ、大納言此ナム、

春[19]キテゾ人モトヒケルヤマザトハ花コソヤドノアルジナリケレ

ト。殿上人共此レヲ聞テ、極ク目出[20]テ読ケレドモ、此レニ准[21]ニモ無カリケリ。

亦、此ノ大納言、父ノ三条[22]ノ大キ大臣失セ給タリケルニ、九月[23]ノ中旬ノ比、月ノ極ク明ナリケルニ、夜更行ク程ニ、空ヲ詠メテ居タリケルニ、侍[24]ノ方ニ、「極ク明ナル月カナ」ト、人ノ云ケルヲ聞テ、大納言、

イ[25]ニシヘヲコフルナミダニクラサレテオボロニミユルアキノ夜ノ月

トナム読タリケル。

亦、此ノ大納言、九月許ニ月ノ雲隠タリケルヲ見テ読ケル、

ス[1]ムトテモイクヨ[2]モスグジ世中ニクモリガチナルアキノ夜ノ月

ト。

亦、此ノ大納言、宰相中将[3]ニテ有ケル時、可然キ上達部殿上人数具シテ遊バムガ為ニ、大井河[4]ニ行テ遊ケルニ、紅葉[5]ノ井関ニ流レ留タリケルヲ見テ読ケル、

オ[6]チツモルモミヂヲミレバ大井河ヰセキニ秋ハトマルナリケリ

ト。

亦、此ノ大納言ノ御娘[7]ハ二条殿[8]ノ御北ノ方ニテ御座ケルニ、雪降ケル朝、其御許ニ奉ケリ、

フ[9]ルユキハトシト丶モニゾツモリケルイヅレカタカクナリマサルラム

ト。

亦、此大納言世中ヲ恨テ蟄居タリケル時、八重菊ヲ見テ読ケル、

ヲシナベテサクシラギクハヤヘ〱ノ花ノシモトゾミヱ
ワタリケル

ト。

亦、世中ヲ背ク人々多ク有ケル比、大納言此ク読ケル、

オモヒシル人モアリケル世中ニイツヲイツトテスゴスナ
ルラム

ト。

亦、関白殿ノ大饗行ハセ給ケル屏風ニ、山里ニ紅葉見ニ人ノ来タル所ヲ絵ニ書タルニ、此ナム読ケル、

山里ノモミヂミニトカオモフラムチリハテヽコソトフベ
カリケレ

ト。此様ニ読テ、此ノ大納言ハ極タル和歌ノ上手ニテ御座ケル、トナム語リ伝ヘタルトヤ。

권24 **第35화**

아리와라노 나리히라在原業平 중장中將이 동국東國으로 가서 와카和歌를 지은 이야기

이 이야기는 아리와라노 나리히라在原業平가 동국東國으로 내려가는 내용의 설화와 관련하여 유명하다. 나리히라가 자신이 세상에서 도움이 되지 않는다고 생각해 동해도東海道를 따라 내려가 미카와 지방三河國, 스루가 지방駿河國을 지나 무사시 지방武藏國의 스미다 강隅田川 근처까지 이르는 이야기이다. 명소名所에서의 여정을 읊은 와카和歌를 중심으로 하여 전개되는 노래이야기歌物語이다.

이제는 옛이야기이지만, 아리와라노 나리히라在原業平[1] 중장中將이라고 하는 사람이 있었다. 그는 이름난 《풍류가》[2]이었다.

그러나 나리히라는 자신은 세상에서 도움이 되지 못하는 자라고 생각하여 '도읍을 떠나자.'라고 결심했다. 그리고 '내가 지낼 곳이 있는 것일까.'라고 생각하고 동국東國으로 길을 떠났다. 이전부터 친한 한두 사람과 함께 나섰지만 모두 가는 길을 몰라 고생하며 갔다.

이윽고 그들은 미카와 지방三河國[3]의 야쓰하시八橋[4]라고 하는 곳에 도착했

1 → 인명.
2 원문은 "□ノ者"로 되어 있음. 한자표기의 명기를 위한 의도적 결자로 '好者'가 해당됨. 풍류인이란 뜻임.
3 → 옛 지방명.
4 아이치현愛知縣 지류 시知立市 오아자大字 야쓰하시八橋에 유적이라고 보이는 것이 존재함.

다. 그곳을 야쓰하시라고 부르는 이유는 강의 흐름이 거미 손[5]과 같이 여덟 방향으로 나뉘어 있어 다리가 여덟 개 걸쳐져 있기 때문이다. 그곳 습지대[6] 근처에 나무 그늘이 있었다. 나리히라는 그곳에서 말에서 내려 앉아 말려 놓은 밥을 먹었는데, 가느다란 강줄기 근처에 제비붓꽃이 아름답게 피어 있었다. 이것을 본 동행인들이

"'가키쓰바타かきつばた'[7]라고 하는 다섯 글자를 각 구의 머리에 한 글자씩 놓고 여행의 추억을 와카和歌로 지어 보시게."

라고 말했다. 그래서 나리히라는 이렇게 노래를 지었다.

오랜 세월 같이 지내 익숙한 아내를 도읍에 남기고 와 있으니, 아득히 멀리까지 온 이 여행이 절절히 애틋하도다.[8]

사람들은 이것을 듣고 딱히 여겨 눈물을 흘렸고, 그 눈물이 마른 밥 위에 떨어져 완전히 불어 버렸다.

그들은 그곳을 떠나 더욱 먼 곳으로 길을 나서서 스루가 지방駿河國[9]에 이르렀다. 우쓰 산宇津山[10]이라고 하는 곳으로 들어가려고 했는데, 가고자 하는 길은 매우 어둡고 말할 수조차 없이 불안했다. 담쟁이덩굴과 단풍나무가 무성해 왠지 쓸쓸한 곳이었다. '난처한 상황이 돼 버렸구나.'라고 생각하고 있는데, 우연히도 한 사람의 수행승修行僧을 만났다. 자세히 보니 도읍에서 얼

5 거미가 다리를 뻗은 것처럼 강물이 여덟 방향으로 분류分流하고 있는 지형.

6 수초가 우거진 습지대.

7 * "かきつばた"는 '제비붓꽃'이라는 의미.

8 원문은 "カラコロモキツ、ナレニシツマシアレバハルバルキヌルタビヲシゾオモフ"라고 되어 있음. 『고금집古今集』 권9, 『나리히라집業平集』, 『신찬낭영집新撰朗詠集』, 『고금육첩古今六帖』에 수록.

9 → 옛 지방명.

10 → 지명.

굴을 알던 자가 아닌가. 승려는 나리히라를 보고 놀란 얼굴을 하고서 "어찌 이런 곳을 걷고 계십니까."라고 말했다. 나리히라는 거기서 말을 내려 도읍에 있는 사람에게 편지를 써서 이 승려에게 부탁했다.

스루가의 우쓰 산까지 긴 여행을 계속하여 꿈에서라도 당신을 만나고 싶었는데, 현실은커녕 꿈에서조차 만날 수가 없구려.[11]

거기에서 좀 더 가니, 후지 산富士山이 보였다. 오월 말인데도 눈이 내려 높이 쌓여 있으므로 하얗게 보였다. 그것을 보고 나리히라는 이렇게 노래를 읊었다.

계절이 바뀌는 것도 모르는 산이로구나, 저 후지산은. 지금을 대체 언제라고 생각하여 사슴털같은 하얀 반점의 눈을 맞고 있는 것인고.[12]

그 산은 도읍 부근의 예를 들면 히에이 산比叡山[13]을 스무 겹으로 겹쳐서 올린 정도의 높이의 산으로, 형태는 시오지리塩尻[14]와 흡사했다.

계속해서 여행을 거듭하여 무사시 지방武藏國[15]과 시모우사 지방下總國 경계에 있는 커다란 강까지 왔다. 그 강을 스미다 강隅田川[16]이라고 한다. 강변

11 원문은 "スルガナルウツノ山ベノウツ、ニモユメニモ人ニアハヌナリケリ"로 되어 있음. 『고금육첩』2, 『신고금집新古今集』 권10에 수록.

12 원문은 "トキシラヌ山ハフジノネイツトテカカノコマダラニユキノフルラム"로 되어 있음. 『신고금집』 권17, 『나리히라집』, 『고금육첩』에 수록. "カノコマダラ鹿の子斑"는 사슴의 털가죽같이 갈색에 흰 반점이 있는 문양.

13 → 지명.

14 여러 설이 있지만 염전에서 모래를 원추형으로 쌓아 올려 그 위에 해수를 끼얹어 염분을 고착시켜 천일제염 天日製鹽田을 한 것이라고 함. 즉 사발을 엎어 놓은 형태.

15 → 옛 지방명.

16 무로마치 시대 이전에는 스미다 강隅田川이 무사시와 시모우사의 경계였다고 함.

에서 무리지어 앉아 지나온 노정을 돌이켜보며 '정말 멀리도 와 버렸구나.' 생각하니, 쓸쓸함이 더욱더 몸에 저민다. 나룻배의 사공이 "자, 얼른 배에 타십시오. 날이 저물어 버립니다."라고 말하므로 배를 타고 건너려고 했다. 모두가 도읍에 사랑하는 사람을 남기고 온 터라 쓸쓸한 감정이 북받쳐 올랐다. 마침 그때, 물 위에 도요새[17] 정도의 크기로, 부리와 발이 빨간 하얀 새가 이리저리 날아다니면서 물고기를 잡고 있었다. 도읍에서는 본 적이 없는 새이므로, 누구도 이름을 알지 못했다. 사공에게 "저것은 뭐라고 하는 새인가."라고 물으니 나룻배 사공은 "저것은 붉은 부리갈매기라고 합니다."라고 대답했다. 이것을 듣고 나리히라는 이렇게 노래를 읊었다.

네가 붉은 부리갈매기라고 하는 이름을 가지고 있다면, 도읍의 사정을 잘 알고 있겠구나.[18] 도읍에 있는 나의 사랑하는 사람은 지금도 잘 지내는지 어떤지 알려 주려마.[19]

배 안의 사람들은 이것을 듣고 모두 울었다.

나리히라는 이와 같이 와카를 훌륭하게 잘 지었다고 이렇게 이야기로 전하여 내려오고 있다 한다.

17 두견새 과에 속하는 섭금류涉禽類. 철새로, 봄·가을 두 계절에 도래하여 물가에 무리지어 서식함.

18 * 붉은 부리갈매기는 원문에 "미야코도리都鳥"로 되어 있다. 직역을 하면 '도읍 새'로 나리히라는 새의 이름을 이용하여 노래를 읊은 것임.

19 원문은 "ナニシオハヾイザコト、ハム都ドリワガオモフヒトハアリヤナシヤト"로 되어 있음. 『고금집』 권9, 『나리히라집』, 『신찬와카집新撰和歌集』, 『고금육첩』에 수록.

⊙제35화⊙ 아리와라노 나리히라在原業平 중장中將이 동국東國으로 가서 와카和歌를 지은 이야기

在原業平中将行東方読和歌語第三十五

今昔、在原業平中将ト云人有ケリ。世ノ□者ニテナム有ケル。

然ルニ、身ヲ要無キ者ニ思ヒ成シテ、「京ニハ不居ジ」ト思ヒ取テ、東ノ方ニ、「可住キ所ヤ有」トテ行ケリ。本ヨリ得意ト有ケル人一両人ヲ伴ナヒテ、道知レル人モ無クテ、迷ヒ行ケリ。

而間、参河ノ国ニ八橋ト云所ニ至ヌ。其ヲ八橋ト云ケル様ハ、河ノ水出テ、蛛手也ケレバ、橋ヲ八ツ渡ケルニ依テ、八橋トハ云ケル也。其沢ノ辺ニ木隠ノ有ケル、業平下リ居テ餉食ケルニ、小河ノ辺ニ劇草譤ク栄タリケルヲ見テ、具シタリケル人々ノ云ク、「劇草ト云フ五文字ヲ、句ノ頭毎ニ居ヘテ、旅ノ心ノ和歌ヲ読メ」ト云ケレバ、業平此ク読ケリ、

カラコロモキツヽナレニシツマシアレバハル〱キヌルタビヲシゾオモフ

ト。人々此レヲ聞テ、哀レニ思テ泣ニケリ。餉ノ上ニ涙落テ、ホトビニケリ。

其ヲ立テ眇々ト行々テ、駿河国ニ至ヌ。ウツノ山ト云山ニ入ラムト為ルニ、我ガ入ラムト為ル道ハ糸暗シ、心細キ事無限リ。絡石鶏冠木繁テ物哀レ也。「此クスヾロナル事ヲ見ル事」ト思フ程ニ、一人ノ修行ノ僧会タリ。此レヲ見レバ、京ニテ見知タル人也ケリ。僧業平ヲ見テ、奇異ニ思テ云ク、「此ル道ヲバ何デ御座ゾ」ト。業平其下居テ、京ニ其人ノ許ニ文ヲ書テ付ク、

スルガナルウツノ山べノウツヽニモユメニモ人ニアハヌナリケリ

ト。其ヨリ行々キ、富士ノ

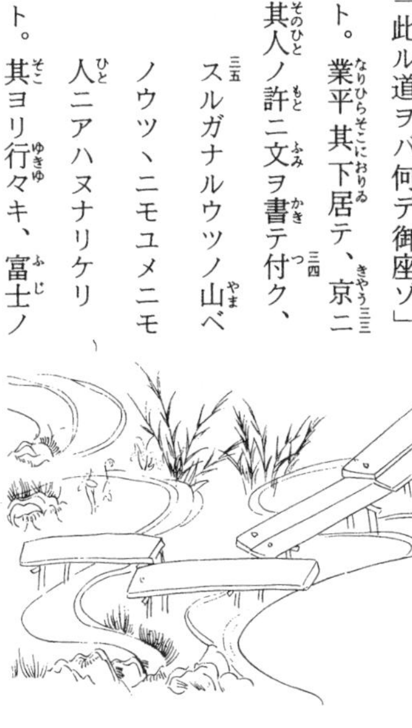
八橋(白猫伊勢物語絵巻)

山ヲ見レバ、五月ノ晦日ニ、雪糸高ク降タルニ、白ク見ユ。
其レヲ見テ、業平此ク読ケリ、

トキシラヌ山ハフジノネイツトテカカノコマダラニユキ
ノフルラム

ト。其ノ山ハ此ニ譬ヘバ、比叡山ヲ二十重上タル許ノ山也。
ナリハシホジリノ様ニゾ有ル。

尚行々テ、武蔵国ト下総国トノ中ニ大キナル河有リ、其ヲ角田河ト云、其河辺ニ打群居テ思遣レバ、「無限リ遠ク来ニケルカナ」ト侘思ヘルニ、渡守、「早ク船ニ乗レ。日暮レヌ」ト云ヘバ、乗テ渡ラムト為ル程ニ、皆人京ニ思フ人無キニシモ非デ、侘思ケリ。而ル間、水ノ上鴫ノ大キサ有ル白キ鳥ノ、觜ト足トハ赤キ、遊ツヽ魚ヲ食フ。京ニハ更ニ不見ヘ鳥ナレバ、人モ不見知。渡守ニ、「彼レハ何鳥トカ云フ」ト問ヘバ、渡守、「彼レヲバ都鳥ト云」ト云ケレバ、業平此レヲ聞テ此ナム読ケル、

ナニシオハヾイザコトヽハム都ドリワガオモフヒトハア
リヤナシヤト

船ノ人皆此レヲ聞テ、挙テナム泣ケル。
此ノ業平ハ此様ニシ和歌ヲ微妙ク読ケル、トナム語リ伝ヘタルトヤ。

권24 제36화

나리히라業平가 우근右近 마장馬場에서 여자를 보고 와카和歌를 지은 이야기

아리와라노 나리히라在原業平가 와카和歌를 지어 바치는 이야기 세 개를 정리하여 한 이야기로 한 것이다. 처음은 5월 6일의 기사騎射의 날, 나리히라가 우근 마장에서 귀족이 타는 수레에 타고 있는 여자와 만나 와카를 주고받은 이야기이다. 두 번째는 나리히라가 야마자키山崎에 있는 고레타카惟喬 친왕親王을 찾아가, 사냥을 하고 아마노카와라天の河原와 그 댁에서 술을 주고받고 노래를 지은 이야기이다. 마지막은 나리히라가 고레타카 친왕 출가出家 후, 오노小野에서 칩거하는 곳을 찾아가 감개感慨를 담아 노래를 지은 이야기이다. 제목은 제34화와 마찬가지로 처음 이야기에만 부합한다.

이제는 옛이야기이지만, 우근위右近衛 마장馬場[1]에서 5월 6일에 기사騎射[2]가 열렸다. 아리와라노 나리히라在原業平[3]라는 사람은 중장中將[4]이었으므로 귀족들이 구경하는 마장의 관람석에 앉아 있었는데, 관람석 가까이에 여자가 타는 수레가 멈춰서 구경하고 있었다. 그때 바람이 조금 불어서 수레

1 일조대궁一條大宮에 있었음. 현재의 기타노텐만 궁北野天滿宮의 동남 지역에 해당함.

2 마궁馬弓. 5월 6일에는 우근 마장에서 전날의 연습경기에 이어 이날 본 경기가 행해졌음.

3 → 인명.

4 나리히라業平는 정관貞觀 19년(877) 정월 13일 우근위권중장右近衛權中將에 임명됨. 이후, 나리히라의 사망 때까지 5월 6일의 의식이 행해진 것은 원경元慶 원년(877)과 원경 4년뿐으로, 그 외는 단오端午의 절회節會는 정지됨(『삼대실록三代實錄』).

의 발 안쪽의 천[5]이 나부꼈다. 나리히라 중장은 그 틈새로 보인 여자의 얼굴에 마음이 끌려 이와 같이 노래를 지어 소사인小舍人 동자에게 전달하도록 했다.

실로 확실히 본 것도 아니고 살짝 본 것뿐인데, 그 사람이 그리워져, 오늘은 이유도 없이 이러저런 생각하는 동안 날이 저물었습니다. 대체 이는 어찌된 일인지요.[6]

여자는 이렇게 답가를 보냈다.

얼굴을 알고 있다든가 모른다든가, 당신은 몹시 예민하게 말씀하십니다만, 남녀 간의 애정에서 사랑이야말로 가장 중요한 이정표가 아닌지요.[7]

또한, 이 나리히라 중장은 고레타카惟高[8] 친왕親王이라고 이르는 분이 살고 계셨던 야마자키山崎[9]에 사냥을 하러 갔다. 나리히라는 아마노 가와라天の河原[10]라고 하는 곳에서 말에서 내려 술자리를 하고 있을 때, 친왕이 "아마노 가와라를 주제로 노래를 지어 잔을 권하여라."라고 말씀하셨으므로 이렇게 노래를 읊었다.

5 원문은 "시모스다레下簾". 틈사이로 여인을 살짝 엿보는 모티브는 권20 제7화에도 보임.
6 원문은 "ミズモアラズミモセヌ人ノコヒシクハアヤナクケフヤナガメクラサム"로 되어 있음. 『고금집』 권11, 『야마토大和』 166에도 수록됨.
7 원문은 "シルシラズナニカアヤナクワキテイハンオモヒノミコソシルベナリケレ"로 되어 있음.
8 → 인명. 정확히는 '고레타카惟喬.'
9 → 지명.
10 '아마노 가와라'는 오사카 부大阪府 히라카타 시枚方市 긴야禁野의 별칭. 동명의 강이 있고, 여기에서는 그 강가를 말함. * 일본어 '아마노 가와라'는 '은하수'의 뜻. 이어지는 나리히라의 노래에 직녀가 등장하는 이유가 여기에 있음.

온종일 사냥을 하여 날이 저물어 버리고 말았습니다. 직녀님이여, 오늘 밤 묵을 곳을 빌릴 수는 없겠는지요. 모처럼 은하수에 왔으니까요.[11]

이 노래에 대해 친왕이 답가를 하지 않자, 같이 있던 기노 아리쓰네紀有常[12]라고 하는 사람이 이렇게 읊었다.

저(직녀)는 일 년에 단 한 번만 오시는 견우님을 기다리고 있으니, 달리 거처를 빌려드릴 분도 없사옵니다.[13]

그 후, 친왕은 귀가하시어 중장과 함께 밤새 술잔을 기울이며 담소를 나누셨는데 이윽고 2일 밤[14] 달이 산 능선에 숨으려고 하였다. 친왕이 몹시 취하여 안쪽의 침소[15]에 들려고 하시자, 나리히라 중장은 다음과 같이 노래를 읊었다.

좀 더 달을 바라보고자 했는데, 벌써 숨어버린단 말인가. 산 능선이여, 달을 숨기지 말고 네 쪽에서 도망가 주었으면 좋으련만.[16]

11 원문은 "カリクラシタナバタツメニヤドカラムアマノカハラニワレハキニケル"로 되어 있음. 『고금집』, 『이세伊勢』, 『나리히라집』, 『고금육첩』, 『신찬낭영집新撰朗詠集』에 수록됨.

12 → 인명.

13 원문은 "ヒト、セニヒトタビキマスキミマテバヤドカス人モアラジトゾオモフ"로 되어 있음. 『고금집』 권9, 『나리히라집』, 『고금육첩』에 수록됨. 전 노래를 받아, 칠석의 고사故事를 근거로 한 영가詠歌.

14 『고금집』 권17 사서詞書, 『이세』 '11(一一)'일로 되어 있음. 2(二)일의 달은 저녁에 빨리 지므로 이 장면에는 맞지 않음. '二'는 '一一'의 오사誤寫일 것으로 추정.

15 그때까지는 달이 보이는 행랑방 혹은 툇마루에서 주연酒宴을 하고 있었던 것임.

16 원문은 "アカナクニマダキモ月ノカクル、カ山ノハニゲテイレズモアラム"로 되어 있음. 『고금집』 권17, 『나리히라집』, 『신찬낭영집』, 『고금육첩』에 수록됨. 고레타카 친왕親王을 눈앞의 달에 비유하여 친왕이 주무시는 것을 만류한 노래. 『이세』에서는 친왕을 대신하여 기노 아리쓰네紀有常가 답가를 지음.

그러자, 친왕은 주무시지 않고 그대로 밤을 지새우셨다.

중장은 이와 같이 항상 친왕에게 찾아가 놀이상대를 하고 있었는데, 친왕이 뜻밖에 출가出家[17]하시어 오노小野[18]라고 하는 곳에 칩거하게 되셨다. 나리히라 중장은 친왕을 뵙기 위해 2월경에 나섰는데 폭설이 내려 쌓인 풍경이 왠지 쓸쓸하게 느껴져,

> 걸핏하면 현실임을 잊고 모두가 꿈이지는 않을까 하고 의심합니다. 이와 같이 쓸쓸한 산촌의 눈을 헤치고 친왕님을 뵈옵게 되리라고는.[19]

이렇게 읊고 돌아갔다.

이 중장은 나라平城[20] 천황天皇의 황자皇子 아호阿保 친왕[21]의 아들이었으니, 매우 집안이 좋은 인물이다. 하지만 세상에 등을 지고 마음을 닦아 이와 같이 행동했고 훌륭한 와카를 지었다고 이렇게 이야기로 전하여 내려오고 있다 한다.

17 정관 14년(872) 7월 11일 출가出家(『삼대실록』).

18 → 지명.

19 원문은 "ワスレテハユメカトゾオモフオモヒキヤユキフミワケテキミヲミムトハ"로 되어 있음. 『고금집』 권18, 『나리히라집』, 『고금육첩』에 수록. 『신고금집新古今集』 권18에 고레타카 친왕의 답가가 수록.

20 → 인명. '헤이제이平城' 천황이라고도 함.

21 → 인명.

⊙ 제36화 ⊙
나리히라 業平가 우근右近 마장馬場에서 여자를 보고 와카和歌를 지은 이야기

業平於右近馬場見女読和歌語第三十六[二四]

今昔、[二五]右近ノ馬場ニ、五月六日[二六]弓行ヒケルニ、[二七]在原業平ト云人[二八]中将ニテ有ケレバ、[二九]大臣屋ニ着タリケルニ、[三〇]女車大臣屋近ク立テ、物見ル有リ。風ノ少シ吹ケルニ、[三一]下簾ノ被吹上タリケルヨリ、女ノ顔ノ[三二]不慳ラ見エタリケレバ、業平ノ中将[三三]小舎人童ヲ以テ、此云遣タリケリ、

[三四]ミズモアラズミモセヌ人ノコヒシクハアヤナクケフヤナ
ガメクラサム

ト。[三五]女ノ返、

[一]シルシラズナニカア
ヤナクワキテイハン
オモヒノミコソシル
ベナリケレ

トナム有ケル。

亦、[二]此業平中将、[三]惟高ノ親王ト申ケル人ノ、[四]山崎ニ居給ヘリケル所ニ、中将狩セムガ為ニ行タリケルニ、[五]天ノ河原ト云所ニ下リ居テ、酒ナド飲ケルニ、親王、「[六]天ノ河原ト云心ヲ読テ、盞ヲ差セ」ト宣ケレバ、業平中将此クナム、

[七]カリクラシタナバタツメニヤドカラムアマノカハラニワ
レハキニケル

ト。御子ノ返シ否シ不給リケレバ、御共ニ有ケル[八]紀ノ有常ト云ケル人ナム此クナム、

[九]ヒト丶セニヒトタビキマスキミマテバヤドカス人モアラ

右近の馬場の騎射(年中行事絵巻)

ジトゾオモフ

ト。其後、御子返リ給テ、中将ト終夜酒飲ミ、物語ナドシ給ケルニ、[一〇]二日ノ夜ノ月ノ隠レナムトシケルニ、御子酔テ[一一]入給ヒナムト為レバ、業平中将此クナム、

[一二]アカナクニマダキモ月ノカクルヽカ山ノハニゲテイレズモアラム

ト聞ヘタリケレバ、御子不寝給デ、[一三]曙シ給テケリ。

中将[一四]此様ニ[一五]参ツヽ、遊ビケルニ、御子[一六]不思懸出家シ給テ、[一七]小野ト云所ニ御ケルニ、業平ノ中将見奉ラムトテ、二月[一八]許ニ参タルニ、[一九]雪糸深ク降テ、[二〇]徒然気ナルヲ見テ、中将[二一]此ナム、

[二二]ワスレテハユメカトゾオモフオモヒキヤユキフミワケテキミヲミムトハ

ト云テゾ、泣々返ニケル。

[二三]此ノ中将ハ[二四]平城天皇ノ皇子、[二五]阿保親王ノ子也ケレバ、[二六]品モ糸止事無キ人也。而ルニ、世ヲ背テ心ヲ澄シテ、此様ニ[二七]行テ、和歌ヲゾ微妙ク読ケル、トナム語リ伝ヘタルトヤ。

권24 제37화

후지와라노 사네카타藤原實方 아손朝臣이 무쓰 지방陸奧國에서 와카和歌를 지은 이야기

후지와라노 사네카타藤原實方의 세 수首의 와카和歌에 대하여 그것을 지어 바친 사정을 중심으로 기록하여, 사네카타의 가재歌才를 칭송한 이야기. 그 자식인 아사모토朝元도 와카의 달인이었다고 맺는다. 더욱이 제목은 앞 이야기와 마찬가지로 최초의 에피소드에 대응할 만한 것임.

이제는 옛이야기이지만, 후지와라노 사네카타藤原實方[1]라고 하는 사람이 있었다. 고이치조小一條[2] 대장大將 나리토키濟時[3] 대납언大納言이라는 사람의 자식이다.

이치조一條[4] 천황의 치세에 좌근중장左近中將[5]으로 □[6]의 전상인殿上人이었는데, 뜻밖에 무쓰 수陸奧守[7]가 되어 임지로 내려가게 되었다. 그런데 우근중

1 → 인명.

2 '고이치조小一條'라는 칭호는 다다히라忠平의 저택을 아버지인 모로타다師尹로부터 전령傳領한 소일조원小一條院에 산 것으로부터 유래함.

3 → 인명. 후지와라노 나리토키藤原濟時. 사네카타實方의 친부인 사다토키定時가 요절했으므로, 숙부인 나리토키가 양아버지가 됨.

4 이치조인一條院(→ 인명). 제66대 이치조一條 천황의 치세. 관화寬和 2년(986)~관홍寬弘 8년(1011).

5 정력正曆 5년(994) 9월 8일에 임명됨.

6 위계位階의 명기를 위한 의도적 결자로 추정.

7 정력 6년 정월 13일에 임명됨. 부임할 때는 정사위하敍正四位下를 받음. 사네카타가 전상殿上에서 나리유키成行와 언쟁하여, 난폭하게 행동하여 천황의 문책을 받아 와카에 등장하는 지역을 직접 보고 오라하여 무쓰 수陸奧守로 임명되었다고 함(『고사담古事談』 2, 『십훈초十訓』 8).

장右近中將 미나모토노 노부카타源宣方[8] 아손朝臣이라고 하는 사람은 《시게노부重信》[9]의 자식이다. 사네카타와 함께 궁중宮中에서 일하고 있을 때, 만사를 제쳐놓고 허물없이 이야기를 나누는 둘도 없는 친한 친구[10]였다. 사네카타는 이 사람과 울면서 헤어져 무쓰 지방陸奧國[11]에 내려간 뒤, 그 지방으로부터 노부카타 중장에게 이렇게 노래를 지어 보냈다.

어떠한 사양도 주저함도 없이 바로 떠나 온 이 여행은 동국東國의 부임을 위한 것이었는데, 아직 주저하는 마음이 남아 있는지 여기에도 그 심정을 이름으로 삼는 '주저하는 관문'이 있군요.[12]

또한, 미치노부道信[13] 중장이라고 하는 사람이 있었는데, 이 사람도 사네카타 중장과 더 할 나위 없이 친한 친구였다. 9월경에 함께 단풍 구경을 가자고 약속한 뒤[14] 이 미치노부 중장이 뜻밖에 죽었으므로,[15] 사네카타 중장은 매우 슬퍼하여, 울면서 혼잣말로

함께 단풍구경을 가자고 말한 사람은 이슬과 같이 덧없이 죽어 버렸으니, 나 혼자 이슬에 젖은 가을꽃을 보고 눈물에 젖노라.[16]

8 → 인명.
9 노부카타宣方의 아버지 이름의 명기를 위한 의식적 결자. 문맥을 고려하여 보충.
10 『사네카타집實方集』에는 사네카타와 노부카타의 합작 렌가連歌가 수록되어 있음.
11 → 옛 지방명.
12 원문은 "ヤスラハデオモヒタチニシアヅマヂニアリケルモノヲハヾカリノセキ"로 되어 있음. 『후습유집後拾遺集』 권19, 『사네카타집』에 수록됨. 일설에 '주저하는 관문(憚りの關)' 은 리쿠젠 지방陸前國의 시바타 군柴田郡에 있었다고 함. 부임을 꺼리며 주저하는 마음을 담고 있음.
13 후지와라노 미치노부藤原道信(→ 인명). 미치노부가 좌근중장左近中將, 사네카타가 우근중장右近中將이었음. 『사네카타집』에는 둘이 친하게 지낸 것을 알 수 있는 증답가贈答歌가 수록.
14 『후습유집』 사서詞書, 계궁본桂宮本 『사네카타집』 사서는 이 이야기와 같은 취지.
15 정력 5년 7월 11일 몰.
16 원문은 "ミムトイヒシ人ハ、カナクキヱニシヲヒトリツユケキアキノハナカナ"로 되어 있음. 『후습유집』 권10.

라고 읊고 그리워하며 슬퍼했다.

또한, 이 사네카타 중장은 귀여워하던 어린 자식이 먼저 죽었을 때, 더할 나위 없이 그리워 슬퍼하면서 잠이 든 어느 날 밤에 그 아이가 보였으므로 잠에서 깬 뒤,

> 선잠을 자다 죽은 아이를 꿈에서 보았네.[17] 꿈이란 얼마나 덧없는가. 차라리 깨지 않고 이 목숨이 다했으면 좋으련만.[18]

라고 읊고, 울면서 그리워하며 슬퍼했다.

이 중장은 이와 같이 와카和歌의 달인이었다. 그런데, 무쓰 수가 되어 임지에 내려가 삼 년째에 덧없이 세상을 떠났다.[19] 실로 더할 나위 없이 안타까운 결말이다. 그 아들인 아사모토朝元[20]라고 하는 사람도 와카의 명수였다고 이렇게 이야기로 전하여 내려오고 있다 한다.

『사네카타집』에 수록됨. '구경을 가자고 한 사람'은 미치노부. '가을 꽃'은 사네카타 자신을 빗대어 말하고 있음.

17 꿈은 명계冥界의 소식을 전해줌.

18 원문은 "ウタ、ネノコノヨノユメノハカナキニサメヌヤガテノイノチトモガナ"로 되어 있음. 『후습유집』 권10, 『사네카타집』에 수록. 선잠을 자다 꿈에 죽은 아이를 보고, 꿈에서 깬 후 허무함을 슬퍼하고 꿈에서 깨는 일 없이 영면하고 싶다고 바란 노래.

19 장덕長德 4년(998) 11(2)월 13일 무쓰 지방陸奧國에서 몰.

20 → 인명.

⊙제37화⊙
후지와라노 사네카타藤原實方 아손朝臣이 무쓰 지방陸奥國에서 와카和歌를 지은 이야기

藤原実方朝臣於陸奥国読和歌語第三十七

今昔、藤原実方朝臣ト云人有ケリ。小一条ノ大将済時ノ大納言ト云ケル人ノ子也。

一条院ノ御時ニ、左近中将トシテ□ノ殿上人ニテ有ケルニ、不思懸、陸奥守ニ成テ、其国ニ下テ有ケルニ、右近中将源宣方朝臣ト云ケル人ハ□ノ子也、実方ト共ニ禁中ニ有ケル時、諸ノ事ヲ隔無ク云通ハシテ、極タル得意ニテ有ケルニ、泣々実方別レテ陸奥国ニ下ニケルニ、彼ノ国ヨリ実方中将宣方中将ノ許ニ、此ナム云遣タリケル、

ヤスラハデオモヒタチニシアヅマヂニアリケルモノヲ
ハヾカリノセキ

トナム有ケル。

亦、道信中将ト云人有ケリ。其レモ此ノ実方中将ト無限リ得意ニテ有ケルニ、九月許ニ紅葉見ニ諸共ニ行カムト契ヲ成シテ後、彼ノ道信中将不思懸失ニケレバ、実方中将無限リ哀レニ思テ、泣々独言ニ此ナム、

ミムトイヒシ人ハヽカナクキエニシヲヒトリツユケキア
キノハナカナ

トナム云テ、恋ヒ悲ミケリ。

亦、此ノ実方中将、愛シケル幼キ子ニヲクレタリケル比、無限リ恋悲デ寝タリケル夜ノ夢ニ、其ノ児ノ見ヘタリケレバ、驚キ覚テ後、此ナム、

ウタヽネノコノヨノユメノハカナキニサメヌヤガテノイ
ノチトモガナ

トナム云テ、泣々恋ヒ悲ビケル。

此中将ハ此ク和歌ヲ読ム方ナム極タリケル。而ル間、陸奥守ニ成テ、其国ニ下テ、三年ト云ニ墓無ク失ニケレバ、哀レナル事、実ニ無限リシテ止ニケリ。其ノ子ノ朝元ト云ヒシ人モ、和歌ノ上手ニテナム有ケル、トナム語リ伝ヘタルトヤ。

권24 제38화

후지와라노 미치노부藤原道信 아손朝臣이 아버지를 배웅하며 와카和歌를 지은 이야기

후지와라노 미치노부道信의 와카和歌 이십 수首를 택하여 노래를 짓게 된 사정을 간결하게 기술하면서 열거하여, 한 이야기로 정리한 것임. '또한'으로 에피소드를 잇는 수법은 제34화와 같다. 미치노부는 앞 이야기에도 등장하며 사네카타實方와 친교가 두터웠다.

이제는 옛이야기이지만, 좌근중장左近中將 후지와라노 미치노부藤原道信[1]라고 하는 사람이 있었다. 호주지法住寺[2]의 다메미쓰爲光[3] 대신大臣의 자식으로, 이치조一條[4] 천황天皇의 치세의 전상인殿上人이었다. 용모와 인품을 비롯하여 풍류와 고상한 마음[5]을 가진 자로, 와카和歌를 매우 능숙하게 지으셨다.

아직 젊었을 때, 아버지인 대신[6]이 돌아가셔서 탄식하며 슬퍼하는 동안 어느새 세월도 흘러 해가 바뀌었다.[7] 슬픔은 가시지 않았지만 기한이 끝났

1 → 인명.
2 → 사찰명.
3 → 인명.
4 이치조인一條院(→ 인명). 제66대. 이치조一條 천황의 치세. 관화寬和 2년(986)~관홍寬弘 8년(1011).
5 인품. 이 전후의 기술은 유형적임.
6 정력正曆 3년(992) 6월 16일 몰. 51세. 당시 미치노부道信는 21세.
7 정력 4년.

으므로 상복을 벗게 되어[8] 미치노부 중장은,

> 일에는 끝이 있는 법이라 오늘 상복은 벗어 버렸지만, 슬픔의 눈물만은 하염없이 계속 흐르네.[9]

라고 짓고 울었다.

또한, 이 중장이 전상에서 많은 사람들과 이 세상의 덧없음에 대하여 여러 가지 이야기를 나누고 있을 때, '나팔꽃을 보고'라는 주제로 이렇게 읊었다.

> 나팔꽃을 지금까지 어째서 덧없는 것이라고 생각했던 것인가. 꽃 쪽에서도 사람을 덧없는 것이라고 생각하며 보겠지.[10]

또한, 이 중장은 병풍 그림으로, 산과 들 부근에 매화가 피어 있고, 여자가 혼자서 살고 있는 매우 쓸쓸한 집이 그려진 것에 대해서 이와 같이 읊었다.

> 일부러 보러 오는 사람도 없는 산촌의 색이 아름다운 꽃 주변에는, 꽃을 지게 하는 바람이 오히려 꽃을 아쉬워 하며 불고 있는 듯하구나.[11]

또한 이 중장이 9월경에 어떤 여자의 거처를 방문하였으나 부모가 숨겼

8 천황, 양친 등의 복상服喪기간은 1년.

9 원문은 "カギリアレバケフヌギステツフヂ衣ハテナキモノハナミダナリケリ"로 되어 있음. 『습유집拾遺集』 권20, 계궁본桂宮本 『미치노부 아손집道信朝臣集』, 『고래풍체초古來風體抄』, 『근대수가近代秀歌』, 『보물집寶物集』, 『현현집玄玄集』 등에도 수록.

10 원문은 "アサガホヲナニハカナシト思ヒケム人ヲモ花ハサコソミルラメ"로 되어 있음. 『습유집』 권20, 『미치노부집』, 『고래풍체초』, 『현현집』 등에 수록.

11 원문은 "ミル人もナキ山ザトノ花ノイロハ中々カゼゾオシムベラナル"로 되어 있음. 『미치노부집』에 수록.

으므로 여자가 있는데도 만나지도 못하고 돌아와서 그 다음 날, 이와 같이 노래를 지어 보냈다.

> 가만두어도 저절로 시들어가는 꽃, 그것은 국화꽃이러니. 그런데 어째서 집의 가을안개는 일부러 국화를 가리고 보여주지 않는 것인가.[12]

또한, 이 중장이 국화가 한창일 때 산촌에 가고자 하여 심부름꾼에게 노래를 지어 전달하게 하였다.

> 우리 집의 울타리의 국화는 지금이 한창때입니다. 색이 바래지기 전에 와서 보소서.[13]

또한 이 중장이 8월경에 가쓰라桂[14]에 있던 영지領地를 찾았는데, 달이 매우 밝게 물에 비치고 있는 것을 보고 이렇게 읊었다.

> 가쓰라 강桂川은 달의 빛을 받아 수량水量이 늘어난 것처럼 반짝반짝하고 빛나고 있구나. 아아, 가을밤도 완전히 깊었도다.[15]

그곳에서 돌아와 삼 일 정도 있다가 함께 가쓰라에서 달 구경을 한 사람들에게 이렇게 지어서 보냈다.

12 원문은 "ヨソナレドウツロウ花ハキクノハナナニヘダツラムヤドノアキヾリ"로 되어 있음. 『미치노부집』에 수록. '국화'는 딸, '가을 안개'는 부모를 각각 비유하고 있음.

13 원문은 "ワガヤドノカキネノ菊ノ花ザカリマダウツロハヌホドニキテミヨ"로 되어 있음. 『모토스케집元輔集』에 수록.

14 『모토스케집』 "가쓰라桂". 교토 시京都市 사교 구左京區 가쓰라 지역.

15 원문은 "カツラガハ月ノ光ニ水マサリ秋ノ夜フカクナリニケルカナ"로 되어 있음. 『모토스케집』에 수록.

당신은 기억하시나요. 누구 하나 없는 조용한 산촌에서 본 그 아름다운 달과 물, 그리고 가을 해질 녘의 경치를.[16]

또한 이 중장이 남동생 기미노부公信[17] 아손朝臣과 함께 쓰보사카壺坂[18]라고 하는 곳에 갔을 때 길에 싸리[19]가 피어 있는 것을 보고 이렇게 읊었다.

국화는 이미 완전히 시들어 저버렸는데 등골나물만은 아름답게 피어 있네. 그러니 등골나물아, 아직 아름다운 비단은 남아 있다고 대답해 주려마.[20]

또한, 이 중장은 고쿠라쿠지極樂寺[21] 부근에 단풍구경을 가려고 약속한 사람이 오지 않았으므로 이렇게 지어 보냈다.

바람이 전한 소식을 이미 들으셨겠지요. 오늘 같이 보러 가기로 약속한 산의 단풍이 지금 한창때라는 것을.[22]

또한, 이 중장은 조넨奝然[23] 법교法橋라고 하는 사람이 당唐에 갈 때, 중장을 찾아와 국화꽃을 보고 "다음에 만날 수 있는 것은 몇 년 후의 가을일까

16 원문은 "オモヒイヅヤ人メナガラモ山ザトノ月ト水トノ秋ノユフグレ"로 되어 있음. 『모토스케집』 『옥엽집玉葉集』 권14에 수록.
17 → 인명.
18 → 지명.
19 '싸리'는 이상함. 뒤에 나오는 노래의 의미와 맞지 않음. 『모토스케집』에는 "국화"로 되어 있음.
20 원문은 "オイノキクオトロヘニケルフヂバカマニシキノコリテアリトコタヘヨ"로 되어 있음. 『모토스케집』에 수록.
21 → 사찰명.
22 원문은 "フクカゼノタヨリニモハヤキ、テケムケフモチギリシヤマノモミヂヲ"로 되어 있음. 『모토스케집』에 수록.
23 → 인명.

요."라고 말한 것을 듣고 중장은 이렇게 읊었다.

한창 가을 때 피는 국화를 보고, 이별의 슬픔 등을 초월했을 당신조차 재회의 어려움을 잘 알고 계시는바, 저도 마찬가지로 국화가 진 뒤 당신과의 재회는 어려우리라 봅니다.[24]

또한, 이 중장은 어느 분에게 얇은 나무판자로 만든 큰 도시락 상자를 만들어 바쳤는데, 자일子日[25] 놀이를 그린 그림에 이렇게 써 넣었다.

당신께서 앞으로 맞이하실 매 해의 자일子日의 수를 세어보니, 작은 소나무가 다시 돋아 자랄 때까지 장수하시게 되겠지요.[26]

또한 이 중장은 여원女院[27]이 하세데라長谷寺[28]에서 참배하고 돌아오시는 것을 깊은 밤중에 잠시 기다리고 계셨다. 같이 동행하고 있던 많은 사람들이 아름다운 새벽달을 보고 있음을 보시고 중장은 이렇게 읊었다.

비록 출가出家하셨어도 역시 여원의 영광은 새벽달과 같이 멀리 만세萬世까지

24 원문은 "アキフカミキミダニキクニシラレケリコノ花ノ、チナニヲタノマム"로 되어 있음. 『모토스케집』에 수록.

25 자일子日은 정월(때로 2월)의 자일에 행해진 들판에서의 놀이. 불로장생의 소나무를 닮고자 하는 마음으로 작은 소나무의 뿌리를 당기거나, 봄나물을 뜯거나 하여 장수와 무사안일을 빌었다. 이 커다란 판지로 만든 상자에는 금박이나 은박을 사용한 칠공예로 자일의 풍경이 그려져 있어, 거기에 와카和歌를 써 넣은 것임.

26 원문은 "キミガヘム世々ノ子日ヲカゾフレバカニカクマツノオヒカハルマデ"로 되어 있음. 『미치노부집』, 『신천재집新千載集』에 수록. 선물을 받는 사람의 장수를 상자에 그린 자일의 소나무가 다시 자랄 때까지라고 축하한 노래.

27 히가시산조인東三條院 센시詮子(→ 인명)를 가리킴.

28 → 사찰명(하세데라長谷寺). 히가시산조인의 하세데라 참배는 정력 2년(991) 10월 15일(『일본기략日本紀略』, 『백련초百錬抄』, 『영화榮花』). 또한 출가出家는 9월.

비추고 계시리로다.[29]

사람들은 더할 나위 없이 이 노래를 칭송하였다.

또한, 이 중장은 궁중宮中에 출사하고 있던 어떤 여자가 "제가 궁중을 나갈 때는 반드시 알려 드리겠습니다."라고 약속했는데 아무것도 알리지 않고 퇴궁해 버렸기에 중장은 다음 날 아침 이와 같이 지어서 보냈다.

드넓은 하늘을 멀리 비추는 달조차도 나올 때에는 사람들에게 알리는 법인데, 당신은 어째서 알려 주지 않았는지요.[30]

또한 이 중장은 후지와라노 다메요리藤原爲頼[31] 아손朝臣이 도토우미 수遠江守가 되어 부임지에 내려갔을 때, 도중에 어느 곳에서 사람을 시켜 부채를 보내 주었는데 그 사람과 마주쳐서 이렇게 지어 보냈다.

두 사람이 떨어져 있는 사 년간, 매해 봄이 와서 꽃이 필 때마다 꽃의 도읍에 있는 나를 생각해 주었으면 합니다.[32]

또한, 이 중장은 먼 시골에 내려간 어떤 사람에게 이렇게 지어서 보냈다.

29 원문은 "ソムケドモナヲヨロヅヨヲアリアケノ月ノヒカリゾハルケカリケル"로 되어 있음. 『미치노부집』에 수록.

30 원문은 "アマノハラハルカニテラス月ダニモイヅルハ人ニシラセコソスレ"로 되어 있음. 『미치노부집』 모두冒頭, 『후습유집』 권16에 수록.

31 → 인명. 단 도토우미遠江 수령으로 임명된 것은 미상. 『후습유집』에는 "遠江守爲憲"로 되어 있음. 다메노리는 『삼보회三寶繪』, 『구유口遊』의 편자編者로 정력 3년(992)부터 장덕長德 2년(996) 사이에 도토우미 수령으로 재임(『본조문수本朝文粹』).

32 원문은 "別レヂノヨトセノ春ノハルゴトニ花ノミヤコヲオモヒヲコセヨ"로 되어 있음. 『후습유집』 권8, 『미치노부집』 갑본에 수록.

당신이든 나든 누구 한 사람 어떻게 될지 모르는 이 세상에 당신이 돌아오는 것을 기다리고 있는 동안, 나는 어떻게 지내면 좋을까요.[33]

또한, 이 중장은 후지와라노 스케유키藤原相如[34] 아손朝臣이 이즈모 수出雲守[35]가 되어 부임지로 갈 때, 이렇게 지어서 보냈다.

관명官命으로 어쩔 수 없이 이렇게 헤어져야 하지만, 뭔가 좋은 기회가 있다면 자네가 잘 지내고 있는지 정도의 소식을 보내 주시오.[36]

또한 이 중장은 《후지와라노》[37] 구니노리國範[38] 《아》[39]손朝臣의 석대石帶를 보관하고 있었는데, 그것을 돌려줄 때 이렇게 지어서 보냈다.

장래에 당신을 그리워할 방편이 될까라고 생각하여, 이것을 작은 정표로 제가 가지고 있을까 하는 심정입니다.[40]

또한, 이 중장은 병풍그림에 먼 바다로 나온 낚싯배를 그린 것을 보고 이렇게 읊었다.

33 원문은 "タレが世ニワガヨモシラヌ世中ニマツホドイカニアラントスラム"로 되어 있음. 『후습유집』 권8, 『미치노부집』에 수록.
34 → 인명.
35 장덕 원년元年 전 이즈모出雲 수령(『영화榮花』).
36 원문은 "アカズシテカクワカル、ヲタヨリアラバイカニトダニモトヒニヲコセヨ"로 되어 있음. 『미치노부집』에 수록.
37 구니노리國範의 성의 명기를 위한 의도적 결자. '후지와라藤原'가 해당함.
38 → 인명. 정확히는 '구니노리國章'.
39 저본의 파손에 의한 결자. '아朝'로 추정.
40 원문은 "ユクサキノシノブグサニモナルヤトテツユノカタミヲヲカムトゾモフ"로 되어 있음. 『미치노부집』에 수록.

대체 어디를 향하여 가고 있는 것인지 궁금하구나. 아득히 멀리 위태로워 보이는 이 낚싯배는.[41]

또한, 같은 병풍그림에 한 면 가득히 안개가 자욱이 낀 곳을 가는 여행자를 그린 것을 보고 이렇게 읊었다.

아름다운 단풍은 새벽녘의 아침 안개가 아직 가리기 전에 봐야 합니다.[42]

또한, 이 중장은 어떤 사람이 "이것을 봐 주십시오."라고 말하며 준 그림에, 매우 쓸쓸한 산촌에 작은 강이 흐르고 그곳에 깊은 생각에 잠긴 듯한 남자가 그려져 있는 것을 보고 이러한 노래를 지어 그림과 함께 돌려보냈다.

이 물결에 나의 모습을 비춰 보자. 혹시 남 몰래 고민하고 있는 사람의 얼굴은 표정이 별스러운 것은 아닌지.[43]

그림의 주인은 이것을 보고 매우 감탄했다고 이렇게 이야기로 전하여 내려오고 있다 한다.

41 원문은 "イヅカタヲサシテユクランオボツカナハルカニミユルアマのツリブネ"로 되어 있음. 『미치노부집』에 수록.

42 원문은 "アサボラケモミヂバカクス秋ギリノタ、 ヌサキニゾミルベカリケル"로 되어 있음. 『미치노부집』에 수록.

43 원문은 "ナガレクル水ニカゲミム人シレズモノオモフ人ノカホヤカハルト"로 되어 있음. 『미치노부집』에 수록.

⊙ 제38화 ⊙ 후지와라노 미치노부藤原道信 아손朝臣이 아버지를 배웅하며 와카和歌를 지은 이야기

藤原道信朝臣送父読和歌語第三十八

今昔、左近中将[一]藤原道信ト云人有ケリ。法住寺[二]ノ為光[三]大臣ノ子也。一条院[四]ノ御時ノ殿上人也。形チ有様ヨリ始テ、心バヘ[五]糸可咲テ、和歌ヲナム微妙ク読ケル。

未ダ若カリケル時ニ、父ノ大臣失給ヒ[六]ニケレバ、歎キ悲ムト云ヘドモ、甲斐無クテ墓無ク過テ、亦ノ年[七]ニ成タレバ、哀[八]ハ尽セヌ物ナレドモ、限有レバ、服除[九]トテ、道信中将此ナム読ケル、

[一〇]カギリアレバケフヌギステツフヂ衣ハテナキモノハナミダナリケリ

ト云テ泣ケル[一一]。

亦、此ノ中将、殿上ニシテ数ノ人々有テ世中[一二]ノ墓無キ事共ヲ云テ、牽牛子[一三]ノ花ヲ見ルト云心ヲ、中将此ナム、

[一四]アサガホヲナニハカナシト思ヒケム人ヲモ花ハサコソミルラメ

ト。亦、此ノ中将、屏風ノ絵ニ山野ニ梅ノ花栄タル所ニ、女ノ只一人有ル屋ノ糸幽[一五]ナル所ヲ、此ナム読ケル、

[一六]ミル人モナキ山ザトノ花ノイロハ中々カゼゾオシムベラナル

ト。亦、此ノ中将九月許ニ或ル女ノ許ニ行タリケルニ、祖ゾ隠シケレバ、有リ乍ラ不会シテ返テ、亦ノ日[一七]此ナム云テ遣タリケル、

[一八]ヨソナレドウツロウ花[一九]ハキクノハナナニヘダツラムヤドノアキヾリ

ト。亦、此ノ中将、菊ノ盛也ケル比山郷ナル所ニ行カムトテ、人ヲ以テ云ヒ遣ケル、

[二〇]ワガヤドノカキネノ菊ノ花ザカリマダウツロハヌホドニキテミヨ

ト。亦、此ノ中将、八月許ニ楇[二一]ニ知タリケル所ニ行タリケル所ニ、月[二二]ノ極ク明クテ水ニ移タリケル[二三]ヲ見テ、此ナム読ケル、

[二四]カツラガハ月ノ光ニ水マサリ秋ノ夜フカクナリニケルカナ

ト。其ヨリ返テ、三日許有テ、共ニ彼ノ槁ニテ月ヲ見シ人ノ許ニ、此ナム云ヒ遣ケル、

[四]オモヒイヅヤ人メナガラモ山ザトノ月ト水トノ秋ノユフグレ

ト。亦、此ノ中将、兄弟ノ公信朝臣[五]ト共ニ壺坂[六]ト云所ニ行タリケルニ、道ニ萩[七]ノ栄タリケルヲ見テ、此ナム読ケル、

[八]オイノキクオトロヘニケルフヂバカマニシキノコリテアリトコタヘヨ

ト。亦、此ノ中将、極楽寺[九]ノ辺ニ物見[一〇]ニ行カムト契ケル人ノ不行成ニケレバ、此ナム読テ遣ケル、

[一一]フクカゼノタヨリニモハヤキヽテケムケフモチギリシヤマノモミヂヲ

ト。亦、此ノ中将、奝然法橋[一二]ト云人ノ唐ヘ渡ラムトテ、此ノ中将ノ許ニ来テ菊ノ花ヲ見テ、「亦、何ノ秋カ可会キ」ト云ケルヲ聞テ、中将此ナム読ケル、

[一三]アキフカミキミダニキクニシラレケリコノ花ノヽチナニヲタノマム

ト。亦、此ノ中将、或所ニ大破子[一四]ト云物ヲシテ奉ケルニ、[一五]子日シタル所ニ此ク書付タリ、

[一六]キミガヘム世々ノ子日ヲカゾフレバカニカクマツノオヒカハルマデ

ト。亦、此ノ中将、女院[一七]ノ長谷[一八]ニ参ラセ給ヒテ出給ヒケルニ、未ダ夜深カリケレバ、暫ク御座ケル間、数ノ人々、有明ノ月ノ極ク見ユルヲ詠メ[一九]ケルニ、此ノ中将此ナム読ケル、

[二〇]ソムケドモナヲヨロヅヨヲアリアケノ月ノヒカリゾハルケカリケル

ト。人々極ク此レヲ讃ケリ。

亦、此ノ中将、或ル女ノ内ニ候ケルガ、「内ヨリ出デム時ハ、必ズ告ゲム」ト契テ出ケルニ、不知デ出ニケレバ、亦ノ日ノ朝[二一]此ゾ読テ遣タリケル、

[二二]アマノハラハルカニテラス月ダニモイヅルハ人ニシラセコソスレ

ト。亦、此ノ中将、藤原為頼朝臣ノ遠江守ニ成テ其ノ国ニ下ケルニ、或ル所ヨリ扇ヲ遣ケルニ、此中将行キ会テ、此ナム読テ遣ケル、

　別レヂノヨトセノ春ノハルゴトニ花ノミヤコヲオモヒヲコセヨ

ト。亦、此ノ中将、或ル人ノ遠キ田舎ヘ下ケルニ、此ク読テ遣ケル、

　タレガ世ニワガヨモシラヌ世中ニマツホドイカニアラントスラム

ト。亦、此ノ中将、藤原相如朝臣ノ出雲守ニ成テ、其国ニ下ケルニ、此ナム遣ケル、

　アカズシテカクワカル、ヲタヨリアラバイカニトダニモトヒニヲコセヨ

ト。亦、此ノ中将、□ノ国範□臣ノ帯ヲ備テ、返シ遣ケルニ、此ナム読テケル、

　ユクサキノシノブグサニモナルヤトテツユノカタミヲヲカムトゾモフ

ト。亦、此中将、屏風絵ニ遥ニ沖ニ出タル釣船ヲ書タル所ヲ見テ、此ナム読ケル、

　イヅカタヲサシテユクランオボツカナハルカニミユルアマノツリブネ

ト。亦同ジ所ニ、霧ノ立隠シタルニ旅人ノ行タルヲ書タル所ヲ見テ、此ナム読ケル、

　アサボラケモミヂバカクス秋ギリノタ、ヌサキニゾミルベカリケル

ト。亦、此中将、人ノ、絵ヲ遣セテ、「此御覧ゼヨ」ト云タルヲ、山郷ノ心細気ナル、水ナド流レテ、物思タル男ノ居タル所ヲ書タルヲ見、此ナム書付テ返シ遣ケル、

　ナガレクル水ニカゲミム人シレズモノオモフ人ノカホヤカハルト

絵ノ主、此ヲ見テ極クゾ讃ケル、トナム語リ伝ヘタルトヤ。

권24 제39화

후지와라노 요시타카藤原義孝 아손朝臣이 죽은 후에 와카和歌를 지은 이야기

후지와라노 요시타카藤原義孝가 요절한 후, 승려 가엔賀縁과 여동생 및 모친의 꿈에 나타나 와카和歌를 읊은 이야기. 승려 가엔의 꿈속에서 읊은 와카는 요시타카의 극락왕생을 전하는 내용으로 본집 권15 제42화에서 요시타카가 친구인 후지와라노 다카토藤原高遠의 꿈에 나타나 극락왕생의 노래를 읊은 에피소드와 통하는 것.

이제는 옛이야기이지만, 우근소장右近少將 후지와라노 요시타카藤原義孝[1] 라는 사람이 있었다. 이 사람은 이치조一條 섭정攝政[2]의 아들이다. 용모, 인품을 비롯하여 성품도 재능도 모두 남보다 뛰어났다.[3] 또한 신앙심도 깊었는데, 매우 젊은 나이에[4] 세상을 떠났기에 친한 사람들은 한탄하며 슬퍼했지만 어찌할 수 없었다.

그런데 죽은 뒤 십 개월 정도 지나서 가엔賀縁[5]이라는 승려의 꿈에 소장이 나타나 몹시 기분 좋은 듯이 피리를 불고 있는 것처럼 보였다. 그러나 실은 그저 휘파람을 불고 있을 뿐이었다. 이것을 보고 가엔이 "어머님[6]께서

1 → 인명.
2 → 인명. 후지와라노 고레마사藤原伊尹를 가리킴.
3 이하, 용모, 인품, 재능이 보통사람보다 뛰어났다는 표현은 유형적類型的.
4 천연天延 2년(974) 9월 18일 몰. 나이 20세. 권15 제42화 참조.
5 → 인명. '가엔賀延'이라고도 함.
6 고레마사伊尹의 아내, 요시아키라代明 친왕親王의 딸, 게이시惠子 여왕女王을 가리킴. 하루 사이에 다카카타

저렇게 슬퍼하고 계시는데 어찌하여 그와 같이 기분 좋은 듯이 있을 수 있는가."라고 묻자, 소장은 아무 대답도 하지 않고 이렇게 읊었다.

> 속세에서 초겨울의 비가 내릴 즈음에는 내가 사는 극락정토에는 가지각색의 꽃이 피고 흩날려 진정 즐겁도다. 그런데도 어찌하여 고향 속세에서는 언제까지고 나의 죽음을 슬퍼하며 울고 있는 것인가.[7]

꿈에서 깨어 가엔은 눈물에 잠겼다.

또한 다음 해 가을,[8] 소장의 여동생[9]의 꿈에 소장이 여동생과 만나 이렇게 읊었다.

> 당신이 계속 입고 있던 상복 소매의 눈물도 아직 마르기 전에 벌써 일 년이 지나, 우리가 헤어졌던 가을이 다시 찾아왔네요.[10]

꿈에서 깨어 여동생은 몹시 울며 슬퍼했다.[11]

또한 소장이 아직 병상에 있을 때, 아직 자신이 죽는다고 생각하지 못하고, "경전을 마저 읽고 싶다."라고 말하는 새에 금방 죽어 버렸기 때문에, 여동생인 여어女御[12]는 그 뒤에 유언을 잊어버리고 그 몸을 묻어 버렸다. 그러자 그날 밤, 어머니의 꿈에 소장이 나타나 이렇게 읊었다.

擧賢, 요시타카義孝 두 명의 아이를 잃음. 권15 제42화 참조.

7 원문은 "シグレニハチグサノ花ゾチリマガフナニフルサトノ袖ヌラスラム"로 되어 있음.

8 천연 3년 가을. 상복기간이 끝나는 시기.

9 요시타카의 여동생은 여섯 명. 누군지는 불명. 가이시懷子는 이미 죽었음.

10 원문은 "キテナレシコロモノソデモカハカヌニワカレシアキニナリニケルカナ"로 되어 있음.

11 여기서부터 끝까지 『후습유집後拾遺集』에 없음. 상황묘사의 첨가.

12 고레마사의 장녀. 가이시懷子(→ 인명). 요시타카와 어머니가 같은 누이.

그리 약속했건만 제가 삼도천三途川에서 되돌아오는 사이에 그 약속을 잊어버릴 수 있는 것인가요.[13]

어머니는 꿈을 깬 후, 울며 어쩔 줄 몰라 하셨다.

그러므로 와카를 짓는 사람이라는 것은 죽은 후에 지은 노래도 이처럼 훌륭한 것이라고 이렇게 이야기로 전하여 내려오고 있다 한다.

13 원문은 "シカバカリチギリシモノヲワタリ川カヘルホドニハワスルベシヤハ"로 되어 있음.

⊙제39화⊙ 후지와라노 요시타카藤原義孝 아손朝臣이 죽은 후에 와카和歌를 지은 이야기

藤原義孝朝臣死後読和歌語第三十九

今昔、右近少将藤原義孝ト云人有ケリ。此レハ一条ノ摂政殿ノ御子也。形チ有様ヨリ始テ、心バヘ、身ノ才、皆人ニ勝レテナム有ケル。亦道心ナム深カリケルニ、糸若クシテ失ニケレバ、親キ人々歎キ悲ケレドモ、甲斐無クテ止ニケリ。而ルニ、失テ後、十月許ヲ経テ、賀縁ト云僧ノ夢ニ、少将極ク心地吉気ニテ、笛ヲ吹ト見ル程ニ、只口ノ鳴スナム有ケル。賀縁此レヲ見テ云ク、「母ノ此許リ恋給フヲ、何ニ此ク心地吉気ニテハ御座スルゾ」ト云ケレバ、少将答フル事ハ無クシテ、此ナム読ケル、

　シグレニハチグサノ花ゾチリマガフナニフルサトノ袖ヌラスラム

ト。賀縁覚驚テ後チ泣ケル。

亦、明ル年ノ秋、少将ノ御妹ノ夢ニ、少将妹 会テ、此ナム読ケル、

　キテナレシコロモノソデモカハカヌニワカレシアキニナリニケルカナ

ト。妹覚驚テ後ナム、極ク泣給ヒケル。

亦、少将未ダ煩ケル時、妹ノ女御、少将未ダ失タリトモ不知デ、「経読畢ム」ト云ケル程ニ、程無ク失ニケレバ、其後忘レテ、其身ヲ葬テケレバ、其ノ夜母ノ御夢ニ此ナム、

　シカバカリチギリシモノヲワタリ川カヘルホドニハワスルベシヤハ

ト。母驚キ覚テ後、泣キ迷ヒ給ヒケリ。

然レバ、和歌読ム人ハ、失テ後ニ読タル歌モ此ク微妙キ也、トナム語リ伝ヘタルトヤ。

권24 **제40화**

엔유인圓融院 장례식 날 밤에 아사테루朝光 재상이 와카和歌를 지은 이야기

엔유圓融 법황法皇이 붕어하시어 무라사키노紫野에서 장례를 치를 때, 작년 자일子日 날의 연회를 그리워하며 후지와라노 아사테루朝光와 후지와라노 유키나리藤原行成가 애상가哀傷歌를 지은 이야기. 또한 유키나리는 앞 이야기의 요시타카義孝의 아들이어서 등장인물의 부자관계라는 점에서 전 이야기와 연결된다.

이제는 옛이야기이지만 엔유圓融 법황法皇[1]이 붕어하시어 무라사키노紫野[2]에서 장례를 치렀는데, 작년[3] 이 곳에서 자일子日[4]날 천황의 행차가 있었던 일 등을 떠올리며 사람들이 깊은 슬픔에 잠겨 있을 때, 간인閑院 좌대장左大

1 → 인명. 엔유인圓融院 천황天皇. 제64대. 영관永觀 2년(984) 8월 퇴위 후 출가. 정력正曆(991) 2월 12일 붕어. 33세. 『일본기략日本紀略』 동 19일에 "태상법황太上法皇 엔유를 절 북쪽 들판에 묻음. 뼈는 무라카미 산릉村上山陵 곁에 둔다."라고 함. 능은 교토시京都市 우쿄구右京區 우다노후쿠오지 정宇多野福王寺町에 있고 후무라카미능後村上陵이라 칭함. 화장한 곳은 같은 오아자 다니구치大字谷口의 땅이라고 함(『능묘일람陵墓一覽』).

2 → 지명. 또한, 이 이야기에 보이는 무라사키노紫野 장례식이 『일본기략日本紀略』, 『부상약기扶桑略記』, 『대경大鏡』에 적힌 대로 엔유지圓融寺 북쪽 들판의 화장을 가리킨다면 지리적으로 맞지 않음. 엔유지 북쪽 들판은 무라사키노의 서쪽. 단 『후습유집後拾遺集』, 『영화榮花』, 『요쓰기 이야기世繼物語』 등에서는 '무라사키노'라 함.

3 영관永觀 3년(985) 2월 13일, 무라사키노에서 행해진 자일子日의 행사를 가리킴(『소우기小右記』, 『기략紀略』). 제28권 제3화 참조. 장례식 날이 기이하게도 자일子日의 행사 날과 같은 2월 중순이었기에, 시인의 추억이나 비탄도 한층 더 깊었던 것임.

4 정월(시간적으로 2월) 첫 번째 자일에 들판에 나가 나물을 캐거나, 어린 소나무를 뽑으며 연회를 하고 건강하고 오래 살기를 기원한 연중행사.

將 아사테루朝光 대납언大納言[5]이 이렇게 읊었다.

이전에 자일의 연회를 위해 무라사키노에 천황이 행차하셨는데, 그와 같은 날에 이곳에서 그 천황의 장례를 치르게 될 줄을 대관절 누가 예상할 수 있었을까.[6]

또, 유키나리行成 대납언[7]이 이렇게 읊었다.

평소 천황의 행차에는 절대로 늦지 않도록 서둘렀건만, 이번의 천황의 명도 길에는 슬프게도 함께할 수 없구나.[8]

이처럼 읊는 것도 애처로운 일이라고 이렇게 이야기로 전하여 내려오고 있다 한다.

5 → 인명.

6 원문은 "ムラサキノクモノカケテモ思キヤハルノカスミニナシテミムトハ"로 되어 있음. 『습유집拾遺集』, 『사네카타집實方集』, 『영화』, 『요쓰기 이야기』, 『보물집寶物集』에 수록.

7 → 인명.

8 원문은 "ヲクレジトツネノミユキニイソギシニ煙ニソハヌタビノカナシサ"로 되어 있음. 『후습유집』, 『영화』, 『금경今鏡』, 『십훈초十抄訓』, 『고래풍체초古來風體抄』에 수록.

⊙ 제40화 ⊙ 엔유인圓融院 장례식 날 밤에 아사테루朝光 재상이 와카和歌를 지은 이야기

円融院御葬送夜朝光卿読和歌語第四十

今昔、円融院ノ法皇失セ給ヒテ、紫野ニ御葬送有ケルニ、一トセ、此ニ御子日ニ出サセ給ヘリシ事ナド思ヒ出テ、人々哀レニ歎キ悲ケルニ、閑院左大将朝光大納言此ナム読ケル、

ムラサキノクモノカケテモ思キヤハルノカスミニナシテ
ミムトハ

ト。亦、行成大納言此ナム読ケル、

ヌクレジトツネノミユキニイソギシニ煙ニソハヌタビノ
カナシサ

ト。此ナム読ケルモ哀也、トナム語リ伝ヘタルトヤ。

권24 제41화

이치조인條院이 돌아가신 후에 조토몬인上東門院이 와카和歌를 지은 이야기

이치조一條 천황天皇을 둘러싼 노래이야기歌物語 두 개를 연결한 이야기. 첫 번째 이야기는 이치조 천황의 붕어 후에 조토몬인上東門院 쇼시彰子가 부제父帝의 죽음을 모르는 천진난만한 황자皇子를 보고 애상哀傷의 노래를 지은 이야기, 두 번째 이야기는 데이시定子 황후皇后의 붕어 후에 이치조 천황이 침소의 방장房帳의 끈에 매달려 있던 황후의 노래를 보고 그리워하며 슬퍼한 이야기. 또한, 제목은 제1단段의 내용에만 대응함. 제34·36·37·38화 참조

이제는 옛이야기이지만 이치조인條院[1]이 붕어하신 뒤에, 아직 어리셨던 고이치조 천황後一條天皇[2]이 옆에 있었던 패랭이꽃을 무심히 따는 것을 모후母后인 조토몬인上東門院[3]이 보시고서는 이렇게 읊으셨다.

부제父帝가 돌아가신 것도 모르고, 무심히 패랭이꽃을 따는 유제幼帝를 보니 눈물이 흘러넘쳐 어쩔 수가 없구나.[4]

1 → 인명. 제66대, 이치조 천황一條天皇. 관홍寬弘 8년(1011) 6월 22일 붕어. 32세.
2 → 인명. 제68대, 고이치조 천황後一條天皇. 이치조 천황이 붕어하셨을 당시 나이는 4세.
3 → 인명. 후지와라노 쇼시藤原彰子.
4 원문은 "ミルマ、ニツユゾコボル、ヲクレニシコ、ロモシラヌナデシコノハナ"로 되어 있음. 『후습유집後拾遺集』, 『영화榮華』, 『금경今鏡』, 『보물집寶物集』에 수록.

이것을 들은 사람은 모두 눈물을 흘렸다.

또한, 이치조 천황의 재위 중에 황후皇后[5]가 돌아가셨는데, 그 뒤에 보니 침소의 방장房帳 끈에 쪽지가 묶여 있었다. 어떤 사람이 이것을 발견하였는데, 너무나도 천황의 눈에 띄길 바라는 듯이 보였다. 천황이 읽어 보시니 와카和歌가 세 수 적혀 있었다.

> 밤새도록 굳게 약속을 나눈 일을 잊지 않으셨다면, 제가 죽은 뒤에도 분명 저를 그리워하며 울어 주시겠지요.[6]

> 아는 사람도 없는 저승길을 떠날 때가 되어, 홀로 불안해하며 서둘러 떠나옵니다.[7]

천황은 이것을 보시고, 더 없이 그리워 슬퍼하셨다.

이것을 들은 세상 사람들도 울지 않는 이가 없었다고 이렇게 이야기로 전하여 내려오고 있다 한다.

5 이치조 천황의 황후인 데이시定子(→ 인명). 장보長保 2년(1000) 12월 16일 붕어. 25세.

6 원문은 "ヨモスガラチギリシコトヲワスレズハコヒシナミダノタユカシキ"로 되어 있음. 『후습유집』, 『영화』, 『요쓰기 이야기世繼物語』, 『발심집發心集』, 『십훈초十抄訓』, 『열목초悅目抄』, 『고래풍체초古來風體抄』, 『무명초자無名草子』, 『백인수가百人秀歌』에 수록.

7 원문은 "シル人モナキワカレヂニイマハトテコ、ロボソクモイソギタツカナ"로 되어 있음. 『후습유집』, 『영화』, 『무명초자』에 수록.

⊙제41화⊙ 이치조인一條院이 돌아가신 후에 조토몬인上東門院이 와카和歌를 지은 이야기

一条院失給後上東門院読和歌語第四十一

今昔、一条院失サセ給テ後[9]、々一条院[10]ノ幼ク御座ケル時ニ、瞿麦[11]ノ花ノ有ケルヲ、何心[12]モマシマサズ取ラセ給タリケルヲ、母后上東門院[13]見給テ、此ナム読給ヒケル、

ミルマヽ[14]ニツユゾコボルヽヲクレニシコヽロモシラヌナデシコノハナ

ト。此レヲ聞ク人、皆泣ケリ。

亦、一条院ノ未ダ位ニ御座ケル時、皇后[15]失セ給ヒケル、其[17]後、御帳[16]ノ紐ニ結ヒ被付タル文有リ。人此ヲ見付タルニ、内ニモ御覧セヨガホニテ有ケレバ、御覧ゼサセケルニ、和歌[18]三首ヲ書キ被付タリ、

ヨモスガラ[19]チギリシコトヲワスレズハコヒシナミダノ夕[20]ユカシキ

シル人[21]モナキワカレヂニイマハトテコヽロボソクモイソ[22]ギタツカナ

ト。天皇此ヲ御覧ジテ、無限リ恋悲マセ給ヒケリ。

此[23]レヲ聞ク世ノ人モ、不泣ハ無カリケリ、トナム語リ伝ヘタルトヤ。

권24 제42화

스자쿠인朱雀院의 여어女御가 죽은 후에 여방女房이 와카和歌를 지은 이야기

스자쿠인朱雀院의 여어女御가 죽은 뒤의 애화哀話로, 여어의 사후死後 히타치 지방常陸國의 조개껍데기를 헌상한 여방女房 스케助와 여어의 부친 대신大臣과의 애상가哀傷歌의 증답贈答을 적는다.

이제는 옛이야기이지만, 스자쿠인朱雀院[1]의 여어女御[2]라는 분은 오노노미야小野宮 태정대신太政大臣[3]의 따님이셨다. 이 여어가 덧없이 돌아가셨다.[4]

그런데 이 여어를 곁에서 모시던 여방女房이 있었다. 그 이름은 스케助[5]라고 했다. 용모, 인품을 비롯하여 마음씨도 고상해서 여어는 이를 가깝게 두고 애지중지하셨으므로, 여방 쪽에서도 마음 속 깊이 따르며 섬기고 있었다. 그러던 중에 여방은 히타치 수령常陸守의 아내가 되어 남편의 부임지로 내려갔다. 여어에게는 죄송하게 생각했지만, □[6]가 간곡히 청하여 지방으로 내려가기는 했지만 여어를 그리워하고 있었다. 어느 날, "여어에게 보여

1 → 인명.
2 → 인명(게이시慶子)
3 → 인명(사네요리實賴). 후지와라노 사네요리藤原實賴.
4 천력天曆 5년(951) 10월 9일 사망.
5 전미상傳未詳.
6 히타치 수령常陸守 성명의 명기를 위한 의도적 결자.

드리자."고, 아름다운 조개[7]를 많이 주워 모아 바구니에 넣어서 도읍으로 가지고 갔는데, "여어가 돌아가셨습니다."라는 소리를 듣고 이루 말할 수 없이 슬퍼하며 울었다.

하지만 이제 와서 어쩔 수 없어, 그 바구니의 조개를 "이것을 송경誦經의 보시로 사용해 주십시오."라고 말하고 태정대신[8]에게 바쳤는데 조개 안에는 스케의 이런 노래가 들어 있었다.

당신에게 드리려고 성심성의껏 주워 둔 이 조개껍데기인데, 당신이 안 계시다는 소리를 들으니 이제부터 저는 내용물이 없는 조개껍데기와 같습니다. 도대체 누구를 의지하여 살아가야 한단 말인가요.[9]

태정대신은 이것을 보시고 몹시 흐느껴 울면서 이렇게 답가를 하셨다.

너의 깊은 마음이 담긴 이 바구니의 조개껍데기를 나는 잃은 딸의 유품으로서 얻을 뿐이구나.[10]

실제로 당시에 이것을 듣고 울지 않은 자가 없었다고 이렇게 이야기로 전하여 내려오고 있다 한다.

7 아름다운 조개는 조개놀이 등의 용도로 진귀하고 소중히 여겨짐.
8 여어女御의 아버지 사네요리實頼를 가리킴.
9 원문은 "ヒロヒヲキシキミモナギサノウツセガイイマハイヅレノウラニヨラマシ"로 되어 있음.
10 원문은 "タマクシゲウラミウツセルウツセガイキミガ、タニトヒロフバカリゾ"로 되어 있음.

⊙제42화⊙ 스자쿠인朱雀院의 여어女御가 죽은 후에 여방女房이 와카和歌를 지은 이야기

朱雀院女御失給後女房読和歌語第四十二

今昔、朱雀院ノ女御ト申スハ、小野宮ノ大政大臣ノ御娘也、其ノ女御墓無ク失セ給ヒニケリ。

而ルニ、其ノ女御ノ御許ニ候ヒケル女房有ケリ。名ヲバ助トゾ云ケル。形チ有様ヨリ始メテ、心バヘ可咲カリケレバ、女御此レヲ睦シキ者ニシテ、哀レニ思タリケレバ、女房モ媚ク思ヒ通ハシテ過ケル程ニ、常陸守ガ妻ニ成テ、其国ニ下ニケリ。心苦シク思ヒケレドモ、強ニ□ガ倡ケレバ、国ニ下テモ、女御ヲ恋ヒ奉ケルニ、「彼ノ女御ニ御覧ゼサセム」トテ、厳キ貝共ヲ拾テ、箱一具ニ入レテ持上タリケルニ、「女御失セ給ヒニケリ」ト聞テ、泣悲ムト云ヘバ愚也ヤ。然レドモ甲斐無クシテ、其貝一箱ヲ、「此レ、御誦経ニセサセ給ヘ」トテ、大キ大臣ニ奉タリケルニ、貝ノ中ニ、助此ナム書入タリケル、

ヒロヒヲキシキミモナギサノウツセガイイマハイヅレノ
ウラニヨラマシ

ト。大キ大臣此レヲ見給テ、涙ニ噎返テ、泣々御返シ、此ナム、

タマクシゲウラミウツセルウツセガイキミガヽタニトヒ
ロフバカリゾ

ト。実ニ其比ハ、此レヲ聞テ不泣人無カリケリ、トナム語リ伝ヘタルトヤ。

권24 **제43화**

도사 수령土佐守 기노 쓰라유키紀貫之가 아이가 죽어서 와카和歌를 지은 이야기

도사 수령土佐守 재임 중에 사랑하는 아이(이 이야기에서는 남자아이)를 잃은 기노 쓰라유키紀貫之가 임기를 마치고 상경할 때에, 그 비탄의 마음을 와카和歌로 읊어 관館의 기둥에 써 남기었다는 이야기. 『도사 일기土佐日記』 12월 27일의 조항을 원전으로 증보·윤색한 이야기이다.

이제는 옛이야기이지만, 기노 쓰라유키紀貫之[1]라는 가인歌人이 있었다. 도사 수령土佐守이 되어 부임지에 내려가서 이윽고 임기가 끝났다.[2]

쓰라유키에게는 칠팔 세 정도의 남자아이[3]가 있었는데 아름다운 아이였기에 손안의 보석처럼 애지중지하였지만, 사소한 병에 걸려 며칠을 앓은 끝에 허무하게 죽고 말았다. 쓰라유키는 더없이 비탄에 빠져 울며 어찌할 바를 몰라 병이 될 정도로 그리워했다. 이윽고 몇 개월이 흘러 국사國司의 소임도 끝났으므로 이렇게 계속 슬퍼하고 있을 수만도 없어 상경하기로 했다. 하지만, '이제 떠나야지.'[4] 하는 순간, 그 아이가 이곳에서 이렇게 저렇게

1 → 인명.

2 승평承平 4년(934) 4월 29일 해임.

3 『도사 일기土佐日記』에서는 12월 27일 조에 여자아이의 죽음을 기록해, 뒤에 나오는 와카和歌를 수록하고 있다. 『고본설화古本說話』, 『우지 습유宇治拾遺』는 "일고여덟 정도의 아이"로 되어 있음. 남자아이로 한 것은 편자編者의 자의적 해석으로 추정됨.

4 새로운 수령의 도착을 기다려, 승평 4년 12월 21일 술시에 출발(『도사 일기』).

놀았던 추억이 떠올라 말할 수 없이 슬퍼 기둥[5]에 이렇게 써서 남겼다.

> 도읍으로 돌아가게 된다면 즐거울 터인데, 이렇게도 쓸쓸하게 여겨지는 것은 여기서 돌아올 수 없는 사람이 되어, 함께 도읍으로 돌아갈 수 없는 아이를 남겨두기 때문이다.[6]

상경 후에도, 그 슬픈 마음은 사라지지 않았다. 국사의 저택의 기둥에 적어 둔 노래는 지금도 그대로 선명하게 남아 있다고 이렇게 이야기로 전하여 내려오고 있다 한다.

5 후문後文의 '국사의 저택의 기둥'으로 보임.

6 원문은 "ミヤコヘト思フ心ノワビシキハカヘラヌ人ノアレバナリケリ"로 되어 있음.

ナム語リ伝ヘタルトヤ。

◉ 제43화 ◉
도사 수령土佐守 기노 쓰라유키紀貫之가 아이가 죽어서 와카和歌를 지은 이야기

土佐守紀貫之子死読和歌語第四十三

今昔、紀貫之ト云歌読有ケリ。土佐守ニ成テ其国ニ下テ有ケル程ニ、任畢リ。

年七ツ八ツ許有ケル男子ノ、形チ厳カリケレバ、極ク悲ク愛シ思ケルガ、日来煩テ墓無クシテ失セニケレバ、貫之無限リ此ヲ歎キ泣キ迷テ、病付許思焦ケル程ニ、月来ニ成ニケレバ、任ハ畢ヌ、此テノミ可有キ事ニモ非ネバ、「上ナム」ト云程ニ、彼児ノ此ニテ此彼遊ビシ事ナド思ヒ被出テ、極ク悲ク思ヘケレバ、柱ニ此ク書付タリ、

　ミヤコヘト思フ心ノワビシキハカヘラヌ人ノアレバナリケリ

上テ後モ、其ノ悲ノ心不失デ有ケル。

其ノ館ノ柱ニ書付タリケル歌ハ、生ニテ不失デ有ケリ、ト

권24 제44화

아베노 나카마로安陪仲麿가 당唐에서 와카和歌를 지은 이야기

견당사遣唐使인 아베노 나카마로安陪仲麿가 당의 명주明州의 해변에서 조국 일본을 그리워하여, '먼 하늘'의 와카和歌를 읊은 이야기. 저명한 이야기로 같은 이야기가 여러 책에서 보임. 노래도 많은 가론서歌論書 등에 수록되어 있다.

이제는 옛이야기이지만, 아베노 나카마로安陪仲麿[1]라는 사람이 있었다. 견당사遣唐使[2]로서 여러 가지 것들을 익히게 하기 위해 이 사람을 당으로 보냈다.

오랫동안 귀국할 수 없었지만, 그 후 다시, 일본에서 견당사로서 갔던 《후지와라노 기요카와藤原清河》[3]라는 사람과 함께 귀국하고자 하여[4] 명주明州[5]라는 곳에 오자, 그 해안에서 당나라 사람이 송별연送別宴을 열어 주었다. 밤

1 아베安陪는 통용通用으로 정확하게는 '아베安倍' → 인명.

2 영귀靈龜 2년(716) 입당유학생으로 임명되었고, 이듬해 양로養老 원년, 기비노 마키비吉備眞備·겐보玄昉 등과 함께 당으로 갔다. 하지만, 이때의 견당대사遣唐大使는 아베노 야스마로安倍安麻呂.

3 견당사遣唐使의 성명의 명기를 위한 의도적 결자. 후지와라노 기요카와藤原清河가 해당한다. 기요카와를 대사大使, 기비노 마키비 등을 부사副使로 하는 견당사 일행은 천평승보天平勝寶 4년(752) 윤閏 3월에 출발했음.

4 천평승보天平勝寶 5년, 나카마로는 기요카와 일행과 함께 귀국을 계획했지만, 안남安南에 표착漂着, 당으로 돌아감.

5 중국 절강浙江 소녕파小寧波 부근付近. 실제로는 소주蘇州에서 출항함(『당대화상동정전唐大和上東征傳』)

이 되어 달이 매우 밝게 빛나고 있는 것을 보고 한없이 일본에 대해 생각이 나서 그리워하며 슬프게 일본 쪽을 바라보며,

> 먼 하늘 저편을 올려다보니, 교교皎皎하게 달이 빛나고 있네. 저 달은 내 나라의 미카사 산三笠山에 걸려 있던 달이로구나.[6]

라고 읊고 눈물을 흘렸다.

이것은 나카마로가 귀국해서 이야기한 것을 듣고, 이렇게 이야기로 전하여 내려오고 있다 한다.[7]

6 원문은 "アマノハラフリサケミレバカスガナルミカサノ山ニイデシツキカモ"로 되어 있음.

7 나카마로는 귀국하지 못하고, 당에서 사망. 이 기사記事는 사실史實과 맞지 않음. 편자가 이런 와카和歌 세계와는 다른 세계에서 있었던 것임을 방증하고 있는 것일까? 설화의 진실성을 강조하기 위해 체험담으로 설정한 화말결어話末結語.

⊙제44화⊙ 아베노 나카마로安陪仲麿가 당唐에서 와카和歌를 지은 이야기

安陪仲麿於唐読和歌語第四十四

今昔、安陪仲麿[15]ト云人有ケリ。遣唐使[16]トシテ物ヲ令習ムガ為ニ、彼国ニ渡ケリ。

数ノ年ヲ経テ、否返リ不来リケルニ、亦此国ヨリ□[17]ト云フ人、遣唐使トシテ行タリケルガ、返リ来[18]ケルニ伴ナヒテ、「返リナム」トテ、明州[19]ト云所ノ海ノ辺ニテ、彼ノ国ノ人餞[20]シケルニ、夜ニ成テ月ノ極ク明カリケルヲ見テ、墓無キ事ニ付テモ、此ノ国ノ事思ヒ被出ツヽ、恋ク悲シク思ヒケレバ、此ノ国ノ方ヲ詠メ[21]テ、此ナム読ケル、

アマノハラ[22]フリサケミレバカスガ[23]ナルミカサノ山ニイデシツキカモ

ト云テナム泣ケル。

此レハ、仲丸[24]此国ニ返テ語ケルヲ聞テ、語リ伝ヘタルトヤ。

권24 제45화

오노노 다카무라小野篁가 오키 지방隱岐國에 유배되었을 때, 와카和歌를 지은 이야기

오노노 다카무라小野篁가 오키 지방隱岐國에 유배되었을 때의 와카 두 수를 짓게 된 사정을 기록한 이야기. 첫 번째 와카和歌를 둘러싼 노래이야기歌物語는 저명하여, 여러 책에서 등장하고, 두 번째 와카는 이 이야기에서만 다카무라가 읊은 것으로 하고 있다.

이제는 옛 이야기지만, 오노노 다카무라小野篁[1]라는 사람이 있었다.

어떤 죄로 인하여[2] 오키 지방隱岐國[3]에 유배되었을 때, 배를 타고 출발할 때 도읍의 지인에게 이렇게 노래를 지어 보냈다.

다카무라는 넓은 바다에 떠 있는 무수한 섬들을 누비며 멀리 노 저어 갔다고 도읍 사람에게 전해 주게, 먼 바다에서 낚시하는 어부여.[4]

1　→ 인명.

2　승화承和 원년元年(834) 다카무라가 승선문제를 둘러싸고 대사大使 후지와라 쓰네쓰구藤原常嗣와 다투어, 천황으로부터 문책을 받은 사건을 가리킴. 오키隱岐 유배는 승화承和 5년 12월. 권20 제45화 참조.

3　→ 옛 지방 명. 유배인들의 섬 지역. 고토바인後鳥羽院도 유배되었음.

4　원문은 "ワタノハラヤソシマカケテコギ出ヌヒトニハツゲヨアマノツリブネ"로 되어 있음. 『고금집古今集』, 『신찬수뇌新撰髓腦』, 『고래풍체초古來風體抄』 등에 수록.

아카시明石[5]라는 곳에 가서, 숙소를 정하고 밤을 보냈다. 때는 9월 무렵으로 새벽녘까지 잠들지 못하고 생각에 잠겨 바다 위를 바라보고 있었는데 먼 바다의 배가 섬에 가려서 보이지 않게 가는 것을 보고 처량하게 생각하여,

> 희미하게 밝아지는 아카시 바닷가의 아침 안개 속에, 섬에 가려 보이지 않게 나아가는 배를 보니 참으로 애처롭도다.[6]

라고 읊고 눈물을 흘렸다.

이것은 다카무라가 도읍에 돌아온 후에 이야기한 것을 듣고, 이렇게 이야기로 전하여 내려오고 있다 한다.

5 지금의 효고 현兵庫縣 아카시明石 항구 근처.

6 원문은 "ホノボノトアカシノ浦ノアサギリニ島カクレ行舟ヲシゾオモフ"로 되어 있음. 『고금집』 권9에 수록되어 있으나 작자미상으로 되어 있음.

⊙제45화⊙ 오노노 다카무라小野篁가 오키 지방隱岐國에 유배되었을 때, 와카和歌를 지은 이야기

小野篁被流隠岐国時読和歌語第四十五

今昔、小野篁[三]ト云人有ケリ。

事有テ[四]隠岐国[五]ニ被流ケル時、船ニ乗テ出立ツトテ、京ニ知タル人ノ許ニ、此ク読テ遣ケル、

[六]ワタノハラヤソシマカケテコギ出ヌトヒトニハツゲヨア
マノツリブネ

ト。明石[七]ト云所ニ行テ、其ノ夜宿テ[八]、九月許リノ事也ケレバ、明髴[九]ニ不被寝デ、詠メ居タルニ[一〇]、船ノ行クガ、島隠レ為ルヲ見テ、哀レト思テ、此ナム読ケル、

[一一]ホノ〴〵トアカシノ浦ノアサギリニ島カクレ行舟ヲシゾ
オモフ

ト云テゾ泣ケル。

[一二]此レハ篁ガ返テ語ルヲ聞テ、語リ伝ヘタルトヤ。

권24 제46화

하원원河原院에서 노래를 짓는 사람들이 와카和歌를 지은 이야기

우다 법황宇多法皇 붕어 후의 하원원河原院의 황폐해진 모습을 전하는 이야기로 그곳을 방문한 기노 쓰라유키紀貫之와 그 외의 사람들의 노래를 지은 것을 열거列擧하여 기록하였다. 또한 『고본설화古本說話』 상권 제27화는 본집 권27 제2화를 전반에, 이 이야기를 후반에 일괄하여 수록하고 있다.

이제는 옛이야기이지만, 하원원河原院[1]에는 우다 법황宇多法皇[2]이 살고 계셨었지만 붕어하신 뒤로는 사는 사람도 없고, 원院 안은 황폐하게 방치해 있었다. 기노 쓰라유키紀貫之[3]가 도사 지방土佐國[4]에서 상경하여 이곳을 방문하고는 처량히 여겨 이렇게 읊었다.

법황님께서 돌아가시고, 소금 굽는 연기도 끊겨 버린 시오가마鹽釜[5]를 보니 말할 수 없이 쓸쓸하구나.[6]

1 → 지명.
2 → 인명(우다인宇多院). 승평承平 원년元年(931) 7월 붕어. 75세.
3 → 인명. 기노 쓰라유키紀貫之의 귀경은 승평 5년 2월 16일(『도사 일기土佐日記』).
4 → 옛 지방명.
5 → 지명.
6 원문은 "キミマサデ煙タエニシ塩ガマノウラサビシクモミヱワタルカナ"로 되어 있음. 『고본설화古本說話』, 『고금집古今集』 권16, 『쓰라유키집貫之集』 등에 수록.

이 원院의 마당은 무쓰 지방陸奧國[7] 시오가마의 바닷가의 모습을 흉내 내 만들어 해수海水를 가득히 부어 넣었기에 이렇게 읊었던 것이리라.

그 후, 이 원院을 절로 하여 안포安法[8]라는 승려가 살고 있었다. 이 승려가, 겨울 밤 달이 매우 밝게 빛나고 있는 것을 보고, 이렇게 읊었다.

오늘밤은 넓은 하늘이 저리도 티 없이 맑은 것인가. 이 겨울밤의 달이 마치 얼음처럼 보인다.[9]

서쪽의 바깥채[10] 서면西面에 옛날 그대로의 커다란 소나무가 있다. 그 당시 가인歌人들이 안포의 승방僧坊에 와서 노래를 읊었다. 고소베 입도 노인古曾部入道能因[11]의 노래,

긴 세월이 흘러 아름다운 물가에 소나무가 자라나 버렸다. 이렇게 황폐해져 버리면, 침소에서 자일 날의 행사마저 가능하겠네.[12]

《오에노大江》[13] 요시토키善時의 노래,

지금은 물을 뜨기 위해 오는 마을 사람조차 없겠구나. 판자로 둘러친 둘러싼 우

7 → 옛 지방 명.

8 '안포安法'(→ 인명). 『고본설화』에는 "あんほうぎみ"라고 되어 있음. 15권 제33화 참조.

9 원문은 "アマノハラソコサヘサヱヤワタルラムコホリトミユルフユノヨノツキ"로 되어 있음. 『습유집拾遺集』 권4, 『에교법사집惠慶法師集』는 작자를 에교惠慶로 하고 있고, 『고금육첩古今六帖』 권1은 쓰라유키 작으로 하고 있음.

10 '西の對の屋'.

11 → 인명. 『고본설화古本說話』에는 "고소베노 입도こそべの入道"라고 되어 있음.

12 원문은 "トシフレバカハラニ松ハオイニケリ子日シツベキネヤノウヘカナ"로 되어 있음.

13 '요시토키善時'의 성의 명기를 위한 의도적 결자. '요시토키善時'는 '요시토키嘉言'에 해당하는 것으로, '오에노大江'가 해당한다. → 인명(요시토키嘉言). 『고본설화』에서는 작자의 언급이 없고 와카만 싣고 있음.

물의 맑은 물은 전부 수초로 둘러싸여 버린 채로 있구나.[14]

미나모토노 미치나리源道濟[15]의 노래,

후세에 이곳에 하원원河原院이 있었다는 표지로서 남을 터인 소나무조차, 이제 완연히 늙어 버렸네.[16]

그 뒤, 이 원院은 점점 황폐해지고 그 소나무도 지난 해 강풍에 쓰러져 버렸으므로 사람들은 애처로운 일이라고 이야기했다.

이 원院의 흔적은, 지금은 작은 집들이 되었고 당堂만이 남아 있다고 이렇게 이야기로 전하여 내려오고 있다 한다.

14 원문은 "サト人ノクムダニ今ハナカルベシイタ井ノシミヅミグサヰニケリ"로 되어 있음. 『후습유집後拾遺集』 권18의 오에노 요시토키의 시로 한다. 『요시토키집嘉言集』에도 수록.

15 → 인명.

16 원문은 "ユクスヱノシルシバカリニノコルベキ松サヘイタクオヒニケルカナ"로 되어 있음. 『습유집拾遺集』 권8, 『미나모토노 미치나리집源道濟集』, 삼주본三奏本 『금엽집今葉集』에도 수록.

ト。西ノ台[1]ノ西面ニ、昔ノ松ノ大ナル有ケリ。其ノ間ニ歌読共、安法君ノ房ニ来テ、歌ヲ読ケリ。古曾部[2]ノ入道能因、

[3]トシフレバカハラニ松ハオイニケリ子日シツベキネヤノウヘカナ

ト。[4]□ノ善時、

[5]サト人ノクムダニ今ハナカルベシイタ井ノシミヅミグサヰニケリ

ト。[6]源道済、

[7]ユクスヱノシルシバカリニノコルベキ松サヘイタクオヒニケルカナ

ト。[8]其後、此院弥ヨ荒レ増テ、其ノ松ノ木モ一トセ風ニ倒レシカバ、[9]人々哀レニナム云ケル。

[10]其院今ハ小宅共ニテ堂計、トナム語リ伝ヘタルトヤ。

⊙제46화⊙ 하원원河原院에서 노래를 짓는 사람들이 와카和歌를 지은 이야기

於河原院歌読共来読和歌語第四十六

今昔、河原院[13]ニ宇多院[14]住マセ給ケルニ、失サセ給ヒケレバ、住ム人モ無クテ、院ノ内荒タリケルヲ、紀貫之[15]土佐国[16]ヨリ上テ行テ見ケルニ、哀也ケレバ、読ケル、

[17]キミマサデ煙タエニシ塩[18]ガマノウラサビシクモミエ[19]ワタルカナ

ト。[20]此ノ院ハ陸奥国[21]ノ塩竈ノ様ヲ造テ、潮[22]ノ水ヲ湛ヘ汲ミ入レタリケレバ、此ク読ナルベシ。

[23]其後、此ノ院ヲ寺ニ成シテケリ。然テ安法君[24]ト云僧ゾ住ケル。其ノ僧、冬ノ夜月ノ極ク明カリケルニ、此ナム読ケル、

[25]アマノハラソコサヘサエヤワタルラムコホリトミユルフユノヨノツキ

권24 제47화

이세 어식소伊勢御息所가 젊었을 때 와카和歌를 지은 이야기

이세 어식소伊勢御息所가 젊었을 때, 애인인 후지와라노 나카히라藤原仲平가 멀리하려 했지만, '사람들에게'의 와카和歌를 보내 애정을 되찾은 이야기. 전형적인 가덕설화歌德說話.

이제는 옛이야기이지만, 이세 어식소伊勢[1]御息所가 아직 어식소도 되시기 전에, 시치조 황후七條后[2]의 곁에서 모시고 있을 무렵,[3] 비와 좌대신枇杷左大臣[4]은 아직 젊은 소장少將[5]이었는데, 몹시 사람 눈을 피해 왕래하시게 되었다. 아무리 몰래 만나도, 사람들이 어느새 자연히 그 낌새를 알아챘다.

그 뒤로는 소장은 발길을 끊고, 어떤 기별도 보내지 않았기에 이세는 이렇게 지어 보냈다.

1 → 인명(시치조七條 황후).

2 → 인명. 우다 천황宇多天皇 중궁中宮, 후지와라노 온시藤原溫子. 『고본설화古本說話』에는 "七條の后宮"이라고 되어 있음.

3 이세伊勢가 시치조 황후七條后를 모시며 지었던 노래가 『고금집今古集』 권18에 보이고, 또한 황후의 붕어를 애도한 긴 노래가 권17에 보임.

4 → 인명. 후지와라노 나카히라藤原仲平.

5 나카히라仲平의 소장少將 재임은 관평寬平 4년(892) 2월 26일부터 동同 8년 정월 26일까지.

사람들에게 알려지지 않고 끊어져 버린 두 사람의 관계라면, 실연의 슬픔에 비탄하면서도 당신과의 일은 아무것도 아니었습니다,라고 말할 수도 있을 텐데, 소문이 이렇게 퍼져서는 그렇게도 할 수 없군요.[6]

소장은 이것을 보고, '애처롭구나.'라고 생각한 것인지, 그 뒤는 오히려 사람 눈을 꺼리지 않고, 깊이 사랑하여 왕래하게 되었다는 것이다.

6 원문은 "人シレズ絶ナマシカバワビツ、モナキ名ゾトダニイハマシモノヲ"로 되어 있음. 『고금집』, 『이세집伊勢集』, 『신찬와카집新撰和歌集』 등에 수록.

⊙제47화⊙ 이세 어식소伊勢御息所가 젊었을 때 와카和歌를 지은 이야기

伊勢御息所幼時読和歌語第四十七

今昔、伊勢ノ御息所ノ、未ダ御息所ニモ不成デ七条ノ后ノ御許ニ候ヒケル比、枇杷左大臣未ダ若クシテ少将ニテ有ケル程ニ、極ク忍テ通ヒ給ヒケルヲ、忍ブト為レドモ、人自然ラ髴ニ其ノ気色ヲ見テケリ。

其後、少将通ヒ不給シテ、音無カリケレバ、此ク読テナム遣タリケル。伊勢、

人シレズ絶ナマシカバワビツヽモナキ名ゾトダニイハマ
シモノヲ

ト。少将此レヲ見テ、「哀レ」ナド思給ヒケム、返テナム此ノ度ハ現ハレテ極ク思テ棲給ケル。

권24 제48화

미카와 수령參河守 오에노 사다모토大江定基가 보내온[1] 와카和歌를 지은 이야기

세상이 대기근이었을 때, 미카와 수령三河守인 오에노 사다모토大江定基가 거울을 파는 여자의 와카和歌에 감동하고 도심道心을 깊게 하여, 쌀 십 석에 답가를 더해 여자의 집에 보내 준 이야기. 또한, 오에노 사다모토의 출가담出家譚은 본집 제19권 제2화에 보이며 저명.

이제는 옛이야기이지만, 오에노 사다모토大江定基[2]가 미카와 수령參河守[3]이었을 때, 세상은 대기근이 닥쳐 먹을 것이 전혀 없었을 때가 있었다. 5월의 장마 때, 한 여자가 사다모토 아손朝臣의 집에 거울을 팔러 왔다. 불러들여서 보니, 다섯 치寸정도의 뚜껑이 달린 천을 입힌 상자로, 금가루로 칠기 표면에 무늬가 입혀져 있고, 향긋한 미치노쿠 종이陸奧紙에 감싸져 있었다. 뚜껑을 열어서 보니 거울이 들어 있는 상자 안쪽에 도리노코가미鳥の子紙[4]라는 종이를 찢어 거기에 아름다운 필적으로 이렇게 적혀 있었다.

이 익숙한 거울을 가지고 있는 것도 오늘까지라고 생각하니 한층 더 눈물이

1 이 이야기의 내용을 세부까지 검토하지 않고 줄거리만을 고려하여 제목을 잘못 붙인 것으로 판단됨.
2 → 인명. 권19 제2화 참조. 이 한 구절 『고본설화古本說話』에는 없음. 시간의 설정.
3 영관永觀 2년(984) 미카와 수령參河守 부임.
4 * 털동자 꽃나무와 닥나무 껍질의 섬유로 만든 질이 좋은 종이.

나는구나. 거울아, 평소 익숙한 나의 모습을 다른 사람에게 말하지 말아 주려무나.[5]

사다모토 아손은 이것을 보고 마침 출가出家의 생각이 싹틀 무렵[6]이었기 때문에 심하게 눈물을 흘리고 쌀 십 석을 수레에 실어 거울을 판 사람[7]에게 돌려주게 하고 쌀을 실은 수레를 여자와 함께 보내 주었다. 여자의 노래에 대한 답가는 거울 상자에 넣어 두었지만[8] 그 답가는 전해 내려오고 있지 않다. 수레를 운반했던 잡색雜色[9]이 돌아와서 이야기한 바에 의하면, 오조五條 거리와 유소로油小路가 교차하는 부근의, 아주 황폐한 노송나무 지붕의 집 안에 수레를 들여보냈다고 한다.

누구의 집이라고는 아무도 이야기하지 않은 것 같다고 이렇게 이야기로 전하여 내려오고 있다 한다.

5 원문은 "ケフマデトミルニ涙ノマスカヾミナレヌルカゲヲ人ニカタルナ"로 되어 있음. 첫구는 『고금저문집古今著門集』, 『십훈초十抄訓』, 『사석집沙石集』에서는 "今日のみと"라고 되어 있음.

6 사랑하는 사람의 죽음과 미카와 지방三河國의 풍제風祭에서의 살생을 계기로 함. 권19 제2화 참조.

7 거울을 판 사람. 즉 거울의 주인. 그 여성이 생활이 궁하여 시녀侍女에게 거울을 팔러 돌아다니게 하였기에 팔러 온 여자와는 다른 사람.

8 이 이하 답가에 대한 일화는 『고본설화』에 없음.

9 잡일을 수행하는 허드레꾼.

⊙제48화⊙ 미카와 수령参河守 오에노 사다모토大江定基가 보내온 와카和歌를 지은 이야기

参河守大江定基送来読和歌語第四十八

今昔、大江定基朝臣参河守ニテ有ケル時、世中辛クシテ、露食物無カリケル比、五月ノ霖雨シケル程、女ノ、鏡ヲ売リニ定基朝臣ガ家ニ来タリケレバ、取入レテ見ルニ、五寸許ナル押覆ヒナル張筥ノ、沃懸地ニ黄ニ蒔ルヲ、陸奥紙ノ馥キニ裏テ有リ。開テ見レバ、鏡ノ筥ノ内ニ、薄様ヲ引破テ、可咲気ナル手ヲ以テ此ク書タリ、

ケフマデトミルニ涙ノマス
カヾミナレヌルカゲヲ人ニカ
タルナ

ト。定基朝臣此レヲ見テ、道心ヲ発タル比ニテ、極ク泣テ、米十石ヲ車ニ入レテ、鏡ヲバ売ル人ニ返シ取セテ、車ヲ女ニ副ヘテゾ遣ケル。歌ノ返シヲ鏡ノ筥ニ入レテゾ遣タリケレドモ、其ノ返歌ヲバ不語デ、其ノ車ニ副ヘテ遣タリケル雑色ノ返テ語ケレバ、五条油ノ小路辺ニ、荒タル檜皮屋ノ内ニナム下シ置ツルゾト、云ケル。

誰ガ家トハ不云ヌナルベシ、トナム語リ伝ヘタルトヤ。

鏡筥(伴大納言絵詞)

권24 제49화

7월 15일 우란분 날에 공양하는 여자가 와카和歌를 지은 이야기

우란분盂蘭盆의 공양을 할 수 없었던 가난한 여자가 입고 있던 비단옷의 겉감을 보시布施하고 와카和歌 한 수를 곁들여 오타기데라愛宕寺에 헌납한 이야기. 물품에 와카和歌를 더해서 바친다는 모티브가 앞 이야기와 공통된다.

이제는 옛이야기이지만, 7월 15일의 우란《盂蘭》[1]분盆 날에, 매우 가난한 여자가 돌아가신 부모님을 위한 음식을 공양할 수 없어서, 입고 있던 단 한 장의 연한 보라색 비단옷의 겉감을 풀어 쟁반위에 올려놓고, 그 위를 연꽃잎으로 덮었다. 그리고 그것을 가지고 오愛《타기宕》[2]데라寺에 참배하여 엎드려 절하고, 울며 돌아갔다.

이것을 본 사람이 이상하게 여겨 가까이 다가가서 보니 연꽃잎에 이렇게 쓰여 있었다.

삼세三世의 부처님, 가난한 저는 연꽃 위의 이슬 정도의 것밖에는 바칠 수 없지

1 한자표기를 위한 의도적 결자. '우란盂蘭'이 해당한다. 우란분盂蘭盆(→ 불교)을 말함.
2 '오타기데라愛宕寺'에서 '타기宕'를 누락시킨 것. 오타기데라(→ 사찰명)는 진노지珍皇寺의 별칭.

만, 부디 자비를 베풀어 주소서[3]

사람들은 이것을 보고 모두 불쌍하게 여기었다.

이 여자가 어떤 사람인지는 결국 알 수 없었다[4]고 이렇게 이야기로 전하여 내려오고 있다 한다.

3 원문은 "タテマツルハチスノウヘノ露バカリコレヲアハレニミヨノホトケニ"로 되어 있음.

4 『고본설화古本說話』에는 없음. 편자가 덧붙인 화말話末의 결어結語로, 앞 이야기의 결어와 거의 같음.

⊙ 제49화 ⊙
7월 15일 우란분 날에 공양하는 여자가 와카和歌를 지은 이야기

七月十五日立盆女読和歌語第四十九

今昔、七月十五日ノ□[二九]盆ノ日、極ク貧カリケル女ノ、祖ノ為ニ[三〇]食ヲ備フルニ不堪シテ、[三一]一ツ着タリケル[三二]薄色ノ綾ノ衣ノ表ヲ解テ、[三三]瓮ノ瓮ニ入レテ、[三四]蓮ノ葉ヲ上ニ覆テ、[三五]愛□寺ニ持参テ、伏礼テ泣テ去ニケリ。

其後、人怪ムデ寄テ此レヲ見レバ、[三六]蓮ノ葉ニ此ク書タリケリ。

[三七]タテマツルハチスノウヘノ露バカリコレヲアハレニミヨ
ノホトケニ

ト。[一]人々此レヲ見テ皆[二]哀ガリケリ。

[三]其人ト云事ハ不知デ止ニケリ、トナム語リ伝ヘタルトヤ。

권24 제50화

지쿠젠 수령筑前守 미나모토노 미치나리源道濟의 시侍의 아내가 숨을 거두며 와카和歌를 지은 이야기

지쿠젠 수령筑前守 미나모토노 미치나리源道濟의 종자의 아내가 규슈九州에서 남편에게 버려진 후 남편을 그리워하는 와카和歌를 시녀에게 맡기고 병사한다. 그 노래를 본 미치나리가 남편의 박정함에 분개하여 직위를 빼앗아 추방하고 그 부인의 장례를 극진하게 치러 주었다는 이야기. 『후습유집後拾遺集』 권17에 수록된 노래의 좌주左注에 다른 형태의 전승이 보이는바, 여러 전승이 있다고 추정된다.

이제는 옛이야기이지만, 지쿠젠 수령筑前守 미나모토노 미치나리源道濟[1]라는 사람이 있었다. 와카和歌를 능숙하게 짓는 명인이었다.

이 사람이 지쿠젠 지방筑前國[2]에 내려가 있을 때, 한 시侍가 오랜 세월 함께 살아 온 아내를 도읍에서 데리고 와 수령과 함께 그 지방에 내려갔는데, 남자는 이 지방의 여자에게 구애하여 친해지게 되었다. 그리고 곧 그 여자에게 완전히 마음을 빼앗겨 버렸고 그대로 아내로 삼아 본처는 거들떠보지도 않게 되었다.

객지에서 어찌할 도리가 없었던 본처는 남편에게

"예전처럼 저와 함께 있어 달라고는 말하지 않겠습니다. 다만 혹시 상경

1 → 인명.
2 → 옛 지방명. 장화長話 4년(1015) 2월 지쿠젠 수령筑前守 겸 대재소이大宰小貳로 임명됨.

하는 사람이 있다면 그 사람에게 부탁해 저를 도읍에 보내 주세요."

라고 말했다. 하지만 남편은 전혀 귀를 기울이지 않았고 끝내는 여자가 보내는 편지조차 보려고 하지 않았다. 남편은 본처를 원래 살던 집에 내버려 두고 자신은 새 아내의 집에 살면서 본처가 무사히 지내는지 어떤지도 전혀 신경 쓰려고 하지 않았다. 이에 본처는 비탄에 빠졌고 이윽고 뜻하지 않은 병을 얻게 되었다.

남편 하나만 의지하여 아득히 먼 곳에 왔는데 그 남편에게 배신을 당하고 나니 건강한 상태에서 조차도 먹을 것을 손에 넣는 방법도 몰라 겨우겨우 변통하며 굶주림을 참고 지냈다. 하물며 이제는 무거운 병에 걸렸기에 말할 수 없이 쓸쓸하고 불안한 마음으로 누워 지냈다. 부인에게는 도읍에서 데리고 온 여동女童이 겨우 한 명 붙어 있을 뿐이었다. 그래서 이 여동을 남편의 거처로 보내 "이렇듯 병에 걸려 몹시 곤란해 하고 있습니다."라고 전했지만 제대로 들으려고도 하지 않았다. 부인은 며칠 새에 완전히 중태에 빠졌고 불안해 하면서 누구 한 명 아는 이 없는 객지에서 죽는 것인가 하고 슬퍼하였다. 희미해지는 의식 속에서 떨리는 손으로 붓을 잡고 편지를 써서 여동에게 주어 남편에게 보냈다. 여동은 편지를 가지고 수령의 저택에 갔지만 남편은 그것을 대충 훑어본 뒤 답장도 하지 않고 "잘 알았다."라고 할 뿐, 아무 말도 하지 않았다. 여동은 어찌하면 좋을지 모른 채로 돌아왔다.

그러던 중 이 남자의 동료 시侍가 그 주변에 내팽개쳐져 있던 이 아내의 편지를 별 생각 없이 주워 들고 읽어 보았더니 이렇게 쓰여 있었다.

> 다시 한 번만 와 줄 수 없나요. 이제 얼마 남지 않은 저이지만 아주 잠시라도 당신의 말에 힘을 내어 더 살 수 있을지 모르니까요.[3]

이 시侍는 원래 인정이 많은 남자였기에 이것을 보고 마음속 깊이 동정했다. '이 얼마나 기가 차게 무정한 녀석인가.'라고 생각하며 여자를 불쌍하게 여긴 끝에 '이 일을 수령님께 고해야겠다.'라고 생각하고는 이 편지를 은밀히 수령에게 보였다.

수령이 편지를 보고 그 남자를 불러 "이것이 어찌된 일인가?"라고 물으니 남자는 숨길 수가 없어 자초지종을 아뢰었다. 이를 듣고 있던 수령이 "너라는 놈은 지독히도 몰인정한 자다"라고 말하고 그의 아내가 있는 곳으로 사람을 보내 찾아보게 했지만 아내는 편지를 남편에게 보낸 후 여동이 돌아오는 것을 기다리지 못하고 죽었다.

심부름꾼이 돌아와서 이 일을 수령에게 보고하니, 인정이 많은 수령은 크게 동정하고 바로 남편을 불러와서는

"나는 너를 오랜 세월 총애하며 부려 왔던 것을 너무나 후회하고 있다. 너 같이 비인간적인 자는 가까이서 보는 것도 싫다"

라고 하였다. 수령은 남자에게 맡겼던 모든 일을 거두어들이고 거처할 곳 하나 주지 않고, 국부國府의 사자를 보내 임지任地 밖으로 추방했다. 그 후 죽은 아내의 집에 사람을 보내서 보기 흉하지 않도록 정성스레 유해를 처리하게 하였고 승려 등을 보내어 모든 장례 의식을 꼼꼼히 수행하도록 하였다. 남편은 새로운 아내의 곁에도 가지 못하도록 하였기에 하는 수 없이 도읍으로 올라가는 사람의 배를 얻어 타서 돈 한 푼 없이 상경하였다. 몰인정한 자가 이렇게 되는 것은 자업자득이다.

수령은 자비도 있고 인정도 깊으며 와카를 능숙하게 짓는 사람이어서 이

3 원문은 "トヘカシナイクヨモアラジツユノミヲシバシモコトノハニヤカ、ルト"로 되어 있음. 『후습유집後拾遺集』 좌주左注의 이전異傳에는 후지와라노 쓰네히라藤原經衡와 함께 지방으로 내려온 자의 아내가 노래를 지은 것으로 되어 있음.

처럼 다른 사람을 불쌍히 여긴 것이라고 이렇게 이야기로 전하여 내려오고 있다 한다.

⊙제50화⊙
지쿠젠 수령筑前守 미나모토노 미치나리源道済의 시侍의 아내가 숨을 거두며 와카和歌를 지은 이야기

筑前守源道済侍妻最後読和歌死語第五十

今昔、筑前守源道済ト云人有ケリ。和歌読ム事ナム極メタリケル。

其人、其ノ国ニ下テ有ケル間ニ、侍也ケル男、年来棲ケル妻ヲ京ヨリ具シテ、守ノ共ニ国ニ下テ有ケルガ、其国ニ有ケル女ヲ語ヒケル程ニ、其ノ女ニ心移リ畢ニケレバ、ヤガテ其レヲ妻ニシテ、此ノ本ノ妻ヲバ忘ニケリ。

本ノ妻、旅ノ空ニテ可為キ方モ思ヘザリケレバ、夫ニ云ケル様、「本ノ如クニ我レト棲ヌトハ更ニ不思ハ。只自然ラ人ノ京ニ上ラムニ云付テ、我ヲ京ヘ送レ」ト。夫更ニ耳ニモ不聞入シテ、畢ニハ女ノ遣ス消息ヲダニ不見リケリ。本ノ妻ヲバ居タリケル屋ニ居ヘテ、男ハ今ノ妻ノ許ニ居テ、惣テ本ノ妻ノ有リ無シヲモ不知リケレバ、本ノ妻思歎テ有ル程ニ、不思懸病付ニケリ。

只有ツルソラ、打憑テ遥ニ来タル夫ハ去テ、物食ラム事モ不知バ、此様彼様ニ構ツ過ケルニ、増テ重キ病ヲ受テケレバ、思ヒ遣ル方無ク、哀レニ心細ク思テ臥タルニ、京ヨリ付テ来タリケル女ノ童只一人ナム有ケル。此ク病シテ術無キ由ヲ、男ノ許ニ云ヒ遣タリケレドモ、聞モ不入レ。日来ヲ経テ、病既ニ限ニ成ニケレバ、女哀レニ、知ル人モ無キ旅ノ空ニテ死ナムズル事ヲ歎テ悲デ、物モ不思ヘ心地ニ、ワナヽク〳〵文ヲ書テ、此ノ女ノ童ヲ以テ男ノ許ニ遣ケルヲ、守ノ館ニ女ノ童ノ持行タリケルヲ、男取テ打見テ、返事モ不遣シテ、「然聞キツ」ト許云テ、只云事モ無カリケレバ、女ノ童ハ思ヒ繚テ返ニケリ。

而ル間、此ノ男ノ同僚也ケル侍、打棄テ置タリケル此ノ妻

ノ文ヲ、何ニトモ無ク取テ見ケレバ、此ク書タリ、

トヘカシナイクヨモアラジツユノミヲシバシモコトノハ
ニヤカヽルト

此ノ侍此レヲ見テ、情ケ有ケル者ニテ、哀ニ思フ事無限リ。「実ニ奇異カリケル者ノ心カナ」ト思テ、女ノ糸惜キ余リニ、「此ノ事、守ニ聞セテム」ト思テ、此ノ文ヲ守ニ忍テ見ケレバ、守此レヲ見テ、男ヲ召テ、「此ハ何ナル事ゾ」ト問ケレバ、男否不隠シテ、事ノ有様ヲ委ク語ケルヲ、守聞テ云ク、「汝ハ、心疎ク、人ニモ非リケル者ノ心カナ」トテ、彼ノ妻ノ許ニ人ヲ遣テ尋ネケレバ、女ハ文ヲ遣ケルマヽニ、女ノ童ヲモ不待付シテ、失ニケリ。

使返テ其ノ由ヲ守ニ云ケレバ、守情有ケル人ニテ、無限リ哀ガリテ、先ヅ此ノ夫ノ侍ヲ召テ、「我レ汝ヲ年来糸惜思テ仕ケル事コソ無限リ悔シケレ。汝ハ人ニモ非リケル者ノ心ヲ。我レ近クテ見ル事ナム否有マジキ」トテ、預ケ沙汰セサセケル事共皆止ヌ。行宿スル所ニ皆追出シテ、館ノ使ヲ以テ国ノ間ハ追出シテケリ。然テ、死タル妻ノ家ニ人ヲ遣テ、不見苦様ニ直ク隠サセナドシテ、僧ナド籠メテ、後ノ態マデナム繚ハセケル。

夫ノ侍ハ今ノ妻ノ許ニモ不令寄リケレバ、可為キ方モ無クテ、人ノ京ニ上ケル船ニ付テ、一塵ノ貯ヘモ無クテナム京ニ上ニケル。情ノ心無キ者ハ、心カラ此ナム有ケル。

守ハ慈悲有テ、物ノ心ヲモ知テ、和歌ヲモ読ケル人ニテ、此ク人ヲモ哀ケル、トナム語リ伝ヘタルトヤ。

권24 제51화

오에노 마사히라大江匡衡의 아내 아카조메赤染가 와카和歌를 지은 이야기

앞 이야기에 이어서 와카和歌의 덕을 이야기하는 가덕설화歌德說話. 아카조메 위문赤染衛門의 세 수의 영가詠歌를 둘러싼 에피소드를 일괄적으로 하나의 이야기로 만든 것. 제1화는 아들 다카치카擧周의 병이 완치된 이야기, 제2화는 다카치카가 이즈미 수령和泉守으로 임명된 이야기, 제3화는 남편 마사히라匡衡의 사랑을 되찾은 이야기이다. 각각 아카조메의 뛰어난 와카和歌 실력 덕분에 원하는 바를 이룰 수 있었다.

이제는 옛이야기이지만, 오에노 마사히라大江匡衡[1]의 처[2]는 아카조메노 도키모치赤染時望[3]라는 사람의 딸이었다. 마사히라의 아내가 다카치카擧周[4]를 낳았는데, 다카치카는 성장하면서 한시문漢詩文에 통달하였다. 그래서 조정에 출사하여 이윽고 이즈미和泉 수守[5]가 되었다.

다카치카가 부임지로 내려갈 때 어머니 아카조메도 동행하였는데, 다카치카는 뜻밖에 병에 걸려 며칠이나 병상에 누워 있었다. 점차 병이 심해졌기에 어머니 아카조메는 매우 슬퍼하였다. 손 쓸 방도도 없어 아카조메는

1 → 인명.
2 아버지가 우위문지위右衛門志尉였기 때문에 아카조메 위문赤染衛門(→ 인명)이라 부름.
3 → 인명. '도키모치時用'라고도 함. 『고본설화古本說話』에는 "도키모치時もち"라고 되어 있음.
4 → 인명.
5 관인寬仁 3년(1019) 이즈미和泉 수령에 임명됨.

스미요시 명신住吉明神[6]에게 폐幣[7]를 바치며 다카치카의 병이 완치되기를 기도했는데, 그 폐의 다마구시玉串[8]에 노래를 적어 넣어서 바쳤다.

내 목숨을 아들의 목숨과 바꾼들 아깝겠는가. 다만 끝내 죽음으로 이별해야 함이 애달프구나[9]

그날 밤 비로소 다카치가의 병이 완치되었다.

또한, 다카치카가 어떤 관직에 오르길 바라고 있을 때였다.[10] 어머니 아카조메는 다카쓰카사도노鷹司殿[11]에게 이렇게 노래를 지어 올렸다.

백발에 내리는 흰 눈을 털어, 그 눈이 사라지기 전에 끝날 짧은 이내 목숨. 하루 빨리 관직에 오르길 바라는 자식을 생각하는 부모의 안타까움을 부디 헤아려 주소서.[12]

미도御堂[13]가 이 노래를 보시고 몹시 가엾게 여기셔서, 이렇게 이즈미 수령의 자리를 다카치카에게 주셨던 것이었다.

또한, 아카조메는 남편 마사히라가 이나리稻荷[14] 네의禰宜의 딸을 애인으

6 → 사찰명.

7 신에게 바치는 제물의 총칭.

8 원문에는 "御幣の串"로 되어 있음. '다마구시'란 비쭈기나무나 조릿대 등의 가지에 목면이나 접은 종이를 끼워 신에게 바치는 것.

9 원문은 "カハラムトヲモフ命ハオシカラデサテモワカレンホドゾカナシキ"로 되어 있음. 『고본설화』에 동일한 노래 수록.

10 국사國司로 임명되길 바라며 상신서上申書를 올린 일을 가리킴.

11 → 인명. 응사전鷹司殿(→ 지명)에 살았기 때문에 붙여진 칭호로, 후지와라노 미치나가藤原道長의 정부인, 린시倫子를 가리킴.

12 원문은 "オモヘキミカシラノ雪ヲウチハラヒキヱヌサキニトイソグ心ヲ"로 되어 있음.

13 미도관백御堂關白 후지와라노 미치나가藤原道長(→ 인명)를 가리킴.

로 삼아 정을 통하고 오랜 시간 자신을 찾아오지 않았기에, 이나리 신관의 집에 남편이 있을 때를 맞추어 이렇게 노래를 지어 보냈다.

> 제 집의 소나무는 당신을 불러들일 힘은 없는 거군요. 하지만 이나리의 삼나무 숲이라면 찾아오시겠지요[15]

마사히라는 이것을 보고 부끄럽게 여긴 것인지, 다시 아카조메의 집을 다니게 되었고, 이나리 신사에는 다니지 않게 되었다[16]고 이렇게 이야기로 전하여 내려오고 있다 한다.

14 후시미이나리대사伏見稻荷大社(교토 시京都市 후시미 구伏見區 후카쿠사야부노우치 정深草藪之內町에 진)의 신관의 딸.

15 원문은 "ワガヤドノ松ハシルシモナカリケリスギムラナラバタヅネキナマシ"로 되어 있음.

16 와카和歌로 인해 남편을 되돌아오게 한 가덕설화歌德說話.

⦿제51화⦿ 오에노 마사히라大江匡衡의 아내 아카조메赤染가 와카和歌를 지은 이야기

大江匡衡妻赤染読和歌語第五十一

今昔、[二六]大江匡衡ガ妻[二七]ハ、赤染[二八]ノ時望ト云ケル人ノ娘也。[二九]其ノ腹ニ[三〇]挙周ヲバ産マセタル也。其ノ挙周勢長[三一]ジテ、文章[三二]ノ道ニ止事無カリケレバ、公ニ仕リテ、遂ニ和泉守[三三]ニ成ニケリ。

其国ニ下ケルニ、母ノ赤染[一]ヲモ具シテ行タリケルニ、挙周不思懸身ニ病ヲ受テ、日来煩ケルニ、重ク成ニケレバ、母[二]ノ赤染歎キ悲デ、思ヒ遣ル方無カリケレバ、住吉明神[三]ニ御[四]幣ヲ令奉テ、挙周ガ病ヲ祈ケルニ、其ノ御幣[五]ノ串ニ書付テ奉タリケル、

[六]カハラムトヲモフ命ハオシカラデサテモワカレンホドゾカナシキ

ト。其ノ夜遂ニ愈[七]ニケリ。

亦、此ノ挙周ガ官望[八]ケル時ニ、母ノ赤染鷹司殿[九]ニ此ナム読テ奉タリケル、

[一〇]オモヘキミカシラノ雪ヲウチハラヒキヱヌサキニトイソグ心ヲ

ト。[一一]御堂此歌ヲ御覧ジテ、極ク哀[一二]ガラセ給テ、此ク和泉守ニハ成サセ給ヘル也ケリ。

亦[一三]、此ノ赤染、夫ノ匡衡ガ稲荷[一四]ノ禰宜ガ娘ヲ語ヒテ[一五]愛シ思ヒケル間、赤染ガ許ニ久ク不来リケレバ、赤染此ナム読テ、稲荷ノ禰宜ガ家ニ匡衡ガ有ケル時ニ遣ケル、

[一六]ワガヤドノ松ハシルシモナカリケリスギムラナラバタヅネキナマシ

ト。匡衡此レヲ見テ、[一七]「恥カシ」トヤ思ヒケム、赤染[一八]ガ許ニ返テナム棲テ[一九]、稲荷ノ禰宜ガ許ニハ不通ハ成ニケリ、トナム語リ伝ヘタルトヤ。

권24 제52화

오에노 마사히라大江匡衡가 화금和琴으로 와카和歌를 지은 이야기

아카조메 위문赤染衛門의 남편, 오에노 마사히라大江匡衡의 세 수의 영가詠歌를 둘러싼 에피소드를 일괄적으로 하나의 이야기로 한 것. 마사히라가 한시문漢詩文뿐만 아니라 와카和歌에도 뛰어났던 것을 칭송한다. 또한 제목은 첫 번째 영가에 대한 것에만 대응함. 제41화 참조.

이제는 옛이이야기지만, 식부대부式部大夫 오에노 마사히라大江匡衡[1]라는 사람이 있었다.

아직 학생이었을 무렵, 시가에 재능은 있었지만 키가 크고 어깨가 모나 있어 용모가 흉했기에 시녀들에게 놀림을 받고 있었다. 어느 날, 시녀들이 마사히라를 불러 화금和琴[2]을 내 놓으며, "당신은 무엇이든 모르는 것이 없는 분이시니 한번 이것을 타 주지 않겠습니까? 부디 사양하지 마시고 들려주세요."라고 말했다. 마사히라는 그것에는 응하지 않고 이렇게 읊어주었다.

오사카逢坂의 관문 저편은 아직 본 적도 없기에, 아즈마 지방에 대한 것[3]은 아무

1 → 인명. '식부대부式部大夫(정확하게는 보輔)'는 식부성式部省의 차관.
2 일본 상대上代의 금琴으로 오동나무로 만든 6현금. 아즈마고토東琴라고도 부름.
3 아즈마는 오사카 관문의 동쪽인 東國, 아즈마 지방을 가리키며, '아즈마 지방에 관한 것'을 일본어로 '아즈마노고토'라고 한다. 더불어 화금和琴을 '아즈마고토'라고 발음하는데, 결국 '아즈마 지방에 관한 것'을 모르니

것도 모릅니다. 화금은 미숙합니다.[4]

시녀들은 이것의 답가는 도저히 불가능할 것 같아 잘 웃지도 못하고, 잠잠해져 한 사람 두 사람 일어나 모두 나가 버렸다.

또한, 마사히라가 어떤 관직을 희망하여 신청했지만, 이루지 못하고 슬퍼하고 있을 때, 전상인殿上人이 여럿이서 오이 강大井川[5]에 가 배를 타고 오르락내리락하며 노래를 읊었는데, 마사히라도 사람들이 권해서 동행하여 이렇게 읊었다.

배를 타고 아름다운 풍경을 감상하며 즐기니, 흡족한 마음이 들어 임관하지 못한 불만 따위 날아가 버리는 것 같은 기분이 드는구나.[6]

사람들을 이것을 크게 칭송하였다.

또한,[7] 이 마사히라는 사네카타實方[8] 아손朝臣이 무쓰陸奧 지방의 수守가 되어 부임지에 내려가 있을 때, 이렇게 지어 보냈다.

당신은 도읍에 있는 사람 중에서 누구를 생각하십니까? 도읍의 사람들은 모두 당신을 그립게 생각하고 있습니다.[9]

화금도 잘 탈 수 없다는 뜻.

4 원문은 "アフサカノ關ノアナタモマダミネバアヅマノコトモシラレザリケリ"로 되어 있음. 『후습유집後拾遺集』 권16, 『고본설화古本說話』 이하 여러 책에 수록. 또한 『저문집著聞集』, 『십훈초十訓抄』에서는 오에노 마사후사大江匡房의 노래로 한다.

5 → 지명. 또한 이 오이 강大井川 산책은 관홍寬弘 6년(1009) 9월 23일의 일로, 당시 마사히라匡衡 58세.

6 원문은 "河舟ニノリテ心ノユクトキハシヅメル身トモヲモハザリケリ"로 되어 있음.

7 이 이하의 단段은 『고본설화』에 없음. 또한 이하의 증답가贈答歌는 『후습유집』 권19, 계궁본桂宮本 『사네카타집實方集』에 수록.

8 → 인명(후지와라노 사네카타藤原實方). 본권 제37화 참조.

9 원문은 "都ニハタレヲカ君ハ思ヒツルミヤコノ人ハキミヲコフメリ"로 되어 있음.

사네카타 아손은 이것을 보고 분명 답가를 보냈을 것이다.[10] 하지만 그것은 전해져 내려오고 있지 않다.

마사히라는 한시문에 정통한 사람이었지만, 또한 와카도 이와 같이 훌륭하게 지었다고 이렇게 이야기로 전하여 내려오고 있다 한다.

10 『후습유집』, 『사네카타집實方集』에는 사네카타의 답가를 수록하고 있다. 이 이야기에 답가가 실리지 않은 것은 『후습유집』, 『사네카타집』을 출전으로 하지 않았다는 하나의 증거.

⊙제52화⊙ 오에노 마사히라大江匡衡가 화금和琴으로 와카和歌를 지은 이야기

大江匡衡和琴読和歌語第五十二

今昔、式部大夫大江匡衡ト云人有キ。学生ニテ有ケル時、閑院ノ才ハ有レドモ、長ケ高クテ、指肩ニテ、見苦カリケルヲ云咲ケルニ、匡衡ヲ呼テ、女房共和琴ヲ差出シテ、「万ノ事知リ給ヘルナレバ、此レヲ弾キ給ラム。此レ弾給ヘ。聞カム」ト云ケレバ、匡衡其ノ答ヘヲバ不云シテ、此ナム読懸ケル、

アフサカノ関ノアナタモマダミネバアヅマノコトモシラレザリケリ

ト。女房達、此レヲ、其ノ返シヲ否不為マジカリケレバ、否不咲ヲ、掻キ静テ独立チニ皆立テ去ニケリ。

亦、此ノ匡衡望申ケル時ニ、否不成デ歎ケル比、殿上人数大井河ニ行テ、船ニ乗テ、差シ上リ差シ下リ行テ遊ツヽ、人々歌読ケルニ、此匡衡モ人々ニ被倡テ行タリケレバ、匡衡此ナム読ケル、

河舟ニノリテ心ノユクトキハシヅメル身トモヲモハザリケリ

人々此レヲ讃メ感ジケル。

亦、此ノ匡衡、実方朝臣ノ陸奥守ニ成テ、彼国ニ下テ有ケル時ニ、匡衡此ナム読テ遣ケル、

都ニハタレヲカ君ハ思ヒツルミヤコノ人ハキミヲコフメリ

ト。実方朝臣此ヲ見テ、定テ返シ有ケム。然ドモ其レヲバ語リ不伝ヘ。

此ノ匡衡ハ文章ノ道極タリケルニ、亦和歌ヲナム此ク微妙ク読ケル、トナム語リ伝ヘタルトヤ。

권24 제53화

제주祭主 오나카토미노 스케치카大中臣輔親가 두견새를 와카和歌로 읊은 이야기

오나카토미노 스케치카大中臣輔親의 세 수의 영가詠歌를 둘러싼 에피소드를 하나의 이야기로 한 것. 이야기 끝에서는 아버지인 요시노부能宣도 다루면서 이세伊勢 제주祭主의 자손이 가도歌道에 뛰어났음을 칭송한다. 앞 이야기와 동일하게 제목은 첫 번째 에피소드에만 해당한다.

이제는 옛이야기이지만, 미도御堂[1]가 아직 대납언大納言[2]으로 일조전一條殿[3]에 살고 계셨을 때의 일이다. 때는 사월 초 무렵, 해질녘이 되어 남자들을 불러 "격자덧문[4]을 내려라."라고 명령하셨다. 그러자 제주祭主[5] 삼위三位 스케치카輔親[6]가 당시 감해유사勘解由使의 판관判官[7]이었는데, 다가와서는 발簾 안으로 들어가 격자덧문을 내렸다. 그때 남면南面의 나뭇가지 끝에서 희한하게도 두견새가 한 번 울고서 날아갔다. 미도가 이를 들으시고 "스케치카,

1 후지와라노 미치나가藤原道長(→ 인명)를 가리킴.
2 미치나가道長의 대납언大納言 재임은 정력正曆 2년(991) 9월 7일부터 장덕長德 원년(995) 6월 17까지의 기간.
3 이치조인條院 별납別納이라 불린 미나모토노 마사노부源雅信 저택. 영연永延 원년(987) 9월에 결혼을 한 후, 미치나가가 이어받아 주거함.
4 원문은 "御隔子"(=格子)로 되어 있음.
5 이세 신궁伊勢神宮의 신관의 장長. 오나카토미大中臣 가문의 세습직.
6 → 인명.
7 * 제3위位.

자네는 지금 새가 우는 소리를 들었는가?"라고 물으시자 스케치카는 격자덧문을 내리다가 무릎을 꿇고 "들었습니다."라고 아뢰었다. 미도가 "그렇다면 노래를 짓는 것이 느리지 않는가."라고 분부하자마자 스케치카는 이렇게 읊었다.

사월이 되어 산두견새는 완전히 마을에 익숙해졌는지, 해질 녘에 저택에 와서 자기 이름을 지저귀고 있는 것일 테죠.[8]

미도는 이를 들으시고 굉장히 칭찬하시며 위에 입고 계시던 홍색紅色 겉옷 하나를 벗어 상으로 내리셨다. 스케치카가 삼가 받고 엎드려 절을 한 뒤에 격자덧문을 내리고 나서 옷을 어깨에 걸치고 시侍들이 모여 있는 곳으로 나가자, 시侍들은 이것을 보고 "대체 어찌된 일인가"라고 물었다. 스케치카가 자초지종을 들려주자 시侍들은 이것을 듣고 모두 입을 모아 칭송하였다.

또, 스케치카가 평소에 타고 다니는 우차牛車의 소가 없어져 팔방으로 찾고 있었는데, 그 소는 이제는 완전히 소원해진 아는 여자[9]의 집에 들어가 있었다.[10] 여자 쪽에서 소를 돌려보내며 "전혀 오시지 않기에 너무하신 분이라고 생각하고 있던 당신보다 소가 훨씬 낫습니다."라고 말하며 넘겨주었기에 소를 건네받고 스케치카는 그 대답을 이렇게 읊어 보냈다.

애인 축에도 못 끼는 나 같은 자를 싫어하고 계시는 당신에게 있어서는, 발길이

8 원문은 "足引ノ山ホト、ギス里ナレテタソカレドキニナノリスラシモ"로 되어 있음. 『습유집拾遺集』 권16에 수록.

9 원래는 친하였지만 애정이 식어서, 지금은 다니지 않게 된 여자 곁으로.

10 소는 여자의 집을 기억하고 있었던 듯함.

뜸해졌다고는 하나 그다지 너무하다고도 생각지 않으시겠지요.[11]

또한,[12] 이 스케치카가 가쓰라桂[13]라는 곳에 여러 친구들과 놀러 나갔는데, 와카 등을 읊으며 "다시 여기로 오자."며 말하고 돌아갔는데 그 후, 가쓰라에는 가지 않고 쓰키노와月の輪[14]라는 곳으로 모두 함께 가서 "가쓰라에는 가지 않고 쓰키노와에 왔다."라는 일을 가지고 와카로 지었는데 스케치카는 이렇게 읊었다.

일전에 가쓰라의 숙소를 보았던 까닭은, 오늘 쓰키노와에 오기로 되어 있었기 때문이로다.[15]

사람들은 이것을 몹시 칭송하였다.

스케치카는 요시노부能宣[16]라는 사람의 아들이다. 그 요시노부도 훌륭한 가인歌人이었으므로 아버지에 이어 스케치카도 이렇듯 능숙하게 노래를 지었다. 이들은 선조대대 이세伊勢[17]의 제주祭主를 맡는 집의 자손[18]이었다고 이렇게 이야기로 전하여 내려오고 있다 한다.

11 원문은 "カズナラヌ人ヲノガヒノ心ニハウシトモモノヲオモハザラムヤ"로 되어 있음.
12 이 단段은 『후습유집後拾遺集』 권18, 『스케치카집輔親集』에서 보임.
13 교토시京都市 사이쿄 구西京區의 가쓰라.
14 → 지명.
15 원문은 "サキノ日ニカツラノヤドヲミシユヘハケフ月ノワニクベキナリケリ"로 되어 있음. '월계月の桂(중국의 오래된 전설에서 달에 있는 큰 계수나무)'에서 연상한 것으로 가쓰라桂에서 쓰키노와月の輪로 변경된 것을 합리화시킨 노래. 『난후습유難後拾遺』, 『대초지袋草紙』에도 보임.
16 → 인명.
17 → 지명.
18 세습을 하는 가문의 자손.

⊙제53화⊙
제주祭主 오나카토미노 스케치카大中臣輔親가 두견새를 와카和歌로 읊은 이야기

祭主大中臣輔親郭公読和歌語第五十三

今昔、御堂ノ、大納言ニテ一条殿ニ住マセ給ヒケル時、四月ノ朔比、日漸ク暮レ方ニ成ケルニ、男共ヲ召シテ、「御隔子参レ」ト被仰ケレバ、祭主ノ三位輔親ガ勘解由ノ判官ニテ有ケルガ参テ、御簾ノ内ニ入テ、御隔子ヲ下ス程ニ、南面ノ木末ニ珍ク郭公ノ一音鳴テ過ケレバ、殿ノ此レヲ聞食テ、「輔親ハ此ノ鳴ク音ヲバ聞クヤ」ト被仰ケルニ、輔親御隔子ヲ参リサシテ、突居テ、「承ハル」ト申ケレバ、殿、「然テハ遅キ」ト被仰ケルニ、輔親此ナム申ケル、

足引ノ山ホト、ギス里ナレテタソカレドキニナノリスラシモ

ト。殿此レヲ聞食テ、極ク讃サセ給テ、表ニ奉タリケル紅ノ御衣一ツヲ取テ、打被サセ給ヒツレバ、輔親給ハリテ、臥シ礼テ、御隔子ヲ参リ畢テ、御衣ヲ肩ニ懸テ、侍ニ出タリケレバ、侍共コレヲ見テ、「此レハ何ナル事ゾ」ト問ケレバ、輔親有ツル様ヲ語ケルニ、侍共皆聞テ、極ク讃メ喤ケリ。

亦、此ノ輔親日来乗テ行ケル牛ヲ失テ、求メ煩ヒケル程ニ、知タリケル女ノ行キ絶ニケル許ニ、其ノ牛入タリケレバ、女ノ許ヨリ、牛ヲ引セテ、「踈シテ見シ心ニ増ケリ」ト云ヒ遣タリケレバ、牛ヲバ得テ、其ノ返事ニ、輔親此ナム云遣ケル、

カズナラヌ人ヲノガヒノ心ニハウシトモモノヲオモハザラムヤ

ト。

亦、此輔親槁ナリケル所ニ伴トスル人人数行テ遊ケルニ、和歌ナド読テ、「亦来ラム」ト云テ後ニ、其ノ槁ニハ不行シテ、月ノ輪ト云所ニ人々行キ会テ、槁ヲ改メテ来タル由ヲ読

ケルニ、輔親此ナム読ケル、

[19]サキノ日ニ[20]カツラノヤドヲミシユヘ[21]ハケフ月ノワ[22]ニクベ

キナリケリ

ト。人々此レヲ極ク感ジケリ。

此ノ輔親ハ、[23]能宣ト云ケル人ノ子也。彼ノ能宣モ微妙歌読ニテ有ケレバ、相続テ此ノ輔親モ此ク歌ヲ読ム也ケリ。此レヲバ[24]伊勢ノ祭主ニ[25]成伝ハル孫也、トナム語リ伝ヘタルトヤ。

권24 제54화

요제이인陽成院의 아들 모토요시元良 친왕親王이 와카和歌를 지은 이야기

호색한으로 유명한 모토요시元良 친왕親王과 지조가 있고 남편이 있는 여동女童이었던 이와야나기岩楊와의 연가戀歌의 증답을 둘러싼 이야기. 호색가로서의 모토요시 친왕에 대한 에피소드는 『야마토 이야기大和物語』에 많이 등장하고, 『고본설화古本說話』 상권 제35화에도 볼 수 있음. 또한, 『모토요시 친왕어집元良親王御集』에서는 와카를 읊은 자가 이 이야기와 반대로 되어 있다.

이제는 옛이야기이지만, 요제이陽成 천황天皇[1]의 황자皇子로 모토요시元良 친왕親王[2]이라는 분이 계셨다. 몹시 색을 밝히셨기에[3] 당시의 여인들 중 미인이라고 소문난 사람 모두에게, 이미 부부의 언약을 맺은 여자든 그렇지 않든 언제나 연문戀文을 보내는 것을 일과처럼 하고 계셨다.

그런데 그 무렵 비와枇杷 좌대신左大臣[4] 곁에 여동女童[5]으로서 시중을 들고 계셨던 젊은 여인이 있었다. 그 이름은 이와야나기岩楊라고 했다. 이와야나기는 용모도 인품도 뛰어난, 고상하고 풍류를 즐길 줄 아는 마음씨의 소유

1 → 인명(요제이인陽成院).
2 → 인명.
3 모토요시元良 친왕親王의 호색한으로서의 에피소드는 『야마토 이야기大和物語』 90단 · 106단 · 107단 · 139단 · 140단, 『고본설화古本說話』 상권 제35화에서도 보임.
4 → 인명. 후지와라노 나카히라藤原仲平를 가리킴.
5 어엿한 여방女房이 아닌, 잔시중을 드는 여자.

자였다. 그 까닭에 이 여인에 대한 소문을 들은 모든 사람들이 열성적으로 연문戀文을 보내왔지만, 여인은 굳은 지조로 그런 것들에 귀 기울이려고도 하지 않았다. 그러나 □□[6]라는 사내가 열렬히 구애를 해 왔기에 이와야나기는 끝까지 밀어내지 못하고, 마침내 맺어지게 되었다. 그 후 사내는 한시도 떨어져 있을 수 없다는 마음이 생겼고, 좌대신 집의 그녀의 방으로 드나들고 있었다. 모토요시 친왕은 이 사실을 모른 채 여인의 아름다움에 대해 듣고 사랑에 애태우게 되어 여러 번 연문을 보냈다. 그러나 여인은 '이미 정해 둔 남자가 있다.'라고도 말하지 않고, 시치미를 떼며 답장조차 하지 않았다. 그래서 친왕은 이렇게 노래를 지어 보내셨다.

드넓은 하늘에 금줄을 둘러치고 그 안을 자기 것이라 주장하는 것보다 허망한 것은, 사랑해 주지 않는 이에게 사랑을 기대하는 것이오.[7]

여인은 답가를 보냈다.

당신에게 사랑을 고백하는 이들이 많다고 사람들이 말하지요. 연문 같은 것은 너무도 익숙해서 저는 상대도 안 하시겠지요.[8]

결국 이 친왕이 여인을 차지했다는 이야기는 듣지 못했다고 이렇게 이야기로 전하여 내려오고 있다 한다.

6 인명의 명기를 위한 의도적 결자.
7 원문은 "ヲホゾラニシメユウヨリモハカナキハツレナキ人ヲタノムナリケリ"로 되어 있음. 『모토요시집元良集』에서는 이 노래를 여자의 반가返歌로 하고 있고 뒤에 나오는 노래를 모토요시 친황의 노래로 하고 있다. 이쪽이 정황상 타당함.
8 원문은 "イブセ山ヨノヒトコヱニヨブコドリヨバフトキケバミテハナレヌカ"로 되어 있음.

⊙ 제54화 ⊙ 요제이인陽成院의 아들 모토요시元良 친왕親王이 와카和歌를 지은 이야기

陽成院之御子元良親王読和歌語第五十四

今昔、陽成院ノ御子ニ元良親王ト申ス人御座ケリ。極キ好色ニテ有ケレバ、世ニ有ル女ノ美麗也ト聞ユルニハ、会タルニモ未ダ不会ニモ、常ニ文ヲ遣ルヲ以テ業トシケル。

而ル間、其ノ時ニ枇杷ノ左大臣ノ御許ニ、童ニテ仕ヒ給ヒケル若キ者有ケリ。名ヲバ岩楊トゾ云ケル。形チ有様美麗ニシテ、心バヘハ可咲カリケレバ、万ノ人此レヲ聞テ、懃ニ云ハセケレドモ、心堅クシテ不聞ケル程ニ、□ト云人強ニ心ヲ尽シテ仮借シケレバ、難辞クシテ会ニケリ。其後ハ男難去ク思テ、大臣ノ家ノ局ニ来通ヒケルヲ、彼ノ元良親王此レヲ不知シテ、彼ノ女ノ美麗ナル由ヲ聞キ耽テ、度々云ハセケルニ、「男有」トハ不云シテ、強顔テ返事ヲダニ不為リケレバ、親王此ナム云ヒ遣リ給ヒケル、

ヲホゾラニシメユウヨリモハカナキハツレナキ人ヲタノ
ムナリケリ

ト。女ノ返シ、

イブセ山ヨノヒトコエニヨブコドリヨバフトキケバミテ
ハナレヌカ

トナム。

此ノ親王遂ニ会リトモ不聞エ、トナム語リ伝ヘタルトヤ。

권24 **제55화**

오스미 지방大隅國의 군사郡司가 와카和歌를 지은 이야기

오스미大隅 수령 아무개가 직무태만인 군사郡司를 처벌하려 했지만 그 백발모습의 늙은 몸을 보고 측은한 마음이 들어 와카和歌를 읊게 하고 용서해 준 이야기. 임기응변의 영가詠歌의 덕에 의한 인과응보의 이야기지만, 이 이야기에서는 처세의 교훈으로 마무리한다.

이제는 옛이야기이지만, 오스미大隅 수守 □□[1]라는 사람이 있었다. 부임지에 내려가서 정무를 보고 있었는데 직무태만인 군사郡司가 있었기에, "즉시 사람을 보내 불러내어 벌을 내리겠다."라고 말하고 사자를 보냈다.

이전에도 이런 태만이 있었을 때에는 그 죄의 경중에 의해 벌을 주는 것을 관례로 하고 있었다. 그런데 이 남자의 태만은 이번뿐만이 아니고 여러 번에 이르고 있었기에, '중죄로 다스려 주자.'라고 생각하여 불러낸 것이다. 즉시 데려왔다고 사자가 말했기에, 종전에 벌을 줄 때와 같이 그 남자를 엎드리게 하고 엉덩이와 머리에 올라탈 자들이나 매질하기 위한 준비를 마치고 기다리고 있자, 두 남자가 손발을 끌고 데려왔다.

1 오스미大隅 수령의 성명의 명기를 위한 의도적 결자. 『습유집拾遺集』 권9의 사서詞書에 의하면 '사쿠라지마노 다다노부櫻島忠信'가 해당. 다다노부는 소외기少外記, 외종오위하대외기外從五位下大外記를 지내고, 안화安和 원년(968) 12월 분고豊後의 권개權介로 취임(『외기보임外記補任』). 그 후에 다다노부 낙서落書에 의해 오스미大隅 수령으로 부임.

보아하니 나이 든 노인장으로 머리에는 검은 머리카락 같은 것은 한 올도 없이 새하얀 머리였다. 이것을 보자 때리는 것도 불쌍해지고, 갑자기 후회의 마음이 들어, '무언가 괜찮은 이유를 붙여서 이 녀석을 용서해 주자.'라고 생각했지만, 적당한 구실도 없었다. 갖은 죄과罪科에 대해서 힐문하자 그저 노인이라는 것을 핑계 삼아 대답할 뿐이었다.

수령은 이것을 보고 있다가 맞게 하는 것이 불쌍해서 이 녀석을 어떻게든 해서 용서해 주자,라고 여러 가지로 생각해 보았지만 적당한 구실이 없어 궁리 끝에, "너는 실로 말도 안 되게 발칙한 자로구나. 그런데 너는 와카를 지을 수 있는가?"라고 물어보았다. 이 노인장, "능숙하게는 못 하지만 해 보겠습니다."라고 대답했기에 수령은, "그럼 지어 보거라."라고 말했다. 노인장, 곧 떨리는 목소리로 이렇게 읊었다.

> 나이 들어 머리에는 완연히 눈이 쌓여 있습니다만, 서리를 보니 오싹하여 몸이 얼어 버렸습니다.[2]

수령은 이것을 듣고 매우 감동하여 애처롭게 여겨 용서해 주었다.

이렇게 별 볼일 없는 미천한 시골사람 중에도 이렇게 훌륭하게 노래를 짓는 사람이 있는 것이다. 절대로 깔보아서는 안 된다고 이렇게 이야기로 전하여 내려오고 있다 한다.

2 원문은 "トシヲヘテカシラニ雪ハツモレドモシモトミルコソミハヒヘニケレ"로 되어 있음. 서리에 해당하는 일본어 '시모토霜'와 곤장을 나타내는 '시모토笞'의 음이 같음.

⊙ 제55화 ⊙
오스미 지방大隅國의 군사郡司가 와카和歌를 지은 이야기

大隅国郡司読和歌語第五十五

今昔、大隅ノ守[一二]□ト云者有ケリ。其ノ国ニ下テ政[一三]拈メ行ケル間、郡ノ司[一四]四度ケ無キ事共有ケレバ、「速ニ召シ[一五]ニ遣テ誡メム」ト云テ、使ヲ遣ツ。

前々、此様ニ四度ケ無キ事有ル時ニハ、罪ノ[一六]軽重ニ随テ誡ムル事常ノ例也。其レニ、一度ニモ非ズ、度々四度ケ無キ事有ケレバ、「此レハ重ク誡メム」トテ召也ケリ。[一七]即チ将参タル由、使云ケレバ、前々誡ムル様ニ[一八]ソヘ臥セテ、尻頭ニ上リ可居キ人、[一九]可打キ様ナド儲テ待ツニ、人二人シテ引張テ将来タリ。

見レバ、年老タル翁ノ、[二〇]頭末黒キ髪モ交ヌ、皆[二一]白髪也。此レヲ見ルニ、打セム[二二]事ノ糸惜ク思ユレバ、忽ニ[二三]慚ノ心出来テ、「何ナル事ニ付テ、此レヲ免シテム」ト思フニ、可事付キ方モ無シ。誤共ヲ片端ヨリ問ニ、只老ヲ[一]高家ニシテ、答ヘ居タリ。

[二]守此レヲ見ルニ、打セムガ糸惜ケレバ、「此レ何ニシテ免サム」ト思テ、思ヒ廻スニ、[三]無ケレバ、守思繚テ云ク、「汝ハ[四]極キ盗人カナ。但シ、汝ヂ和歌ハ読テムヤ」ト問ニ、翁、「墓々シクハ非ズトモ仕テム」ト答フレバ、守、「イデ然ラバ読メ」ト云ニ、翁程モ無クワナナキ音ヲ捧テ、此ナム云、

[五]トシヲヘテカシラニ雪ハツモレドモシモトミルコソミハ
ヒヘニケレ

ト。守此レヲ聞テ、極ク感ジ哀デ、[六]免シ遣テケル。[七]然レバ、云フ甲斐無キ下﨟ノ田舎人ノ中ニモ、此ク歌読ム者モ有ル也ケリ。努々不可蔑、トナム語リ伝ヘタルトヤ。

권24 第56화

하리마 지방播磨國 군사郡司의 집의 여자가 와카和歌를 지은 이야기

하리마播磨의 수령 다카시나노 다메이에高階爲家의 종자인 통칭 사타佐太가 군사郡司의 집에 고용되어 살고 있는 여방女房에게 손을 대려고 했을 때, 여방이 읊은 와카和歌를 잘못 알아듣고 분개하여 수령의 위광威光을 빌려 여방에게 죄를 씌우려고 하지만, 반대로 다메이에의 문책을 받은 이야기. 난폭하고 야비한 사타의 언동이 오히려 유머러스하게 묘사된다.

이제는 옛이야기이지만, 다카시나노 다메이에高階爲家[1]가 하리마播磨의 수령이었을 때, 딱히 내세울 만한 장점도 없는 시侍가 있었다. 본명은 알지 못하고, 통칭通稱을 사타佐太[2]라고 했다. 수령도 본명 대신 '사타'라고 부르면서 그를 부리고 있었다.

□□[3] 없지만 오랜 기간 《성실하게》[4] 일하고 있었기에, 작은 군郡의 조세 징수역을 맡기자 그는 기뻐하며 그 군에 가서 군사郡司의 집에 숙소를 잡고 걷어야 할 조세에 대해 각종 지시를 내려두고는 사오 일 정도 뒤에 국청國廳

1 → 인명. 하리마播磨의 수령은 홋쇼지法勝寺를 세운 공으로 중임重任되어, 승보承保 원년(1074)부터 영보永保 원년(1081) 동안 재임.
2 통칭 '사다유佐大夫' 등의 약칭으로 추정됨. 『우지 습유宇治拾遺』에는 "사타佐太"로 되어 있음.
3 탈자脫字 혹은 탈문脫文이 예상됨. 『우지 습유』에 의하면 '특별히 장점은' 정도의 의미가 들어갈 것으로 추정.
4 한자표기를 위한 의도적 결자.

으로 돌아왔다.

그런데 이 군사의 집에는 누군가에게 속아서 도읍에서 이곳으로 온 한 명의 유녀遊女가 있었다. 군사 부부는 이 여인을 불쌍히 여기고는 집으로 불러들여 재봉 따위를 시켜 봤는데, 여인이 그런 일도 솜씨 좋게 해내었기에 한층 더 정이 생겨 집에서 살게 했던 것이다. 한편 사타가 국청에 돌아온 후, 한 시종이

"저 군사의 집에 용모가 아름답고 머리가 긴 여방女房[5]이라 할 만한 여자가 있었습니다요."

라고 말했다. 사타가 그 말을 듣고

"이 녀석, 정작 그곳[6]에 있을 때에는 말하지 않고 돌아온 후에 말하다니 괘씸한 녀석이로다."

라며 화를 내자, 시종인 남자는

"주인님의 자리 옆에 세워져 있던 다테기리카케立切懸[7] 건너편에 그 여자가 있었기에 알고 계실 거라고 생각하고 있었습니다."

라고 말했다. 그러자 사타는 '당분간은 그 군에 가지 않으려고 했지만, 당장 가서 그 여자를 보자.'라고 생각하게 되어 휴가를 내고 재빨리 떠났다.

군사의 집에 도착하자마자 전부터 알고 지내던 여자라도 소원해졌을 때에는 그렇게 함부로 대하지 않을 텐데, 마치 시종을 대하는 것처럼 여자가 있는 방에 서슴없이 들어가 멋대로 구애하기 시작했다. 하지만 여자는 "공교롭게도 지금은 월경 중입니다. 대답은 다음에."라고 말하면서 단호히 거절하고 말을 들으려 하지 않았다. 이에 사타는 화가 나서 그곳을 나가자마

5 도읍여자京女를 '여방女房'이라고 부르고 있는 것에 주의. 『우지 습유』에는 "도읍의 여방이라는 사람"으로 되어 있음.

6 군사郡司의 집을 가리킴.

7 가리개 삼기 위해 둔 널빤지의 일종으로 기둥에 판자를 가로로 댄 울타리 또는 가리개를 일컬음.

자 입고 있던, 꿰매어 놓은 부분이 뜯어져 매듭이 풀린 값싸 보이는 스이칸水干[8]을 기리카케切懸 너머로 던져서 건네주고는, 큰 소리로 "풀어진 곳을 바느질해서 주거라."라고 말했다. 금방 그것을 던져서 다시 돌려주었기에 사타는 "바느질을 업으로 삼고 있는 만큼 역시 빨리 해서 주는구나."라고 탁한 목소리로 칭찬하였다. 하지만 손으로 들어 살펴보니 풀어진 자리는 그대로였고, 무언가가 쓰여져 있는 향기로운 미치노쿠陸奥 종이 조각이 그 옆쪽에 묶여 있었다. 사타가 이상하게 여기며 그것을 풀어서 펼쳐보니, 이렇게 쓰여 있었다.

> 저의 몸은 그 사타 태자薩埵太子의 대나무 숲이 아니온데, 사타佐太가 옷을 벗어 걸려고 하다니 이는 대체 무슨 일인지요.[9]

사타가 이것을 보고, '고상하고 풍류가 있구나.'라고는 결코 생각할 리가 없지만, 보자마자 지독히 화를 내며

"눈도 안 보이는 계집이로구나. 매듭이 풀린 곳을 꿰매라고 줬더니 그런 자리 하나 찾지 못하면서, 뭐냐, 감히 사타라고 입에 담는 것은. '사타'라는 이름이 천하다고 하고 싶은 게냐. 황송하게도 수령님조차 지금까지 나의 본명은 부르신 적이 없거늘,[10] 어째서 너 같은 계집년이 '사타가'라고 부르는 것이냐."

8 물을 묻혀 판자에 붙여 말리 비단 가리기누狩衣.

9 원문은 "ワレガミハタケノハヤシニアラネドモサタガコロモヲヌギカクルカナ"로 되어 있음. 옷을 벗어 던진 사타佐太의 행위를 동음의 사타 태자薩埵太子의 고사에 빗대어 읊은 노래. 사타 태자의 고사는 『금광명최승왕경金光明最勝王經』 사신품捨身品에 나오는 고사로, 천축天竺의 사타 태자가 대나무 숲의 굶주린 어미 호랑이를 가엾게 여기어 의복을 벗어 대나무에 걸어 나신을 호랑이에게 바친 이야기. 호류지法隆寺의 다마무시노즈시玉蟲廚子의 '사신사호도捨身飼虎圖'나 『삼보회三寶繪』 상권 제11화에도 보임.

10 본명은 꺼리는 이름으로, 당시에는 통칭으로 부르는 것이 일반적.

라고 크게 떠들어대고는 "네 이 년, 맛 좀 봐라."라고 말하면서 "너의 이상한 곳[11]을 이렇게 해주마." 등 마구 욕을 퍼부었다. 여자는 이것을 듣고 울음을 터뜨렸다.

사타는 화를 내며 군사를 불러내서, "수령님께 고하여 벌을 받게 해 주겠다."[12]라고 몹시 꾸짖었기에, 군사는 바들바들 떨며 "하찮은 여자를 동정해 집에 둔 탓에 수령님의 문책을 받는 처지가 됐다."라고 말하고는 어찌할 바를 몰라 하며 난감해 했다. 여자도 '어떻게 해야 하나, 큰일 났구나.'라고 생각했다.

사타는 몹시 화를 내며 국청으로 돌아가, 시侍들의 대기소에서

"제길, 웃기지도 않는구나. 생각지도 못한 여자가 감히 내 이름인 '사타'를 입에 올리다니. 이건 수령님의 명예와도 관련된 일이야."

라고 말하며 혼자서 성을 내고 있었다. 동료 종자들이 그 말을 이해하지 못하고 "무슨 일을 당해서 그런 말을 하는 건가." 하고 묻자, 사타는 "이러한 일은 다들 관련되어 있는 것이나 마찬가지이니[13] 수령님께 말씀드려 주게." 라고 하며 일의 자초지종을 이야기했다. 그러자 "저런."이라고 말하며 웃는 자도 있었고 비난하는 자도 있었지만, 모두 여자 쪽을 동정하였다.

이윽고 이 일이 수령의 귀에 들어가게 되어, 사타를 가까이 불러들여 물었다. 그러자 사타는 '내가 고한 것이 받아들여졌구나.'라고 생각하고는 기뻐하며, 과장스럽게 몸을 앞으로 내밀듯이 하여 말씀드렸다. 수령은 차근차근 이야기를 들은 후,

"너는 인간도 아니다. 어리석은 놈. 이런 녀석인 줄도 모르고 잘도 오랫동

11 여기서는 여자의 음부를 가리킴.

12 지방 수령과 군사와의 역학관계가 배경에 있음.

13 우리들은 모두 수령님의 밑에 있는 신분이니, 같은 종자의 몸으로서 모두의 치욕이라는 논리임.

안 데리고 있었구나."[14]

라고 말하며 영원히 추방해 버리는 한편, 그 여자는 불쌍히 여겨 옷가지 등을 내려 주었다.

사타는 자업자득이라고는 하나, 주인으로부터 추방당해 군청 출입도 금지당하였기에 어찌할 방도도 없이 도읍으로 올라갔다. 군사는[15] '처벌당한다.'고 생각하고 있던 차에 이렇게 되었다는 것을 듣고는 매우 기뻐하였다고 이렇게 이야기로 전하여 내려오고 있다 한다.

14 『우지 습유』에 없음.

15 여기에 등장하는 군사는 앞 이야기의 군사와는 대조적으로, 연약하고 소극적이며 와카和歌의 교양과는 무관한 인물.

⊙제56화⊙ 하리마 지방播磨國 군사郡司의 집의 여자가 와카和歌를 지은 이야기

播磨国郡司家女読和歌語第五十六

今昔、高階ノ為家朝臣ノ播磨守ニテ有ケル時、指セル事無キ侍有ケリ。名ハ不知ラ、字ヲバ佐太トゾ云ケル。守モ名ヲバ不呼デ、「佐太」トゾ呼ビ仕ヒケル。

□所ハ無カリケレドモ、年来□ラテ被仕ケレバ賤ノ郡ノ収納ト云事ニ宛テ有ケレバ、喜テ、其ノ郡ニ行テ、郡司ガ宿ニ宿テ、可成キ物ノ沙汰ナドシテ、四五日許有テ、館ニ返ニケリ。

其レニ、此ノ郡司ガ家ニ、京ヨリ淫タル女ノ人ニ勾引サレテ来タリケルヲ、郡司妻夫此レヲ哀ムデ養ヒテ置テ、物縫セナドニ仕ヒケレバ、然様ノ事ナドモ、月無カラズ有ケレバ、糸惜クシテ家ニ有ケルニ、此ノ佐太ガ館ニ返リタリケルニ、従者ノ云ケル様、「彼ノ郡司ガ家ニ、女房ト云者ノ、形チ美ク髪長キガ候ツルゾ」ト。佐太此レヲ聞テ、「和男ノ、其コニ有シ時ニハ不告シテ、此レニテ云コソ憾ケレ」ト腹立ケレバ、男、「其ノ御座ツル傍ニ、立切懸ノ候ツルヲ隔テコソ候ツレバ、知ラセ給フラムトコソ思ヒ候ツレ」ト云ヘバ、佐太、「彼ノ郡ヘ暫ク不行ト思ヒツレド、疾ク行テ、彼ノ女見ム」ト思ニ、暇申シテ、程無ク行ニケリ。

立切懸(春日権現験記)

郡司ガ家ニ行着ケルマヽニ、本ヨリ見タラム女ソラ踈カラム程ニ然カハ可有キ、従者ノ為セ様ニ、女ノ居タリケル所ニ押入テ責ケレドモ、女、「隔ル事有リ。後ニ聞ヘム」ナド云テ、強ニ辞ビテ、云事ニモ不随リケレバ、佐太嗔テ其ヲ出ルマヽニ、着ケル賤ノ水旱ノ綻ノ絶タリケルヲ脱テ、切懸ヨリ投越シテ、高ヤカニ、「此ガ綻縫テ遣セヨ」ト云ケレバ、程無ク投返シ遣セタリケレバ、佐太、「物縫シテ居タリト聞クナベニ、疾ク縫テ遣セタルカナ」ト、麁ラカナル音シテ讃メテ、取テ見ルニ、綻ヲバ不縫シテ、陸奥紙ノ破ノ複シキニ、文ヲ書テ、綻ノ許ニ結付テ有リ。佐太、「怪シ」ト思テ解テ披テ見レバ、此ク書タリ、

ワレガミハタケノハヤシニアラネドモサタガコロモヲヌギカクルカナ

ト。佐太此レヲ見マヽニ、「心憾ク哀也」ナド思ハム事コソ難カラメ、見ルマヽニ、大キニ嗔テ云ク、「目盲タル女カナ。綻縫ニ遣タレバ、綻ノ絶タル所ヲダニ否不見デ、何ゾ、佐太ブリノ用ハ。『佐太』ト云ガ賤カルベキカ。忝モ守殿ダニ未ダ年来名不召。何ゾ私女ノ、『佐太ガ』ト云ラム」ト、「此ノ女ニ物習ハサン」ト云テ、「奇異キ所ヲサハ何セム」ナド罵ケレバ、女此レヲ聞テ泣ニケリ。

佐太ハ嗔テ、郡司ヲ呼ビ出テ、「愁ヘ申シテ事ニ宛テム」ト云ヒ聞セケレバ、郡司恐ヂ怖レテ、「由無キ人ヲ哀トテ置テ、其ノ徳ニ守殿ノ勘当蒙ナトス」ト云テ、侘迷ヒケリ。女モ、「為方無ク侘シ」ト思ヒケリ。

佐太ハ嗔々ル館ニ返テ侍ニテ、「不安ラ事也。不思ヌ女ニ悲ク佐太ブリ被為タリ。此レハ御館ノ名立ニモ有」ト云テ嗔ルヲ、同僚ノ侍共、此レヲ聞クニ心不得リケレバ、「何ナル事ヲ被為テ、此ハ云ゾ」ト問ヒケレバ、佐太、「此様ノ事ハ誰モ同ジ身ノ上ナレバ、守殿ニ申シ可給キ也」ト云テ、有ケニ語レバ、「然テ」ト云テ咲フ者モ有リ、憾ム者モ有リ。女ヲバ皆糸惜ガリケリ。

而ル間、守此ノ事ヲ伝ヘ聞テ、佐太ヲ前ニ召テ問ケレバ、佐太、「我ガ愁ヘ成タリ」ト思ニ喜テ、事々シク、延ビ騰リツヽ申ケレバ、守吉ク聞テ後云ク、「汝ハ人ニモ非ズ、不覚人ニコソ有ケレ。此レハ不思デコソ年来ハ仕ツレ」トテ、永ク追テケリ。其ノ女ヲバ哀ガリテ、着物ナド取セムトシケル。

佐太心カラ主ニ被追レテ、郡ニモ被止ニケレバ、其ノ事トモ無クシテ、京ニ上ニケリ。郡司ハ、「事ニ宛リヌ」ト思ケルニ、此ク聞テ、極ク喜ビナドシケリ、ト語リ伝ヘタルトヤ。

권24 제57화

후지와라노 노부노리藤原惟規가 와카和歌를 지어 용서받은 이야기

대재원大齋院을 모시는 여방女房의 처소에 드나들던 후지와라노 노부노리藤原惟規가 경비를 하는 종자에게 의심을 받아 갇히지만 여방의 중재로 겨우 문 밖으로 나올 수 있었던 이야기. 그때 읊은 와카가 대재원의 칭찬을 받았다는 가덕설화歌德說話. 또한 이 이야기의 출전出典은 『도시요리 수뇌俊頼髄脳』로 이 책의 편찬은 『도시요리 수뇌』의 성립 후라는 뜻이 된다.

이제는 옛이야기이지만, 대재원大齋院[1]이라는 분은 무라카미 천황村上天皇의 황녀皇女로 와카和歌를 훌륭하게 지으셨다.

이분이 재원齋院이셨을 때,[2] 후지와라노 노부노리藤原惟規[3]라는 사람이 현직 장인藏人[4]이었는데 재원을 모시는 여방女房과 은밀히 이야기를 나누고자 밤이면 밤마다 그 방을 찾아갔다. 재원의 시侍들이 노부노리가 여방의 방에 들어가는 것을 보고 수상하게 여기고는 "누구십니까?"라고 물었지만 노부노리는 이미 방에 들어와 있었기 때문에 누구라고 대답하지 않았다. 그러자 시侍들이 문을 모두 닫았고 밖으로 나갈 수 없게 되었다. 상대 여방은 어찌

1 → 인명. 센시選子 내친왕內親王을 가리킴.
2 대재원大齋院이 가모 재원賀茂齋院으로 계셨을 때. 천연天延 3년(975)부터 장원長元 4년(1031)까지 가모 재원.
3 → 인명. 『대초지袋草紙』에 "藤惟規ノブノリ"라 되어 있음.
4 관홍寬弘 4년(1007) 정월에 장인藏人으로 임명. .

할 바를 몰라 재원에게 "곤란한 일을 당했습니다."라고 아뢰자 재원은 문을 열어 노부노리를 나가게 해 주었다.[5] 노부노리는 나갈 때 이렇게 읊었다.

> 재원의 울타리 문은 그 유명한 기노마로도노木ノ丸殿는 아니지만, 내 이름을 대지 않았기에 질타를 받았네.[6]

후에 재원이 이 일을 전해 듣고 감동하시어 "기노마로도노[7]에 관해서는 나도 들어 알고 있다."라고 말씀하셨다.

이 이야기는 노부노리의 자손인 모리후사盛房[8]라는 사람이 전해 듣고 이야기한 것이다.[9]

노부노리는 와카에 매우 뛰어난 사람이었다고 이렇게 이야기로 전하여 내려오고 있다 한다.

5 『도시요리 수뇌俊頼髓腦』에서는 대재원이 가인歌人인 노부노리를 용서해주라고 말씀하신 뒤, 나갈 때 노부노리가 읊은 와카라고 한다. 이 책에서는 문을 연 이유가 불확실함.

6 원문은 "カミガキハキノマロドノニアラネドモナノリヲセヌハ人トガメケリ"로 되어 있음. 『도시요리 수뇌』, 『금엽집金葉集』, 『십훈초十訓抄』에서는 제4구 "내 이름을 대지 않으니"로 되어 있다. 첫 구의 'カミガキ'는 가모 재원이 계신 곳. 제2구의 '木ノ丸殿'는 거칠게 자른 통나무로 만든 저택. 이 와카는 덴치 천황天智天皇께서 지으신 "아사쿠라朝倉의 기노마로도노木の丸殿에 내가 있으니, 자기 이름을 밝히며 지나가는 이는 어느 집의 자식인고(朝倉や木の丸殿にわがをればなのりをしつつゆくはたが子ぞ)"(신고금新古今·권17·잡중雜中)를 근거로 지은 것. 덴치 천황이 황태자로서 수행한 사이메이齊明 천황의 지쿠젠 지방築前國 아사쿠라 군朝倉郡 별궁은 통나무로 만든 저택이었는데 문을 들어설 때 백관百官들의 이름을 밝히게 했다고 함.

7 기노마로도노에 대한 오래된 노래와 고사를 가리킴.

8 → 인명.

9 『도시요리 수뇌』 본문 끝에 있는 주기注記를 참고한 내용. 하지만 노부노리와 모리후사盛房의 혈연관계는 미상未詳.

⊙제57화⊙ 후지와라노 노부노리藤原惟規가 와카和歌를 지어 용서받은 이야기

藤原惟規読和歌被免語第五十七

今昔、大斉院ト申スハ、邑上天皇ノ御子ニ御座ス。和歌ヲナム微妙ク読セ給ケル。

其ノ斉院ニ御座ケル時、藤原惟規ト云人、当職ノ蔵人ニテ有ケル時ニ、彼ノ斉院ニ候ケル女房ニ忍テ物云ハムトテ、夜々其ノ局ニ行タリケルニ、斉院ノ侍共、惟規局ニ入ヌト見テ怪ガリテ、「何ナル人ゾ」ト問ヒ尋ケルニ、隠レ初ニケレバ、否誰トモ不云デ有ケルヲ、御門共ヲ閉テケレバ、否不出デ有ケルニ、其ノ語ヒケル女房思ヒ侘テ、院ニ、「此ル事ナム候フ」ト申ケレバ、御門ヲ開テ出シケルニ、惟規出トテ、此ナム云ケル、

カミガキハキノマロドノニアラネドモナノリヲセヌハ人

トガメケリ

ト。後ニ、斉院此レヲ自然ラ聞食シテ哀ガラセ給ヒテ、「木ノ丸殿ト云事ハ我レコソ聞シ事ナレ」トゾ被仰ケル。

彼ノ惟規ガ孫ニ盛房ト云者ノ伝ヘ聞テ語リシ也。

彼ノ惟規ハ極ク和歌ノ上手ニテナム有ケル、トナム語リ伝ヘタルトヤ。

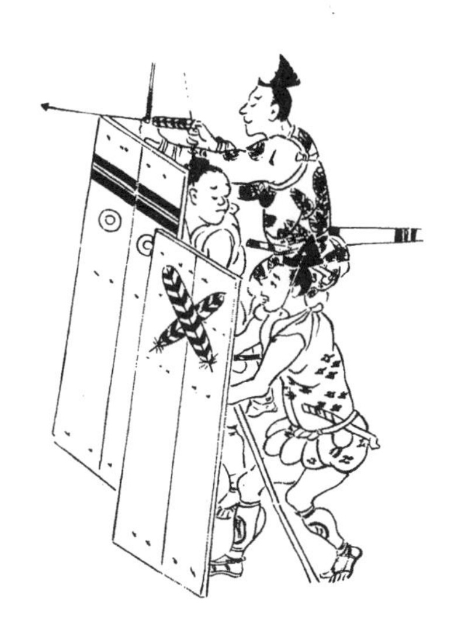

금석이야기집今昔物語集

권 25

【武勇】

주지主旨 이 권은 헤이안平安 무사의 동량棟樑인 미나모토 가문源氏과 다이라 가문平氏을 중심으로 한 무사武士 교전담, 혹은 무사의 무용武勇·공명담功名譚을 일괄해서 수록하고 있다. 승평承平, 천경天慶의 두 난亂을 처음에 배치한 것은 그 사건으로 '병兵'을 중심으로 한 교전의 시초로 파악하고 있기 때문이다. 전반에는 다이라 가문, 후반에는 미나모토 가문을 거의 연대순으로 설화를 배열하여 전구년前九年, 후삼년後三年의 난 이야기까지 이어지고 있다. 보원保元, 평치平治의 난까지는 이야기가 언급되지 않는다는 점에서 본집의 편찬, 성립이 그 이전임을 암시해 준다. 또한 무사를 예능인의 한 사람으로 보는 것은 당시의 귀족, 관인 사회의 공통된 인식이었다. 즉 여러 기능담技能譚을 수록한 권24의 뒤를 이어 권25에 교전, 무용을 재능으로 한 무사의 사건을 수록한 것도 이러한 연유에 기인한다고 할 수 있다. 덧붙여 이 권은 권23과 한 권으로 편찬되어 있었던 것이라고 생각되는데 그 전반부를 떼어내어 굳이 '병兵'의 세계를 한 권으로 구성한 의의는 매우 크다 할 수 있으며 이를 통해 본집의 역사 및 사회인식을 엿볼 수가 있다. 수록된 각각의 화제話題는 중세 '군기軍記'의 한 측면으로 전개되어 가는 맹아萌芽라 할 수 있다.

권25 **제1화**

다이라노 마사카도平將門가 모반을 일으켜 주살된 이야기

승평承平(931~938)에서 천경天慶 3년(940)에 걸친 다이라노 마사카도平將門 난亂의 전말을 기록한 이야기로, 『마사카도기將門記』에 의거하면서 대폭적으로 요약 내지는 발췌를 하고 있다. 동이東夷가 진정된 이후, 그다지 큰 전란이 없었던 평화로운 시대에 발발하여 관동 팔주八州를 석권한 마사카도의 난은 중앙정부를 경악케 하고 놀라 어찌할 바를 모르게 만든 대란大亂이었던 만큼 먼저 이 이야기를 권두에 배치하였고, 미나모토源와 다이라平 두 가문의 등장과 활약도 일단은 이 부근에서 그 기점起点으로 설정한 것이라 할 수 있다.

이제는 옛이야기이지만, 스자쿠朱雀[1] 천황 치세에 동국東國[2]에 다이라노 마사카도平將門[3]라는 무인武人이 있었다. 이 자는 가시와바라柏原[4] 천황의 손자인 다카모치高望 친왕親王[5]이라는 분의 아들, 진수부鎭守府 장군 요시모치良持[6]라는 사람의 아들이었다. 마사카도는 히타치 지방常陸國과 시모우사 지방下總國에 살면서 무예를 자신의 기반으로 삼아, 많은 용맹한 무사를 불러 모아 부하로 삼고 매일 교전하는 일을 업으로 삼았다.

1 → 인명.
2 일본의 관동지방.
3 → 인명.
4 → 인명. 제50대 간무桓武 천황을 말함.
5 → 인명. 정확히는 다카모치 왕高望王.
6 → 인명.

먼저, 마사카도의 아버지 요시모치의 남동생 시모우사 개介 요시카네良兼[7]라는 자가 있었다. 마사카도는 아버지가 돌아가신 후, 숙부인 요시카네와 사소한 일로 충돌하여 사이가 틀어졌다.[8] 이어 돌아가신 아버지 요시모치가 가지고 있던 장원莊園의 소유권을 둘러싼 다툼으로 결국 교전에까지 이르고 말았다. 그러나 요시카네는 도심이 깊은 자로 불법을 숭상하였기에 어떻게 해서든 교전만은 피하려 하였다.

그 후, 마사카도는 무슨 일이 있을 때마다 항상 일족[9]들과 끊임없이 교전을 거듭하여 많은 인가를 불태우고 또 많은 사람의 목숨을 잃게 하였다. 이러한 악행만을 일삼았기 때문에 인근 지방의 많은 백성들은 제대로 농사도 짓지 못해 조세를 납부할 겨를도 없었다. 그래서 사람들이 이를 비탄하여 수령이 상신서上申書[10]를 가지고 조정에 보고를 드렸는데 천황이 이를 듣고 놀라시어 당장 마사카도를 소환하여 조사하라는 선지宣旨를 내리셨다. 소환을 받은 마사카도는 곧바로 상경하여 자신의 억울함을 주장하였고, 몇 번에 걸친 심의 끝에 "마사카도에게는 죄가 없다."고 판결이 내려져 며칠 후 풀려나서 다시 자신의 지방으로 돌아갔다.

그러나 그 후 또 얼마 지나지 않아 교전을 자행하며 숙부 요시카네나 요시마사良正[11] 및 미나모토노 마모루源護,[12] 다스쿠扶[13] 등과 밤낮으로 교전을

7 → 인명.

8 『마사카도기將門記』 초본抄本에는 불화의 원인을 여성문제라 함.

9 구체적으로는 가까운 혈연관계에 있는 그 지방 무사단을 가리키는 것으로, 마사카도의 백(숙)부의 구니카國香, 요시카네良兼, 요시마사良正나 요시마사와 인척관계에 있던 미나모토노 마모루源護 일당 등과 교전을 벌인 사실을 가리킴.

10 국사國司가 태정관太政官 이하 중앙 관청에 올리는 공문서.

11 원문에는 "將門"로 되어 있으나 오류. 『마사카도기』에는 "良正"라 되어 있음.

12 내력은 미상. 사가嵯峨 미나모토 가문源氏으로 추정됨. 『마사카도기』에 의하면 히타치 지방常陸國 전 대연大掾이었음.

13 마모루의 아들. 마사카도와 싸우다 살해당함.

벌였다. 한편 다이라노 사다모리平貞盛[14]는 이전에 마사카도에게 아버지 구니카國香[15]가 공격을 당한 적이 있어 이참에 가문의 원한을 갚으려고 하였다. 당시 사다모리는 교토 조정에서 좌마료左馬寮 윤관允官[16]으로 근무하였는데, 그 공무도 버리고 급히 귀향을 하였으나 마사카도의 위세에 눌려 대적할 수도 없을 것 같아 숙원을 이루지 못한 채 그 지방[17]에 숨어 지냈다.

이처럼 마사카도는 늘상 교전을 벌였는데, 그때 무사시 지방武藏國의 권수權守[18] 오키요왕興世王[19]이라는 자가 있었다. 이자는 마사카도와 똑같은 마음을 지닌 자였다. 정식으로 국사國司로 임명된 것은 아니고[20] 제멋대로 무사시 지방으로 부임해 왔다. 그 지방의 군사郡司[21]가 이를 관례에 어긋난 일이라며 거부했지만 오키요왕은 이를 무시하고 오히려 군사를 벌하려고 하였기 때문에 군사는 숨어 버렸다. 이를 본 그 지방 개介로 미나모토노 쓰네모토源經基[22]라는 자가 몰래 도읍으로 올라가 조정에 고하기를 "이미 마사카도는 무사시의 권수 오키요왕과 결탁하여 모반을 꾀하고 있습니다."라고 아뢰었다.[23] 천황은 이를 듣고 놀라시며 사실여부를 심문하셨는데, 마사카도가 억울하다는 뜻을 고하며 히타치, 시모우사, 시모쓰케下野, 무사시武藏, 가즈사上總 다섯 개 지방 수령의 그의 무고를 증명하는 상신서를 모아 조정에 바쳤다. 천황은 이를 보시고 마사카도의 결백을 인정하시고 오히려 칭

14 → 인명.
15 → 인명.
16 윤은 좌마료의 3등관 신분.
17 히타치 지방을 가리킴.
18 ＊정원 외로 임시로 임명된 수령. 수령이 임지에 없을 때 등 수령을 대신해 그 업무를 맡는 일도 있었지만 통상은 임지에 부임하지 않는 관리임.
19 『마사카도기』 기록 이외에는 미상. 이 이하의 일은 『마사카도기』에 따르면 승평承平 8년(938) 2월 중의 일임.
20 오키요왕은 정원 외의 권관權官이었기에 정규의 무사시 수령이 아니었던 셈임.
21 『마사카도기』에는 "足立郡司判官代武藏武芝".
22 → 인명.
23 모토쓰네의 상신은 천경天慶2년(939) 3월 3일(『정신공기貞信公記』, 『본조세기本朝世紀』).

찬을 하셨다.

한편, 또 히타치 지방에 후지와라노 하루아키라藤原玄明[24]라는 자가 있었다. 그 지방 수령은 후지와라노 고레치카藤原維幾[25]였는데 하루아키라는 무슨 일이든지 간에 반항을 하며 수령에게 조세를 납부하려 하지 않았다. 수령은 화가 나서 그 자를 벌하려 하였지만 어찌 할 방도가 없었는데, 이 하루아키라가 마사카도의 수하로 들어가 마사카도와 힘을 합쳐 수령을 국청國廳에서 내쫓아 버렸다.[26] 수령은 하는 수 없이 그대로 어딘가로 자취를 감추고 말았다.

그러자 오키요왕이 마사카도에게 의논하기를

"한 지방을 빼앗은 것만으로도 죄를 면하기는 어렵습니다. 이왕이면 관동 일원을 모두 장악하여 그 사태의 추이를 지켜보는 것이 어떻겠습니까?"
라고 하자 마사카도가

"그렇소, 내 생각도 바로 그러하오. 관동關東 여덟 지방[27]을 비롯하여 도읍까지도 모두 장악하고자 하오. 적어도 이 마사카도는 가시와바라柏原 천황의 5대 자손이오. 먼저 여러 지방의 인장과 열쇠[28]을 빼앗고 그 수령들을 도읍으로 되돌려 보내 버리려고 하오."
라고 하였다. 이들은 모의를 마치고는 대군을 이끌고 시모쓰케 지방으로 몰려가서[29] 재빨리 그 지방 국청[30]에 도착하여 국왕의 즉위식을 거행했다.

24 미상.

25 → 인명.

26 천경2년 11월 21일, 히타치 지방에 침입하여 수령을 추방함(『마사카도기』).

27 관동의 여덟 지방. 관팔주關八州라 함. 사가미相模国, 무사시武藏, 아와安房, 가즈사上總, 시모우사下總, 히타치常陸, 고즈케上野, 시모쓰케下野의 여덟 지방의 총칭임. 때로는 이 중 하나를 빼고 이즈伊豆를 보태는 경우도 있었는데, 이 이야기에서도 후문에 무사시를 빼고 이즈를 넣고 있음.

28 원문은 "인일印鎰".

29 → 인명. 천경 2년 12월 11일이라 함(『마사카도기』, 『부상약기』).

30 국부國府. 국아國衙. 시모쓰케 국부는 쓰가 군都賀郡에 소재했음.

이때 수령 후지와라노 히로마사藤原弘雅[31]와 전前 수령 오나카토미노 무네유키大中臣宗行[32] 등이 국청에 있었는데, 오래전부터 마사카도가 그 지방을 빼앗으려고 하는 낌새를 미리 알아채고는 자진하여 마사카도에게 인장과 열쇠를 가지고 찾아와 땅에 무릎을 꿇고 그것을 바치고는 달아났다. 마사카도는 또 그곳에서 고즈케 지방上野國으로 나아갔다.[33] 단번에 고즈케 지방의 개介인 후지와라노 다카노리藤原尙範[34]의 인장과 열쇠를 빼앗고 사자使者를 대동시켜 도읍으로 쫓아 보냈다.[35] 그리고 국부國府를 점령하고 국청에 들어가 진영을 굳게 지키며 여러 지방의 수령을 임명하는 제목除目[36]을 행했다. 그때 한 남자가 신들린 상태로, "나는 하치만八幡 대보살大菩薩[37]의 사자使者이다."라고 말하고,

"짐[38]의 자리를 음자蔭子[39] 다이라노 마사카도에게 물려준다. 어서 음악을 연주하고 이를 봉영奉迎하여라."

라고 고했다. 이를 듣고 마사카도는 두 번 절을 하였고 말할 것도 없이 그를 따르는 많은 군사들이 모두 환호성을 질렀다. 이에 마사카도는 스스로 상주문上奏文을 만들어 신황新皇[40]이라 칭하고 이를 즉시 조정에 주상奏上했다.

그런데 신황의 남동생에 마사히라將平[41]라는 자가 있었다. 이자가 신황에

31 → 인명.
32 → 인명.
33 천경 2년 12월 15일이라고 함(『마사카도기』).
34 → 인명.
35 천경 2년 12월 19일이라고 함(『마사카도기』).
36 관팔주關八州의 국사를 임명한 것임.
37 우사하치만 궁宇佐八幡宮, 이와시미즈하치만 궁石淸水八幡宮에 모셔진 주제신主祭神. 호국영험위력신통대자재왕보살護國靈驗威力神通大自在王菩薩이 권화權化한 것임. 권12 제10화 참조.
38 하치만 대보살은 전생前生에 오진應神 천황이었다고 믿고 있었기 때문에 '짐朕'이라 자칭自稱한 것임.
39 조상의 공덕으로 벼슬을 받아야 마땅한 사람.
40 교토 천황에 대해서 새로운 제왕이라는 의미.
41 → 인명.

게 "제왕의 자리는 하늘이 내리는 것입니다. 이 점을 깊이 헤아려 주십시오."라고 말했다. 그러나 신황이 "나는 무예에 통달해 있다. 지금 세상은 힘 있는 자를 군주라 한다. 그 무엇이 두려우랴?"라며 받아들이려 하지 않고 즉시 여러 지방의 관리를 임명하였다. 시모쓰케 지방 수령에는 동생인 마사요리將頼,[42] 고즈케 수령에는 다지노 쓰네아키多治常明,[43] 히타치 개介에는 후지와라노 하루모치藤原玄茂,[44] 가즈사 개介에는 오키요왕, 아와安房 수령에는 훈야노 요시타쓰文屋好立,[45] 사가미相模 개介에는 다이라노 마사부미平將文,[46] 이즈伊豆 수령에는 다이라노 마사타케平將武,[47] 시모우사 수령에는 다이라노 마사나리平將爲[48] 등이었다. 또한 도읍을 시모우사 지방 남쪽의 정亭[49]에 건설하기로 의논하여 결정하였다. 이소쓰礒津[50]의 다리를 교토의 야마자키山崎[51] 다리로 간주하고, 소마 군相馬郡의 오이大井 나루[52]를 교토의 오쓰大津[53]로 간주하였다. 그리고 좌우 대신大臣, 납언納言,[54] 참의參議, 백관百官,[55] 육변六辨,[56] 팔사八史[57] 등을 모두 정하고 천황과 태정관의 인장을 주조하기 위한 치수와 글자체도 모두 정하였다. 그러나 역박사歷博士에 관해서는 어쩔 수 없

42 → 인명.
43 → 인명.
44 미상.
45 → 인명.
46 → 인명.
47 → 인명.
48 → 인명.
49 미상.
50 미상.
51 → 지명. 교토로 출입하는 교통의 요충지임.
52 지바 현千葉県 히가시가쓰시카 군東葛飾郡 쇼난 정沼南町 오이大井로 추정됨.
53 시가 현滋賀県 오쓰 시大津市.
54 대, 중, 소 납언.
55 문무백관(『마사카도기』).
56 좌우의 대, 중, 소 변辨의 총칭.
57 태정관의 사史관원(4등관) 8명의 총칭. 좌우의 대·소 사 각 2명이 정원.

었던 모양이다.[58]

그러자 이 이야기를 전해 들은 여러 지방의 국사들이 모두 서둘러 도읍으로 올라가버렸다. 신황은 무사시 지방, 사가미 지방에 이르기까지 차례로 돌며 인장과 열쇠를 압수하고 조세와 노역의 소임에 힘쓰도록 수령을 대신하여 국청을 지키는 자들[59]에게 명령하였다. 또한 자신이 천황의 지위에 오른 사실을 교토의 태정관에게 알렸다. 이에 천황을 비롯하여 모든 백관들은 경악을 금치 못하였고 궁궐 안은 큰 소동이 났다. 천황은 '이제는 부처님의 가호에 의지하며 신의 도움에 기댈 수밖에 없다.'라고 생각하시고 모든 사찰에 위촉하여 현밀顯密[60]을 막론하고 수많은 기청祈請을 행하게 하였다. 또한 모든 신사에 기원을 드리도록 하셨기에 성대한 기도가 행해졌다.

한편 신황은 사가미 지방에서 시모우사 지방으로 돌아와서 지친 말이 조금도 쉴 틈도 없이 남아 있는 적을 모두 소탕하려고 곧바로 대군을 이끌고 히타치 지방으로 향했다. 이를 안 그 지역 후지와라 일족들은 국경에서 신황을 맞이하고 산해진미를 갖추어 신황을 대접하였다. 이에 신황이 "후지와라 씨족들이여, 다이라노 사다모리가 있는 곳을 말하거라."라고 하자, 일족들이 "들은 바에 의하면 그들은 뜬구름같이 여기저기 장소를 바꾸며 전전하고 있다고 합니다."라고 대답했다.

얼마 지나지 않아 사다모리, 마모루, 다스쿠 등의 부인들이 사로잡혔다. 신황은 이를 듣고 그 여자들이 치욕을 당하지 않도록 명하였으나 그 명령이 하달되기도 전에 병사들이 그만 여자들을 범하고 말았다. 그러나 신황은 그 여자들을 풀어 주어 모두 집으로 되돌려 보냈다. 신황은 며칠 동안

58 역박사는 가모賀茂 가문이 세습관직이었던 것은 권24 제15화에도 보임. 다른 관직은 어떻게든 할 수 있었지만 전문적 지식기능이 필요한 역산曆算만큼은 동이東夷가 잘하지 못했다고 비꼬는 유머러스한 기사임.

59 수령이 상경한 후 관아에 잔류한 개介, 3등관 이하의 하급 관리를 가리킴.

60 → 불교.

그곳에 머물렀지만 적이 숨어 있는 곳을 알아낼 수가 없어서 하는 수 없이 여러 지방에서 모인 군병들을 모두 돌려보내자 남은 병력은 불과 천 명도 되지 않았다.

이때 사다모리 및 압령사押領使[61] 후지와라노 히데사토藤原秀郷[62] 등이 그 상황을 전해 듣고 "이번 기회에 조정의 수치를 되갚아 주자. 신명을 바쳐 싸워야 하지 않겠는가."라고 서로 이야기하고 히데사토 등이 대군을 이끌고 신황을 향해 진격해 갔다.[63] 이에 신황은 크게 당황하며 병력을 이끌고 대적하였는데 곧 히데사토 병력과 맞닥뜨렸다. 히데사토는 전략에 뛰어난 자로 신황의 군사를 격파하였으며 사다모리와 히데사토가 달아나는 적을 추격하여 따라 잡았다. 신황은 끝까지 버티며 적과 싸웠지만 워낙 열세이다 보니 '퇴각하여 적을 가까이로 유인하자.'라고 후일을 도모하며 사시마幸島[64]의 북쪽에 숨어 있었다. 그 사이 사다모리는 신황의 저택을 비롯해 그 일족들의 집들을 모조리 불태워 버렸다.

한편 신황은 항상 이끌던 군사 8천여 명이 아직 모이지 않아 불과 4백여 명의 군사와 함께 사시마의 기타 산北山에 진을 치고 기다렸다. 사다모리와 히데사토 등이 그를 추격하여 교전[65]이 벌어졌다. 처음에는 신황이 우세하여 사다모리와 히데사토 등의 군사는 퇴각하였으나 그 후 반대로 사다모리와 히데사토 등이 우세해졌다. 서로 목숨을 아끼지 않고 싸웠고 신황은 준마駿馬를 타고 달리며 몸소 진두지휘하며 분투했지만 명명백백히 천벌이 내

61 영외令外에 설치된 관官의 하나. 흉도凶徒의 진정鎭定과 체포를 담당함. 수령 또는 그 지역 유력자가 임명되었음.

62 → 인명.

63 천경 3년(940) 2월 1일이라 함(『마사카도기』).

64 '사시마猿島'의 차자借字일 것임. 이바라키 현茨城県 사시마 군猿島郡 지역.

65 천경 3년 2월 14일이라 함(『마사카도기』).

려 말도 달리지 못하고 기력을 소진하여 결국 화살을 맞고 들판에서 최후를 맞이했다. 사다모리와 히데사토 등이 기뻐하며 용맹한 병사를 시켜 그의 목을 내리치게 했다. 그리고 곧바로 시모쓰케 지방에서 상주문[66]과 함께 그 목을 도읍으로 보냈다. 이처럼 신황이 명성을 잃고 목숨을 버린 것은 다름 아닌 그 오키요왕 등의 계략에 말려들었던 결과이다.

조정에서는 이 일을 대단히 기뻐하며 동해도東海道·동산도東山道의 여러 지방에 마사카도의 형제와 그 일족 무리들을 추포追捕하라는 관부官府[67]를 내리고 "그 일족을 죽인 자에게는 상을 주겠노라."라고 공포하였다. 또한 참의參議 겸 수리대부修理大夫 우위문부右衛門府 장관 후지와라노 다다부미藤原忠文[68]를 정이대장군征夷大將軍으로 봉하고 형부대보刑部大輔 후지와라노 다다노부藤原忠舒[69] 등을 장군으로 임명하여 함께 여덟 지방[70]에 파견하였으니, 마사카도의 형 마사토시將俊[71] 및 하루모치 등이 사가미 지방에서 죽임을 당했다. 오키요왕은 가즈사 지방에서 죽임을 당하였고 사카노우에노 가쓰타카坂上遂高[72]와 후지와라노 하루아키라 등은 히타치 지방에서 죽임을 당하였다. 또한 역적 일당을 수색하여 토벌하였으니 마사카도의 남동생 일고여덟 명 중 어떤 자는 머리를 깎고 깊은 산에 들어갔고 또 어떤 자는 처자식을 버리고 야산을 떠돌아다녔다.

한편 쓰네모토, 사다모리, 히데사토 등에게는 상이 내려져 쓰네모토에게

66 이 상주문의 교토 도착은 천경 3년 3월 5일(『일본기략』, 『정신공기』). 마사카도의 수급首級은 같은 해 4월 25일에 도읍에 도착해 동시東市의 옥문에 내걸어졌음(『일본기략』, 『본조세기』, 『부상약기』, 『정신공기』).

67 관부官符. 태정관의 포령문布令文.

68 → 인명.

69 → 인명.

70 관팔주關八州를 가리킴.

71 → 인명.

72 미상.

는[73] 종오위하從五位下가, 히데사토에게는 종사위하가,[74] 사다모리에게는 종오위상의 위계位階가 내려졌다.

그 후 어떤 사람 꿈에 마사카도가 나타나

"나는 생전에 착한 일을 조금도 하지 않고 악한 짓만 일삼았다. 그 악업으로 인해 지금 혼자 견딜 수 없는 고통을 받고 있다."

라고 알렸다고 이렇게 이야기로 전하여 내려오고 있다 한다.

73 쓰네모토의 서위敍位는 천경 3년(940) 1월 9일임(『일본기략』, 『정신공기』).

74 히데사토와 사다모리의 서위敍位는 천경 3년 3월 9일임(『일본기략』, 『정신공기』, 『부상약기』).

⊙제1화⊙
다이라노 마사카도平將門가 모반을 일으켜 주살된 이야기

平将門発謀反被誅語第一

今昔、朱雀院ノ御時ニ、東国ニ平将門ト云兵有ケリ。此レハ柏原ノ天皇ノ御孫ニ高望親王ト申ケル人ノ子ニ鎮守府ノ将軍良持ト云ケル人ノ子也。将門常陸下総ノ国ニ住シテ、弓箭ヲ以テ身ノ荘トシテ、多ノ猛キ兵ヲ集テ伴トシテ、合戦ヲ以業トス。

初ハ、将門ガ父、良持ガ弟ニ下総介良兼ト云者有リ。将門ガ父失テ後、其ノ伯父良兼ト聊ニ不吉事有テ中悪ク成ヌ。亦、父故良持ガ田畠ノ諍ニ依テハ、遂ニ合戦ニ及ト云ヘドモ、良兼専ニ道心有テ仏法ヲ崇ニ依テ、強ニ合戦ヲ不好。

其後、将門常ニ事ニ触テ親キ類伴ト隙無ク合戦シケリ。或ハ多人ノ家ヲ焼キ失ヒ、或ハ数人ノ命ヲ殺ス。如此悪行ヲノミ業トシケレバ、其ノ近隣ノ国々ノ多ノ民、田畠作事モ忘レ、公事ヲ勤ル隙モ無シ。然レバ国々ノ民此ヲ歎悲デ、国解ヲ以テ公ニ此由ヲ申シ上タルニ、公聞食シ驚カセ給テ、速ニ将門ヲ召シ可被問由ヲ宣旨ヲ被下ヌ。将門召ニ依テ即チ京ニ上テ、己ガ不過由ヲ陳申ケル時ニ、度々定メ有ケルニ、「将門過無カリケリ」ト聞食テ、数日有テ被免ニケレバ、本国ニ返リ下ヌ。

其後、亦、程ヲ不経シテ合戦ヲ宗トシテ、伯父良兼、将門幷ニ源ノ護、扶等ト合戦フ事隙無シ。亦、平貞盛ハ前ニ父国香ヲ将門ニ被罸ニケレバ、其ノ怨ヲ報ゼムトテ、貞盛京ニ有テ公ニ仕テ、左馬允ニテ有ケレドモ、奉公ノ労ヲモ棄テ急ギ下テ有ケルニ、将門ガ威勢ニ可合クモ非ザレバ、本意ヲ否不遂デ隠レテ国ニ有ケリ。

此様ニ忩合戦フ程ニ、武蔵権守興世ノ王ト云者有リ。此レハ将門ガ一ツ心ノ者也。正キ国ノ司ニ不成シテ、押テ入部ス。其国ノ郡司有テ例無キ由ヲ云ヘドモ、興世王不承引デ、郡司ニ誡ム。然バ郡司隠レヌ。而ル間、其国ノ介源経基ト云者ノ有テ、此ノ事ヲ見テ蜜ニ京ニ馳上テ公ニ奏テ云ク、「将門ハ既ニ武蔵守興世王ト共ニシテ謀反ヲ成サム」ト。公聞食シ驚カセ給テ、実否ヲ被尋ルニ、将門無実ノ由ヲ申テ、常陸、下総、下野、武蔵、上総五箇国ノ証判ノ国解ヲ取テ上グ。公ケ此ヲ聞食シ直ニシテ、将門返テ御感有ケリ。

其後亦常陸国ニ藤原玄明ト云者有リ。其国ノ守藤原維幾也。玄明対捍ヲ宗トシテ、官物ヲ国司ニ不弁ズ。国司嗔ヲ成テ責ムト云ヘドモ、敢テ不叶ハ。而ルニ、玄明将門ニ随テ、将門ト力ヲ合セテ、国司ヲ館ヲ追ヒ去ケリ。即国司隠レ失ヌ。

而間、興世王将門ニ議テ云ク、「一国ヲ打取ルト云トモ、其ノ過ガ不過。然レバ同ク坂東ヲ押領ジテ、其気色ヲ見給ヘ」ト。将門答云、「我ガ思フ所只此レ也。東八ケ国ヨリ始メテ王城ヲ領ゼムト思フ。苟クモ将門柏原天皇ノ五世ノ末孫也。先ヅ諸国ノ印鎰ヲ奪ヒ取テ、受領ヲ京ニ追上ム」ト議シ畢テ、多ノ軍ヲ率シテ、下野国ニ渡ル。既ニ国庁ニ着テ、其ノ儀式ヲ張ル。

其時ニ国ノ司藤原弘雅、前司大中臣ノ宗行等館ニ有テ、兼テ国ヲ奪ムトスル気色見テ、先ヅ将門ヲ拝シテ、即チ印鎰ヲ捧テ地ニ跪テ授テ、逃ヌ。其ヨリ上野国ニ遷ル。即介藤原尚範ガ印鎰ヲ奪テ、使ヲ付テ京ニ追ヒ上ツ。其後、将門府ヲ領ジテ庁ニ入ル。陣ヲ固メテ諸国ノ除目ヲ行フ。其ノ時一ノ人有テ、憒テ、「八幡大菩薩ノ御使也」ト秤テ云ク、「朕ガ位ヲ蔭子平将門ニ授ク。速ニ音楽ヲ以テ此ヲ迎ヘ可奉シ」ト。将門此ヲ聞テ再拝ス。況ヤ若干ノ軍皆喜ビ合ヘリ。爰ニ将門自ラ表ヲ製シテ、新皇ト云。即チ公家ニ此由ヲ奏ス。

其時ニ新皇ノ弟ニ将平ト云者有リ。新皇ニ云ク、「帝皇ノ位ニ至ル事ハ、此レ天ノ与ル所也。此ノ事吉ク思惟シ可給シ」ト。新皇ノ云ク、「我レ弓箭ノ道ニ足レリ。今ノ世ニハ討勝ヲ以テ君トス。何ヲ憚ラムヤ」ト云フ。敢テ不承引デ、即チ諸国ノ受領ヲ成ス。下野守ニ弟将頼、上野守ニ多治ノ常明、常陸ノ介ニ藤原玄茂、上総介ニ興世王、安房守ニ文屋ノ好立、相模介ニ平将文、伊豆守ニ平将武、下総守ニ平将為等也。亦王城ヲ下総国ノ南ノ亭ニ可建キ議ヲ成ス。亦礒津ノ橋ヲ京ノ山崎ノ橋トシ、相馬ノ郡ノ大井ノ津ヲ京ノ大津トス。亦左右ノ大臣、納言、参議、百官、六弁、八史皆定ム。内印、外印可鋳キ寸法事、正文定メツ。但シ暦ノ博士力不及ルカ。

而ルニ諸国ノ司等、此ノ事ヲ漏リ聞テ、忩テ京ニ皆上ス。新皇ハ武蔵相模等ノ国ニ至マデ廻リ行テ、皆印鎰ヲ領ジテ、公事ヲ可勤キ由ヲ留守ノ国司等仰ス。亦我天位ヲ可領キ由ヲ大政官ニ奏シ上グ。其時ニ公ヨリ始メ奉テ、諸人皆驚キ、宮ノ内皆騒グ事無限リ。公ケ、「今ハ仏力ヲ仰ギ、神明ノ助ヲ可蒙」ト思食シテ、山々寺々ニ顕蜜ニ付テ、多ノ御祈有リ。亦社々ニ申サセ給フ事、正ニ愚ナラムヤ。

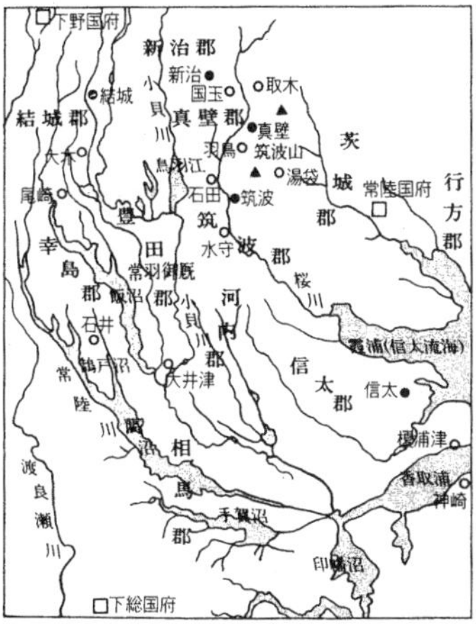

将門の乱関係図

而ル間、新皇相模国ヨリ下総国ニ返テ、未ダ馬ノ蹄ヲ不休ル、遺ル所ノ敵等ヲ罸失ナハムガ為ニ、多ノ兵ヲ具シテ、常陸国ニ向フ。時ニ有ル藤原ノ氏ノ者共、堺ニシテ、微妙ノ大饗ヲ儲テ新皇ニ奉ル。新皇ノ云ク、「藤原ノ氏ノ輩、平貞盛等有ラム所ヲ教ヨ」ト。答テ云ク、「彼等ガ身、聞ク如クハ、浮タル雲ノ如シテ、居タル所ヲ不定」ト。

而ル間、貞盛、護、扶等ガ妻ヲ拘得ツ。新皇此ヲ聞テ、女ノ恥ヲ可隠由ヲ云ドモ、此由ヲ不聞ル前ニ、兵等ノ為ニ被犯タリ。然ドモ新皇此ノ女等ヲ免シテ、皆返シ遣シツ。新皇其ノ所ニシテ日来ヲ経ト云ヘドモ、敵ノ有所ヲ不聞カ。然レバ諸国ノ兵等皆返シツ。遺所僅ニ千人ニ不足ラ。

爰ニ貞盛幷ニ押領使藤原秀郷等、此レヲ伝ヘ聞テ、彼等、「公家ノ恥ヲ助ケムト思フ」「身命ヲ棄テ合戦ト思フ」ト相語テ、秀郷等多ノ兵ヲ具シテ行向ニ、新皇大キニ驚テ兵引具シテ向フ。既ニ秀郷ガ陣ニ打合フ。秀郷計賢クテ新皇ノ兵ヲ討靡ス。貞盛秀郷等跡ニ付テ追程ニ追着ヌ。新皇相向テ合戦フト云ドモ、兵ノ員遥ニ劣ニ依テ、「逃テ敵等ヲ謀リ寄ム」ト思テ、幸島ノ北ニ隠居タル間ニ、貞盛新皇ノ屋ヨリ始メテ、其ノ従類共ノ家等一々ニ焼キ掃ヒツ。

然テ新皇常ニ具タル所ノ兵八千余人未ダ不集ル間、僅ニ兵四百余人有テ、幸島ノ北山ニシテ、陣ヲ張テ相待ツ。貞盛秀郷等追ヒ行テ合戦フ間、初ハ新皇順風ヲ得テ貞盛秀郷等ガ兵被討返ルト云ヘドモ、後ニハ貞盛秀郷等還テ順風ヲ得タリ。身命ヲ不惜マ合戦フ。新皇駿馬ヲ疾テ自ラ合戦フ時ニ、現ニ天罰有テ、馬モ不走手モ不思ヘシテ、遂ニ箭ニ当テ野ノ中ニシテ死ヌ。貞盛秀郷等喜ビ乍ラ、猛キ兵ヲ以テ其ノ頸ヲ切ツ。即チ下野国ヨリ解文ヲ副テ其ノ頸ヲ上グ。新皇、名ヲ失ヒ命ヲ滅ス事、彼ノ興世王等ガ謀ノ致ス所也。

朝庭ニハ此ノ事ヲ感ジ喜テ、将門ガ兄弟幷ニ伴類等ヲ可追捕キ官府ヲ、東海東山ノ国々ニ被下ル。亦、「此ノ伴類ヲ殺セラム者ニハ、賞ヲ可給シ」ト。大将軍参議兼修理大夫右衛門督藤原忠文ヲ着テ、将軍ノ刑部大輔藤原忠舒等ヲ副テ八ケ国ニ遣ス間、将門ガ兄将俊幷ニ玄茂等相模国ニシテ被殺ヌ。興世王ハ上総国ニシテ被殺ヌ。坂上遂高、藤原玄明等常陸国ニシテ被斬ヌ。亦謀叛ノ輩ヲ尋テ討ツ間ニ、将門ガ弟七八人、或ハ髪剃テ深キ山ニ入リ、或ハ妻子ヲ棄テ山野ニ迷フ。

而間、経基、貞盛、秀郷等ニ賞ヲ給フ。経基ヲバ従五位下ニ叙ス。秀郷ヲ従四位下ニ叙ス。貞盛ヲバ従五位上ニ叙。

其後、将門或人ノ夢ニ告テ云ハク、「我生タリシ時一善ヲ不修シテ、悪ヲ造リテ、此ノ業ニ依テ独リ苦ヲ受ル事難堪シ」ト告ケリ、トナム語リ伝ヘタルト也。

권25 **제2화**

후지와라노 스미토모藤原純友가 해적海賊질로 인해 주살된 이야기

승평承平, 천경天慶 연간에 걸쳐 해적이 되어 서국西國을 침범한 후지와라노 스미토모藤原純友 난亂의 전말을 기록한 이야기. 앞 이야기의 다이라노 마사카도平將門 반란과 시기를 같이하고 동서로 봉기하여 조정을 뒤흔든 사건으로 오랫동안 세인世人들의 기억에 남아 있었던 이야기였을 것이다. 이야기 중에 스미토모의 아들 시게타마로重太丸의 최후에 대한 언급은 본권 제13화에 아베노 사다토安倍貞任의 아들 치요千世의 최후를 전하는 것과 취지가 같은 것으로, 장렬하게 죽은 소년 용사를 칭찬하고 애석해하는 내용을 담고 있다.

이제는 옛이야기이지만, 스자쿠朱雀[1] 천황 치세에 이요伊予 지방의 연掾[2] 후지와라노 스미토모藤原純友[3]라는 자가 있었다. 이자는 지쿠젠筑前의 수령 요시노리良範[4]라는 사람의 아들이다. 스미토모는 이요 지방에서 많은 용맹한 무사들을 불러 모아 권속眷屬으로 삼아 활과 화살을 차고 항상 배를 타고 바다로 나가 서쪽의 여러 지방에서 상경하는 뱃짐을 강제로 빼앗고 사람을 죽이기를 업으로 삼았다. 그래서 그곳을 왕래하는 사람들은 쉽사리 뱃길을 사용하지 못하여 아무도 배를 타려고 하지 않았다.

1 → 인명.
2 * 대보령大寶令에서, 국사國司의 제3등관.
3 → 인명.
4 → 인명.

그리하여 서쪽 여러 지방에서 상신서上申書를 올려서

"이요의 연 스미토모는 악행을 일삼아 도둑질을 하며 항상 배를 타고 바다에서 여러 지방을 왕래하는 뱃짐을 빼앗고 사람을 죽이고 있습니다. 이는 조정과 백성에게 큰 화가 아닐 수 없습니다."

라고 호소하였다. 천황은 이를 듣고 놀라시며 산위散位[5] 다치바나노 도야스橘遠保[6]라고 하는 자에게 "그 스미토모를 즉시 주벌誅罰하라."고 명하셨다. 도야스는 선지를 받들어 이요 지방에 내려가 시코쿠四國 및 산양도山陽道[7] 여러 지방의 군병을 징집하여 스미토모가 사는 곳으로 쳐들어갔다. 스미토모는 분기奮起하여 기다렸다 교전을 벌였다. 그러나 관군에게는 이기지 못하고 천벌을 받았기 때문에 결국 토벌당해 죽고 말았다.

또한 스미토모의 아들로 열세 살 난 아이가 있었다. 상당한 미소년美少年으로 이름을 시게타마로重太丸[8]라고 하였다. 아직 어렸지만 아버지와 함께 바다로 나가 자주 해적질을 했는데 그 하는 짓이 어른에게 조금도 뒤지지 않았다. 그 시게타마로도 죽여 머리를 베어 그 아버지 수급과 함께 천경天慶 4년 7월 7일에 도읍으로 가지고 올라갔다. 우선 우근右近 마장馬場[9]에서 일의 자초지종을 아뢰었는데 지위를 막론하고 모든 도읍에 사는 사람들이 야단법석을 떨며 이를 구경하여 수레를 세울 곳조차 없었고, 하물며 걸어가는 사람은 멈춰 서 있을 수도 없을 지경이었다. 천황은 이를 들으시고 도야스를 칭찬하셨다.

5 지위만으로 관직이 없는 자.
6 → 인명.
7 * 옛 7도道의 하나. 중국中國 지방 남부의 하리마播磨·미마사카美作·비젠備前·빗추備中·빈고備後·아키安藝·스오周防·나가토長門의 8개 지역. 또는 이 지역을 통과하는 도로.
8 미상.
9 권23 제19화 주 참조.

그 다음날 좌위문左衛門 부생府生[10] 가모리노 아리카미掃守在上[11]라는 자로 실물과 똑같이 그림을 그리는 유명한 화공畫工을 대궐로 불러들여서

"그 스미토모와 시게타마로의 수급이 우근 마장에 있다. 즉시 그곳에 가서 그 두 수급의 모습을 보고 똑같이 그려서 가지고 오너라."

라고 명하셨다. 이는 천황이 그 수급을 직접 보고 싶어 하셨지만 대궐로 갖고 들어올 수는 없었기 때문에, 이렇게 화공을 보내어 그 모습을 그려오게 하여 보시려고 하셨기 때문이다. 화공이 우근 마장에 가서 그 모습을 보고 그림을 그려 내리內裏로 가지고 오자 천황이 전상간殿上間[12]에서 그것을 보셨다. 수급을 그린 그림은 정말 실물 그대로였다. 하지만 이렇게 해서 보시는 것을 세간에서는 좋게 말하지 않았다.

한편 수급은 검비위사檢非違使 좌위문부 부생 와카에노 요시쿠니若江善邦[13]라는 자를 불러서 좌옥左獄[14]으로 내려보냈고 도야스는 상을 하사받았다.

이 천황의 치세에는 지난 승평承平 연간에 다이라노 마사카도平將門의 모반謀叛 사건이 일어나 세상을 흔든 중차대한 일이 있었는데 그 후 또 얼마 지나지 않아 이번엔 이 스미토모가 토벌당하니 세간에서는 이런 큰 사건이 연달아 발생한 것에 대해 이러저러한 말들이 많았다[15]고 이렇게 이야기로 전하여 내려오고 있다 한다.

10 부생은 육위부六衛府의 하급관료로, 장조將曹 · 지志의 하위직임.

11 미상.

12 * 청량전淸凉殿에 있는 전상인殿上人의 대기소.

13 → 인명. 제13화에서도 수급首級 인도引渡에 검비위사가 파견되었음.

14 좌우 양 옥사가 있었는데 좌우의 간독장看督長이 이를 관장했음.

15 교토 귀족 사이에서는 마사카도와 스미토모가 마음이 서로 통해 모반을 일으켰다고 인식되고 있었음(『본조세기本朝世紀』 천경 2년 12월 29일 조條, 『대경大鏡』 미치타카전道隆傳).

⊙제2화⊙ 후지와라노 스미토모藤原純友가 해적海賊질로 인해 주살된 이야기

藤原純友依海賊被誅語第二

今昔、朱雀院ノ御時ニ伊予掾藤原純友ト云者有ケリ。筑前守良範ト云ケル人ノ子也。純友伊予国ニ有テ、多ノ猛キ兵ヲ集テ眷属トシテ、弓箭ヲ帯シテ船ニ乗テ、常ニ海ニ出テ、西ノ国々ヨリ上ル船ノ物ヲ移シ取テ、人ヲ殺ス事ヲ業トシケリ。然レバ往反ノ者、輒ク船ノ道ヲ不行シテ、船ニ乗コト無カリケリ。

此ニ依テ西ノ国々ヨリ国解ヲ奉テ申サク、「伊与掾純友悪行ヲ宗トシ盗犯ヲ好テ、船ニ乗テ常ニ海ニ有テ、国々ノ往反ノ船ノ物ヲ奪ヒ取リ人ヲ殺ス。此レ、公私ノ為ニ煩ヒ無キニ非ズ」ト云。此ヲ聞食シ驚カセ給テ、散位橘遠保ト云者ニ仰ヲ給テ、「彼ノ純友ガ身ヲ速ニ可罰奉シ」ト。遠保宣旨ヲ奉テ、伊予国ニ下テ、四国幷ニ山陽道ノ国々ガ兵ヲ催シ集メテ、純友ガ栖ニ寄ル。純友力ヲ発シテ、得合戦フ。然ドモ公ニ勝チ不奉シテ、天ノ罸ヲ蒙ニケレバ、遂ニ被罸ニケリ。

亦純友ガ子ニ年十三ナル童有リ。形端正也。名ヲ重太丸ト云。幼稚也ト云ヘドモ、父ト共ニ海ニ出テ、海賊ヲ好テ、長ニ劣ル事無カリケリ。重太丸ヲモ殺シテ首ヲ斬テ、父ガ首ト二ノ頭ヲ持テ、天慶四年ノ七月七日、京ニ持上リ着。先ヅ右近ノ馬場ニシテ其由ヲ奏スル間、京中ノ上中下ノ人見喤ル事無限リ。車モ不立堪ヘ、歩人ハタラ所無シ。公此レヲ聞食シテ、遠保ヲ感ゼサセ給ケリ。

其ノ次ノ日、左門ノ府生掃守ノ在上ト云高名ノ絵師有リ、物ノ形ヲ写ス、少モ違フ事無カリケリ、其レヲ内裏ニ召テ、「彼純友幷ニ重太丸ガ二ノ頭、右近ノ馬場ニ有リ。速ニ其所ニ罷テ、彼ノ二ノ頭ノ形ヲ見テ、写テ可持参シ」ト。此レハ彼ノ頭ヲ公ケ御覧ゼムト思食ケルニ、内裏ニ可持入キニ非バ、此ク絵師ヲ遣ハシテ、其形ヲ写シテ御覧ゼムガ為也ケリ。然テ絵師右近ノ馬場ニ行テ、其ノ形ヲ見テ写テ内裏ニ持参タリケレバ、公殿上ニシテ此ヲ御覧ジケリ。頭ノ形ヲ写タルニ少モ違フ事無カリケリ。此ヲ写テ御覧ズル事ヲバ世人ナム[一三]承リ不申ケル。

然テ頭ヲバ撿非違使左衛門府生[一四]若江ノ善邦ト云者ヲ召テ、[一五]左ノ獄ニ被下ニケリ。遠保ニハ賞ヲ給テケリ。

此ノ天皇ノ御時ニ、去ヌル[一六]承平年中ニ平将門ガ謀叛ノ事出来テ、世ノ無極キ大事ニテ有シニ、程無ク亦此ノ純友被罰テ、此ル大事共ノ打次キ有ヲナム世ノ人□[一七]繚ケル、トナム語リ伝ヘタルト也。

권25 제3화

미나모토노 미쓰루源充와 다이라노 요시후미平良文가 교전을 벌인 이야기

종자從者의 중상中傷으로 인해 선전宣戰 포고한 미나모토노 미쓰루源充와 다이라노 요시후미平良文가 전면충돌을 피해 말을 타고 일대일 승부를 펼쳤지만 서로 솜씨가 호각互角인 것을 알자마자 깨끗이 화해한 이야기. 동국東國 무사들의 무명武名을 건 패기와 염연恬然하고 솔직한 성정을 전하는 훌륭한 단편이다. 교전의 경위를 이러한 형태로 파악하고 동국 무인상武人像의 한 패턴을 완성해 나간 설화 전승자의 자세와 그것을 환영歡迎한 시대적 유행은 간과할 수 없다. 그것이 점차 승화되어 마침내 『헤이케 이야기平家物語』에서 볼 수 있는 장렬하고 화려한 무인武人 교전담으로 결실을 맺게 된다.

이제는 옛이야기이지만, 동국東國에 미나모토노 미쓰루源充[1]와 다이라노 요시후미平良文[2]라는 두 무인武人이 있었다. 미쓰루는 《미노箕》[3]타노 겐니田源二라 통칭하였고, 요시후미의 통칭은 무라오카노 고로村岳五郎라 하였다.

이 두 사람은 서로 자신들의 무용武勇을 경쟁하는 사이에 점차 사이가 나빠졌고, 두 사람이 하는 말을 각각 상대편에게 중상中傷하는 낭등郎等이 있

1 → 인명.
2 → 인명.
3 한자표기를 위한 의도적 결자. 전후 문맥을 고려하여 보충함.

어 요시후미에게

"미쓰루가 당신에 대해 말하길, '그 자는 도저히 나를 당해 낼 수가 없지. 무슨 일이든지 간에 나에게는 대적이 안 돼. 정말 불쌍한지고.'라고 합니다."

라며 고자질을 했다. 요시후미는 그 말을 듣고

"나에 대해 어찌 그렇게 말할 수가 있는가. 그 녀석쯤은 기량이든 생각이든 속속들이 다 알고 있다. 정말 그렇게 생각한다면 적당한 들판에서 만나 어디 한 번 겨뤄보자."

라고 하였고 낭등은 그 말을 미쓰루에게 고자질했다. 원래부터 이 두 사람은 대담하고 사려 깊은 무인이었는데 낭등이 두 사람 사이를 이간질시키고 부추겨서 두 사람 모두 매우 화를 내며

"언제까지 이런 말다툼을 하고 있을 것인가. 날을 정하여 어디 적당한 넓은 들판에서 만나 서로의 실력이 어느 정도인지를 시험해 보자."

라고 사람을 보내 상대편에게 전하였으니 "모일某日로 정해서 들판에서 겨루자,"라고 통첩을 주고받았다. 그 후로 양측은 병력을 정비하여 싸울 준비에 여념이 없었다.

마침내 그 약속한 날이 되어 양측은 군사를 이끌고 사시巳時[4] 무렵 약속한 들판에서 서로 진영을 갖추고 대치하였다. 각각 5, 6백 명 정도의 병력이 모두 몸과 목숨을 사리지 않고 분기하여 약 1정町[5] 정도 떨어진 곳에서 대치하고는 적군의 앞에 방패를 가지런히 세워 놓았다. 먼저 양측에서 병사를 보내어 개전장開戰狀을 주고받았다. 그 병사가 되돌아오면 바로 활을 쏘기 시

4 * 오전 10시경.
5 * 약 110m.

작하는 것이 정해진 규칙이고 그때 그 병사가 말을 《재촉하지》[6] 않고 뒤도 돌아보지 않으며 천천히 돌아오는 것이 용맹한 무사라고 하였다. 그런데 병사가 돌아오고 난 후, 양측 군사가 방패를 가지런히 세우고 이제 막 활을 쏘기 시작하려고 할 때에 요시후미의 진영에서 미쓰루의 진영으로 사자를 보냈다.

"오늘의 교전은 서로 군사를 가지고 활을 쏘는 것만으로는 재미가 없을 것이오. 일대일로 당신과 나 단둘이서만 서로의 솜씨를 겨뤄 봄이 어떻겠소. 그러니 군사끼리의 교전은 중지토록 하고, 서로 말을 타고 달리며 둘이서만 비술秘術을 다하여 겨뤄보고자 하는데 어떻소?"

미쓰루는 그 이야기를 듣고서 "나도 그렇게 생각하오. 즉시 나가겠소."라고 답신을 보내고 방패를 세운 곳을 벗어나 혼자 말을 타고 나와 가리마타雁股[7] 화살을 메겨서 멈춰 섰다. 요시후미도 그 대답을 듣고 흔쾌히 부하들을 제지하면서

"나 홀로 사력을 다해 맞서 활을 쏠 생각이다. 너희들은 여기서 잠자코 보고 있거라. 만일 내가 화살에 맞고 쓰러지기라도 하면 그때는 거두어 장사를 지내도록 해라."

라고 말하고는 진영의 방패들 속에서 홀로 천천히 말을 몰며 나왔다.

이윽고 두 사람은 가리마타 화살을 메기고 말을 달려 앞으로 나왔다. 서로 상대편이 먼저 활을 쏘게 하려고 하였다. 다음 화살로 서로를 정확히 맞춰 떨어뜨리려고 활을 잡아당긴 채 서로 스쳐 지나가며 활을 쏘았다. 서로 지나친 다음, 다시 말고삐를 잡아 되돌렸다. 다음에는 활을 잡아당긴 채 활

6 한자표기를 위한 의도적 결자가 전사轉寫되는 사이에 소멸된 것으로 보임. 본문 옆에 달려 있는 주석을 참조하여 보충함.

7 개구리의 넓적다리 모양으로 끝이 좌우로 벌려진 화살촉을 붙인 화살.

을 쏘지 않고 그냥 스쳐 지나갔다. 두 사람은 다시 말을 잡고 되돌려 활을 잡아당겨 겨누었다. 요시후미가 미쓰루의 한가운데[8]를 겨냥하여 활을 쏘자, 미쓰루는 말에서 금방이라도 떨어질듯 몸을 굽혀 화살을 피하여, 그 화살은 칼집의 등쪽에 씌운 금속장식[9]에 맞았다. 미쓰루도 말을 다시 되돌려 요시후미의 한가운데를 겨냥해 활을 쏘자, 요시후미는 날렵하게 몸을 《피했》[10]기에 활은 칼의 혁대[11]에 맞았다. 다시 말을 돌리고 화살을 메겨 서로 스쳐 지나치면서 요시후미가 미쓰루에게

"서로 교대로 쏜 화살은 《빗나간》[12] 화살들이 아니오. 모두 한가운데를 맞춘 화살이오. 그러니 우리 두 사람의 솜씨는 잘 알았고 둘 다 대단하다고 생각하오. 그런데 우리는 조상 대대로 적이 아니지 않소. 이제 이쯤에서 관두십시다. 우린 그저 서로의 기량을 겨루었을 뿐으로 구태여 상대를 죽일 필요까지야 없지 않소."

라고 말했다. 미쓰루도 그 말을 듣고

"나도 같은 생각이오. 서로의 기량은 잘 알았을 테니 이제 그만두는 게 좋겠소. 그럼 군사들을 이끌고 돌아가도록 합시다."

라고 말하고, 서로 군사들을 이끌고 돌아갔다.

양측의 낭등들은 각기 자신들의 주군이 서로 말을 스쳐 지나가며 활을 쏘는 것을 보고 '곧 화살에 맞아 떨어지는 건 아닐까? 곧 화살에 맞아 떨어지는 건 아닐까?' 안절부절못하며 자신들이 직접 쏘며 목숨을 걸고 싸울 때보

8 여기서는 가슴 또는 배의 한중간으로 갑옷 몸통 중앙부를 노린 것임.

9 원문은 "모모요세股寄"로 되어 있음. 대검의 금속장식의 일종으로 대검 칼집의 칼등 쪽을 덮고 있는 쇠장식. 대검이 거꾸로 서서 금속장식의 위치가 보통 자세 때의 몸통 위치로 이동해 있었던 것임.

10 한자표기를 위한 의도적 결자. 전후 문맥을 고려하여 보충함. 화살을 피하기 위해 몸을 비틀었다는 뜻임.

11 요도腰刀를 차기 위해 갑옷 위에서 허리에 두른 가죽 혁대. 여기에 화살이 맞았다는 것은 원래의 목표가 갑옷 몸통의 중앙부에 있었던 것을 연상케 함.

12 한자표기를 위한 의도적 결자. 전후 문맥을 고려하여 보충함.

다 더욱 안절부절, 조마조마하여 무섭기까지 하였다. 그러나 이와 같이 도중에 활을 쏘는 것을 멈추고 돌아온 것을 보고 처음에는 이상하게 여겼지만 자초지종을 듣고서는 모두 서로 기뻐하였다. 옛날의 무인이라는 것은 바로 이러한 것이었다.

그 이후 미쓰루도 요시후미도 서로 화해를 하여 아무런 격의 없이 우의友誼를 다지며 지냈다고 이렇게 이야기로 전하여 내려오고 있다 한다.

⊙제3화⊙ 미나모토노 미쓰루源充와 다이라노 요시후미平良文가 교전을 벌인 이야기

源充平良文合戦語第三

今昔、東国ニ源充平良文ト云二人ノ兵有ケリ。充ガ字ヲバ□田ノ源二ト云、良文ガ字ヲバ村岳ノ五郎トゾ云ケル。此ノ二人兵ノ道ヲ挑ケル程ニ、互ニ中悪シク成ニケリ。二人ガ云事ヲ互ニ中言為ル郎等有テ、云令聞ケル様、「充ハ良文ヲ、『其ノ尊ハ我レニ可挑キ事カハ。何事ニ付テモ手向ヘシテムヤ。穴糸惜』トナム云」ト良文ニ告テ、良文此ヲ聞テ、「我ヲバ然ハ否不云ジ物ヲ。手ノ聞ム方モ思量モ、其ノ尊ノ有様、皆ナ知タリ。実ニ然カ思ハヾ、可然カラム野ニ出合ヘ」トナム云フ、ト充ニ告グレバ、魂太ク心賢キ兵也ト云ヘドモ、人ノ云ヒ腹立テ合スレバ、共ニ大キニ嗔ヲ成シテ、『此ク云テノミカハ可有キ。然ラバ日ヲ契テ可然ラム広キ野ニ出合テ互ニ問』トナム云」ト云ヒ聞セケレバ、「其ノ日ト契テ野ニ出合ム」ト消息ヲ通ハシツ。其後ハ各軍ヲ調ヘテ戦ハム事ヲ営ム。

既ニ其契ノ日ニ成ヌレバ、各軍ヲ発シテ、此ク云フ野ニ、巳ノ時計ニ打立ヌ。各五六百人許ノ軍有リ。皆身ヲ棄命ヲ不顧シテ、心ヲ励マス間、一町計ヲ隔テ、楯ヲ突キ渡シタリ。各兵ヲ出シテ牒ヲ通ハス。其兵ノ返ル時ニ、定レル事ニテ箭ヲ射懸ケル也。其レニ、馬ヲモ不□ズ、不見返シテ静ニ返ヲ以テ猛キ事ニハシケル也。然テ其後ニ各楯ヲ寄セテ、今ハ射組ナムト為ル程ニ、良文ガ方ヨリ充ガ方ニ云ハスル様、「今日ノ合戦ハ、各軍ヲ以テ射組セバ、其ノ興不侍ラ。只君ト我レトガ各ノ手品ヲ知ラムト也。然レバ、方々ノ軍ヲ不令射組シテ、只二人走ラセ合テ手ノ限リ射ト思フハ何ガ思ス」ト。

充此レヲ聞テ、「我レモ然思給フル事也。速ニ罷リ出ヌ」ト云セテ、充楯ヲ離テ只一騎出来テ、雁胯ヲ番テ立テリ。良文モ此ノ返事ヲ聞テ喜テ郎等ヲ止メテ云ク、「只我レ一人手ノ限リ射組マムト為ル也。尊達只任セテ見ヨ。然テ我被射落ナバ、其時ニ取テ可葬キ也」ト云テ、楯ノ内ヨリ只一騎歩カシ出ヌ。

然テ雁胯ヲ番テ走ラセ合ヌ。互ニ先ヅ射サセツ。次ノ箭ニ慥ニ射取ラムト思テ、各ノ弓ヲ引テ箭ヲ放ツテ馳セ違フ。各 走セ過タレバ、亦各 馬ヲ取テ返ス。亦弓ヲ引テ箭ヲ不放シテ馳セ違フ。各 走セ過ヌレバ亦馬ヲ取テ返ス。亦弓ヲ引テ押宛ツ。良文充ガ最中ニ箭ヲ押宛テ、射ルニ、充馬ヨリ落ル様ニシテ箭ニ違ヘバ、太刀ノ股寄ニ当ヌ。充亦取テ返シテ良文ガ最中ニ押宛テ射ルニ、良文箭ニ違テ身ヲ□ル時ニ、腰宛ニ射立テツ。亦馬ヲ取テ返シテ亦箭ヲ番テ走ラセ合フ時ニ、良文充ニ云ク、「互ニ射ル所ノ箭皆□ル箭共ニ非ズ、悉ク最モ中ヲ射ル箭也。然レバ共ニ手品ハ皆見ヘヌ。弊キ事無シ。而ルニ、此レ昔ヨリノ伝ハリ敵ニモ非ズ。今ハ此テ止ナム。只挑計ノ事也。互ニ強ニ殺サムト可思キニ非ズ」ト。充此レヲ聞テ云ク、「我モ然ナム思フ。実ニ互ニ手品ハ見ツ。止ナム、吉キ事也。然ハ引テ返ナム」ト云テ、各 軍ヲ引テ去ヌ。

互ノ郎等共、各 主共ノ馳組テ射合ケルヲ見テハ、「今ヤ被射落ル、今ヤ被射落ル」ト、肝ヲ砕テ心ヲ迷シテ中々我等ガ射合テ生モ死モセムヨリハ難堪ク怖シク思ケルニ、此ク射サシテ返レバ、怪シミ思ケルニ、此ノ事ヲ聞テゾ皆喜ビ合ヘリケル。昔ノ兵此ク有ケル。

其後ヨリハ、充モ良文モ互ニ中吉クテ、露隔ツル心無ク思ヒ通ハシテゾ過ケル、トナム伝ヘ語リタルトヤ。

권25 **제4화**

다이라노 고레모치平維茂의 낭등郎等이 피살된 이야기

다이라노 가네타다平兼忠를 모시는 어느 나이어린 시侍가 겁도 없이, 용맹하기 이를 데 없는 다로노스케太郎介를 죽여서 죽은 아버지의 원한을 통쾌하게 갚는 데 성공하였다는 전말을 기록한 이야기. 헤이안平安 무사 이야기 중에 종자從者층의 복수를 전하는 드문 이야기로, 같은 이야기를 다른 책에서는 발견할 수 없다. 이후에 고레모치維茂가 소년을 넘기라고 요구하는 것을 거절하고 소년 무사를 후대厚待한 가네타다의 언동에서 원수를 갚는 것에 대한 무인의 윤리와 평가를 엿볼 수 있다.

이제는 옛이야기이지만, 가즈사 지방上總國[1]의 수령 다이라노 가네타다平兼忠[2]라는 자가 있었다. 이 자는 다이라노 사다모리平貞盛[3]라는 무인武人의 남동생인 시게모치繁茂[4]의 아들이다.

이 가네타다가 가즈사의 수령으로 그 지방에 살고 있을 때의 일이다. 요고餘五[5] 장군 고레모치維茂[6]라는 자는 가네타다의 아들로, 당시 무쓰 지방陸奥國에 살고 있었는데, 가즈사 지방에 있는 아버지 가네타다에게

1 → 옛 지방명.
2 → 인명.
3 → 인명.
4 → 인명.
5 요고餘五는 십 남짓 오라는 뜻으로 열다섯 번째 아들의 호칭.
6 → 인명.

"오랫동안 뵙지 못했습니다만 아버님이 이렇게 가즈사 수령이 되시어 가즈사로 내려가셨기에 축하를 겸하여 찾아뵐까 합니다."

라며 알려 왔다. 가네타다도 기뻐하며 아들을 맞이할 준비를 해놓고 '이제나, 저제나.' 하고 기다리고 있었는데 저택에 있는 자가 "벌써 도착하셨습니다."라고 말하며 웅성대기 시작했다. 그때 가네타다는 감기 기운으로 밖에 나가지는 못하고 드리워진 발簾 안에 기대어 누워, 가까이서 드나들게 하며 부리는 나이 어린 시侍에게 허리를 주무르도록 하고 있었는데 그곳으로 고레모치가 찾아왔다. 고레모치는 앞쪽의 행랑방[7]에 앉아 그동안의 안부 인사 등을 나누고 있었는데, 그때 고레모치의 낭등 중에 중심이 되는 네다섯 명 정도가 활과 화살을 메고 앞마당에 줄지어 앉아 있었다.

그 첫 번째로 앉아 있는 자는 통칭 다로노스케太郎介[8]라 하며 나이는 50 남짓으로 매우 살이 찌고 수염이 길며 대단히 위엄 있고 무서워 보이는, 언뜻 보기에도 믿음직한 무사로 생각되는 자였다. 가네타다는 그자를 보고 허리를 주무르던 남자에게 "너는 저자가 누군지 아느냐?"라고 묻자 남자는 모른다고 대답했다. 가네타다가

"저자는 말이지, 몇 해 전 네 아비를 죽인 자다. 그때 너는 어렸으니 모르는 것도 당연하지."

라고 하자, 남자가

"사람들에게서 '아버지가 어떤 사람에게 살해당했다.'라고 들었지만 누가 죽였는지는 몰랐습니다. 이렇게 얼굴을 알게 된 이상은……"

라고 말한 채로 눈에 눈물을 글썽이며 물러갔다.

7 침전寢殿 양식에서 안채 외측에 가장 낮게 만든 툇마루와 같은 가늘고 긴 방.

8 미상. 본문 내용으로 보아 고레모치 부하 중의 제일인자.

고레모치는 식사 등을 마치고, 날이 저물어 침소가 있는 별실로 갔다. 다로노스케도 주인을 보내드리고 나서 자신의 숙소로 갔다. 그곳에서도 그를 챙겨주는 자들이 있어서[9] 수많은 음식과 과일, 술, 여물, 마른풀[10] 등을 가지고 와서 야단법석을 떨었다. 마침 9월 말 무렵이라 달이 없어 마당이 어두웠기에 여기저기에 횃불[11]이 켜져 있었다. 다로노스케는 식사를 마치고 마음을 푹 놓고 침소에 들었다. 머리맡에는 새로 불려 만든[12] 태도太刀를 두고 옆에는 활과 화살통, 갑옷, 투구가 놓여 있었다. 마당에는 수하들이 활과 화살을 등에 차고 이곳저곳 순찰하며 주인을 경호하고 있었다. 다로노스케의 침소에는 천으로 된 큰 장막을 두 겹 정도 둘러쳐 있어 화살 등은 도저히 통과할 수 있을 것 같지 않았다. 마당에 세워놓은 횃불은 대낮처럼 밝고 부하들이 방심하지 않고 순찰을 계속 돌고 있었기에 전혀 두려울 것이 없었다. 다로노스케는 긴 여정으로 완전히 지치고 술도 많이 마신 탓에 경계를 풀고 그만 편히 잠들어 버렸다.

그런데 수령은 자신이 '네 아비는 저 남자가 죽였다.'라고 알려준 남자가 눈에 눈물을 글썽이며 물러갔기에 '달리 무슨 뜻이 있어서가 아니라 그냥 물러간 것이겠지.'라고 생각하고 있었다. 그러나 소년은 그곳에서 나온 뒤 부엌으로 가서 단도 칼끝을 정성들여 갈고 또 갈아서 그것을 품에 숨기고는 어두워질 무렵, 그 다로노스케의 숙소로 가서 대담하게도 동태를 살피고 있었다. 남자는 음식 등을 나르며 바쁘게 왕래하는 사람들 틈에 뒤섞여, 전혀 내색을 하지 않고 쟁반[13]을 손에 들고 음식을 드리는 것처럼 위장하여 둘러

9 가네타다가 주최한 공식적인 향연饗宴에 비해 다로노스케 개인에 대한 부하 동료 간의 향응.

10 말 사료로 사용하기 위해 말린 풀.

11 원문은 "쓰이마쓰柱松". 야외 조명용의 횃불로 말뚝에 매달아 땅에 세워 둠.

12 원문은 "우치이데打出". 단조鍛造의 뜻이라도 한다면, 새로 만든 태도라는 뜻으로 고대의 직도直刀에 비해 헤이안 중·말기부터 출현한 자루 쪽에 날이 휘어진 칼을 가리키는 것으로 추정됨.

친 장막과 벽 사이에 몸을 숨겼다. 마음속으로는

'부모의 원수를 갚는 것은 하늘도 용서해 주시는 일입니다. 오늘밤 일은 돌아가신 아버지를 공양하기 위한 것이니 부디 소원대로 이루어지도록 해 주십시오.'

라고 기원을 하며 엎드려 있었는데 누구도 알아차리는 자가 없었다. 밤도 점차 깊어지고 다로노스케가 □□[14] 잠들어 있다는 것을 알고 있던 남자는 가만히 몰래 다가가 그의 숨통을 끊고 곧바로 어둠을 틈타 도망쳤는데 누구 하나 알아차리는 자가 없었다.

날이 새고 아침이 되어서도 다로노스케가 좀처럼 일어나지 않자 부하가 아침 죽을 권하려고 방에 들어가 보니 다로노스케는 피투성이가 되어 죽어 있었다. 부하가 이를 발견하고 "아아, 큰일났다."라고 외치자 이 소리를 듣고 다른 부하들이, 어떤 자는 활을 메기고 또 어떤 자는 칼을 뽑아들고 바삐 뛰어왔지만, 이제 와서는 어찌할 도리가 없는 일이었다. 여하튼 누가 죽였는지도 모르고 부하들 이외에는 그 근처에 다가간 자도 없었기에 '부하들 중에 혹시 짐작이 가는 자가 있지 않을까.' 하고 서로 의심도 해 보았지만 도무지 어찌할 도리가 없었다.

"이런 비참한 꼴로 돌아가시다니, 어찌 소리 한 번 내지 못하고 간단히 살해당하신 것인가. 이런 안타까운 모습으로 돌아가실 줄은 꿈에도 생각지 못하고 오랜 세월 동안 곁을 지키며 모셨는데, 운이 다하셨다고는 하지만 정말 어처구니 없는 최후를 맞이하셨구나."

라며 시골 사투리[15]로 서로 떠들며 야단법석을 떨었다.

13 원문은 "오시키折敷". 얇은 나무판자로 만든 테두리가 있는 사각의 쟁반. 식기를 얹힘.

14 한자표기를 위한 의도적 결자. 해당어 불분명.

15 관동지방 사투리를 가리켜 한 말임. 여기서는 특히 동북 방언을 말한 것으로 추정함.

그러는 사이, 고레모치가 이 일을 전해 듣고 크게 놀라 떠들며

"이 일은 나의 수치다. 나를 조금이라도 두려워하는 자라면 다로노스케를 살해할 리가 없다. 조금도 두려워하는 마음이 없기에 이런 짓을 저지르는 것이리라. 특히 시기와 장소가 좋지 않다. 내 영지에서 당했다면 그나마 낫다. 이런 낯선 타지에 와서 변을 당하다니 정말 분하다. 하긴 이 다로노스케는 몇 년 전 사람을 죽인 적이 있다. 그 살해당한 자의 아들이 이 수령님[16] 집에 있다고 들었다. 분명 그 사내가 죽였을 것이야."

라고 말하며 수령의 저택으로 찾아갔다.

고레모치는 수령에게 가서

"제 종자로 저를 따르던 아무개가 어젯밤 누군가에게 살해당했습니다. 객지에서 이 같은 변을 당하다니, 이 고레모치의 엄청난 수치입니다. 이건 다른 사람 짓이 아닙니다. 몇 년 전 공교롭게도 말을 탄 채로 앞을 가로지른 무례를 범해 활로 쏴 죽인 사내의 아들, 나이 어린 남자가 여기서 아버님을 모시고 있는 줄 압니다. 틀림없이 그자의 소행일 것입니다. 그자를 불러 심문하게 해 주십시오."

라고 말했다.

수령이 그 말을 듣고

"분명 그 녀석이 한 짓이겠지. 어제 그 사내가 너를 수행하여 마당에 앉아 있었는데 마침 그때 허리가 아파 그 나이 어린 남자에게 허리를 주무르게 하며 '저 사내를 아느냐.'라고 내가 묻자 모른다고 답하여 '네 아비가 저 사내에게 죽임을 당했다. 그런 자의 얼굴은 잘 봐 두는 게 좋다. 저 사내는 너를 아무렇지도 않게 생각하겠지만, 부모의 원수를 모르는 것도 한심한 일이

16 가네타다를 가리킴.

니까 말이지.'라고 말해 주었다. 그랬더니 그 녀석이 눈을 내리뜨고 조용히 떠났는데 그 후 여태껏 나타나지 않는다. 내 곁에서 항상 밤낮으로 대기하고 있던 녀석인데, 어제 저녁 무렵부터 보이지 않는 것은 이상한 일이다. 게다가 더 의심스러운 것은 그 녀석이 어젯밤 부엌에서 칼을 열심히 갈고 있었다고 오늘아침 하인들이 수상히 여기며 이야기하는 것을 내가 들었다. 그런데 도대체 네가 그자를 불러서 심문하자고 하는 것은, 만일 정말로 그 사내 짓이라면 죽일 생각인 것이냐. 그 대답부터 듣고 나서 이곳으로 불러 넘겨주도록 하겠다. 이 가네타다는 비록 미천하지만 현명한 그대의 아비이다. 그런데 만약 이 가네타다를 죽인 사람을 너의 권속들이 이렇게 죽였을 경우, 또 그것을 이와 같이 질책하며 화내는 자가 있다고 한다면 너는 그것이 옳은 일이라고 생각할 것인가. 부모의 원수를 갚는 일은 하늘도 용서해 주시는 것이 아니더냐. 네가 훌륭한 무인이기 때문에 만일 이 가네타다를 죽이는 자가 있다면 그 어떤 자이든 무사하지 못할 것이라고 나는 생각했었다. 그런데 이렇게 부모의 원수를 갚은 자를 이 가네타다에게 물고 늘어지며 넘겨줄 것을 강요하다니, 그렇다면 내가 죽어도 너는 나의 원수를 갚아 주는 것조차 하지 않겠다는 말인 것으로 보인다."
라고 큰 소리로 쏘아붙이며 자리를 떴다. 고레모치는 '잘못 말했구나.'라고 생각하며 황송해 하며 몸을 움츠리고 조용히 그 자리를 떠났다. 그리고는 '어찌할 도리가 없구나.'라고 단념하고 원래의 무쓰 지방으로 되돌아갔다. 다로노스케의 유해遺骸는 그 낭등들이 처리하였다.

그 후 3일 정도 지나 다로노스케를 죽인 남자가 남들의 눈을 피해 검은 상복을 입고 수령 앞에 조심조심 나타났기에 수령을 비롯해 이를 본 동료들이 모두 눈물을 흘렸다. 그 후 사람들은 이 남자를 대단한 자로 여겼는데 얼마 안 가서 그만 병에 걸려 죽어, 수령도 매우 측은하게 여겼다.

부모의 원수를 갚는 일은 대담한 무사라 하더라도 이루기 어려운 일이다. 그런데 이 남자는 그것도 혼자서 그 많은 권속들이 방심하지 않고 굳게 지키는 자를, 그렇게 마음먹은 대로 벨 수 있었던 것은 실로 하늘의 용서가 있었기 때문일 것이라고 사람들은 칭송했다고 이렇게 이야기로 전하여 내려오고 있다 한다.

⊙제4화⊙ 다이라노 고레모치平維茂의 낭등郎等이 피살된 이야기이야기

平維茂郎等被殺語第四

今昔、上総守平兼忠ト云者有ケリ。此ハ平貞盛ト云ケル兵ノ弟ノ繁茂ガ子也。

其ノ兼忠上総守ニテ有ケル時ニ、其ノ国ニ有ケルニ、余五将軍維茂ト云者ハ此ノ兼忠ガ子ニテ有ケルガ、陸奥国ニ居タリケレバ、父ノ兼忠ガ上総ニ有ルニ、「久ク不見奉ニ、此ク上総守ニ成テ下リ給タレバ、喜ビ乍ラ参」ト云ヒ遣セタリケレバ、兼忠モ喜テ其儲ヲ営テ、「何シカ」ト待ツニ、館ノ人、「既ニ此ニ御座シタリ」ト云ヒ騒ケム。其ノ時ニ、風発テ、外ニハ不出シテ簾ノ内ニ寄リ臥シテ、入レ立テ仕フ小侍男ヲ以テ、腰ヲ叩カセテ臥タル程ニ、維茂来ヌ。前ノ広庇ニ居テ、年来ノ不審キ事ナド云フニ、維茂ガ郎等ノ宗ト有ル者共四五人計調度ヲ負テ、前ノ庭ニ居並タリ。

其ノ第一ニ居タル者ハ字ヲバ太郎介ト云。年五十余計ノ男ノ、大キニ太リテ鬚長ク、鑭ク怖シ気也。現ニ吉キ兵カナト見タリ。兼忠此レヲ見テ、此腰叩ク男ニ、「彼レヲバ見知タリヤ」ト問ヘバ、男不知由ヲ答フ。兼忠、「彼レハ、汝ガ父先年ニ殺テシ者ノゾ。其時ハ汝ガ未幼カリシカバ、何カハ知ラム」ト云ヘバ、男、「『父人ニ被殺ニケリ』トハ人申セドモ、誰ガ殺タルトモ知リ不候ヌニ、此ク顔ヲ見知リ候タルコソ」ト云マヽニ、目ニ涙ヲ浮ベテ立テ去ヌ。

鎧甲(前九年合戦絵巻)

維茂物ナド食テ日暮ヌレバ、可息キ別ナル所ニ行ヌ。太郎介モ主ノ送リシテ私ノ宿ニ行ヌ。其ニモ私ノ儲為ル者共有ケレバ、様々ニ食物、菓子、酒、秣、蒭ナド持運テ喤ル。九月晦比ノ事ナレバ、庭暗ケレバ、所々ニ柱松ヲ立タリ。太郎介物食畢テ、高枕シテ寝ヌ。枕上ニ打出ノ太刀置タリ。傍ニ弓、胡録、鎧、甲有リ。庭ニ郎等共調度ヲ負テ、所々ニ立廻ツヽ、主ヲ守ル。介ガ臥タル所ニハ、布大幕ヲ二重計引キ廻シタレバ、箭ナド可通クモ無シ。庭ニ立タル柱松共ノ光リ昼ノ様ニ明シ。郎等共不緩シテ廻レバ、露ノ怖レ可有クモ無シ。介ハ遠キ道ニ来リ極ジテ、酒ナド吉ク飲テ打解テ寝タル也ケリ。

其レニ、守ノ、「汝ガ祖ハ彼ノ男ノ殺シツ」ト告ケルヲ聞ケル男、目ニ涙ヲ浮テ立テ行ヌレバ「只行ヌルニコソハ有ラメ」ト守思ケルニ、其後膳所ノ方ニ行テ、腰刀ノ崎ヲ返々能々鋭、懐ニ引キ入テ、暗ク成ル程ニ、此ノ太郎介ガ宿シタル所ニ行テ、唏ク伺ケルニ、食物ナド持運ビ騒ケル交レニ、此ノ男サル気無テ、折敷ヲ取テ物参ル様ニ見セテ、幕引タル壁ノ迫ニ入リ立ヌ。心ニ思ク、「祖ノ敵ヲ罸事ハ天道皆許シ給フ事也。我レ今夜孝養ノ為ニ思企ツルヲ、心ニ不違ヘ令為得給ヘ」ト祈念シテ、屈リ居タルヲ、露知ル人無シ。漸ク夜深更テ介ラ□ラシテ臥タル、男知テ和ラ寄テ喉笛ヲ掻切テ、掻交レテ踊出デ、行クヲ、露知ル人無シ。

夜明ヌレバ、介朝遅ク起タレバ、郎等粥ヲ食セムトテ其ノ由ヲ告ゲニ寄テ見レバ、血肉ニテ死テ臥タリ。郎等此ヲ見テ、「此ハ何ニ」ト云テ喤レバ、郎等共或ハ箭ヲ番ヒ或ハ太刀ヲ抜テ、走リ騒グトモ、何ノ益カハ有ラム。何ニマレ、誰ガ殺タルト云事ヲ不知バ、郎等ヨリ外ニ親ク寄タル者無ケレバ、「郎等ノ中ニ知タル者ヤ有ラム」ト、互ニ疑ヒ思ヘドモ、更ニ云ヒ甲斐無シ。「奇異キ死ニシ給ヌル主カナ。何ドカ音ヲダニシ不給デ。『此ク口惜ク可死給シ』トハ不思デコソ、年来後前ニ立テ叶ヒ進ツレ。運ノ尽給タルトハ云ヒ乍ラ、弊キ死ニシ給ヌルカナ」ト、横ナバリタル音共ヲ以テヰリメキ合テ喤ル事無限リ。

而ル間、維茂此ヲ聞テ、極ク驚キ騒ギ、「此ハ我ガ恥也。我ニ憚ヲ成サム者ハ殺テムヤ。露憚ノ心ヲ不置バコソ此ハ為レ。其ノ中ニ折節ノ糸便無キ事也。本ノ栖ニテ然モ有ナム、此ク不知国ニ来テ此ク被為シヌルハ、奇異ク妬キ事也。抑モ此ノ介ハ一トセ人殺テシ者ゾカシ。其ノ被殺ニシ者ノ子ナム小侍ニテ守殿ニ有ナル。然様ノ者ノ殺シタルニコソ有ヌレ」ナド云テ、館ニ行ヌ。

守前ニシテ維茂云ク、「己ガ共ニ侍ツル某ヲ、今夜人ノ殺テ候也。此ル旅所ニ参テ此ク被為テ候ヘバ、維茂ガ極タル恥也。此レハ異人ノ為態ニハ不候。一トセノ盧外馬咎メニ射殺シ候ヒシ男ノ子ノ小男コソ殿ニ候フナレ。定メテ其レガ為態ニコソ候フメレ。『彼レ召テ問ハム』トナム思ヒ給フル」ト。

守此レヲ聞テ云ク、「左右無ク、其ノ男ノシタル事ナラメ。昨日其ノ御共ニ彼ノ男庭ニ居タリシヲ、腰ノ痛カリシ折ニテ、其ノ小男ヲ以テ腰叩カストテ、『彼ヲバ知タリヤ』ト問シカバ、不知由ヲ答ヘシニ、『汝ガ父ハ彼ニ被殺シゾカシ。然様ノ者ヲバ顔ヲ見知タルコソ吉ケレ。彼ハ汝ヲバ何トモ不思ジケレドモ、無端キ事也』ト云シカバ、臥目ニ成テ、和ラ立シガ、其後今ニ不見ヘ。立去ル事モ不為、夜ル昼ル被仕ツル奴ノ、昨日ノ夕暮ヨリ不見、怪キ事也。亦疑ハシキ事ハ夜前膳所ニテ刀ヲナム極ク鋭ケル。其レモ今朝男共ノ疑ヒノ事共云ツルニ、聞ツル也。抑、『召テ問ハム』ト有ルハ、実ニ其ノ男ノ為態ナラバ、其男ヲ殺シ給ハムズルカ。其ノ由ヲ聞テナム召テ可奉キ。兼忠ハ賤ケレドモ、賢コク坐スル其ノ御父也。其レニ、兼忠ヲ殺シタラム人ヲ、其ノ御眷属共ノ此様ニ殺タラムヲ、人ノ此ク咎メ嗔カラムヲバ、我ハ吉シトヤ被思ムズル。祖ノ敵ヲ罸ヲバ天道許シ給フ事ニハ非ズヤ。其ノ止事無キ兵ニテ坐スレバコソ、兼忠ヲ殺シタラム人ハ、『安クハ不有マジ』トハ思ツレ。此ク祖ノ敵ヲ罸タル者ヲ、兼忠ニ付テ責メ給ハ、兼忠ガ報ヲバ不被為マジキナメリ」ト云テ、大音ヲ放テ立ケレバ、維茂、「悪ク云テケリ」ト思テ、畏リテ和ラ立ヌ。「益無シ」ト思テ、本ノ陸奥ノ国ヘ返ニケリ。彼太郎介ヲバ、其ノ郎等共有テ皆此彼ノシテケリ。

其後、彼太郎介殺シタル男三日計リ有テ、服ヲ黒クシテ出来タリ。守ノ前ニ忍テ慎々ム出来タリケレバ、守ヨリ始メテ是ト見ル同僚皆泣ケリ。其後、此ノ男人ニ心ヲ被置ウルサキ者ニ被思レテゾ有ケル程ニ、幾モ無クテ病付テ死ニケレバ、守モ極ク哀ニナム思ケル。

然レバ、祖ノ敵キ罰事ハ、極キ兵也ト云ヘドモ、難有キ事也。其レニ、此男ノ唏ク只一人シテ、然計ノ眷属隙無ク守ル者ヲ、心ノ如ク罸チ得ルハ、実ニ天道ノ許シ給フ事ナメリ、トゾ人讃ケル、トナム語リ伝ヘタルトヤ。

권25 **제5화**

다이라노 고레모치平維茂가 후지와라노 모로토藤原諸任를 토벌한 이야기

앞 이야기에 등장한 다이라노 고레모치平維茂의 무용武勇에 초점을 맞추어 영지 다툼에서 발단이 된 고레모치와 후지와라노 모로토藤原諸任의 사투의 전말을 기록한 이야기. 본집 굴지의 장편으로 구성과 내용 모든 면에서 발군의 수작秀作이다. 특히 전편에 흐르는 박진감 넘치는 교전묘사와 약육강식의 동국東國에서 살아가는 고레모치, 모로토, 오기미大君의 3인 3색의 무인상을 그린 필력筆力은 출중하며 한 개의 독립된 전기戰記 작품으로 보아도 중세 군기軍記에 족히 비견比肩되는 점이 있다.

이제는 옛이야기이지만, 사네카타實方[1] 중장中將이라는 사람이 무쓰 지방陸奧國의 수령이 되어 그 지방에 내려갔는데 이 사람은 명문의 귀족인지라 그 지방의 유력한 무사들이 종전 수령을 대했던 태도와는 달리 모두 이 수령에게 향응을 베풀고 밤낮을 가리지 않고 국사國司의 저택에 출사出仕하였다.

그런데 이 지방에 다이라노 고레모치平維茂[2]라는 자가 있었다. 이자는 단바丹波의 수령 다이라노 사다모리平貞盛[3]라는 무인武人의 동생인 무사시武藏

1 후지와라노 사네카타藤原實方(→ 인명).

2 → 인명. 본집에서는 가네타다兼忠의 장남이라 하지만, 『존비분맥尊卑分脈』에 따르면 시게모리繁盛의 아들임. 『후습유왕생전後拾遺往生傳』에 따르면 사다모리貞盛의 조카 아들임.

3 → 인명.

의 권수權守[4] 시게나리重成[5]라는 자의 아들인 가즈사上總 수령 가네타다兼忠[6]의 장남이었다. 증조백부인 사다모리는 조카나 조카아들들을 모두 거두어 들여 양자로 삼았는데, 이 고레모치는 조카이고 특히 나이가 어렸기 때문에 열다섯 번째 양자養子로 삼았다. 그리하여 통칭 요고노키미餘五君[7]라고 하는 것이었다. 또한 그때 후지와라노 모로토藤原諸任[8]라는 자가 있었다. 이자는 다와라노 도다히데사토田原藤太秀鄕[9]라고 하는 무인의 손자로 통칭을 사와마타노 시로澤胯四郞라고 하였다.

이 두 사람은 사소한 영지領地 싸움을 하여, 서로 자신의 정당함을 주장하며 수령에게 판결해 줄 것을 요청했는데 어느 쪽도 일리가 있는데다 둘 다 그 지방의 유력자였기 때문에 수령으로서도 판결을 내리지 못하고 있던 중, 그 수령이 그만 삼 년째[10]에 죽고 말았다. 그 후 둘 다 소송을 둘러싼 울분이 가라앉지 않는 터라 서로 불쾌하게 생각하며 지내고 있었다. 그러자 이 일에 관해 쓸데없이 중상中傷하는 무리가 있어서 양쪽에 서로 좋지 않게 고자질을 했기에, 원래는 대단히 사이가 좋았던 두 사람이었지만 매우 사이가 나빠져서 서로 '나에 대해서 그런 식으로 말한다 말이지? 가만 놔두지 않겠다.'라고 하는 것이 쌓이고 쌓였고, 결국에는 최후의 통첩까지 들이밀며 큰 일로 번지고 말았다.

그리하여 마침내 양쪽은 군비軍備를 갖추고 교전合戰에 돌입하였다. 먼저 결전장決戰狀을 서로 주고받고, 기일을 정해 "그 들판에서 만나 싸우자."고

4 정원 외로 임시로 임명된 국수. 통상은 임지에 부임하지 않는 관리임.
5 제4화에는 '시게모리繁茂(→ 인명)'의 이름이 보임. 정확하게는 시게모리繁盛임.
6 → 인명(다이라노 가네타다).
7 → 인명(고레모치).
8 → 인명.
9 '다와라노 도다田原藤太'는 후지와라노 히데사토藤原秀鄕(→ 인명)의 통칭임.
10 사네카타는 장덕長德 원년(995)에 무쓰 지방 수령에 임명되어 동년 9월 27일에 부임. 동 4년 11월 13일에 임지에서 사망했음.

약속을 하였다. 고레모치 측 병사는 3천 명 정도였고, 모로토 측은 천여 명이었기에 병사 수로는 모로토가 대단히 열세였다. 그렇기에 모로토는 "이 싸움은 관두는 게 좋겠다."고 말하면서 히타치 지방常陸國으로 물러났다. 고레모치가 이를 듣고 "그것 봐라. 그 놈은 나에겐 대적할 수 없다니까."라면서 며칠 동안 호기를 부렸다. 모인 군사들도 얼마간은 고레모치를 호위하며 진을 치고 있었지만 시간이 지나자 볼일을 핑계로 삼아 각자 자신의 지방으로 돌아갔다.

또한 고자질을 했던 자들도 요고餘五에게

"사와마타 님은 별 볼일 없는 자들의 고자질로 인한 무익한 교전은 하지 않을 것입니다. 군사수도 대적이 되지 않습니다. 또한 이 영지다툼은 별로 중요하지 않습니다. 사와마타 님은 '이럴 바엔 차라리 히타치常陸, 시모쓰케下野 등을 오고가며 지내자.'라고 하는 것 같습니다."

라고 적당히 둘러댔다. '무사히 나의 지방으로 돌아가자.'라고 생각하는 자들도 그런 식으로 요고를 설득하였기에 요고는 '그럴 수도 있겠구나.'라고 생각하고 모인 병사들을 모두 돌려보내고 마음을 놓고 있었다. 그러자 11월 1일 무렵, 축시丑時[11] 경에 집 앞 큰 연못에 모여 있던 물새들이 갑자기 시끄럽게 날아오르는 소리가 들렸다. 요고는 깜짝 놀라 잠에서 깨어나 부하들을 불러서

"적이 공격해 오는 것이리라. 새들이 굉장히 시끄럽구나. 모두 일어나 활과 화살을 들어라. 말에 안장을 얹혀라. 망루望樓에 올라가거라."

라고 하는 등, 지시를 내린 후 부하 한 명을 말에 태워 보내며 "급히 말을 몰고 가서 보고 오너라."라고 명했다. 사자가 즉시 돌아와

11 * 오전 2시경.

"이 남쪽 들녘에 어느 정도인지는 모르겠습니다만 《굉장히 많은》[12] 군대가 새까맣게 흩어져 4, 5정町에 가득 차 있습니다."
라고 보고했다. 요고는 이를 듣고서
"그 정도의 군대에 습격당하면 이젠 끝장이구나. 허나 한동안만이라도 끝까지 버텨 싸워야 한다."
라고 말하고 적이 쳐들어 올 길목마다 각각 4, 5기騎 정도 방패를 나란히 세워 기다리게 했다. 집안에서 활과 화살을 메고 있는 자라고는 상하를 다 합쳐도 20명에 불과했다.
'완전히 방심하고 있던 것이 적에게 알려지고 이쪽 상황이 전부 통보된 상태이니[13] 습격당한 이상 이젠 살아남을 가망이 없다.'
라고 생각하고 아내와 몇 명의 여방女房 그리고 어린아이들을 뒤쪽 산으로 달아나게 했다. 그 어린아이는 다름 아닌 어린 시절의 좌위문左衛門 대부大夫 시게사다滋定[14]이다.

그리하여 요고가 마음을 놓고[15] 여기저기 분주하게 뛰어 돌아다니며 지시를 하고 있는 사이, 적이 집 근처까지 몰려와 에워싸고 공격을 가해 왔다. 이를 막아보려고 애를 써보지만 중과부적衆寡不敵으로 적수가 되지 못했다. 모로토의 군사는 집 여기저기에 불을 질러 모조리 불태웠다. 혹 안에서 뛰쳐나오는 자라도 있으면 빗발치듯 화살을 쏘았기에, 사람들은 집안에 갇힌 채로 우왕좌왕했다. 그러는 사이 날이 새어 집안이 훤히 다 노출되어, 한 사람이라도 도망치도록 놔주지 않았다. 전원 집에 틀어박힌 채 더러는 활에

12 한자표기를 위한 의도적 결자. 전후문맥을 참조하여 보충함.
13 중개자(척후斥候, 스파이)가 있어 적에게 자기편 상황이 전부 통보되었다는 뜻임.
14 → 인명. 여기에 시게사다가 등장하는 것은 그가 이 이야기의 전승자이었거나, 아니면 이 이야기의 기록자가 시게사다를 잘 알고 있던 그와 동시대 사람이었기 때문일 것임.
15 처자를 도피시켜서 뒷날에 대한 근심이 없는 심경을 나타냄.

맞아서 죽고 더러는 불에 타 죽었다. 불이 다 꺼지고 나서 모로토 군사들이 집에 들어가 보니 불에 타 죽은 자가 신분 상하를 불문하고 아이들을 포함해 80여 명이었다. "요고의 시체는 어느 것이냐?"라며 시체들을 뒤집고 또 뒤집어 보았지만 전부 새까맣게 타 버렸고 그중에는 누구의 시체인지도 모를 정도로 심하게 불타 오그라져 있는 것도 있었다. 모로토는 '개 한 마리도 놓치지 않고 전부 죽였으니 필시 요고도 해치웠을 것이다.'라고 안심하고 병사들을 철수시켰다. 자신의 낭등郎等들도 이삼십 명 정도는 활을 맞거나 죽어 그들을 들쳐 업고 말에 실어 돌아오는데 도중에 오기미大君[16]라는 자의 거처에 들렀다.

이 오기미라는 자는 노토能登 수령《다치바나노橘》[17] 고레미치惟通[18]라는 사람의 아들이다. 사려 깊고 용맹한 무사로 훌륭하고 사물의 이치를 잘 아는 인물이었기에 그를 적으로 여기는 자가 없었고 누구에게나 신뢰를 받는 인물이었다. 사와마타는 이 오기미의 여동생을 아내로 두었기 때문에 이처럼 밤새도록 격전을 치르고 돌아오는 길에 '무엇인가 병사들에게 먹이고 술도 마시게 해주자.'라고 생각하여 그곳에 들렀는데, 오기미가 나와 사와마타를 보고

"정말 멋지게 요고를 무찔렀다니 대단하오. 그토록 지략이 뛰어나고 용맹한 자를 집에 꼼짝 못하게 가둬놓고 토벌할 줄은 전혀 예상도 못하였소. 그런데 그 요고의 목은 확실히 안장 끝[19]에 메달아 두셨소이까. 어찌하셨소?"라고 말했다. 사와마타가

"희롱하시는 것입니까. 집을 포위하고 가둔 채로 싸워 요고 녀석이 큰 소

16 다치바나노 고레노리橘好則의 통칭임. 고레미치惟通의 아들. 종5위하.
17 성씨의 명기를 위한 의도적 결자. '다치바나橘'가 이에 해당함.
18 → 인명.
19 원문은 "도리쓰케鳥付". 안장 뒤쪽에 높이 치솟아 있는 부분에 매달아 두는 끈.

리로 지시하며 집안에서 이쪽저쪽 말을 타고 돌아다니며 싸우고 있던 중 날이 밝아 왔소. 설령 도망치는 녀석이 있다 한들 훤히 다 보여 파리 한 마리 놓치지 않고 그 자리에서 모두 쏴 죽이거나 집에 가둔 채로 불태워 죽이고, 결국에는 가는 신음소리조차 내는 자가 없도록 모두 불태워 죽인 이상, 무엇 때문에 불에 탄 지저분한 목을 가져올 필요가 있겠습니까. 조금도 의심의 여지가 없소이다."

라며 의기양양하게 가슴을 탁탁 치며 내뱉듯 말했다. 그 말을 듣고 오기미가,

"과연, 그대가 그렇게 생각하시는 것도 당연한 일이오. 허나 이 늙은이의 생각으로는 그렇다한들 요고의 목을 '이놈 되살아날지도 모르지.'라고 생각하여, 안장 끝에 메달아 놓고서야 비로소 안심할 수 있는 일이 아닌가 싶소. 그렇게 하지 않는 한 안심할 수 없는 일이요. 이 늙은이가 그자의 성품을 조금 알기에 이렇게 말하는 것이오. 이곳에 오래 머무는 것은 사양이니 어서 여기를 떠나주시게. 민폐이고말고. 내 늙어 쓸데없는 일에 연루되어 교전따위를 하는 건 정말 무익한 짓이지. 오랜 세월 동안 많은 사람을 만나왔지만 처신을 잘하여 이러한 교전이 일어나지 않도록 해 왔는데 이제 와서 정말 부질없는 짓이군. 지금 당장 여기를 떠나 주시게."

라고 쌀쌀맞게 내쫓으려 했기에 아주 오래전부터 오기미를 부모처럼 여기며 그의 말을 따라왔던 사와마타는 쫓겨나듯 나왔다. 그때 오기미가

"자네 많이 배고플 테지. 음식은 내 쪽에서 곧바로 준비해 내주도록 하겠네. 하지만 당장 여기를 떠나 주시게."

라고 이래저래 생각할 틈도 없이 말을 하기에 사와마타는 '거참 현명한 늙은이로군.'[20]이라고 생각하며 남몰래 쓴웃음을 지으며 말에 올라타 모두 그

20 오기미를 비꼬는 말투임.

곳을 떠났다. 오륙십 정 정도 가니 들판에 좀 높은 언덕이 있고 그 서쪽 기슭에 작은 하천이 흐르고 있었다. 그 물가로 다가가 말에서 내려 "여기서 한숨 돌리자."라고 말하고 화살통 등을 내려놓고 휴식을 취하고 있자, 오기미 쪽에서 술을 담은 큰 통 열 개 정도와 생선 스시鮨[21]를 대여섯 통, 그리고 잉어, 새, 식초, 소금에 이르기까지 수많은 것을 연달아 짊어지고 가져왔다. 그래서 먼저 술을 데워서 제각기 퍼마셨다. 어제 초저녁부터 교전 준비를 시작하여 오늘 사시巳時[22]까지 계속 싸웠기 때문에 모두들 매우 굶주려 있었다. 목이 마른 채로 공복에 술을 네다섯 잔이나 들이마셨기에 모두 죽은 듯이 술에 취해 뻗어버렸다. 말에게 먹일 마른 풀과 여물, 콩도 충분히 보내왔기에 안장을 내리고 재갈도 벗기고 고삐만 매달아 둔 채로 실컷 먹게 했다. 그 후 말도 사람과 마찬가지로 완전히 지쳐서 모두 다리를 뻗고 드러누웠다.

한편 요고는 그 집에서 날이 샐 때까지 여기저기 돌아다니며 지시를 내리고 분전하여 많은 적을 사살하였다. 하지만 화살도 떨어지고 남아 있는 아군의 숫자도 불과 얼마 되지 않게 되자 '이젠 더 이상 싸워도 소용없다.'라고 생각하여 입고 있던 옷을 벗어던지고 여자가 입고 입던 아오襖라는 옷을 벗겨서 그것을 몸에 걸치고, 머리를 풀어헤쳐서 하녀모습을 한 채로 태도太刀 한 자루만 품속에 숨기고 활활 피어오르는 연기를 틈타서 날듯이 집에서 빠져나왔다. 그리고는 집 서쪽을 흐르는 냇물 속으로 뛰어들어 조심조심 헤엄쳐 건너편 냇가에 갈대가 무성히 우거져 있는 일대에 도착하여 손에 잡힌 비스듬히 자란 버드나무 뿌리를 붙잡고 숨어 있었다. 이윽고 집이 다 불타고 사와마타 군사들이 불탄 그곳에 들이닥쳐서 타 죽거나 활에 맞아 죽은

21 생선을 밥과 소금에 섞어 절여서, 어육魚肉에 산미酸味를 가해 오래 보존할 수 있도록 한 것.
22 * 오전 10시경.

자들의 숫자를 세었다. 또한 "어느 것이 요고의 머리냐."라고 하거나 "이것이다."라고 말하는 자들의 소리도 들려왔고 잠시 뒤 이들은 모두 물러갔다.

이젠 적들이 사오십 정 정도는 갔을 것이라고 생각될 무렵, 저택 외부에 사는 자신의 낭등들 삼사십 기騎 정도가 달려왔다. 불에 타 짓물러진 그 머리들을 보고 모두 하염없이 울었다. 기마병이 오륙십 명 정도 모이자 요고가 큰 소리로 "나는 여기 있다."라고 소리쳤다. 병사들이 그 소리를 듣고 말에서 떨어지듯 뛰어내려와 기뻐 울음을 터트렸는데 처음 불에 탄 머리들을 보고 울었을 때와 마찬가지로 크게 울었다. 요고가 물가에 올라서자 낭등들은 제각각 자기 집으로 사람을 보내어 어떤 자에게는 옷을, 어떤 자에게는 음식을, 또 어떤 자에게는 활과 화살, 칼을 가져오게 하고 또 어떤 자에게는 말과 안장 등을 가져오게 하였다. 요고는 모두가 완전히 옷을 입고 충분히 음식을 먹은 뒤에

"나는 어젯밤 습격을 당했을 때 처음에는 산으로 도망쳐 목숨을 부지하려고도 생각했었지만, '도망쳤다는 오명을 세상에 남길 수는 없다.'라고 생각하여 이러한 수모를 당한 것이다. 앞으로 어찌하면 좋겠는가."
하고 물었다. 낭등들이

"적들은 군사 수가 많아 사오백 명 정도나 됩니다. 하지만 아군은 불과 오륙십 명 정도에 불과합니다. 이래서는 지금 당장 어떻게 하실 수 있겠습니까. 그러하니 후일 군사를 모아 어떻게든 싸우시는 것이 좋을 듯합니다."
라고 대답하였다.

요고는 이를 듣고

"너희들이 그렇게 말하는 것도 지극히 당연하다. 하지만 내 생각으로는 '만일 어젯밤 내가 집에서 불타 죽었다면 지금까지 목숨이 붙어 있었겠는가. 그렇게 가까스로 위기를 벗어난 것이니 이래서는 살아 있어도 이미 살

아 있는 몸이라고 할 수가 없다. 하루만이라도 너희들에게 이런 꼴을 보인 것은 한없는 수치다. 그러니 나는 추호도 목숨이 아깝지 않다. 너희들은 후일 병력들을 모아 싸우면 된다. 나로서는 그저 혼자라도 그 자의 집으로 가서 나를 불태워 죽였다고 생각하는 자들에게 내가 이렇게 살아 있다는 것을 보여 주고 화살 한 개라도 쏘고 죽을 작정이다. 그렇게라도 하지 않는다면 자손대대로 더할 나위 없는 수치가 아니겠느냐. 나중에 군사를 일으켜 친다는 것은 실로 미련한 짓이다. 목숨이 아까운 자는 따라오지 말거라. 나 혼자 갈 것이다."

라고 말하고 당장 출발하려고 했다.

그리하여 "후일을 도모하자."라고 의견을 낸 낭등들도 이를 듣고서는

"실로 지당하신 말씀입니다. 더 이상 말씀드리지 않겠습니다. 어서 빨리 출진出陣하십시오."

라고 말하기에 요고는 출진에 앞서

"내 말에 잘못은 없을 것이다. 녀석들은 밤새도록 교전을 치르고 녹초가 되어서 이러이러한 냇가나 혹은 이러이러한 언덕 건너편 상수리나무 언덕 등에 죽은듯이 자고 있을 것이다. 말 등도 재갈을 벗기고 여물 등을 먹게 하여 쉬게 하고 있을 것이다. 활 같은 것도 모두 《벗어》[23]던지고 방심하고 있을 테니 바로 그곳에 함성을 지르며 밀어닥친다면 설사 천 명의 병력이라 한들 무슨 소용이 있겠는가. 만일 오늘 하지 않는다면 또 언제 할 수 있단 말인가. 목숨이 아까운 자는 개의치 말고 남거라."

라고 말하고 스스로는 감색 아오襖[24]에 황매화빛 옷을 입고 사슴의 여름털

23 한자의 명기를 위한 의도적 결자. 전후 문맥을 고려하여 보충함.

24 앞의 여자가 입은 아오襖와 다름. 무관이 착용한 궐액闕腋(겨드랑이 밑을 터놓은 것)의 포袍.

로 만든 무카바키行縢[25]를 둘렀다. 그리고 아야이綾藺[26] 갓을 쓰고 소야征矢[27] 삼십 개 정도에 우와자시上指[28] 가리마타雁股[29] 화살을 두 줄로 배열한 화살통을 멨다. 손에는 가죽을 여러 곳에 감은, 손잡이가 굵직한 활을 들고 새로 불려 만든 검을 차고, 복부에만 밤색 털이 섞이고 높이가 4자 7치[30] 정도나 되는 특히 키가 크며 진퇴進退 자유자재의 훌륭한 명마에 올라탔다. 군사의 수를 세워보니 기마병 칠십여 명, 보병 삼십여 명, 합쳐 백여 명이 모였다. 이들은 저택에 가까이에 살던 자들이 급히 소식을 듣고 달려온 것이다. 멀리 있는 자들은 아직 소식을 듣지 못해 오는 것이 늦어지는 것이라 생각되었다.

이렇게 하여 적의 뒤를 추적하며 쏜살같이 말을 달려 쫓아가던 중, 그 오기미 저택 앞을 통과할 때 사자를 보내어 "다이라노 고레모치, 어젯밤 공격《당》[31]해 도망가고 있습니다."라고 말을 걸게 했다. 오기미는 전부터 '혹여 공격받을 수도 있겠다.'라고 생각하여 저택 안에 낭등 이삼십 명 정도를 배치해 놓고 몇 명은 망루 위로 올라가게 하여 멀리 망을 보게 하고 문을 굳게 잠그고 있었는데 그 소리를 들은 오기미가 "아무런 대답도 하지 마라."라고 낭등들을 제지했기에 사자는 말을 걸었을 뿐 아무 대답도 듣지 못한 채 그냥 되돌아왔다.

25 사슴의 여름털로 만들어 무사가 말을 타고 먼 길을 가거나 사냥을 할 때 허리에 둘러 정강이까지 가리던 모피.

26 골풀 줄기로 짠 마름모꼴 삿갓. 안에 비단이나 가죽을 댄 것으로 정수리 부분이 튀어나와 있음. 무사가 교전이나 사냥 때 씀.

27 가리마타雁股·히라네平根·도가리야尖矢 등 평평하고 큰 화살촉과 대비되게 마루네丸根, 야나이바柳葉, 겐지리劍尻, 도리노시타鳥の舌, 마키노하槙葉 등 가늘고 끝이 뾰족한 화살촉을 붙인 미타테바三立羽 화살을 말함.

28 장식적인 의미도 있어서 화살통 위에 꽂아두는 2대의 화살.

29 화살 끝이 개구리의 다리모양과 같이 좌우로 벌어진 화살촉을 말함. 여기서는 장식용으로 사용.

30 * 약 142cm.

31 한자의 명기를 위한 의도적 결자. 전후 문맥을 고려하여 보충함.

오기미가 망루에 올라있던 자를 불러 "상황이 어떠한가. 확실히 확인하였는가."라고 묻자

"보았습니다. 1정 정도 앞 대로에 군사 백 명 정도가 준마駿馬에 채찍질을 하며 마치 날아가듯 지나갔습니다. 그중에 복부에만 밤색 털이 섞인 말을 타고 감색 아오를 입고, 사슴 여름털로 만든 무카바키를 걸친 자가 유난히도 빼어나, 총대장으로 보였습니다."

라고 낭등이 대답했다. 오기미가

"그건 분명 요고일 것이다. 그 말은 그의 소유인 커다란 밤색 털 명마가 분명하다. 그것은 아주 좋은 말이라 들었다. 요고가 그것을 타고 밀어닥친 이상 감히 그 누가 대적할 수 있겠는가. 사와마타는 참혹하게 죽게 될 자이다. 내가 하는 말을 업신여기며 이겼다고 득의양양한 얼굴은 참 대단했었는데 말이다. 지금은 필시 그 언덕 부근에서 지쳐 자고 있을 텐데, 바로 그곳에 이 자들이 습격한다면 한 사람도 남김없이 몰살당해 전원 죽고 말 게 뻔하다. 알겠느냐. 잘 들어라. 내 말이 틀림없을 것이다. 그러니 문을 굳게 잠그고 아무 소리 내지 말고 조용히 있어야 한다. 알겠느냐. 그저 망루에 올라가 멀리 동태를 계속 살피도록 해라."

라고 말했다.

요고는 전방에 정찰병을 급히 보내며 "사와마타가 있는 곳을 확실히 파악하여 알리도록 해라."라고 명했는데, 그자가 달려 돌아와서는

"이러이러한 언덕 남측에 약간 습지처럼 된 들판에서 먹거나 마시거나 하여 어떤 자는 깊이 잠들어 있고 또 어떤 자는 병자처럼 늘어져 있습니다."

라고 보고했다. 이를 들은 요고는 기뻐하며 "자, 단숨에 급습해라."라고 명하자마자 마치 날아가듯 급히 달려갔다. 그 언덕 북측으로 급히 올라가서 언덕 위에서 남쪽으로 경사면을 급히 내려갔다. 내리막길이었기에 마장馬

場 같은 들판을 마치 가사카케笠懸[32]를 쏘듯이 오륙십 기騎 정도가 일제히 함성을 지르며 말에 채찍을 가하며 급습하였다.

사와마타를 비롯한 병사들은 허둥대며 일어나, 어떤 자는 화살통을 집어 들쳐 메고 어떤 자는 갑옷을 집어 들어 입었다. 또 어떤 자는 말에 재갈을 《물리고》[33] 어떤 자는 넘어져 어쩔 줄을 몰라 하고, 어떤 자는 활과 화살을 버리고 도망치고 개중에는 방패를 들고 싸우려는 자도 있었다. 말들도 혼란에 동요하여 이리저리 날뛰며 소동을 피웠기에 제대로 말을 붙잡아 재갈을 물리는 자도 없었다. 그래서 마부를 넘어뜨리고 달아나는 말도 있었다. 순식간에 병사 삼사십 명 정도를 그 자리에서 쏘아 넘어뜨렸다. 개중에는 말에는 올라탔지만 싸울 기력을 상실하여 도망치는 자도 있었다. 이리하여 사와마타를 사살하고 그의 목을 베었다.

그 후 요고는 전군을 이끌고 사와마타 저택으로 향했다. 그 집안사람들이 "주군이 개선하여 돌아오셨는가."라로 기뻐하며 음식을 갖추고 기다리는 그곳에, 요고의 군대가 우르르 밀어닥쳐 저택에 불을 지르고 대항하는 자들을 모조리 사살했다. 동시에 집안으로 사람을 들여보내서 사와마타 부인과 여방女房 한 명을 끌고나와 부인은 말에 태우고 이치메市女[34] 갓을 뒤집어씌워서 얼굴을 가려 주었다.[35] 여방女房도 똑같이 하여 요고의 말 옆에 세워 두고는 모든 저택에 불을 지르고

"무릇 여자이면 고하를 막론하고 손대지 말거라. 남자라는 남자는 모두 발견하는 즉시 쏴 죽여라."

라고 명했기에 닥치는 대로 사살했다. 그중에는 간신히 도망치는 자도 있었다.

32 기사騎射의 한 가지임. 삿갓을 과녁으로 걸어 두고 그것을 쏜 것에서 유래된 명칭임.
33 한자의 명기를 위한 의도적 결자. 전후 문맥을 고려하여 보충함.
34 중고시대 이후 부인이 외출 시 사용한 삿갓. 가운데가 凸 모양으로 튀어나온 옻을 칠한 삿갓.
35 사와마타 부인을 예우하여 사람 눈에 띄지 않게 배려한 것임.

다 불에 타 무너지고 난 후, 해가 질 무렵에 철수하여 되돌아오는데 도중에 요고는 그 오기미의 저택 문 앞에 들러 사자를 보내

"직접 안으로 들어가 찾아뵙지는 못합니다만 사와마타 님의 부인께는 조금도 욕을 보이지 않았습니다. 오기미의 여동생이시기에 이렇듯 확실히 모셔 온 것입니다."

라고 안에 이야기하였다. 오기미는 기뻐하며 대문을 열고 여동생을 건네받고는 잘 받았다는 뜻을 사자에게 전했기에 사자는 되돌아왔다. 요고는 그곳에서 원래의 자신의 저택으로 돌아갔다.

그 이후 이 고레모치는 관동 여덟 지방에 이름을 날리고 마침내 둘도 없는 무인으로 일컬어졌다. 그 아들인 좌위문 대부 시게사다의 자손이 지금도 조정에 출사하고 있다고 이렇게 이야기로 전하여 내려오고 있다 한다.

⊙제5화⊙
다이라노 고레모치平維茂가 후지와라노 모로토藤原諸任를 토벌한 이야기

平維茂罸藤原諸任語第五

今昔、実方中将ト云人陸奥守ニ成テ、其ノ国ニ下ダリケルヲ、其ノ人ハ止事無キ公達ナレバ、国ノ内ノ可然キ兵共、皆前々ノ守ニモ不似、此ノ守ヲ饗応シテ、夜ル昼ル館ノ宮仕怠ル事無カリケリ。

而ル間、其ノ国ニ平維茂ト云者有ケリ。此ハ丹波守平貞盛ト云ケル兵ノ弟ニ武蔵権守重成ト云ガ子上総守兼忠ガ太郎也。其ヲ曾祖伯父貞盛ガ甥幷ニ甥ガ子ナドヲ皆取リ集メテ養子ニシケルニ、此ノ維茂ハ甥ナルニ、亦中ニ年若カリケレバ、十五郎ニ立テ養子ニシケレバ、字ヲバ余五君トハ云ケル也。亦、其時ニ藤原諸任ト云者有ケリ。此ハ田原藤太秀郷ト云ケル兵ノ孫也。字ヲバ沢胯ノ四郎トナム云ケル。

此ノ二人墓無キ田畠ノ事ヲ諍テ、各道理ヲ立テ、守ニ訴ケルヲ、何レモ理也ケルニ、亦二人乍ラ国ノ可然キ者ニテ有レバ、守否定メ不切シテ有ケル程ニ、守三年ト云ニ失ニケレバ、其後共ニ愁ノ憤リ不止シテ、互ニ不安ラ思テ有ル程ニ、各此ノ事ヲ便無キ様ニ中言スル者共有テ、不吉様ニ聞セケレバ、本ノ極リ中吉カリケル者共ノ只悪ニ悪ク成テ、互ニ、「我レヲバ然ヤ云ケル。然コソ不云ラメ」ナド云言ドモ共ニ重ク成ニケレバ、実ニ言放テ大事ニナリニケリ。

然レバ既ニ各ノ軍ヲ儲テ可合戦義ニ成ヌ。其後ハ牒ヲ通ハシテ日ヲ定テ、「其ノ野ニテ合ハム」ト契ル。維茂ガ方ニハ兵三千人計リ有リ、諸任ガ方ニハ千余人有ケレバ、軍ノ員モコヨナク劣タリ。然レバ、「此ノ戦ヒ止メテム」ト諸任云テ常陸国様ヘ超ニケレバ、維茂此レヲ聞テ、「然レバコソ、我ニ手向ハシテムヤ」ナド息巻テ日来有ケル程ニ、集タリケル兵共モ暫コソ巻ケレ、遥ニ久ク成ヌレバ、各、「要事有」ナド云テ、皆本国ニ返リヌ。

亦中言スル者共モ、「沢胯ノ君ハ、由無キ人ノ中言ニ依テ益無キ戦モ不好ジ、軍ノ員モ可合キニモ非ズ。亦此ノ論ヒ由無キ事也。『常陸下野ナドニ通テ有ラム』トナム云ナル」ナド、吉キ様ニ云成テ、「安ラカニ本国ニ返リナム」ト思ケル奴原ハ口々ニ余五ニ云ヒ聞セケレバ、余五、「然コソハ有メ」ト思テ、軍モ皆返シ遣テ緩ミテ居タルニ、十月ノ朔比ノ程ニ、丑時計ニ、前ニ大キナル池ノ有ルニ居タル水鳥ノ俄ニ譟シク立ツ音ノシケレバ、余五驚テ、郎等共ヲ呼テ、「軍ノ来タルニコソ有ヌレ。鳥ノ痛ク騒グハ。男共起テ調度負ヘ。馬共ニ鞍置ケ。櫓ニ人登レ」ナド俸テ、郎等一人ヲ馬乗セテ、「馳向テ見テ来」トテ遣ツ。即チ返リ来テ云ク、「此ノ南ノ野ニ□幾許トハ否不見給ハ、軍真黒ニ打散テ四五町計ニ見ヘ候ツ」ト。余五此ヲ聞テ、「此許被壓ヌレバ今ハ限ナメリ。然ドモ一切レ支テ可戦キ也」ト云テ、軍ノ寄リ可来キ道々ニ、各四五騎計楯ヲ突テ待懸ケサス。凡ソ家ノ内ニ調度負タル者、上下ヲ不論、二十人ニ不過ギ。「極ジク緩タル程ヲ知テ、吉ク被仲テ被壓タレバ、今者可生キ様無シ」ト思テ、妻女房ドモ少々、子ノ児ナドヲ、後ノ山ニ隠シ遣リツ。其ノ児ト云ハ左衛門大夫滋定ガ幼カリケル也。

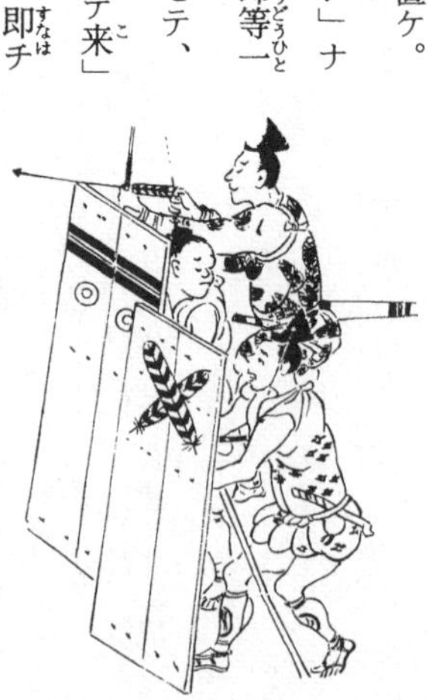

楯(春日権現験記)

然テ、余五心安クテ走リ廻ツ、行フニ、軍共家近ク壓来テ廻ルニ、打衛テ戦フ。此レヲ抑フト云ヘドモ、人少クシテ力無シ。屋共ニ火ヲ付テ焼キ掃フ。適ニ出ル者ヲバ員ヲ尽シテ射レバ、内ニ籠テ蠢ク。而ル間、夜明タレバ真現ラハニ成テ、一人トシテ逃ヌ者無ク、皆家ニ籠テ、或ハ射殺シ或ハ焼殺シツ。火消ヘ畢ヌレバ、皆打入テ見ルニ、焼ケ死タル者、上下男子児共ナド取リ合テ八十余人也。「何カ余五ガ死タル」トテ引返シ引返シ見レドモ皆真黒ニシテ、体モ不見焼キ被屈タル者モ有リ。「狗ヲダニ不出皆殺タレバ、今ハ罸得ツ」ト安ラカニ思テ返ル。我ガ方ノ郎等モ二三十人計ハ被射テ或ハ死ニ、或ハ馬ニ引乗セテ返ルニ、大君ト云者ノ許ニ打寄ヌ。其ノ大君ト云ハ、能登守□ノ惟通ト云ケル人ノ子也。長武者ニテ心恥カシク心掟テ有ケレバ、身ニ敵モ無ク、万人ニ被請テナム有ケル。此ノ沢胯ハ其ノ大君ガ妹ヲ妻ニテ有ケレバ、此ク終夜戦ヒ極ジクシテ返レバ、「軍共物食セ、酒飲セテ」ナド思テ寄タルニ、大君会テ沢胯ニ云ク、「此ク鑭ラカニ余五ヲ罸ツ事ハ極キ事也。極タル賢キ者ノ勢器量キヲ、家ニ籠メ乍ラ罸ツ事ハ思ヒ不懸事也。然テ其ノ余五ガ頭ハ慥ニ取テ、鞍ノ鳥付ニ結付給ヘリヤ、何ゾ」ト。沢胯ガ云ク、「嗚呼ノ事ヲモ宣フ君カナ。屋ニ籠メ乍ラ戦ツルニ、余五現ニ、音高クシテ事行ヒテ、馬ニ乗テ打廻リツ、戦ツル程ニ、夜明タレバ逃グル者モ現ハニ見ユルニ、蝿タル不翔サズ、或ハ箭庭ニ射臥セ、或ハ家ニ籠メ乍ラ焼殺シ、後ニハ聊ニ音ヲ為ル者モ無ク焼キ殺シタル者ヲバ。何ノ故ニ其ノ焼頭ヲバ穢気ニ可取持キゾ。露疑ヒ可有キ事ニモ非ヌ物ヲバ」ト、極ジクシタリ顔ニ、脇ヲ掻テ云ケルヲゾ、大君聞テ、「然也。現ニ然思ヒ可給。但シ翁ノ思ヒ侍ハ、尚余五ガ頭ヲ、『此奴若シ生モヤ返ル』ト、鞍ノ鳥付ニ結付テコソ、後安ク心ハ落居メ。不然ハ後目タキ事也。翁ハ彼ガ心バヘヲホロク知タレバ申ス也。此ニテ程ヲ不経給。極ク益無ク思ユ。老ノ畢ニ、由シ無キ人ノ御故ニ今更ニ戦セム、極テ益無カルベシ。年来人ニ会テ賢ク此ノ如ノ事不為デ止ヌルニ、今更ニ由無シ。只疾ク此ヲ立給ヒネ」ト半無ク追ケレバ、本ヨリ祖ノ様ニ習ハシタリケレバ、沢胯被追テ立ヌ。然テ、「極ジ給ヒヌラム。物共ハ此ヨリ今奉ラム。只疾ク御ネ」ト是可廻クモ非ズ云ケレバ、沢胯、「哀レ、賢ク坐スル翁共カナ」、蜜ニ咲テ馬ニ乗テ皆行ヌ。五六十町計行テ、野笹ノ有、彼ノ方西ニ小河ノ流タル傍ニ打寄テ、馬ヨリ下テ、「此ニ息マム」ト云テ、調度ナムド皆解テ居タル程ニ、大君ノ許ヨリ酒大樽ニ入テ十樽許、魚ノ鮨五六桶許、鯉、鳥、酢、塩ニ至マデ多ク荷ヒ次ケテ持来レリ。先ヅ酒ヲ涌シテ手毎ニ取テ飲ム。宵ヨリ儀式シ立テ、巳時マデ戦ヒタレバ、極メテ極ジニタリ。喉ノ乾クマヽニ、空腹ニ酒ヲ四五坏飲テケレバ、皆死タル様ニ酔臥ニケリ。馬ノ蒭、秣、大豆ナム多ク遣タレバ、鞍モ下シ、轡モ放タレバ、指縄計ヲ付テ飼フ。馬モ共クルシケレバ、皆差シ反テ臥タリ。

然テ余五ハ、彼ノ家ノ内ニシテ、明マデ走リ廻ツヽ行フ程ニ、敵ノ方ノ人ヲモ多ク射サセ、今ハ箭モ尽タリ、人ノ員モ極テ少ナケレバ、「戦フトモ益不有」ト思テ、余五着タル衣ヲ脱ギ棄テ、女人ノ着タル襖ト云有衣ヲ引剝テ、其レヲ打着テ、髪ヲ乱テ、下女ノ様ヲ造テ、太刀計ヲ懐ニ持テ、煙ノ薫リ合タル中ヨリ掻交レリ。飛ガ如クニ出テ、西ノ流ノ深ニ落入テ、澳中ニ葦ナドノ生滋タル所ニ構テ掻寄ヌ。臥楊ノ有ル根ヲ拘ヘテ有。家燃畢テ沢胯ガ軍共家ノ跡ニ打寄テ、焼ケ被射タル者共ノ員計ヘ、亦、「余五ガ頭ハ何レゾ」ナド問ヘバ、「此レヲ其レ」ナド云奴原モ有ナリ。然テ皆返ヌ。

今ハ四五十町許モ行ヌラムト思程ニ、我ガ郎等共ノ外ニ有ル、三四十許走ラセテ来タリ。此焼頭ヲ見テ、音ヲ合セテ泣事無限リ。馬兵五六十人計ハ来タリト思フ程ニ、余五音ヲ叫テ、「我レハ此レニゾ有ル」ト。兵共此レヲ聞テ、馬ヨリ丸ビ落テ、喜ビ泣キ為ル事、初ノ叫メキニ不劣。余五陸ニ上タレバ、郎等共各家ニ人ヲ遣テ、或ハ衣ヲ持来リ、或ハ食物ヲ持来リ、或ハ弓箭兵杖ヲ持来リ、或ハ馬鞍ヲ持来レバ、余五、皆衣ヲ着、物ヲ食テ後ニ云ク、「我レ今夜、被壓ツル初メニ逃テ山ニ入テ命ヲ可存シト云ドモ、『逃ヌト云名ヲ世ニ不留』ト思テ、此ル目ヲ見ル也。此ヲ何ガセムト為ル」ト。郎等共ノ云ク、「彼レハ勢多クシテ軍四五百人許有ケリ。此方ニハ僅ニ五六十人許ニコソ侍メレ。其レヲ以テハ忽ニ何ガセサセ給ハムト為ル。然レバ、後ノ日ヲ以テ軍ヲ集メテ、何ニモ戦ヒ可給キ也」ト。

余五此レヲ聞テ云ク、「尊達ノ云所最モ可然シ。但シ我ガ思フ様ニ、『今夜ヒ家ノ内ニシテ焼キ被殺ナマシカバ、只今マデ命存セムカ。構テ此ク遁レタレバ、生タルニハ非ズ。一日ニテモ尊達ニ目ヲ見セムズレバ、極タル恥也。然レバ我レ露計命ヲ不惜マ。尊達ハ後ニ軍ヲ儲テ可戦也。我ニ於テハ、只一人彼レガ家ニ向テ、『焼殺ヌ』ト思ハムニ、『此クモ有ケリ』ト見ヘテ、一度ノ箭ヲ射懸テ死』ト思也。乃至子孫マデ此レハ極テ恥ニハ非ズヤ。後ニ軍ヲ発シテ罸タラムハ、極テ弊カリナム。命惜カラム尊達不可来。我レ一人ハ行ナム」ト云テ、只出立ニ出デ立ツ。

然レバ、郎等共ノ、「後ノ日戦ハム」ト定ツルモ、此ヲ聞テ、「極タル理リニ侍リ。亦可申様無シ。只疾ク出立セ給ヘ」ト云ヘバ、余五出立トテ云ク、「我レ世モ云ヒ不錯ジ。此奴ハ、終夜戦ヒシ極ジテ、其々ノ河辺ニ、乃至其ノ岳ノ彼方面ニ、樫原ナドニコソ死タル如クニテ臥タラメ。馬ナドモ轡解キ、秣飼テゾ息ラム。弓ナドモ皆□テ緩タラムニ、呼意放テ押懸タラムニ、千人ノ軍也トモ何態ヲカセム。今日ダニ不為デハ、何ヲ可期キゾ。命惜カラム者ハ速ニ可留シ」ト云テ、我ハ紺ノ襖ニ欵冬ノ衣ヲ着テ、夏毛ノ行騰ニ履、綾藺笠ヲ著テ、征箭三十許、上指鴈胯二並指タル胡籙ヲ負テ、手太キ弓ノ革所々巻タルヲ持テ、打出ノ太刀帯テ、腹葦毛ナル馬ノ長七寸許ニテ打ハヘ長キガ、

綾藺笠(石山寺縁起)

極タル一物ノ進退ナルニ乗テ、軍ノ員ヲ計フレバ、馬ノ兵七十余人、歩兵三十余人、合テ百余人ゾ集レル。此レハ家近キ者共ノ疾ク聞テ馳セ集レルナルベシ。家遠キ者共ハ未聞ネバ、遅ク来ナルベシ。

此クテ跡ヲ尋ネツヽ、打ニ打テ追ヒ行クニ、彼ノ大君家ノ前ヲ渡トテ、云ヒ令入ル様、「平維茂今夜罰被□テ逃テ罷ル也」ト。大君此ヲ聞テ、兼テヨリ、「若シ事ヤ有ラムズラム」ト思ケレバ、家ニ郎等二三十許ヲ置テ、少々ヲ櫓ニ登セテ遠見ヲセサセテ、門ヲバ強ク差テ有ケリ。大君、「答ナ不為ソ」ト云ケレバ、使云懸テ去ニケリ。

大君、彼ノ櫓登タル者ヲ呼テ、「何様ニカ有ツル。慥ニ見ツヤ」ト問ケレバ、「見侍リツ。一町許大路ノ去タレバ、軍百人許ナム逸物ニ乗テ引懸テ、飛ガ如クニシテゾ過候ヌル。其ノ中ニ、大キナル葦毛ノ馬ニ乗テ、紺ノ襖ニ欵冬ノ衣着タル者ノ、綾藺笠ヲ着テ、夏毛行縢シタルナム、中ニ勝レテ主人ト見ヘ侍ツル」ト云ヘバ、大君ノ云ク、「其レハ余五ナラム。彼レガ持タル大葦毛ニコソ有ナレ。其レハ極タル一物トコソ聞ケ。余五ガ其レニ乗テ押懸タラムハ、誰カ手向ハ可為キ。沢胯ハ極キ死スル者カナ。我ガ云ツル事ヲバ、嗚呼ノ事ニ思テ、為得タル気色極カリツレドモ、定テ其ノ岳ノ辺ナムドニコソ戦ヒ極ジテ臥セルラム。其レニ此等ガ行キ懸ナバ、員ニ依テ皆被射殺ナムトス。吉シ、聞ケ。我レ世モ云ヒ不違。然レバ門ヲ強ク差テ、音モ不為デ有レ。穴賢々々。只櫓ニ登テ遠見ヲセヨ」ト。

此テ余五ハ前ニ人ヲ走セテ、「沢胯ガ有ラム所慥ニ見テ告ゲヨ」ト云テ遣タレバ、其ノ使走返テ、「其々ノ岳ノ南面ニ沢立タル原ニ、物食、酒飲ナドシテ、或ハ臥シ或ハ病ム様ニテ有」ト云ヘバ、余五此レヲ聞テ喜テ、「只疾ク打テ」ト催シテ飛ブガ如クニシテ行ヌ。其ノ岳ノ北面ニ馬ヲ打上テ、岳ノ上ヨリ南ノ添ヲ下様ニ趣ケタリ。下様ナレバ馬場ノ様ナル野ヲ、笠懸ヲ射ル様ニ、音ヲ叫テ鞭ヲ打テ、五六十人許押懸タリ。

其ノ時ニ、沢胯ノ四郎ヨリ始テ軍共俄ニ起上テ此レヲ見テ、或ハ胡録ヲ取テ負ヒ、或ハ鎧ヲ取テ着、或ハ馬ニ轡ヲ□[一六]、或ハ倒レ迷ヒ、或ハ調度ヲ棄テ逃ル者モ有リ、或ハ楯ヲ取テ戦ハムトスル者モ有リ。馬共ハ[一七]ドヨミニドヨマサレテ走リ騒ゲバ、[一八]拈カニ取テ轡ヲ□[一九]ル者モ無シ。然レバ舎人[二〇]ヲ蹴丸バシテ走ル馬モ有リ。時ノ間三四十人許ノ兵ヲ箭庭ニ射臥セツ。或ハ馬ニ乗テ戦ハムノ心モ無クシテ、鞍ヲ打テ逃ル者モ有リ。然テ、沢胯ヲバ射取テ頸ヲ切ツ。

其後、余五軍ヲ率シテ沢胯ガ家様ニ行ク。家ノ者共ハ、「我ガ君ハ戦[二一]為得テ来ルカ」トテ、食物ヲ儲テ喜テ待ケル程ニ、余五ガ軍共是非[二二]無ク打入テ、屋共ニ火ヲ付ケ、向フ者ヲバ射殺シテ、人ヲ入レテ、沢胯ガ妻ヲバ女房一人ヲ具シテ引出シテ、馬ニ乗セテ、市女笠[二三]ヲ着セテ、現[二四]ニモ不見セ、女房ヲモ同様ニシテ、余五ガ馬ニ傍ニ立テ、屋共ニ火皆付テ、「凡ソ女ヲバ、上下[二五]、手ナ不懸ソ。男ト云ハム者ヲバ、見ヱ[二六]ムニ随テ射臥ヨ」ト云ケレバ、片端ヨリ皆射殺シツ。其中ニ不意[一]ニ逃ル者モ有ケリ。

焼畢テ後、日暮方ニ返ルニ、彼ノ大君ガ家ノ門ニ打寄テ、「自ハ否不参入ラ。沢胯ノ君ノ妻ニハ聊[二]ニ恥モ不見セ。此ク御妹[三]ニ御座ヌレバ、其レニ憚リ申テ慥ニ将奉タル也」ト云ヒ入サセヌレバ、大君喜テ門ヲ開テ、妹ノ君ノ女房ヲ受取テ、給ハリヌル由ヲ云ヒ出シタレバ、使ハ返ヌ。其ヨリ余五ハ本ノ所ニ返ニケリ。

其ヨリ後ナム此ノ維茂ハ東八ケ国[四]ニ名ヲ挙テ、弥ヨ並ビ無キ兵ニ被云ケル。其ノ子ノ左衛門大夫滋定ガ子孫、公ニ仕テ、于今有、トナム語リ伝ヘタルトヤ。

권25 제6화

춘궁春宮 대진大進인 미나모토노 요리미쓰源賴光가 여우를 화살로 쏜 이야기

동궁東宮 대진大進인 미나모토노 요리미쓰源賴光가 당시의 동궁(후에 산조三條 천황)의 명을 받들어 히키메蟇目 화살로 멀리 떨어진 전각 위에 있는 여우를 맞춰 떨어뜨리는 매우 어려운 일을 훌륭하게 해낸 이야기. 미나모토노 요리미쓰의 신묘한 활솜씨를 전하는 에피소드로, 널리 알려진 유명한 무인에게는 흔히 있는 이야기이지만 후세의 미나모토노 요리마사源賴政의 전설적 괴물 퇴치담 등과는 달리 아무런 과장이나 연출을 느낄 수 없는 사실성이 강한 무공담이다. 참고로 앞 이야기까지의 간무桓武 다이라노 가문平氏 관련 설화는 끝이 나고, 이 이야기부터는 세이와淸和 미나모토 가문源氏과 관련된 일련의 무공담이 거의 시대 순으로 나열된다.

이제는 옛이야기이지만, 산조三條[1] 천황이 동궁東宮[2]이셨을 때는 동삼조東三條[3]에 거하셨다. 어느 날 그 침전의 남면南面[4]을 동궁이 걸어가고 계셨을 때에 두세 명 정도의 전상인殿上人[5]이 서쪽 투도전透渡殿[6]에 대기하고 있었다.

그때 동남쪽에 있는 건물의 서쪽 처마에 여우 한 마리가 나타나 웅크려

1 → 인명.

2 춘궁春宮이라고도 함. 황태자.

3 가네이에兼家의 저택. 산조三條 천황은 정원貞元 원년(976) 정월 3일에 이 저택에서 태어났으며 성인식과 태자 즉위식 등도 이 저택에서 거행되었음(『일본기략日本紀略』).

4 침전의 정면에 해당함.

5 * 전상殿上에 오르는 것이 허락된 당상관堂上官. 4·5위의 일부 및 6위의 장인藏人을 말함.

6 헤이안 시대의 귀족 저택 건축양식에서는 침전寢殿을 에워싼 건물들이 각기 복도로 연결되어 있음. 난간欄干을 붙인 두 건물을 잇는 복도.

자는 것이 보였다. 미나모토노 요리미쓰源頼光[7]는 당시 동궁東宮 대진大進[8]으로 동궁을 모시고 있었는데, 이자는 다다노 미쓰나카多田滿仲[9] 입도入道의 아들로 대단히 뛰어난 무인이어서 조정에서도 군사와 무예에 관한 방면으로 긴히 쓰시고, 세간에서도 경외받는 인물이었다. 그때 이 요리미쓰가 대기하고 있는 것을 보고 동궁이 이자에게 활과 히키메蟇目[10] 화살을 주며 "저 동남쪽 처마에 있는 여우를 맞춰 보거라." 하고 명하셨다. 요리미쓰가

"외람되오나 고사固辭하고자 합니다. 다른 사람이라면 잘못 맞추어 《놓치》[11]더라도 별로 대수롭지 않겠지만, 만일 이 요리미쓰가 《놓쳤》다고 하면 더할 나위 없는 치욕입니다. 허나 비록 쏜다고 해도 맞출 수 있을 것 같지 않습니다. 그나마 젊었을 적에는 때때로 사슴 등을 만나 그럭저럭 맞춘 적도 있었습니다만 지금은 전혀 그런 일도 하지 않기에 이러한 표적 맞추기는 이젠 화살이 어디로 날아갈지도 모를 지경입니다."

라고 아뢰면서 속으로는

'이렇게 화살을 쏘는 것을 잠시 미루고 이런 이야기를 하고 있는 동안 여우가 달아나겠지.'

라고 생각하고 있었는데, 그 여우는 얄밉게도 서쪽을 향해 엎드린 채 깊이 잠들어 달아나려고도 하지 않았다.

그러나 동궁께서 "제대로 쏴 보거라."라고 재촉하시기에 요리미쓰는 더 이상 거절할 수가 없어 활을 잡고 히키메 화살을 메기고

7 → 인명.

8 동궁방東宮坊(황태자에 관한 것을 담당하는 관청)의 제3등관.

9 → 인명.

10 화살촉의 일종으로 후박나무나 오동나무 등으로 만들어 속이 텅 비고 표면에 몇 개의 구멍이 뚫린 것. 길이 약 12~15cm. 윙윙 소리를 내며 공중을 날아가므로 마귀를 쫓는 힘이 있다고 여겨졌음. 여기서는 그 화살촉을 선단先端에 붙인 화살.

11 저본에는 공간 간격空格이 빠져 있으나 이대로는 의미 불명임. 한자표기를 위한 의식적 결자가 전사轉寫되는 과정에서 소멸된 것으로 보이며 전후문맥을 감안하여 보충함. 바로 아래도 마찬가지임.

"활에 그만한 힘만이라도 있으면 맞춰 보여드릴 수도 있겠습니다만, 이렇게 먼 표적에 히키메는 너무 무겁습니다. 소야征矢[12]라면 쏠 수 있겠습니다만 히키메로는 도저히 쏴 맞출 수가 없을 것 같습니다. 화살이 도중에 떨어지기라도 한다면 맞추지 못하는 것보다도 오히려 더 웃음거리가 되겠지요. 거참 어떻게 해야 할지."

라고 아뢰고는 옷끈도 풀지 않은 채로 상의 소매를 걷어 올리고 활 끝을 조금 앞으로 눕혀 화살대 끝까지 잡아당겨 쐈다. 어두워서 화살이 날아가는 방향도 제대로 안 보인다고 생각하는 순간 여우 가슴에 멋지게 명중하였다. 여우는 머리를 뒤로 제친 채 나뒹굴다 거꾸로 땅에 떨어졌다.

"힘이 약한 활에 무거운 히키메를 메겨서 쏘면 아무리 센 활을 쏘는 자라 할지라도 명중은 고사하고 도중에 활이 떨어지고 말 것이다. 그러한데 이 여우를 쏘아죽이다니 정말 놀랍고 불가사의한 일이다."

라며 동궁을 비롯해 그곳에 대기하고 있던 전상인들이 모두 감탄했다. 여우는 땅에 떨어져 죽어버렸기에 바로 사람을 시켜 밖에 내다 버리게 했다.

그 후 동궁은 감탄하여 즉시 주마서主馬署[13]의 말을 꺼내 오게 하여 요리미쓰에게 하사하셨다. 요리미쓰는 마당에 내려가 말을 받고 절을 한 뒤 건물로 올라갔다. 그런 다음

"이건 요리미쓰가 쏜 화살이 아닙니다. 우리 가문의 이름을 더럽힐 수 없다고 하여 미나모토 가문源氏의 수호신[14]이 저를 도우시어 여우를 맞추게 한 것입니다."

12 가리마타雁股 · 히라네平根 · 도가리야尖矢 등 평평하고 큰 화살촉과 대비되게 마루네丸根, 야나이바柳葉, 겐지리劍尻, 도리노시타鳥の舌, 마키노하槙葉 등 가늘고 끝이 뾰족한 화살촉을 붙인 미타테바三立羽 화살을 말함.

13 동궁방에 속해 동궁 관련 승마와 마구 등을 관장하는 관청.

14 하치만 타로八幡太郎 미나모토노 요시이에源義家 이후 미나모토 가문의 수호신은 오토코 산男山의 이와시미즈하치만 궁신石清水八幡宮神(권12 제10화 참조)과 결부됨.

라고 아뢰고 물러갔다.

그 후 요리미쓰는 사이가 좋은 형제나 친족들을 만나도 "절대로 제가 쏜 화살이 아닙니다. 모두 신의 도우심이 있었기 때문입니다."라고 말했다. 그리고 세간에도 이 이야기가 알려져 요리미쓰를 매우 칭송했다고 이렇게 이야기로 전하여 내려오고 있다 한다.

⊙ 제6화 ⊙
춘궁春宮 대진大進인 미나모토노 요리미쓰源頼光가 여우를 화살로 쏜 이야기

春宮大進源頼光朝臣射狐語第六

今昔、三条院ノ天皇ノ春宮ニテ御座ケル時、東三条ニ御座ケルニ、寝殿ノ南面ニ春宮行カセ給ヒケルニ、西ノ透渡殿ニ殿上人二三人計候ケリ。

而ル間、辰巳ノ方ナル御堂ノ西ノ檐ニ狐ノ出来テ臥シ丸ビテ臥セリケルニ、源頼光朝臣ノ、春宮大進ニ候ケルニ、此レハ多田ノ満仲入道ノ子ニテ、極タル兵也ケレバ、公モ其道ニ仕ハセ給ヒ、世ニモ被恐テ士有ケル、其レガ其ノ時ニ候ケルニ、春宮御弓トヒキメトヲ給ヒテ、「彼ノ辰巳ノ檐ニ有ル狐射ヨ」ト仰セ給ケレバ、頼光ガ申ス様、「更ニ否不射候ハジ。異人ハ射□シテ候フトモ、弊クモ不候。頼光ニ至テハ、射□候ヒナム、無限リ恥ニ可候シ。然リトテ射宛候ハムニ於テハ、可有キ事ニモ不候ハ。若ク候ヒシ時、自然ラ鹿ナドニ罷合テ墓々シカラネドモ射候ヒシヲ、今ハ絶テ然ル事モ不仕候ハネバ、此ノ様ノ当物ナドハ、今ハ箭落ル所モ思エ不候」ト申テ、「暫ク不射事バ、此ク申サム程ニ、逃テヤ去ヌル」ト思フ程ニ、悪サハ、西向ニ居テ吉ク眠テ、可逃クモ非ズ。

而ル間、「マメヤカニ射ヨ」ト責サセ給ヘバ、頼光辞ビ申シ煩テ、御弓ヲ取テ、ヒキメヲ番テ、亦申ス様、「力ノ候ハヾコソ仕リ候ハメ。此ク遠キ物ハ、ヒキメハ重ク候フ、征箭シ、コソ射候へ。ヒキメハ更ニ否ヤ不射付候ラム。箭ノ道ニ落テ候ハムハ、射□シテ候ハムヨリモ嗚呼奇候シ。此ハ何ニ可仕キ事ニカ候ラム」ト、紐差乍ラ、表衣ノ袖ヲマクリ、弓頭ヲ少シ臥セテ、弓ヲ箭ツカノ有ル限リ引キ給テ、箭ヲ放タレバ、箭ノ行クモ暗リテ不見ヘヌ程ニ、即チ狐ノ胸ニ射宛テツ。狐頭ヲ立テ、転テ逆様ニ池ニ落入ヌ。「力弱キ御弓ニ重キヒキメヲ以テ射レバ、極ク弓勢射ル者也トモ、不射付シテ、箭ハ道ニ可落キ也。其レニ、此狐ヲ射落シツルハ希有ノ事也」ト宮ヨリ始奉テ候フ殿上人共モ皆思ケルニ、狐ハ水ニ落入テ死ニケレバ、即チ人ヲ以テ取テ令棄ツ。

後、宮極ク感ゼサセ給テ、忽ニ主馬ノ御馬ヲ召テ、頼光ニ給フ。其時ニ頼光庭ニ下テ御馬ヲ給ハリテ、拝シテナム上ケル。然テ申ケルハ、「此レハ頼光ガ仕タル箭ニモ不候ハ。先祖ノ恥セジトテ、守護神ノ助ケテ射サセ給ヘル也」トナム申テ、罷出ニケリ。

其後、頼光親シキ兄弟骨肉ニ会テモ、「更ニ我ガ射タル箭ニモ非ズ。此レ可然キ事也」トナム云ケル。亦、世間ニモ此ノ事聞ヘテ、極ク頼光ヲナム讃ケル、トナム語リ伝ヘタルトヤ。

권25 제7화

후지와라노 야스마사藤原保昌가 도적 하카마다레袴垂를 만난 이야기

도적의 우두머리인 하카마다레노 야스스케袴垂保輔가 후지와라노 야스마사藤原保昌를 덮쳐 옷을 빼앗으려 했다가 야스마사의 위력에 압도되어 항복하여 그 집으로 따라가 훈계를 듣고 솜옷을 받은 이야기. 세간에 회자된 유명한 이야기로 근세 이후 무사나 싸움터를 소재로 한 그림의 소재로도 사용되었다. 사건이 도적 본인의 자백으로 밝혀지는 내용은 유형적인 이야기로 권29 제3화에서도 마찬가지다. 야스마사는 유명한 무사로 셋쓰 지방攝津國 히라이平井에 거주하여 셋쓰의 다다多田 미나모토 가문源氏, 특히 미쓰나카滿仲 부자와는 친분이 두터워서 후세에 요리미쓰의 사천왕의 한 사람으로도 거론되는 인물이다. 이러한 인연으로 후지와라 가문의 일원이기는 하지만 요리미쓰와 관련된 인물로서 이곳에 배열된 것이다. 참고로 이야기 말미의 도적을 훈계한 뒤 옷을 주고 용서한다는 모티브는 권23 제19·20화에도 보인다.

이제는 옛이야기이지만, 세상에 하카마다레袴垂[1]라는 도적의 우두머리가 있었다. 배짱이 좋고 힘도 세고, 발도 빠르며 팔 힘도 세고 머리도 잘 돌아가 세상에 견줄 자가 없는 남자였다. 그는 틈을 엿봐서 사람들의 물건을 강탈하는 것을 업으로 삼았다.

남자가 10월 무렵, 입을 것이 필요하여 약간의 옷을 손에 넣으려고 적당

1 → 인명.

한 곳을 물색하며 이리저리 걸어 다니고 있었는데, 한밤중 무렵이라 사람들은 모두 잠이 들어 조용하고 달은 희미하게 떠있었다. 그때 우연히 대로를, 옷을 몇 겹이나 껴입은 사람이 사시누키指貫[2]로 보이는 하카마의 허리 양옆의 트인 곳의 아귀를 허리띠에 지르고 가리기누狩衣[3]인 듯한 부드러운 옷을 입고 어디로 가는지 혼자 피리를 불며 천천히 걸어가고 있었다.

하카마다레는 그를 보고 기뻐하며 '고맙기도 해라. 이자야말로 나에게 옷을 주려고 나온 사람일 것이다.'라고 생각하고 덤벼들어 넘어뜨리고 옷을 빼앗고자 했는데, 이유는 모르겠으나 이 사람이 무서워 견딜 수가 없었다. 그래서 그 뒤를 밟은 채로 2, 3정町 정도 걸어가자 그 사람은 '누군가가 나를 미행하고 있다.'라고 불안해하는 기색도 없이 더욱더 조용히 피리를 불며 걸어갔다. 하카마다레는 '에이, 한번 해 보자.'라고 생각하고 발소리를 크게 울리며 뛰어 다가갔지만 그 사람은 조금도 당황하는 기색도 없이 피리를 불며 뒤를 돌아보았다. 그 모습이 도저히 그를 덮칠 수 있는 상황이 아닌 것 같아 하카마다레는 서둘러 급히 물러났다.

이렇게 몇 번이고 이렇게 저렇게 덮치려고 했지만 그 사람이 털끝만큼도 동요하는 모습을 보이지 않아 '이 사람은 놀라울 정도로 불가사의한 사람이다.'라고 생각하고 십여 정町 정도 뒤를 따라갔다. 하카마다레는 '그렇다 해도 이대로 물러날 수야 없지.'라고 마음을 다시 다잡고 칼을 빼들고 덤벼들자 그 사람은 그제서야 비로소 피리 부는 것을 멈추고 뒤를 돌아보며 "도대체 어떤 놈이냐?"라고 물었다. 설령 그것이 오니鬼든 신이든 간에 이러한 밤길을 혼자 지나가는 사람을 덮치는 것은 그리 무서울 리가 없는 일인데 도대체 어찌된 일일까, 배짱도 사라지고 그저 죽을 만큼 무서워져 자기도 모

2 옷자락에 끈목을 연결해 입은 후 발목 부근을 꽉 조여 묶는 바지.
3 원래 수렵狩獵용의 의복이었는데 헤이안 시대 이후에는 남성귀족과 관인官人의 평복이 되었음.

르게 그 앞에 털썩 무릎을 꿇고 말았다. 그 사람이 "도대체 어떤 놈이냐?"라고 다시 묻자 '이제는 달아나려고 해도 달아날 수가 없다.'라고 여겨 "저는 도적이옵니다. 이름은 하카마다레라고 하옵니다."라고 대답했다. 그 사람이

"세상에 그런 자가 있다고 들은 적이 있다. 이렇게나 집요하게 따라다니다니 정말 위험하고 불가사의한 녀석이구나. 따라 오너라."

라고만 말하고 또 전과 같이 피리를 불며 걸어가기 시작했다.

하카마다레는 이 사람의 모습을 보고 '이 자는 예사 사람이 아니구나.' 하고 부들부들 떨며 귀신鬼神에게 혼이 빼앗긴 듯, 망연자실해서 따라가니 그 사람이 커다란 집 대문으로 들어갔다. 신발을 신은 채로 툇마루에 올라갔기에 '이 사람이 이 집의 주인인가?' 하고 생각하고 있는데 그 사람이 들어간 후 곧바로 다시 나와 하카마다레를 가까이 불러서 솜이 두툼하게 들어간 옷을 한 장 주시고는

"앞으로도 이런 것이 필요할 때에는 내게 오거라. 속을 알 수 없는 자를 만나서 수모를 당하지 말게나."

라고 하고는 안으로 들어갔다.

그 후 이 집이 도대체 누구 집일까 생각해 보니, 셋쓰 지방攝津國의 전前 수령 후지와라노 야스마사藤原保昌[4]라는 사람의 집이었다. '저 사람이 그 야스마사였단 말인가.'라고 생각하니 너무 무서워져서 당장에 죽을 것 같은 기분으로 그 집에서 나왔다. 후에 하카마다레가 붙잡혀서 야스마사에 대하여 "더할 나위 없이 섬뜩하고 무서운 사람이었습니다."라고 말했다고 한다.[5]

이 야스마사는 선조 대대로 내려온 무인武人 가문이 아니라 《후지와라노

4 → 인명. 셋쓰 지방 수령 재임은 그의 만년 때의 일로, 장원長元 연간(1028~37)이었음(『일본기략』).
5 설화의 전승원傳承源을 체포된 하카마다레 본인의 회상담으로 하는 구성은 권29 제3화에서도 마찬가지임.

무네타다藤原致忠》[6]라는 사람의 아들이다. 그러나 어느 가문의 무인에게도 뒤지지 않을 만큼 배포가 크고 수완이 좋으며, 힘이 세고 사려도 깊어 조정에서도 이 사람을 무도武道 방면으로 긴히 쓰셨는데, 조금도 미덥지 않은 구석이 없었다. 그러므로 세간에서는 모두 이 사람을 더할 나위 없이 두려워했다. 그러나 사람들이 야스마사의 자손 중에 무인이 없는 것은 그가 무인 가문이 아니어서 대가 끊긴 것이라고 서로 이야기했다고 이렇게 이야기로 전하여 내려오고 있다 한다.

6 야스마사의 부친의 이름을 명기를 위한 의도적 결자. '무네타다致忠'가 이에 해당.

⊙제7화⊙ 후지와라노 야스마사藤原保昌가 도적 하카마다레袴垂를 만난 이야기

藤原保昌朝臣値盗人袴垂語第七

今昔、世ニ袴垂ト云極キ盗人ノ大将軍有ケリ。心太ク力強ク、足早、手聞キ、思量賢ク、世ニ並ビ無キ者ニナム有ケル。万人ノ物ヲバ隙ヲ伺テ奪ヒ取ルヲ以テ役トセリ。

其レガ十月許ニ衣ノ要有ケレバ、衣少シ儲ト思テ、可然キ所々ヲ伺ヒ行ケルニ、夜半計ニ人皆寝静マリ畢テ、月ノヲボロ也ケルニ、大路ニスヾロニ衣ノ数着タリケル主ノ、指貫ナメリト見ユル袴ノ喬挍テ、衣ノ狩衣メキテナヨヽカナルヲ着テ、只独リ笛ヲ吹テ、行キモ不遣ラ練リ行ク人有ケリ。袴垂是ヲ見テ、「哀レ、此コソ我レニ衣得サセニ出来ル人ナメリ」ト思ケレバ、喜テ走リ懸テ、打臥セテ衣ヲ剝ムト思フニ、怪シク此ノ人ノ物恐シク思ケレバ、副テ二三町許ヲ行クニ、此ノ人、「我ニ人コソ付ニタレ」ト思タル気色モ無クテ、弥ヨ静ニ笛ヲ吹テ行ケバ、袴垂、「試ム」ト思テ、足音ヲ高クシテ走リ寄タルニ、少モ騒タル気色モ無クテ、笛ヲ吹キ乍ラ見返タル気色、可取懸クモ不思リケレバ、走リ去ヌ。

此様ニ数度、此様彼様ニ為ルニ、塵許騒タル気色モ無ケレバ、「此ハ希有ノ人カナ」ト思テ、十余町許具シテ行ヌ。「然リトテ有ラムヤハ」ト思テ、袴垂刀ヲ抜テ走リ懸タル時ニ、其ノ度笛ヲ吹止テ立返テ、「此ハ何者ゾ」ト問フニ、譬ヒ何ナラム鬼也トモ神也トモ、此様ニテ只独リ有ラム人ニ走リ懸タラム、然マデ怖シカルベキ事ニモ非ヌニ、此ハ何ナルニカ、心モ肝モ失セテ、只死ヌ許怖シク思エケレバ、我ニモ非デ被突居ヌ。「何ナル者ゾ」ト重ネテ問ヘバ、「今ハ逃グトモ不逃マジカメリ」ト思テ、「引剥候フ」ト、「名ヲバ袴垂トナム申シ候フ」ト答フレバ、此ノ人、「然カ云者世ニ有トハ聞クゾ。差フシ気ニ希有ノ奴カナ。共ニ詣来」ト許云ヒ懸テ、亦同様ニ笛ヲ吹テ行ク。

此ノ人気色ヲ見ルニ、「只人ニモ非ヌ者也ケリ」ト思テ怖レテ、鬼神ニ被取ルト云ラム様ニテ、何ニモ不思デ共ニ行ケルニ、此ノ人、大キナル家ノ有ル門ニ入ヌ。沓ヲ履乍ラ延ノ上ニ上ヌレバ、「此ハ家主也ケリ」ト思フニ、入テ即チ返リ出テ、袴垂ヲ召テ、綿厚キ衣一ツヲ給ヒテ、「今ヨリモ此様ノ要有ラム時ハ、参テ申セ。心モ不知ラム人ニ取リ懸テバ、汝ヂ不被誤ナ」トゾ云テ、内ニ入ニケリ。

其後、此ノ家ヲ思ヘバ、号摂津前司保昌ト云人ノ家也ケリ。「此ノ人モ然也ケリ」ト思フニ、死ヌル心地シテ、生タルニモ非デナム出ニケル。其後、袴垂被捕テ語ケルニ、「奇異クムクツケク怖シカリシ人ノ有様カナ」ト云ケル也。

此ノ保昌朝臣ハ家ヲ継タル兵ニモ非ズ、□ト云人ノ子也。而ルニ、露家ノ兵ニモ不劣トシテ心太ク、手聞キ、強力ニシテ、思量ノ有ル事モ微妙ナレバ、公モ此ノ人ヲ兵ノ道ニ被仕ルニ、聊心モト無キ事無キ。然レ、世ニ靡テ此ノ人ヲ恐ヂ迷フ事無限リ。但シ子孫ノ無キヲ、家ニ非ヌ故ニヤ、ト人云ケル、トナム語リ伝ヘタルトヤ。

권25 제8화

미나모토노 요리치카源頼親[1] 아손朝臣이 기요하라노清原 《무네노부致信》[2]를 치게 한 이야기

제목만 남아 있고 본문이 없는 이야기이다. 본문은 아마도 처음부터 없었던 것으로 보이며 제목으로부터 추측해 볼 때 관인寬仁 원년(1017) 3월 8일, 미나모토노 요리치카源頼親가 후지와라노 야스마사藤原保昌의 낭등郎等들에게 명하여 전前 대재소감大宰少監 기요하라노 무네노부清原致信를 살해한 사건을 전한 이야기로 추정된다. 사건의 전말에 관해서는 『미도관백기御堂關白記』 관인寬仁 원년 3월 기사나 『부상약기扶桑略記』에도 보인다. 요리치카가 야스마사의 조카이고, 그 직접적인 하수인이 야스마사의 종자였다는 점에서 앞 이야기와 관련되고 요리치카가 요리미쓰頼光의 동생이었다는 점에서 제6화의 계보와도 이어진다. 제6화 이후 미나모토노 미쓰나카源滿仲의 아들인 요리미쓰, 요리치카의 화제를 배치하고 다음 이야기에는 셋째 아들 요리노부頼信 이야기로 이어진다.

본문 결缺

1 → 인명.
2 기요하라의 아무개 이름의 명기를 위한 의도적 결자. '무네노부致信'가 이에 해당함.

⊙제8화⊙
미나모토노 요리치카源頼親 아손朝臣이 기요하라노清原《무네노부致信》를 치게 한 이야기

源頼親朝臣令罰清原□語第八

(本文欠)

권25 제9화

미나모토노 요리노부源頼信 아손朝臣이 다이라노 다다쓰네平忠恒를 공격한 이야기

미나모토노 요리노부源賴信가 다이라노 다다쓰네平忠恒의 난을 평정한 이야기. 요리노부가 다이라노 고레모토平惟基의 도움을 받아 다다쓰네의 본거지를 급습하고, 호기를 부리던 다다쓰네와 싸우지 않고 항복시킨 이야기로, 역사서에서는 찾을 수 없다. 이 이야기는 요리노부의 용기와 지략을 전하는 이야기로 주목되며, 사실에서 유래된 이야기로 추정된다.

이제는 옛이야기이지만, 가와치河內 수령 미나모토노 요리노부源賴信[1]라는 사람이 있었다. 이 사람은 다다노 미쓰나카多田滿仲[2] 입도入道라는 무인의 셋째 아들이다. 요리노부는 무도武道에 관해서는 조금도 흠잡을 데가 없는 자였기에, 조정에서도 그를 중용했다. 그래서 세상 사람들 모두가 그를 크게 경외하고 있었다.

그런데 이 요리노부가 히타치常陸 수령이 되어[3] 임지任地에 부임했을 적

1 → 인명.

2 → 인명.

3 바르게는 히타치常陸의 개介. 다만 히타치는 친왕親王이 맡는 지방이었기에, 차관인 개를 수령으로 통칭했음. 요리노부는 고즈케上野 수령을 거쳐 히타치의 개로 임명되고(『가와치수 미나모토노요리노부 고문안河內守源賴信告文案』, 『미도관백기御堂關白記』), 히타치 개 중임重任 후, 이와미石見·이세伊勢 수령을 거쳐, 또한 다다쓰네忠恒(常)가 반란을 일으켰을 때에는 산위散位(* 위계位階만 있고 관직이 없음)로 이세 전 수령의 직

에, 시모우사 지방下總國[4]에 다이라노 다다쓰네平忠恒[5]라는 무인이 있었다. 그는 매우 많은 사병을 거느리고 가즈사上總[6]와 시모우사를 모두 마음대로 지배하여 국정을 무시하고 조세를 납부하지 않고 있었다.[7] 또한 히타치 수령이 하명下命하는 일은 무슨 일이든지 등한시했다. 수령은 이를 크게 질책하며 시모우사로 병사를 거느리고 다다쓰네를 공격하려고 단단히 마음먹었다. 그런데 그 지방에 좌위문左衛門 대부大夫 다이라노 고레모토平惟基[8]라는 자가 있었다. 그 이야기를 듣고 고레모토가 수령에게

"다다쓰네에게는 병력이 있습니다. 또한 그의 거처는 쉽게 공격할 수 있는 곳이 아닙니다. 그러므로 소수의 병력으로는 절대 공략할 수 없을 것입니다. 병력을 많이 모은 다음 진격하시는 것이 옳을 것입니다."

라고 말했다. 수령은 그 말을 듣고 "그렇다고 이대로 잠자코 보고만 있을 수야 없지."라고 말하고, 과감히 병사를 몰아서 시모우사 지방으로 빠르게 진격해 들어갔는데 고레모토가 삼천 기騎의 병력을 모으고 가시마신사鹿島神社[9] 앞으로 나와서 합류했다.

끝없이 펼쳐진 흰 모래사장에, 마침 아침이라 이십 정町[10] 정도 거리의 모든 활들이 아침햇살에 반짝반짝 빛나 보였다. 수령 쪽은 국청國廳의 병사[11]들이나 그 지방의 병사[12]를 이끌고 있어서 병력이 이천 명 정도 됐다. 그래

함을 가지고 있었으며, 그 난 중에 가이甲斐 수령으로 임명되었음(『소우기小右記』, 『좌경기左經記』). 이 이야기에서 히타치 수령 재임 중에 일어난 일로 되어 있으나, 사실과 다름.

4 → 옛 지방명.

5 → 인명. 바르게는 '다다쓰네忠常'.

6 → 옛 지방명.

7 다타쓰네가 광대한 소령所領을 갖고, 사병을 키워서 큰 세력을 쥐고 있는 것을 가리킴.

8 → 인명.

9 → 사찰명.

10 * 약 2km.

11 요리노부 직속 병사.

12 그 지방 호족의 병사.

서 합류한 병력들이 모두 가시마 군鹿島郡의 서쪽 해변에 즐비하게 서 있자, 사람의 형상은 안 보이고 활들만 반짝반짝거려서 마치 구름떼처럼 보였다. 사람들은 옛날이야기로는 이 정도 대군에 대하여 들은 적이 있지만, 실제로 본 것은 처음이라고 하며 다들 경탄하며 지켜보고 있었다.[13]

기누 강衣河[14] 하구는 마치 바다와 같이 드넓었다. 가시마는 가토리香取[15] 나루터의 건너편 기슭으로, 그곳에 있는 사람의 얼굴도 보이지 않을 정도로 멀리 떨어져 있었다. 게다가 다다쓰네의 거처는 호수에서 훨씬 깊숙이 들어간 안쪽에[16] 위치해 있었다. 그러므로 공격한다고 해도 이 호숫가를 우회해서 들어가면 이레 정도나 걸릴 것이다. 호수를 곧장 건너면 그날 안으로 공격당하고 말기 때문에, 이 지역의 세력가인 다다쓰네는 가토리 나루터에 있는 배들을 모조리 감춰 버렸다.

이에 호수를 건너갈 방법도 없어 많은 병사들이 모두 해안가에 우두커니 서서 '호숫가를 돌아갈 수밖에 없겠구나.'라고 생각하고 있었다. 그런데 수령이 오나카토미노 나리히라大中臣成平[17]라는 자를 불러서, 그를 작은 배에 태워 다다쓰네에게 사자로 보내며

"적에게 전의戰意가 없어 보이면 즉각 돌아와라. 그리고 적이 항복권고를 듣지 않으면 너는 돌아올 수 없을 것이니, 바로 뱃머리를 하류로 돌려라. 이쪽은 그것을 신호로 알고 호수를 건널 생각이다."

라고 명했다. 나리히라는 명을 받들어 작은 배를 타고 출발했다. 그러자 고

13 이 한 문장은, 당시에 여러 종류의 합전담合戰譚이 옛날이야기昔物語로서 세상에 전해지고 있는 사실을 엿보게 하는 기술임.

14 지금의 기누 강鬼怒川. 다만, 여기서는 그 하류의 도네 강利根川을 지칭하는 것이 됨.

15 → 사찰명.

16 여기서는 호수와 늪을 말함. 이 주변은 기타우라北浦·도네 강 수역. 이타코潮來·가지마鹿島 주변에는 크고 작은 호수와 늪이 연접하여 산재함.

17 미상. 이 인물은 『우지 습유宇治拾遺』에 등장하지 않음.

레모토가 말에서 내려와 수령의 말고삐를 잡았다. 그것을 본 모든 병사들이 우르르 차례차례 말에서 내렸다. 그 모습은 마치 바람에 풀이 나부끼듯 하였고, 말에서 내리는 소리는 마치 바람소리 같았다.

한편 나리히라가 뱃머리를 강 하류로 향하게 했다. 그것은 수령에 대한 다다쓰네의 대답이

"수령님은 훌륭한 분이시다. 그러니 당연히 항복하러 건너가야 함이 마땅하다. 하지만 고레모토는 선조 때부터의 원수이다.[18] 그 녀석이 보는 앞에서 말에서 내려와 무릎을 꿇는 일 따윈 절대로 할 수가 없다."

라는 것이었고, 또한 "나루터에 배가 없으니 단 한 명이라도 건너올 수 없을 것이다."라는 것이었다. 이런 까닭에 나리히라는 배를 하류로 향하게 한 것이었다.

수령이 그것을 보고

"호숫가를 우회해서 공격하려면 며칠이나 걸릴 것이다. 그리되면 그사이에라도 적은 방어태세를 갖출 것이다. 오늘 중으로 가서 공격해야만 그 녀석이 불시에 공격을 받고 당황해 갈피를 못 잡을 것이다. 하지만 배를 모두 감춰 버렸으니, 이를 어찌하면 좋겠느냐?"

라고 많은 군병들에게 물어보았다. 많은 군병들이 한결같이 "달리 좋은 수가 없다면 우회해서 공격하셔야 할 것입니다."라고 대답했다. 그러자 수령이

"이 요리노부가 판동坂東[19]에 온 것은 이번이 처음이다. 그런 까닭에 도로 사정은 잘 알 리가 없다. 다만 우리 집안에 전해 내려오는 이야기가 있다. 그것은 '이 호수에는 제방처럼 폭이 한 장丈[20] 정도 되는 쭉 뻗은 여울이 있

18 다다쓰네의 조부인 요시후미良文와 고레모토의 조부인 구니카國香는 형제사이로, 그 사이에 어떤 문제가 있었는지는 알려지지 않음.

19 보통 아시가라사카足柄坂로부터 동쪽 지역을 가리킴. 관동關東 지방.

20 * 약 3m.

으며, 그 수심은 말의 복부에 닿을 정도이다.'라는 것이다. 그 길은 아마도 이 부근을 통과하고 있을 것이다. 우리 군사 중에는 반드시 이 길을 아는 자가 있을 것이다. 그자가 선두에 서서 여울을 건너면 이 요리노부는 뒤따라 건너도록 하겠다."

라고 말하고, 말을 타고 서둘러 강가로 달려가자, 마카미노 다카후미眞髮高文[21]라는 자가 있어 "그건 소인이 종종 건넌 적이 있는 길이옵니다. 제가 말을 타고 안내해 드리겠습니다."라고 말했다. 그는 갈대 한 다발을 종자에게 들게 하고 말을 타고 호수 안으로 들어가서, 말 엉덩이에 갈대를 계속해서 찌르며 건너갔다. 다른 병사들도 그것을 보면서 모두 호수를 건너갔다. 도중에 헤엄쳐서 건너가야 할 곳이 두 곳 있었는데, 군사 오륙백 명이 건너가자 수령도 그 뒤를 따라 건넜다.

그 많은 군사들 중에서 이 길을 아는 자는 단 세 명뿐이었다. 그 외에 누구 하나 길에 대해 아는 사람이 없었다. 때문에 모두

'수령님은 이번에 처음 이곳에 오신 것인데, 우리들조차 모르는 것을 어찌 아셨을까? 역시 남보다 뛰어난 무장이시다.'

라고 생각하며 모두 존경하며 두려워하였다.

이렇게 해서 요리노부의 군사가 호수를 건너갔는데, 한편 다다쓰네는

'수령께서는 호숫가를 우회해서 공격해 오실 것이다. 배는 모두 숨겨 놓았으니 혹시라도 호수를 건너오실 수는 없을 것이다. 그리고 나 말고 여울에 대해 아는 자가 없으니, 그것에 대해서는 절대 알지 못하실 것이다. 호숫가를 우회해서 오면 며칠이나 걸린다. 그 사이 도망쳐 버리면 공격하지 못할 것이다.'

21 미상. 다만 마카미 씨眞髮氏가 히타치 지방에 살고 있었던 것은 권23 제25화의 마카미노 나리무라眞髮成村가 히타치 지방 출신의 스모相撲 선수였던 점에서도 증명됨.

라고 생각하여 느긋하게 군비軍備를 갖추고 있었다. 그런데 집 주위에 배치해 둔 낭등郎等이 말을 타고 급히 달려와

"히타치 수령님이 호수의 여울을 지나 대군을 이끌고 벌써 건너오고 계십니다. 어찌 하실 겁니까?"

라고 사투리가 섞인 말투로 소리를 지르며 당황해서 보고했다. 다다쓰네는 사전의 계산이 완전히 빗나가자

"벌써 쳐들어왔단 말이냐? 이렇게 된 이상 어쩔 수가 없구나. 다 틀렸다. 항복의 뜻을 밝힐 수밖에."

라며 곧바로 항복 명부名符[22]를 작성하여 나무지팡이[23]에 끼워 사죄장[24]을 첨부하여 부하에게 주고는, 작은 배에 태워서 마중을 보냈다. 수령이 그것을 보고 명부를 받아오게 하여 보시고는,

"이렇게 명부와 함께 사죄장까지 바친 이상은 이미 □□[25]한 것과 진배없다. 그러니 구태여 공격할 필요는 없다."

라고 말하고, "이 명부를 가지고 즉시 돌아가자."라고 하며 말을 돌려 전군이 철수했다.

그 후 사람들은 이 수령이 정말 대단한 무인이라는 것을 알고 더욱 경외하게 되었다. 이 수령의 자손들은 훌륭한 무인으로서 조정에 출사出仕하고 지금도 번창하고 있다고 이렇게 이야기로 전하여 내려오고 있다 한다.

22 여기서는 항복하여 부하의 예를 갖추는 증표의 명찰.

23 원문에는 "후미사시文差"로 되어 있음. 헤이안平安 시대 문서를 끼워서 귀인에게 올리기 위한 흰 나무지팡이. 길이는 1.5m 정도로 끝에 문서를 집는 금속의 집게가 달려 있었음.

24 원문에는 "태장怠狀"으로 되어 있음. 잘못을 사죄하는 서장. 사죄문.

25 한자의 명기를 위한 의도적 결자인지 파손에 의한 결자인지 판단하기 어려움. 해당어가 불분명하나 항복했다는 뜻일 것임.

⊙제9화⊙

미나모토노 요리노부源頼信 아손朝臣이 다이라노 다다쓰네平忠恒를 공격한 이야기

源頼信朝臣責平忠恒語第九

今昔、河内守源頼信朝臣ト云者有リ。此レハ多田ノ満仲入道ト云フ兵三郎子也。兵ノ道ニ付テ聊ニモ愚ナル事無ケレバ、公モ此レヲ止事無キ者ニセサセ給フ。然レバ世ノ人モ皆恐テ怖ル、事無限リ。

而ルニ、頼信常陸守ニ成テ、其国ニ下リ有ケル間、下総国ニ平忠恒ト云兵有ケリ。私ノ勢力極テ大キニシテ、上総下総ヲ皆我マヽニ進退シテ、公事ヲモ事ニモ不為リケリ。亦、常陸守ノ仰ヌル事ヲモ、事ニ触レテ忽緒ニシケリ。守大キニ此ヲ咎メテ、下総ニ超テ忠恒ヲ責メムト早ルヲ、其国ニ左衛門大夫平惟基ト云者有リ、此ノ事ヲ聞テ、守ニ云ク、「彼ノ忠恒ハ勢有ル者也。亦、其ノ栖輒ク人ノ可寄キ所ニ非ズ。然レバ少々ニテハ世ニ被責不侍ラ。軍ヲ多ク儲テコソ超サセ給ハメ」。守此レヲ聞テ、「然リト云トモ、此テハ否不有マジ」ト云テ、只出立ニ出立テ、下総ヘ超ユルニ、

手紙を書く武士(後三年合戦絵巻)

惟基三千騎軍ヲ調ヘテ、鹿島[一]ノ御社ノ前ニ出来会タリ。
然許白ク広キ浜ニ、二十町計ガ程ニ、朝[二]ノ事ナレバ、弓ノ限リ朝日ニ鑭[三]メキテ見[四]ヘケリ。守ハ館[五]ノ者共国[六]ノ兵共打具シテ、二千人許ゾ有ケル。然レバ此ク軍共ノ勢、子島[七]ノ郡ノ西ノ浜辺ヲ打立タリケルガ、人[八]トハ不見エデ、鑭々ト為ル弓[九]ノミシテ、雲[一〇]ノ如クナム見ヘケル。世[一一]ノ昔物語ニコソスレ、未ダ此許ノ軍勢不見トゾ人奇異ガリケル。

衣河[一二]ノ尻[一三]ヤガテ[一四]海ノ如シ。鹿島梶取[一五]ノ前ノ渡ノ向ヒ、顔不見ヘ程也。而ルニ、彼ノ忠恒ガ栖ハ内海[一六]ニ遥ニ入タル向ヒニ有ル也。然レバ、責ニ寄ルニ、此ノ入海ヲ廻テ寄ナラバ、七日許可廻シ。直グニ海ヲ渡ラバ、今日ノ内ニ被責[一七]ヌベケレバ、忠恒勢有ル者ニテ、其ノ渡ノ船ヲ皆取リ隠シテケリ。

然レバ可渡キ様モ無クテ、浜辺ニ皆打立テ、「廻ベキニコソ有ヌレ」ナド、若干ノ軍共思ヒタルニ、守大中臣成平[一八]ト云者ヲ召テ、小船ニ乗セテ、忠恒ガ許ニ遣ス。仰セテ云ク、「不戦ト思ハヾ、速ニ参来[一九]。其レヲ尚不用ハ、否返[二〇]リ不敢[二一]ジ、只船[二二]ヲ下様ニ趣ケヨ。其レヲ見テ渡ラム」ト。成平此レヲ承テ小船ニ乗テ行ヌ。而ル間、惟基馬ヨリ下テ、守ノ馬ノ口ニ付クヲ見テ、若干ノ軍共馬ヨリハラ〱ト下テ持行ク、風草ヲ吹クニ似タリ。下ル、音ハ、風ノ吹ガ如シ。

而ル間、成平[二三]船ヲ下様ニ趣ク。忠恒守ノ返事ヲ申ケル様、「守殿、止事無ク御座ス君也。須ク可参シト云ドモ、惟基ハ先祖[二四]ノ敵也。其レガ候ハム前ニ下リ跪キテナム否不候マジキ」ト、亦、「渡[二五]ニ船無クシテ何カ一人参ラム」ト云ケレバ、船ヲバ下様ニ趣クル也ケリ。

守此レヲ見テ云ク、「此ノ海ヲ廻リテ寄ラバ、日来経ナムトス。然レバ、迹[二六]ニモナム、亦不寄マジキ構ヲシテム。今日ノ内ニ寄テ責ムコソ、彼奴ハ安[二七]ノ外ニテ迷ハメ[二八]。其レニ、船ハ皆隠シタリ。何ガセムト為ル」ト若干ノ軍共ニ仰スル時ニ、軍共ノ申サク、「他ノ事不候ハ。廻テナム寄ラセ可給キ」ト。守ノ云ク、「頼信坂東[二九]ハ此度ナム始メテ見ル。然レバ道[三〇]ノ案内可知キニ非ズ。然レドモ家ノ伝ヘニテ聞キ置ケル事有リ、

『此ノ海ニハ浅キ道[1]、堤ノ如クニテ、広サ一丈許ニテ直ク渡リケリ。深サ馬ノ太腹[2]ニナム立ツナル』。其ノ道ハ定メテ此ノ程ニコソ渡[3]タラメ。此ノ軍ノ中ニ論無[4]ク其ノ道知タル者有ラム。然バ前ニ打テ渡レ。頼信其レニ付テ渡ラム」ト云テ、馬ヲ掻早メテ打寄ケレバ、真髪[5]ノ高文ト云者有テ、「己レ度々罷リ行ク渡リ[6]也。前馬仕ラム」ト云テ、葦ヲ一束、従者ニ持セテ、打下シテ、尻ニ葦ヲ突差々々渡リケレバ、此レヲ見テ他ノ軍共モ、悉ク渡リケルニ、游グ所二所[7]ゾ有ケル。軍共、五六百人計渡リニケレバ、其ノ次ニナム守ハ渡ケル。多ノ軍ノ中ニ三人許ナム此ノ道ヲバ知タリケル。其ノ外ハ露聞ニダニ不聞リケレバ、「此ノ守殿ハ此ノ度コソ此方ハ見給フラメ。其レニ我等ダニ不知ニ、何カデ此ク知リ給ヒケム。尚人ニ勝レタル兵也」トナム皆思テ、恐ヂ合ケル。

然テ、渡リ持行クニ、忠恒ハ、「海ヲ廻テゾ寄来テ責メ給ハム。船ハ取隠シタレバ、否渡リ不給」ト、「此ノ浅キ道ハタ否不被知。我ノミコソ知タレ。廻ラム程ニ日来経バ、逃ナムニハ否責メ不給ハラム」ト静ニ思テ、軍調ヘ居タル程ニ、家ノ廻ニ有ル郎等走ラセ来テ告テ云ク、「常陸殿ハ此ノ海ノ中ニ、浅キ道ノ有ケルヨリ、若干ノ軍ヲ引具シテ、既ニ渡リ御スルハ。何ガセサセ給ハムト為ル[9]」ト、横ナバリ[10]タル音以テ周章云ケレバ、忠恒兼テノ支度[11]大キニ違フ[12]テ、「我レハ被責ヌルニコソ有ナレ。今ハ術無[13]シ、々々シ。進テム[14]」ト云テ、忽ニ名符[15]ヲ書テ、文差[16]ニ差テ怠状[17]ヲ具シテ、郎等ヲ以テ小船ニ乗セテ、向テ寄セタリケレバ、守此レヲ見テ、名符ヲ令取テ云ク、「此許名符ニ怠状ヲ副テ奉レルハ、既ニ[18]□シニタル也。其レヲ強ニ責メ可罰キニ非ズ」ト、「速ニ此レヲ取テ可返キ也」ト云テ、馬ヲ取テ返シケレバ、軍共モ皆返リニケリ。

其後ヨリナム此ノ守ヲバ艶ズ極ノ[19]兵也ケリト知テ、皆人弥ヨ恐ヂ怖レケリ。其ノ守ノ子孫止事無キ[20]兵トシテ、公ケニ仕リテ、于今栄テ有[21]、トナム語リ伝ヘタルトヤ。

권25 제10화

요리노부賴信의 말에 의해 다이라노 사다미치平貞道가 사람의 목을 벤 이야기

미나모토노 요리미쓰源賴光의 부하인 다이라노 사다미치平貞道가 미나모토노 요리노부源賴信로부터 스루가 지방駿河國의 아무개를 살해하라는 의뢰를 받는데, 이것을 곧바로 이행하지 않고 있었다. 그런데 용무가 생겨 동국東國으로 내려가던 중, 우연히 그 사내와 마주치고, 사내가 내뱉은 불손한 말 한 마디에 격노하여 활을 쏴서 죽여서 요리노부의 의뢰에 부응했다는 이야기. 다이라노 사다미치 앞에서 거만하게 군 어리석은 자의 발언이, 다이라노 사다미치에게 살해하고자 하는 마음을 부추겼다. 사다미치가 취한 일련의 판단과 행동을 통해 당시 무사 간의 주종관계 및 무사의 기질을 엿볼 수 있다.

이제는 옛이야기이지만, 미나모토노 요리미쓰源賴光[1]의 집에 많은 손님들이 모여서 주연을 벌이고 있었는데, 그중에는 동생인 요리노부賴信[2]도 와 있었다. 그런데 요리미쓰의 부하로 다이라노 사다미치平貞道[3]라는 무사가 있었다.

이날 사다미치가 술병[4]을 손에 들고 그 자리에 나타났는데, 요리노부 아

1 → 인명.

2 → 인명(미나모토노 요리노부源賴信).

3 → 인명.

4 원문에는 "헤이지甁子"로 되어 있음. 술을 넣고 잔에 따르는 용기. 후세의 '돗쿠리德利(* 잘쏙하고 아가리가 좁은 술병)'에 상당함.

손朝臣은 많은 손님들이 보고 있음에도 큰 소리로 사다미치를 가까이 불러

"스루가 지방駿河國에 있는 □□□[5]라는 녀석이 이 요리노부에게 무례한 짓을 했다. 그놈의 목을 따오너라."

라고 말했다. 사다미치는 이것을 듣고

'나는 지금 요리미쓰 님을 섬기고 있다. 이분은 그분의 동생으로, 일문一門의 주인임에 틀림없다. 하지만 아직 내가 직접 모신 적이 없는데다, 이런 일은 자신의 심복 부하에게 명령해야 마땅한 일이다. 내가 요리미쓰 님을 섬기고 있어서 그 친분으로 분부하시는 것이라면 조용히 따로 불러 부탁하면 될 것을, 이렇게 많은 사람들이 있는 자리에서 그것도 큰 소리로 사람의 목을 베어 오라는 엄청난 일을 명하시다니, 이건 대체 무슨 경우인가. 어처구니없는 소리도 다 하시는구나.'

라고 생각했다. 그런 까닭에 사다미치는 그 자리에서 확실한 답변을 하지 않고 얼버무린 채 넘기고 말았다.

그 후 서너 개월 정도 지나 사다미치는 볼일이 있어서 동국東國으로 내려갔다. 당시 요리노부가 명한 일에 대해서는 이미 '중요한 일이 아니다.'라고 해서 전혀 유의하지 않고 까맣게 잊어버리고 있었다. 그런데 사다미치는 길에서 우연히 요리노부가 죽이라고 명한 그 남자와 딱 마주치고 말았다. 두 사람이 말을 세우고 느긋하게 이야기를 나눈 뒤, 이제 헤어지려고 했을 때였다. 그 남자는 이미 요리노부가 사다미치에게 명령을 내린 사실을 알고 있었다. 사다미치가 그 명령을 다른 사람에게 슬쩍 이야기한 적도 없었지만 남자는 풍문으로 그이야기를 전해 듣고 있어, 헤어질 쯤에 "이러이러한 일을 알고계십니까?"라고 물었다.

5 인명의 명기를 위한 의도적 결자.

그 말을 듣고 나서야 사다미치는 비로소 그 일을 떠올리고

"그러고 보니, 그런 일이 있었지요. 저는 요리노부의 형님되시는 분은 모시고 있지만, 그 요리노부 나리를 직접 모신 적은 없습니다. 게다가 많은 사람들이 듣고 있는 자리에서 느닷없이 그런 일을 명하셨기에, '이상한 일이네.'라고 생각하고, 그냥 넘겨 버리고 말았습니다. 그러한 일을 시키는 사람이 어디 있겠습니까? 정말 이상하지요."

라고 말하며 웃었다. 그러자 남자가

"도읍에서 사람이 그 일에 관해서 알려 주었기에, '정말로 나를 해치실 생각이신가.'라고 생각해서, 오늘도 사실은 내심 가슴이 두근두근했습니다. 하지만 귀댁이 '부질없는 일이다.'라고 생각하셨다니, 정말 잘 생각하신 겁니다. 진심으로 감사드립니다. 하지만 그 나리의 명령을 거역할 수 없으셔서 제 목을 치려고 하셔도, 저만한 실력자를 그리 간단히 죽일 수는 없을 것입니다."

라고 미소를 띠며 말했다. 이 말을 들은 사다미치는 속으로

이 녀석, "전 당신이 절 치실 거라고 생각하지 않습니다."라고 말했으면 죽이지도 않았을 터인데, 또한 "나리가 절 벌할 것이라고 들어서 두려워하고 있었는데, 오늘부터는 마음을 놓을 수 있게 되어서 기쁩니다."라고 솔직히 말했으면 좋았을 것을, 괘씸하게도 말하는 녀석이구나. 좋아, 그렇다면 이렇게 된 김에 이 녀석을 활로 쏴 죽여서 목을 따다 가와치河内 나리에게 바치자.

라는 마음이 들었다. 사다미치는 짧게 "그러게요, 귀댁의 말이 맞겠지요."라고만 말하고 헤어졌다.

이윽고 상대의 뒷모습이 보이지 않게 되었을 즈음, 사다미치는 낭등들에게 자신의 의중을 밝히고 말의 복대腹帶를 다시 묶고, 화살통 등을 정비하여

왔던 길을 되돌아 그자의 뒤를 좇았다. 모래사장이 띄엄띄엄 몇 개나 계속 이어진 곳을 추격해 가던 중, 이윽고 남자를 따라붙었다. 사다미치는 남자가 울창한 산림지대를 지나치게 놔두었다가 조금 넓은 들판으로 나가자마자 바로 함성을 지르며 달려들었다. 남자는 "그럴 줄 알았다."라며 말머리를 돌렸다. 하지만 사다미치가 '죽일 생각은 없다.'라고 말한 것을 어리석게도 진짜로 받아들였던 것인지, 바꿔 탄 말[6]에 올라 방심하고 천천히 가고 있었기 때문에, 남자는 화살 하나 응사하지 못하고 화살에 맞은 채 거꾸로 떨어지고 말았다. 주인이 화살에 맞아 말에서 떨어지자, 남자의 낭등들은 달아나거나 화살을 맞거나 하면서 전부 그 자리를 떠나고 말았다. 사다미치는 남자의 목을 베고 그것을 갖고 상경하여 요리노부에게 바쳤다. 요리노부는 기뻐하며 안장을 얹힌 좋은 말을 사다미치에게 포상으로 주었다.[7]

그 후 사다미치가 이 일을 다른 사람에게 말하며

"아무 일 없이 그저 스쳐 지나갈 수 있었던 녀석이었지만, 부질없는 말 한 마디를 하는 바람에 화살에 맞아 죽고 만 것이다. 생각해 보면 가와치 나리가 화를 내셨던 것도 다 그만한 이유가 있었던 것이다.[8] 나리의 대단한 무위武威야말로 놀라울 따름이다."

라고 이야기하였다. 그러므로 이것을 들은 사람들은 더욱 요리노부를 경외하게 되었다고 이렇게 이야기로 전하여 내려오고 있다 한다.

6 도중에 갈아타는 말로, 아직 교전 장비 등이 갖추어져 있지 않았을 것임.

7 말은 무사의 상여賞與로 일반적이었음. 같은 기사가 권25 제12화에도 나옴.

8 사다미치貞道는 자신의 체험에 비추어, 비로소 요리노부가 암살을 명한 이유를 깨달음.

⊙제10화⊙ 요리노부頼信의 말에 의해 다이라노 사다미치平貞道가 사람의 목을 벤 이야기

依頼信言平貞道切人頭語第十

今昔、源頼光朝臣ノ家ニシテ、客人数来テ、酒呑ミ遊ケルニ、弟ノ頼信朝臣モ有ケリ。其レニ頼光朝臣ノ郎等ニ、平貞道ト云兵有ケリ。

其ノ日、貞道瓶子ヲ取テ出来タリケル、頼信朝臣、客人共モ聞クニ、高ヤカニ貞道ヲ呼ビ向ケテ云様、「駿河国ニ有ル□ト云フ者ノ、頼信ガ為ニ無礼ヲ至ス。シヤ頸取テ得サセヨ」ト。貞道此ヲ聞テ思様、「我レ、此ノ殿ハ此テ候ヘリ、其御弟ニ御座レバ、現ニ一家ノ主也トハ云ヘドモ、未ダ参リ仕リナドハ不為。其レニ、此様ノ事ハ、我レヲ宗ト憑ム人ニコソ云ヘ。亦此テ此ノ殿ニ候ヘバ、其レヲ睦ニテ云ヒ可被付クハ、呼ビ放テ忍ヤカニモ不宣シテ、此許人ノ多カル中ニテ、人ノ頭取ル許ノ事ヲ高ク可宣キ様ヤハ有ル。嗚呼ノ事ヲモ宣フ人カナ」ト思ケレバ、墓々シク答ヘモ不為デ止ニケリ。

其後三四月許過テ、要事有テ、貞道東国ノ方ニ行ニケリ。彼ノ頼信朝臣ノ云付シ事ハ、其ノ日、「由無シ」ト思ケレバ、思ダニ不出サ忘ニケリ。而ルニ、貞道行ケル道ニ、彼ノ頼信朝臣ノ云ヒ付ケシ男合ヒニケリ。馬ヲ引ヘテ柔ニ物語ナドシテ、今打過ムト為ル程ニ、彼ノ人ノ云ヒ被付シ事ヲバ兼テ聞テケリ、忍ビテモ不云リシ事ナレバ、自然ラ伝ヘ聞テケルニ、今過ムト為ル程ニ、此ノ男ノ云ク、「然々ノ事ヤ承リ給ヒシ」ト。

貞道其時ニゾ思ヒ出テ、「イヤ、然ル事有。己ハ、兄ノ殿ニハ侍レドモ、未ダ彼ノ殿ニハ参リ仕ル事モ無シ。其レニ人々ノ数聞キシニ、故モ無ク然ル事ヲ宣ヒシカバ、『可咲』ト思テ止侍ニキ。然ル事思フ人ヤハ在ル。怪キ事也カシ」トテ咲ヘバ、此ノ男、「京ヨリ人ノ告ゲ遣セテ侍リシカバ、『然様ニヤ思スラム』ト思給テ、今日ナドモ心トキメキ被為テ侍ツル也。『由無シ』ト思ス事ハ、糸吉ク思シタリ。無限リ喜ビ申ス。但シ、譬ヒ彼ノ殿ノ宣フ事ヲ難去ク思シテ、此ノ事ヲセムト思スト云フトモ、己等許成ヌル者ヲバ、心ニ任セテ為得給ハムズルカハ」ト頬咲テ云ニ、貞道ガ思フ様、「『我レ然モ不思』ナド云フ物ナラバ、誤ツ事モ不侍メ、『勘当有ト承ハレバ、恐レ思給ツルニ、今日ヨリナム心安ク喜ビ思給ラル』ナドヤ、情ノ言ニ可云キニ、目ザマシクモ云フ奴カナ。去来然ハ、同クハ此奴射殺シテ頸取テ、河内殿ニ奉ラム」ト思フ心出来テ、言少ニ成テ、「然ム」トテ打過ヌ。

後少シ隠ル、程ニ、貞道郎等共ニ其心ヲ知セテ、馬腹帯結、胡録ナド掻疏テ、取テ返シテ追行ケルニ、浦原ノ隔ツ、有ル程ヲ行ケルニ、追懸リニケリ。滋キ木原ヲ過シ立テ、、少シ広キ野ニ打出ル程ニ、大キニ叫テ押懸レバ、「然思ツル事ゾ」ト云テ押返シケレドモ、此ノ白物ハ、「此ル事モ不思」ト云ツルヲ実ト思ケルニヤ有ケル、乗替ノ馬ナドニ乗テ行緩テ有ケレバ、箭一度ダニ不射デ、逆様ニ射落シテケリ。主被射落ニケレバ、彼レガ郎等共ハ、逃ルハ逃ゲ、被射ルハ被射テ、皆去ニケリ。然レバ其ノ男ノ頸ヲ取テ、京ニ持上テ頼信朝臣ニ取ラセタリケレバ、頼信朝臣喜テ、吉キ馬ニ鞍置テゾ禄ニ取ラセタリケル。

其後、貞道ガ人ニ伝テ云ケルハ、「平カニ過テ可行カリシ奴ノ、由無キ言ヲ一事云テ、被射殺ニシカバ、河内殿ノ不安デ思シケル事ノ故也ケリ。哀レニ忝キ人ノ威也ケリ」ト語リケル。然レバ此ヲ聞ク人弥ヨ恐テケリ、トナム語リ伝ヘタルトヤ。

권25 **제11화**

후지와라노 지카타카藤原親孝가 도둑에게 인질로 잡히자 요리노부賴信의 말에 의해 풀려난 이야기[1]

미나모토노 요리노부源賴信의 유모의 아들인 후지와라노 지카타카藤原親孝의 외아들이 도적에게 인질로 사로잡히자 지카타카를 비롯해 모두들 크게 당황하여 어찌할 바를 몰라 했다. 그때 요리노부가 무인의 마음가짐을 말하며 지카타카를 훈계하고, 엄연한 태도로 도적을 설득하여 인질을 풀어주게 하였다는 이야기. 이야기 속의 요리노부의 언동과 투항한 도적에 대한 관대한 처우는, 무인의 동량棟梁다운 요리노부의 인격과 위신을 충분히 전하고 있다. 또한 도적이 인질을 잡고 농성한다는 유사한 모티브는 권23 제24화에도 보인다.

이제는 옛이야기이지만, 가와치河內 수령 미나모토노 요리노부源賴信 아손朝臣[2]이 고즈케上野 수령[3]으로 그 지방에 있었을 적에, 유모의 아들인 병위위兵衛尉 후지와라노 지카타카藤原親孝[4]라는 자가 있었다.

이 남자도 뛰어난 무사로 요리노부와 함께 고즈케 지방에 살고 있었는데, 어느 날 도둑을 잡아 이 지카타카가 살던 집안에 묶어 두었다. 그런데 어찌 된 일인지 도둑이 손발의 족쇄[5]를 풀고 달아났다. 하지만 도주에 성공하지

1 * 제목과 본문의 내용에 차이가 있음. 지카타카親孝가 아닌, 그의 아들이 도둑에게 인질로 잡혔던 것.

2 → 인명.

3 『미도관백기御堂關白記』 장보長保 원년(999) 9월 2일에, "고즈케上野의 수령 요리노부賴信"라고 되어 있음.

4 사다마사貞正의 아들, 우병위위右兵衛尉(『존비분맥尊卑分脈』).

5 원문에는 "枷鏁"로 되어 있음. '枷'는 목에 차는 칼, 항쇄項鎖. '鏁'는 손발을 묶는 쇠사슬. '枷鏁'는 죄인의 목이나 손발에 채워서 속박하는 형구刑具.

못했던 것인지, 도둑은 뛰놀며 돌아다니는 지카타카의 대여섯 살쯤 되는 귀여운 아들을 붙잡아 인질로 삼았다. 도둑은 광[6] 안으로 데리고 들어가서, 아이의 팔을 무릎 아래로 덮쳐눌렀고, 칼을 뽑아 아이의 배에 들이댔다.

그때 지카타카는 국청國廳에 나가 있었기 때문에 사람이 달려가서 "도둑이 도련님을 인질로 삼았습니다."라고 알렸다. 지카타카가 소스라치게 놀라며 급히 돌아와 보니, 정말로 도둑이 광 안에서 자기 아이의 배에 칼을 들이대고 있었다. 지카타카는 이것을 보고 눈앞이 깜깜해져서 어떻게 해야 좋을지 몰랐다. '확 달려들어 빼앗을까.'라고도 생각했지만, 도둑이 번쩍번쩍 빛나는 칼을 아이의 배에 딱 들이대고는 "다가오지 마시오. 가까이 오면 이 아이를 찔러 죽여 버리겠소."라고 말했다. 지카타카는

'그 말대로 정말 찔러 죽인다면 백 번 천 번 저 녀석을 갈기갈기 찢어 죽인들 무슨 소용이 있겠는가.'

라고 생각하고, □[7]낭등들에게도 "절대로 가까이 가지 말고, 그저 멀리서 포위하며 감시하고 있어라."라고 명하였고, "아무튼 수령 댁에 가서 말씀드리자."라고 말하며 달려갔다.

수령의 저택은 가까운 곳이어서 지카타카는 수령이 계신 방으로 헐레벌떡 뛰어 들어갔다. 수령이 놀라서 "대체 무슨 일이 있었느냐?"라고 물었다. 지카타카가 "단 하나뿐인 제 어린 아들이 도둑에게 인질로 잡히고 말았습니다."라고 말하며 울자, 수령이 껄껄 웃으며

"네가 우는 것도 당연하다만, 여기서 울어서 될 일이냐? 오니鬼든 신이든 어디 한 번 맞붙어 보겠다는 마음가짐 정도는 있어야 하는데, 마치 어린애

6 원문에는 "쓰보야壺屋"로 되어 있음. 구역을 만들어 세 방향을 벽으로 둘러치고 의복·세간 등을 간수해 두는 방, 또는 사실私室·개실個室을 말하는 것으로도 보임.

7 저본의 공란. 결자缺字를 상정하지 않아도 문장의 의미가 통함.

처럼 엉엉 울다니 정말 한심하구나. 그런 꼬마 녀석 하나쯤 찔려 죽게 내버려 두면 어떠냐. 그 정도의 마음가짐이 있어야 비로소 무인이라고 할 수 있다. 자기 몸을 생각하고 처자식을 걱정해서야 무인으로서의 체면이 설 리가 있겠느냐. 겁이 없다는 것은 자기 몸을 돌보지 않고 처자식을 생각하지 않는 것을 말하는 것이다. 하지만 어쨌든 내가 한 번 가 보도록 하겠다."[8]

라고 말하고, 태도太刀 한 자루만을 손에 들고 지카타카의 집으로 나섰다.[9]

수령이 도둑이 있는 광 입구에 서서 안을 들여다보자, 도둑은 '수령이 오셨구나.'라고 알게 되었다. 도둑은 지카타카를 대할 때처럼 기세 높게 위협하지 못하고, 눈을 내리깔고는 아이에게 더욱더 칼을 들이대면서 조금이라도 다가올 것 같으면 찔러 버리겠다는 태도를 보였다. 그 사이에도 아이는 목청껏 울어댔다. 수령이 도둑에게

"네가 그 아이를 인질로 삼은 것은 너의 목숨을 보전하기 위함이냐? 아니면 어떻게 해서든 그 아이를 죽이고 싶어서 그러는 것이냐? 거기 있는 사내는 생각하는 바를 똑바로 말하여라."

라고 말했다. 그러자 도둑이 겁에 질린 음성으로

"뭐가 좋아서 이 아이를 죽이고 싶겠습니까? 다만 목숨이 아까워서 어떻게든 살고 싶어서, 이렇게 하면 혹시 살 수 있을까 해서 인질로 삼은 것뿐입니다."

라고 말했다. 수령이

"그래 알았다. 그렇다면 그 칼을 버려라. 이 요리노부가 이 정도로 말했으니 버리는 것이 좋을 것이다. 네가 아이를 찌르도록 잠자코 보고 있을 내가

8 무사는 비상사태에서도 일신일가一身一家을 염려하기보다는, 큰 용맹심을 갖고 일을 처리해야 마땅하다고 훈계하고 있는 것.

9 무사 된 자로서의 행동에 대해 훈계를 하고, 도둑이 있는 곳에 가보겠다고 말한 것은, 같은 젖을 먹고 자란 형제로서의 친밀한 심정을 나타낸 것.

아니다. 내 성격에 대해서는 너도 자연스레 풍문으로 들어 알고 있을 것이다. 이 녀석, 어서 칼을 버려라."
라고 말했다. 그러자 도둑이 잠시 생각에 잠기더니 "죄송하옵니다. 어찌 분부에 따르지 않고 있을 수 있겠습니까. 칼을 버리겠습니다."라고 말하며 멀리 칼을 내던지고는 아이를 안아 일으켜 세워 풀어 주었다. 아이는 일어나서 뛰어 달아났다.

그러자 수령이 그 자리에서 조금 물러나 낭등을 불러들여서 "저 사내를 이리로 불러와라."라고 명하였다. 낭등은 도둑의 곁으로 다가가 목덜미를 잡고, 앞마당으로 끌어내 앉혔다. 지카타카가 "도둑을 베어 버리겠다."라고 성을 내며 씩씩거렸지만, 수령이

"이 녀석은 기특하게도 인질을 풀어 주었다. 가난한 탓에 도둑질도 하고, 목숨을 구하고자 인질을 삼았던 것이리라. 무조건 미워해서는 아니 된다. 게다가 내가 '인질을 풀어 주어라.'라고 말한 대로 풀어 주었으니, 도둑이라고는 하나 도리를 아는 녀석이다. 즉시 이놈을 풀어 줘라."
라고 하였다. 그리고 도둑에게 "무엇이 필요한지 말하여라."라고 했지만, 도둑은 마냥 울기만 할 뿐 아무 대답도 하지 못했다.

수령이

"이 녀석에게 식량을 조금 주도록 해라. 이 녀석은 그런 나쁜 짓을 저지른 녀석이니만큼, 행선지에서 또 사람을 죽이려 할지도 모른다. 마구간에 있는 풀 베는 말 중에서 힘이 세 보이는 놈에게 싸구려 안장을 얹혀 데리고 와라."
라고 말하며 사람을 보내 말을 끌어오게 하고, 또 허술한 활과 화살통을 가져오게 했다. 그것들을 모두 가져오자 도둑에게 화살통을 메게 한 후, 그 자리에서 말에 태웠다. 그리고 열흘분 정도의 식량으로 말린 밥[10]을 자루에 넣

어 포대에 감싸서 도둑의 허리에 묶어 주었다.[11] 수령이 "여기서 즉시 말을 달려 사라지거라."라고 명하자, 수령이 말한 대로 도둑은 전속력으로 도망쳐 달아났다.

도둑도 요리노부의 말 한 마디에 두려워하며 인질을 풀어 주었던 것인데, 이것을 생각하면 요리노부의 무위武威는 참으로 대단하다.

그 인질로 잡힌 아이는 그 후 어른이 되어 미타케金峰山[12]로 가서 출가하였고, 결국에는 아사리阿闍梨[13]가 되어 이름을 묘주明秀[14]라고 칭했다고 이렇게 이야기로 전하여 내려오고 있다 한다.

10 원문에는 "호시이乾飯"로 되어 있음. 보존식량 또는 여행용 휴대식량 등으로 한번 지은 쌀밥을 건조시킨 것.

11 이러한 요리노부의 관대한 처사는 본권 제7화의 야스마사保昌와 유사함. 무사의 동량棟梁으로서의 도량을 엿볼 수 있음.

12 → 사찰명. 긴푸센지金峰山寺를 가리킴.

13 → 불교.

14 → 인명.

⊙제11화⊙ 후지와라노 지카타카藤原親孝가 도둑에게 인질로 잡히자 요리노부頼信의 말에 의해 풀려난 이야기

藤原親孝為盗人被捕質依頼信言免語第十一

今昔、河内守源頼信朝臣上野守ニテ其国ニ有ケル時、其ノ乳母子ニテ、兵衛尉藤原親孝ト云者有ケリ。其レモ極タル兵ニテ、頼信ト共ニ其ノ国ニ有ケル間、其ノ親孝ガ居タリケル家ニ、盗人ヲ捕ヘテ打付テ置タリケルガ、何ガシケム、枷鏁ヲ抜テ逃ナムトシケルニ、可逃得キ様ヤ無カリケム、此ノ親孝ガ子ノ五ツ六ツ計ナル有ケル男子ノ、形チ厳カリケルガ、走リ行ケルヲ、此ノ盗人質ニ取テ、壺屋ノ有ケル内ニ入テ、膝ノ下ニ此児ヲ掻臥セテ、刀ヲ抜テ、児ノ腹ニ差宛テ、居ヌ。

其時ニ親孝ハ館ニ有ケレバ、人走リ行テ、「若君ヲバ盗人質ニ取リ奉リツ」ト告ケレバ、親孝驚キ騒テ走リ来テ見レバ、実ニ盗人壺屋ノ内ニ児ノ腹ニ刀ヲ差宛テ居タリ。見ルニ目モ暗レテ、為ム方無ク思ユ。「只寄テヤ奪テマシ」ト思ヘドモ、大キナル刀ノ鋼メキタルヲ現ニ児ノ腹ニ差宛テ、「近クナ寄リ不御座ソ。近クダニ寄御座バ突キ殺シ奉ラムトス」ト云ヘバ、「現ニ云マヽニ突キ殺テバ、百千ニ此奴ヲ切リ刻タリトモ、何ノ益カハ可有キ」ト思テ、□郎等共ニモ、「穴賢、近クナ不寄ソ。只遠外ニテ守テ有レ」ト云テ、「御館ニ参テ申サム」トテ、走リテ行ヌ。

近キ程ナレバ、守ノ居タル所ニ周章迷タル気色ニテ走リ出タレバ、守驚テ、「此ハ何事ノ有ゾ」ト問ヘバ、親孝ガ云ク、「只独リ持テ候フ子ノ童ヲ、盗人ニ質ニ被取テ候フ也」トテ泣ケバ、守咲テ、「理ニハ有レドモ、此ニテ可泣キ事カハ。鬼ニモ神ニモ取合ナドコソ可思ケレ、童泣ニ泣事ハ糸嗚呼ナル事ニハ非ズヤ。然許ノ小童一人ハ突殺サセヨカシ。然様ノ心有テコソ、兵ハ立ツレ。身ヲ思ヒ妻子ヲ思テハ、俸弊カリナム。物恐ヂ不為ト云ハ、身ヲ不思妻子ヲ不思ヲ以テ云也。然ニテモ我レ行テ見ム」ト云テ、太刀許ヲ提テ、守親孝ガ栖ヘ行ヌ。

盗人ノ有ル壺屋ノ口ニ立テ見レバ、盗人、「守ノ御座也ケリ」ト見テ、親孝ヲ云ツル様ニハ否息巻ズシテ、臥目ニ成テ、刀ヲ弥ヨ差宛テ、少

子供を人質にとる盗人(長谷雄草紙)

シモ寄来バ突キ貫ツベキ気色也。其ノ間、児泣事極ジ。守盗人ニ仰テ云ク、「汝ハ、其ノ童ヲ質ニ取タルハ、我ガ命ヲ生カムト思フ故カ、亦、只童ヲ殺サムト思フカ。慥ニ其ノ思フラム所ヲ申セ、彼奴」ト。盗人侘シ気ナル音ヲ以テ云ク、「何デカ児ヲ殺シ奉ラムトハ思給ヘム。只命ノ惜ク候ヘバ、生カムトコソ思ヒ候ヘバ、若ヤトテ取奉タルナリ」ト。守、「ヲイ。然ルニテハ其ノ刀ヲ投ゲヨ。頼信ガ此許仰セ懸ケムニハ、否不投デハ不有。汝ニ童ヲ突セテナム、我レ否不見マジキ。我心バヘハ自然ラ音ニモ聞クラム。慥ニ投ゲヨ、彼奴」ト云ヘバ、盗人暫ク思ヒ見テ、「忝ク、何デカ仰セ事ヲバ不承ラ候ハン。刀投ゲ候フ」ト云テ、遠ク投ゲ遣ツ。児ヲバ押起シテ免シタレバ、起キ走テ逃テ去ヌ。

其ノ時ニ守少シ立去テ、郎等ヲ召テ、「彼ノ男、此方ニ召シ出セ」ト云ヘバ、郎等寄テ男ノ衣ノ頸ヲ取テ、前ノ庭ニ引キ将出テ居ヘツ。親孝ハ、「盗人ヲ斫テモ棄テム」ト思ヒタレドモ、守ノ云ク、「此奴、糸哀レニ此ノ質ヲ免シタリ。身ノ侘シケレバ盗ヲモシ、命ヤ生トテ質ヲモ取ニコソ有レ。憾ガルベキ事ニモ非ズ。其レニ、我ガ、『免セ』ト云ニ随テ免シタル、物ニ心得タル奴也。速ニ此奴免シテヨ」、「何カ要ナル。申セ」ト云ドモ、盗人泣キニ泣テ、云事無シ。

守、「此奴ニ粮少シ給ヘ。亦悪事為タル奴ナレバ、末ニテ人モゾ殺ス。厩ニ有ル草苅馬ノ中ニ強カラム馬ニ、賤ノ鞍置テ将来」ト云テ、取リ遣ツ。亦賤ノ様ナル弓胡録取リニ遣ツ。各 皆持来タレバ、盗人ニ胡録ヲ負セテ前ニテ馬ニ乗セテ、十日許ノ 食 許ニ干飯ヲ袋ニ入レテ、布袋裹テ腰ニ結ヒ付テ、「此ヨリヤガテ馳散シテ去ネ」ト云ケレバ、守ノ云ニ随テ馳散シテ逃テ去ニケリ。

盗人モ、頼信ガ一言ニ憚テ、質ヲ免シテケム。此レヲ思フニ、此ノ頼信ガ兵ノ威糸止事無シ。

彼ノ質ニ被取タリケル童ハ、其後長ニ成テ金峰山ニ有テ出家シテ、遂ニ阿闍利ニ成ニケリ、名ヲバ明秀トゾ云ケル、トナム語リ伝ヘタルトヤ。

권25 제12화

미나모토노 요리노부源賴信 아손朝臣의 아들 요리요시賴義가 말 도둑을 사살한 이야기

미나모토노 요리노부源賴信가 동국東國의 어느 사람에게서 명마를 양도받았는데, 그 말을 노린 말 도둑도 따라서 상경했다. 한편 소문을 들은 장남 요리요시賴義가 아버지 요리노부 저택을 방문했는데, 그날 밤에 비가 내리는 틈을 타 말 도둑이 말을 훔쳐서 도주하고, 그것을 알아차린 요리노부·요리요시 부자가 앞뒤로 급히 추격하여 오사카 산逢坂山에서 사살하여 말을 되찾았다는 이야기. 다음날 요리요시는 포상으로 그 말을 받게 되었다. 과하지도 않고 부족하지도 않은 필치와 약동감 넘치는 묘사는 본집 굴지의 명작이다. 부자간의 이심전심의 행동이 무사사회의 신뢰관계, 주종간의 유대, 평소의 단련을 잘 그려내고 있다. 또한 동일한 모티브는 권23 제14화에도 보인다.

이제는 옛이야기이지만, 가와치河內 전사前司 미나모토노 요리노부源賴信 아손朝臣[1]이라는 무사가 있었다. 이 요리노부가 명마를 갖고 있다는 동국東國[2] 사람의 집으로, 말을 양도받을 수 없을까 하여 사람을 보냈는데, 말 주인이 거절하기 어려워 도읍으로 말을 올려 보내기로 하였다. 그런데 도읍으로 끌고 가던 중, 한 명의 말 도둑이 이 말을 보고는 너무나 탐이 나서 참지 못하고 '어떻게든 저 말을 훔쳐야지.'라고 생각하고 몰래 말의 뒤를 밟았다. 그런데 말 옆에서 따라가던 무사들이 틈을 보이지 않아서, 도둑은 도중에 말

1 → 인명.
2 관동關東 지방.

을 훔칠 수가 없어 뒤를 밟아 가다 결국 도읍까지 올라가고 말았다. 무사들은 말을 무사히 끌고 와서 요리노부의 마구간에 넣었다.

그러자 어떤 사람이 요리노부의 아들인 요리요시賴義[3]에게 와서 "당신 아버님 집에 오늘 동국에서 받아 온 명마가 왔습니다."라고 알려 주었다. 이를 들은 요리요시는

'만일 내가 잠자코 있으면 그 말은 분명 다른 녀석에게 넘어가고 말 것이다. 그렇게 되기 전에 내가 먼저 가서 보고, 정말 명마라면 꼭 받아야겠다.'
라고 생각하고는, 아버지 집으로 나섰다. 비가 억수같이 내렸지만 말을 꼭 한번 보고 싶었기 때문에, 요리요시는 내리는 비를[4] 아랑곳하지 않고 해질 무렵 방문을 했다. 아버지가 아들을 보고는 "어째서 오랫동안 오지 않았느냐?"라고 말을 걸다가 문득 '아, 그렇군. 그 말이 왔다는 말을 듣고서, 그것을 받으려고 온 것이구나.'라고 알아차렸다. 요리요시가 아직 아무런 말도 꺼내지 않았지만, 아버지는

"'동국에서 말을 가져왔다.'고 보고는 받았지만, 나도 아직 보질 못했다. 말을 보낸 자는 명마라고 하더구나. 하지만 오늘 밤은 어두워서 아무것도 보이지 않을 테니, 내일 아침 보고 마음에 들면 즉시 가져가거라."
라고 말했다. 요리요시는 자기가 말하기도 전에 아버지가 먼저 그렇게 말을 해 준 것에 기뻐하면서, "그럼 오늘밤은 아버님 댁에서 숙직宿直을 서고, 내일 아침 보겠습니다."라고 말하며 하룻밤 묵기로 했다. 초저녁에는 잡담 등을 나누고, 밤이 깊어졌기에 아버지는 침소에 들었다. 요리요시도 옆에 가서 물건에 기대어 누었다.[5]

3 → 인명(미나모토노 요리요시源賴義). 요리노부賴信의 장남.

4 이 이야기에서는 비(날씨)가 중요한 역할을 함. 이하 서술에 주의. 또한 무사에게 말은 가장 필요한 것이자 중요한 것의 하나라서 "비를 아랑곳하지 않고 해질 무렵 방문"했던 것임.

5 선잠을 연상케 하는 표현임. 후문에 "옷을 입은 채로 누워 있었기 때문에"라고도 나옴. 같은 용례가 권22

이러는 사이에도 빗소리는 멈추지 않고 비는 계속 내리고 있었다. 한밤중 무렵, 말 도둑이 비가 내리는 틈을 타 몰래 침입하여 그 말을 꺼내서 도망쳤다. 그때 마구간 쪽에서 하인이 "도둑이 어젯밤 가져온 명마를 훔쳐갔다."라고 큰 소리로 외쳤다. 요리노부는 그 소리를 잠결에 듣고, 바로 가까이에서 자고 있는 요리요시에게 "저 소리를 들었느냐?"라고 말하지도 않고, 벌떡 일어나서 옷을 올려 옷자락을 허리띠에 끼웠다. 요리노부는 화살통을 들쳐 메고 마구간으로 달려가 직접 말을 꺼내어, 눈앞에 있는 안장을 얹히자마자 그대로 올라타서 홀로 오사카 산逢坂山[6] 쪽을 향해 쫓아갔다. 요리노부는 마음속으로 '이 도둑은 분명 동국에서 온 녀석이다. 그 말이 명마라는 것을 알아보고는 '훔쳐야겠구나.'라고 생각하고 뒤를 밟아왔지만, 도중에 훔치지 못하고 도읍까지 와서 이 비를 틈타 훔쳐 달아난 것이리라.'라고 사태를 파악하고, 이렇게 쫓아가는 것이었다.

한편 요리요시도 하인이 외치는 소리를 듣고 아버지가 생각한 것과 똑같이 판단하여 굳이 아버지에게 알리지 않고, 옷을 입은 채로 누워 있었기 때문에, 일어나자마자 아버지와 마찬가지로 화살통을 들쳐 메고 마구간 □[7]에 있는 오사카 산을 향해 혼자서 쫓아갔다. 아버지는 '반드시 내 아들은 쫓아올 것이다.'라고 생각하고 있었다. 아들은 '분명 아버지는 이미 쫓아가고 계실 것이다.'라고 생각하고, 그에 뒤처지지 않으려고 말을 재촉하였다. 강변[8]을 지나자 비도 그치고 하늘도 개어, 요리요시가 더욱 속력을 내서 쫓아가니 마침내 오사카 산에 당도했다.

제7화에도 나옴.

6 원문에는 "세키야마자마關山樣". 관문關門이 있어서 그렇게 불렸던 것. 오사카 산逢坂山을 가리킴. → 지명(오사카會坂의 관關).

7 이대로는 의미가 통하지 않음. 원래 공란이 있었던 것이 전사轉寫과정에서 소멸된 것으로, 그 공란은 방위의 명기를 위한 의도적 결자로 추정.

8 가모賀茂 강변을 가리킴. 권23 제14화 참조.

그 도둑은 훔친 말을 타고 '이제 완전히 달아났다.'라고 안심했다. 그리고 오사카 산 옆에 물이 흐르는 곳을 빨리 달리지도 않고 첨벙첨벙 물소리를 내며 말을 타고 걸어가고 있었다. 이 소리를 들은 요리노부는 온통 사방이 어두워서 요리요시가 그곳에 있는지 없는지도 몰랐음에도 불구하고, 마치 그곳 어딘가에서 쏴 죽이려고 사전에 약속이라도 한 듯, "쏴라. 저놈이다."라고 요리요시에게 소리쳤다. 그 말이 채 끝나기도 전에 활 소리가 났다. 활이 명중한 소리가 들린데다 달리는 말의 등자鐙子가 대그락대그락 하고 사람이 타고 있지 않은 소리를 냈다. 이에 요리노부가 다시 "이미 도둑은 화살에 맞아 말에서 떨어졌다. 말을 따라잡아서 끌고 오너라."라고 명하고, 요리요시가 말을 데리고 오는 것을 기다리지도 않고 되돌아갔다. 요리요시는 말을 따라잡아서 끌고 되돌아오다가, 도중에 한 명, 두 명 이 사건을 전해 듣고 쫓아온 낭등들과 마주쳤다. 도읍의 집에 도착했을 때는 낭등이 이삼십 명이나 되어 있었다. 요리노부는 집에 돌아오자 이렇다 저렇다 한마디 말도 하지 않은 채, 아직 날이 새기 전이라 다시 침소에 들었다. 요리요시도 되찾아온 말을 낭등에게 맡기고는 잠들어 버렸다.

그 후 날이 밝자, 요리노부가 일어나 자리에서 나오며 요리요시를 불렀다. "용케 말을 뺏기지 않았구나. 참 잘 쐈다." 등의 말은 한마디도 없이, "그 말을 꺼내 와라."라고만 말하자 요리요시가 말을 꺼내 왔다. 요리요시가 그것을 보니 정말로 훌륭한 말인지라 "그럼 말을 받겠습니다."라며 그 말을 받았다. 그런데 어제 저녁에는 달리 말씀이 없었음에도 불구하고 훌륭한 안장이 말 위에 얹혀 있었다. 간밤에 요리요시가 도둑을 쏴서 잡은 포상이었으리라.

정말 불가사의한[9] 마음가짐이긴 하지만, 무인의 마음가짐이란 바로 이러한 것이라고 이렇게 이야기로 전하여 내려오고 있다 한다.

9 편자를 포함해 무사 이외의 사람들의 상식에 비추어, 이질적인 요리노부 부자의 성품을 이렇게 평한 것. 권 23 제14화 내용 참조.

⊙ 제12화 ⊙
미나모토노 요리노부源頼信 아손朝臣의 아들 요리요시頼義가 말 도둑을 사살한 이야기

源頼信朝臣男頼義射殺馬盗人語第十二

今昔、河内前司、源頼信朝臣ト云兵有キ。東ニ吉キ馬持タリト聞ケル者ノ許ニ、此頼信朝臣乞ニ遣タリケレバ、馬ノ主難辞クテ其馬ヲ上ケルニ、道ニシテ馬盗人有テ此ノ馬ヲ見テ、極メテ欲ク思ケレバ、「構テ盗マム」ト思テ、蜜ニ付テ上ケルニ、此ノ馬ニ付テ上ル兵共ノ緩ム事ノ無カリケレバ、盗人道ノ間ニテハ否不取シテ、京マデ付テ、盗人上ニケリ。馬ハ将上ニケレバ、頼信朝臣ノ厩ニ立テツ。

而ル間、頼信朝臣ノ子頼義ニ、「我ガ祖ノ許ニ東ヨリ今日吉キ馬将上ニケリ」ト人告ケレバ、頼義ガ思ハク、「其ノ馬由無カラム人ニ被乞取ナムトス。不然前ニ我レ行テ見テ、実ニ吉馬ナラバ我レ乞ヒ取テム」ト思テ、祖ノ家ニ行ク。雨極ク降ケレドモ、此ノ馬ノ恋カリケレバ、雨ニモ不障ラ、夕方行タリケルニ、祖、子ニ云ハク、「何ド久クハ不見リツルゾ」ナド云ケレバ、次デニ、「此レハ、『此ノ馬将来ヌ』ト聞テ、『此レ乞ハム』ト思テ来タルナメリ」ト思ケレバ、頼義ガ未ダ不云出前ニ、祖ノ云ク、「『東ヨリ馬将来タリ』ト聞ツルヲ、我レハ未ダ不見。遣タル者ハ、『吉キ馬』トゾ云タル。今夜ハ暗クテ何トモ不見。朝見テ心ニ付カバ、速ニ取レ」ト云ケレバ、頼義不乞前ニ此ク云ヘバ、「喜シ」ト思テ、「然ラバ今夜ハ御宿直仕リテ、朝見給ヘム」ト云テ留ニケリ。宵ノ程ハ物語ナドシテ、夜深更ヌレバ、祖モ寝所ニ入テ寝ニケリ、頼義モ傍ニ寄テ寄臥シケリ。

然ル間、雨ノ音不止ニ降ル。夜半許ニ雨ノ交レニ馬盗人入来リ、此ノ馬ヲ取テ引出テ去ヌ。其ノ時ニ、厩ノ方ニ人音ヲ挙テ叫テ云ク、「夜前将参タル御馬ヲ、盗人取テ罷リヌ」ト。頼信此ノ音ヲ髴カニ聞テ、頼義ガ寝タルニ、「此ル事云ハ、聞クヤ」ト不告シテ、起ケルマヽニ衣ヲ引キ、壺折テ胡簶ヲ掻負テ、厩ニ走行テ、自ラ馬ヲ引出シテ、賤ノ鞍ノ有ケルヲ置テ、其レニ乗テ只独リ関山様[一]ニ追テ行ク。心[二]ハ、「此ノ盗人ハ、東ノ者ノ、此ノ吉キヲ見テ、『取ラム』トテ付テ来ケレバ、道ノ間ニテ否不取シテ、京ニ来テ此ル雨ノ交レニ取テ去ヌルナメリ」ト思テ、行ナルベシ。

亦頼義モ其ノ音ヲ聞テ、祖ノ思ヒケル様ニ思テ、祖ニ此トモ不告シテ、未ダ装束モ不解デ丸寝[三]ニテ有ケレバ、起ケルマヽニ祖ノ如クニ胡簶ヲ掻負テ、厩[四]□ナル関山様ニ、只独リ追テ行[五]ナリ。祖ハ、「我ガ子必ズ追テ来ラム」ト思ケリ。子ハ、「我ガ祖ハ必ズ追テ前御ヌラム」ト思テ、其レニ不後ト走ラセツヽ、行ケル程ニ、河原過[六]ニケレバ、雨モ止ミ空[七]モ晴ニケレバ、弥ヨ走ラセテ追ヒ行程ニ、関山ニ行キ懸リヌ。

此ノ盗人ハ、其ノ盗タル馬ニ乗テ、「今ハ逃得ヌ」ト思ケレバ、関山ノ喬[八]ニ水[九]ニテ有ル所、痛クモ不走シテ、水ヲツフ[一〇]〳〵ト歩バシテ行ケルニ、頼信此ヲ聞テ、事シモ其々ニ本ヨリ契タラム様ニ、暗ケレバ頼義ガ有無モ不知ニ、頼信、「射[一一]ヨ、彼レヤ」ト云ケル言モ未ダ不畢ニ、弓音スナリ[一二]。尻答[一三]ヌト聞クニ合セテ、馬ノ走テ行ク鐙[一四]ノ、人モ不乗音ニテカラ〳〵ト聞ヘ[一五]ケレバ、亦頼信ガ云ク、「盗人ハ既ニ射落テケリ。速ニ末[一六]ニ走ラセ会テ、馬ヲ取テ来ヨ」ト許云懸テ、取テ来ラムヲモ不待、其ヨリ返リケレバ、末ニ走セ会テ、馬ヲ取テ返ケルニ、郎等共ハ此ノ事ヲ聞付ケテ、一二人ヅヽゾ道ニ来リ会ニケル。京ノ家ニ返リ着ケレバ、二三十人ニ成ニケリ。頼信家ニ返リ着テ、此ヤ[一七]有ツル彼コソ有レ、ト云事モ更ニ不知シテ、未ダ不明程ナレバ、本ノ様ニ亦這入テ寝ニケリ。頼義モ、取返シタル馬ヲバ郎等ニ打預テ寝ニケリ。

其後夜明ケテ、頼信出デヽ、頼義ヲ呼テ、「希有[一八]ニ馬ヲ不被取ル。吉ク射タリツル物カナ」ト云フ事、懸テモ云ヒ不出シテ、「其馬引出ヨ」ト云ケレバ、引出タリ。頼義見ルニ、実ニ吉キ馬ニテ有ケレバ、「然ハ給ハリナム」トテ、取[一九]テケリ。但シ宵[二〇]ニハ然[二一]モ不云リケルニ、吉キ鞍置テゾ取セタリケル。夜ル盗人[二二]ヲ射タリケル禄ト思ヒケルニヤ。

怪[二三]キ者共心バヘ也カシ。兵ノ心バヘハ此ク有ケル、トナム語リ伝ヘタルトヤ。

권25 **제13화**

미나모토노 요리요시源頼義 아손朝臣이 아베노 사다토安陪貞任 등을 토벌한 이야기

전구년의 역前九年の役의 전말을 기록한 이야기로, 미나모토노 요리요시源頼義를 주역으로 하며 장남 요시이에義家의 용전勇戰에 대해서도 언급한다. 앞 이야기의 요리노부頼信·요리요시頼義 부자의 화제에 이어서, 요리요시·요시이에義家 부자가 활약하는 이야기. 이로써 가와치河內 겐지源氏 3대가 이어진다. 『무쓰 이야기陸奥話記』를 출전으로 하지만, 대폭적인 요약과 발췌가 눈에 띈다. 관련설화는 여러 서적에 보인다.

이제는 옛이야기이지만, 고레이제이인後冷泉院[1] 치세에 오슈奥州 육군六郡[2] 안에 아베노 요리요시安陪頼良[3]라는 자가 있었다. 그 아버지는 다다요시忠良[4]라고 했는데, 조상 대대로 연이어 부수俘囚[5]의 추장酋長이었다. 그 위세가 대단하여 요리요시를 따르지 않는 자가 없었고, 일족이 사방으로 세력을 넓혀 어느새 고로모 강衣川[6] 바깥까지 장악하고 있었다. 요리요시는 조세도 노역

1 → 인명.

2 이사와 伊(膽)澤·와가和賀·에사시江刺·히에누키稗貫·시와志和(斯波·紫波)·이와테岩手(이와이岩井라고 하는 것은 잘못된 것〈오처경吾妻鏡〉) 여섯 군郡의 총칭[『吾妻鏡』 문치文治 5년(1189) 9월 23일, 다카하시 도미오高橋富雄 『이사와 성膽澤城』].

3 → 인명. 바르게는 '아베安倍'. 오슈奥州 여섯 군의 군사郡司(『무쓰 이야기陸奥話記』).

4 → 인명. 무쓰陸奥의 대연大掾(『무쓰 이야기』, 안도安藤 계도系圖).

5 『무쓰 이야기』에는 "東夷酋長"으로 되어 있으며, 부수俘囚(귀순한 에조蝦夷)의 우두머리라고 함. * 에조(에비스)는 고대 오우奥羽 지방부터 홋카이도北海道 지방에 걸쳐 살던 인종. 아이누족이라는 설과 본래 일본 내에 있던 부족이라는 설이 있음.

6 → 지명. 아베 가문은 고로모 강衣川 북측 땅에 거관居館을 마련하고, 그 북방에 고로모 강 관문關門이 있음.

도 무시했지만, 역대 국사國司들은 그것을 나무라지도 못했다.

그런데 영승永承[7] 기간 중에, 국사 후지와라노 나리토藤原登任[8]라는 사람이 대군을 일으켜서 이자를 공격했는데, 요리요시賴良는 모든 도당徒党들을 규합해 맞서 싸웠고, 그 결과 국사의 병력이 패하여 많은 사망자가 발생했다. 조정은 그 일을 들으시고, 즉시 요리요시賴良를 토벌하라는 선지宣旨를 내렸고, 미나모토노 요리요시源賴義 아손朝臣[9]을 파견해 토벌토록 하였다. 요리요시賴義는 진수부鎭守府 장군將軍[10]에 임명되어 장남 요시이에義家,[11] 차남 요시쓰나義綱[12] 및 많은 군사들을 거느리고, 요리요시賴良 토벌을 위해 즉시 무쓰 지방陸奧國으로 내려갔다.

그런데 갑자기 전국에 대사면大赦免[13]이 행해지고 요리요시賴良도 사면이 되었기에, 요리요시는 크게 기뻐하며 이름을 요리토키賴時라고 고쳤다. 이는 어떤 면에서 새 국사인 요리요시賴義와 같은 이름으로 불리는 것을 두려워했기 때문이었다. 이렇게 하여 요리토키는 수령에게 충성을 맹세했고, 수령의 임기 중에는 아무 일도 발생하지 않았다. 임기[14]가 만료되던 해,[15] 수령이 집무를 위해 진수부[16]에 들어가 수십 일 머무르는 동안, 요리토키는 머리

그 관문의 북쪽이 오슈 육군임.

7 고레이제이인後冷泉院 치하의 영승永承 연간(1046~53).

8 → 인명.

9 → 인명.

10 『무쓰 이야기』에 무쓰 수령 겸 진수부鎭守府 장군將軍에 임명된 이유가 기술되어 있음. 천희天喜 원년(1053)의 봄일 것임.

11 → 인명(미나모토노 요시이에源義家).

12 → 인명.

13 원문에는 '대사大赦'로 되어 있음. 율律에서 정하는 삼사三赦의 하나. 은사恩赦의 대상이 상사常赦보다는 넓고, 비상사非常赦보다는 좁음. 사죄死罪 이하 팔학八虐, 고살故殺, 모살謀殺, 사주전私鑄錢, 강도, 절도 등의 죄과罪科도 사면함. 천희 원년 8월 14일 천변天變 빈발과 천황 병환에 따른 대사면을 가리킴(『부상약기扶桑略記』).

14 국사國司의 임기는 4년.

15 천희 5년.

16 이사와 성에 설치되어 있었음. 이와테 현岩手縣 미즈사와 시水澤市에 유적지가 있음.

를 조아리고 모시는 데 있어서 소홀함이 없었으며, 또한 준마와 황금 등의 보물을 바쳤다.

이리하여 수령이 국청國廳[17]으로 돌아오던 길에 아쿠토 강阿久利川[18] 강변에서 야숙野宿을 하였는데, 그날 밤 권수權守 후지와라노 도키사다藤原說貞의 아들인 미쓰사다光貞와 모토사다元貞 등의 숙소에 화살이 날아와 많지 않은 사람과 말이 사살되었다. 대체 누구의 소행인지 알 수가 없었다. 날이 밝고 나서 수령이 이 사건을 듣고, 미쓰사다를 불러 용의자에 대해 물었다. 그러자 미쓰사다가

"몇 해 전에 요리토키의 아들인 사다토貞任가 '여동생을 아내로 달라.'라고 했습니다. 하지만 사다토의 가문은 신분이 미천하여 승낙하지 않았습니다. 사다토는 그것을 큰 치욕으로 여기고 있습니다. 그것으로 추측해 볼 때, 분명 사다토의 소행일 것입니다. 그 외에는 달리 적이라고 생각되는 자가 없습니다."

라고 대답하였다.

그러자 수령이

"이건 단지 미쓰사다 네게 화살을 쏜 것이라고 생각해서는 안 된다. 바로 이 요리요시를 향해 쏜 것이다."

라고 크게 화를 내고, 사다토를 불러들여서 벌하려고 하였다. 그러자 요리토키가 사다토에게

"사람이 세상에 있는 것은 모두 처자식을 위함이다. 사다토 너는 내 아들이니, 내버려 둘 수 없다. 네가 살해당하는 것을 보고, 내가 어찌 이 세상에

17 다가 성多賀城(미야기 현宮城県 다가조 시多賀城市 지역 내)에 설치되어 있었음.

18 하자마 강迫川의 고칭. '아쿠토 강阿久戸川'과 같은 것으로, '아쿠토'라고 읽음. 구리코마 산栗駒山의 기슭에서 수원水源이 시작되어 미야기 현宮城県 북쪽을 횡류橫流하여 기타카미 강北上川으로 합류함.

서 더 살 수 있겠느냐. 문을 잠그고 이번 하명은 듣지 않는 것이 상책이다. 게다가 수령은 이제 임기가 다 차서 상경하는 날도 얼마 남지 않았다. 아무리 화가 나더라도 자신이 직접 공격해 오지는 못할 것이다. 또한 나는 충분히 방어전을 펼칠 수가 있으니, 너는 전혀 한탄할 필요가 없다."
라고 하며 고로모 강 관문[19]을 굳게 지키고, 길을 폐쇄하여 통행을 차단했다. 이에 더욱 화가 난 수령이 대군을 일으켜 쳐들어가자, 그 지방 전체가 발칵 뒤집혔고 모두가 수령을 따랐다.

요리토키의 사위인 산위散位 후지와라노 쓰네키요藤原經清,[20] 다이라노 나가히라平永衡[21] 등도 모두 장인에게 등을 돌리고 수령을 따랐다. 나가히라가 은銀 투구를 쓰고 요리요시의 군영에 있었는데, 어떤 사람이 수령에게

"나가히라는 요리토키의 사위로, 겉으로는 아군이기는 합니다만, 내심 모반을 꾀하고 있습니다. 필시 몰래 사자를 보내, 아군의 상황을 적에게 알려주려고 하는 것이 틀림없습니다. 또한 쓰고 있는 투구가 다른 군사들과는 확연히 다릅니다. 이는 분명 교전合戰 중에 요리토키 군사로부터 공격당하지 않기 위한 표지임에 틀림없습니다."
라고 아뢰었다.[22] 수령은 그 말을 듣고 나가히라 및 그 일족 네 명을 붙잡아서 목을 벴다.

쓰네키요는 이것을 보고 두려움에 떨면서 친한 사람에게 몰래 "나도 언젠가는 죽임을 당할 것이 틀림없네."라고 속삭이자,

"당신이 아무리 수령에게 충성을 다한다 해도, 필시 참언을 당해 살해당

19 원래 에조蝦夷의 침입에 대비해 설치된 관소關所로, 이사와 군의 남단 고로모 강의 북쪽 강변에 있었음.
20 → 인명.
21 → 인명.
22 제3화와 제5화에서는 부하가 중상을 입는 것에서 사건이 발발하지만, 여기서는 '어떤 사람이 수령에게' 모반 혐의를 밀고하는 것이 사건의 계기가 됨.

할 것입니다. 그러기 전에 어서 도망쳐서 안安 대부大夫[23] 쪽에 붙으십시오."
라고 말했다. 쓰네키요는 그 말을 믿고 '도망치자.'라고 생각하여 계책을 짜서 군병들에게

"요리토키의 군사들이 샛길을 통해 국부國府를 공격하고, 수령님의 부인을 빼앗으려고 한다."

라는 말을 퍼트렸다. 이를 들은 수령의 군사들이 큰일이 났다며 일제히 일어나 법석을 떨었다. 쓰네키요는 그런 군의 혼란을 틈타 자기군사 팔백여 명을 거느리고 요리토키의 진영을 향해 달려갔다.

그러던 중 요리요시의 임기가 끝났기에, 새 수령으로 다카시나노 쓰네시게高階經重[24]가 임명[25]되었지만, 교전이 발발했다는 것을 듣고 사퇴하여 임지에 내려가려고 하지 않았다. 그런 까닭에 요리요시가 다시 중임[26]을 하게 되었는데, 이는 요리토키를 토벌하기 위해서였다. 그래서 요리요시는 공문서를 작성하여 조정에 보내,[27] "곤노 다메토키金爲時[28] 및 시모쓰케下野의 수령 오키시게興重[29] 등에게 명해서, 오슈 각지의 사람들을 설득하여 아군 편으로 만든 후 요리토키를 토벌해야 합니다."라고 상신上申했다. 조정에서는 즉시

23 '아베安倍 대부大夫'의 약칭으로 요리토키賴時의 통칭.

24 → 인명.

25 이것은 천희 5년(1057)의 기사이기 때문에, 새 수령新司을 다카시나노 쓰네시게高階經重라고 하는 것은 편자의 오해임. 『무쓰 이야기』에는 "새 수령新司"이라고만 되어 있음. 참고로 『무쓰 이야기』, 『부상약기』 둘 다 쓰네시게의 무쓰陸奧 수령 임명을 강평康平 5년(1062) 봄이라 함.

26 『부상약기』 천희 5년(1057) 12월 25일에 "무쓰 수령 후지와라노 요시쓰네藤原良經를 병부대보兵部大輔로 옮겨 임명하고, 미나모토노 요리요시源賴義를 무쓰 수령으로 보補하고, 중임重任의 선지宣旨가 있음."이라고 되어 있음.

27 그때가 천희 5년 9월(『무쓰 이야기』)이라고 한다면, 요리요시는 아직 수령이 아닌 진수부鎭守府 장군將軍이었던 것으로 추정.

28 미상. 기센氣仙 군사郡司(『무쓰 이야기』). 참고로 곤金 일족은 기센 군의 호족으로 현재에도 같은 지역에 많은 '金', '金(今)野' 가문의 조상.

29 미상. "시모쓰케下野의 수령"은 이상함. 『무쓰 이야기』에 "시모노 오키시게下毛野興重"로 되어 있는 것에 따르면, 성을 시모노下毛野(下野)라고 보는 것이 타당할 것으로 추정.

그와 같은 선지를 내려 주셨고, 가나야鋺屋,[30] 니토로시仁土呂志, 우소리宇曾利의 세 군郡의 부수들이 아베노 도미타다安陪富忠[31]를 총수로 삼고, 대군을 이끌고 요리토키를 공격했다. 필사적인 방어에 나선 요리토키는 이튿날째, 마침내 날아가는 화살에 맞아[32] 도리노우미鳥海 성[33]에서 전사했다.

그 후 수령이 삼천백여 명의 병력을 이끌고 사다토를 치려고 했다.[34] 사다토 군은 사천여 명의 병사를 이끌고 방어전을 펼쳤고,[35] 수령의 군사는 패하여 다수의 전사자가 나왔다. 수령의 장남 요시이에는 용맹함이 남보다 뛰어났고 화살은 그 목표물을 놓친 적이 없어, 적을 쏘는 화살은 모두 《빗나간》[36] 적이 없었다. 이적夷狄들은 바람에 휘날리듯 우왕좌왕 도망치려고 했고, 감히 대적하는 자가 한 사람도 없었다. 사람들은 요시이에를 하치만타로八幡太郎[37]라고 했다. 그러나 수령의 병력은 도망가거나 전사하여, 남아 있는 것은 여섯 기騎에 불과했다. 장남 요시이에, 수리修理 소진少進[38]의 후지와라노 가게미치藤原景道,[39] 오야케노 미쓰토大宅光任,[40] 기요하라노 사

30 미상. 『무쓰 이야기』에 "가나야鋺屋·니토로시仁土呂志·우소리宇曾利 총 세 군은 에비스夷人"라고 되어 있는 것에 따르면, 정규 군명郡名이 아니라 아이누의 집락지가 있었던 지명이었을 것으로 추정. 참고로 '니토로시', '우소리' 등은 아이누어에서 유래된 지명으로 추정. 가나야는 이와테 현 하나마키 시花巻市(옛 유모토 촌湯本村) 아자카나 계곡字金谷이 있는 지역으로 추정. 아오모리 현青森縣 시모키타下北 반도半島의 오소레 산恐山을 '우소리 산宇曾利山'이라고 기록한 사례도 있음.

31 아베노 요리토키安倍頼時의 동족이겠으나 미상.

32 그 지역은 이와테 현 에사시 시江刺市(옛 이와다니도 정자巌谷堂町字 모치다餅田 지역 내)의 구리사카繰坂라고 전해짐.

33 이와테 현 이사와 군 가네가사키 정金ケ崎町에 그 유적지가 있음. 현재는 '도리미とりみ'라고 부름. 원문에는 "다테楯"로 되어 있음. 성城을 의미.

34 천희 5년(1057) 11월.

35 이와테 현 히가시이와이 군東磐井郡 기노미黃海 지역에서 교전. 그때 풍설風雪이 심하였고 요리요시군은 식량이 없어 인마人馬가 모두 지쳐 있었다고 함(『무쓰 이야기』).

36 한자의 명기를 위한 의도적 결자임. 『무쓰 이야기』를 참조하여 보충함.

37 『무쓰 이야기』에는 에비스夷人가 하치만타로八幡太郎라고 부른 것으로 되어 있음.

38 수리직修理職의 삼등관三等官.

39 → 인명.

40 → 인명.

다야스淸原貞廉, 후지와라노 노리스에藤原範季와 후지와라노 노리아키藤原則明[41] 등이었다. 이백여 기의 적군은 수령 군대를 좌우로 포위하고 빗발치듯 화살을 쏘아대며 공격해왔다. 그때 수령이 탄 말이 화살에 맞아 넘어졌고, 가게미치는 주인 없이 날뛰는 말을 잡아다 수령에게 드렸다. 요시이에의 말도 화살에 맞아 죽었다. 노리아키는 적의 말을 빼앗아 요시이에를 그 말에 태웠다. 탈출은 거의 불가능하다고 여겨지는 상황이었지만 요시이에는 닥치는 대로 적병을 사살했고, 미쓰토 등도 죽을 각오로 싸웠기 때문에 적이 점점 물러나게 되었다.

그때 수령의 낭등으로 산위散位 사에키노 쓰네노리佐伯經範라는 자가 있었다. 이자는 사가미 지방相模國 사람이었다. 수령은 이자를 특히 의지하고 있었는데, 수령의 병력이 패했을 때 쓰네노리는 적의 포위에서 벗어나 간신히 탈출하긴 했지만, 수령의 행방을 그만 놓치고 말았다. 뿔뿔이 흩어진 아군의 병사들을 붙잡아 물어보니,

"수령이 적에게 포위된데다 따르는 병사도 몇 명 되지 않소. 아무래도 탈출은 힘들 것이오."

라고 답했다. 쓰네노리는

"나는 이 나이가 될 때까지 수령을 모시며 벌써 늙어 버렸다.[42] 수령[43] 역시 젊다고는 할 수 없다. 죽음을 앞둔 이때, 어찌 수령과 내가 다른 곳에서 최후를 맞이할 수 있겠느냐."

라고 말했다. 이를 들은 말을 탄 두세 명의 수병隨兵들 또한 "나리께서는 수령과 같이 죽으려고 적진에 뛰어드셨다. 어찌 우리들만 살아남을 수 있겠는

41 → 인명.
42 쓰네노리經範의 나이는 60세.
43 요리요시는 70세.

가."라고 하며 함께 적진에 뛰어들어 십여 명을 사살하고 모두 적 앞에서 죽임을 당하고 말았다.

또한 가게미치의 아들인 후지와라노 가게스에藤原景季는 나이가 스무 살 정도였는데, 일고여덟 차례에 걸쳐 적진에 뛰어들어 적을 사살하고 돌아왔지만, 결국 적진에서 말이 넘어지고 말았다. 적은 가게스에의 무용을 아까워했지만, 수령의 친위병이었기 때문에 죽이고 말았다. 그러는 중에도 수령 휘하의 낭등들이 있는 힘을 다해 고군분투했지만, 적에게 살해당하는 자가 속출했다.

또한 수령의 측근인 후지와라노 시게요리藤原茂頼라는 자가 있었다. 패전 후 수령의 행방을 알 수 없게 되자 '이미 적에게 죽임을 당하셨겠지.'라고 생각하니 눈물이 앞을 가렸다. 시게요리는

"수령의 유해를 찾아서 장례를 치러 드리겠다. 하지만 전장에는 승려가 아니면 들어갈 수 없다."

라고 말하며 그 자리에서 머리를 깎아 승려의 모습으로 변장하였다. 그리고 전장을 향해 가던 도중에 수령과 만나게 되자, 이를 기뻐하면서도 이렇게 된 처지를 슬퍼하며 함께 돌아왔다.

이렇게 되자 사다토 등은 점점 위세를 떨치며 도처의 군郡에서 백성들을 장악하였다. 쓰네키요는 대군을 이끌고 고로모 강 관문에 나와, 모든 군에게 통지문을 보내어 관물官物[44]을 징수하며 "백부白符[45]를 사용해라. 적부赤符를 사용해서는 안 된다."라고 명했다. 이 백부라는 것은 쓰네키요가 사적으로 발행한 징세서徵稅書로, 도장을 찍지 않았기에 백부라고 한다. 적부라고

44 세물稅物, 조세租稅.

45 사적으로 발행했던 징세徵稅 영서令書.

하는 것은 국사의 징세서이다. 국인國印이 있기에 적부라고 했다. 수령은 이를 제지하려고 했지만 달리 방도가 없었다.

한편 수령은 일이 있을 때마다 데와 지방出羽國[46] 야마키타山北[47]의 부수장俘囚長인 기요하라노 미쓰요리清原光頼[48]와 그 남동생 다케노리武則[49] 등에게 가세해 줄 것을 권유하였다. 미쓰요리 등은 주저하여 태도를 정하지 못하고 있었는데, 수령이 계속 진귀하고 훌륭한 선물들을 보내며 간원하자 미쓰요리, 다케노리 등은 점차 마음이 기울어져 수령에게 가세하게 되었다. 그 후 수령은 빈번하게 미쓰요리와 다케노리에게 출병을 요청했다. 다케노리는 자식과 동생 및 만여 명의 병력을 모아 지방의 경계를 넘어 무쓰 지방陸奥國에 당도하였고, 수령에게 도우러 온 것을 알렸다. 수령은 크게 기뻐하며 삼천여 명의 군사를 이끌고 마중을 나왔고, 구리하라 군栗原郡[50] 다무로오카營岡[51]에서 다케노리를 만났다.[52] 그리고 서로 의견을 나눈 후, 각 진영의 지휘자를 정했는데[53] 모두 다케노리의 아들이나 일족들이었다.

다케노리는 저 멀리 왕성王城 쪽에 배례하고 기원을 올렸다.

"저는 이미 자제子弟와 일족一族을 모아 장군의 명령에 따르고 있습니다. 처음부터 죽음은 염두에 두지 않았습니다. 바라옵건대 하치만八幡 삼소三

46 → 옛 지방명(데와出羽).

47 요코테横手 분지를 거점으로, 아키타 현秋田縣 오가쓰雄勝·히라카平鹿·센보쿠仙北 세 군을 칭함. 히라호코산平戈山 북쪽에 위치하기 때문에 이렇게 칭함.

48 미쓰카타光方의 아들(『기요하라 계도清原系圖』).

49 → 인명.

50 지금의 미야기 현 구리하라 군栗原郡.

51 군사들이 집결해 있는 언덕이라는 뜻의 지명임. 지명의 기원에 대해서 『무쓰 이야기』에는, 옛날에 다무라마로田村麿 장군이 이곳에서 군사를 모아서 정비했다는 것에서 다무로營의 참호塹壕라고 함. 미야기 현 구리하라 군 구리코마 정栗駒町 이와가사키岩が崎 지역.

52 강평 5년(1062) 8월 9일(『무쓰 이야기』).

53 『무쓰 이야기』에 따르면, 같은 해 8월 16일, 전군을 일곱 진영으로 나누고, 제5진陣을 요리요시의 본진으로서 직할부대, 지방에 소속된 관인, 기요하라 다케노리清原武則의 병사가 배속되었고, 다른 여섯 진에는 다케노리의 아들 다케사다武貞 이하, 기요하라 가문 일족이 통솔하는 부대가 배속됨.

所[54]이시여, 제 진심을 굽어 살피소서. 저는 조금도 목숨을 아끼지 않을 것입니다."

많은 군사들이 이 서원誓願을 듣고 모두 일제히 분기했다. 그때 비둘기[55]가 장병들의 머리 위를 날아다녔고, 수령을 비롯한 모두가 이 비둘기에게 절을 했다.

그리하여 다케노리의 군사는 즉시 마쓰야마松山의 길[56]을 전진하여 이와이 군磐井郡[57] 나카야마中山의 오카자사와大風澤[58]에서 머물었고, 그 다음날에 이와이 군의 하기萩 마장馬場[59]에 도착했다. 그곳은 무네토宗任[60]의 숙부인 승려 료조良照[61]의 고마쓰小松[62] 성에서 다섯 정町 남짓 떨어진 곳이었다. 하지만 그날은 일진日辰이 좋지 않고 날도 저물어 바로 공격하지 않았다. 그런데 다케노리의 아들들이 적의 상황을 살피려고 접근해 갔을 때, 휘하의 보병들이 고마쓰 성 외곽 숙소에 불을 질렀다. 곧바로 성내가 발칵 뒤집혔고 적들은 돌을 던지며 반격했다. 이에 수령이 다케노리에게

"교전은 내일로 기약했지만, 어찌하다 교전 사태가 되어 버리고 말았소. 이렇게 된 이상, 내일까지 기다릴 수 없소."

라고 말하자 다케노리 또한 "맞습니다."라고 응수했다.

54 이와시미즈하치만 궁岩清水八幡宮에 제사祭祀하는 세 신. 하치만대보살八幡大菩薩(오진應神 천황天皇), 오타라시히메大帯姫 신神(진구神功 황후皇后), 히메比咩 대신大神의 총칭으로, 겐지源氏의 수호신.

55 비둘기는 하치만 신의 사령使靈으로, 그것이 날아온 것은 서원誓願이 받아들여졌다는 것을 의미함.

56 미야기 현 다마쓰쿠리 군玉造郡 구즈오카葛岡에서 구리하라 군 구리코마 정을 거쳐, 이와테 현 니시이와이 군西磐井郡으로 통하는 길.

57 나중에 동·서 이와이로 분할되었음.

58 미상. 미야기 현과 이와테 현 경계에 나카야마 고개中山峠가 있고, 이와테 현 히가시이와이 군東磐井郡 기노미 촌黃海村으로 통함. '오카자사와大風澤'라는 것도 분명하지 않지만, 니시이와이 군의 남단 가자와金澤 또는 다이몬자와大門澤(현재의 하나이즈미 정花泉町에 합병) 지역.

59 지금의 이와테 현 이치노세키 시一關市 하기쇼萩莊(옛 하기쇼 촌萩莊村) 지역.

60 → 인명.

61 → 인명.

62 이치노세키 시 교외, 역에서 서쪽으로 약 5km, 이와이 강磐井川이 크게 굴곡져 있는 곳에 유적지가 있음.

그래서 후카에노 고레노리深江是則, 오토모노 가즈히데大伴員秀라는 자가 스무 명 정도의용맹한 자들을 이끌고, 검으로 성벽을 깎아 창으로 찌르며 암벽 위로 기어 올라갔다. 그들이 성 밑을 무너뜨리고 성내에 난입하자, 적군과 아군이 서로 칼날을 번뜩이며 교전을 벌였다. 성내는 대혼란에 빠졌고, 사람들이 우왕좌왕했다. 무네토는 팔백여 기를 이끌고 성 밖으로 나가 싸웠지만, 수령이 다수의 정예병을 원병으로 보내 싸웠기에, 무네토의 군은 마침내 패하고 말았다. 성 안의 병사들이 성을 버리고 달아났기 때문에 수령의 군대는 곧바로 고마쓰 성을 모조리 불태웠다.

그 후 수령은 병사들을 쉬게 하려고 군이 적을 추격하지 않았다. 또한 장마 때문에 18일간 고마쓰 성에 머물렀다. 그 사이 군량이 동이 나서 먹을 것이 없어졌다. 수령은 많은 병사들을 도처에 보내 식량을 구하게 했는데, 사다토 등이 그것을 전해 듣고, 틈을 노려서 대군을 이끌고 공격해 왔다.[63] 이에 수령 및 요시이에, 요시쓰나, 다케노리 등이 전군을 격려하고 사기를 높여 죽을 각오로 싸웠기 때문에, 마침내 사다토 등이 패하여 달아났다. 수령과 다케노리 등이 아군병력과 함께 사다토를 추격하여 사다토의 다카나시高梨[64] 집과 이시자카石坂[65] 성 부근에서 그들을 따라잡았다. 이곳에서 벌어진 교전에서 사다토군은 또다시 패하였고, 사다토는 이시자카 성을 버리고, 고로모 강 관문으로 도망쳐 들어갔다. 수령 쪽은 즉시 고로모 강을 공격했다. 그 관문은 원래부터 매우 험준한데다 무성한 나무들이 길을 가로막고 있었다. 수령은 세 명[66]의 지휘관으로 나누어 공격하게 했다.

63 『무쓰 이야기』에 따르면, 때는 강평 5년(1062) 9월 5일로, 사다토貞任은 정예병 팔천 명을 이끌고 기습을 했다고 함.

64 이와테 현 이치노세키 시 아카하기赤萩 지역에 소재했음.

65 이치노세키 시의 동북, 이와이 강과 기타카미 강北上川의 합류지점인 사쿠노세柵の瀬 부근에 있었던 것으로 추정.

다케노리는 말에서 내려와 강변을 둘러본 후 히사키요久清라는 병사를 불러

"양측 기슭에 줄기가 굽은 나무가 있고, 그 나뭇가지가 강 위를 뒤덮고 있다. 너는 몸이 가볍고 잘 뛰어넘으니, 저 나무를 타고 맞은편 강가로 건너가 몰래 적진에 잠입해 성 안에 불을 질러라. 적은 그 불을 보고 틀림없이 놀랄 것이며, 그때 나는 관문을 공략하겠다."

라고 말했다. 히사키요는 다케노리의 명에 따라 원숭이처럼 강 건너편의 굽은《나무》[67]에 달라붙어 밧줄을 묶었고, 그 밧줄을 따라서 삼십여 명의 병사가 건너편 강가로 건너갔다. 그리고 몰래 후지와라노 나리미치藤原業道 성에 잠입하여 불을 질러 태웠다. 사다토 등은 이를 보고 놀라 당황하며 싸우지도 못하고 달아나서 도리노우미 성으로 피했다.

수령과 다케노리 등은 나리미치의 성[68]을 공략해 함락시킨 뒤, 도리노우미 성을 공격했다. 무네토, 쓰네키요 등은 적군이 도착하기도 전에 도리노우미 성을 버리고 달아났고, 구리야 강厨川[69] 성으로 옮겨갔다. 수령은 도리노우미 성에 들어가서 잠시 병사들을 쉬게 하였는데, 어떤 옥사屋舍 안에 술이 잔뜩 놓여 있었다. 보병들이 그것을 발견하고 기뻐하며 서둘러 먹으려 했지만, 수령이 그것을 제지하며 "이건 필시 독이 든 술일 것이다. 마셔서는 안 된다."라고 말했다. 하지만 졸병 중에 한두 사람이 그 술을 몰래 훔쳐 마

66 기요하라노 다케노리 · 기요하라노 다케사다清原武貞 · 다치바나노 요리사다橘頼貞(기요하라노 다케노리의 조카) 세 사람.

67 저본에는 결자가 없지만 『무쓰 이야기』를 참조하여 결자를 상정하고 보충함.

68 후지와라노 나리미치藤原業道의 비와琵琶 성을 가리킴. 관군은 9월 6일 이것을 공략하고, 같은 달 11일 이른 새벽, 도리노우미鳥海 성 공략을 개시. 이 무렵 이와테 현 이사와 군 마에자와 정前澤町 시라토리白鳥에 소재했던 오아사노大麻野 · 세하라瀬原의 두 성을 공략했음(『무쓰 이야기』).

69 모리오카 시盛岡市 젠쿠넨 정前九年町(옛 구리야가와 촌厨川村)에 유적지가 소재하고, 오다테大館란 이름으로 불리고 있음.

셨지만 아무렇지도 않았기 때문에 전군이 모두 그것을 마셨다.

한편 다케노리는 마사토正任[70]의 구로사와지리黑澤尻[71] 성 외에 쓰루하기鶴脛, 히요도리比與鳥[72] 성 등을 똑같이 함락시키고, 이어서 구리야 강, 우바토嫗戶[73] 두 개의 성에 도착했다. 그리고 이를 포위하여 진을 쳐, 철야로 빈틈없이 감시를 하고, 다음 날 묘시卯時[74]부터 하루 종일 교전을 벌였다.[75]

그때 수령이 말에서 내려와 저 멀리 왕성 쪽에 배례하며 직접 불을 들고 "이건 신神의 불이다."라고 서원을 하고 그것을 던졌다.[76] 그때 어디선가 비둘기가 나타나 진영 위를 날아다녔다. 수령이 그걸 보고 눈물을 흘리며 배례했다. 그러자 갑자기 폭풍[77]이 몰아쳐 성내의 건물들을 일시에 불태워 없앴다. 성내에 있던 남녀 수천 명이 한 목소리로 울부짖었다.

적병은 깊은 못에 몸을 던지거나 적진을 마주보고 자살했다. 수령의 병력은 강을[78] 건너쳐들어가 포위하여 공략했다. 적군은 죽을 각오로 검을 휘두르며 포위를 뚫고 탈출하려 했다. 다케노리는 자기 병사에게 "길을 터 주고 적을 내보내 주어라."[79] 라고 명했다. 그래서 병사들이 포위망을 풀어 주자, 적은 싸우지 않고 도망쳤다. 수령의 병력은 그것을 쫓아가 모두 몰살시켰

70 → 인명.

71 이와테 현 기타카미 시北上市 구로사와지리 정黑澤尻町에 유적지가 소재함.

72 이와테 현 하나마키 시의 북쪽에 쓰루하기鶴脛 성터가 있고, 그곳에서 더 북쪽인 이시도리야 정石鳥谷町의 북쪽에 히요도리比與鳥 성터가 있음.

73 오다테(구리야 강의 성)의 동쪽에 나란히 리칸里館이라 불리는 유적이 그것이라 함.

74 오전 6시경.

75 『무쓰 이야기』에 따르면, 관군은 9월 14일 쓰루하기·히요도리 지구에서 출발하고, 15일 유시酉時에 구라야 강에 도착, 포진하여 다음날 16일 묘시卯時부터 공격을 개시. 하루 사이의 이정里程을 생각해 보면 참으로 전광석화와 같이 추격한 것.

76 16일은 격전으로 밤을 샜으므로, 이것은 17일의 기사.

77 하치만 신의 가호에 의한 거센 바람으로 이른바 신풍神風.

78 현재의 유적은 북·동쪽으로 성호城濠가 둘러싸고 있고, 서쪽은 모로쿠즈 강諸葛川, 남쪽에는 옛 시즈쿠이시 강雫石川(옛 구라야 강)의 하상河床과 접하고 있음.

79 포위망의 일부를 열어서 적군을 도망치도록 지령을 한 것. 궁지에 몰린 쥐가 문다는 말처럼 필사적인 적군에 의한 막대한 피해를 피하려고 한 작전.

고, 쓰네키요를 사로잡았다.

수령은 쓰네키요를 끌어내어

"너는 조상 대대로 나의 종자였느니라. 그러한데 오랜 세월 동안 나를 얕잡아보고 황위皇威를 업신여겼으니. 그 죄가 얼마나 무겁겠느냐. 이래도 백부를 계속 사용할 것이냐?"

라고 말했다. 쓰네키요는 머리를 숙이고 한 마디도 하지 않았고, 수령은 날이 무딘 칼을 가지고 조금씩 쓰네키요의 목을 베어 나갔다.[80]

사다토는 검을 빼들고 병사들 안으로 비집고 공격해 들어왔지만, 병사들이 창으로 찔러 죽였다. 병사들이 사다토를 큰 방패[81]에 실어 올려 여섯 명이 짊어지고 와서 수령 앞에 바쳤다. 신장이 여섯 척 남짓하고, 허리둘레가 일곱 자 네 치로 흰 피부에 위엄스러운 용모였다. 사타토의 나이는 마흔네 살이었다. 수령은 사다토를 보고 기뻐하며 그 목을 내리쳤다. 또한 남동생인 시게토重任[82]의 목도 베었다. 하지만 무네토는 깊은 진흙탕 속에 숨어서 도망치고 말았다. 사다토의 아들인 어린 소년은 나이 열세 살로, 지요千世동자童子[83]라는 귀여운 아이였다. 아이는 성 밖으로 나와 당차게 싸웠고, 수령은 그를 불쌍히 여겨 용서해 주려고 했다. 하지만 다케노리가 그것을 제지하며 목을 베게 했다. 성이 함락되었을 때, 사다토의 처는 세 살배기 아이를 안고 남편에게

"당신은 이제 죽게 되었습니다. 저 혼자 살아남을 수는 없습니다. 당신이 보는 앞에서 죽고자 합니다."

라고 말하고, 아이를 안은 채 깊은 못으로 몸을 던져 죽었다.

80 한 번에 죽이지 않고 거듭 고통을 준 것으로, 쓰네키요經淸에 대한 요리요시의 증오 표출.
81 원문에는 "다테楯"로 되어 있음. 화살을 방어하는 나무로 만든 긴 방패.
82 사다토의 동생. 통칭 기타우라노 로쿠로北浦六郎(『무쓰 이야기』, 『안도 계도』)
83 그 최후는 후지와라노 스미토모藤原純友의 아들 시게타마로重太丸를 방불케 함. 권25 제2화 참고.

그 후, 며칠도 지나지 않아 사다토의 백부인 아베노 다메모토安陪爲元,[84] 사다토의 남동생 이에토家任[85]가 항복을 해 왔다. 또한 며칠 후에 무네토 등 아홉 명이 항복을 해 왔다. 그 후 수령은 조정에 보고서를 올려 목을 벤 자와 항복한 자의 이름을 상신[86]했다.

이듬해[87] 사다토, 쓰네키요, 시게토의 세 목을 조정에 바쳤다. 그것이 도읍으로 들어오는 날, 지위의 고하를 막론하고 모든 도읍 사람들이 야단법석을 떨며 구경을 했다. 그런데 목을 가져 올라오는 도중에 사자가 오미 지방近江國 고가 군甲賀郡에서 상자를 열고 목을 꺼내어 그 머리를 씻겼다. 원래 사다토의 종자로 항복한 졸병인 자가 그 상자를 들었는데 그자가 머리카락을 빗을 빗이 없다고 말했다. 사자가 "너의 빗으로 빗어라."라고 말하자 졸병은 눈물을 흘리며 자기 빗으로 머리카락을 빗었다. 목을 가지고 도읍에 들어오던 날, 조정에서는 검비위사檢非違使 등을 가모賀茂 강변으로 보내 그것을 받도록 했다.[88]

그 후 제목除目[89]이 행해졌을 때, 그 공을 치하하여 요리요시는 정사위하正四位下에 서위敍位되어[90] 데와出羽 수령에 임명되었다. 차남 요시쓰나는 좌위문위左衛門尉에 임명되었고, 다케노리는 종오위하從五位下로 서위되어 진수부鎭守府 장군으로 임명되었다. 목을 바친 사자인 후지와라노 히데토시藤原

84 → 인명.

85 → 인명.

86 『무쓰 이야기』에는 12월 17일 상신으로 되어 있음. 또한 『강평기康平記』 강평 5년(1062) 10월 29일에 따르면, 이것에 앞서 전황 보고가 있었음.

87 강평康平 6년 2월 16일(『무쓰 이야기』, 『백련초百鍊抄』, 『수좌기水左記』). 또한 수급首級의 입경入京과 처리에 대해서 『수좌기』는 같은 날 기사에서 자세히 다루며, 『중우기中右記』 관치寬治 8년(1094) 3월 8일에도 관련 기사가 수록.

88 『무쓰 이야기』에는 이 문장이 없음. 조정의 권위를 나타내는 대응. 제2화에서도 수급을 인도하는 데 검비위사檢非違史가 보내짐.

89 * 헤이안시대 이래 대신 이외의 관직을 임명하던 조정의 의식.

90 이 문구와 다음 문구 사이에 누락된 문구가 있었던 것으로 추정. 요시이에에 대한 은상恩賞이 누락되었음.

秀俊[91]는 좌마윤左馬允에, 모노노베노 나가요리物部長頼[92]는 무쓰의 대목大目[93]에 임명되었다.

이와 같이 훌륭하게 공을 치하하는 것을 보고, 세상 사람들은 모두 칭찬하며 기뻐했다고 이렇게 이야기로 전하여 내려오고 있다 한다.

91 → 인명.

92 미상.

93 국부國府 관인의 사등관四等官. 대소大小가 있고 대목大目을 상석上席으로 함.

⊙제13화⊙ 미나모토노 요리요시源頼義 아손朝臣이 아베노 사다토安陪貞任 등을 토벌한 이야기

源頼義朝臣罸安陪貞任等語第十三

今昔、後冷泉院ノ御時ニ、六郡ノ内ニ安陪頼良ト云者有ケリ。其ノ父ヲバ忠良トナム云ケル。父祖世々ヲ相継テ酋ノ長也ケリ。威勢大ニシテ、此ニ不随ル者無シ。其ノ類伴広クシテ、漸ク衣河ノ外ニ出ヅ。公事ヲ不勤ル、代々ノ国司此レヲ制スル事不能ハ。

而ル間、永承ノ比、国司藤原登任ト云フ人、多ノ兵ヲ発シテ、此レヲ責ト云ヘドモ、頼良諸ノ曹ヲ以テ防キ合戦フニ、国司ノ兵、討返サレテ、死ヌル者ノ多シ。公此ノ事ヲ聞食テ、速ニ頼良ヲ可討挙キ宣旨ヲ被下ヌ。源頼義朝臣ニ仰テ、此レヲ遣ス。頼義鎮守府ノ将軍ニ任ジテ、太郎義家二郎義綱幷ニ多ノ兵ヲ相具シテ、頼良ヲ討ムガ為、既ニ陸奥国ニ下ヌ。

而ル間、俄ニ天下大赦有テ、頼良被免ヌレバ、頼良大キニ喜テ、名ヲ頼時ト改ム。亦且ハ守ノ同名ナル禁忌ノ故也。

然テ頼時守ニ随ヌレバ、一任ノ間事無シ。任畢ノ年、守事ヲ行ハムガ為ニ、鎮守府ニ入テ数十日有ル間、頼時首ヲ傾テ給仕スル事無限リ。亦、駿馬ニ金等ノ宝ヲ与フ。

然テ、守館ニ返ル道ニ、阿久利河ノ辺ニ野宿シタルニ、権守藤原説貞ガ子共光貞、元貞等ガ宿ヲ射ル。人馬少々被射殺ヌ。此レ誰ガ所為ト不知。夜明テ、守此ノ事ヲ聞テ、光貞ヲ

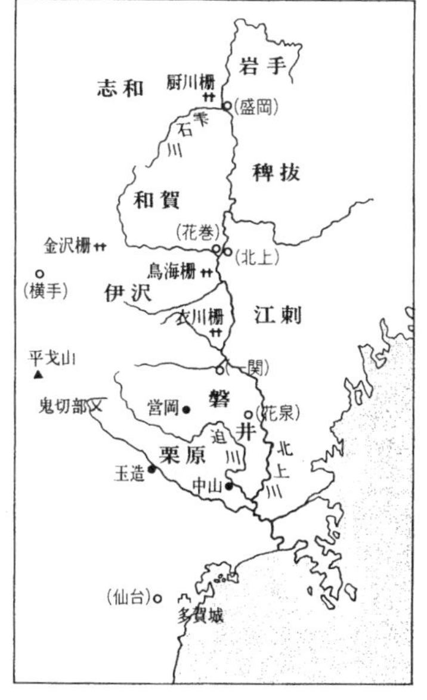

前九年の役関係図

召テ、嫌疑人[一]ヲ問フ。光貞答テ云ク、「先年ニ頼時ガ男貞任[二]、『光貞ガ妹ヲ妻ニセム』ト云キ。而ルニ貞任ガ家賤ケレバ不用リツ。貞任深ク此ヲ恥トス。此レヲ推スルニ、定メテ貞任ガ所為ナラム。此ノ外ニ更ニ他ノ敵無シ」ト。

爰ニ守、「此レ、光貞ヲ射ニハ非ズ。我レヲ射ル也」ト大キニ嗔テ、貞任ヲ召テ罪セムト為ルニ、頼時貞任ニ語テ云ク、「人ノ世ニ有ル事ハ皆妻子ノ為也。貞任我ガ子也。棄ム事難有シ。被殺ヲ見テ、我レ世ニ不可有ル。不如[三]、門[四]ヲ閉テ其ノ言ヲ不聞[五]。何況ヤ、守任既ニ満タリ。上ラム日近シ。其ノ心嗔ルトモ、身来リ責メム事不能。我レ亦防キ戦ハムニ足レリ。汝不可歎」ト云テ、衣河ノ関[六]ヲ固メ、道ヲ閉テ、人ヲ不通サ。然レバ守弥ヨ嗔テ、大キニ兵ヲ発テ責メ来ルニ、国ノ内騒動シテ、不靡ト云事ナシ。

頼時ガ聟散位藤原経清[七]、平永衡[八]等モ皆舅ヲ背テ守ニ随フ。而ルニ、永衡銀[九]ノ冑ヲ着テ軍ニ有リ。人有テ守ニ告テ云ク、「永衡ハ頼時ガ聟トシテ外ニハ随フト云ヘドモ、内ニハ謀ノ心有リ。定メテ蜜ニ使[一〇]ヲ通ハシテ、御方ノ軍ノ有様ヲ告ムト為ル也。亦着タル所ノ冑群[一一]ト不同ラ。此レ必ズ合戦ノ騒[一二]也」トテ、守此レヲ聞テ、永衡并ニ其ノ類四人[一三]ヲ捕ヘテ、其ノ頸ヲ斬ツ。

経清此レヲ見テ、恐ヂ畏テ、親シキ者ニ蜜語テ云ク、「我レ亦何死ナムト為ラム」ト。答テ云ク、「君極ク守ニ仕フトモ、必ズ讒ン言有ラム。疑ヒ無ク被殺ナム。只早ク逃テ安大夫[一四]ニ随ヘ」ト。経清此レヲ信ジテ、「去ナム」ト思テ、謀[一五]ノ言ヲ以テ軍等ニ云ク、「頼時ガ軍間道[一六]ヨリ出テ、国府ヲ責テ守ノ北ノ方ヲ取ラムトス」ト。此レヲ聞テ、守軍[一七]等発リ騒グ。而ルニ経清軍ノ乱レ騒グ隙ニ、私ノ兵八百余人ヲ具シテ、頼時ニ随ヌ。

而ル間、頼義一任畢ヌレバ、新司高階経重[一八]ヲ被補[一九]ルト云ヘドモ、合戦ノ由ヲ聞テ、辞退シテ不下ラ。此ニ依テ重[二〇]テ頼義ヲ被補ル。此レ頼時ヲ令討ムガ為也。然レバ頼義国解[二一]ヲ以テ中ス、「金[二二]ノ為時并ニ下野守興重[二三]等ヲ以テ、奥ノ地ノ曹ヲ語テ、御方ノ軍ニ寄セテ、頼時ヲ可討シ」ト。即公其ノ由ノ宣旨ヲ被下タレバ、[一]鉋屋、仁土呂志、宇曾利ノ[二]三郡ノ曹、[三]安陪富忠ヲ首トシテ、多ノ兵ヲ以テ頼時ヲ責ル間、頼時力ヲ発シ防キ戦事二日、頼時遂ニ[四]流矢ニ当テ、[五]鳥ノ海ノ楯ニシテ死ヌ。

[六]其ノ後、[七]守三千百余人ノ軍ヲ具シテ、貞任等ヲ討ムトス。貞任等四千余人ノ兵ヲ具シテ[八]防キ戦フニ、守ノ軍破レテ死ル者多シ。守ノ男義家、猛キ事人ニ勝レ、射ル箭不空、敵等ノ射ル箭[九]□無シ。夷靡キ走テ敢テ向フ者無シ。[一〇]此レヲ八幡太郎ト云フ。而ル間、守ノ兵、或ハ逃ゲ或ハ死ヌ。纔残ル所六騎也。男義家、[一一]修理少進[一二]藤原景道、[一三]大宅ノ光任、[一四]清原貞廉、[一五]藤原範季、同キ[一六]則明等也。敵ハ二百余騎也、左右ヨリ囲ミ責テ、飛矢雨ノ如シ。守ノ[一七]乗馬矢ニ当テ斃ヌ。景道馬ヲ得テ此レヲ与フ。義家ガ馬亦矢ニ当テ死ヌ。則明敵ノ馬ヲ奪テ此レヲ[一八]乗セツ。如此ク為ル間、[一九]殆ド難脱シ。而ルニ、義家頻ニ敵ノ兵ヲ射殺ス。亦、光任等死ニ死テ戦フニ、敵漸ク引テ退ヌ。

其ノ時ニ、守ノ郎等散位[二〇]佐伯ノ経範ハ相模国ノ人也、守[二一]専ニ此レヲ憑メリ。軍ノ破レケル時ニ、経範囲ミ漏サレテ、纔ニ出テ、守ノ行ケル方ヲ不知ラ。散タル者ニ問ニ、答テ云ク、「守ハ敵ノ為ニ囲マレテ、[二二]従兵不幾。此レヲ思フニ定メテ脱レム事難シ」ト。経範ガ云ク、「[二三]我レ守ニ仕ヘテ此年既ニ老ニ至ル。[二四]守亦若キ程ニ不在ラ。今[二五]限ノ剋ニ及テ何ゾ同ク不死ラム」ト。其随兵両三騎亦云ク、「君既ニ守ト共ニ死ナムトテ敵ノ陣ニ入ヌ。我等豈独リ生カム」ト云テ、共ニ敵ノ陣ニ入テ戦フニ、十余人ヲ射殺シテ、其等モ敵ノ前ニシテ被殺ヌ。

[二六]亦藤原景季ハ景道ガ子也。年二十余ニシテ敵ノ陣ニ駆入テ、敵等ヲ射殺シテ返ル事七八度也。遂ニ敵ノ陣ニシテ馬倒レヌ。敵等景季ガ[二七]武勇ヲ見テ惜ムト云ヘドモ、守ノ[二八]親兵タルニ依テ殺シツ。此様ニ為ル間、守ノ親キ郎等共皆力ヲ発シテ戦フト云ヘドモ、敵ノ為ニ被殺者其員有リ。

亦藤原茂頼ハ守ノ親キ者也。軍破レテ後、数日守ノ行所ヲ不知。「既ニ敵ノ為ニ被討ニケリ」ト思テ、泣々、「我レ彼骸骨ヲ求テ葬セム。但シ軍ノ中ニハ僧ニ非ズハ難入」ト云テ、忽ニ髪ヲ剃テ僧ト成テ、戦ノ庭ヲ指テ行ク道ニ守ニ値ヌレバ、且ハ喜ビ、且ハ悲ムデ、守ト共ニ返ヌ。

而ル間、貞任等弥ヨ威ヲ振テ、諸ノ郡ニ行、民ヲ仕フ。経清ハ多ノ兵ヲ具シテ、衣河ノ関ニ出テ、便ヲ郡ニ放テ、官物ヲ徴リ納メテ云ク、「白符ヲ可用。赤符ヲバ不可用」ト。白符ト云ハ、経清ガ私ノ徴符也。印ヲ不押バ白符ト云フ。赤符ト云ハ、国司ノ符也、国印有ルガ故ニ赤符ト云也。守此レヲ制止スルニ不能。

然テ守、常ニ出羽国ノ山北ノ夷ノ主清原光頼幷ニ弟武則等ニ可与力キ由ヲ勧ム。光頼等此ヲ思繚フ間、守常珍ク微妙キ物共ヲ送テ、懃ニ語フ時ニ、光頼武則等、其ノ心漸ク蕩テ、力ヲ可加キ由ヲ請。其後、守頻ニ光頼武則等ニ兵ヲ乞フ。然レバ武則、子弟幷ニ万余人ノ兵ヲ発シテ、陸奥国ニ越来テ、守ニ来ル由ヲ告グ。守大キニ喜テ、三千余人ノ兵ヲ具シテ行キ向フ。栗原ノ郡ノ営崗ニシテ、守武則ニ会フ。互ニ思フ所ヲ陳ブ。次ニ諸陣ノ押領使ヲ定ム。各武則ガ子幷ニ類也。

武則遥ニ王城ヲ拝シテ誓ヲ立テ云ク、「我レ既ニ子弟類伴ヲ発シテ、将軍ノ命ニ随フ。死ナム事ヲ不顧リ。願クハ八幡三所、我ガ丹誠ヲ照シ給へ。我レ更ニ命ヲ不惜」ト。若干ノ軍此ノ言ヲ聞テ、皆一時ニ励心ヲ発ス。其ノ時ニ、鳩軍ノ上ニ翔ル。守以下悉ク此ヲ礼ス。

即チ松山ノ道ニ趣テ、盤井ノ郡、中山ノ大風沢ニ宿ル。次ノ日、其ノ郡ノ萩ノ馬場ニ至ル。宗任ガ叔父僧良照ガ小松ノ楯ヲ去ル事五町余也。日次不宜、幷日晩タルニ依テ責ル事無シ。武則ガ子共彼ノ方ノ軍ノ勢ヲ見ムガ為ニ近至ル間、歩兵等楯ノ外ノ宿屋ヲ焼ク。其時ニ城ノ内騒ギ呼テ、石ヲ以テ此レヲ打ツ。爰ニ守、武則ニ云ク、「合戦明日ト思フト云ヘドモ、自然ラ事乱ニタリ。日ヲ不可撰」ト。武則、

「然也」ト云フ。[1]
而ニ[2]深江ノ是則[3]、大伴ノ員秀[4]ト云者、猛キ者二十余人ヲ具シテ、釼ヲ以テ峰ヲ堀リ、鉾[5]ヲ突キ巌ニ登テ、楯ノ下ヲ斬壊テ、城ノ内ニ乱レ入テ、釼ヲ合セテ互ニ打合ヌ。城ノ内乱テ人皆迷フ。宗任八百余騎ノ兵ヲ具シテ、城ノ外ニシテ合戦フト云ヘドモ、守数ノ猛キ兵等ヲ加ヘ遣テ、合戦フ時ニ、宗任ガ軍被破ヌ。軍城ヲ棄テ逃ヌレバ、即チ其ノ楯ヲ焼ツ。[6]守、兵等ヲ汰ヘムガ為不責討。亦霖雨ノ間[7]、十八日ヲ経タリ。其間、兵等粮尽テ食物無シ。守多ノ兵等ヲ所々[8]遣テ、粮ヲ令求ル間、貞任等此ノ由ヲ漏リ聞テ、隙ヲ伺テ[9]多ノ兵ヲ卒シテ責来ル[10]。而ルニ、守幷ニ義家、義綱、武則等、多ノ軍ヲ勧メテ、力ヲ発シ命ヲ棄テ合戦フニ、貞任等負テ逃ヌ。守幷ニ武則等軍ト共ニ責メ追フ程ニ、貞任ガ高梨[11]ノ宿幷ニ石坂[12]ノ楯ニ追ヒ着テ合戦フニ、貞任ガ軍亦破レテ、其ノ楯ヲ棄テ、貞任衣河ノ関ニ逃入ル。即チ衣河ヲ責ム。此ノ関、本ヨリ極テ嶮キガ上ニ[13]、弥ヨ樹道[14]ヲ塞ゲリ。守三人[15]ノ押領使ヲ分テ此レヲ責メ合戦フ[16]。[17]
武則馬ヨリ下テ、岸ノ辺ヲ廻リ見テ、久清[18]ト云兵ヲ召テ云ク、「両岸ニ曲タル木有リ。其枝河ノ面ニ覆ヘリ。汝ヂ身軽クシテ飛ビ超ル事ヲ好ム。彼ノ岸ニ伝ヒ渡テ[19]、蜜ニ敵ノ方ニ超入テ、其ノ楯ノ本ニ火ヲ付ヨ。敵其ノ火ヲ驚カムトス。其ノ時ニ我レ必ズ関ヲ破ラム」ト。久清武則ガ命ニ随テ、猿ノ如ク[20]彼岸ノ曲レル□[21]ニ着テ縄ヲ付テ、三十余人ノ兵此ノ縄ニ着テ超ヘ渡ヌ[22]。蜜ニ藤原業道[23]ガ楯ニ至テ、火ヲ放テ焼ク。貞任等此ヲ見テ驚キ、不戦シテ引テ逃テ、鳥ノ海ノ楯ニ着ヌ。守幷ニ武則、此[24]ノ楯ヲ落シテ後、鳥ノ海ノ楯ヲ責ム。軍未ダ不来前ニ、宗任経清等、城ヲ棄テ逃テ、厨河[25]ノ楯ニ遷ヌ。守鳥ノ海ノ楯ニ入テ暫ク兵ヲ休ル間、一ノ屋ニ多クノ酒有リ。歩兵等此レヲ見テ喜テ、急テ飲ナムトス。守制シテ云ク、「此レ必ズ毒酒ナラム。不可飲」ト。而ルニ、雑人[26]ノ中ニ[27]一両蜜ニ此ヲ飲ムニ、害無シ。然レバ軍挙テ此レヲ飲ツ。然テ、武則、正任[28]ガ黒沢尻楯[29]、亦鶴脛[30]、比与鳥[31]ノ楯等同ジク落シテ、次ニ厨河媼戸ニノ楯ニ至リ囲テ、陣ヲ張テ終夜護ル。明ル卯ノ時ヨリ、終日終夜合戦フ。

爰ニ守馬ヨリ下テ、遥ニ王城ヲ礼シテ、自ラ火ヲ取テ誓テ、「此レ神火也」ト云テ、此ヲ投グ。其ノ時ニ鳩出来テ、陣ノ上ニ翔ル。守此ヲ見テ、泣々此レヲ礼ス。其ノ時ニ、忽ニ暴キ風起テ、城ノ内ノ屋共一時ニ焼ヌ。城ノ内ノ男女数千人音ヲ同クシテ、泣キ叫ブ。敵ノ軍、或ハ身ヲ淵ニ投ゲ或ハ敵ニ向テ伏ス。守ノ軍水ヲ渡テ責メ囲テ戦フ。敵ノ軍ハ身ヲ棄テ、釼ヲ振テ、囲ヲ破テ出ムトス。武則兵等ニ告テ云ク、「道ヲ開テ敵等ヲ可出シ」ト。然レバ兵等囲ヲ開ク。敵等不戦シテ逃グ。守ノ軍此ヲ追テ悉ク殺シツ。亦、経清ヲ捕ヘツ。

守経清ヲ召テ仰セテ云ク、「汝ヂ我ガ相伝ノ従也。而ルニ年来我レヲ蔑ニシ、朝ノ威ヲ軽メテ、其ノ罪最モ重シ。今日白符ヲ用ル事得ムヤ否ヤ」ト。経清首ヲ伏テ云事無シ。守鈍刀ヲ以テ漸ク経清ガ頸ヲ斬ツ。

貞任ハ釼ヲ抜テ軍ヲ斬ル。軍ハ鉾ヲ以テ貞任ヲ刺シツ。然テ、大ナル楯ニ載テ、六人シテ掻テ守ノ前ニ置ク。其ノ長ケ六尺余、腰ノ囲七尺四寸、形チ器量メシクテ色白シ。年四十四也。守貞任ヲ見テ喜テ其ノ頸ヲ斬ツ。亦弟重任ガ頸ヲ斬ツ。但シ宗任ハ深キ泥ニ落入テ逃ゲ脱ヌ。貞任ガ子ノ童ハ年十五、名ヲ千世童子ト云フ。形チ端正也。楯ノ外ニ出テ吉ク戦フ。守此ヲ哀ムデ宥ムト思フ。武則此ヲ制シテ其ノ頸ヲ令斬ツ。楯ノ破ル時、貞任ガ妻三歳ノ子ヲ抱テ、夫ニ語テ云ク、「君既ニ被殺ナムトス。我レ独リ不可生。君ガ見ル時ニ死ナム」ト云テ、子ヲ乍抱ラ深キ淵ニ身ヲ投テ死ヌ。

其後幾ヲ不経シテ、貞任ガ伯父安陪為元、貞任ガ弟家任降シテ出来ル。亦数日ヲ経テ宗任等九人降シテ出来ル。其後、国解ヲ奉テ、頸ヲ斬レル者幷ニ降ニ帰セル者申シ上グ。

次ノ年、貞任、経清、重任ガ頸三ツ奉ル。京ニ入ル日、京中ノ上中下ノ人此ヲ見喤ル事無限リ。首ヲ持上ル間、使、近江国甲賀郡ニシテ、筥ヲ開テ首ヲ出シテ、其ノ髻ヲ令洗ム。筥ヲ持ル夫ハ貞任ガ従降人也。櫛無キ由ヲ云フ。使ノ云ク、

「汝等ガ私ノ櫛ヲ以テ可梳ル[一]」ト。夫然レバ私ノ櫛ヲ以テ泣々梳ル。首[二]ヲ持入ル日、公 検非違使等ヲ河原ニ遣シテ、此レヲ請取ル。

其後[三]、除目ヲ被行ル次ニ功ヲ賞ゼラレ[四]、頼義朝臣ハ正四位下ニ叙シテ、出羽守[五]ニ任ズ。二郎義綱ハ左衛尉[六]ニ任ズ、武則ハ従五位下ニ叙テ、鎮守府ノ将軍ニ任ズ。首ヲ奉ル使[七]藤原秀俊ハ左馬允[八]ニ任ズ。物部長頼[九]ハ陸奥大目[一〇]ニ任ズ。

如此賞ノ新タナル事ヲ見テ、世ノ人皆讃メ喜ビケリ、トナム語リ伝ヘタルトヤ。

권25 제14화

미나모토노 요시이에源義家 아손朝臣[1]이 기요하라노 다케히라清原武衡[2] 등을 토벌한 이야기

이 이야기는 제목만을 남기고 본문이 누락된 이야기. 본문은 처음부터 빠져 있었던 것으로 보인다. 제목에 나와 있듯이, 후삼년의 역後三年の役의 전말을 기록할 예정이었던 것으로, 이 이야기를 배치함으로써 요리노부頼信·요리요시頼義·요시이에義家로 이어지는, 세이와清和 미나모토 가문源氏 적류嫡流의 무공이 순서대로 배열되게 된다. 그러나 후삼년의 역에 관해서는 출전으로 하기에 적당한 교전기록이 없었기 때문에, 제목만을 정하고 본문에 관해서는 후에 기록하려고 했던 것이, 채우지 못한 채 끝나버린 것으로 추정된다. 참고로 후삼년의 역의 종결은 관치寛治 원년(1087) 12월이므로 본집 편찬 및 성립은 당연히 그 이후가 된다. 이 전란을 약 50년 정도 후에 회고했다면 본집의 편찬은 보원保元(1156)·평치平治(1159)의 난 이전의 일이라는 것을 추정할 수 있다.

본문 결缺

1 → 인명.
2 → 인명.

⊙ 제14화 ⊙
미나모토노 요시이에源義家 아손朝臣이 기요하라노 다케히라清原武衡 등을 토벌한 이야기

源義家朝臣罸清原武衡等語第十四

（本文欠）

금석이야기집今昔物語集

부록

출전·관련자료 일람

인명 해설

불교용어 해설

지명·사찰명 해설

교토 주변도

헤이안경도

헤이안경 대내리도

헤이안경 내리도

옛 지방명

출전·관련자료 일람

1. 『금석 이야기집』의 각 이야기의 출전出典 및 동화同話·유화類話, 기타 관련문헌을 명시하였다.
2. 「출전」란에는 직접적인 전거典據(2차적인 전거도 기타로서 표기)를 게재하였고, 「동화·관련자료」란에는 동문성同文性 또는 동문적 경향이 강한 문헌, 또 시대의 전후관계를 불문하고, 간접적으로라도 어떠한 관련이 있다고 판단되는 문헌, 자료를 게재했고, 「유화·기타」란에는 이야기의 일부 또는 소재의 유사성이 있다고 판단되는 문헌을 게재했다.
3. 각 문헌에는 관련 및 전거가 되는 권수(한자 숫자), 이야기·단수(아라비아숫자)를 표기하였으며, 또한 편년체 문헌의 경우 연호年號·해당 연도를 첨가하였다.
4. 해당 일람표의 작성에는 여러 선행 연구에 의거하는 부분이 많은데, 특히 일본고전문학전집『금석 이야기집』각 이야기 해설(곤노 도루今野達 담당)에 많은 부분의 도움을 받았다.

권24

권/화	제목	출전	동화·관련자료	유화·기타
권24 1	北邊大臣長谷雄中納言語第一	未詳	世繼物語四七·四八 教訓抄七	類聚本系江談抄一11(醍醐寺本215) 宇津保物語吹上下 袋草紙四 古事談二79, 六21 十訓抄一○18·19 平家物語七 源平盛衰記三一
2	高陽親王造人形立田中語第二	未詳		朝野僉載楊務廉の話(唐代叢書九二 眉公普秘笈三32 唐人小說二 說郛 續百川學海) 今昔二○41·二六13
3	小野宮大饗九條大臣得打衣語第三	未詳	宇治拾遺物語97	九條殿記天曆七年正月五日條
4	於爪上勁厰返男針返女語第四	未詳		福田錄一31手熟(類說一三10)

권/화	제목	출전	동화 · 관련자료	유화 · 기타
5	百濟川成飛彈工挑語第五	未詳	文德實錄仁壽三年八月二四日條	五雜俎七戴文進條 徑律異相四四7木巧師與書師相誑篇(雜譬喩經四) 世說新語一六 今昔一18
6	碁擲寬蓮値碁擲女語第六	未詳	古事談六74	古今著聞集一二420 長谷雄草紙
7	行典藥寮治病女語第七	未詳		醫家千字文註所引太平廣記
8	女行醫師家治瘡逃語第八	未詳		落窪物語
9	嫁蛇女醫師治語第九	日本靈異記中41		今昔二九39
10	震旦僧長秀來此朝被仕醫師語第十	未詳	扶桑略記延喜二〇年一二月條 拾遺往生傳中 大法師淨藏傳 眞言傳五 元亨釋書一〇雲居寺淨藏	
11	忠明治値龍者語第十一	未詳	祈雨日記後朱雀院御宇項 三寶院傳法血脈第十六代祖成尊僧都付法弟子條	富家語140應保元年條 續古事談二4
12	雅忠見人家指有瘡病語第十二	未詳	寺門高僧記四	今鏡昔話 賢き道々
13	慈岳川人被追地神語第十三	未詳	仁和寺繪目錄	
14	天文博士弓削是雄占夢語第十四	未詳	政治要略九五弓削是雄式占有徵驗事所引善家異記(說)	古事談六51
15	賀茂忠行道傳子保憲語第十五	未詳		
16	安倍晴明隨忠行習道語第十六	未詳	第三·四段 宇治拾遺物語126 第五·六段→ 宇治拾遺物語127	今昔二四19
17	保憲晴明共占覆物語第十七	未詳		簠簋抄 古淨琉璃「信田妻」
18	以陰陽術殺人語第十八	未詳	宇治拾遺物語122	今昔二七13
19	播磨國陰陽師智德法師語第十九	未詳		宇治拾遺物語36 太平記二阿新殿事 今昔二四16
20	人妻成惡靈除其害陰陽師語第二十	未詳		

권/화	제목	출전	동화 · 관련자료	유화 · 기타
21	僧登照相倒朱雀門語第二十一	未詳	教訓抄七	法苑珠林六五求厄篇七六感應緣一二 宇治拾遺物語139 三寶感應要略錄中37 今昔六48 三國傳記九26
22	俊平入道弟習算術語第二十二	未詳	宇治拾遺物語185 北條九代記二安倍晴明が奇特の條	口遊人事篇第十 片仮名本因果物語上7
23	源博雅朝臣行會坂盲許語第二十三	類聚本系江談抄三63博雅三位習琵琶事(神田本41)	俊賴髓腦蟬丸が歌條 世繼物語四九 和歌童蒙抄五 古本說話集上24 文机談 無名抄 東關紀行 平家物語一○ 源平盛衰記三流泉啄木事 義經物語 東齋隨筆音樂類 三國傳記七6 說經才學抄(眞福寺藏)五下 楊鴨曉筆三 謠曲「蟬丸」 淨瑠璃「蟬丸」	
24	玄象琵琶爲鬼被取語第二十四	未詳		類聚本系江談抄三58(醍醐寺本158) 十訓抄一○70 古今著聞集一七595 愚聞記中 說經才學抄(眞福寺藏)五下 絲竹口傳琵琶寶物條 胡琴教錄下 二中歷一三名物歷 體源抄一一末 · 一二本
25	三善淸行宰相與紀長谷雄口論語第二十五	未詳	第一~三段→ 類聚本系江談抄三27善相公與紀納言口論事(醍醐寺本170) 第四段→ 類聚本系江談抄一38紀家參長谷寺事(醍醐寺本131) 長谷寺驗記上4	

권/화	제목	출전	동화 · 관련자료	유화 · 기타
26	村上天皇與菅原文時作詩給語第二十六	類聚本系江談抄五58村上御製與文時三位勝負事(神田本43)		
27	大江朝綱家尼直詩讀語第二十七	類聚本系江談抄四63踏沙披練の詩條		
28	天神御製詩讀示人夢給語第二十八	類聚本系江談抄四66東行西行の詩條	壒囊鈔一29 塵添壒囊鈔二48	石山寺緣起
29	藤原資業作詩義忠難語第二十九	類聚本系江談抄五42鷹司殿屛風詩事(醍醐寺本139)	今鏡昔話九·唐歌	類聚本系江談抄五43(醍醐寺本33)
30	藤原爲時作詩任越前守語第三十	未詳	續本朝往生傳一條天皇條 古事談一26 今鏡昔話九·唐歌 十訓抄一○31	日本紀略長德二年一月二八日條
31	延喜御屛風伊勢御息所讀和歌語第三十一	未詳	拾遺和歌集一春 古今和歌六帖二 伊勢集 金玉集 無名草子	
32	敦忠中納言南殿櫻讀和歌語第三十二	未詳	七卷本寶物集一 拾遺和歌集一六雜春 公忠集	
33	公任大納言讀屛風和歌語第三十三	未詳	古本說話集上2 小右記長保元年一○月條 權記長保元年一○月條 御堂關白記長保元年一○月條 榮花物語耀く藤壺 拾遺和歌集一六雜春 公任集	小右記寬仁二年正月二一日條 十訓抄一○4
34	公任大納言於白川家讀和歌語第三十四	未詳	第一段 古本說話集上2 第二段 古本說話集上31 拾遺和歌集一六雜春 · 二○哀傷 後拾遺和歌集四秋上 · 五秋下 · 六冬 · 一七雜三 詞花和歌集一○雜下 公任集 榮花物語木綿四手	
35	在原業平中將行東方讀和歌語第三十五	伊勢物語9	古今和歌集九羇旅 新古今和歌集一○羇旅 · 一七雜中 業平集 古今和歌六帖 新撰和歌集	

권/화	제목	출전	동화 · 관련자료	유화 · 기타
36	業平於右近馬場見女讀和歌語第三十六	第一段 伊勢物語99 第二段 伊勢物語82(後半部) 第三段 伊勢物語83(後半部)	第一段 古今和歌集一戀一 大和物語166 第二段 古今和歌集九羈旅・一七雜上 第三段 古今和歌集一八雜下 業平集 古今和歌六帖 新撰和歌集	
37	藤原實方朝臣於陸奥國讀和歌語第三十七	未詳	後拾遺和歌集一九雜五・一○哀傷 實方集	
38	藤原道信朝臣送父讀和歌語第三十八	未詳	拾遺和歌集八雜上・二○哀傷 後拾遺和歌集八別・一六雜二 玉葉和歌集一四雜歌一 道信集 元輔集 第二段 古本説話集上32	
39	藤原義孝朝臣死後讀和歌語第三十九	未詳	後拾遺和歌集一○哀傷 義孝集 清愼公(實頼)集 袋草紙上 大鏡伊尹傳 類聚本系江談抄四101 七卷本寶物集三	
40	圓融院御葬送夜朝光卿讀和歌語第四十	未詳	後拾遺和歌集一○哀傷 世繼物語三九 榮花物語見果てぬ夢 古來風體抄 十訓抄六9 一卷本寶物集	
41	一條院失給後上東門院讀和歌語第四十一	未詳	後拾遺和歌集一○哀傷 第一段 榮花物語岩蔭 今鏡すべらぎの上 望月 七卷本寶物集三 第二段 世繼物語31 榮花物語鳥部野 古來風體抄 一卷本寶物集 發心集六9 無名草子 十訓抄一11 悦目抄	第二段 七卷本寶物集三
42	朱雀院女御失給後女房讀和歌語第四十二	未詳		古本説話集上46

권/화	제목	출전	동화 · 관련자료	유화 · 기타
43	土佐守紀貫之子死讀和歌語第四十三	未詳	古本說話集上41 宇治拾遺物語149 土佐日記承平四年一二月二七日條	
44	安陪仲麿於唐讀和歌語第四十四	未詳	古今和歌集九羈旅 古本說話集上45 世繼物語45 土佐日記承平五年正月二十日條 類聚本系江談抄三3 和漢朗詠集 古來風體抄 奧儀抄 俊賴髓腦 古今和歌六帖一 七卷本寶物集三	
45	小野篁被流隱岐國時讀和歌語第四十五	未詳	古今和歌集九羈旅 世繼物語46 七卷本寶物集二 撰集抄八5	異本百官抄
46	於河原院歌讀共來讀和歌語第四十六	未詳	古本說話集上27(後半部) 安法法師集	今昔二七2
47	伊勢御息所幼時讀和歌語第四十七	未詳	古本說話集上29 世繼物語53 雜々集上14 古今和歌集一一戀一 伊勢集 大鏡仲平傳 新千載和歌集一一戀一 俊賴髓腦	
48	參河守大江定基送來讀和歌語第四十八	未詳	古本說話集上34 古今著聞集五197 十訓抄一ㅇ48 沙石集五末2 拾遺和歌集八雜上 七卷本寶物集三 金玉要集悲母事	
49	七月十五日立盆女讀和歌語第四十九	未詳	古本說話集上33	
50	筑前守源道濟侍妻最後讀和歌死語第五十	未詳	後拾遺和歌集一七雜三	後拾遺和歌集一七雜三左注

권/화	제목	출전	동화 · 관련자료	유화 · 기타
51	大江匡衡妻赤染讀和歌語第五十一	未詳	詞花和歌集一○雜下 袋草紙上 古本說話集上5 一卷本寶物集 古今著聞集五176 · 八302 沙石集五末1 赤染衛門集 玄々集	
52	大江匡衡和琴讀和歌語第五十二	未詳	古本說話集上4 十訓抄三2 古今著聞集五184 後拾遺和歌集一六雜二 · 一七雜三 · 一九雜五 匡衡集 實方中將集	
53	祭主大中臣輔親郭公讀和歌語第五十三	未詳	後拾遺和歌集一六雜二 · 一七雜四 拾遺和歌集一六雜春 祭主輔親集 袋草紙上	
54	陽成院之御子元良親王讀和歌語第五十四	未詳	元良親王集	古本說話集上35
55	大隅國郡司讀和歌語第五十五	未詳	古本說話集上44 宇治拾遺物語111 拾遺和歌集九雜下 十訓抄一○39 俊頼髄腦 奥儀抄序 古今集序注(顯昭)	
56	播磨國郡司家女讀和歌語第五十六	未詳	宇治拾遺物語93	別本童蒙抄
57	藤原惟規讀和歌被免語第五十七	俊頼髄腦	金葉和歌集九雜上 和歌童蒙抄五 十訓抄一○37	

권25

권/화	제목	출전	동화 · 관련자료	유화 · 기타
권25 1	平將門發謀反被誅語第一	將門記	扶桑略記天慶二年·三年條 貞信公記天慶二年·三年條 日本紀略天慶二年·三年條 本朝世紀天慶二年·三年條 帝王編年記天慶二年·三年 言泉集忌日帖 大鏡道隆傳 古事談四4·6·7 延慶本平家物語二末 源平盛衰記二三 俵藤太物語	園太曆延文五年正月條 元亨釋書二四承平皇帝
2	藤原純友依海賊被誅語第二	未詳	扶桑略記天慶三年條 大鏡道隆傳 古事談四10 日本紀略天慶四年條 本朝世紀天慶二·四年條	今昔二五13 貞信公記抄天慶元年·三年條 師守記貞和三年一二月一七日條(裏書)
3	源充平良文合戰語第三	未詳		
4	平維茂郎等被殺語第四	未詳		妙本寺本曾我物語四 太平記二阿新殿事
5	平維茂罰藤原諸任語第五	未詳		
6	春宮大進源賴光朝臣射狐語第六	未詳		
7	藤原保昌朝臣値盜人袴垂語第七	未詳	宇治拾遺物語28	宇治拾遺物語33
8	源賴親朝臣令罰淸原□□語第八	未詳	御堂關白記長和六年三月一一日·一二日·一五日·二四日條 扶桑略記長和六年三月八日·十五日條	
9	源賴信朝臣責平忠恒語第九	未詳	第四·七段 이후 宇治拾遺物語128 左經記長元元年·四年條 小右記長元元年·四年·五年條 日本紀略長元元年·四年條 扶桑略記長元元年·四年條 百錬抄長元元年·四年條 河內守源賴信告文案(石淸水田中家文書·平安遺文640)	編年殘編 陸奥話記
10	依賴信言平貞道切人頭語第十	未詳		

권/화	제목	출전	동화 · 관련자료	유화 · 기타
11	藤原親孝爲盜人被捕質依賴信言免語第十一	未詳		今昔二三24
12	源賴信朝臣男賴義射殺馬盜人語第十二	未詳		
13	源賴義朝臣罸安陪貞任等語第十三	陸奥話記	十訓抄六17 源威集上 前太平記 水左記康平六年·七年條 扶桑略記天喜五年·康平五年~七年條 朝野群載一一康平七年三月二九日付太政官符 百錬抄康平七年條 帝王編年記康平七年條 古今著聞集九336 前九年合戰繪卷	
14	源義家朝臣罸清原武衡等語第十四		奥州後三年記 中右記寬治元年條 本朝世紀寬治元年條 百錬抄寬治元年條(一二月二六日) 康富記文安元年閏六月二二日條 古今著聞集九337 後二條師通記 爲房卿記	

인명 해설

1. 원칙적으로 본문 중에 나오는 호칭을 표제어로 삼았으나, 혼동하기 쉬운 경우에는 본문의 각주에 실명實名을 표시하였고, 여기에서도 실명을 표제어로 삼았다.
2. 배열은 한글 표기 원칙에 의한 가나다 순으로 하였다.
3. 해설은 최대한 간략하게 표기하며, 의거한 자료·출전出典을 명기하였다. 이는 일본고전문학전집 『금석 이야기집今昔物語集』의 두주를 따른 경우가 많다.
4. 각 항의 말미에 해당 인물이 등장하는 이야기를 숫자로 표시하였다. 예를 들면 '㉔ 1'은 '권24 제1화'를 가리킨다.

[가]

가모노 다다유키賀茂忠行

출생·사망 시기는 자세히 전해지지 않음. 헤이안平安 중기의 음양사陰陽師. 에히토江人의 아들. 천력天曆 3년(949) 『오미 국사해近江國司解』에는 "正六位上權少掾"이라고 되어 있으며, 『존비분맥尊卑分脈』에는 "從五位下丹波權介"라고 되어 있음. 다다유키의 제자로는 아베노 세이메이安倍晴明가 있으며 자식으로는 야스노리保憲, 요시시게노 야스타네慶滋保胤(자쿠신寂心) 등이 있음. ㉔ 15·16

가시와바라柏原 천황

간무桓武 천황. 천평天平 9년(737)~연력延曆 25년(806). 제50대 천황. 재위 천응天應 원년(781)~연력 25년. 야마시로 지방山城國 가시와바라 능柏原陵에 장례지낸 것에서 유래한 시호諡號임. 고닌光仁 천황의 제1황자. 어머니는 다카노노 니가사高野新笠. 보귀寶龜 3년(772) 오사베他戶 친왕이 태자로서 폐위됨에 되어 다음해 태자로 책봉됨. 나가오카長岡 도읍의 조궁造宮이나 헤이안平安 도읍 천도, 에조 지蝦夷地 원정 등을 행함. ㉕ 1

가쓰라노미야桂宮

후시 내친왕孚子內親王. ?~천력天曆 8년(954). 가쓰라 황녀桂皇女라고도 함. 우다宇多 천황 황녀. 어머니는 참의參議 도요 왕十世王의 딸인 노리히메 여왕德姬女王. 내친왕의 어소御所 위치에 대해 『습개초拾芥抄』에는 "六條北, 西洞院西"라는 기사가 있음. 이 장소는 후세의 장강당長講堂 부지가 된 곳임. ㉔ 10

가야高陽 친왕親王

연력延曆 13년(794)~정관貞觀13년(871). '賀陽'이라고도 함. 간무桓武 천황의 제7황자. 어머니는 다지히노 마무네多治比眞宗. 형부경刑部卿·대재수大宰帥·치부경治部卿·탄정윤彈正尹을 역임. 천장天長 10년(833) 이품二品. 세공細工의 명수로 『이중력二中歷』 일능력一能歷·세공의 항목에 이름이 보임. ㉔ 2

가엔賀緣

출생·사망 시기는 자세히 전해지지 않음. '賀延'이라고도 함. 천태종 사문파로 묘손明尊의 스승. 정력正曆 4년(993)에 엔닌圓仁 문도와 엔친圓珍 문도의 분열이 일어났을 때, 엔친 문도를 이끌고 히에이 산比叡山에서 다이운지大雲寺로 이주함. 장덕長德 연간(995~999)에 미이데라三井寺로 들어가 용화원龍華院을 창시. 관인寬仁 연간(1017~21)에 교조敎靜 승도에 의해 입단관정入壇灌頂(『다이운지 연기大雲寺緣起』, 『사문전기보록寺門傳記補錄』·15). 『이중력二中歷』 명인력名人歷·설경說經 항목에 보임. ㉔ 39

가이시懷子

천경天慶 8년(945)~천연天延 3년(975). 후지와라노 고레마사藤原伊尹의 장녀. 어머니는 게이시 여왕惠子女王. 레이제이冷泉 천황이 즉위하여 갱의更衣가 되었고, 강보康保 4년(967) 여어女御가 됨. 그 다음해에 가잔花山 천황을 낳음. 천연 3년 4월 3일 사망. 가잔 천황이 즉위하여 영관永觀 2년(984), 황태후를 추증追贈받음. ㉔ 39

간렌寬蓮

출생·사망 시기는 자세히 전해지지 않음. 속명은 다치바나노 요시토시橘良利. 우다宇多 천황의 치세부터 다이고醍醐 천황의 치세에 걸쳐 활약한 바둑의 명인. 히젠肥前 지방 후지쓰 군藤津郡 오촌大村 사람. 에치젠 연越前掾을 거쳐 히젠 연에 재임하고 있었을 때, 우다인宇多院이 출가함에 따라 함께 출가함. 우다 법황法皇을 근시近侍(『대경大鏡』, 『하해초河海抄』, 『화조여정花鳥余情』, 『기가집경수기紀家集競狩記』). 연희延喜 13년(913) 칙명에 의해 기식碁式을 만들어 헌상함(『화조여정』). 『이중력二中歷』에도 보임. ㉔ 6

간초寬朝

연희延喜 15년(915)~장덕長德 4년(998). 우다宇多 천황의 손자, 아쓰미 친왕敦實親王의 아들. 어머니는 후지와라노 도키히라藤原時平의 딸. 진언종 승려. 간쿠의 제자. 정원貞元 2년(977)에 도지東寺 장자長者·사이지西寺 별당別當이 됨. 영관永觀 2년(984)에는, 도다이지東大寺 별당, 관화寬和 2년(986)에 대승정에 임명됨. 가잔花山 천황의 칙원勅願에 의해, 사가嵯峨 히로사와 연못廣澤池의 북서쪽에 헨조지遍照寺를 건립하여 살았으며, 히로사와 대승정이라 불림. 간초의 제자로는 가쿄雅慶·사이진濟信·진가쿠深覺·가쿠엔覺緣 등이 있음. ㉔ 16

고레모치維茂

출생·사망 시기는 자세히 전해지지 않음. 다이라노 가네타다平兼忠의 아들. 시게모리繁盛의 아들이라고도 함. 다이라노 사다모리平貞盛의 양자로서 15남이 되었던 사실에서 호를 요고 장군余五將軍이라 함(『존비분맥尊卑分脈』). 진수부장군鎭守府將軍·시나노 수령信濃守을 역임. 종오위상從五位上. 『오처경吾妻鏡』 등에 많은 무용담武勇談이 보임. 『이중력二中歷』 일능력一能歷·무사武者의 항목에 나타남. 『후습유왕생전後拾遺往生傳』에는, 겐신源信 승도僧都를 따라 왕생했다고 함. ㉕ 4·5

고레미치惟通

출생·사망 시기는 자세히 전해지지 않음. 다치바나노 스케마사橘輔政의 아들. 자식으로는 고레노리好則가 있음. 종오위하從五位下. 만수萬壽 3년(1026) 히다飛彈 수령에 임명됨(『조야군재朝野群載』). 노토 수령能登守 재임在任 시기에 대해서는 불명. 또한 다치바나씨 집안은 무문武門과 관련이 없으나, 사촌인 노리미쓰則光, 그 아들인

스에미쓰季通 등 무용武勇이 걸출한 인물을 배출함(권23 제15·16화 참조). ㉕ 5

고레이제이인後冷泉院

만수萬壽 2년(1025)~치력治曆 4년(1068). 제17대 고레이제이後冷泉 천황天皇. 재위, 관덕寬德 2년(1045)~치력治曆 4년(1068). 고스자쿠後朱雀 천황의 제1황자. 어머니는 후지와라노 미치나가藤原道長의 딸인 기시嬉子. 일기『후랭천천황어기後冷泉天皇御記』가 있음. 치력 4년 4월 19일 붕어. ㉕ 13

고레타카惟高 **친왕**

승화承和 11년(844)~관평寬平 9년(897). 몬토쿠文德 천황의 제1황자. 어머니는 기노 나토라紀名虎의 딸, 갱의更衣 시즈코靜子. 대재수大宰帥·탄정윤彈正尹이 되었고, 히타치 태수常陸太守와 고즈케上野 태수를 겸임. 정관貞觀 14년(872) 7월 11일, 병을 이유로 출가. 동생 고레히토惟仁 친왕(후의 세이와淸和 천황)과의 황위 계승 싸움에서 패하고 실의의 빠져 있던 것을 기노 아리쓰네紀有常, 아리와라노 나리히라在原業平 등과 함께, 풍류風流를 통해 위로함. 야마시로 지방山城國 오타기 군愛宕郡 오노小野에 은거하여, 오노 궁小野宮이라 불림. ㉔ 36

고소베노 입도 노인古曾部入道能因

영연永延 2년(988)~영승永承 5년(1050)?. 속명은 다치바나노 나가야스橘永愷. 법명은 유인融因, 후에 노인能因으로 바꿈. 다치바나노 모토야스橘元愷의 아들. 문장생文章生 시절은 히고 진사肥後進士라 칭함. 장화長和 2년(1013) 경에 출가, 셋쓰 지방攝津國 고소베古曾部에 살았던 것에서 고소베 입도古曾部入道라고 불림. 가인歌人으로서 저명. 중고中古 36가선歌仙의 한 사람. 가학서歌學書『노인 가침能因歌枕』, 사찬집私撰集『현현집玄々集』, 자찬가집自撰家集『노인 집能因集』이 있음. 『이중력二中歷』 명인력名人歷·도가道家 항목에 보임. ㉔ 46

고이치조인後一條院

고이치조後一條 천황天皇. 관홍寬弘 5년(1008)~장원長元 9년(1036). 제68대 천황. 재위, 장화 5년(1016)~장원 9년. 이치조一條 천황의 제2황자. 어머니는 후지와라노 쇼시藤原彰子. 아쓰히라敦成 친왕. 탄생의 모습은『무라사키 식부 일기紫式部日記』에 상세함. ㉔ 41

구니노리國範

정확히는 구니노리國章. 연희延喜 19년(919)~관화寬和 원년(985). 후지와라 씨藤原氏. 모토나元名의 4남. 어머니는 후지와라노 스케모토藤原扶幹의 딸. 내기內記·춘궁권량春宮權亮·대재대이大宰大貳 등을 역임. 정원貞元 2년(977) 비참의非參議가 되었고, 황태후궁권대부皇太后宮權大夫를 겸함. 종삼위從三位. 관화 원년 6월에 사망. 와카和歌에 뛰어났으며,『와카색엽집和歌色葉集』에서는 명예가선의 한사람으로 여겨짐. ㉔ 38

구니카國香

?~승평承平 5년(935). 다이라 씨平氏. 다카모치왕高望王의 아들. 처음 이름은 요시모치良望. 히타치 대연常陸大掾, 후에 진수부장군鎭守府將軍. 종오위상從五位上. 승평 5년 2월, 조카인 다이라노 마사카도平將門에게 살해당함(『존비분맥尊卑分脈』,『마사카도기將門記』). ㉕ 1

구다라노 가와나리百濟川成

연력延曆 원년(782)~인수仁壽 3년(853). 원래 성은 아구리 씨余氏. 승화承和 7년(840) 구다라노 아손百濟朝臣의 성을 받음. 백제 도래인의 자손으로 화공. 좌근위부左近衛府에 종사하였으며, 홍인弘仁 14년(823) 미마사카美作 권소목權少目, 승화 연중에는 빗추 개備中介로 임명됨. 또한 하리마 개播磨介가 됨. 가와나리의 그림에 대해 『몬토쿠실록文德實錄』에서는 "皆如二自生一"이라 평가하고 있음. 『이중력二中歷』 일능력一能歷·회사繪師(화공)의 항목에 보임. 인수 3년 8월 24일 72세의 나이로 사망. ㉔ 5

구조九條 대신大臣

후지와라노 모로스케藤原師輔. 연희延喜 8년(908)~천덕天德 4년(960). 아버지는 다다히라忠平, 어머니는 미나모토노 요시아리源能有의 딸 쇼시昭子. 우대신右大臣. 종이위從二位. 구조도노九條殿, 구조대신九條大臣이라 불린 것은, 구조방문九條坊門의 남쪽, 마치지리町尻의 동쪽에 그 저택이 있었던 것에 유래함(『습개초拾芥抄』). 일기 『구력九曆』, 고실서故實書 『구조연중행사九條年中行事』가 있음. ㉔ 3

기노 쓰라유키紀貫之

정관貞觀 10년(868)?~천경天慶 8년(945)?. 모치유키望行의 아들. 대내기大內記·가가 개加賀介·미노 개美濃介를 거쳐, 연장延長 8년(930) 정월에 도사 수령土佐守. 귀경후, 현번두玄蕃頭·목공권두木工權頭가 됨. 와카和歌에 뛰어났으며, 연희延喜 5년(905)에 기노 도모노리紀友則, 오시코치노 미쓰네凡河內躬恒 등과 함께 『고금집古今集』을 편찬. 36가선歌仙의 한사람. 도사 수령 임기를 끝내고 귀경할 때의 기행紀行 『도사 일기土佐日記』도 유명. 후대 사람이 편찬한 가집 『쓰라유키집貫之集』이 있음. ㉔ 31·43·46

기노 아리쓰네紀有常

홍인弘仁 6년(815)~정관貞觀 19년(877). 아버지는 나토라名虎. 고레타카惟喬 친왕의 숙부. 좌마조左馬助·우대장右大將·좌소장左少將·소납언少納言 겸 시종侍從·아악두雅樂頭·스오 권수周防權守 등을 역임. 종사위하從四位下. 딸은 각각 아리와라노 나리히라在原業平, 후지와라노 도시유키藤原敏行의 아내가 됨. 가인으로서 나리히라와 친교親交가 깊었던 것은, 『고금집古今集』, 『신고금집新古今集』, 『이세 이야기伊勢物語』에 의해 알려짐. 정관 19년 정월에 63세의 나이로 사망. ㉔ 36

기노 하세오紀長谷雄

승화承和 12년(845)~연희延喜 12년(912). 사다노리貞範의 아들. 정관貞觀 18년(876) 문장생文章生이 되어, 스가와라노 미치자네菅原道眞의 문하로 들어감. 소외기少外記를 거쳐 관평寬平 2년(890) 문장박사文章博士. 대학두大學頭·식부대보式部大輔·참의參議·권중납언權中納言 등을 역임하고 연희 10년 중납언中納言. 시문가詩文家로서 고명하며, 한시문집으로 『기가집紀家集』이 있음. 또한 일문逸文이 남아 있을 뿐이지만, 『기가괴이실록紀家怪異實錄』이라는 괴이록도 있었음. 연희 12년 2월 10일, 68세의 나이로 사망. ㉔ 1·25

기미노부公信

정원貞元 2년(977)~만수萬壽 3년(1026). 후지와라 씨藤原氏. 다메미쓰爲光의 4남. 어머니는 후지와라노 고레마사藤原伊尹의 딸. 미치노부道信의 동복아우. 장화長和 2년(1013) 참의參議. 동궁권대부東宮權大夫·우병위독右兵衛督·빗추 권수備中權守·좌병위독左兵衛督을 거쳐 치안治安 3년(1023) 권중납언權中納言(『공경보임公卿補任』). 만수 3년 5월 15일, 50세의 나이로 사망. ㉔ 38

기요하라노 다케히라清原武衡

?~관치寬治 원년(1087). 다케노리武則의 아들. 후3년의 역役에서 조카인 이에히라의 편에 가담하여, 미나모토노 요시이에源義家에게 대항하였고, 가나자와金澤 진지가 함락되어 붙잡혀 참수당함. 『강부기康富記』에는 다케히라를 '家衡伯父', 『오처경吾妻鏡』 치승治承 4년(1180) 10월 21일 조에는 "將軍(武則)三郎武衡·弟家衡"라고 되어 있음. 다케히라의 최후는 『오주후삼년기奧州後三年記』에 상세히 나와 있음. ㉕ 14

기요하라노 미쓰요리清原光賴

출생·사망 시기는 자세히 전해지지 않음. 미쓰카타光方의 아들(『기요하라 계도淸原系圖』). 다케노리武則의 형. 헤이안平安 중기말의 데와 지방出羽國의 호족으로, 『무쓰 이야기陵奧話記』에 "出羽山北俘囚主"라고 되어 있음. ㉕ 13

기타노베 좌대신北邊左大臣

미나모토노 마코토源信. 홍인弘仁 원년(810)~정관貞觀 10년(868). 사가嵯峨 천황 황자. 어머니는 히로이 씨光井氏. 미나모토노 아손源朝臣의 성을 하사받아 신적臣籍으로 내려감. 참의參議·중납언中納言·대납언大納言 등을 거쳐 천안天安 원년(857) 좌대신. 다음해에는 정이위正二位. 정관 8년의 응천문應天門의 변으로 방화 혐의를 받았으나 무죄였음. 그 후, 출사하는 일 없이, 정관 10년 윤 12월 28일 59세의 나이로 사망. 정일위正一位를 추증받음. 서화·음악에 통달. '기타노베'란 저택의 칭호로, 『습개초拾芥抄』에 "北邊亭, 土·御門北, 西洞院西, 左大臣源信公家"라는 기사가 있음. ㉔ 1

긴토公任

강보康保 3년(966)~장구長久 2년(1041). 후지와라 씨藤原氏. 아버지는 요리타다賴忠, 어머니는 요시아키라 친왕代明親王의 딸. 권중납언權中納言·권대납언權大納言을 거쳐, 장화長和 원년(1012)에 정이위正二位. 이치조一條 천황 치세 때, 사납언四納言의 한 사람. 만수萬壽 3년(1026) 게다쓰지解脫寺에서 출가하여, 북산北山의 하세長谷에서 은거함. 출가 경위는 『영화 이야기榮花物語』'옷 구슬衣の珠'에 자세히 나타남. 와카나 한시·관현管弦에 뛰어나며, 학식이 풍부한 것으로 알려짐. 『화한낭영집和漢朗詠集』, 『북산초北山抄』의 편자. 『습유초拾遺抄』, 『금옥집金玉集』, 『삼십육인찬三十六人撰』 등의 찬자. 가집으로는 『긴토 집公任集』이 있음. 사조대납언四條大納言, 안찰사대납언按察使大納言이라 칭함. ㉔ 33·34

[나]

나라平城 **천황**天皇

'헤이제이'라고도 함. 보귀寶龜 5년(774)~천장天長 원년(824). 제51대 천황. 재위, 대동大同 원년(806)~4년. 간무桓武 천황의 제1황자. 어머니는 후지와라노 요시쓰구藤原良繼의 딸인 오토무로乙牟漏. 병약하여 재위기간은 짧음. 상시尙侍 후지와라노 구스코藤原藥子를 총애, 구스코의 오빠인 나카나리仲成를 중용하였음. 나카나리와 구스코는 천황의 중조重祚를 꾀하였으나 실패(구스코의 난), 천황은 출가하였음. 천장 원년 7월 7일 붕어崩御. ㉔ 36

나리토키濟時

천경天慶 4년(941)~장덕長德 원년(995). 후지와라노 모로타다藤原師尹의 자식. 어머니는 후지와라노 사다카타藤原定方의 딸. 아버지로부터 전령傳領된 소일조전小一條殿에 거주한 것으로부터 고이치小一條 대장大將이라고 불림. 장인두藏人頭·참의參議·중납언中納言 등을 거쳐 정력正曆

2년(991) 대납언大納言에 임명됨. 장덕 원년 4월 13일, 정이위正二位 대납언大納言과 좌대장左大將을 겸임하고 사망. 장화長和 원년(1012) 우대신右大臣으로 추증追贈. 와카和歌에 능하여『습유집拾遺集』등에 수록됨. 사네카타實方는 친부 사다토키定時가 일찍 사망한 것에 의해 숙부인 나리토키濟時를 아버지로 모셨음(『영화 이야기榮花物語』). ㉔ 37

노리아키則明

출생·사망 시기는 자세히 전해지지 않음. 후지와라노 노리쓰네藤原則經의 아들. 미나모토노 요리요시源賴義의 낭등郎等 7기騎 중의 한 명. 고토노 후토시後藤太·고토 우치後藤內라고 부름(『존비분맥尊卑分脈』). 형제로는 도키이에時家·쓰네타다經忠가 있고, 아들로는 마사아키政明, 고레미네惟峯, 긴히로公廣, 요시히데能秀, 가쓰히데勝秀가 있음.『고사담古事談』4권과『십훈초十訓抄』권 6에는 노후에 시라카와인白河院에게 후삼년後三年의 역役에서 있었던 종군담從軍談을 이야기하였다고 기록되어 있음. ㉕ 13

니조도노二條殿

후지와라노 노리미치藤原敎通. 장덕長德 2년(996)~승보承保 2년(1075). 미치나가道長의 삼남. 어머니는 미나모토노 린시源倫子. 이조제二條第에 살았기 때문에 니조二條 대신大臣이나 오니조도노大二條殿 등으로 불림. 권중납언權中納言·좌대신左大臣 등을 거쳐, 치력治曆 4년(1068) 형인 요리미치賴通가 관백의 지위를 넘겨주었음. 연구延久 2년(1070) 태정대신太政大臣에 임명, 승보 2년 9월 사망. 정일위正一位가 추증됨. 일기日記『이동기二東記』가 있음. ㉔ 33·34

[다]

다다노 미쓰나카多田滿仲 **입도**入道

미나모토노 미쓰나카源滿仲. 연희延喜 13년(913)~장덕長德 3년(997). 세이와겐지淸和源氏. 쓰네모토經基의 적남. 에치젠 수령越前守·무사시노 수령武藏守·좌마조左馬助·히타치 개常陸介·셋쓰 수령攝津守 등을 역임하고, 진수부장군鎭守府將軍이 됨. 안화安和의 변變(969)에서는 후지와라씨藤原氏에 협력하여, 음모를 밀고密告. 무용武勇으로 고명하고, 셋쓰 지방에 다전원多田院을 건립함. 다다겐지多田源氏를 칭하고, 다다노 미쓰나카多田滿仲라고도 불림. 미쓰나카의 출가에 대해서는『소우기小右記』일문逸文의 영연永延 원년(987) 8월 16일 조에 "前攝津守滿仲朝臣於多田宅出家云々, 同出家之者十三人, 尼世余人云々, 滿仲殺生放逸之者也, 而忽發菩提心所出家也"라는 내용이 있음. 관화寬和 2년(986)에 출가했다고도 함. 법명은 만케이滿慶. 다다노 신보치多田新發意라 칭함. ㉕ 6·9

다다노부齊信

강보康保 4년(967)~장원長元 8년(1035). 후지와라노 다메미쓰藤原爲光의 차남. 어머니는 후지와라노 아쓰토시藤原敦敏의 딸. 장인두藏人頭·참의參議·권중납언權中納言·검비위사별당檢非違使別當·권대납언權大納言 등을 거쳐 관인寬仁 4년(1020) 11월 29일 대납언大納言에 임명됨. 장원長元 원년 2월 19일, 민부경民部卿을 겸임(『공경보임公卿補任』). 후지와라노 미치나가藤原道長의 각근恪勤으로서 후지와라노 긴토藤原公任, 후지와라노 유키나리藤原行成, 미나모토노 도시타카源俊賢와 함께 '관홍寬弘의 사납언四納言'이라 불림. 오에노 마사후사大江匡房는 다다노부를 '천하天下의 일물一物'이라 함. 시문詩文에 뛰어나며『유취구제초類聚句題抄』,『본조여조本朝麗藻』,『본조문수本朝文粹』, 『본조문집本朝文集』, 『신찬낭영집新撰朗詠集』, 『후습유집後拾遺集』 등에 수록. 세이 소납언清少納言과의 교류로도 알려져 있음. 장원 8년 3월 23일, 69세의 나이로 사망. ㉔ 29

다다아키忠明

정력正暦 원년(990)~?. 단바 씨丹波氏. 시게아키重明의 아들(시게마사重雅의 아들이라는 설도 있음). 자식으로는 마사타다雅忠(1021~1088)가 있음. 명의名醫로서 유명함. 권침박사權針博士·의박사醫博士·오미 연近江掾 등을 거쳐, 치안治安 2년(1022)에 의박사醫博士·단바 개丹波介를 겸임. 만수萬壽 3년(1026) 11월에 전약두典藥頭. 종사위하從四位下. 장구長久 5년(1044) 4월에 55세의 나이로 출가. 산조三條 천황天皇, 고이치조後一條 천황, 고스자쿠後朱雀 천황 때의 의사이며, 『이중력二中歷』 일능력一能歷·의사醫師 항목에도 보임. 『미도관백기御當關白記』, 『소우기小右記』 등에도 보임. ㉔ 11

다다오미忠臣

승평承平 3년(933)~관홍寬弘 6년(1009). 오쓰키 씨小槻氏. 모스케茂助의 아들. 어머니는 오쓰키노 이토히라小槻糸平의 딸. 자식으로는 도모치카奉親가 있음. 산박사算博士·좌대사左大史·주계두主計頭를 역임. 산도算道의 능력자로서 『이중력二中歷』에 이름이 보임. 아들 도모치카가 양도함으로써 장보長保 3년(1001) 정월 30일에 종사위從四位가 됨. 야마시로 지방山城國 기타 산北山에 호온지法音寺를 건립. 관홍 6년 4월 9일 사망. ㉔ 18

다다요시忠良

출생·사망 시기는 자세히 전해지지 않음. 아베 씨安倍氏. 아버지는 다다요리忠頼. 자식으로는 노리토則任, 다메모토爲元, 요리요시頼良(요리토키頼時)가 있다. 무쓰 대연陸奥大掾(『무쓰 이야기陸奥話記』, 『안등계도安藤系圖』). ㉕ 13

다메미쓰爲光

천경天慶 5년(942) ~정력正暦 3년(992). 후지와라노 모로스케藤原師輔의 구남九男. 어머니는 다이고醍醐 천황天皇의 황녀皇女인 가시雅子 내친왕內親王. 우대신右大臣을 거쳐서 태정대신太政大臣이 됨. 종일위從一位. 영연永延 2년(988) 우대신右大臣에 있을 때, 호주지法住寺를 건립. 호주지(태정)대신이라고 불림(『공경보임公卿補任』, 『존비분맥尊卑分脈』, 『대경大鏡』). 시가詩歌에 뛰어나 『습유집拾遺集』, 『후습유집後拾遺集』, 『천재집千載集』, 『신고금집新古今集』 등에 수록되어 있음. 정력正曆 3년 6월 16일 사망. 정일위正一位가 추증追贈됨. 시호諡號는 고토쿠 공恒德公. ㉔ 38

다이고醍醐 **천황**天皇

인화仁和 원년(885)~연장延長 8년(930). 제60대 천황. 재위 관평寬平 9년(897)~연장 8년. 우다宇多 천황의 제1황자. 후지와라노 도키히라藤原時平를 좌대신左大臣, 스가와라노 미치자네菅原道眞를 우대신右大臣으로 하여, 천황친정天皇親政에 의한 정치를 행하였고, 후세에 연희延喜의 치治라고 불리었다. 이 치세에, 『일본삼대실록日本三代實錄』, 『유취국사類聚國史』, 『고금 와카집古今和歌集』, 『연희격식延喜格式』 등의 편찬이 행해져 문화사업文化事業으로서 주목해야 할 것이 매우 많음. ㉔ 6·23·25·31

다이라노 가네타다平兼忠

?~장화長和 원년(1012)?. 시게모리繁盛의 아들. 데와出羽 개介·아키타조秋田城 개介를 거쳐 가즈사上總 개介. 종오위상從五位上. 장화 원년 윤閏

10월, 아들인 고레요시維良가 후지와라노 미치나가藤原道長에게 말 6필을 헌상함(『미도관백기御堂關白記』 장화 원년 윤 10월 16일 조). ㉕ 4·5

다이라노 고레모토平維基

?~관인寬仁 원년(1017). 고레모토維幹라고도 함. 시게모리繁盛의 3남. 사다모리貞盛의 양자. 형제로는 가네타다兼忠, 고레모치維茂가 있음. 히타치 지방常陸國을 본거지로 함. 히타치 대연大掾. 종오위하從五位下. 다이라노 다이후平大夫라 칭함. 히타치 지방 쓰쿠바 군筑波郡 미모리 향水守鄕 다키 읍多氣邑에 살았던 것에서 다키다이후多氣大夫라고도 불림. 히타치 대연가의 시조. 아버지 대부터, 시모우사 지방下總國의 양문류良文流 헤이 씨平氏와 대적했음. ㉕ 9

다이라노 나가히라平永衡

?~천희天喜 4년(1056). 아베노 요리토키安倍賴時의 사위. 무쓰 수령陸奧守 후지와라노 나리토藤原登任의 낭종으로서 무쓰에 하향. 무쓰 지방陸奧國 이구 군伊具郡을 지배한 것에서 이구 주로로伊具十郎라 칭함. 천희 4년 무쓰 수령 미나모토노 요리요시源賴義와 요리요시賴良가 대립하였을 때, 요리요시賴義 편을 따랐으나, 살해당함. ㉕ 13

다이라노 다다쓰네平忠恒

올바르게는 다다쓰네忠常. ?~장원長元 4년(1031). 다다요리忠賴의 아들. 진수부장군鎭守府將軍 요시후미良文의 손자. 가즈사 조上總助·무사시武藏 압령사押領使·시모우사 권개下總權介를 역임. 종오위하從五位下 만수萬壽 4년(1027)에 가즈사에서 구니히라國衡에게 반란을 일으켜, 다음해 장원 원년에는 아와 지방安房國 수령을 살해하여 보소 반도房總半島를 점령. 같은 해 6월 5일, 추토追討의 선지宣旨가 내려짐. 장원 4년 4월 28일, 미나모토노 요리노부源賴信에게 항복(『일본기략日本紀略』, 『좌경기左經記』). 교토京都로 호송되던 중, 미노 지방美濃國 아쓰미 군厚見郡에서 6월 6일에 참수됨(『좌경기』, 『일본기략』, 『 부상약기扶桑略記』, 『헤이안 유문平安遺文』·640). ㉕ 9

다이라노 마사나리平將爲

출생·사망 시기는 자세히 전해지지 않음. 마사카도將門의 동생. 『마사카도기將門記』에서는 '爲'에 'ナリ'라는 훈이 달려 있음. ㉕ 1

다이라노 마사부미平將文

출생·사망 시기는 자세히 전해지지 않음. 마사카도平將門의 동생. ㉕ 1

다이라노 마사카도平將門

?~천경天慶 3년(940). 요시마사良將의 아들. 시모우사下總를 본거지로 세력을 떨침. 영지領地 다툼으로 인해 일족一族과 분쟁을 일으키고 승평承平 5년(935)에 숙부인 구니카國香를 살해함. 일족의 분쟁이 점차 발전해 가고, 마사카도는 히타치 국부常陸國府를 불태워 버리고, 시모쓰케下野·고즈케上野 국부도 습격하여 국사國司를 추방. 스스로 신황新皇이라 칭하고, 일족을 관동關東의 국사로 삼음. 천경 3년 2월, 다이라노 사다모리平貞盛와 시모쓰케 압령사押領使 후지와라노 히데사토藤原秀鄕에게 공격을 받고 패사敗死함(『마사카도기將門記』). 이러한 난亂은 승평·천경의 난으로서 알려짐. ㉕ 1·2

다이라노 마사타케平將武

출생·사망 시기는 자세히 전해지지 않음. 요시마사良將의 아들. 마사카도將門의 동생. ㉕ 1

다이라노 사다모리平貞盛

?~영조永祚 원년(989)?. 구니카國香의 아들. 승평承平 5년(935), 좌마윤左馬允 재임 중에 아버지가 다이라노 마사카도平將門에게 공격받자 마사카도를 추토追討하기 위해 히타치常陸로 하향. 천경天慶 3년(940) 후지와라노 히데사토藤原秀鄕와 마사카도를 주살함. 그 공功으로 종오위상從五位上 우마조右馬助. 그 후, 진수부장군鎭守府將軍·단바 수령丹波守·무쓰 수령陸奧守을 역임. 종4위하從四位下. 자字는 헤이타平太. ㉕ 1·4·5

다이라노 사다미치平貞道

출생·사망 시기는 자세히 전해지지 않음. 요시후미良文의 차남. 옛 이름은 다다미치忠道. 관백關白 후지와라노 다다미치藤原忠通와 동명同名인 것을 피하고자 '사다미치'라고 개칭(평군계도平群系圖). 무라오카村岡 지로다이후二郞大夫라고 칭함. 사가미 대연相模大椽, 종오위하從五位下. 미나모토노 요리미츠源賴光 4천왕四天王(와타나베노 쓰나渡邊綱·다이라노 스에타케平季武·다이라노 사다미치·사카타노 긴토키坂田公時)의 세 번째. ㉕ 10

다이라노 요시후미平良文

출생·사망 시기는 자세히 전해지지 않음. 다카모치 왕高望王의 아들. 구니카國의 동생. 자식으로는 무네히라宗平, 다다요리忠頼, 요시즈미義澄, 다다미치忠道가 있음. 무라오카노 고로村岡五郞라고 칭함. 종오위상從五位上. 『이중력二中歷』 일능력一能歷·무사武者의 항목에 보임. 반도헤이 씨板東平氏 제류諸流의 시조(『존비분맥尊卑分脈』). ㉕ 3

다지노 쓰네아키多治常明

출생·사망 시기는 자세히 전해지지 않음. 『마사카도기將門記』에는 시모우사 지방下總國 도요타군豊田郡 율서원栗栖院 상우어구常羽御廐의 별당別當이라고 함. ㉕ 1

다치바나노 도야스橘遠保

?~천경天慶 7년(944). 『계도찬요系圖纂要』에서 요시후루好古의 자식이라고 되어 있으나, 『존비분맥尊卑分脈』에서는 보이지 않음. 천경天慶 3년(940)정월, 다이라노 마사카도平將門의 난에서 세운 공적으로 동국東國 연掾이 됨. 다음 해에는 이요伊予 지방 경고사警固使로 후지와라노 스미토모藤原純友를 치고, 6월 20일에 스미토모와 아들인 시게타마로重太丸를 주살誅殺함(『존비분맥尊卑分脈』, 『본조세기本朝世紀』, 『일본기략日本紀略』). 스미토모의 난에서 세운 공적으로 이요 지방伊予國 우와 군宇和郡을 하사받음. 천경天慶 7년 2월 6일, 미노美濃 개介 재임 시, 저택에 돌아오는 길에 참살斬殺당함(『일본기략』). ㉕ 2

다카모치高望 친왕親王

정확히는 다카모치 왕高望王. 출생·사망 시기는 자세히 전해지지 않음. 다이라 씨平氏. 다카미 왕高見王의 아들. 간무桓武 천황天皇의 증손자. 자식으로는 구니카國香, 요시마사良將, 요시부미良文 등이 있음. 관평寬平 원년(889)에 작위를 수여받아 다이라 성平姓을 받고 신적강하臣籍降下. 가즈사 개上總介로 하향下向함. 토착하여 관동關東 헤이 씨平氏의 기초를 닦음. 종오위하從五位下. ㉕ 1

다카시나노 다메이에高階爲家

장력長曆 2년(1038)~가승嘉承 원년(1106). 나리아키라成章의 아들. 시라카와인白河院 측근의 한 사람. 스오周防·미마사카美作·하리마播磨·이요伊予·오미近江·에치젠越前·단고丹後·빗추備中

수守 등을 역임. 승보承保 2년(1075)에 정사위하正四位下가 되어 하리마 수령으로 중임重任됨. 영보永保 원년(1081)까지 재임. 관치寬治 7년(1093) 오미 수령 재임중에 고후쿠지興福寺의 수소愁訴에 의해 해임되어, 도사 지방土佐國으로 유배당함. 다음 해인 가보嘉保 원년에 소환. 가승 원년 11월에 69세의 나이로 사망(『중우기中右記』, 『후이조사통기後二條師通記』, 『부상약기扶桑略記』). ㉔ 56

다카시나노 도시히라高階俊平

출생·사망 시기는 자세히 전해지지 않음. 스케노부助順의 아들. 만수萬壽 4년(1027) 정월, 가가 수령加賀守이 됨. 후에 단고 수령丹後守. 종사위상從四位上. 『존비분맥尊卑分脈』, 『고계계도高階系圖』에는 '노부히라信平'. 후에 출가하여 법명을 신자쿠信寂라 함. 히에이 산比叡山에서의 수행 중의 노래가 『고습유집後拾遺集』에 수록.㉔ 22

다카시나노 쓰네시게高階經重

출생·사망 시기는 자세히 전해지지 않음. 아키노부明順의 아들. 형제로는 나리노부成順(?~1040)(권15 제35화 참조)가 있음. 강평康平 5년(1062) 무쓰 수령陸奧守이 되어 하향下向하였는데 아베노 요리토키安倍賴時의 반란 중에, 백성이 전사前司인 미나모토노 요리요시源賴義의 명령에 따랐기 때문에 귀락歸洛(『부상약기扶桑略記』, 『무쓰 이야기陸奧話記』). 후에 기이紀伊 수령·야마토大和 수령이 됨. 종사위상從四位上. 가인歌人이며, 『신고금집新古今集』, 『속사화집續詞花集』에 수록되어 있음. ㉕ 13

다카쓰카사도노鷹司殿

미나모토노 린시源倫子. 강보康保 원년(964)~천희天喜 원년(1053). 미나모토노 마사노부源雅信의 딸. 어머니는 후지와라노 아사타다藤原朝忠의 딸 보쿠시穆子. 자식으로는 요리미치賴通, 노리미치敎通, 쇼시彰子 등이 있음. 후지와라노 미치나가藤原道長와 결혼하여, 미치나가의 정실 부인이 됨. 종일위從一位, 준삼후准三后. 치안治安 원년(1021) 2월 28일 출가(『소우기小右記』). 천희天喜 원년 6월 11일, 90세의 나이로 사망(『대경이서大鏡裏書』, 『데이카기定家記』, 『부상약기扶桑略記』). 응사전鷹司殿에 살았기 때문에 '다카쓰카사도노'라 부르게 됨. ㉔ 51

다카치카擧周

?~영승永承 원년(1046). 오에 씨大江氏. 마사히라匡衡(952~1012)의 차남. 어머니는 아카조메 위문赤染衛門. 지쿠고筑後 권수權守·이즈미和泉 수령·미카와三河 수령·문장박사文章博士·목공두木工頭 등을 거쳐, 정사위하正四位下 식부권대보式部權大輔. 이즈미 수령으로는 관인寬仁 3년(1019) 2월 6일에 임명됨. 연호감신年號勘申에도 참여함. 영승 원년 6월에 사망. ㉔ 51

다케노리武則

출생·사망 시기는 자세히 전해지지 않음. 기요와라 씨淸原氏. 미쓰카타光方의 아들. 미쓰요리光賴의 동생. 미나모토노 요리요시源賴義의 청에 의해 강평康平 5년(1062)에 병사를 이끌고 원조함. 다케노리의 원조로 아베 씨安倍氏는 패배. 전구년의 역役의 주요인물이라 할 수 있음. 무공에 의해 강평 6년에 진수부장군鎭守府將軍에 임명됨. 종오위하從五位下. 무쓰 지방陸奧國의 아베 씨의 영지를 지배할 수 있게 됨.㉕ 13

대재원大齋院

강보康保 원년(964)~장원長元 8년(1035). 센시選子 내친왕內親王. 무라카미村上 천황天皇의 제10

황녀. 어머니는 후지와라노 모로스케藤原師輔의 딸 안시安子. 천연天延 3년(975) 6월에 가모 재원賀茂齋院이 되었고, 장원 4년에는 노병老病으로 인해 은퇴하여 출가함. 엔유 圓融 천황의 치세부터 고이치조後一條 천황 치세에 이르기까지, 5대에 걸쳐 재원을 담당했기 때문에, 대재원이라 불리게 됨. 가인歌人으로서도 유명하여 가집家集에 『발심 와카집發心和歌集』이 있음. ㉔ 57

데이시定子

정원貞元 원년(976)~장보長保 2년(1000). 후지와라노 미치타카藤原道隆의 딸. 어머니는 다카시나노 나리타다高階成忠의 딸 기시貴子. 같은 어머니의 형제로는 고레치카伊周, 다카이에隆家, 겐시原子가 있다. 정력正曆 원년(990) 정월 입내入內. 다음 달, 이치조一條 천황의 여어가 됨. 10월에는 중궁中宮. 장덕長德 원년(995) 4월 11일에 아버지 미치타카道隆가 사망함. 다음 해 4월 24일에는 형제인 고레치카와 다카이에가 가잔花山 법황法皇을 저격한 사건으로 인해 유배. 친정인 나카 관백가中關白家의 몰락으로 낙식落飾. 장보長保 2년에 다시 입내. 미치나가道長의 딸 쇼시彰子가 중궁이 됨에 따라 황후皇后가 되어, 일대一代 이후二后의 선례가 되었음. 같은 해 12월 15일에 비시 내친왕媄子內親王을 출산하였으나, 다음 날에 25세의 나이로 사망. 자식으로는 슈시脩子 내친왕內親王·아쓰야스敦康 친왕親王·비시 내친왕이 있음. ㉔ 41

도조登昭

출생·사망 시기는 자세히 전해지지 않음. 가잔花山 천황부터 이치조一條 천황의 치세 무렵의 유명한 관상인. '洞照'라고 하기도 함. 귀족이나 승려의 골상骨相을 점치는 것으로 유명. 『지장보살영험기地藏菩薩靈驗記』에는 "登照", 『원형석서元亨釋書』에는 "通照". 『헤이케 이야기平家物語』 권4에는 "通乘", 『겐페이 성쇠기源平盛衰記』 권15에서는 "登乘"라고 되어 있음. 『이중력二中歷』 일능력一能歷 관상인 항목에는 "洞照 一云統、一云調昭"라고 나와 있음. 『속고사담續古事談』 권5의 숙요사宿曜師 도조登昭와는 다른 사람으로 추정. ㉔ 21

도키히라時平

정관貞觀 13년(871)~연희延喜 9년(909) 후지와라노 모토쓰네藤原基經의 장남. 어머니는 사품四品 탄정윤彈正尹 사네야스人康 친왕親王의 딸. 같은 어머니에게서 태어난 형제로는 나카히라仲平, 다다히라忠平, 온시穩子들이 있음. 가문의 장자. 참의參議·중납언中納言·우대장右大將·대납언大納言·좌대장左大將 등을 거쳐, 창태昌泰 2년(899) 2월에 좌대신左大臣과 좌대장을 겸임하게 됨. 연희延喜 원년 스가와라노 미치자네菅原道眞를 좌천시키고, 후지와라 씨藤原氏의 지위를 확보. 연희 9년 4월 4일에 39세로 사망. 그때가 정이위正二位 좌대신左大臣이었음. 정일위正一位 태정대신太政大臣으로 추증됨(『공경보임公卿補任』, 『존비분맥尊卑分脈』). 혼인本院 대신大臣·나카미카도中御門 좌대신左大臣이라고 불림. 『일본삼대실록日本三代實錄』, 『연희식延喜式』의 찬수撰修를 주도하였음.㉔ 32

[라]

료조良照

출생·사망 시기는 자세히 전해지지 않음. 아베노 요리요시安倍賴良(후에 요리토키賴時로 개명)의 동생, 무네토宗任의 숙부(『무쓰 이야기陸奧話記』). 『무쓰 이야기』에는 '요시아키良昭'라고 되어 있음. 무용이 뛰어남. 전구년의 역役에서 활약하였으나, 강평康平 5년(1062) 8월에 미나모토노 요리요시源賴義에게 패함. 데와出羽 수령 미나모토노 마사요리源齊頼에게 잡혀 대재부大宰府로 유배됨(『무쓰 이야기』, 『수좌기水左記』, 『조야군재朝野群載』). ㉕ 13

[마]

마사요리將頼

출생·사망 시기는 자세히 전해지지 않음. 다이라노 요시마사平良將의 아들. 마사카도將門의 동생(『존비분맥尊卑分脈』). ㉕ 1

마사타다雅忠

치안治安 원년(1021)~관치寬治 2년(1088). 단바노 다다아키丹波忠明의 아들. 의득업생醫得業生을 거쳐, 영승永承 7년(1052) 고레이제이後冷泉 천황天皇의 병을 치료하여 종사위하從四位下가 되고, 시의侍醫에 천거됨. 영승 연간(1046~1053) 소부두掃部頭에 임명됨. 그 후, 전약두典藥頭에 임명됨. 강평康平 2년(1059)에는 후지와라노 요리미치藤原頼通의 병을 치료하여, 시약원사施藥院使가 됨. 영보永保 연간(1081~1084)에는 단바丹波 수령과 주세두主稅頭를 겸임함. 관치寬治 2년 2월 18일 사망. 명의名醫로 이름이 높아 '일본의 편작扁鵲(중국 전국시대의 명의)'이라 불림(『좌경기左經記』, 『중우기中右記』, 『이중력二中歷』, 『존비분맥尊卑分脈』, 『후고사담續古事談』 권5). 저작으로는 『의략초醫略抄』가 있음. ㉔ 12

마사토正任

출생·사망 시기는 자세히 전해지지 않음. 아베씨安倍氏. 사다토貞任의 동생. 구로사와지리고로黒澤尻五郎라고 칭함. 기요하라노 미쓰요리清原光頼의 아들 요리토頼遠가 있는 곳으로 피했지만, 항복했음(『무쓰 이야기陸奧話記』). ㉕ 13

마사토시將俊

마사요리將頼의 잘못된 표기로 추정함. 자세히 전해지지 않음. 다이라노 마사카도平將門의 동생. 『마사카도기將門記』에는 "將門之大兄將頼"라고 되어 있음. ㉕ 1

마사히라將平

출생·사망 시기는 자세히 전해지지 않음. 다이라노 요시마사平良將의 아들. 마사카도의 동생. 다이라노 구로다平黒田의 선조. 오아시하라 시로大葦原四郎라고 불림. ㉕ 1

모리후사盛房

출생·사망 시기는 자세히 전해지지 않음. 후지와라노 사다나리藤原定成의 아들. 헤이안平安 후기의 가인歌人. 장인藏人·대선권량大膳權亮·식부소승式部少丞 등을 거쳐, 관치寬治 6년(1092) 정월正月 히고肥後 수령이 됨. 대재소이大宰小貳를 겸함. 종오위하從五位下. 다다자네忠實의 가사家司. 저서에는 『삼십육인가선전三十六人歌仙傳』이 있음. 『금엽집金葉集』에 와카가 수록됨. 『존비분맥尊卑分脈』에 의하면, 노부노리惟規의 손자가 아님. ㉔ 57

모토요시元良 **친왕**親王

관평寬平 2년(890)~천경天慶 6년(943). 요제이陽成 천황天皇의 제1황자. 어머니는 후지와라노 도나가藤原遠長의 딸. 삼품三品, 병부경兵部卿. 출가집出家集 『모토요시 친왕집元良親王集』에 "밤에 돌아다니는 분一夜めぐりの君"라고 불릴 정도로 호색이라고 기록되어 있음. 와카和歌에 능하여 『와카색엽집和歌色葉集』에는 명예名譽 가선歌仙 중의 하나로 되어 있음. 『후찬집後撰集』, 『습유집拾遺集』 등에 수록됨. ㉔ 54

몬토쿠文德 천황

천장天長 4년(827)~천안天安 2년(858). 다무라田邑 천황이라고도 함. 제55대 천황. 재위, 가상嘉祥 3년(858)~천안天安 2년. 닌묘仁明 천황의 제1황자. 어머니는 후지와라노 노부코藤原順子. ㉔ 13

묘주明秀

『존비분맥尊卑分脈』에 보이지 않음. 같은 이름의 승려는 본집 권13 제29화 이하, 여러 책에서 보이지만, 시대적으로 당시 곤고金峰 산사山寺가 고후쿠지興福寺의 말사末寺였던 것(『중우기中右記』) 으로부터, 『강평기康平記』 강평康平 3년(1060) 8월 10일 조의 고후쿠지의 5사師 중의 한 명으로 보이는 묘주가 가장 적합하고, 동일인물일 가능성이 큼. 또한 『도다이지요록東大寺要錄』 5에 도다이지東大寺 법상종法相宗의 승려 대법사大法師 묘주, 『헤이안 유문平安遺文』 960에 수록, 강평康平 2년 2월 29일자 도다이지 관계 하문下文에 묘주 아사리阿闍梨라고 보이는 것도, 『강평기』에 보이는 묘주와 동일인물로 추정. ㉕ 11

무네토宗任

출생·사망 시기는 자세히 전해지지 않음. 아베노 요리토키安倍賴時의 아들. 사다토貞任의 동생. 도리우미 사부로鳥海三郎라고 칭함. 이에토家任와 함께 도리노우미 성채鳥海柵에 살았음. 항복 후에 이요 지방伊予國에 유배되었으며, 후에 대재부大宰府로 옮김(『무쓰 이야기陸奧話記』, 『수좌기水左記』, 『조야군재朝野群載』, 『안등계도安藤系圖』 등). ㉕ 13

무라카미村上 천황天皇

연장延長 4년(926)~강보康保 4년(967). 제62대 천황. 재위, 천경天慶 9년(946)~강보 4년.다이고醍醐 천황 제14황자(『일본기략日本紀略』). 어머니는 후지와라노 모토쓰네基經의 딸인 온시隱子. 천력天曆 3년(949)의 후지와라노 다다히라藤原忠平의 사후에는 섭정攝政·관백關白을 두지 않고, 친정親政을 행했음. 무라카미 천황의 치세는 다이고 천황의 치세와 함께, 연희延喜·천력天曆의 치治라고 하여 후세에 성대聖代로 여겨짐. 일기로는 『무라카미 천황어기村上天皇御記』가 있음.
㉔ 23·24·26·27·57

미나모토노 노부카타源宣方

?~장덕長德 4년(998). 시게노부重信의 아들. 우대장右大將, 종사위상從四位上. 장덕長德 4년 8월 사망(『존비분맥尊卑分脈』, 『본조문수本朝文粹』, 『마쿠라노소시枕草子』). ㉔ 37

미나모토노 미쓰루源充

출생·사망 시기는 자세히 전해지지 않음. 쓰코仕의 아들. 사가嵯峨 미나모토 씨源氏. 통칭은 미다노 겐지箕田源次. 무관無官(『존비분맥尊卑分脈』). ㉕ 3

미나모토노 미치나리源道濟

?~관인寬仁 3년(1019). 마사쿠니方國의 아들. 권20 제35화의 「道成」은 「道濟」의 잘못된 표기. 고코光孝 미나모토 씨源氏. 문장생文章生·궁내소승宮內少丞·장인藏人·식부대승式部大丞·시모우사下總 권수權守·지쿠젠筑前 수령·대재소이大宰少貳 등을 역임. 정오위하正五位下. 지쿠젠 수령에 임명된 것은 장화長和 4년(1015) 2월 18일(『존비분맥尊卑分脈』). 가인歌人으로 유명하고, 중고中古 삼십육가선三十六歌仙 중의 한 명. 『습유집拾遺集』 등에 수록됨. 가집家集 『미치나리집道濟集』이 있음. 임지인 지쿠젠 지방筑前國에서 사망.
㉔ 46·50

미나모토노 쓰네모토源經基

?~응화應和 원년(961)?. 사다즈미貞純 친왕親王의 아들. 사다즈미 친왕이 세이와淸和 천황天皇의 제6황자였기 때문에 로쿠손 왕六孫王이라고 불림. 신적臣籍으로 내려가 성이 미나모토源가 됨. 진수부장군鎭守府將軍·내장두內藏頭·대재대이大宰大貳·지쿠젠筑前 수령·시나노信濃 수령·미노美濃 수령·다지마但馬 수령·이요伊予 수령·무사시武藏 수령 등을 역임. 정사위상正四位上. 천경天慶 원년(938) 무사시武藏 개介였던 쓰네모토經基는 무사시武藏 다케시바武芝와 싸우고, 다이라노 마사카도平將門의 조정에 의해 일시적으로 잠잠했으나 무사시武藏 권수權守 오키요 왕興世王과 마사카도의 행동을 의심하고, 교토로 돌아가 모반을 보고함. 활과 말, 군사적 책략에 능하였음(『존비분맥尊卑分脈』). 와카和歌는 『습유집拾遺集』 등에 수록됨. 『존비분맥尊卑分脈』에 의하면 응화應和 원년 사망했으나, 아들인 미쓰나카滿仲의 출생·사망시(912~997)와 모순됨. ㉕ 1

미나모토노 요리노부源賴信

안화安和 원년(968)~영승永承 3년(1048). 미쓰나카滿仲의 3남. 가와치河內 미나모토 씨源氏의 선조. 좌위문소위左衛門少尉·치부소보治部少輔·황후궁량皇后宮亮·좌마권두左馬權頭·진수부장군鎭守府將軍·이세伊勢 수령·가와치河內 수령·가이甲斐 수령·시나노信濃 수령·미노美濃 수령·사가미相模 수령·무쓰陸奧 수령 등을 역임. 종사위상從四位上. 『미도관백기御堂關白記』 장보長保 원년(999) 9월 2일 조에 "上野守(介)賴信"가 보이고, 장화長和 원년(1012) 윤閏 10월 23일 조에 "前常陸守(介)賴信"가 보임. 영승永承 원년에는 가와치河內 수령으로 임명(『헤이안 유문平安遺文』 640, 『존비분맥尊卑分脈』, 『소우기小右記』, 『좌경기左經記』, 『미도관백기』). 무장으로 유명하고, 『이중력二中歷』 일능력一能歷·무사의 항목에 보임. ㉕ 9·10·11·12

미나모토노 요리미쓰源賴光

천력天曆 2년(948)~안치治安 원년(1021). 미쓰나카滿仲의 장남. 어머니는 미나모토노 도시源俊의 딸. 동궁대진東宮大進·동궁량東宮亮·내장두內藏頭·미노美濃 수령·이요伊予 수령·셋쓰攝津 수령 등을 역임. 정사위하正四位下. 오에 산大江山의 슈텐酒呑 동자童子 퇴치나 괴도 기도마루鬼同丸의 추포 등의 이야기는 유명. 『이중력二中歷』 일능력一能歷·무사의 항목에 보임. 치안治安 원년 7월 24일 사망(『존비분맥尊卑分脈』, 『미도관백기御堂關白記』, 『소우기小右記』). ㉕ 6·10

미나모토노 요리요시源賴義

영연永延 2년(988)~승보承保 2년(1075). 요리노부賴信의 장남. 좌위문소위左衛門少尉·병부승兵部丞·좌마조左馬助·이요伊予 수령·가와치河內 수령·사가미相模 수령·무쓰陸奧수령·진수부장군鎭守府將軍. 영승永承 6년(1051) 무쓰 수령에 임명. 『부상약기扶桑略記』에 의하면, 천희天喜 5년(1057) 9월 2일, 진수부장군에 임명되어 있음. 전구년前九年의 역役에서 활약함. 『이중력二中歷』 일능력一能歷·무사의 항목에 보임. 승보承保 2년 7월 13일에 사망. ㉕ 12·13

미나모토노 요리치카源賴親

출생·사망 시기는 자세히 전해지지 않음. 미쓰나카滿仲의 차남. 어머니는 후지와라노 무네타다藤原致忠의 딸. 검비위사檢非違使·좌위문위左衛門尉·좌병승左兵丞·궁내승宮內丞·우마두右馬頭·야마토大和 수령·스오周防 수령·아와지淡路 수령·시나노信濃 수령 등을 역임. 정사위하正四位下. 관인 원년(1017) 3월 8일, 요리치카賴親의 낭등이 전 대재소감大宰少監 기요하라노 무네노부清原致信를 살해함. 『미도관백기御堂關白記』관인寬仁 원년 3월 11일 조에는 “人々廣云、件賴親殺人上手也”라고 되어 있음. 이 사건에 대해서는 『미도관백기御堂關白記』나 『부상약기扶桑略記』에 상세하게 나옴. 『이중력二中歷』 일능력一能歷·무사의 항목에 보임. ㉕ 8

미나모토노 요시이에源義家

장력長曆 3년(1039)~가승嘉承 원년(1106). 요리요시賴義의 장남. 어머니는 다이라노 나오카타平直方의 딸. 하치만타로八幡太郎라고 부름. 검비위사檢非違使·좌위문위·좌마권두左馬權頭·가와치河內 수령·사가미相模 수령·무사시武藏 수령·시나노 수령·시모쓰케下野 수령·이요伊予 수령 등을 역임. 정사위하正四位下. 영보永保 3년(1083) 무쓰陸奧 수령 겸 진수부鎭守府 장군이 되고, 후삼년後三年의 역役을 진압함. 『중우기中右記』 가승嘉承 원년 7월 16일 조에는 “義家者(中略)武威滿天下。誠是大將軍者也”라고 기록되어 있음. 『이중력二中歷』 일능력一能歷·무사의 항목에도 보임. 가승 원년 7월 4일 사망. ㉕ 13·14

미나모토노 히로마사源博雅

연희延喜 18년(918)~천원天元 3년(980). 요시아키라克明 친왕親王의 아들. 어머니는 후지와라노 도키히라藤原時平의 딸. 중무대보中務大輔·우중장右中將·우병위독右兵衛督·좌중장左中將 등을 역임. 종삼위從三位(『공경보임公卿補任』, 『존비분맥尊卑分脈』). 『강담초江談抄』에는 비파와 횡적橫笛의 명수로 되어 있음. 『이중력二中歷』 일능력一能歷·관현인管弦人의 항목에 보임. 미치나가道長는 “博雅文筆管絃者也、但天下懈怠白物也”라고 비평하고 있음(『소우기小右記』 장화長和 5년〈1016〉4월 8일 조). 천원天元 3년 9월 28일 사망. ㉔ 23·24

미쓰네躬恒

출생·사망 시기는 자세히 전해지지 않음. 오시코우치 씨凡河內氏. 가이甲斐 소목少目·단바丹波 권목權目·이즈미和泉 권연權掾 등을 역임. 삼십육가선三十六歌仙 중의 한 명. 『고금집古今集』의 편자 중의 한 사람이기도 함. 『미쓰네집躬恒集』이 있음. ㉔ 31

미요시노 기요쓰라三善淸行

‘기요유키’라고도 함. 승화承和 14년(847)~연희延喜 18년(918). 우지요시氏吉의 아들. 문장박사文章博士. 시문詩文의 재능은 스가와라노 미치자네菅原道眞, 기노 하세오紀長谷雄와 함께 유명함. 관평寬平 5년(893)에 빗추備中 개介. 교토로 돌아온 후, 문장박사文章博士·대학두大學頭·식부대보式部大輔·참의參議·궁내경宮內卿을 역임. 종사위상從四位上. 후지와라노 도키히라藤原時平 등과 『연희격식延喜格式』의 편찬자. 연희延喜 14년 의견봉사12개조意見封事十二箇條를 바침. 저작으로는 『엔친 화상전圓珍和尙傳』, 『후지와라노 야스노리전藤原保則傳』, 『혁명감문革命勘文』, 『선가비기善家秘記』 등이 있음. ㉔ 25

[바]

병부경兵部卿 친왕親王

요시아키라克明 친왕. 연장延長 5년(927). 다이고醍醐 천황 제1황자. 처음 이름은 마사노부將順. 삼품三品 병부경兵部卿. 연장延長 5년 9월 사망(『일본기략日本紀略』, 『공경보임公卿補任』, 『존비분맥尊卑分脈』, 『본조황윤소운록本朝皇胤紹運錄』). ㉔ 23

비와枇杷 **좌대신**左大臣

→ 나카히라仲平 ㉔ 47 · 54

[사]

사가嵯峨 **천황**天皇

연력延暦 5년(786)~승화承和 9년(842). 제52대 천황. 재위, 대동大同 4년(809)~홍인弘仁 14년(823). 간무桓武 천황의 제2황자. 어머니는 후지와라노 오토무로藤源乙牟漏. 시문에 뛰어났으며, 서예는 삼필三筆 중의 한 사람. 재위 중에 『홍인격식弘仁格式』, 『신찬성씨록新撰姓氏錄』, 『내리식內裏式』 등을 찬진撰進하고, 율령체제의 확립을 도모. 자작시는 『능운집凌雲集』, 『문하수려집文華秀麗集』, 『경국집經國集』 등에 수록됨. ㉔ 1

사네나리實成

천연天延 3년(975)~관덕寬德 원년(1044). 후지와라 씨藤原氏. 태정대신太政大臣 긴스에公季(간인閑院)의 장남. 어머니는 병부경兵部卿 아리아키라 친왕有明親王의 딸. 장인두藏人頭 · 참의參議 등을 거쳐 치안治安 3년(1023) 중납언中納言. 정이위正二位. 장원長元 6년(1033) 12월 30일에 대재권사大宰權帥. 장원 9년에 안라쿠지安樂寺 승려와 난투사건을 일으켜, 안라쿠지가 소송을 일으켜 장력長曆 2년(1038) 제명당함. 장력 4년에 원래의 지위로 복귀. 관덕 원년 11월 8일에 출가하여 같은 해 12월에 사망(『공경보임公卿補任』). ㉔ 22

사네요리實賴

창태昌泰 3년(900)~천록天祿 원년(970). 후지와라노 다다히라藤原忠平의 장남. 어머니는 우다宇多 천황의 황녀 미나모토노 준시源順子(『공경보임公卿補任』, 『대경이서大鏡裏書』). 연장延長 8년(930) 장인두藏人頭, 다음 해 참의參議, 천경天慶 7년(944) 우대신右大臣, 천력天曆 원년(947) 좌대신左大臣. 동 3년 아버지 다다히라의 사후에 가문의 장자長者가 되어 강보康保 4년(967)에 태정대신太政大臣이 됨. 안화安和의 변變에서 좌대신인 미나모토노 다카아키라源高明를 좌천시키고, 안화 2년(969) 엔유圓融 천황의 섭정으로 취임. 와카和歌에 뛰어났으며, 가집家集으로 『세이신 공집淸愼公集』이 있음. 또, 유식고실有職故實을 잘 알고 있으며, 오노노미야 류小野宮流의 시조. 천록 원년 5월 18일 사망. 종일위從一位. 정일위正一位가 추증됨. 시호는 세이신 공淸愼公. ㉔ 3 · 32 · 42

사다토貞任

?~강평康平 5년(1062). 아베노 요리토키安倍(阿部)賴時의 차남. 이와테 군岩手郡 구리야가와廚川 성채에 있었기 때문에 구리야가와지로廚川二郎라고 부름. 전9년의 역役에서 용맹하게 싸웠으나 패하였고, 강평 5년 9월 17일에 구리야가와 성채에서 전사戰死. 34세(또는 44세). ㉕ 13

산조三條 **천황**天皇

산조인三條院 천황. 정원貞元 원년(976)~관인寬仁 원년(1017). 제67대 천황. 재위 관홍寬弘 8년(1011)~장화長和 5년(1016). 레이제이冷泉 천황의 제2황자. 어머니는 후지와라노 가네이에藤原兼家의 딸 조시超子. 관화寬和 2년(986) 7월 16일, 태자에 책봉됨. 관홍 8년 10월 16일 즉위. 후지와라노 미치나가藤原道長의 전성기로, 미치나가는 자신의 손자인 아쓰히라 친왕敦成親王의 즉위를 원하였으며, 산조 천황의 눈병을 이유로 양위讓位를 강요. 장화 5년 정월 29일 양위하고 상황上皇이 됨. 관인 원년 4월에 출가, 같은 해 5월 9일에 삼조원三條院에서 붕어. ㉕ 6

산조三條 태정대신太政大臣

후지와라노 요리타다藤原賴忠. 연장延長 2년(924)~영연永延 3년(989). 사네요리實賴의 2남. 어머니는 후지와라노 도키히라藤原時平의 딸. 권대납언權大納言·우대신右大臣·좌대신左大臣을 거쳐, 정원貞元 2년(977) 관백關白. 천원天元 원년(978) 태정대신. 같은 해 4월에 딸 준시(노부코)遵子가 입궁하여 동 5년에는 입후立后함. 또한 영관永觀 2년(984)에는 딸인 시시(다다코)諟子도 입궁함. 그러나 준시, 시시 모두에게서 황자가 태어나지 않음. 요리타다는 가네미치兼通와 가네이에兼家의 불화로 인해, 가네미치의 뒤를 이어 관백의 지위에 올랐으나, 이치조一條 천황의 치세가 되자 가네이에가 섭정攝政·가문 장자氏長者가 되어 밀려나게 됨. 요리타다는 삼조원三條院에 살았기 때문에 산조도노三條殿라 불림. ㉔ 34

세미마로蟬丸

출생·사망 시기는 자세히 전해지지 않음. 헤이안平安 시대 전기의 전설적 가인歌人. 또한 맹인盲人 비파琵琶의 명인. 우다宇多 천황天皇의 황자인 아쓰미敦實 친왕의 잡식雜式이라고도, 다이고醍醐 천황의 제4황자라고도 전해짐. 오사카逢坂 관문의 명신明神으로 받들어져서 비파법사琵琶法師 등의 예능적 맹인의 신앙대상이 됨. 『이중력二中歷』 일능력一能歷·관현인管絃人의 항목에 그 이름이 보임. 노래歌는 『후찬집後撰集』, 『백인일수百人一首』에 게재. ㉔ 23

센시詮子

응화應和 2년(962)~장보長保 3년(1001). 후지와라노 가네이에藤原兼家의 차녀. 어머니는 후지와라노 나카마사藤原中正의 딸, 도키히메時姬. 천원天元 원년(978) 엔유圓融 천황의 여어女御. 동 3년 제1황자 야스히토懷仁(이치조一條 천황)을 출산. 관화寬和 2년(986)의 이치조 천황 즉위와 함께 황태후皇太后가 됨. 정력正曆 2년(991) 낙식落飾. 동삼조제東三條第에 살았기에 히가시산조인東三條院의 원호院號를 받음. 장보 3년 출가. 같은 해 윤閏 12월 22일 사망(『일본기략日本紀略』, 『대경이서大鏡裏書』, 『존비분맥尊卑分脈』). ㉔ 38

스가와라노 후미토키菅原文時

창태昌泰 2년(899)~천원天元 4년(981). 다카미高視의 아들. 미치자네道眞의 손자. 문장박사文章博士·대학두大學頭·우중변右中辨·식부대보式部大輔를 역임. 종삼위從三位. 천력天曆 8년(954) 무라카미村上 천황의 칙명에 따라, 의견봉사삼개조意見封事三箇條를 제출. 시문詩文에 뛰어났으며, 간산본菅三品이라 호칭함. 『서위약례敍位略例』, 『교동지귀초敎童指歸抄』, 『문개집文芥集』 등의 저작이 있음. 천원 4년 9월 8일에 83세의 나이로 사망. ㉔ 26

스자쿠인朱雀院

스자쿠朱雀 천황. 연장延長 원년(923)~천력天曆 6년(952). 제61대 천황. 재위 연장 8년~천경天慶 9년(946). 다이고醍醐 천황의 제11황자. 어머니는 후지와라노 모토쓰네藤原基經 의 딸 온시穩子. 무라카미村上 천황의 동복형제. 연장 8년 11월, 8살의 나이로 즉위. 재위중에 승평承平·천경天慶의 난亂이 발생. 천경 9년 무라카미 천황에게 양위하고 주작원朱雀院을 어소御所로 삼음. 시가詩歌에 뛰어났으며, 가집歌集 『스자쿠인어집朱雀院御集』이 있음. 천력 6년 8월 15일 붕어.
㉔ 42 ㉕ 1·2

스자쿠인朱雀院 여어女御

후지와라노 게이시藤原慶子. ?~천력天曆 5년(951). 후지와라노 사네요리藤原實賴의 딸. 대장어식

소大將御息所라고도 함. 천력 5년 10월 9일 사망(『일대요기一代要記』). ㉔ 42

스케치카輔親

천력天曆 8년(954)~장력長曆 2년(1038). 오나카토미노 요시노부大中臣能宣의 아들. 어머니는 후지와라노 기요가네藤原淸兼의 딸. 이세노 대보伊勢大輔, 스케타카輔隆 등의 아버지. 감해유판관勘解由判官·황태후궁권소진皇太后宮權少進·미마사카 수령美作守·이세伊勢 신궁神宮 제주祭主·신기백神祇伯 등을 역임. 장원長元 9년(1036) 고스자쿠後朱雀 대상회大嘗會 수기풍속가悠紀風俗歌 봉헌奉獻의 상으로서 정삼위正三位가 됨. 시가詩歌에 뛰어나며, 가집家集『스케치카집輔親集』(타찬他撰)이 있음. 장력 2년에 병이 들어 출가. 같은 해 6월 22일에 85세의 나이로 사망(『중고가선삼십육인전中古歌仙三十六人傳』,『중신씨계도中臣氏系圖』,『존비분맥尊卑分脈』). ㉔ 53

시게모치繁茂

정확하게는 다이라노 시게모리平繁盛. 출생·사망 시기는 자세히 전해지지 않음. 구니카國香의 아들. 히타치헤이 씨常陸平氏의 선조. 무쓰 수령陸奧守 정(종)오위하正(從)五位下. 무략통신武略通神의 사람이었음(『존비분맥尊卑分脈』). 관화寬和 3년(987) 정월 24일자 태정관부太政官符에는 '散位從五位下平朝臣繁盛'가 『금니대반야경金泥大般若經』 일부一部 6백권을 서사하여 엔랴쿠지延曆寺로 운반한 사실이 기록되어 있음. ㉕ 4·5

시게사다滋定

다이라노 시게사다平繁定. 출생·사망 시기는 자세히 전해지지 않음. 다이라노 고레모치平維茂의 아들. 어머니는 후지와라노 스에유키藤原季隨의 딸. 검비위사檢非違使, 종오위하從五位下(『존비분맥尊卑分脈』). ㉕ 5

시게오카노 가와히토慈岳川人

올바르게는 滋岳川人. ?~정관貞觀 16년(874). 원래 성은 도키노아타이刀岐直. 제형齊衡 원년(854) 시게오카노 아손滋岳朝臣의 성을 하사받음. 음양두陰陽頭 겸 음양박사陰陽博士. 종오위상從五位上.『세계동정경世界動靜經』,『지장숙요경指掌宿曜經』,『육갑육첩六甲六帖』 등 많은 저서가 있음. 일찍부터 음양가陰陽家로서 저명. 둔갑은형遁甲隱形의 주술에 뛰어났음.『삼대실록三代實錄』에 의하면 정관 16년 5월 사망. ㉔ 13

시게토重任

?~강평康平 5년(1062). 아베노 요리토키安倍賴時의 아들. 사다토貞任의 동생. 통칭 기타우라노 로쿠로北浦六郞. 사다토와 함께 전사, 또는 처형됨(『무쓰 이야기陸奧話記』,『안등계도安藤系圖』). ㉕ 13

시치조七條 황후

후지와라노 온시藤原溫子. 정관貞觀 14년(872)~연희延喜 7년(907). 칠조방문七條坊門의 칠조궁七條宮(정자원亭子院)을 어소御所로 했기 때문에 '시치조 황후', '시치조 중궁中宮', '히가시시치조 황후' 등으로 불림. 모토쓰네基經의 딸. 어머니는 소시操子 여왕. 인화仁和 4년(888) 11월에 우다宇多 천황 여어女御. 다이고醍醐 천황의 양어머니였던 것에 의해 관평寬平 9년(897) 다이고 천황 즉위와 함께 중궁이 됨. 연희 3년 칠조궁으로 환어還御함. 동 5년 출가하여 다다음해 6월 8일 사망. 36세. ㉔ 47

[아]

아리와라노 나리히라在原業平

천장天長 2년(825)~원경元慶 4년(880). 헤이제이平城 천황天皇의 제1황자인 아호阿保 친왕親王의 다섯 번째 아들. 어머니는 간무桓武 천황의 황녀 이토伊登 내친왕內親王. 천장 3년, 신적강하臣籍降下하여 아리와라在原라는 성을 부여받음. 좌병위좌左兵衛佐·좌근위권소장左近衛權少將·우마두右馬頭 등을 거쳐 우근위권중장右近衛權中將이 됨. 종사위상從四位上. 재오중장在五中將·재중장在中將 등으로 불림. 형인 유키히라行平와 비교하면 정치적으로는 불우不遇했음. 풍류가인風流歌人으로서 저명하며 육가선六歌仙의 한 사람. 『고금집古今集』 서문에는 그에 대한 평가가 있음. 『고금집』에는 30수首가 수록됨. 『이세 이야기伊勢物語』에서는 나리히라 상像을 전설적으로 표현하고 있음. ㉔ 35·36

아리와라在原 부인

출생·사망 시기는 자세히 전해지지 않음. 아리와라노 무네야나(하리)在原棟簗(?~898)의 딸. 원래는 대납언大納言 후지와라노 구니쓰네藤原國經의 아내. 후에는 후지와라노 도키히라藤原時平의 아내가 됨. 그 경위에 대해서는 본집 권22 제8화에 상세히 나타나 있음. ㉔ 32

아베노 나카마로安陪仲麿

정확히는 '安倍'. 대보大寶 원년(701)~보귀寶龜 원년(770). 후나모리船守의 자식. 영귀靈龜 2년(716) 7월, 기비노 마키비吉備眞備 등과 견당유학생遣唐留學生으로 선발되어 이듬해에 당에 들어감. 당에서의 이름은 주만仲滿·조코朝衡. 천평승보天平勝寶 5년(753), 후지와라노 기요카와藤原淸河와 귀국하려고 했으나 실패. 후에 현종玄宗에게 등용되어 대당광록대부大唐光祿大夫·우산기상시어사중승右散騎常侍御史中丞이 됨. 대력大曆 5년에 당나라에서 사망. 승화承和 3년(836) 5월 증정이품贈正二品(『속일본기續日本紀』, 『속일본후기續日本後紀』). ㉔ 44

아베노 다메모토阿陪爲元

정확히는 '安倍'. 출생·사망 시기는 자세히 전해지지 않음. 다다요시忠良의 아들. 요리토키賴時(요리요시賴良)의 동생(형이라고도 함). 자는 적촌개赤村介(『무쓰 이야기陸奧話記錄』, 『안등계도安藤系圖』). ㉕ 13

아베노 세이메이安倍晴明

연희延喜 21년(921)~관홍寬弘 2년(1005). 헤이안平安 중기의 음양사陰陽師. 대선대부大膳大夫 마스키益材의 아들. 천문박사天文博士·좌경권대부左京權大夫·곡창원별당穀倉院別當·하리마播磨 수령 등을 역임. 가모노 다다유키賀茂忠行, 야스노리保憲 부자父子에게 음양·추산推算 기술을 배움. 음양도에 있어 매우 뛰어났기 때문에 귀족에게 중용重用되었음. 특히, 식신式神을 부리고, 천문을 풀기도 하며 사건, 사고를 예지豫知하고 태산부군제泰山府君祭를 행하기도 하였음. 세이메이의 복점卜占에 관한 일화는 무수히 많아, 『속본조왕생전續本朝往生傳』이나 『대경大鏡』에도 보임. 저서로는 『점사약결占事略決』, 『금조옥토집金鳥玉兎集』이 있음. 그 가문은 토어문가土御門家라고 칭하며, 하무가賀茂家와 함께 음양도를 이분二分하였다. 교토 시京都市 가미교 구上京區의 저택 옛터에는 세이메이를 제신祭神으로 하는 세이메이 신사神社가 있음. ㉔ 16·17·19

아베노 야스히토安陪安仁

정확히는 '安倍'. 연력延曆 12년(793)~정관貞觀 원년(859). 히로마로寬麿의 아들. 장인두藏人頭·참의參議·대납언大納言 등을 역임. 천안天安 2년(858) 9월 2일, 몬토쿠文德 천황天皇의 산능山陵 땅을 결정하기 위해, 다치바나노 미네쓰구橘岑繼, 다이라노 다카무네平高棟, 도모노 요시오伴善男, 스가와라노 고레요시菅原是善 등과 함께 야마시로 지방山城國 가도노 군葛野郡 다무라 향田邑鄕 사네하라오카眞原岡로 향함. 음양권조陰陽勸助 겸 음양박사陰陽博士로서 시게오카노 가와히토滋岳川人도 동행. 야스히토는 사무능력이 탁월했기에 사가嵯峨 천황의 각별한 심임을 얻었음. ㉔ 13

아베노 요리요시安陪賴良

정확히는 '安倍'. ?~천희天喜 5년(1057). 다다요시忠良의 아들. 무쓰陸奧 지방 오슈奧州 여섯 군의 군사郡司. 무쓰 수령이 되어 '요리토키賴時'로 개명. 고로모 강衣川 관문 밖으로 남진하려고 하였을 때, 영승永承 6년(1051) 무쓰 수령 후지와라노 나리토藤原登任에게 토벌討伐당할 뻔하지만, 나리토를 격파. 이어 미나모토노 요리요시源賴義가 무쓰 수령이 되어 요리토키 정벌에 나섬. 천희 5년 7월, 요리토키는 빗나간 화살을 맞고 전사戰死(『백련초百錬抄』). ㉕ 13

아사모토朝元

?~장원長元 4년(1031). 후지와라노 사네카타藤原實方의 아들. 장인藏人·우병위위右兵衛尉·이즈미和泉 수령을 역임. 장원 2년 정월正月, 무쓰陸奧의 수령으로 임명됨. 장원 4년 사망. 종사위하從四位下(『존비분맥尊卑分脈』, 『권기權記』, 『소우기小右記』, 『미도관백기御堂關白記』, 『조야군재朝野群載』). 와카和歌에 능하였다고 하나 그 작품에 대해서는 미상. ㉔ 37

아사테루朝光

천력天曆 5년(951)~장덕長德 원년元年(995). 후지와라노 가네미치藤原兼通의 삼남. 형으로 아키미쓰顯光가 있음. 어머니는 노시能子 여왕女王. 참의參議·권중납언權中納言을 거쳐, 정원貞元 2년(977) 권대납언權大納言, 같은 해 12월에는 좌대장左大將을 역임. 가네미치의 사망 후 세력을 잃음. 가인歌人으로서도 명성이 높았으며, 『습유집拾遺集』 이하 칙찬집勅撰集에 29수首가 들어가 있음. 호는 간인 좌대장閑院左大將. ㉔ 40

아쓰미敦實 친왕親王

관평寬平 5년(893)~강보康保 4년(967). '아쓰자네'라고도 함. 우다宇多 천황의 제8황자. 어머니는 후지와라노 인시藤原胤子. 자녀로는 미나모토노 마사노부源雅信, 미나모토노 시게노부源重信, 간초寬朝, 가쿄雅慶 등이 있음. 가미쓰케上野 수령·중무경中務卿·식부경式部卿을 거쳐 일품一品에 오름. 천력天曆 4년(950)에 출가하여 법명은 가쿠신覺眞. 유식고실有識故實에 능통하고, 또 피리·비파琵琶·화금和琴 등 관현에 뛰어났음. 하치조 궁八條宮·닌나지 궁仁和寺宮·로쿠조 식부경궁六條式部卿宮이라 불림. ㉔ 23

아쓰타다敦忠

연희延喜 6년(906)~천경天慶 6년(943). 후지와라노 도키히라藤原時平의 삼남. 장인두藏人頭·참의參議 등을 거쳐 천경 5년 5월 29일 권중납언權中納言이 됨. 종삼위從三位. 가인歌人으로서도 저명하며 삼십육가선三十六歌仙의 한사람. 가집家集으로는 『아쓰타다집敦忠集』이 있음. 혼인중납언本院中納言·비파중납언枇杷中納言·쓰치미카도중납언土御門中納言이라고도 불림. 향년 38세. ㉔ 32

아카조메노 도키모치赤染時望

출생·사망 시기는 자세히 전해지지 않음. '時用'라고도 함. 우위문지右衛門志·우위문위右衛門尉를 거쳐 오스미大隅 수령을 지냄(『대초지袋草紙』 상上, 『중고가선삼십육인전中古歌仙三十六人傳』). 아카조메 위문赤染衛門의 아버지(실부實父는 다이라노 가네모리平兼盛). 아카조메 위문의 어머니는 다이라노 가네모리와 이혼한 후, 도키모치와 결혼. 아카조메 위문을 도키모치의 딸이라 주장함. ㉔ 51

아카조메 위문赤染衛門

출생·사망 시기는 자세히 전해지지 않음. 천덕天德 연간(957~961)에 태어난 것으로 추정. 장구長久 2년(1041)까지는 생존함. 헤이안平安 중기의 여류가인女流歌人. 아카조메노 도키모치赤染時望(時用)의 딸. 실부實父는 다이라노 가네모리平兼盛. 오에노 마사히라大江匡衡의 부인. 다카치카擧周, 고지주江侍從를 낳음. 후지와라노 미치나가藤原道長의 부인 린시倫子, 그 딸 조토몬인上東門院 쇼시彰子를 모시며 이즈미 식부和泉式部만큼이나 칭송받음. 『영화 이야기榮華物語』 전편의 작자로 추측됨. 가집家集으로 『아카조메위문집赤染衛門集』이 있음. ㉔ 51

아호阿保 **친왕**親王

연력延曆 11년(792)~승화承和 9년(842). 헤이제이平城 천황天皇의 제1황자. 자식으로는 아리와라노 나리히라在原仲平, 유키히라行平, 모리히라守平, 나리히라業平 등이 있음. 홍인弘仁 원년(810)에 구스코藥子의 변變에 연좌連座되어 대재권사大宰權師로 좌천됨. 천장天長 원년(824), 헤이제이 천황이 붕어崩御함에 따라 귀경. 치부경治部卿, 궁내경宮內卿, 병부경兵部卿, 탄정윤彈正尹 등을 역임. 삼품三品. 승화 9년 10월 훙거薨去. 일품一品을 추증追贈받음. ㉔ 36

안포安法

출생·사망 시기는 자세히 전해지지 않음. 엔유圓融·가잔花山 천황 때의 사람. 미나모토노 도루源融의 증손曾孫. 속명은 미나모토노 시타고源趁. 헤이안平安 중기의 가인歌人으로 중고中古 36가선歌仙의 한 사람. 아버지는 내장두內匠頭인 하지메適, 어머니는 오나카토미노 야스노리大中臣安則의 딸. 출가 후에는 하원원河原院에 살며 에교惠慶나 기요하라노 모토스케淸原元輔 등을 필두로 하는 가인歌人들과 교류함. 가집家集으로는 『안법사집安法師集』이 있음. 『고본설화집古本說話集』에는 "아호키미あほうきみ"라고 되어있음. ㉔ 46

야스노리保憲

연희延喜 17년(917)~정원貞元 2년(977). 가모노 다다유키賀茂忠行의 자식. 주계두主計頭·역박사曆博士·음양두陰陽頭·천문박사天文博士. 종사위하從四位下. 음양사陰陽師로서 유명하고, 『좌경기左經記』 장원長元 5년(1032) 5월 4일 조條에는 "當期以保憲爲陰陽基模"라고 되어 있음. 『이중력二中歷』 일능력一能歷·음양사陰陽師의 항에 보임. 저서로는 『역림曆林』이 있었다고 전해지고 있음. 정원貞元 2년 2월 23일 사망(『존비분맥尊卑分脈』, 『가모계도賀茂系圖』). ㉔ 15·17

야스치카泰親

바르게는 도모치카奉親. 응화應和 2년(962)~관인寬仁 4년(1020). 오쓰키노 다다오미小槻忠臣의 차남. 산박사算博士·주세권조主稅權助·좌대사左大史·곡창원별당穀倉院別當·하리마播磨 권개權介·아와지淡路 수령. 정오위하正五位下. 관홍寬弘 8년(1011) 정월 26일에 아와지에서 상경上京하여 요카와橫川에서 출가. 관인寬仁 4년 6월에 사망(『오쓰키 계도小槻系圖』, 『권기權記』, 『일본기략日本紀略』, 『이중력二中歷』, 『동남원문서東南院文書』). ㉔ 18

엔유인圓融院 천황

엔유圓融 천황. 천덕天德 3년(959)~정력正曆 2년(991). 제64대 천황天皇. 재위, 안화安和 2년(969)~영관永觀 2년(984). 무라카미村上 천황의 제5황자. 어머니는 후지와라노 모로스케藤原師輔의 딸 야스코安子. 법명은 곤고호金剛法. 후지와라노 센시藤原詮子와의 사이에서 태어난 장남은 제66대 이치조一條 천황으로 즉위. ㉔ 40

오나카토미노 무네유키大中臣宗行

출생·사망 시기는 자세히 전해지지 않음. '完行'(『본조세기本朝世紀』, 『중신씨계도中臣氏系圖』), '全行'(『마사카도기將門記』)라고도 함. 야스노리安則의 아들. 이요 연伊予掾·감해유차관勘解由次官을 거쳐, 천경天慶 6년(943) 시모쓰케 수령下野守(『유취대보임類聚大補任』). ㉕ 1

오노노 다카무라小野篁

연력延曆 21년(802)~인수仁壽 2년(852). 미네모리岑守의 장남. 천장天長 10년(833) 동궁학사東宮學士 겸 탄정소필彈正少弼. 승화承和 원년(834) 견당부사遣唐副使에 임명되었으나, 대사大使인 후지와라노 쓰네쓰구藤原常嗣와 다투어, 병을 핑계로 승선을 거부. 이로 인해 오키隱岐로 유배가게 됨. 동 7년에 복관하여, 장인두藏人頭·참의參議가 됨. 시가詩歌·서도書道에 뛰어나며, 야쇼 공野相公이라 불림. 한시집으로 『야상공집野相公集』이 있었으나 산일됨. 다카무라를 주인공으로 다룬 작품으로 『다카무라 이야기篁物語(『오노노 다카무라집小野篁集』)』가 있음. 또한, 지옥의 명관으로서 현세와 명계를 왕복하였다고도 전해짐. ㉔ 45

오노노 미치카제小野道風

관평寬平 6년(894)~강보康保 3년(966). 모치쓰케葛絃의 아들. 다카무라篁의 손자. '道風'은 '도후とうふう'라고도 읽음. 비장인非藏人·목공두木工頭 등을 거쳐 내장두內藏頭를 역임. 정사위하正四位下. 능서能書로 평판이 높았으며 후지와라노 스케마사藤原佐理, 후지와라노 유키나리藤原行成와 함께 삼적三蹟이라 칭송됨. 미치카제의 글은 야적野蹟이라 불림. 다이고醍醐·스자쿠朱雀·무라카미村上 세 천황의 치세에 걸쳐 서가書家로서 활약함. 강보 3년 12월에 73세(일설에는 71세)의 나이로 사망. ㉔ 31

오쓰키노 이토히라小槻糸平

인화仁和 2년(886)~천록天祿 원년(970). 이마오今雄의 3남. 산박사算博士·곡창원별당穀倉院別當·주세두主稅頭를 거쳐 천덕天德 2년(958) 주계두主計頭가 됨. 그 사이, 에치고越後·미마사카美作의 권개權介를 겸임. 종오위상從五位上. 산도算道의 명수로서 유명(『이중력二中歷』). 천록 원년 11월에 85세의 나이로 사망(『임생가계보壬生家系譜』). ㉔ 18

오야케노 미쓰토大宅光任

출생·사망 시기는 자세히 전해지지 않음. 미나모토노 요리요시源賴義의 낭등郎等으로 요리요시 칠기무자七騎武者의 첫 번째. 다이산타유大三大夫라 칭함. 전9년의 역役에서는, 요리요시의 아들 요시이에義家와 함께 아베노 사다토安倍貞任와 분전奮戰, 후3년의 역에서는 80세라는 고령의 나이로 참전함(『무쓰 이야기陸奧話記』, 『오슈 후삼년기奧州後三年記』). ㉕ 13

오에노 마사히라大江匡衡

천력天曆 6년(952)~관홍寬弘 9년(1012). 시게미쓰重光의 아들. 여류가인인 아카조메 위문赤染衛門을 처로 삼음. 식부대보式部大輔·동궁학사東宮學士·시종侍從·문장박사文章博士·오와리尾張 수령·단고丹後 수령 등에 임명됨. 화한和漢의 재능이 뛰어나, 한시집『강리부집江吏部集』, 가집家集『마사히라집匡衡集』이 있음. 중고中古 36가선의 한사람. 관홍 9년 7월 16일에 61세로 사망. 후지와라노 사네스케藤原實資는 마사히라의 죽음에 대해『소우기小右記』에서 '當時名儒無人比肩、文道滅亡'이라 평가. ㉔ 51·52

오에노 사다모토大江定基

?~장원長元 7년(1034). 다다미쓰齊光의 3남. 장인藏人·도서두圖書頭를 거쳐, 미카와三河의 수령이 됨. 영연永延 2년(988) 자쿠신寂心(요시시게노 야스타네慶滋保胤)에게 사사師事하여 출가. 애처愛妻의 죽음으로 인해 발심發心하였다는 일화(본집 권19 제2화)는 저명함. 법명은 자쿠쇼寂照. 자쿠쇼는 겐신源信에게 천태교를, 인가이仁海에게 진언밀교를 배움. 장보長保 5년(1003), 또는 6년에 오대산五台山 순례를 마음먹고 송나라로 건너감. 무량수불상無量壽佛像 등 일본의 명보名寶를 진종眞宗 황제에게 헌상하고, 원통圓通 대사라는 호를 수여받음. 중국에서 입적. 가인歌人으로서도 뛰어났음(『후습유後拾遺』·498,『신고금新古今』·864 등). ㉔ 48

오에노 아사쓰나大江朝綱

인화仁和 2년(886)~천덕天德 원년(957). 교쿠엔玉淵의 아들. 고 상공江相公, 오톤도音人의 손자로 후後 고 상공이라 칭함. 문장박사文章博士·좌변관左辨官을 거쳐, 천력天曆 7년(953)에 참의參議가 됨. 시문詩文에 뛰어났음. 저서로는 시집『후강상공집後江相公集』두 권과 운서韻書『왜주절운倭注切韻』이 있는데, 산일散逸됨.『화한낭영집和漢朗詠集』이나『본조문수本朝文粹』등에 시가 수록되어 있음.『강담초江談抄』에 일화가 있음. ㉔ 27

와카에노 요시쿠니若江善邦

승평承平 2년(932) 4월(『조야군재朝野群載』), 같은 5년 5월(『도다이지요록東大寺要錄』), 검비위사檢非違使·우위문부생右衛門府生. 천록天慶 원년(938) 10월, 방압하사防鴨河使를 겸임(『정신공기貞信公記』,『본조세기本朝世紀』).『헤이안 유문平安遺文』317·천원天元 3년(980) 2월 2일 문서에 "右衛門少尉故若江吉邦"이라고 되어 있음. ㉕ 2

요시노리良範

출생·사망 시기는 자세히 전해지지 않음. 후지와라노 도쓰네藤原遠經의 자식. 어머니는 야마토大和 수령 다지히노 가도나리丹墀門成의 딸. 스미토모純友의 아버지. 원경元慶 6년(882) 3월에 종오위하從五位下가 됨. 당시는 황태후궁소진皇太后宮少進이었음. 스오周防 개介를 지낸 후에 인화仁和 원년(885) 4월에 시종侍從.『존비분맥尊卑分脈』에 "從五下、筑前守·大宰少貳"라고 되어 있음. ㉕ 2

요시노부能宣

연희延喜 21년(921)~정력正曆 2년(991). 오나카토미노 요리모토大中臣賴基의 자식. 스케치카輔親의 아버지. 사누키讚岐 연掾·신기소우神祇少祐·신기대우神祇大祐·신기대부神祇大副·이세伊勢 신궁神宮 제주祭主 등을 역임. 종사위상正四位上. 나시쓰보梨壺의 오인五人. 삼십육가선三十六歌仙 중의 한 명.『후찬집後撰集』찬자撰者 중의 한 명. 가집家集『요시노부집能宣集』이 있음. ㉔ 53

요시모치良持

출생·사망 시기는 자세히 전해지지 않음. 다이라 씨平氏. 다카모치 왕高望王의 아들. 마사카도將門의 아버지. 『존비분맥尊卑分脈』에서는 마사카도의 아버지를 "요시마사良將"라고 하고, "진수부장군鎭守府將軍, 종사위하從四位下(종오위하從五位下)"라고 함. 또한 요시모치는 마사카도의 숙부로, "시모후사下總 개介, 종오위하從五位下"라고 주석이 있음. 『마사카도 기초본將門記抄本』이나 『마사카도 약기將門略記』, 『부상약기扶桑略記』, 『제왕편년기帝王編年記』 등에서 마사카도의 아버지는 본집과 동일한 '요시모치'로 되어 있음. ㉕ 1

요시쓰나義綱

?~장승長承 원년(1132). 미나모토노 요리요시源賴義의 차남. 요시이에義家의 동생. 어머니는 다이라노 나오카타平直方의 딸. 좌위문위左衛門尉·고즈케上野 개介·히타치常陸 개介·이세伊勢 수령을 거쳐 관치寬治 6년(1092) 무쓰陸奥 수령, 가보嘉保 원년(1094) 미노美濃 수령에 임명. 종사위상從四位上. 천인天仁 2년(1109) 요시이에의 4남인 요시다다義忠를 살해한 혐의로 의심받아, 추토追討되어 출가出家하고 항복함. 사도佐渡에 유배. 장승 원년에 다시 추토되어 자해(『존비분맥尊卑分脈』, 『중우기中右記』, 『후이조사통기後二條師通記』, 『전력殿曆』, 『제왕편년기帝王編年記』). ㉕ 13

요시카네良兼

?~천경天慶 2년(939)?. 다이라 씨平氏. 다카모치 왕高望王의 아들. 형제로는 구니카國香, 요시모치良持, 요시후미良文, 요시마사良正가 있다. 다이라노 마사카도平將門의 백부. 무쓰陸奥 대연大掾·시모우사下總 개介. 종오위하從五位下(상上). 히타씨常陸 다이라 씨平氏의 선조(『존비분맥尊卑分脈』 및 『존비분맥 탈루脫漏』). 조카인 마사카도와 격한 대립으로 다툼을 반복함. 천경 원년 또는 천경 2년에 사망(『마사카도기平將記』). ㉕ 1

요시토키義時

오에노 요시토키大江嘉言를 말함. '善時'는 치환문자當て字. ?~관홍寬弘 7년(1010). 요시토키嘉言는 유게노 나카노부弓削仲宣의 자식. 후에 본래의 성姓인 오에로 돌아갔음. 문장생文章生·탄정소충彈正少忠을 거쳐, 관홍 6년 다지마但馬(對馬의 오기일 가능성도 있음) 수령(『중고가선삼십육인전中古歌仙三十六人傳』). 육위六位(『칙찬작자부류勅撰作者部類』). 가인으로 『습유집拾遺集』 등에 수록됨. 가집家集 『요시토키집嘉言集』이 있음. 쓰시마對馬 수령으로 재임 중에 사망(『노인집能因集』). 『여화집麗花集』에 의하면 관홍 7년 사망. ㉔ 46

요제이인陽成院**(천황天皇)**

요제이陽成 천황天皇. 정관貞觀 10년(868)~천력天曆 3년(949). 제57대 천황. 재위, 정관 18년~원경元慶 8년(884). 세이와淸和 천황 제1황자. 어머니는 후지와라노 나가라藤原長良의 딸 다카이코高子. 17세의 젊은 나이로 도키야스時康 친왕親王(고코光孝 천황)에게 양위. 양위의 이유는, 병약했기 때문이라는 설과 요제이 천황이 아리와라노 나리히라在原業平의 사생아라는 설이 있음. 기행奇行·난행亂行으로 알려졌으며, 『황년대약기皇年代略記』에는 "物狂帝"라고 기록되어 있음. 양위 후에는 요제이인陽成院이라고 불림. 천력 3년 9월 29일 82세의 나이로 붕어崩御. ㉔ 54

우다인宇多院

우다宇多 천황. 정관貞觀 9년(867)~승평承平 원년(931). 제59대 천황. 재위在位 인화仁和 3년(887)~관평寬平 9년(897). 고코光孝 천황의 제7

황자. 다이고醍醐 천황의 아버지. 우다 천황 즉위 때, 아형阿衡 사건이 일어난 사실은 유명함. 우다 천황의 체세는 후세에 '관평의 치治'라고 불림. 양위讓位 후인 창태昌泰 2년(899)에 출가, 다이조太上 천황이라는 존호尊號를 사퇴하고, 스스로 법황法皇이 됨. 이것이 법황의 최초의 예. 어소御所는 주작원朱雀院·닌나지 어실仁和寺御室·정자원亭子院·우다원·육조원六條院 등. 법황은 불교 교의에 깊이 통달하고, 신자쿠眞寂 친왕親王을 비롯한 제자를 두었으며, 그 법계法系는 히로사와류廣澤流·오노류小野流로서 후세까지 이어짐. 닌나지 어실에서 붕어. ㉔ 6·23·31·46

우지도노宇治殿

후지와라노 요리미치藤原賴道. 정력正曆 3년(992)~연구延久 6년(1074). 아버지는 미치나가道長. 어머니는 미나모토노 마사노부源雅信의 딸 린시倫子. 권중납언權中納言·권대납언權大納言을 거쳐, 관인寬仁 원년(1017) 3월 26세의 젊은 나이로 섭정攝政이 됨. 고이치조後一條, 고스자쿠後朱雀, 고레이제이後冷泉 3대에 걸친 천황의 섭정·관백關白을 51년간 역임. 고스자쿠, 고레이제이에게 입궁시킨 딸, 겐시嫄子와 간시寬子에게서 황자가 태어나지 않아 외척外戚관계가 없는 고산조後三條 천황이 즉위. 이로 인해 치력治曆 3년(1067) 동생인 노리미치敎通에게 관백을 물려주고, 우지宇治로 은퇴함. 연구 4년 정월에 출가하여, 연구 6년 2월 2일, 83세의 나이로 사망. 우지의 평등원平等院은 말법末法에 들어가는 영승永承 7년(1052)에 요리미치가 전령傳領한 별업別業을 절로 개조한 것. ㉔ 29·33

유게노 고레오弓削是雄

출생·사망 시기는 자세히 전해지지 않음. 야스토安人의 아들. 세이와淸和 천황天皇, 우다宇多 천황 시대의 인물. 하리마 지방播磨國 시카마 군飾磨郡 사람으로 우경右京 삼조삼방三條三坊에 살았음. 비젠備前 권연權掾·음양두陰陽頭. 종오위하從五位下. 이 이야기에 보이는 사건이 일어난 정관貞觀 6년(864)에는, 음양료陰陽寮의 음양사陰陽師, 종팔위하從八位下였음(『일본삼대실록日本三代實錄』). 『강담초江談抄』 권3에는 "陰陽師弓削是雄於朱雀門遇神事"라고 되어 있는 제목이 있음. ㉔ 14

유키나리行成

천록天祿 3년(972)~만수萬壽 4년(1027). 후지와라노 요시타카藤原義孝의 자식. 장인두藏人頭·우대변右大辨·참의參議·권중납언權中納言 등을 거쳐, 관인寬仁 4년(1020) 권대납언權大納言. 정이위. 이치조一條 천황天皇이 죽고 난 후에는, 후지와라노 미치나가藤原道長를 가까이에서 모심. 능서가能書家로써 유명하며, 삼적三蹟 중의 하나. 일기 『권기權記』가 있음. 병풍屛風에 색지형色紙型(*병풍 면에 사각형의 공백을 만들어 이곳에 한시나 와카 한 수를 써 놓도록 한 곳)을 쓴 것은 『권기權記』, 『소우기小右記』에 보임. 만수 4년 12월 4일, 미치나가道長와 같은 날에 사망. ㉔ 33·40

이세 어식소伊勢御息所

출생·사망 시기는 자세히 전해지지 않음. 원경元慶 원년(877)~천경天慶 2년(939)경에 생존했던 것으로 추정됨. 아버지인 후지와라노 쓰구카게藤原繼陰가 이세伊勢 수령이었을 때부터 이세 어식소라고 불림. 우다宇多 천황天皇의 여어女御인 온시溫子를 모시며, 우다 천황의 총애를 받아 갱의更衣가 됨. 우다 천황과의 사이에 유키나카行中 친왕親王을 낳지만 친왕은 요절함. 가인歌人으로서도 이름이 높았으며 36가선歌仙의 한 사람. 자식으로는 나카쓰카사中務가 있음. 가집으로

『이세집伊勢集』이 있음. ㉔ 31·47

이에토家任

출생·사망 시기는 자세히 전해지지 않음. 아베 씨安倍氏. 사다토貞任의 동생. 조카이미자부로鳥海彌三郞라고도 함. 전장에서 탈출하였으나 후에 투항함. 『등기계도藤崎系圖』에 "削髮而號宦照"라고 기록되어 있음. 한편 『안등계도安藤系圖』에서는 간쇼宦照라는 다른 인물로 되어 있음. 『오처경吾妻鏡』 문치文治 5년(1189) 9월 27일 조의 "境講師宦照"는 노리토則任를 가리키는 것으로 추정. ㉕ 13

이치조 섭정나리一條攝政殿

후지와라노 고레마사藤原伊尹를 말함. 연장延長 2년(924)~천록天祿 3년(972). 모로스케師輔의 적남嫡男. 어머니는 후지와라노 모리코藤原盛子. 안화安和 2년(969)의 안화의 변에 의해 대납언大納言이 되었으며, 그 후, 우대신右大臣·태정대신太政大臣·섭정攝政이 됨. 고레마사의 일조제一條第는 동대궁대로東大宮大路의 동쪽, 일조대로一條大路의 남쪽에 있으며, 일조원一條院이란 호칭으로 이내리里內裏로써 중요한 위치를 점함. 제택第宅의 이름인 일조원一條院과 관련하여 이치조 섭정이라 칭함. 그 자식으로는 지카카타親賢·고레카타惟賢·다카카타擧賢·요시타카義孝·요시타카義賢·요시치카義懷·가이시懷子가 있음. 요시타카가 천연天延 2년(974)에 세상을 떠난 후, 요시타카의 아들, 유키나리行成가 양자가 됨. 시호諡號는 겐토쿠 공謙德公. ㉔ 39

이치조인一條院

이치조一條 천황. 천원天元 3년(980)~관홍寬弘 8년(1011). 제66대 천황. 재위 관화寬和 2년(986)~관홍 8년. '사키前'는 고이치조後一條 천황에 대비한 호칭. 엔유圓融 천황의 제1황자. 어머니는 후지와라노 가네이에藤原兼家의 딸 센시詮子. 후지와라노 미치타카藤原道隆의 딸 데이시定子, 후지와라노 미치나가藤原道長의 딸 쇼시彰子를 각각 황후, 중궁으로 들임. ㉔ 30·33·37·38·41

[자]

장수長秀

출생·사망 시기는 자세히 전해지지 않음. 중국中國 당唐 나라의 승려. 평수平秀라고도 함. 아버지와 함께 파사국波斯國(페르시아)에 가려고 했으나, 도중에 난파하여 일본의 규슈九州에 표착. 가슴에 병이 생겼었지만, 천태좌주天台座主 조묘增命의 소개로 조조淨藏의 가지加持를 받아 낳음(『대법사정장전大法師淨藏傳』). 의술의 평판이 높고, 다양한 약방藥方을 전함. 『정신공기貞信公記』, 『소우기小右記』, 『구력九曆』, 『부상약기扶桑略記』 등에도 보임. ㉔ 10

조넨奝然

천경天慶 원년(938)~장화長和 5년(1016). 속성俗姓은 하타 씨秦氏. 동남원東南院의 간리觀理에게 삼론三論을 배우고, 이시야마데라石山寺의 겐고元杲에게 밀교密敎를 전수받음. 천덕天德 3년(959)에 수계受戒. 영관永觀 원년(983) 8월에 제자와 함께 입송入宋. 관화寬和 2년(986) 7월에 일본으로 귀국하고, 『일체경一切經』을 가져옴. 다음 해 2월에 입경入京하고, 3월에 법교法橋가 됨. 8월에 아타고 산愛宕山에 세이료지淸凉寺를 건립하고, 가져온 석가상釋迦像의 안치를 기원하였으나, 살아 있는 중에는 실현하지 못함. 영조永祚 원년(989) 도다이지東大寺 별당別當에 임명. 장화 5년 3월 16일에 79세로 사망(『세이료지 석가당본존태내문서淸凉寺釋迦堂本尊胎內文書』, 『도다이지 별당차제東大寺別當次第』, 『미도관백기御堂關白

記』). ㉔ 38

조토몬인上東門院

영연永延 2년(988)~승보承保 원년(1074). 후지와라노 쇼시藤原彰子. 미치나가道長의 장녀. 어머니는 미나모토노 마사노부源雅信의 딸 린시倫子. 장보長保 원년(999) 11월 1일에 12세의 나이로 입궁. 동 7일에 이치조一條 천황의 여어女御, 이듬해 2월에 중궁中宮이 됨. 관홍寬弘 5년(1008) 9월에 아쓰히라 친왕敦成親王(고이치조後一條 천황)이 탄생. 동 8년 이치조 천황이 붕어하여 황태후皇太后가 됨. 만수萬壽 3년(1026)에는 39세로 출가하여, 조토몬인이라 칭함. 승보 원년 10월 2일, 87세의 나이로 사망(『소우기小右記』, 『권기權記』, 『존비분맥尊卑分脈』). ㉔ 33·41

[하]

하카마다레袴垂

10세기 후반 혹은 11세기 초반의 전설적인 대도大盜. 권29 제19화에도 등장함. 후세에는 하카마다레 야스스케袴垂保輔라고 불리게 되었는데, 이것은 후지와라노 야스스케藤原保輔와 혼동되어 생긴 것임. ㉕ 7

후지와라노 가게미치藤原景道

출생·사망 시기는 자세히 전해지지 않음. 마사시게正重의 아들. 『무쓰 이야기』에서 '景通'이라고 되어 있음. 수리소진修理少進·가가加賀 수령. 가토加藤라고 불림. 미나모토노 요리요시源賴義의 낭등郎等 7기騎 중의 한 명. ㉕ 13

후지와라노 가게스에藤原景季

출생·사망 시기는 자세히 전해지지 않음. 가게미치景道의 장남(『존비분맥尊卑分脈』, 『무쓰 이야기陸奧話記』). 『무쓰 이야기』에 의하면, 말을 타고 달리면서 활을 쏘는 무예에 능하여 죽음을 두려워하지 않았다고 함. ㉕ 13

후지와라노 고레치카藤原維幾

출생·사망 시기는 자세히 전해지지 않음. 기요나쓰淸夏의 아들. 어머니는 탄정대필彈正大弼 마사유키 왕正行王의 딸. 『존비분맥尊卑分脈』에는 종오위상從五位上·히타치常陸 개介·사누키讚岐 개介로 되어 있고, 본명을 사네히라眞衡라고 함. 『정치요략政治要略』 56에는 무사시武藏 수령이라고 되어 있음. ㉕ 1

후지와라노 고레히라藤原伊衡

정관貞觀 18년(876)~천경天慶 원년(938). 도시유키敏行의 3남. 어머니는 다지노 오토카지多治弟梶의 딸. 우근위右近衛 권중장權中將·좌근위左近衛 중장中將을 거쳐 승평承平 4년(934) 12월에 참의參議. 형부경刑部卿·좌병위독左兵衛督을 겸임. 정사위하正四位下. 와카和歌에 능해, 『습유집拾遺集』 등에 수록됨. 가무에도 재능이 있었음. 천경 원년 12월에 63(1)세로 사망(『존비분맥尊卑分脈』, 『공경보임公卿補任』, 『일본기략日本紀略』). ㉔ 31

후지와라노 구니모리藤原國盛

바르게는 미나모토노 구니모리源國盛. ?~장덕長德 2년(996). 미나모토노 사네아키라源信明(910~970)의 아들. 고코光孝 미나모토 씨源氏. 다지마但馬 수령·히타치常陸 개介·사누키讚岐 수령 등을 거쳐 장덕長德 2년 정월 25일에 에치젠越前 수령(『장덕이년대간서長德二年大間書』)으로 임명됨. 다만, 같은 달 28일에 사퇴당함. 같은 해 가을에는 하리마播磨 수령으로 임명되었으나, 머지않아 병으로 사망. 정사위하正四位下(『존비분맥尊卑分脈』, 『소우기小右記』, 『속본조왕생담續本朝往生傳』, 『고사담古事談』 권1). ㉔ 30

후지와라노 나리토藤原登任.

영연永延 2년(988)~?. 모로나가師長의 아들. 어머니는 하리마播磨 수령 미쓰타카光孝의 딸. 장인藏人·이즈모出雲 수령·무쓰陸奧 수령·야마토大和 수령·노토能登 수령. 종사위하從四位下. 이즈모 수령이 된 해는 장원 5년(1032). 영승永承 연간(1046~53)경에 무쓰 수령(『무쓰 이야기陸奧話記』, 『조고후쿠지기造興福寺記』). 영승 6년 아베노 요리토키安倍賴時에게 대패하여 무쓰 수령을 미나모토노 요리요시源賴義에게 넘김. 강평康平 2년(1059) 3월 19일에 72세로 출가(『존비분맥尊卑分脈』). ㉕ 13

후지와라노 노리타다藤原義忠

관홍寬弘 원년(1004)~장구長久 2년(1041). 다메후미爲文의 아들. 우소변右少辨·좌소변左少辨·우중변右中辨을 거쳐 권좌중변權左中辨. 이 사이에 스오周防 권개權介·식부소보式部少輔·문장박사文章博士·동궁학사東宮學士·야마토大和 수령·대학두大學頭를 역임. 정사위하正四位下. 문장박사文章博士가 된 시기는 관인寬仁 3년(1019) 12월(『변관보임辨官補任』, 『존비분맥尊卑分脈』, 『부상약기扶桑略記』, 『이중력二中歷』). 시가詩歌에 뛰어나 『후습유집後拾遺集』 등에도 수록됨. 장구長久 2년 10월에 요시노 강吉野川에서 익사. 시독侍讀에 공로가 있어 참의參議 종삼위從三位를 받음. ㉔ 29

후지와라노 노부노리藤原惟規

?~관홍寬弘 8년(1011). 다메토키爲時의 아들. 무라사키 식부紫式部와 같은 어머니에게서 태어난 동생. 오빠라는 설도 있음. 관홍 4년 정월 13일, 병부승兵部丞을 겸해, 장인藏人이 되었음(『미도관백기御堂關白記』). 종오위하從五位下. 같은 8년 2월 1일, 아버지 다메토키가 에치고越後 수령이 되어, 장인을 사퇴하여 에치고로 내려갔으나 머지않아 병사. 『무라사키부 일기紫式部日記』에도 기록되어 있음. 가인歌人으로, 『노부노리 집惟規集』을 남겼음. ㉔ 57

후지와라노 다다노부藤原忠舒

출생·사망 시기는 자세히 전해지지 않음. 에다요시枝良의 아들. 다다부미忠文의 동생. 무쓰陸奧 권개權介·사가미相模 권수權守·이세伊勢 수령·대장대부大藏大夫. 종오위상從五位上(『존비분맥尊卑分脈』, 『정신공기貞信公記』, 『유취부선초類聚符宣抄』). 요제이인陽成院의 원사院司였다고 추정됨. 천경天慶 3년(940)에 동해도포사東海道捕使가 됨(『일본기략日本紀略』). ㉕ 1

후지와라노 다다부미藤原忠文

정관貞觀 15년(873)~천력天曆 원년(947). 에다요시枝良의 아들. 좌마두左馬頭·좌위문권좌左衛門權佐·우소장右少將·셋쓰攝津 수령·단바丹波 수령·야마토大和 수령 등을 역임. 천경天慶 2년(939) 정사위하正四位下 수리대부修理大夫로 참의參議. 다이라노 마사카도平將門의 난을 진압하기 위해 천경 3년 정월 19(8)일에 정동대장군征東大將軍이 되고, 같은 해 2월 8일 출발(『정신공기貞信公記』, 『일본기략日本紀略』). 다만, 현지 도착하기 전에 마사카도가 죽었기 때문에 교토로 돌아왔음. 다음 해에는 후지와라노 스미토모藤原純友의 난을 진압하기 위해 정서대장군征西大將軍이 되었음. 이해에는 민부경民部卿이 됨. 『이중력二中歷』 명인력名人歷·명신名臣의 항목에는 "宇治民部卿忠文"라고 되어 있음. 우지宇治에 별장을 가지고 있었던 것으로부터 우지宇治 민부경民部卿라고 불리었음. 천력 원년 6월 26일 사망. 중납언中納言 정삼위正三位를 받음. ㉕ 1

후지와라노 다다후사藤原忠房

?~연장延長 6년(928). 오기쓰쿠興嗣의 아들. 좌근위장감左近衛將監 · 좌병위좌左兵衛佐 · 좌소장左少將 등을 거쳐 연희延喜 20년(920) 야마토大和 수령이 됨. 후에 야마시로山城 수령 우경대부右京大夫. 종사위상從四位上. 다다후사의 가문은 관현管弦의 가문으로 잘 알려져, 다다후사도 관현에 뛰어났음. 가인이기도 하여 『고금집古今集』 등에 수록됨. 다만, 이세伊勢의 아버지라는 것은 잘못된 것임. ㉔ 31 · 32

후지와라노 다메요리藤原爲賴

?~장덕長德 4년(998). 마사타다雅正의 아들. 어머니는 후지와라노 사다카타藤原定方의 딸. 무라사키 식부紫式部의 백부. 춘궁소진春宮少進 · 아키安藝 권수權守 · 우위문권좌右衛門權佐 · 단바丹波 수령 · 셋쓰攝津 수령 · 태황태후궁대진太皇太后宮大進(『궁내청서릉부본宮內廳書陵部本 다메요리집爲賴集』). 도토우미遠江 수령 재임건은 미상. 다메노리爲憲는 정력正曆 3년(992)에서 장덕長德 2년에 도토우미 수령 재임(『본조문수本朝文粹』). 가인歌人으로 가집家集 『다메요리집爲賴集』이 있음. ㉔ 38

후지와라노 다메토키藤原爲時

출생 · 사망 시기는 자세히 전해지지 않음. 마사타다雅正의 아들. 어머니는 후지와라노 사다카타藤原定方의 딸. 자식으로는 노부노리惟規, 무라사키 식부紫式部 등이 있음. 문장생文章生 출신. 스승은 스가와라노 후미토키菅原文時. 식부경式部丞 · 장인藏人 · 대내기大內記. 장덕長德 2년(996) 정월 25일 아와지淡路 수령에 임명됨. 같은 달 28일, 에치젠越前 수령 미나모토노 구니모리源國盛가 병으로 쓰러졌기 때문에 에치젠 수령이 됨(『일본기략日本紀略』). 관홍寬弘 7년(1010) 정오위하正五位下 좌소변左少辨. 다음 해 에치고越後 수령으로 임명됨(『변관보임辨官補任』). 장화長和 5년(1016) 4월 29일, 미이데라三井寺에서 출가(『소우기小右記』). 시문詩文에 뛰어나 『이중력二中歷』 시인력詩人歷 · 문장생文章生 · 제대부諸大夫의 항목에 보임. 또한 와카和歌는 『후습유집後拾遺集』, 『신고금집新古今集』에 수록됨. 『속본조왕생전續本朝往生傳』에서는 "天下之一物" 중에 들어가 있음. ㉔ 30

후지와라노 다카노리藤原尙範

출생 · 사망 시기는 자세히 전해지지 않음. 도쓰네遠經의 아들. 수리량修理亮 · 고즈케上野 개介, 시모쓰케下野 개介. 종오위하從五位下(『존비분맥尊卑分脈』). 『일본기략日本紀略』에 의하면, 천경天慶 2년(939) 12월 고즈케 개. 『조야군재朝野群載』에는 천경 8년 7월 "前上野介"라고 되어 있음. ㉕ 1

후지와라노 모로토藤原諸任

출생 · 사망 시기는 자세히 전해지지 않음. 후지와라노 히데사토藤原秀鄕의 손자로는 지키요千淸와 지카타千方라는 인물이 있음. 『존비분맥尊卑分脈』은 히데사토秀鄕의 아들 지토키千時에 "余五將軍敵人", 히데사토의 7대 후, 모로타네師種에도 "澤俣、余五將軍敵人"이라고 주석이 달려 있음. 후자는 시대가 너무 내려감. ㉕ 5

후지와라노 미치나가藤原道長

강보康保 3년(966)~만수萬壽 4년(1027). 가네이에兼家의 아들. 어머니는 후지와라노 나카마사藤原中正의 딸 도키히메時姬. 섭정攝政 · 태정대신太政大臣이 되지만 관백關白은 되지 않음. 하지만 세간에서는 미도관백御堂關白 · 호조지관백法成寺關白이라 칭해짐. 큰형 미치타카道隆 · 둘째 형 미치가네道兼가 잇달아 사망하고 미치타카의 아들 고리치카伊周·다카치카隆家가 실각하자 후지와라 일족에서 그에게 대항할 자가 없어져 '일가삼후一家三后'의 외척 전성시기를 실현함. 처인 린시倫子와의 사이에서 태어난 쇼시彰子는 이치조一條 천황의 중궁이 되고, 그 시녀 중에 무라사키 식부紫式部가 있었고, 역시 이치조 천황의 황후가 된 미치타카의 딸 데이시定子의 시녀에는 세이 소납언清少納言이 있어서 여방문학원女房文學園의 정화精華를 연 것으로 유명하지만 이 책에는 거기에 대해서는 일절 기록이 없음. 미치나가의 일기인 『미도관백기御堂關白記』는 헤이안 시대의 정치, 사회, 언어생활을 알 수 있는 귀중한 자료. ㉔ 30·33·51·53

후지와라노 미치노부藤原道信

?~정력正曆 5년(994). 다메미쓰爲光의 아들. 어머니는 후지와라노 고레마사藤原伊尹의 딸. 우병위좌右兵衛佐·좌근소장左近少將을 거쳐 정력 2년 9월에 좌근중장左近中將에 임명됨. 그 사이에 빈고 수備後守·에치젠 수越前守·단고 수丹後守 등을 역임. 종사위상從四位上(『존비분맥尊卑分脈』). 중고 삼십육가선中古三十六歌仙 중의 한 명. 가집家集『미치노부집道信集』이 있음. 정력 5년 7월 11일 사망. ㉔ 37·38

후지와라노 사네카타藤原實方

?~장덕長德 4년(998). 모로타다師尹의 손자. 사다토키定時의 아들. 어머니는 미나모토노 마사노부源雅信의 딸. 중고中古 삼십육가선三十六歌仙 중의 한 명. 우근위권좌右兵衛權佐·좌근소장左近少將·우마두右馬頭·좌근중장左近中將을 역임하고, 장덕 원년에 무쓰陸奧 수령. 장덕 4년, 무쓰에서 사망. 정사위하正四位下. 가집으로는 『사네카타 아손집實方朝臣集』이 있음. 미야기 현宮城縣 나토리 시名取市 메데시마愛島의 가사시마笠島 도소신사道祖神社에 사네카타의 묘가 전해지고 있음. 사네카타實方는 신사 앞에서 말에서 내리지 못하고 급사했다고 전해짐. ㉔ 37·52 ㉕ 5

후지와라노 스미토모藤原純友

?~천경天慶 4년(941). 요시노리良範의 아들. 승평承平 2년(932) 경에 이요伊予 연掾이 됨. 종오위하從五位下. 천경 2년경에 이요의 히부리 섬日振島을 본거지로 세토瀨戶 내해의 해적을 조직하여 봉기함. 같은 해 12월에는 비젠備前 개介 후지와라노 다네타카藤原子高 등을 잡는 등의 악행을 함(『본조세기本朝世紀』). 천경 3년, 오노노 요시후루小野好古, 후지와라노 쓰네모토源經基가 추포사追捕使로 토벌하러 옴. 스미토모는 이요로 도망갔으나, 경호사警護使 다치바나노 도야스橘遠保에게 체포되어, 천경 4년 6월 20일에 주살됨(『존비분맥尊卑分脈』,『본조세기本朝世紀』). ㉕ 2

후지와라노 스케나리藤原資業

영연永延 2년(988)~연구延久 2년(1070). 아리쿠니有國의 7남. 어머니는 다치바나노 나카토橘仲遠의 딸. 우소변右少辨 재임 중에 동궁학사東宮學士·장인藏人 등을 겸임. 관인寬仁 원년(1017) 8월 문장박사文章博士가 되지만, 다음 해 9월 사임. 그 후에 좌소변左少辨·단바丹波 수령·하리마播磨 수령·이요伊予 수령·감해유勘解由 장관長官·식부대보式部大輔를 역임. 관덕寬德 2년(1045) 종삼위從三位 비참의非參議. 영승永承 6년(1051) 2월에 출가. 법명은 소슌素舜. 호카이지法界寺 약사당藥師堂을 건립하고, 호카이지 문고文庫를 창설. 가인歌人으로 『후습유집後拾遺集』 등에 수록됨. ㉔ 29

후지와라노 스케유키藤原相如

?~장덕長德 원년(995). 스케노부助信의 아들. 어머니는 후지와라노 도시쓰라藤原俊連의 딸. 천연天延 2년(974) 육위장인六位藏人이 됨. 정오위正五位 이즈모出雲 수령이 되었으나, 이즈모 수령 재임기간은 불명. 후지와라노 미치카네藤原道兼의 가사家司로, 미치카네의 뒤를 잇듯이, 장덕長德 원년 5월 29일에 사망(『영화 이야기榮花物語』 4권). 가집家集 『스케유키집相如集』이 있음. ㉔ 38

후지와라노 쓰네키요藤原經淸

?~강평康平 5년(1062). 요리토賴遠의 아들. 요리도키賴時의 사위. 자식으로는 요리토淸衡가 있음. 히데사토 류秀鄕流. 이즈미平泉 후지와라 가문의 선조(『무쓰 이야기陸奧話記』, 『준비분맥尊卑分脈』). 영승永承 2년(1047), 고후쿠지興福寺 재건에 공헌한 후지와라 가문의 수령 중, 무쓰陸奧 국사로 쓰네키요의 이름이 보임(『조고후쿠지기造興福寺記』). 와타리 군亘理郡을 지배했기 때문에 통칭, 와타리亘理 권수부權大夫라고 불림. 강평康平 5년 9월, 구리야가와 성 廚川柵이 함락되었을 때 살해당했음. ㉕ 13

후지와라노 야스마사藤原保昌

천덕天德 2년(958)~장원長元 9년(1036). 무네타다致忠의 아들. 어머니는 다이고醍醐 천황天皇의 황자皇子 미나모토노 스케아키라源允明의 딸. 휴가日向·비젠肥前·야마토大和·단바丹後·야마시로山城·셋쓰攝津 등의 수령이나, 엔유인圓融院 판관대判官代·좌마두左馬頭 등을 역임. 정사위하正四位下. 후지와라노 미치나가藤原道長의 가사家司로, 미치나가의 딸, 쇼시彰子를 모시던 이즈미和泉 식부式部의 남편이기도 함. 무용이 뛰어나, 『존비분맥尊卑分脈』에는 "勇士武略之長、名人也"라고 되어 있음. 『이중력二中歷』 일능력一能歷·무자武者의 항목에도 보임. 셋쓰 지방攝津國의 히라이平井에 살았기 때문에 히라이 야스마사平井保昌라고도 칭함. ㉕ 7

후지와라노 요시타카藤原義孝

천력天曆 8년(954)~천연天延 2년(974). 고레마사伊尹의 4남. 어머니는 요시아키라代明 친왕親王의 딸, 게이시惠子 여왕女王. 아들로는 유키나리行成가 있음. 다카카타擧賢와 같은 어머니에게서 태어난 동생. 천록天祿 원년(970) 좌병위권좌左兵衛權佐에 임명됨. 다음 해에는 우근소장右近少將에 임명됨. 권15 제42화에는 "左近少將"이라고 되어 있으나, 우근소장右近少將이 맞음. 와카和歌에 능통하여 『습유집拾遺集』 등에 수록됨. 중고中古 삼십육가선三十六歌仙 중의 한 명. 『요시타카집義孝集』이 있음. 천연 2년 9월 16일 저녁에 천연두로 사망. 같은 날 아침에는 형인 다카카타擧賢가 사망. 이것에 의해 다카카타는 전소장前少將, 요시타카는 후소장後少將이라고 불림. ㉔ 39

후지와라노 히데사토藤原秀鄕

?~천덕天德 2년(958)?. 시모쓰케 지방下野國 다와라田原에 살았던 후지와라 씨藤原氏의 첫째 아들로, '다하라노 도다田原藤太'라고 통칭. '俵藤太'라고도 함(지네 퇴치에 대한 감사의 선물로 용왕에게 무진장無尽藏의 쌀섬을 받아 이렇게 불림). 아버지는 시모쓰케下野 대연大掾의 무라오村雄. 어머니는 시모쓰케下野 연掾 가시마鹿島의 딸. 천경天慶 3년(940) 시모쓰케 연·시모쓰케 압령사押領使가 되고, 다이라노 사다모리平貞盛와 협력하여 다이라노 마사카도平將門를 정벌. 그 공으로 시모쓰케 수守·무사시 수武藏守가 됨. 육위六位에서 종사위하從四位下로 승진. 진수부鎭守府 장군. 관동 북부의 군사적 지배권을 확립하고, 동국東國 무사의 와타리亘理·오야마小山·유키結城·

시모코베下河邊 씨氏 등의 선조. 무명이 높아『이중력二中歷』 일능력一能歷·무자武者의 항목에 보임.『계도찬요系圖纂要』에 "天德二年二月十七日卒"이라고 보이나, 분명하지 않음. 관화寬和 3년(987) 2월 14일자 태정관부太政官符에는 "故秀鄕朝臣"이라 되어 있음. ㉕ 1·5

후지와라노 히데토시藤原秀俊

출생·사망 시기는 자세히 전해지지 않음. 요리토시賴俊의 아들. 요리토시와 쓰네키요經淸의 종형제. 우마윤右馬允(『존비분맥尊卑分脈』). ㉕ 13

후지와라노 히로마사藤原弘雅

출생·사망 시기는 자세히 전해지지 않음. 하루시게春茂의 아들. 시모쓰케 수下野守, 종오위하從五位下(『존비분맥尊卑分脈』).『본조세기本朝世紀』 천경天慶 원년(938) 10월 19일에 식부대승式部大丞, 천원天元 3년(980) 2월 2일자의 모사자재장某寺資財帳(『헤이안 유문平安遺文』 315)에는 엣추 수越中守로 되어 있음.『마사카도기將門記』는 "藤原公雅"라고 함. ㉕ 1

훈야노 요시타쓰文屋好立

출생·사망 시기는 자세히 전해지지 않음.『마사카도기將門記』,『부상약기扶桑略記』에 "文室好立"라고 되어 있음.『마사카도기』에 "上兵"이라고 되어 있고. 마사카도와 사다모리貞盛 전투 때, 화살에 상처를 입음(『마사카도기』). ㉕ 1

불교용어 해설

1. 본문 중에 나오는 불교 관련 용어를 모아 해석하였다.
2. 불교용어로 본 것은 불전佛典 혹은 불전에 나오는 불교와 관계된 용어, 불교 행사와 관계된 용어이지만 실재 인명, 지명, 사찰명은 제외하였다.
3. 배열은 가나다 순으로 하였다.
4. 각 항의 말미에 해당 단어가 등장하는 각 편을 숫자로 표시하였다. 예를 들면 '㉔ 1'은 '권24 제1화'를 가리킨다.

[가]

가타伽陀

범어梵語 gatha의 음사音寫. 게揭·게송偈頌 등으로 한역함. 시구詩句를 말하며, 구부경九部經·십이부경十二部經의 하나. 운문체韻文體 경문經文. 2·3·4·5·6구를 연결하여 찬영讚詠함. 또 법회에서 일정한 곡보曲譜를 가지고 풍송諷誦하는 게송을 말함. 이를 일본어로 번역한 것이 훈가타訓伽陀, 즉 화찬和讚. ㉔ 21

경신庚申

경신회庚申會. 경신 신앙은 대륙으로부터 전래된 음양가陰陽家·도가道家 신앙으로, 헤이안 平安 시대에는 주로 궁정과 귀족 사이에서 행해졌음. 인간의 몸에는 태어날 때부터 삼시三尸 벌레가 기생하고, 그것이 경신날 밤에 몸 밖으로 나와서 사람이 저지른 죄악들을 천제天帝에게 고한다고 함. 그 삼시의 난難을 피하기 위해 경신날 밤을 새면서 경신야송庚申夜誦이라는 주문을 외우는 관습이 있었음. 경신날 밤에는 노래경영, 즉 우타아와세(歌合)나 잡예雜藝 등이 행해지고, 이야기를 나누는 자리는 귀족사회의 중요한 설화 전승의 한 장소이기도 했음. ㉔ 22

관음觀音

범어梵語 Avalokitesvara의 한역 '관세음보살觀世音菩薩'의 줄임말. 관세음·관자재觀自在(현장玄奘 신역新譯)라고도 함. 큰 자비심을 갖고 중생을 구제하는 보살이라 하며, 구세보살·대비관음大悲觀音이라고도 함. 지혜를 뜻하는 오른쪽의 세지勢至와 함께 아미타여래阿彌陀如來의 왼쪽의 협사脇士로 여겨짐. 또 현세이익의 부처로서 십일면十一面·천수千手·마두馬頭·여의륜如意輪 등 많은 형상을 갖고 있기에 본래의 관음을 이들과 구별하여 성聖(정正)관음觀音이라 부름. 그 정토는『화엄경華嚴経』에 의하면 남해南海의 보타락 산補陀落山이라 함. ㉔ 25

귀신鬼神

눈에 보이지 않는 초인적超人的인 신비한 힘을 가지고 있는 것으로, 그러한 정령精靈의 총칭. 선신善神과 악신惡神이 있는데 특히 재해災害 등을

가져오는 악령적인 신들을 말함. ㉔ 15

[바]

보현강普賢講

보현보살普賢菩薩을 본존本尊으로서 공양하는 법회로 『보현경普賢經』을 독송讀誦하고, 보현보살의 불덕佛德을 찬탄, 찬설贊說함. 보현보살에게는 연명延命의 공덕이 있어 보현연명법普賢延命法도 행해졌음. ㉔ 21

[사]

삼밀三密

신밀身密·구밀口密(어밀語密)·의밀意密(심밀心密)의 세 가지를 가리킴. 손으로 인印을 맺고 입으로 진언眞言을 읊으며 한마음으로 본존本尊을 관념觀念하는 행법行法. 이 세 가지를 행자行者가 행할 때 즉신성불卽身成佛의 경지에 이를 수 있다고 여김. ㉔ 13

숙보宿報

전세前世로부터의 인연因緣에 의해 생겨난 현세現世에서의 과보果報. 전세부터 정해진 숙명宿命. ㉔ 14·18

숙세宿世

범어梵語 purva의 번역. 전세前世, 과거세過去世. 또 전세로부터의 인연因緣, 운명이라는 숙업宿業·숙명宿命의 의미를 줄여서 칭하는 경우에 사용됨. ㉔ 18

식신識神

式神·職神이라고도 표기함. 음양사陰陽師에 의해 요술妖術·주저呪詛 등에 의해 생각대로 행동하는 하급 정령. 귀형鬼形으로 사람의 눈에는 보이지 않는다고 여겨지나, 그 능력이나 역할은 불교에서 지경자持經者 등에게 봉사하는 호법동자護法童子 등과 약간 유사함. 중·근세의 주술적 민간 신앙의 대상이 된 숙신夙(宿)神·수구신守口神 등과도 관련이 있는 단어로 여겨짐. ㉔ 16·19

[아]

아사리阿闍梨

범어梵語 acarya의 음사音寫. '궤범사軌範師' '교수教授' 등으로 번역함. 대승大乘·소승小乘·밀교密教 모두에서 수계受戒 또는 관정灌頂에 있어 제자에게 십계十戒·구족계具足戒를 부여하고 위의威儀(작법作法)를 가르치는 사승師僧을 말함. 일본에서는 직관職官의 하나로 관부官符에 의해 보임되었음. 승화承和 3년(836), 닌묘仁明 천황 시대에 히에이 산比叡山·히라 산比良山·이부키 산伊吹山·아타고 산愛宕山·고노미네지神峰寺·긴푸센지金峰山寺·가쓰라기 산葛城山의 일곱 산에서 아사리의 칭호를 받아(칠고산아사리七高山阿闍梨) 오곡풍양五穀豊穰을 기원한 것이 최초라고 하며, 이후에는 궁에서 보임을 받지 않고 각 종파에서 임의로 칭호를 사용하게 됨. ㉕ 11

우란분盂蘭盆

범어 ullambana의 음사音寫. '분盆' 'お盆'이라 약칭함. 『우란분경盂蘭盆經』에 나타나는 목련目連이 석가釋迦의 가르침에 따라 지옥에 떨어진 어머니를 구한 고사故事(목련구모설화目連救母說話)에 기초하여 지옥에 떨어진 망자亡者의 고통을 구제하기 위해 행하는 불사佛事. 7월 15일에 각종 음식을 중승衆僧에게 공양함. 일본에서는 초가을의 다마마쓰리魂祭り(조상의 영혼을 집에 맞이하여 제사지내는 연중행사)와 습합習合하여 조령공양祖靈供養, 시아귀施餓鬼 공양의 법사法事가 됨. ㉔ 49

인印

인계印契·인상印相·계인契印 등을 말함. 주문呪文을 독송할 때, 양손의 손가락을 여러 가지 형태로 맺는 것. 맺는 법이나 형태는 기원祈願의 대상이 되는 신불神佛에 따라 달라짐. ㉔ 16

[자]

전생의 숙인宿因

전세前世, 과거의 삶에서 행한 업인業因, 인연因緣. ㉔ 9

죄장罪障

왕생往生이나 성불成佛의 장애물인 여러 가지 악업惡業을 가리킴. 죄업罪業. ㉔ 19

지신地神

음양陰陽에서 말하는 토공신土公神(땅의 신). 계절이나 간지干支에서 움직이는 장소나 방위方位가 정해져 있어 그것을 침범하면 지벌이 내린다고 믿었음. ㉔ 13

[하]

현밀顯密

'현교顯敎'와 '밀교密敎'. '밀蜜'은 '밀密'의 통자通字. 현교란 언어나 문자로 설파하는 교의로, 밀교 이외의 모든 불교. 특히 석가釋迦·아미타阿彌陀의 설교에 의한 종파. 밀교는 언어·문자로 설파하지 않는 비밀스러운 가르침으로, 대일여래大日如來의 설교에 의한 종파. '진언밀교의 가르침'이라고도 하며, 일본에서는 도지東寺를 중심으로 하는 진언종의 동밀東密과 천태종의 태밀台密이 있음. ㉕ 1

지명·사찰명 해설

1. 본문 중에 나오는 지명·사찰명 중 여러 번 나오는 것, 특히 긴 해설을 필요로 하는 것을 일괄적으로 해설하였다. 바로 해설하는 것이 좋은 것은 본문의 각주脚注에 설명했다.
2. 배열은 한글 표기 원칙에 의한 가나다 순으로 하였다.
3. 각 항의 말미에 그 지명·사찰명이 나온 이야기를 숫자로 표시하였다. 예를 들면 '㉔ 1'은 '권24 제1화'를 가리킨다.

㉮

가시마鹿島 신사神社

가시마鹿島 신궁神宮. 이바라키 현茨城県 가시마 시鹿嶋市에 소재. 동국東國 경략經略의 수호신으로 제사하던 고사古社로, 주제신은 다케미카즈치노카미武甕槌神. 고대로부터 무신武神으로 숭경됨. ㉕ 9

가쓰라 강桂川

수원水源은 교토 시京都市 사쿄 구左京區로, 여러 강이 합류하는 니시쿄 구西京區 가쓰라桂 부근에 흘러들어, 후시미 구伏見區에서 가모 강鴨川을 아울러 요도 강淀川에 흘러드는 강. 가도노 강葛野川이라고도 함. 유역流域에 따라 호칭이 달라, 오이 강大堰(井)川·호즈 강保津川·우메즈 강梅津川 등으로도 불림. ㉔ 38

가토리香取

지바 현千葉県 사와라 시佐原市 가토리 정香取町에 소재하는 가토리香取 신궁神宮. 동국東國 무덕武德의 조신祖神으로, 히타치 지방常陸國 가시마鹿島 신궁神宮과 쌍벽을 이루고 있음. 주제신主祭神은 후쓰누시노 미코토經津主命로, 히메가미比賣神·다케미카즈치노 미코토武蜜槌命·아마노코야네노 미코토天兒屋根命를 배사配祀하고 있음. ㉕ 9

고로모 강衣川(河)

기타카미 강北上川의 지류支流. 이와테 현岩手県 니시이와이 군西磐井郡 히라이즈미 정平泉町 다카다치高館의 아래로, 기타카미 강으로 합류함. ㉕ 13

고쿠라쿠지極樂寺

교토 시京都市 후시미 구伏見區 후카쿠사深草에 있던 진언율종眞言律宗의 정액사定額寺. 『대경大鏡』에 의하면, 후지와라노 모토쓰네藤原基經가 닌묘仁明 천황이 아끼는 금琴의 가조각假爪角을 찾아낸 땅에 창건했다고 전해짐. 본존本尊은 아미타여래阿彌陀如來. 후지와라 씨藤原氏 가문의 절氏寺로, 모토쓰네·도키히라時平·나카히라仲平·다다히라忠平를 거치며 조영이 계승됨. 남북조南北朝 이후, 니치렌종으로 바뀌어, 현재는 신소 산深草山 호토지寶塔寺가 있음. ㉔ 38

교고쿠지京極寺

원래 교고쿠京極 삼조京極三條에 있던 절. 본존은 약사여래. 처음에는 천태종天台宗,후에 율종律宗, 응인應仁(1467~9) 이래, 진언종眞言宗 닌나지仁和寺의 관할이 되었음. 가이조開成 법황자法皇子의 개기開基로, 가야高梁 친왕親王을 이세二世로 함. 사가嵯峨 천황天皇의 칙원소勅願所. ㉔ 2

기타노北野

기타노텐만 궁北野天滿宮. 교토 시京都市 가미교 구上京區에 소재. 제신祭神은 스가와라노 미치자네菅原道眞로, '기타노천신연기北野天神緣起'에 의하면, 기타노北野 우근마장右近馬場에 미치자네道眞의 영靈이 존재한다는 취지旨의 탁선託宣이 있고, 오미 지방近江國 히라 궁比良宮의 료슈良種와 기타노아사히지北野朝日寺의 사이친最鎭이 사전社殿을 세운 것이 시초임. 현재는 학문의 신으로 신앙의 대상이 되고 있음.㉔ 28

[나]

닌나지仁和寺

교토 시京都市 우쿄 구右京區에 소재. 나라비가오카雙ヶ丘에 위치함. 진언종 어실파御室派의 총본산. 본존本尊은 아미타삼존阿彌陀三尊. 인화仁和 2년(886) 고코光孝 천황에 의해 창건. 그 유지를 이어 우다宇多 천황이 인화 4년에 금당金堂을 건립하고 닌나지를 완성함. 그 뒤에 법황이 되어 입정했기에 어실어소御室御所라고도 함. 절 이름은 창건한 연호에서 따온 것. 또한 대대 법친왕法親王이 문적門跡을 계승하여, 문적사원의 필두. 많은 탑두, 자원을 가지고 있음. ㉔ 6

[마]

무라사키노紫野

교토 시京都市 기타 구北區, 헤이안 경平安京 북쪽 일대를 말함. 낙북칠야洛北七野 중의 하나로, 예로부터 와카和歌의 소재가 된 명승지로 『노인 가침能因歌枕』, 『오대집가침五大集歌枕』, 『팔운어초八雲御抄』 등에 나와 있음. 금야禁野(*천황의 사냥터로, 일반인의 사냥이 금지된 들판), 유렵유연遊獵遊宴, 장송葬送의 땅으로 알려짐. 가모賀茂 재원齋院의 어소御所가 있고, 부근에는 이마미야今宮 신사神社, 운림원雲林院 등이 있음. ㉔ 40

미카사 산三笠山

'御蓋山'이라고 하기도 함. 나라奈良 시가市街 동쪽에 있는 가스가 산春日山의 한 봉우리로, 현재의 와카쿠사 산若草山. 견당사遣唐使가 이 산에서 여행의 평안을 기원하던 관습이 있음. 영귀靈龜 3년(717) 3월, 나카마로仲麿가 당으로 건너갈 때, 견당사 일행이 해로海路의 평안을 기원했음(『속일본기續日本紀』). 또한 고대로부터 많은 노래에 읊어졌음. ㉔ 44

미타케金峰山

'긴푸 산'이라고도 함. 긴푸센지金峰山寺가 있음. 나라 현奈良県 요시노 군吉野郡 요시노 정吉野町에 있는 요시노에서 오자키大崎에 이르는 연이어진 산들의 총칭으로, 특히 오미네大峰를 산상山上, 요시노 산吉野山을 산하山下로 함. 미륵彌勒 신앙의 거점으로, 수험장修驗場의 영산靈場. 산내山內의 사원寺院을 총칭하여 긴푸센지라고 하며, 장왕당藏王堂은 그 본당. ㉕ 11

[바]

본샤쿠지梵釋寺

연력延曆 5년(786) 1월, 간무桓武 천황天皇이 덴치天智 천황 추복追福을 위해 건립한 사원(『속일본기續日本紀』). 전에 오쓰大津 오미 궁近江宮이 있던 곳에 세워진 절로, 현재의 오쓰 시大津市 시가사토 정滋賀里町에 소재. 헤이안平安 말기에 쇠퇴하여, 『중우기中右記』 강화康和 5년(1103) 12월 29일 조에 의하면, 온조지園城寺 장리長吏 류묘隆明가 별당別當을 겸임하고, 온조지에 흡수되었음. ㉔ 10

[사]

사가데라嵯峨寺

교토 시京都市 우쿄 구右京區 사가嵯峨에 소재하는 세이료지清凉寺의 통칭. 사가嵯峨 석가당釋迦堂이라고도 칭함. 본존本尊은 석가여래釋迦如來로, 고다이산五台山이라고도 칭함. ㉔ 13

스미요시住吉 **명신**明神

스미요시住吉 대사大社. 오사카 시大阪市 스미요시 구住吉區 스미요시住吉에 소재. 쓰쓰노오筒男 삼신三神(소코쓰쓰노오노 미코토底筒男命·나카쓰쓰노오노 미코토市筒男命·우와쓰쓰노오노 미코토表筒男命)과 진구神功 황후皇后를 주제신主祭神으로 함. 쓰쓰노오 삼신은 고대로부터, 바다의 신·항해의 신으로 청정한 굽어진 물가에서 제사를 지냈기에 스미요시 신이라고 칭해짐. 또한 와카和歌의 신으로도 숭경崇敬되었음. ㉔ 51

시라카와白川(河)

히에이 산比叡山과 뇨이가타케如意ヶ嶽 사이에서 발원하는 시라 강白川 유역 일대를 가리킴. 교토 시京都市 사쿄 구左京區, 히가시야마 구東山區에 이르는 지역으로, 건조乾燥하여 살기 좋았기 때문에, 시라카와인白河院의 어소御所나 대사원大寺院, 귀족貴族의 별장 등이 운영됨. 긴토公任의 산장山莊이 있었음. ㉔ 34

시오가마塩釜

미야기 현宮城縣 시오가마 시塩竈市 가마우라竈浦, 마쓰시마 만松島湾 일대를 부르는 호칭. 무쓰 지방陸奧國에서 예로부터 와카和歌의 소재가 된 명승지. 미나모토노 도루源融가 하원원河原院 저택 내에, 그 경치를 모방한 정원을 조성하고, 소금 굽는 연기의 풍경을 즐긴 일화가 남아 있는 등, 고대로부터 유명함. ㉔ 46

쓰보사카壺坂

나라 현奈良県 다카이치 군高市郡 다카토리 정高取町의 동남東南, 쓰보사카 고개壺阪峠에 이르는 계곡. 관음영장觀音靈場의 쓰보사카데라壺阪寺(미나미홋케지南法華寺)가 있음. 요시노吉野·이세伊勢의 교통로로 고대로부터 만들어졌고, 후지와라노 미치나가藤原道長가 긴푸 산金峰山을 참배할 때, 이 길을 이용했음. ㉔ 38

쓰키노와月の輪

교토 시京都市 히가시야마 구東山區의 도후쿠지東福寺에서 센뉴지泉涌寺 부근 일대를 말함. 헤이안平安 시대 중기, 후지와라노 다다히라藤原忠平가 호쇼지法性寺를 건립한 것으로 잘 알려져 있음. ㉔ 53

[아]

안라쿠지安樂寺

현재의 다자이후텐만 궁太宰府天滿宮. 후쿠오카 현福岡県 다자이후 시太宰府市에 소재. 텐만 궁天滿宮 안라쿠지安樂寺라고도 불림. 연희延喜 3년(903)에 죽은 스가와라노 미치자네菅原道眞를 기리는 성묘를 설치했던 것에서 시작됨. 창건 이후, 대재부의 관인들에게 신앙되고, 곡수연曲水宴·칠석연七夕宴·늦가을 국화연殘菊宴(*헤이안平安 시대 이후부터 에도江戶 시대까지, 음력 10월 5일에 궁중에서 늦가을 국화를 감상하며 열린 연회) 등의 시연詩宴이 행해졌는데, 여러 차례

대재부大宰府와 충돌 사건을 일으켰음. 후세에는 학문學問의 신으로 신앙됨. ㉔ 22

야마자키山崎

교토 부京都府 오토쿠니 군乙訓郡 오야마자키 정大山崎町. 가쓰라 강桂川과 요도 강淀川의 합류지점 부근으로 경승지景勝地. 교토의 출입구에 위치하고, 군사상 교통상의 요충이기도 함. 교키行基에 의해 야마자키 다리가 만들어졌음(『교키 연보行基年譜』, 『부상약기扶桑略記』 신귀神龜 2년조). ㉔ 36 ㉕ 1

오노小野

교토 시京都市 사쿄 구左京區 야세八瀨, 오하라大原 일대의 옛 이름. 히에이 산比叡山 기슭의 은거지로 잘 알려져, 고레타카惟喬 친왕親王이 유거幽居한 곳이기도 함. ㉔ 36

오사카會坂**의 관문**

'逢坂'라고도 함. 시가 현滋賀県 오쓰 시大津市에 속함. 사계四堺 중의 하나로, 기내畿內의 동쪽 경계. "會坂東在近江國"(『이중력二中歷』 관로력關路歷, 『장중력掌中歷』 국경력國堺歷). 교토京都와 동국東國을 연결하는 교통의 요충으로 관문이 설치되어, 이곳을 나가면 일명 아즈마지東路가 됨. ㉔ 23

오이 강大井川

'大堰川'라고 표기하기도 함. 교토京都 호즈 강保津川의 아라시야마嵐山, 도월교渡月橋 부근의 명칭. 하류는 가쓰라 강桂川이 되고 요도 강淀川으로 흘러 들어감. 고대로부터 경승景勝의 땅으로 특히 단풍의 명소로 알려짐. 헤이안平安 시대에는 천황의 행차가 많았으며 천황이나 귀족의 뱃놀이로도 자주 행해졌음. ㉔ 34 · 52

오타기데라愛宕寺

교토 시京都市 히가시야마 구東山區 고마쓰 정小松町에 소재하는(로쿠도六道) 진노지珍皇寺를 가리킴. 임제종臨濟宗 겐닌지 파建仁寺派. 초창草創에 대해서는 여러 설이 있지만, 본집 권31 제19화에는 오노노 다카무라小野篁가 건립하였다고 되어 있음. 도지東寺의 말사末寺. 절의 동쪽에서 도리베노鳥邊野에 걸쳐서 교토京都 오삼매五三昧 중의 하나로, 고대로부터 공동묘지였음. 일대는 육도六道의 사거리라고 부름. ㉔ 49

우쓰 산宇津山

시즈오카 시靜岡市 우쓰다니宇津谷와 시다 군志太郡 오카베 정岡部町 경계에 있음. 산의 동남측에 동해도東海道의 우쓰다니 고개宇津谷峠가 있어, 험난한 곳으로 알려져 있음. 우쓰 산宇津山 부근의 길이 관동關東으로 통하는 관도官道가 됨에 따라, 다양한 작품에 자주 등장하게 되었음. 예로부터 와카和歌의 소재가 된 명승지. ㉔ 35

응사전鷹司殿

후지와라노 미치나가藤原道長의 부인 린시倫子의 저택. 헤이안 경平安京의 좌경左京 일조一條 사방四坊 구정九町에 소재. 『이중력二中歷』 명가력名家歷에는 "鷹司殿、土御門南 富小路西(『습개초拾芥抄』는 東) 從一位倫子第宅 宇治殿母儀"라는 기사가 있음. 장구長久 원년(1040)에 화재에 의해 소실되어, 린시는 호조지法成寺의 서북원西北院으로 피난을 갔음. ㉔ 29

이나리稻荷

교토 시京都市 후시미 구伏見區 후카쿠사야부노우치 정深草藪之內町에 소재하는 후시미이나리伏見稻荷 대사大社. 연희식내사延喜式內社. 구관폐대사舊官幣大社. 제신祭神은 우카노미타마노 오카미宇迦之御魂大神, 사다히코노 오카미佐田彦大神·오미야노메노 오카미大宮能賣大神의 세 신. 화동和銅 4년(711) 하타노나카이에노 이미키秦中家忌寸가 모시기 시작하여, 하타 씨秦氏가 모심. 원래는 농경신農耕神이었지만, 헤이안平安 시대 이후, 초복제재招福除災·복덕경애福德敬愛의 신으로서 신앙됨. 하쓰우마 대제初午大祭·이나리 제稻荷祭에는 참예자參詣者로 넘침. 도지東寺(교오고코쿠지敎王護國寺. 미나미 구南區 구조 정九條町)의 수호신이기도 함. ㉔ 51

이세伊勢

미에 현三重県 이세 시伊勢市에 소재하는 이세伊勢 신궁神宮. 우지코타이 신궁宇治皇大神宮(내궁內宮)과 야마다山田의 도요우케 대신궁豊受大神宮(외궁外宮)의 두 궁을 칭함. 또는 두 궁에 소속하는 십사별궁十四別宮과 백구사百九社 등의 섭사攝社·말사末社·소관사所管社를 포함한 궁사宮社 조직의 총칭으로도 쓰임. 제신祭神은 내궁內宮이 아마테라스 오미카미天照大神 일좌一座, 주신主神 이외의 신 이좌二座, 외궁이 도요우케노오카미豊受大神 일좌一座, 주신主神 이외의 신 삼좌三座. 다른 여러 신사를 초월하여, 아마테라스 오미카미를 모시는 가장 격식이 높은 신사로 신앙되고 있음. ㉔ 53

[하]

하세데라長谷寺

나라 현奈良縣 사쿠라이 시櫻井市 하세 강初瀨川에 소재. 하세 강初瀨川의 북쪽 언덕, 하세 산初瀨山의 산기슭에 위치. 풍산신락원豊山神樂院이라고도 하며, 진언종 풍산파豊山派의 총본산. 본존本尊은 십일면관음十一面觀音. 서국삼십삼소西國三十三所 관음영장觀音靈場 중 여덟 번째. 국보 법화설상도동판명法華說相圖銅板銘에 의하면, 시조는 가와라데라川原寺의 도메이道明로, 주조朱鳥 원년(686) 덴무天武 천황을 위해 창건(본 하세데라本長谷寺). 훗날 도쿠도德道가 십일면관음상十一面觀音像을 만들고, 천평天平 5년(733) 개안공양開眼供養, 관음당觀音堂(後長谷寺·新長谷寺)을 건립했다 함(『연기문緣起文』, 호국사본護國寺本『제사연기집諸寺緣起集』). 헤이안平安·가마쿠라鎌倉 시대에 걸쳐 관음영장觀音靈場으로도 유명. ㉔ 25·38

하원원河原院

헤이안平安 좌경左京 육조사방六條四坊에 있던 미나모토노 도루源融의 저택으로 동육조원東六條院라고도 함. 『십개초拾芥抄』 중中 '제명소부諸名所部'에는 그 위치가 기록되어 있는데, 본래는 북쪽으로 육조방문六條坊門, 남쪽으로 육조대로六條大路, 동쪽으로 만리소로萬里小路, 서쪽으로 동경극대로東京極大路로 둘러싸여 있는 4정町으로 추정됨. 정원 연못 등은 무쓰 지방陸奧國 시오가마塩竈의 경치를 모방하는 등, 풍류가 있게 지은 대저택임. 도루가 죽은 후, 연희延喜 17년(917) 아들인 미나모토노 노보루源昇가 우다宇多 상황上皇에게 진상함. 상황이 죽은 후 사원이 되었고, 미나모토노 노보루源昇의 아들 안보安法가 살며, 장륙석가여래상丈六釋迦如來像이 안치되었으나, 가모 강鴨川의 수해水害를 피하기 위해 장보長保 2년(1000)에 기다린지祇陀林寺로 옮겨짐. ㉔ 46

호주지法住寺

교토 시京都市 히가시야마 구東山區의 연화왕원蓮華王院(삼십삼간당三十三間堂)에 가까운 곳에 있던 절. 우대신右大臣 후지와라노 다메미쓰藤原爲光가 창건. 엔유圓融 상황上皇 이하, 공경公卿이 열석하여 영연永延 2년(988) 3월 26일 낙경落

慶 공양供養. 『대경大鏡』에 의하면 훌륭한 당사堂舍로, 매우 호화로웠다고 함. 『십개초拾芥抄』에는 "法住寺北、太政大臣 爲光建立"이라고 되어 있음. ㉔ 38

후카쿠사 산深草山

교토 시京都市 후시미 구伏見區의 동북부에 소재. 고대로부터 노래로 읊어지고, 와카和歌의 소재가 된 명승지. 또한 장송葬送의 땅임. 특정 산을 일컫는 것이 아니라. 후카쿠사深草의 일대에 있는 산을 막연히 일컫는 것이기도 함. ㉔ 13

히로사와廣澤

교토 시京都市 우쿄 구右京區 사가히로사와 정嵯峨廣澤町의 히로사와 연못 남쪽에는 영조永祚 원년(989) 간초寬朝 창건의 헨쇼지遍照寺가 있고, 그 절을 말함. 원래는 히로사와 연못의 북서쪽에 건립되었지만, 근세近世가 되어 남측에 재건. 진언종眞言宗 어실파御室派의 준별각본산準別格本山으로, 히로사와 산廣澤山으로 칭함. 본존本尊은 십일면관음十一面觀音. 이곳은 고대로부터 달을 보는 명소로, 히로사와 연못과 달을 읊은 노래가 다수 남아 있음. ㉔ 16

히에이 산比叡(容)山

1) 히에이 산比叡山. 교토 시京都市와 시가 현滋賀縣 오쓰 시大津市에 걸친 산. 오히에이大比叡와 시메이가타케四明ヶ岳 등으로 되어 있음. 엔랴쿠지延暦寺가 있는 곳으로 유명하지만, 엔랴쿠지가 생기기 이전부터 신앙의 대상으로 여겨짐. 텐다이 산天台山이라고도 함.

2) 엔랴쿠지延曆寺를 말함. 오쓰 시大津市 사카모토 정坂本町에 소재. 천태종天台宗 총본산. 에이 산叡山이라고도 함. 연력延曆 7년(788) 히에이 산 기슭에서 태어난 사이초最澄가 창건한 일승지관원一乘止觀院을 기원으로 함. 사이초의 사망 이후, 홍인弘仁 13년(822) 대승계단大乘戒壇의 칙허勅許가 내리고, 이듬해 홍인弘仁 14년(823) 엔랴쿠지라는 이름을 받음. 동탑東塔, 서탑西塔, 요카와橫川의 삼탑三塔을 중심으로 16곡谷이 정비되어 있음. 온조지園城寺(미이데라三井寺)를 '사문寺門', '사寺'로 칭하는 것에 비해, 엔랴쿠지를 '산문', '산'이라고 칭함. ㉔ 35

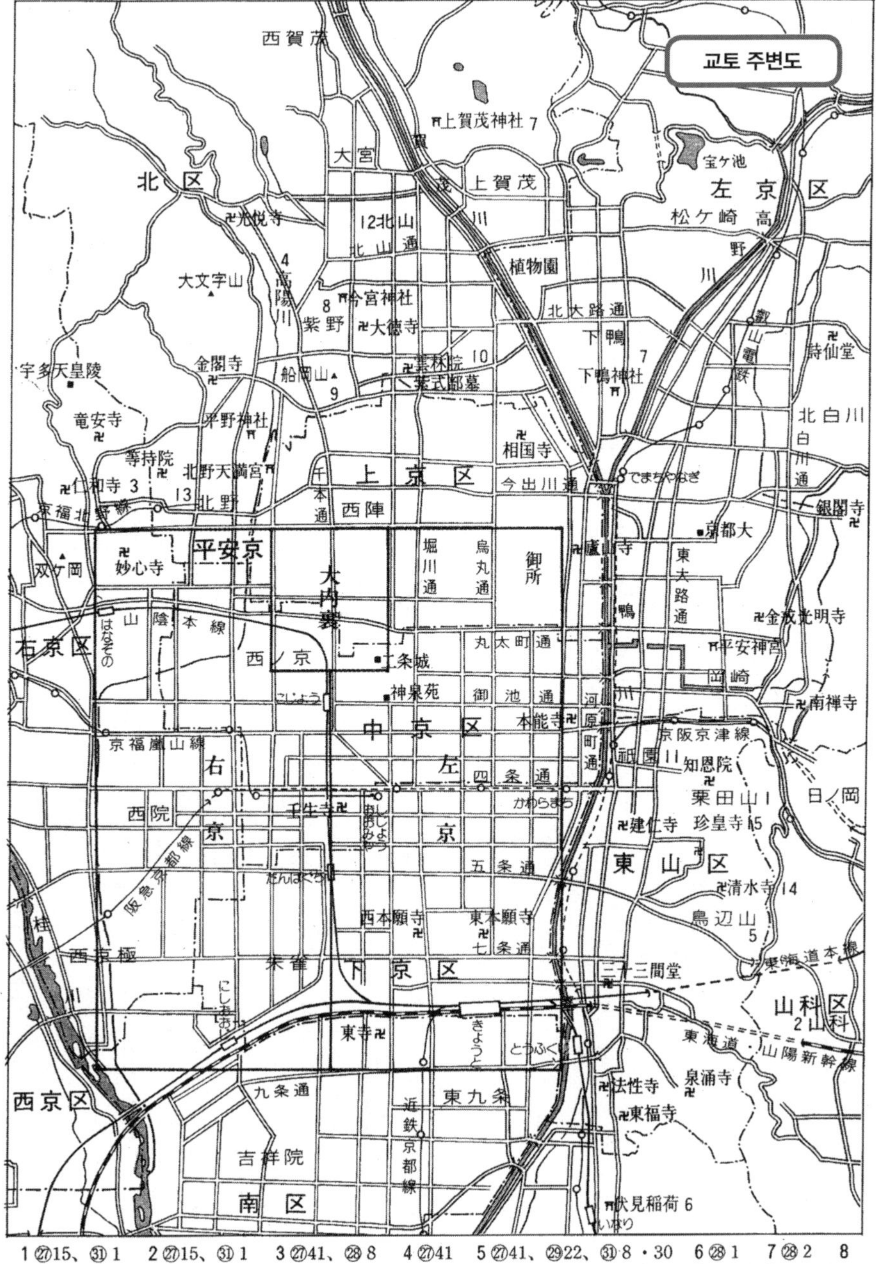

1㉗15、㉛1　2㉗15、㉛1　3㉗41、㉘8　4㉗41　5㉗41、㉙22、㉛8・30　6㉘1　7㉘2　8㉘2　9㉘3、㉙3　10㉘3、㉛23　11㉘11、㉛24　12㉘28、㉛15・20　13㉘35、㉛31　14㉙22・28　15㉛19

- 그림 중의 굵은 숫자는 권27~권31 이야기 속에 나오는 지점을 가리킨다.
- 지점 번호 및 그 지점이 나오는 권수 설화번호를 지점번호순으로 정리했다.
  1㉗1은 그림의 1 지점이 권27 제1화에 나온다는 의미이다.
  (다음의 헤이안경도의 경우도 동일하다)

1 ㉗ 1
2 ㉗ 2 ・17
3 ㉗ 3 、㉘ 8
4 ㉗ 4
5 ㉗ 5
6 ㉗ 6 ・22
7 ㉗12
8 ㉗12
9 ㉗19
10㉗27
11㉗28
12㉗28
13㉗29(1)
14㉗29(2)
15㉗31
16㉗31
17㉗33
18㉗38、㉘ 3 、㉛26
19——→㉗41
20㉘ 3
21㉘ 6
22㉘ 9
23㉘13
24㉘13・37
25---→㉘16
26㉘17
27㉘ 3 ・21
28㉘22、㉙39
29---→㉘32
30㉙ 1
31㉙ 7
32㉙ 8
33㉙ 8
34㉙14
35㉙18
36㉙37
37㉚ 1
38㉚ 2
39㉛ 5
40㉛ 6

• →은 이야기 속에서 등장인물이 이동한 경로를 가리킨다.

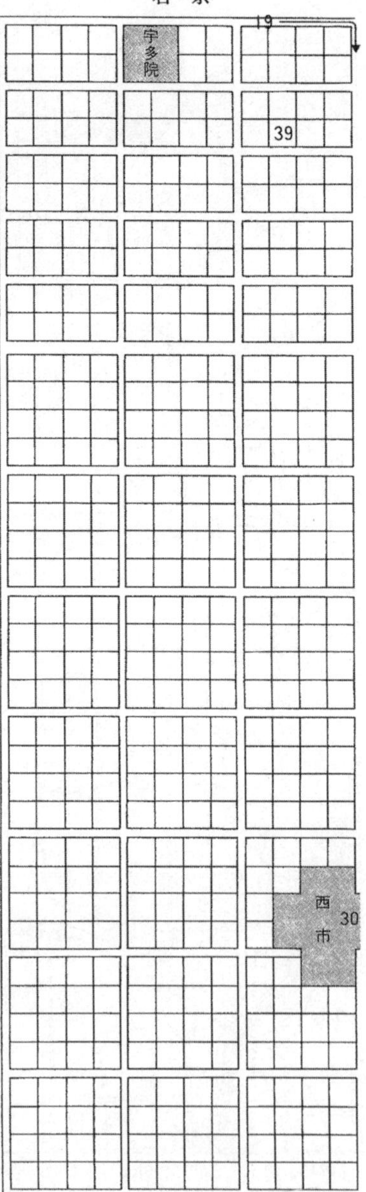

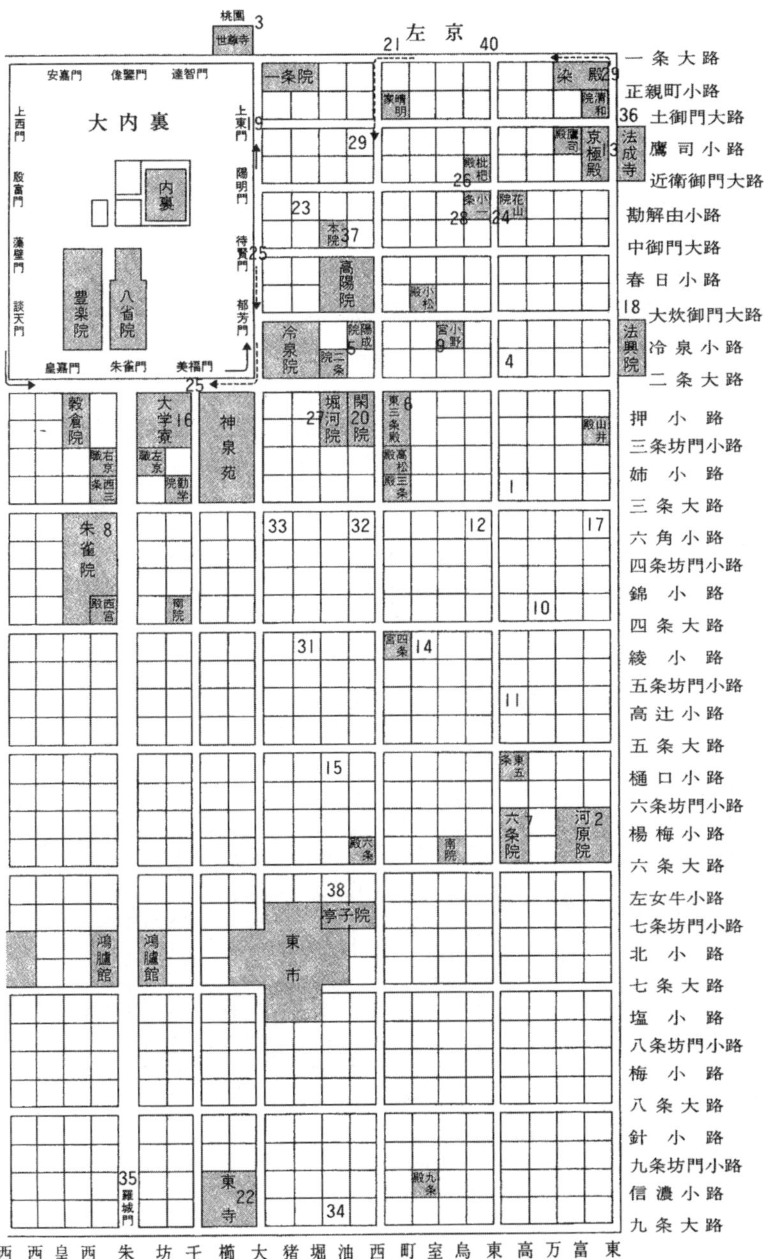
左京
大内裏
内裏
豊楽院
八省院
安嘉門
偉鑒門
達智門
上西門
殷富門
藻壁門
談天門
上東門
陽明門
待賢門
郁芳門
皇嘉門
朱雀門
美福門
世尊寺
一条院
染殿
京極殿
法成寺
高陽院
冷泉院
法興院
穀倉院
大学寮
神泉苑
堀河院
閑院
朱雀院
河原院
六条院
亨子院
東市
鴻臚館
東寺
羅城門
一条大路
正親町小路
土御門大路
鷹司小路
近衛御門大路
勘解由小路
中御門大路
春日小路
大炊御門大路
冷泉小路
二条大路
押小路
三条坊門小路
姉小路
三条大路
六角小路
四条坊門小路
錦小路
四条大路
綾小路
五条坊門小路
高辻小路
五条大路
樋口小路
六条坊門小路
楊梅小路
六条大路
左女牛小路
七条坊門小路
北小路
七条大路
塩小路
八条坊門小路
梅小路
八条大路
針小路
九条坊門小路
信濃小路
九条大路
西大宮大路
西櫛笥小路
皇嘉門大路
西坊城小路
朱雀大路
坊城小路
壬生大路
櫛笥小路
大宮大路
猪熊小路
堀川小路
油小路
西洞院大路
町尻小路
室町小路
烏丸小路
東洞院大路
高倉小路
万里小路
富小路
東京極大路

헤이안경 대내리도

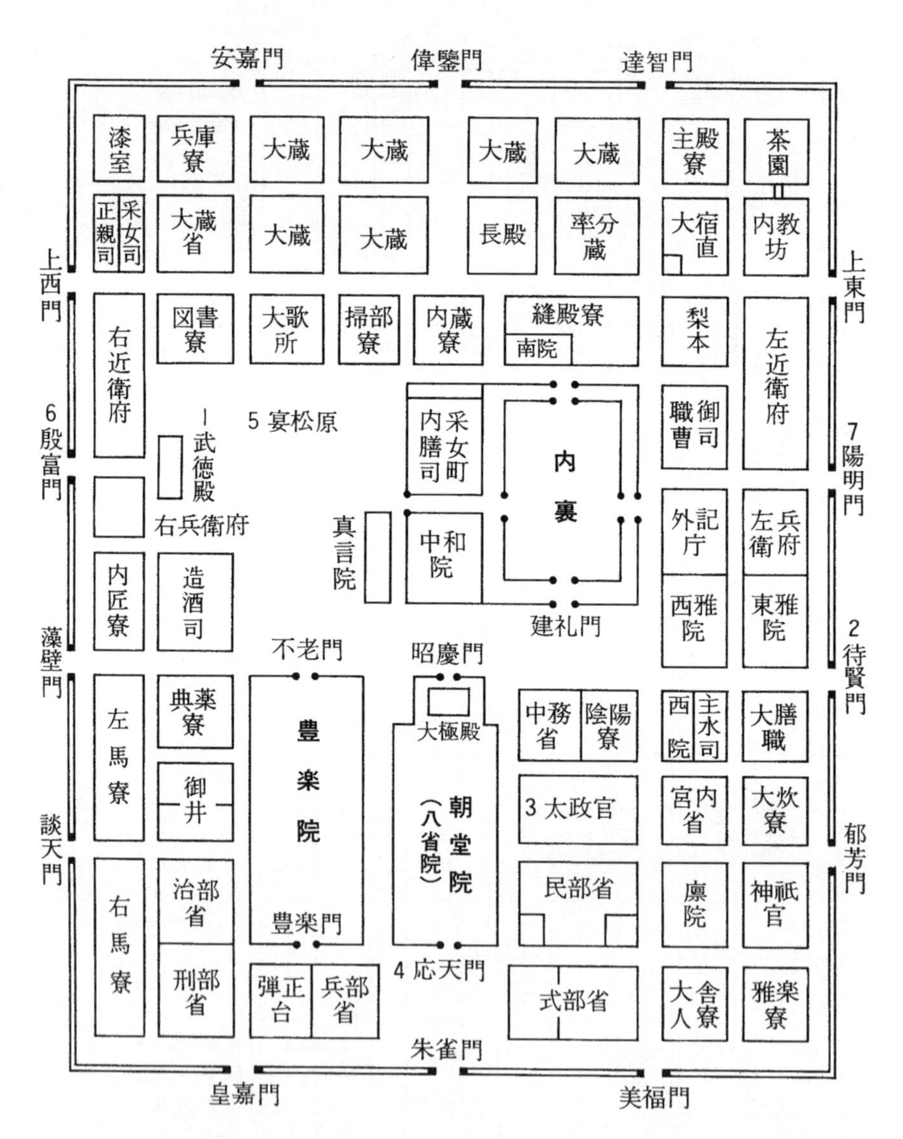

1 ㉗ 8　2（中御門）㉗ 9、（東中御門）㉘16　3（官）㉗ 9　4 ㉗33　5 ㉗38　6（近衛御門）㉗38　7（近衛御門）㉘41

• (　) 안은 이야기 속에서의 호칭.

헤이안경 내리도

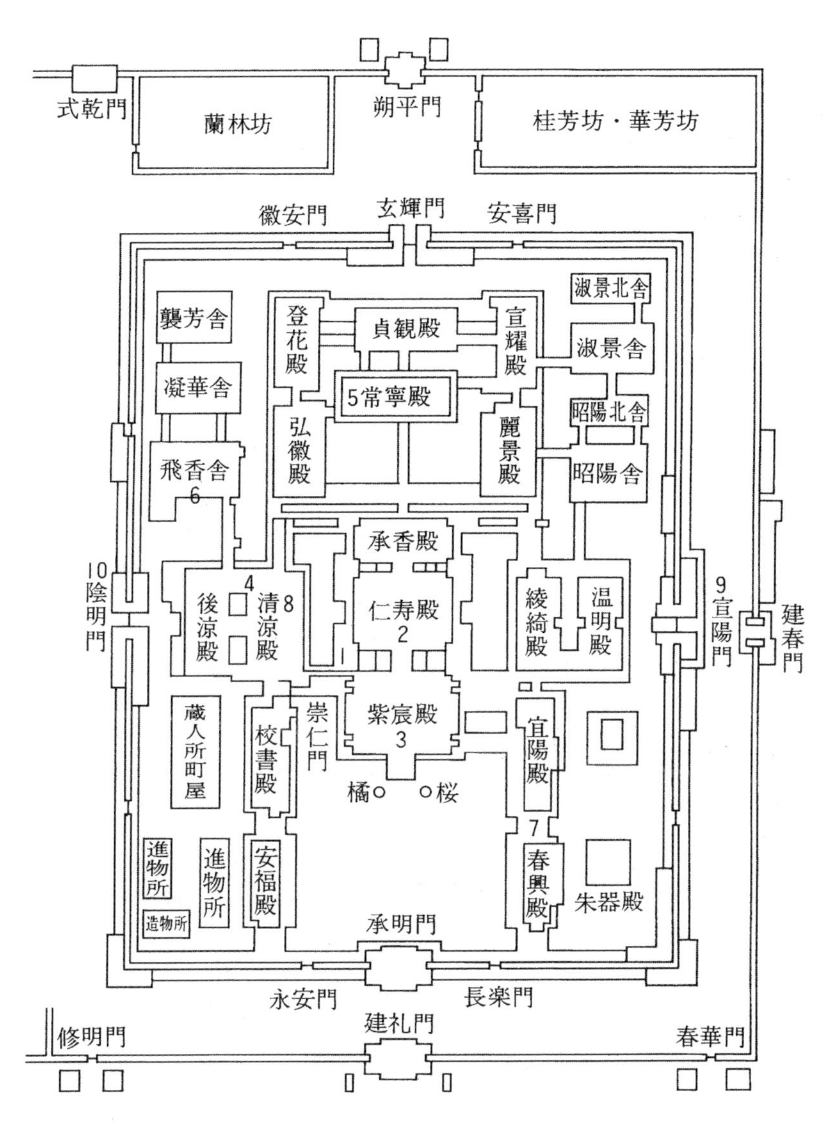

1(中橋)㉗10　2 ㉗10　3(南殿)㉗10　4(滝口)㉗41　5 ㉘ 4　6(藤壺)㉘14　7(陣の座)㉘25　8(夜御殿)㉙14　9(東ノ陣)㉛29　10(西ノ陣)㉛29

• (　) 안은 이야기 속에서의 호칭.

옛 지방명

- 율령제의 기본행정단위인 '지방國'을 나열하고, 지도에 위치를 나타냈다.
- 명칭의 배열은 가나다 순을 따랐으며, 국명의 뒤에는 국명보다 상위로 설정되었던 '오기칠도五畿七道' 구분을 적었고, 추가로 현대 도都·부府·현縣과의 개략적인 대응 관계를 나타냈다.
- 지방의 구분은 9세기경 이후에 이러한 모습으로 고정되었다. 무쓰陸奧와 데와出羽는 19세기에 세분되었다.

㉮

가가加賀 (북륙도) 이시카와 현石川縣 남부.
가와치河內 (기내) 오사카 부大阪府 남동부.
가이甲斐 (동해도) 야마나시 현山梨縣.
가즈사上總 (동해도) 치바 현千葉縣 중앙부.
고즈케上野 (동산도) 군마 현群馬縣.
기이紀伊 (남해도) 와카야마 현和歌山縣 전체, 미에 현三重縣의 일부.

㉯

나가토長門 (산양도) 야마구치 현山口縣 북서부.
노토能登 (북륙도) 이시카와 현石川縣 북부.

㉰

다지마但馬 (산음도) 효고 현兵庫縣 북부.
단고丹後 (산음도) 교토 부京都府 북부.
단바丹波 (산음도) 교토 부京都府 중부, 효고 현兵庫縣 동부.
데와出羽 (동산도) 야마가타 현山形縣·아키타 현秋田縣 거의 전체. 명치明治 원년(1868)에 우젠羽前·우고羽後로 분할되었다. → 우젠羽前·우고羽後
도사土佐 (남해도) 고치 현高知縣.
도토우미遠江 (동해도) 시즈오카 현靜岡縣 서부.

㉱

리쿠젠陸前 (동산도) 미야기 현宮城縣 대부분, 이와테 현岩手縣의 일부. → 무쓰陸津
리쿠추陸中 (동산도) 이와테 현岩手縣의 대부분, 아키타 현秋田縣의 일부. → 무쓰陸津

㉲

무사시 武藏 (동해도) 사이타마 현埼玉縣, 도쿄 도東京都 거의 전역, 가나가와 현神奈川縣의 동부.
무쓰陸津 (동산도) '미치노쿠みちのく'라고도 한다. 아오모리青森·이와테岩手·미야기宮城·후쿠시마福島 4개 현에 거의 상당한다. 명치明治 원년(1868) 세분 후의 무쓰는 아오모리 현 전부, 이와테 현 일부. → 이와키磐城·이와시로岩代·리쿠젠陸前·리쿠추陸中
미노美濃 (동산도) 기후 현岐阜縣 남부.
미마사카美作 (산양도) 오카야마 현岡山縣 북동부.
미치노쿠陸奥 '무쓰むつ'라고도 한다. → 무쓰陸津
미카와三河 (동해도) 아이치 현愛知縣 동부.

㉳

부젠豊前 (서해도) 오이타 현大分縣 북부, 후쿠오카 현福岡縣 동부.
분고豊後 (서해도) 오이타 현大分縣 대부분.
비젠備前 (서해도) 오카야마 현岡山縣.
빈고備後 (산양도) 히로시마 현廣島縣 동부.
빗추備中 (산양도) 오카야마 현岡山縣 서부.

㉳

사가미相模 (동해도) 가나가와 현神奈川縣의 대부분.
사누키讚岐 (남해도) 가가와 현香川縣.
사도佐渡 (북륙도) 니가타 현新潟縣 사도 섬佐渡島.
사쓰마薩摩 (서해도) 가고시마 현鹿兒島縣 서부.
셋쓰攝津 (기내) '쓰つ'라고도 한다. → 쓰攝津
스루가駿河 (동해도) 시즈오카 현靜岡縣 중부.
스오周防 (산양도) 야마구치 현山口縣 동부.
시나노信濃 (동산도) 나가노 현長野縣.
시마志摩 (동해도) 미에 현三重縣 시마 반도志摩半島.
시모쓰케下野 (동산도) 도치기 현栃木縣.
시모우사下總 (동해도) 치바 현千葉縣 북부, 이바라키 현茨城縣 남부.
쓰攝津 (기내) '셋쓰せっつ'라고도 한다. 오사카 부大阪府 북서부, 효고 현兵庫縣 남동부.
쓰시마對馬 (서해도) 나가사키 현長崎縣 쓰시마 전도對馬全島.

㉴

아와安房 (동해도) 치바 현千葉縣 남부.
아와阿波 (남해도) 도쿠시마 현德島縣.
아와지淡路 (남해도) 효고 현兵庫縣 아와지 섬淡路島.
아키安藝 (산양도) 히로시마 현廣島縣 서반.
야마시로山城 (기내) 교토 부京都府 남동부.
야마토大和 (기내) 나라 현奈良縣.
에치고越後 (북륙도) 사도 섬佐渡島을 제외한 니가타 현新潟縣의 대부분.
에치젠越前 (북륙도) 후쿠이 현福井縣 북부.
엣추越中 (북륙도) 도야마 현富山縣.
오미近江 (동산도) 시가 현滋賀縣.
오스미大隅 (서해도) 가고시마 현鹿兒島縣 동부, 오스미 제도大隅諸島.
오와리尾張 (동해도) 아이치 현愛知縣 서부.
오키隱岐 (산음도) 시마네 현島根縣 오키 제도隱岐諸島.
와카사若狹 (북륙도) 후쿠이 현福井縣 남서부.
우고羽後 (동산도) 아키타 현秋田縣의 대부분, 야마가타 현山形縣의 일부. → 데와出羽
우젠羽前 (동산도) 야마가타 현山形縣의 대부분. → 데와出羽
이가伊賀 (동해도) 미에 현三重縣 서부.
이나바因幡 (산음도) 돗토리 현鳥取縣 동부.
이세伊勢 (동해도) 미에 현三重縣 대부분.
이와미石見 (산음도) 시마네 현島根縣 서부.
이와시로岩代 후쿠시마 현福島縣 서부. → 무쓰陸奧
이와키磐城 후쿠시마 현福島縣 동부, 미야기 현宮城縣 남부. → 무쓰陸奧
이요伊予 (남해도) 에히메 현愛媛縣.
이즈伊豆 (동해도) 시즈오카 현靜岡縣 이즈 반도伊豆半島, 도쿄 도東京都 이즈 제도伊豆諸島.
이즈모出雲 (산음도) 시마네 현島根縣 동부.
이즈미和泉 (기내) 오사카 부大阪府 남부.
이키壹岐 (서해도) 나가사키 현長崎縣 이키 전도壹岐全島.

㉶

지쿠고筑後 (서해도) 후쿠오카 현福岡縣 남부.
지쿠젠筑前 (서해도) 후쿠오카 현福岡縣 북서부.

㉻

하리마播磨 (산양도) 효고 현兵庫縣 서남부.
호키伯耆 (산음도) 돗토리 현鳥取縣 중서부.
휴가日向 (서해도) 미야자키 현宮崎縣 전체, 가고시마 현鹿兒島縣 일부.
히고肥後 (서해도) 구마모토 현熊本縣.
히다飛驒 (동산도) 기후 현岐阜縣 북부.
히젠肥前 (서해도) 사가 현佐賀縣의 전부, 이키壹岐·쓰시마對馬를 제외한 나가사키 현長崎縣.
히타치常陸 (동해도) 이바라키 현茨城縣 북동부.

옛 지방명

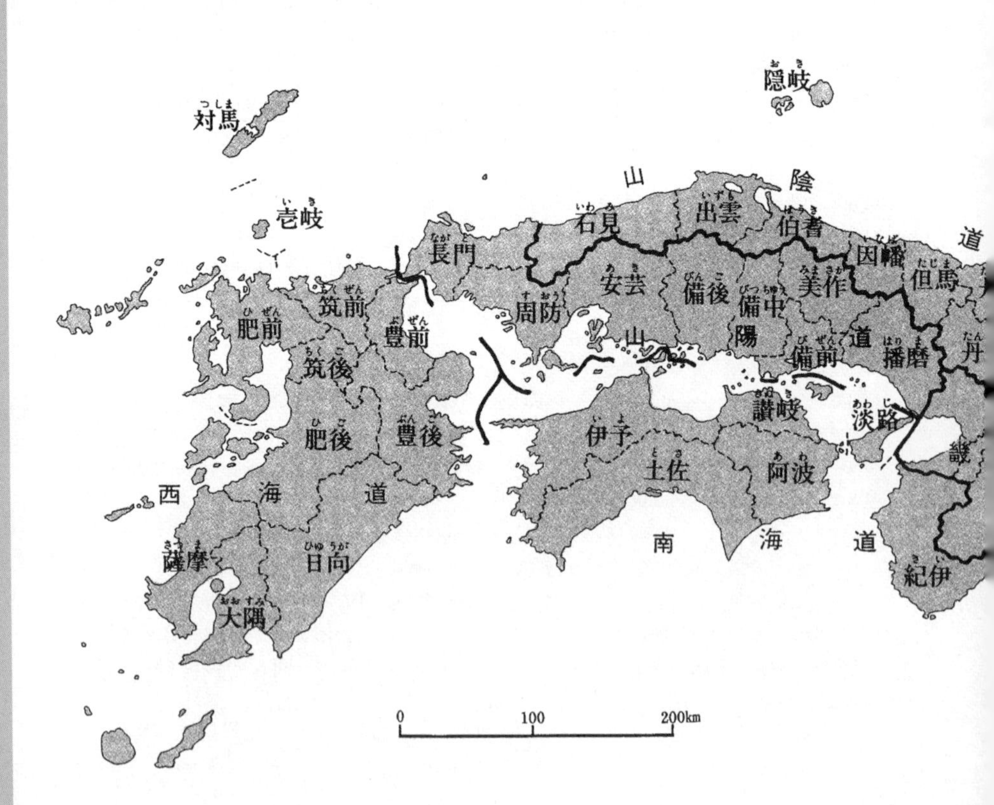

隠岐
対馬
壱岐
山 陰 道
石見
出雲
伯耆
長門
安芸
備後
備中
美作
因幡
但馬
筑前
肥前
豊前
周防
山 陽 道
備前
播磨
丹
筑後
讃岐
淡路
肥後
豊後
伊予
土佐
阿波
畿
西 海 道
薩摩
日向
大隅
南 海 道
紀伊
0
100
200km

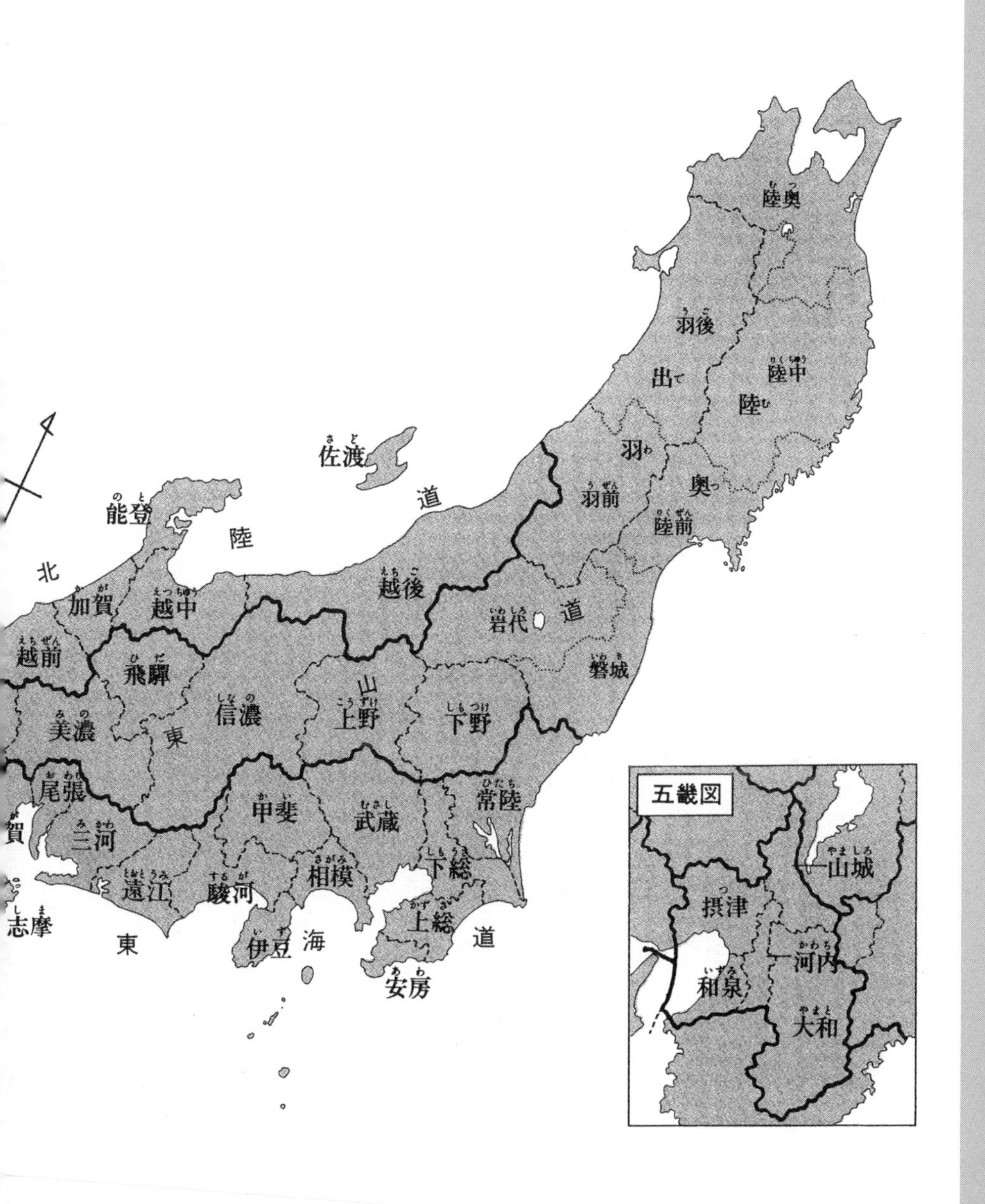
陸奥
羽後
出羽
陸中
陸奥
羽前
陸前
佐渡
道
能登
陸
北
加賀
越中
越後
岩代
道
越前
飛騨
信濃
山
上野
下野
磐城
美濃
東
尾張
甲斐
武蔵
常陸
賀
三河
遠江
駿河
相模
下総
上総
道
志摩
東
伊豆
海
安房
五畿図
山城
摂津
河内
和泉
大和

교주·역자 소개

마부치 가즈오馬淵 和夫

1918년 아이치현愛知県 출생. 도쿄문리과대학東京文理科大學 졸업(국어사 전공). 前 쓰쿠바대학筑波大學 교수.

저 서: 『日本韻学史の研究』, 『悉曇学書選集』, 『今昔物語集文節索引·漢子索引』(감수) 외.

구니사키 후미마로国東 文麿

1916년 도쿄 출생. 와세다대학早稲田大學 졸업(일본문학 전공). 前 와세다대학 교수.

저 서: 『今昔物語集成立考』, 『校注·今昔物語集』, 『今昔物語集 1~9』(전권 역주) 외.

이나가키 다이이치稲垣 泰一

1945년 도쿄 출생. 도쿄교육대학東京教育大學 졸업(중고·중세문학 전공). 前 쓰쿠바대학筑波大學 교수.

저 서: 『今昔物語集文節索引巻十六』, 『考訂今昔物語』, 『寺社略縁起類聚 I』 외.

한역자 소개

이시준李市埈

한국외국어대학교 일본어과 및 동 대학원 석사졸업. 도쿄대학 대학원 종합문화연구과 박사(일본설화문학), 현 숭실대학교 일어일문학과 교수. 숭실대학교 동아시아언어문화연구소 소장.

저 서: 『今昔物語集 本朝部の硏究』(일본).
공편저: 『古代中世の資料と文學』(義江彰夫 編, 일본), 『漢文文化圈の說話世界』(小峯和明 編, 일본), 『東アジアの今昔物語集』(小峯和明 編), 『說話から世界をどう解き明かすのか』(說話文學會 編, 일본), 『식민지 시기 일본어 조선설화집 기초적 연구 1, 2』.
번 역: 『일본불교사』, 『일본 설화문학의 세계』, 『암흑의 조선』, 『조선이야기집과 속담』, 『전설의 조선』, 『조선동화집』.
편 저: 『암흑의 조선』 등 식민지 시기 일본어 조선설화집자료 총서.

김태광金泰光

교토대학 일본어 · 일본문화연수생(일본문부성 국비유학생), 고베대학 대학원 문학연구과 석사졸업, 동 대학원 문화학연구과 박사(일본설화문학, 한일비교문화), 현 경동대학교 교수.

논 문: 「귀토설화의 한일비교 연구 ―『三國史記』와 『今昔物語集』을 中心으로 ―」, 「『今昔物語集』의 耶輸陀羅」, 「『今昔物語集』 석가출세성도담의 비교연구」, 「금석이야기집(今昔物語集)의 본생담 연구」 등 다수.
저역서: 『한일본생담설화집 "석가여래십지수행기"와 "삼보회"의 비교 연구』, 『세계 속의 일본문학』(공저), 『삼보에』(번역) 등 다수.

今昔物語集 日本部 六